불로초 2

불로초 2

발행일	2025년 4월 30일

지은이	강중현
펴낸이	손형국
펴낸곳	(주)북랩
편집인	선일영
디자인	이현수, 김민하, 임진형, 안유경
마케팅	김회란, 박진관

편집	김현아, 배진용, 김다빈, 김부경
제작	박기성, 구성우, 이창영, 배상진

출판등록	2004. 12. 1(제2012-000051호)
주소	서울특별시 금천구 가산디지털 1로 168, 우림라이온스밸리 B동 B111호, B113~115호
홈페이지	www.book.co.kr
전화번호	(02)2026-5777
팩스	(02)3159-9637
ISBN	979-11-7224-596-2 04810 (종이책) 979-11-7224-597-9 05810 (전자책)
	979-11-7224-594-8 04810 (세트)

잘못된 책은 구입한 곳에서 교환해드립니다.
이 책은 저작권법에 따라 보호받는 저작물이므로 무단 전재와 복제를 금합니다.
이 책은 (주)북랩이 보유한 리코 장비로 인쇄되었습니다.

(주)북랩 성공출판의 파트너

북랩 홈페이지와 패밀리 사이트에서 다양한 출판 솔루션을 만나 보세요!

홈페이지 book.co.kr • 블로그 blog.naver.com/essaybook • 출판문의 text@book.co.kr

---

작가 연락처 문의 ▶ ask.book.co.kr

작가 연락처는 개인정보이므로 북랩에서 알려드릴 수 없습니다.

신화와 무협이 맞닿은 제주, 그 전설의 시작

|무협소설|
전3권

불로초 2

– 이름을 지운 자의 분노

강중현 지음

시공을 넘나들며 불로장생의 비밀을 쫓는 진학소의 대장정이 시작된다!

 북랩

차 례

백구와 진학소 7
곤륜산맥(崑崙山脈) 49
노정산(老靖山)**과 흑자단**(黑子丹) 89
족쇄 줄이 풀리다 135
화성사와 의가장 177
탐라도에서 곽순이 253
방랑자 진학소 299
국상(國喪)**과 초희** 349
백하칠가(白河漆家) 상편 367

백구와 진학소

순안에서의 소식을 접한 옥단장 장주 나웅선은 지주 조관인 아들이 강남 임무를 마치고 귀향한다는 소식에 연회를 베풀 것을 지시했다.

내집사 노화진(魯華進)이 헐레벌떡 방으로 들어섰다.

"장주님! 소주인님의 이번 혼례는 어떻게 행할까요?"

백염에 사각 흑탕건(黑宕巾)을 쓴 장주는 읽던 책에서 눈도 떼지 않고 덤덤히 말을 흘렸다.

"가례(家禮)로 간단하게 연회를 베풀면 될 것인데 무슨 걱정이오?"

"하지만 소주인님의 얼굴도 있고 순안 현장 내외분이 올라오는 마당에 듣고만 있을 수 없어서 꽃마차를 마중 보내었습니다."

장주는 고개를 끄덕이며 연신 글월에서 눈을 떼지 않았다.

"개봉에 있는 정실(正室)부인에게도 연락하여 모셔 오겠습니다."

장주는 책에서 눈을 떼고 위엄을 보였다.

"지방 태수에게 그리 신경 쓸 것은 없소. 들어오는 날이 혼인날로 하며 가족 혼례로 치르고 다음 지방 관리 몇 사람을 초대하여 연회나 베풀면 될 것이 아니요? 그리고 개봉에 있는 아이는 불러서 뭐 하겠소."

"개봉에 있는 아씨 마님은 삼부인, 사부인을 마다하여 이번 기회에 마지막으로 얼굴을 익혀두는 게 좋을 듯싶습니다."

집사의 말에 고개를 들어 턱을 쓸면서 말했다.

"천자는 부인을 열두 명을 두며 제후는 아홉까지 둘 수 있다고 하였네. 진시황은 후궁이 일천 명이고 당나라 현종 임금 명황(明皇)은 삼천을 두지 않았는가. 지금 개봉 관리들도 다처(多妻), 다첩(多妾)이라고 하여 부인을 많이 두다 보니 중심을 못 잡아 일처 다첩으로 구분하고 있다. 첩실 하나 데려오는데 야단스럽게 소란을 피워!"
 대수롭지 않게 말하는 장주의 얼굴을 보던 노 집사는 자신이 괜스레 신경을 많이 쓰는 것이 우스워 보였다.
 이 집 종태라는 종놈 지휘자는 말채를 갖고 다니며 일거리 지시에 바빴다. 그가 마방에 들어섰을 때는 저녁 무렵이었고, 술풍 등신은 청초를 작두질하고 있었다.
 짝! 종태는 난데없이 말채로 술풍의 등허리를 후려쳤다.
 허리를 잡고 아픈 표정을 지으며 돌아섰지만 무슨 이유인지는 물을 수 없었다. 때리면 맞는 것이며 시키면 무엇이든지 하는 것이 천출 노예이다.
 종태는 많은 종놈을 부려보았지만, 이 자만은 아무리 보아도 종놈 같지 않아 툭하면 때리고 보는 것이었다. 위험인물이라 철구를 채웠을 것이며 준수한 얼굴에 안정된 몸가짐은 성인군자 모습이었다. 자신의 기가 죽어나니 우선 때리고는 술풍의 삼각 눈을 보기 위함이었다. 허나, 다른 놈들은 삼각 눈을 뜨든지 기어들어 가는 말씀이었는데 이놈은 늘 감정이라고는 없는 평온한 눈동자였다.
 "개풍 같은 놈! 오늘 일은 마쳤다! 구사(拘舍)에 들어가!"
 소와 말들도 마방이 있는데 학소의 침실은 마방 처마 끝에 만들어진 구사였다.
 "끄응, 끄응, 끄응-"
 개집에 들어서자, 꼬리를 치며 제일 반기는 것은 백구 한 마리였다. 얼굴을 올려다보며 끄응대는 소리가 할 말은 있어 보이는데 말을 못 배운 것이 한스러워 보여 짜증스럽게 소리 질렀다.
 "이놈아! 그래서 글을 배우라는 것이다. 너도 강아지 때 뛰놀지만 말고 책을 보아두어야 할 것이 아니냐."
 술풍은 정말 백구가 말을 배웠다면 심심치 않을 것이라고 생각하여 나온 푸념에 젖은 소리였다. 그 모습을 보던 종태는 재미있다고 고개를 끄덕였다.

"그래, 소 주인님은 개 같이 취급하라고 해서 술풍이고, 자네가 백구한테 끙끙대며 짖어대는 말을 배워야지 누가 누구에게 큰소리냐."

그의 말도 틀린 말은 아니었다. 옥단장에 팔려오면서 술풍이라고 명명되어, 첫날부터 백구 한 마리와 벗하며 살아왔다. 천장이라고는 축사 처마 끝이 전부이고 삼면은 벽돌담이며 앞면은 개 창살이었는데 동물 우리와 진배없었다. 처마 끝에 쑤셔 놓았던 이불데기를 풀어놓으며 한 모퉁이에 자리를 잡고 잠을 청했다. 끙끙거리며 꼬리를 치던 백구도 그의 곁에서 앞다리를 접어놓고 그 위에 턱을 괴어 술풍과 똑같이 잠을 청했다. 처마가 길어 구사는 커 보였다.

달님과 해님이 다니던 하늘 중천에 열사흘 밝은 달이 떠 구사를 비추고 있을 때였다. 조용하던 하늘 저편에서 나팔 소리와 북소리가 은은히 들려왔다. 그 소리는 구사에도 들려 학소는 두 눈을 빼꼼히 떴다가 감겼는데 눈을 감은 그는 콧방귀를 쳤다.

"흥! 문인들이 만들어 놓은 수많은 직함 중에 어린아이 소꿉장난하는 어사 직도 대단한가 보지?"

혼자 중얼거리는 소리에 백구는 고개를 들어 시끄러우니 조용히 하라고 끙끙대고 나서 예의 그 다리 위로 고개를 눕혔다. 이 백구는 소 주인 나신철이 사냥을 갔다가 뉘 집 개인지는 모르지만 들에서 잡아다 놓은 개였다. 반듯한 머리에 부드러운 털 하며 위로 말려진 꼬리며 누가 보아도 귀엽고 멋있는 명견이었다. 그래서 조관 나신철은 개줄로 풀었다 매었다 하며 곁에 두었던 애견이었다.

그 나팔 소리와 북소리는 여기 장원까지 가까워지다가 뚝 끊겼다. 그리고 한참은 조용했는데 장원 마당에 황사 초롱과 횃불이 밝혀지며 많은 사람이 모여드는데 시끌벅적했다.

"이봐. 백구! 자네 주인이 지주 어사 나리로 출두했었는데 오늘에야 도착했나 보군."

술풍인 학소는 구사에서 낮은 목소리로 읊조렸다. 그러면서 내일이면 항주에 소식도 들을 수 있는 희망도 있었다. 백구는 그런가 보다 하고 고개를 한번 들었을 뿐 예의 그 단잠을 청했다. 그때 발 소리가 나더니 달빛을 받으며 나타난 여인은 종년 계화였다.

"이봐. 술풍! 나야 나!"

계화는 백구와 나란히 달빛을 받으며 똑같이 턱을 괴고 잠자는 둘을 보고 참았던 웃음을 터뜨렸다.

"호호호. 개 두 마리가 잠자는 것도 똑같네요."

술풍은 귀에 익은 목소리여서 두 눈이 뻐끔히 떴다.

"아! 계화로구나. 내가 부탁했던 소식은?"

그는 반가움에 못 이겨 황급히 창가로 다가가며 항주의 소식을 물었다. 계화는 창살 틈으로 학소의 손을 잡으며 한 줌이나 되는 종이 뭉치를 내밀었다.

"손이 찬데 이불을 잘 덮고 자."

두툼한 종이 뭉치를 풀던 그는 실망의 빛이 역력한 얼굴을 하고 고개를 들었다.

"구워놓은 고깃덩어리들이군. 무슨 소식을 적었는가 했더니."

고기 냄새를 맡은 백구도 술풍 곁에 쪼그리고 앉아 소식을 듣고자 하는 그의 모습과 같았다.

"항주에 인지의가장 말이에요. 무림인들에게 풍비박산이 났는데, 의가장 내외분은 행방불명이고 학소라는 아들은 황산 유곡에서 죽여 던져버렸다지 뭐예요. 오죽했으면 마차와 같이 던져버렸다니 대단한 적이었나 봅니다."

"그것을 몰라서 묻나? 자네는 높은 사람 곁에서 그분들의 행방과 무엇 때문에 또 누가 그랬는지 그것을 잘 들어 말해달라고 당부했었지.”

계화는 고개를 끄덕이고 나서 말을 이었다.

“순안 현장 댁에서 들었는데 의가장 장주가 젊었을 때 강호 무림게에 많은 적을 두었으므로 지금은 쫓겨 다닌다고 했어요.”

“뭣이? 순안 현장 댁에서?”

“그래요. 오늘 그 댁 남궁 낭자와 혼인한다고 현장 댁 내외분과 낭자 모두 같이 올라왔는뎁쇼.”

“나신철 조관과 초희 낭자가?”

“그런데 왜 그러죠? 현장 관아에서 말썽거리라도 있었어요?”

그 말을 듣고 머리가 찔끔했다. 평정을 되찾고 보니 한편으로 생각하면 잘되었지 않은가. 듣던 바와 같이 현장은 높은 곳으로 출세하는 것이며 초희 낭자는 개봉에서 귀부인으로 행복할 것이었다.

“술풍! 뭘 생각해? 어서 먹어!”

학소의 심기를 모른 계화는 멋같이 싸 들고 온 소고기에 관심이 없는 것을 보고 섭섭했다. 술풍은 울먹인 표정으로 고기 조각을 펴 들며 그녀에게도 권했다.

“같이 먹어.”

“나는 먹었으니 갖다주는 거야. 많이 먹어.”

고소한 고기 점을 입으로 넣으며 그의 눈에서는 눈물이 하염없이 흘러내렸다. 오랜만에 먹어보는 소고기 맛에 감복한 것이 아니고 자신의 가련한 신세에 흐르는 눈물이었다.

전생에 무슨 죄를 지었기에 하늘이 우리를 버리고 처참하게 내몰려지는 것을 생각하니 눈물이 앞을 가렸다. 계화는 현장 관저에서 역부로 변신한 매화 부인을 보았었다. 소 코뚜레를 잡고 지나는 달구지가 학소의 어머님이란 사실을 알 수 없었던 것이 다행인지도 모른다.

구워놓은 고깃점은 오랜만에 먹어보는지라 고소했다. 그의 곁에서 한 점씩 같이 받아먹는 백구는 입에 넣으면 꼴딱하고 삼켜놓고는 잘근잘근 씹어먹고 있는 술풍의 입만 물끄러미 쳐다보았다. 눈물로 얼룩진 그는 얼굴에 웃음을 띠며 백구에게 말했다.

"이놈아. 너도 한 점, 나도 한점인데 꼴딱 삼켜놓고 내 얼굴만 쳐다보면 어쩌란 말이냐?"

백구는 그 말을 알아들었는지 재미있다고 꼬리를 흔들어댔다.

"개에게는 그만 먹여요! 겨우 얻어온 고기인데ㅡ"

그녀가 소리치자 먹는데 욕을 많이 들어본 백구는 흔들던 꼬리를 딱 멈추었다.

"응, 괜찮아. 여자들은 다 그런 거야. 신경 쓰지 말라고."

백구를 쓰다듬자 역시 남자는 다르다고 꼬리를 흔들며 그의 몸 위로 앞발을 올려 딛고 그와 나란히 섰다.

"흥! 둘이서 정말 똑같군."

"그래서 같이 사는 거지. 시봉 드는 자네에 비하면 우리는 말단이지."

"우리 소 주인은 아주 높은 분인가 봐요. 가는 곳마다 각종 요리가 나오고 그 집 하녀들도 우리를 주인처럼 모신다니까."

"그럴 것이야. 어사 깃발이 서면 산천이 흔들거리지. 개봉에서 사방으로 네 명이 어사가 각 지역을 순회하지."

계화는 학소의 얼굴에 흐르는 눈물을 보며 같이 눈물이 흘러내렸다.

"왜 울어? 나까지 슬퍼지게. 우리 소 주인 말만 잘 들으면 발에 철구도 풀어줄 거야. 그러면 술풍도 시노가 되어 우리와 같이 다닐 수 있을 거야."

계화는 그의 손등을 잡았다. 신종자의 마방에서 잠을 청했던 일들을 그리며 들어갈 수 있다면 같이 품어 위로해 주고 싶어졌다. 고대광실(高臺廣室) 높은 집은 물론 한 뒷박의 지전(地田)도 가질 수 없는 종년이지만, 술풍과 같은 노비를 만나 고기 한 점 나누어 먹으며 깊은 정에 그렇게 살고 싶어지는 것이다.
 선배 여비들이 그렇듯이 귀여운 자식을 낳아 애지중지 키우며 딸을 낳으면 주인이 기뻐서 쌀가마를 덤으로 받는 모습까지 연상되었다. 그녀의 부모가 또 그렇듯이 아이들은 후에 노비가 될지라도 귀여운 자식이기 때문이다.
 천 년 후에도 이와 같은 노비제도가 있다면 누구 좋으라고 새끼를 낳을 것이며, 임금 없이 노동은 하지 않을 것이다. 그것은 사람은 사람답게 진화하기 때문이다.
 "내일도 받아다 줄게. 연회 잔치가 있으니 푸짐할 거야."
 학소는 잠자리로 돌아가다가 휙 돌아섰다.
 "더는 갖고 오지 마! 이번에는 앙앙 울어 버릴 테니 부탁이야."
 계화는 무엇이든지 주고 싶은 여인의 마음으로 그의 내심을 알 수 없었다.
 "왜? 죽 한 그릇, 빵 한 조각 먹으면서 배고프지 않아?"
 "제발 부탁이야. 내 처지가 가련해서 그런데, 갖다주려면 한 상 딱 차리고 오면 몰라두."
 "치- 종놈 주제에 상을 차리다니."
 계화는 입을 삐죽이며 말을 던지고 돌아갔다. 종놈이 상을 차리고 식사하는 일들은 본 일이 없었다. 고깃점을 먹고 난 백구는 학소 곁에 붙어 단잠을 자고 있었으나 그는 좀처럼 잠을 청할 수가 없었다. 기대했던 소식은 그가 생각했던 보편적인 말뿐이었다. 창살 틈으로 들어오는 밝은 달을 바라보며 누구에게도 편지 띄울 곳이 없는 처지가 되어 가련했다.
 옥단장 명성에 맞게 옥으로 된 노리개들이 많았는데, 술풍은 누구네 집 문패쯤으로 만들어질 옥패를 보관해 둔 것을 꺼냈다. 짚단 속에서 주웠는데 어른 손바닥만 한 옥패였다. 부모님 소식도 알 수 없고 초희 낭자도 새 낭군을 만났는데 편지로 전하고 싶은 옥패가 필요 없어졌다. 창밖으로 던져버리려던 옥패를 주워 들고, 잠자고 있는 백구를 유심히 바라보았다.

그는 개 창살에서 송곳 같은 철삭을 떼어내고 옥패에 무엇인가 적어 나갔다. 그리웠던 어린 시절을 떠올리며 달을 한번 보고 각석하고 백구를 한번 보고 연신 음각해 갔다. 그것은 어젯밤 꿈꾸었던 일들이 머리에 떠올랐는데 아홉 살 무렵 친구들과 같이 월륜산을 오르내리며 뛰놀던 모습들이었다. 그런데 잠에서 깨고 보니 발목에 철구를 찬 가축 같은 노비가 아닌가.

백구와 술풍

전생에 무얼 잘못했기에
하얀 털을 쓰고 멍멍개로 태어나
무한골 옥단장의 마방지기를 하는구나.
앞다리는 접어놓고
그 위에 턱을 얹어 선잠을 자면서
언제나 꾸는 꿈은
월륜산 들판을 마음껏 뛰놀던 모습들이
검둥개 누렁이 벗들이 부르는 소리에
단잠을 깨우면
한 발도 못 되는 개 줄이
철통 줄이 되어 걸려 있네.
들었던 고개를 눕히며
원망스러운 주인을 학수고대하면서
선잠을 청하네

백구는 선잠을 자면서 검둥개와 누렁이와 같이 자유롭게 들판을 뛰놀던 일들을 꿈꾸어 왔다. 이렇게 나도 월륜산과 전당강 변에서 친구들과 같이 뛰놀던 일들을 꿈꾸었다. 그런데 잠에서 깨고 보면 철통을 찬 노비에다 백구와 다를 바가 없었다.

자정 시각이 가까웠을 때 그의 귓전에 다정한 남녀의 목소리가 들려 눈을 떴다.

"조관님은 신첩의 어머님을 어떻게 생각하셨기에 명문포(鳴門浦)를 선물하셨습니까?"

"허어. 나의 장모님(丈母任)인데 무엇이든지 필요하시다면 드려야지요."

초희는 나신철과 부부지연을 맺어 개봉과 무한을 오가며 생활하는 새로운 희망에 젖어가고 있었다. 나신철 조관은 집안에 들어오는 손님을 접대하며 한 잔씩 별주를 마시다 보니 거나하게 취기가 돌았다. 그런 그가 또 초희의 가는 허리를 어루만지다가 휘감아오고 있었다. 두 남녀는 구사 앞에 이르러 방안을 살피며 초희가 말했다.

"백구라는 애견을 보여준다고 하더니 어디 있지요?"

"저기 있지. 백구, 백구!"

학소 곁에서 턱을 괴고 단잠을 자던 백구는 학수고대하던 주인의 목소리에 꼬리를 치며 창살 가로 달려갔다.

"엇!"

그 상황을 보던 등신 술풍은 깜짝 놀랐다. 그 주인은 초희의 허리를 끌어 잡고 백구를 부르며 창살을 열고 있지 않은가! 계화의 말처럼 곁에 있는 여인은 순안에 있는 남궁 낭자였다. 술풍은 얼굴이 드러나면 문제가 될 수 있어서 달빛 그늘 속에 몸을 감추고 잠자는 시늉을 하는데 낭랑한 초희의 말소리가 들려왔다.

"개 두 마리라고 그랬는데 구석 쪽에 잠자는 것은 사람이 아니에요?"

"아하, 그랬구나. 술풍을 준다고 그랬지?"

등신 학소는 그 소리를 듣고 머리가 띵했다. 무슨 운명이기에 나의 여인을 탈취한 나신철이 이 진모를 개로 만들어 초희에게 선물한다는 말이었다. 다행히도 나신철은 창살문을 닫으며 더듬거리는 소리가 들렸다.

"그런데 생각해 보니 술풍은 경영 매매(妹妹)인 것을 몰랐으니 이해해 주오."

"됐어요. 사람인 것도 모르고."

"맞어. 개만도 못한 술풍이라는 종놈이지."

족등(足燈)을 밝혀 든 두 시녀가 빠른 걸음으로 이들 앞에 다가왔다.

"밤 서리가 싸늘한데 주인님이 여기 계셨군요."

"그래 쪽머리들은 다 돌아갔어?"

"예. 비녀들은 장주님이 손님들을 치송하는 데 거들다 보니 소 주인님을 지금에야 찾았습니다."

앞에 있던 족등녀는 술풍 쪽으로 등을 들어 비추어 확인하려고 했다.

'흥! 조관의 족등 시녀로 편한 자리에 올랐군. 그런데 남의 속도 모르고 저렇게 말썽이니.' 계화는 그가 걱정이 되어 확인하려고 하는데, 술풍이라는 개는 점점 구석 쪽으로 머리를 박았다. 계화는 재차 확인하고 돌아서며 말을 건넸다.

"술풍! 백구가 없어서 섭섭하겠지만 잘 자."

그녀의 말에 뒤돌아보던 나신철이 피식 웃으며 말을 던졌다.

"술풍은 오양간 주인은 될 텐데. 그때는 매매에게 말해서 자네에게 줄 테다."

하녀는 상전의 말에 함부로 대답할 수 없는지라 수줍어하는 걸음으로 그들 앞에 족등을 비추어 나갔다. 나신철은 초희의 허리를 휘감아 관능적인 행동으로 걸어갔고, 백구는 목줄이 풀리자, 그들의 뒤를 촐랑거리며 따라가는데 한 번도 뒤돌아보지 않았다. 학소는 무릎 위에 턱을 괴고 연신 그 자세로 앉아 멀어져 가는 두 남녀를 물끄러미 바라볼 뿐이었다.

"여인과 개는 믿을 수 없지. 아니지 그들이 나를 배신한 것이 아니라 원래가 그런 것이지. 그래서 초희도, 백구도 나의 친구일 뿐이고, 둘은 주인을 따라갈 수밖에 없는 것이지."

그는 혼잣말로 입을 오물거리면서 두 눈에서는 눈물이 흘러내렸다. 아침이 되자 옥단장 노비들이 우르르 마방으로 몰려왔다. 마방에 들어온 그들은 말안장을 채운다, 또 마차 준비를 하면서 말 등에 등태를 씌우는 등 각자의 일에 바빴다.

"오늘 무슨 일이 있는 것이오?"

그들은 철구 노비는 문제의 인물이라 가깝게 친분 쌓기를 꺼렸다. 난쟁이 노비가 걸어오며 대단한 일거리가 생긴 것처럼 말했다.

"순안 현장 댁을 모시고 동강(東江)에서 뱃놀이한답니다."

"그래서 당신네들 모두 동원되는 것이오?"

"그저께 저녁부터 푸짐한 잔치였소. 살맛 났지요. 뱃놀이하는데 뱃사공도 되어보고, 황학루(黃鶴樓)에 올라 성찬을 베푼다고 하였는데 오늘도 술 사발은 얻어먹을 수 있을걸."

짝! 뒤에서 종태라는 놈이 휘두르는 말채가 술풍의 등을 휘갈겼다.

"철구를 찬 놈은 밖에 갈 수 없는 거야. 자네는 마당에서 등자 일을 마치면 끝이야."

물론 그 말은 다행이라고 생각이 되나 마당에 나가 등자 노릇도 얼굴이 나타나는 것이었다. 그는 처음으로 삼각 눈을 하고 종태를 바라보며 소리를 질렀다.

"아이고, 배야! 아이고, 배야! 어저께 잘못 먹은 것이 설사가 되어 물변이 자주 나옵니다."

짝! 종태는 또 말채를 치며 물었다.

"그래서 못하겠다는 것이냐?"

"변 냄새가 마당에 진동할 것이오라 소인은 오늘 꼼짝 못 하겠습니다."

술풍은 배를 움켜잡고 철커덕거리며 측간으로 걸어갔다.

"하하하-"

채찍에는 연연하지 않고 배를 움켜잡고 걸어가는 등신의 행동을 보며 몇 사람은 실소를 터트렸다.

장원 대전 앞에는 화려한 의상을 입은 사람들이 웅성거리고 있었다. 청의의 노 집사가 황급히 걸어 나오며 장주에게 상황 설명을 했다.

"황학루에 변사법 감사와 우군군수(右軍郡守)를 비롯한 지방 어른들 합하여 칠십 명은 남을 듯합니다."

연청색 관복에 등배에는 달 문양에 금계(金鷄)가 수놓인 관복을 입은 나신철이 남궁 진호를 한번 쓸어보고는 자랑삼아 말을 흘렸다.

"뭐 그렇게까지 나올 필요는 없다고 했는데 지방 어른들이라면 어느 분들이오?"

"예. 광록대부(光祿大夫), 중산대부(中散大夫)와 봉은장군(奉恩將軍)이며 그 외로……."

"되었어요. 노 집사는 수고가 많겠어요."

장주 나옥신은 집사의 말을 멈추게 하고 의미 있는 웃음을 던지는데 남궁 진호는 감격하여 장주에게 몸을 돌렸다.

"그 유명한 황학루에서 장주님과 술잔을 들게 됨을 영광으로 받아들이겠습니다."

옥단장 장주는 백염을 쓸어내리며 만면에 미소를 금치 못했다.

"우리 아이가 순안 현장님을 위한 연회여서 변변치 못한 박주나마 마음껏 드시며 즐기시기 바랍니다."

나신철은 끌어온 말 등에 몸을 던지며 남궁 진호에게 고개를 돌렸다.

"군수와 지방 몇몇 관료들이 아버님께 문안드린다고 하였는데 그리 알아주십시오."

 남궁 진호는 나조관의 말을 들으며 뒤룩뒤룩 살진 얼굴에 웃음이 가득했다. 상서성 조관이 아버님이라고 부르고 있고, 말단 지방 현장에게 무한의 관료들과 군수 등이 문안을 드린다니 벌써 사위 덕을 보는 것이다. 그들은 지방 현장 이전에 조관의 빙장(聘丈) 어른이시니 그리하지 않을 수 없는 노릇이었다.

 떠들썩하던 전원도 조용해지자, 학소는 마방을 나오며 큰 문제에 봉착하게 되었다. 초희 일행이 황학루에서 돌아오면 얼마 동안은 이 집 식구가 될 것이라 언제까지 안면을 가리며 피해 다닐 수는 없어 보였다.

 남궁 진호나 정옥 마님도 몇 차례 안면이 있어서 알아볼 것이며, 서로 모른 척한다 해도 그것은 더욱 나를 비참하게 만드는 것이라고 아니할 수 없었다.

 '어디든지 도망을 치자.'

 발목을 내려다보는 그는 생각에 불과했다. 개금(開金)은 경영 낭자가 소지했을 것이고 망치로 두들겨 패도 끊을 수 없는 고리 철줄이어서 엄두도 낼 수가 없었다. 철구를 안고 뛰든지 발목을 자르고 뛰든지 모두가 생각에 불과했다.

 권위 있는 집안에 노비가 탈출했다는 것은 위신 문제이며 그 뒤에는 추노(推奴)나 검객들의 추종은 확실한 것이다. 그것은 현상금이 붙기 마련이고 숨을 곳도 여간 쉽지 않았다. 또한 국법에 위배되는 일이었고, 참수형보다 더한 능지처참 당하는 일들도 보았기 때문에 천출들과 아랫사람들을 강력하게 통제하기 위한 국가법이기도 했다. 여러 가지 궁리에 몰두하던 그는 물통을 이고 오는 계화를 발견했다.

 "계화! 나 좀 보자꾸나."

 그렇지 않아도 그저께 저녁에 나신철 주인 나리가 술풍과 연을 맺어준다는 언질이 있었으니 반가움에 얼굴이 붉어졌다.

"백구는 소 주인을 따라갔는데 술풍은 벗이 없어 그래요?"
"지금 농담할 처지가 아니야. 나에게 지병이 있거든."
"지병?"
"그래. 아침부터 몸에 열이 나는 것이 전질(癲疾)이 시작될 조짐이야."
"전질이라고? 그게 무슨 소리인데."
술풍은 눈을 껌뻑껌뻑 떠 보이며 엄숙한 어조로 말을 이었다.
"이 지랄병은 옥빛을 받아야 낫는다고 했어. 마침, 오늘 옥광에서 역부를 구한다고 마차가 오는데 그쪽으로 어떻게든 추방해 주면 좋겠어."
농을 좋아하는 계화는 섭섭한 마음으로 바라보다가 고개를 들었다.
"왜 추방해? 병을 잘 보는 보의원(保醫員)에게 부탁해 볼게."
"필요 없어. 장원 사람들이나 경영 낭자가 내 모습을 본다면 겁이 날 것이고 나도 이 집에 붙어나지 못할 것이야. 약은 필요- 없어-요."
등신 술풍은 떨리는 소리를 하며 벌렁 누워 양팔을 큰 대(大) 자로 벌리고 사족(四足)을 벌벌 떨었다.
"저, 정말 간질병이구나. 사람 살려유-!"
그녀는 부랴부랴 육관으로 달려가서 보의원과 종태를 데리고 왔다. 허겁지겁 달려온 종태는 땅바닥에 두 눈을 까집고 벌벌 떠는 등신을 보다가 채찍을 꺼내 들었다.
짝! 언제나 그렇듯이 일단은 때리고 보았다.
"흉악한 간질병을 앓고 있군."
보의원은 그의 이마를 짚고 코밑으로 손을 옮겨 인중혈에 멈추었다. 오른손으로 목덜미를 쓸어내리자 떨던 사지는 조용히 멈추었으며 큰 눈만 허옇게 뜨고 있었다.
계화는 발만 동동 구르다가 보의원에게 부탁했다.
"이 사람은 전질이 있다고 자기 병을 말하고 있어요. 앞으로 자주 이럴 것이며 경영 낭자가 이 꼴을 보면 나로 인해 병이 생길 것이라고 장원 밖으로 치워달라고 했어요. 이왕이면 옥광에 가서 옥기(玉氣)를 마시면서 일하면 나을 수 있다고도 했습니다."

종태는 구사에서 술풍이 덮던 덕지덕지 때가 묻은 이불 조각을 끌고 와 덮어씌웠다.

"흉측한 모양을 경영 낭자가 본다면 그럴 만도 하겠구먼."

"그러니 부탁이에요."

보의원이 종태를 보며 일렀다.

"오늘 옥광에서 나오는 마차가 있는데 이 자를 실어 치워버리게."

"하지만 우리 낭자께서 섭섭히 생각하시면……."

"그러니까 더욱 그렇다!. 흉측한 지랄병을 보여 모두에게 겁줄 일이 있어? 가다가 죽으면 던져버리고 쓸만하면 혈도를 풀어주겠지."

'나도 이 정도면 와사 극장에서 연극을 할 수 있겠군.' 등신 술풍은 그들의 말을 들으면서 하마터면 큰 웃음이 나올 뻔했다.

의술이 있는 보의원이 뒷머리 아문혈(亞門穴)에 혈도를 짚을 때 학소는 목을 조금 비틀어 빗나가게 하였으므로 처음부터 연극이었다. 마치 죽은 시체처럼 뻣뻣하게 죽은 사람 시늉을 했다.

녹음이 짙은 산중은 초목민들만의 세상은 아니었다. 그 숲 향기 속은 각종 생명의 활동 무대이기도 하며 전쟁터이기도 했다. 희끗희끗 나타나는 절벽들은 산세의 근엄함을 지키듯이 이곳저곳에 서있었다.

그 속에서 회색 장삼에 자색가사(紫色袈裟)를 걸친 중년인이 이곳 숲속을 헤치며 쫓기듯이 달려가고 있었다. 중년인은 여기저기 찢기어 어깨의 반은 드러났으나, 남장의 자색 가사는 아무 의미가 없어 보였고 긴 장요화는 무림인임을 짐작게 하고 강건함을 내포하고 있었다. 자색 가사인은 또 빠른 신법으로 숲속을 달리는데 갑자기 인영이 사라지며 회오리바람으로 변했다.

쨍강! 난데없이 검은 인영이 자색 가사인을 덮쳤는데 일수(一手)의 부딪힘으로 흑영은 사라졌다. 자색 가사인은 땅으로 내려서며 한쪽으로 시선을 던졌는데,

"저것은?"

그가 다가간 곳에는 은빛 엄지손가락 하나가 팔딱이고 있었다. 조금 전 그의 검기에 떨구고 간 손가락이었는데 땅바닥과 풀잎으로 오가며 팔딱이는 것이 마치 살아있는 벌레 같기도 했는데 기괴한 것은 은빛이 묻어나는 은혈을 흘리고 있어서 놀라지 않을 수 없었다.

'거참 신기하군. 은혈의 분신이 저렇게도 오래 날뛰다니.' 가사를 걸친 이는 남장을 한 매선 부인으로 의가장에서 보았던 흑혈의 환자가 생각났기 때문이다. 가사인은 주위를 훑고 나서 척 가라앉는 남자의 목소리로 말을 던졌다.

"나무 틈에서 매미 딱지처럼 붙어있지 말고 모습을 보여라!"

매선녀는 변성하고 젊은이처럼 낭랑히 소리쳐 보았지만, 사방은 쥐 죽은 듯 고요하고 바람에 실려 간 그 소리는 오히려 고함친 사람만 혼자 떠드는 정신병자로 만들었다.

'언젠가는 흑혈과 은혈 인간의 진면목이 밝혀지겠지.'

남장의 매선녀는 가벼운 보법으로 등정을 시작했다. 넓고 넓은 중원 내륙 깊숙한 강곡성도(江曲城都)에 찾아든 그녀는 서쪽으로 솟아있는 금호산(錦虎山)을 바라보고 있었다. 드러난 왼쪽 어깨에서는 선혈이 흐르다 멈추어 젖어있었고 검게 베어진 자색 가사는 가시넝쿨에 찢기어 회의 장삼만 드러나 불승의 모습은 찾아볼 수 없었다. 그렇지 않아도 누가 피 묻은 검을 들고 있는 그를 불승이라고 하겠는가.

눌러썼던 방갓을 이마 위로 밀어 올리며 산 중턱에 있는 모옥(茅屋)을 발견했다. 화전민의 촌가는 아닐 것이고 지나가는 길손들이 잠시 이슬을 피해 묵어갈 수 있는 안식처라고 생각하고 몸을 날렸다.

마당에 들어선 그녀는 살벌한 느낌을 받았다. 먹이를 물고 처마 밑 둥지로 들어가려던 두 마리 산 제비가 황급히 되돌아오는 모습이 보였다. 방안에는 집주인이 아니고 혈향이 풍기는 인간들이 들어섰다는 징조였다. 가사인 매선녀가 주의 깊게 방안을 주시하고는 문가에 붙어 섰을 때였다.

와장창! 방 안에 있던 추종자들이 본색을 간파당하자, 창문을 박차며 지체 없이 나타났다.

"후후후. 네 시력도 보통은 아니구나. 이 노부가 누구인지 알아보겠는가?"

매선녀는 두 눈에서 한광이 밝혀지며 이들의 정체를 알아내기 위해 격장지계(激將之計)를 썼다.

"금호산에는 농민들 피를 빠는 소도둑이 많다고 들었는데 행동으로 보아 당신네들이군."

노부라는 자는 갈포로 만든 도포에 포선(布扇)을 흔들며 입꼬리에 웃음을 달았다.

"무엇이? 우리가 산도적 놈이라고?"

"그래요. 산에서 야숙하며 쫓아다니는데 산도적이지요."

학자 같은 어르신의 웃는 얼굴은 영 마음에 들지 않았다. 그는 뒤돌아 두 대한에게 눈을 돌리며 물었다.

"밤낮을 불문하고 매선 부인을 추종했던 것이오?"

물어보지도 않고 의당히 말하는 그의 말에 부인은 놀라는 기색이 감돌았다. 불승의 가사를 걸치며 변색했던 것이 허수아비에 지나지 않았음을 느꼈다. 앞에 섰던 대한이 의분에 차서 검을 빼 들었다.

"부 문주님의 말씀대로 생포하기 위하여 힘을 쓰다 보니 우리 동도들 삼인이나 살육당했습니다. 해서 놓쳐서는 안 될 일이 아닙니까. 지금으로서는 그 원한으로 피를 보아야 되겠습니다."

"아니지. 부 문주가 곧 당도한다니 그대들이 할 일은 아닐세."

식식거리는 두 대한을 막아서며 포선을 흔드는 자가 입을 열었다.

"본 구독선편 기지(基地)는 일찍이 귀가에 백접도를 흠모해 왔다. 해서 사연은 여기에 있단 말이오."

짐작했던 대로 매선녀는 백접도라는 말에 이들에게서 무슨 단서라도 나올까 싶어 오히려 그 진상을 알고 싶었다.

"당신네들은 언제부터 백접도에 간섭하여 마치 주인 노릇을 하려는 것이오?"

앞에 섰던 대한이 대단한 것처럼 소리쳤다.

"몇 달은 된다. 백접도를 취하는 자는 영생불사(永生不死) 할 수 있다는 말이 부인을 두고 하는 말이 아니오?"

이 말은 매선 부인 매선녀에게 붙여지는 이름이어서 세상에 걸어 다닐 수 없게 만들고 있었다. 이런 졸개에서부터 협사, 기인이사 모두가 영생불사의 백접도라는 이름으로 압박해 오고 있었으니 진퇴양난이며 사면초가에 몰려있음을 알 수 있었다.

멸문을 당하고 일 년도 안 되는데 이들은 어쩌다 강호의 풍문을 듣고 나를 잡으려는 것이지 특별한 의미는 없어 보였다. 곰곰이 생각에 잠겨있는 매선녀를 바라보던 기지라는 자가 성큼성큼 다가왔.

"부인의 몸에는 전대(錢帶)는 없다고 했고 혁대(革帶)가 있다고 했소. 그 혁대 속에는 서복의 봉선서(封禪書)와 백접도가 있다고 했으며 나는 그것을 확인하고 싶을 뿐이오."

갈포 도포에 문사건을 쓴 인상은 정인군자(正人君子) 같지만, 신비한 웃음을 입꼬리에 담고 하는 말씨는 큰 희망을 바라는 태도이기도 했다.

"탐욕스러운 그대들은 나를 빙자하여 소문을 내고 그렇게 하여 숨어 있는 잉어가 나타날 것이라고 믿소?"

매선녀는 말하면서 기지가 다가선 만큼 물러서며 포선에 주의를 게

을리하지 않았다. 외호나 행동으로 보아 독선을 뿌릴 것이라 예상했기 때문이었다. 그는 또 입 꼬투리에 신비의 웃음을 담았다.
 "매선 부인의 용태로 보아 그럴 것도 같은데 감히 옥체에 손을 댈 수가 있겠소이까? 해서 부인과 교분을 맺어 둘만 이 자리를 뜨는 것이 좋겠습니다."
 앞에 섰던 대한이 앞질러 서며 말했다.
 "당노사 말씀대로 우리도 그러고 싶소. 그래서 당신 몸을 한번 살펴보면 좋으련만 그것이 용납이 안 되니 피를 부르고 있지 않습니까?"
 이들의 말은 막무가내였다. 보따리였다면 풀어 보이겠지만, 여인의 몸으로 이들에게 몸을 맡길 수는 없는 일이었다. 설령 몸속에 아무것도 존재치 않아도 강호의 소문은 그대로 끝나는 것이 아니기 때문이다. 비록 졸개들이지만 무림인 세 사람이면 기에 붙일 것이라 숲속을 바라보았다. 나뭇잎이 우거진 숲속은 몸을 피신하기에 희망이 보였다. 매선녀는 독선을 두려워 한 나머지 두 대한을 이용하기로 마음먹었다. 해서 두 대한에게 검을 날렸다.
 까가깡! 갑작스럽게 공격으로 변모하는 일신에 모두 당황하며 두 대한은 맞받아치며 공격했다. 일순, 깃털처럼 가벼운 봉황운신법(鳳凰運身法)으로 숲속으로 뛰어들자, 예상외의 일에 이들은 삼각대형으로 몸을 날렸다. 당노사는 이들 때문에 잡았던 고기를 놓치게 되어 소리 질렀다.
 "이 당 노사의 안목을 벗어날 성싶으냐? 내 당장 꼬리를 자르겠다!"
 스스스 스스스 삭-
 이들도 숲속으로 따라 쫓았으나 홀연히 증발하여 감쪽같이 사라져 버렸다. 매선녀는 앞으로 내달음질 치는 것처럼 위장하고 완벽하게 은신할 수 있는 장소에 몸을 정지했다. 그리고 전신에 신경을 곤두세우고 주위의 동태를 읽어내고 있었다. 고요한 정적이 찾아들며 그들의 행방도 묘연해졌으며 그녀도 불안해졌다. 그것은 상대의 동태를 읽을 수 있어야 할 텐데 그것을 모두 놓쳤으므로 금방이라도 어디서 나타나 자신을 찢을 것 같았다.

그때 바람이 일었다. 좌측에서 빠르게 흐르는 미약한 움직임을 감지하였는데 그것은 또 앞쪽으로 아른거렸다.

켕!

잠자던 고라니가 스산함에 튕겨 나오자, 나무 틈에 은신해 있던 대한이 그 순간을 놓치지 않았다. 대한이 뿌린 검기에 애꿎은 고라니는 세 토막으로 나눠지며 주위를 피로 물들였다. 짓궂게도 머리 토막은 매선녀 쪽으로 날아오다 보니 살짝 몸을 움직여 그 물체를 피했다. 짐승의 피까지 뒤집어쓰면서 은신하고 싶지 않았기 때문이었다.

"나타났다. 우방에 매선녀가 있다!"

피를 묻힌 환도를 치켜든 대한이 순간을 놓칠세라 고성을 토하며 살검(殺劍)으로 그녀의 등을 노렸다. 매선녀는 낙화쾌변(落花快變)으로 나뭇잎을 흩뿌려 날리며 신형이 그 속에 묻혔는데 숲 위로 오장의 둘레에는 낙엽만이 휘돌고 있었다.

챙!

회오리바람처럼 흩날리는 낙엽 속에 있는 둘은 한 번의 금속성은 검과 도가 한번 스쳤다는 것을 말해주었다. 매선녀가 땅에 내려설 때 나뭇잎들은 산산이 흩어지고 있었으며 주위에는 어느새 세 대한이 삼각대형으로 그녀의 주위에 서 있었다.

그런데 그들 중앙에는 피 묻은 환도를 불끈 잡고 있는 대한의 오른팔이 땅바닥에 떨어져 있어서 그들의 얼굴은 당혹감으로 가득 찼다.

"윽! 내 팔이?"

팔을 잃은 대한은 달려가 그것을 안아 들고 통곡했으나 그 팔은 싸늘히 식어가고 있으며 붙일 수는 없는 일이었다.

"원사! 당장에 이 원수를…"

두 번째 대한이 공중으로 치솟으며 낙뢰 진법으로 공격해 들어갔다. 당노사 기지는 나머지 대한도 당할세라 포선을 펴 들며 보이지 않는 빠름으로 매선녀를 덮쳤다.

펑!

덮친 것이 아니라 절륜한 회선기공(回旋氣功)의 독선(毒煽)을 날렸는데 자욱한 안개 속에서 매선녀는 콜록거렸다. 이내 얼굴이 탈색되며 당했다는 의식이 가슴을 놀라게 했다. 눈속임으로 여겼던 포선이 독선이라는 것을 몰랐기 때문이었다.

"크하하하. 이제는 갔어!"

하얗게 탈색되는 매선녀의 얼굴에 당노사는 당당히 웃으며 두 대한을 바라보았다. 동료의 원수를 갚겠다고 낙뢰 진법으로 달려들었던 대한이 검을 쳐들었는데 당노사가 외쳤다.

"원사! 안된다. 자네들은 매선 부인에게 손쓸 권한이 없다. 원한을 갚고 싶다면 그대들의 부 문주 허락을 득하여 손가락 하나라도 취하거라."

의기양양하게 말하는 당노사를 바라보며 어쩌지 못했다. 마치 사냥에서 자신이 잡아놓은 전유물처럼 명령하며 지시했다.

매선녀는 이들의 말하는 것도 환상같이 보였고 목소리도 방향을 잃어 사방에서 울려 퍼졌다. 그것은 죽음을 의미하며 이름 모를 숲속에서 종말을 고하는 느낌이었다. 목에서 나오는 쉰내와 사방이 어두침침하게 변하는 것이 벌써 나의 몸에서 광란을 일으키고 있다는 징조였다. 흔들리는 몸을 곧추세우고 원사라는 대한이 다가서는 것을 느꼈다. 이 몸으로 이들을 방어함에 온 힘을 기울여야만 했다.

그때 푸른 인영들 십여 명이 장내로 뛰어들었다.

휙! 휙!

매선녀를 사로잡아 탐욕의 목적을 달성하려던 당노사는 때아닌 습격에 어리둥절했다. 청의인이 당노사를 가리키며 소리쳤다.

"저자는 당가의 불륜자(不倫者)로 독장을 쓰는 자이다. 방파장으로 맞서라!"

원사와 원제라는 두 대한은 청의인에 밀려 급급한 나머지 퇴로를 모색할 따름이었다. 원제라는 대한은 출혈에 힘겨워 쉰 소리를 토하며 청의인의 검날에 제물이 되었다. 그는 옆구리에 피 분수를 눌러 참으며 잃었던 팔을 찾아 앉고 잠들었다.

차장!

이들은 일신에는 하나같은 짙은 청의를 걸쳤고, 머리에는 청모변(靑毛弁)을 쓰고 있었다. 구독선편기지라는 당노사는 수적으로 미치지 못함을 깨닫고 도망칠 생각을 모색하다가 그의 흑장(黑章)이 검수들에게 광폭하게 날아갔다.

펑!

그 자리에는 한 대한의 시신만이 덩그러니 남아있었고 그 기회를 틈타 감쪽같이 숲속으로 사라졌다.

짙은 청의에 청모변을 쓴 거창한 사십의 대한이 매선 부인 앞으로 걸어 나왔다. 희멀건 눈 하며 시체 같은 하얀 피부는 보는 이로 하여금 산송장으로 느끼게 했다.

"나는 형장을 사모해 왔소. 그래서 둘 중 하나를 택하여 주시구려."

매선녀는 조금 전 사지에서 구출해 주어 고맙게 생각하고 있었는데 이들은 더욱 사악함이 내포되어 있었다.

"당신들은 누구신데 그들과 같이 핍박하는 소리를 하는 것이오?"

그 청의인은 그녀의 말에 아랑곳없이 입술을 놀렸다.

"하나는 부인의 허리에 있는 백접도를 내놓으시오. 그렇지 못하면 두 번째로 내가 사모하는 이 마음을 받아주시던지 둘 중 하나요."

말씨도 구구절절 꾸밈새 없이 단순 명료하게 말했다. 그녀는 이들과 대화하다가는 몽롱한 의식이어서 제압당할 것이라 퇴로를 찾고 있었다.

그런데 이들을 두리번거리게 하는 소리가 들렸는데 산 너머에서 금속성이 흐르는 호각 소리가 들렸다. 뒤에 있던 젊은 청의인이 대한 앞에 나서며 눈을 깜빡거렸다.

"단주님! 퇴각 신호입니다."

그는 사방에 두 귀를 쫑긋하면서 숲 쪽을 바라보았다.

"아니다. 지금 그 무리가 다가오고 있다고 이 자리를 뜬다는 것은 말이 아니다."

이번에는 옆에 있던 청의인이 호각 신호의 뜻을 간파하고 그의 앞으로 다가가 포권을 취하고 신중히 일렀다.

"아닙니다. 청제(靑第) 님의 긴급 철수 명령입니다."

단주라는 청의 대한은 매선 부인과 숲속을 바라보며 분한 듯 명령했다.

"그대로 모두 철수다. 따르라!"

그의 명령에 모두 호각 소리가 들렸던 곳으로 사라졌다. 삽시간에 쳐들어와 삽시간에 홀연히 모두 사라졌다.

"저쪽이다. 매선녀가 북쪽으로 도망친다!"

매선 부인은 소리 나는 쪽에서 반대쪽으로 무작정 달리며 살아남아야 한다는 의무감에 의식이 배가되어 공중으로 신법을 날렸다. 몸이 그러하니 숨이 막힐 것 같았다. 그러므로 죽을 수 있다는 강박관념에 앞이 안 보였다. 여인의 몸이지만 어머님의 몫으로 얼마나 할 일이 많겠는가.

"저기다. 저기!"

매선녀가 달려가는 곳은 짙은 물소리가 들렸는데 앞에 펼쳐진 산세는 깊은 절곡이었고, 넘치는 물이 흘러 폭포수를 이루고 있었다. 상류 쪽으로 방향을 바꾸어 가는데 하나의 인영이 바람처럼 그녀의 앞에 내려섰다. 일신에는 갈의를 걸쳤는데 몸집이 날렵한 복면인이었다. 옷에 걸맞게 갈색 가면에 이목구비는 뻥뻥 뚫려 있었는데 그의 입에서 흰 치아가 열리며 냉랭히 말했다.

"항주 매선 부인이라고들 하는데 맞지요?"

이어 따라 나온 십여 명의 무림인들이 가볍게 내려서며 그녀의 뒤를 둘러쌌다. 우측으로 막아선 복면인은 이어 당노사에게 말을 던졌다.

"나는 몸을 뒤질 일만 있다고 해서 따라왔는데 당가(唐家)의 환독 구음장도 하늘로 날아가 버렸군."

당노사는 뒤에 있는 무림인들을 쓸어보며 대답했다.

"무슨 소리요. 이 여인의 몸에는 귀한 보물이 있다고 했는데 죽어서는 안 되지 않소. 운해검문 부문주께서는 점혈로 제압하시오."

당노사가 말하는 운해검문(雲海劍門) 부문주라면 패도냉살(覇刀冷殺) 장춘(張春)을 말하고 있는 것이다. 항주 의가장을 쑥대밭으로 만드는 데 일조했던 그가 당가의 불륜자(不倫者) 구독선편 기지와 한통속이 되어 있는 상태이기도 하다. 당노사가 갈의 복면인 장춘을 바라보며 입을 열었다.

"나는 몇백 리를 달려왔소. 당신 말대로 매선녀의 몸에는 봉선서와 백접도가 있다는 말씀이 맞기는 하오?"

장춘은 가면 속에 지그시 닫았던 입술이 열리며 예의 그 하얀 치아가 드러났다.

"우리 문도의 말에 봉전여점에서 전대라고 생각했던 것이 전대는 아니고 혁대라고 했으며, 그 속에는 필히 편환이나 보화가 아니면 진기이보가 있다고 했소. 그런데 당노사의 구음장이나 포선으로 조용히 잡아 달라고 요구했는데 야단스럽게 이리 소란을 피우면 우리들이 원하는 바는 아니지 않소이까?"

원사라는 대한은 식식거리던 숨을 멈추고 예리한 검을 세워 동료의 원한을 갚을 기회를 찾고 있었다. 그를 바라보던 당노사가 눈을 치켜

떴다.

"그만하거라. 피라미 한 마리 때문에 대어를 놓쳐서는 안 되지. 잠시 후면 스스로 편안히 잠들 것이다."

당노사의 환독구음 독선에 당한 매선녀는 가물거리는 눈을 깜빡이며 도주로를 찾고 있었다. 강물 너머 사방을 둘러보았는데 가파르고 험준한 산악이 첩첩이 포개어 있었다.

강물을 건너야 저 산속에 이 한 몸 숨을 곳을 찾을 수 있을 텐데 하고는 흐르는 물길만 바라보았다. 물속에는 고목들이며 산수화가 거꾸로 매단 모습이 그녀의 눈에 들어왔는데 세찬 물살도 그 그림은 쓸어가지 못하고 물살만 흘러가고 있었다. 흐려진 매선녀의 혜안은 물속에 산세를 보고 그 속으로 잠기려 작정하여 훌쩍 몸을 던졌다.

"매선녀가 강물로 뛰어들었다!"

당황한 나머지 모두 강가로 몰려들었는데 매선녀는 찾을 수 없었고, 세찬 물살은 오십여 장 흘러가 폭포수를 이루고 있었다. 매선녀가 숨으려고 했던 산수화는 이들의 혜안으로는 물에 뜬 산수화를 보는 이는 아무도 없었으며 오직 여인을 쓸고 간 폭포수로 달려갔다. 당노사는 다 된 밥상을 쏟아놓은 꼴이라 두 눈을 부릅뜨며 소리 질렀다.

"뭣들 하는 것이오! 시체가 다 된 여인도 뛰어내리는데!"

사방을 훑어보며 소리 질렀으나 누구 하나 뛰어들려는 자는 없었다. 사고가 흐려진 쫓기는 자와 쫓는 자가 같을 수 있겠는가!

아무리 영생할 수 있는 불로초를 얻을 수 있다고 한들, 이 물속으로 뛰어들었다가는 영생은 고사하고 세상을 하직하고 말 것이 뻔했기 때문이었다. 이 마당에 당노사 따위의 호령에 사지의 벼랑으로 뛰어들지는 않을 것이므로 장춘을 비롯한 그의 문도들이며 몇 무림인들은 서로 얼굴만 두리번거렸다.

매선녀를 잃은 책임은 당노사에게 있다고 입을 삐죽이고 난 장춘은 동도들에게 말했다.

"용호지(龍虎池)로 내려간다! 우리가 여기까지 달려온 목적은 이루어야 한다!"

금호산(錦虎山) 두 계곡에서 흘러들어오는 물은 서로 만나면서 큰 폭포를 이루고 있는데, 그것은 용쟁호투와 같고 그와 같이 울어댄다고 하여 용호폭포라고 하였다. 폭포는 아무렇지도 않게 여전히 하얀 물살을 튕겨내며 굉음과 함께 낙차 하는데 절벽 사이로는 개미 같은 인간들이 부산을 떨며 내려서고 있었다. 누구든지 매선녀를 찾아 백접도를 손에 넣으면 영생할 수 있는 길이 열린다 하여 각자 보물찾기에 들어갔다.

조용히 흐르던 청산리 벽계수도 용호상박이 되어 우렁찬 소리를 내지르니 갈기갈기 찢긴 하얀 물거품을 안고 떨어지고 있었다. 그 낙착지는 어디에서나 깊은 연못이 있게 마련이고 보면 깊고도 차디찬 사방 오십 장의 용호지가 있었다.

수목 우거진 절벽 중턱에 용호지를 바라보는 백붕 한 마리가 무심한 눈길로 시선을 집중하고 있었다. 그 백붕은 자세히 보아 연로한 노인이었는데 백염에 하얀 복식을 갖추어 먼 데서 바라보면 그렇게 느끼기에 충분했다. 노인은 물가를 내려보다가 부엉이가 산 쥐라도 발견한 듯이 길게 자란 검미가 꿈틀거렸다. 순간 지체하지 않고 가볍게 몸을 날렸다.

물가에 내려선 노인은 내려가는 물체를 낚아채었는데 바로 매선 부인이었다. 노인은 한 마리의 백붕이 병아리를 낚아채듯이, 부인을 감싸 안고 부응 신법으로 절벽으로 날았다. 절학에 가까운 신법이어서 내공 수위가 보통이 아님을 보여주고 있었다.

삼사일이 지났을까. 매선 부인은 잠자리에서 깨어나며 팔을 펴고 일어나 앉을 수 있게 되었다. 생각으로는 어저께 일 같은데 당노사와 무림인들에게 쫓기어 산수화에 몸을 던진 기억이 되살아났다. 그 산속에

이 한 몸 숨을 곳이 있을 것이라고 생각했는데, 지금 그 산수화 속은 아닌가도 싶었다.

사방을 둘러보자 음침한 동굴 속 같은데 주위로는 온갖 귀신이 모여들어 인축(人畜)을 잡아놓고 잔치라도 벌일 듯한 곳이었다. 그런데 그녀의 곁에는 타다 남은 장작불이 채 꺼지지 않아 따스한 온기가 감돌았고, 한편에는 간단한 침식 도구가 가지런히 놓여 있어 누가 임시 거처하고 있음을 짐작게 했다. 가만히 주위에 귀를 기울였는데 바깥에서는 바람 소리와 넘치는 폭포 소리를 들을 수 있었다. 옆으로 들어오는 빛으로 몇 장 넓이의 물체는 분간할 수 있겠으나 안으로는 시커먼 동혈 속이었다.

어둠 속에서 하얀 물체가 아른거리는가 했더니 그녀의 앞에 사람이 나타났다. 백의의 학창의에 백염이 가슴까지 내린 노인은 그 수염 속에서 음성이 흘러나왔다.

"아미타불 관세음보살."

매선녀는 놀라움을 추스르고 반가움에 몸을 가다듬었다.

"노승께서 이 소부를 거두어 주셨습니까?"

"노납(老衲)은 그대가 남자인 줄 알고 가사를 벗기었는데 오해는 마시오."

매선녀는 이 노인이 생명의 은인이라 믿고 얼른 일어나 대례를 올렸다.

"사지에서 건져주어 감사하오며 결초보은(結草報恩)하겠습니다."

"시주가 사천 당가의 환독구음에 기가 말리는 것을 보고 당가로 달려가 해약을 구하려 했으나, 사흘은 경과할 것이라 내가 기로써 해독을 다스렸네. 그리고 용호지에서 무림인들이 매 시주를 찾는 소리에 귀를 기울여 봤더니, 항주에 인지의가장 매선 부인이라는 말을 듣고 가까운 금천사에 다녀왔다."

노승은 넓은 학창의(鶴氅衣)에 얼굴은 짙은 백미와 백염이 가득했고 이목구비는 코만 보일 뿐이다.

"그렇습니다. 소부는 항주의 의가장에서 매영(梅英)이라고 하는 장부(莊婦)입니다. 노승의 존함을 듣고자 합니다."

"시주가 인지의가장에 매선군부인(梅仙君夫人)이라고 오늘 듣고 오는 중이오. 여식으로 생각하여 노납의 이름을 밝혀주지."

"……."

"세간에서 나를 앙청운(仰靑雲) 각제(刻諸) 노인이라고 부르더군."

매선녀는 노인의 말에 깜짝 놀랐다. 중원에서 불선(佛仙)과 도선(道仙) 두 선인이 있는데 불선 각제 노인은 들은 바 있었다.

그 노인은 신선이 되려고 고산(高山)으로 올라갔다고 알고 있었다.

"불선 노 선배님을 뵙게 됨을 영광으로 생각합니다."

"그대의 가친 매화 의원 매진배(梅眞倍)도 나와 동배(同輩)이다. 매영이라고 불러도 되겠지?"

매선녀 매영은 집안 내력까지 알고 있음에 깜짝 놀라 고개를 들었다.

"그리 놀랄 것은 없느니라. 탈이 많으면 이름도 많다고 하는데 중원에서 매부인, 매화 부인, 매선 부인, 매선녀, 매영, 모두가 꽃다운 이름이라 반갑네."

"부족한 불제자가 매선군부인(梅仙君夫人) 법첩(法牒)에서 오는 말씀 같습니다."

"그렇게 되고 보니 진 장주를 생각하면 진 부인(秦婦人)이라고 해야 할 텐데 매부인(梅夫人)이 되어 진 장주로서는 섭섭하겠구나."

"부끄럽습니다. 소부는 여기에서 얼마의 시간을 보내었습니까?"

"사흘 동안 잠을 자더군. 나는 기(氣)를 더해주기는 했지만, 곤히 잘도 자더군."

"소부에게 온기를 불어 주었다고요?"

"고마워할 것은 없네. 누구도 억울하게 죽어가는 사람을 보고 가만히 있지는 않을 테니 말이다. 금화사 주지승은 인지의가장과 매영에 대해서 말씀하시더구나. 보덕사에 다니며 공양(供養)했던 불제자였다고 했어. 그리고 안타깝게도 지금은 모종의 비첩을 소지하였다고 하여 강호의 무림인으로부터 쫓기는 처지라고 하더구나."

"모종의 비첩이라면 백접도(白蝶圖)를 말씀하시는 것 같습니다. 그것은 영생불멸의 불로초 자생지를 알 수 있다는 사실무근의 헛소문입니다."

"그래그래. 알고 있다. 그것은 사실무근의 헛소문만은 아닐 테지. 중생들은 하루아침에 선약을 얻어 영생하려는 욕심이 얼마나 허구한지 나는 잘 안다."

앙청운 각제 노인. 불도를 닦으며 영생불멸의 신선이 되려는 사람이 그녀의 말에 눈 한번 깜빡하지 않고 간단히 들어 넘기는데 매선녀는 감복할 따름이었다.

"노 선배님께서 소부의 진심을 알아주시니 감사합니다."

"감사할 일은 없지만 그렇게 생각한다면 노납에게 곤죽(米粥) 한 솥 쑤러무나. 매일 생쌀을 씹었는데 오랜만에 화식해 보고 싶구나."

한쪽에 솥과 쌀자루를 보았는데 정말 노인의 말대로 솥은 그을린 흔적이 없어서 근간에 불을 땐 적이 없어 보였다.

"곤죽이요?"

"그래. 금호산에 묵고부터는 화식은 얼마 못 해보았다. 마침 손님을 모시고 보니 반찬거리가 없어서 간장 한 종지 얻어왔지. 물을 부어 끓이면 죽이 되지 않겠느냐?"

매영도 배가 곯았던 터라 황급히 일어나 쌀을 씻으러 나갔다.

"허허허. 나보다 영아가 더 요기가 하고 싶었구나."

잠시 후, 둘은 곤죽 한 사발씩 끌어안고 맛있게 먹고 있었다. 노인네가 더운 죽사발을 후후 불자 백염 속에서 입술이 나와 숟가락은 잘도 찾아 들었다. 매선녀는 죽사발을 다 비우고 나서 노인의 신상에 관해 물었다.

"노 선배님은 이곳이 처소가 아니지 않습니까. 그런데 이 별지에서 무슨 낙으로 생활하시는지 모르겠습니다."

"허어. 무슨 낙이 있으시냐 이 말씀이신가?"

앙천운 각제 노인은 빛이 들어오는 입구를 물끄러미 바라보는 것이 온 세상을 바라보는 얼굴이었다.

"일각이여삼추(一角以如三秋)라 기다림에 살았지요. 사람들은 세월이 유수와 같다고 빠름을 한탄하지만, 기다림은 그와 반대로 너무 느려 지루함을 느끼지. 이를테면 말이다. 겨울에 몸을 움츠리고 언제면 봄이 올 것인가, 하루하루 기다림은 일 년과 같고. 또 봄이 되어 수많은 만물이 활동하는 여름을 한 시각 한 시각 기다리는 것은 십 년과 같고, 또 그와 같이 가을 겨울을 기다리는 것은 일 년이 백 년과도 같은 것이네. 기다림은 너무 느려 지루한 형편이어서 이 호지별부(虎地別府)도 매영과 같이 떠나면서 기다림의 연속은 끝을 맺으려 하고 있네."

"호지별부에서 끝을 맺는다니 선사님의 말씀이 무슨 뜻인지 모르겠습니다."

이번에는 어두운 동혈 쪽을 바라보며 나지막한 어조로 말을 이었다.

"여기 동혈에는 동안지여충(動眼之戾蟲)의 고행이 계속되고 있다. 호지별부에서 기다림의 길이 있었는지 영아를 보내어 주었다면 기연이라고 아니할 수 없겠느냐?"

매선 부인 매영은 깊은 뜻이 있는듯하여 두 눈이 동그래졌다.

"기연(奇緣)이라고 아니할 수 없다니 무슨 연록이라도 있다는 말씀입니까?"

비틀어 앉았던 불선 각제 노인은 불장을 들어 정좌하고 조용히 말했다.

"노납은 선사(先師)의 법체(法體)를 알현하고자 십 년 세월을 하였네. 그러던 중 백 년 전에 있었던 일을 알게 되었네. 당시 사천성에 있는 청성파(靑成派)에서 현파신공(玄波神功) 구일(九逸)이라는 십이 대 장문인이 돌연 행방불명이 되었지."

노승은 말을 하다가 식어가는 찻잔을 들었다.

"그래서 선사의 법체와 청성파와는 무슨 사연이라도 있었습니까?"

"그 인연이 여기 호지별부에서 이루어졌는데 너무 오래된 비보라 청성파에 말을 못 하고 있네. 당시 현파신공 구일은 금호산이라는 지명의 유래를 찾던 중이었네. 그 유래는 현장법사의 사제법사(師弟法師)가 동안지 여충의 함과 같이 묻혀있는 곳으로 알고 여기를 찾았지. 그는 극상의 공력을 얻고자 하였으나 뜻을 이루지 못하여 여충의 안구에 빠져버렸네."

"그러면 그 호지별부에서 돌아가셨다는 말씀이군요."

"그 일이 백 년 전 일인데 그는 선체로 입신백골(立身白骨)이 되어있더군."

"그러시면 백골이라도 수습하여 돌려드려야 되지 않겠습니까?"

"모든 것이 지난 일인데 청성파에 알린다면 또 강호에 호지별부가 말썽이 되지 않겠어? 그보다도 나도 하마터면 그와 같이 입사(入死)할 뻔 했는데 겨우 빠져나왔다네."

매선녀는 음침한 동굴 속을 바라보았다. 동안지 여충이 있다고 하니 비사에 얽힌 동혈임을 짐작하고 어머니 같은 여인의 이마에는 주름이 일렀다.

"그래서 선사님은 여기 호지별부를 지키고 있다는 말씀이군요."

노인은 부엉이같이 길게 자란 검미를 세우며 말을 이었다.

"지키고 있는 것이 아니라 머무르고 있는 것이며 기다림의 연속이었다고 말했네. 노납은 그때 운기 행공을 하면서 그 호안(虎眼)의 기(氣)를 알아보았네. 원래가 자호(子號)라서 남자라면 어떤 내가고수(內家高手)가 들어와 훔치려 한다 해도 힘들 것이다. 여인이라면 받아들이기가 쉬우리라는 것을 알았네."

매영은 앙청웅 각제 노승이 나를 보내어 주었다는 애매모호한 말에 그 호두(虎頭)인 동안지 여충에 관하여 자세히 알고 싶어졌다.

"현장법사(玄奘法師) 님과 사제 법사라면 삼백오십 년 전 일인데⋯⋯ 무슨 사연이 있었다는 말씀입니까?"

노승은 은빛 백염을 쓸어내리고 물끄러미 쳐다보았다.

"그 내막은 나의 선사와 관련이 있는 일이며 사연은 길지. 그 이전에 매영 시주에게 부탁을 하고자 하는데⋯⋯."

"부탁이라니요?"

매영은 놀라움을 감추며 내심 마음으로는 다짐하고 있었다. 사경에서 구해주어 결초보은하겠다고 하였는데 거절할 수도 없었다.

"부탁이 아니고 피할 수 없는 인과(人果)라고 본다. 아라한기혈대법(阿羅漢氣穴大法)으로 진기를 전수해 줄 테니 그 호두를 잠재우게나."

"연약한 소부가 감히 그러한 일을 할 수 있겠습니까?"

"말했듯이 자호(암호)인바 여 시주니까 부탁하는 것이오. 그렇게 되면 유가유식(瑜伽唯識)이 몸에 배어 십팔번뇌(十八煩惱) 유가행법(瑜伽行法) 모두 다 통할 것이네."

"예? 유가유식이라면 죽은 사람도 걷게 만든다는 요술 말인가요?"

"정통 무예는 아니지만, 요술이라는 말은 유가유식을 익히지 못한 무림인들이 쓰는 말이고 신선술에 가까운 정신술이다."

"⋯⋯."

할 일이 많은 매선 부인은 쫓기는 몸으로 반가운 일이며 한편으로는 겁이 나기도 했다. 동안지 여충이라면 움직이는 대충의 눈을 잠재우라는 말씀이기도 하여 그렇기도 하였다. 노승은 지그시 감았던 눈을 뜨면서 하던 말을 이었다.

"노납은 여 시주를 찾던 중이었는데 시주를 만나고 나서는 이틀 동안 매선 부인에 관하여 수소문해 보았네. 천원(天圓)지방에 적을 두었고 황제만이 논할 수 있는 불로장생의 백접도를 소지하여 숨어 다니는 처지라고 알고 있다."

매영은 천원지방이라는 말에 숙였던 고개를 들었다.

"노 선배님이 천원지방을 아시니 의가장의 장주이신 저의 부군의 행적을 아시겠습니다."

"노납은 속세를 떠난 몸이다. 지금으로서는 무어라 말할 수 없구나. 업보를 지녔으니 흑구름에 휩싸인 듯한데 풀릴 날이 있을 것이네."

"업보라 하심은 불로장생의 불로초를 믿으시는 겁니까?"

노승은 백염을 쓸어내리며 웃어 보였다.

"이 노납은 불도를 닦아 신선이 되고자 하는 사람으로 알고 있지 않느냐. 약초를 먹어 신선이 되는 일은 도인들이나 할 일이지……. 그리고 높고 넓은 천원지방 어느 곳을 찾는 중인지 알고 싶구나."

"막막한 일입니다. 저의 부군(夫君)이 살아있다면 서왕모(西王母)를 모시는 천황지자 일월지황 호종단이가 잡아갔다는 말씀이 있어, 이렇게 헤매고 있습니다."

"호종단은 황백지술(黃白之術)을 연마하여 선인(仙人)의 단사(丹砂)를 갖고 황금과 백은을 만드는 술법을 터득하였다고 들었네. 그리고 그는 백발은 다 빠지고 다시 황발(黃髮)하여 나 못지않게 장수한 사람으로 황중내윤(黃中內潤)의 경지에 이르렀다고 보네."

"누가 불러 주었기에 하늘의 아들이며 해와 달에 왕이라고까지 대단한 위인이신지 모르겠습니다."

노승은 짐작했던 대로 고개를 끄덕이며 놀라움을 금치 못했다.

"천황지자 일월지황이라는 말은 동해의 고도 탐라국 무속 이야기에서 나온 말 같기도 하다. 파황(把皇)이라는 말은 아무나 쓸 수 없는 말인데 나도 신경이 쓰인다. 한무제 때 방사(方士) 호종단(胡宗旦)이 부활하여 서왕모의 후예 서백(西白)이라고 자칭하면서 중원에 먹구름을 드리웠다. 이는 매영 홀로 이란격석(以卵擊石)의 우를 범하지 말라. 드넓은 중원에 수많은 잡초와 독초들이 섞여 공생하니 혼자 독초를 뽑으려 든다면 그것은 어리석음이니라. 자연은 순연하니 기다림으로 기회를 보거라."

초췌한 매선녀의 얼굴이 붉어지며 대답을 하였다.

"수많은 날을 지새우며 두 눈을 뜨고 하늘을 우러러 기다림으로 가슴을 달래기에는 너무합니다."

각제 노승의 하얀 학창의 속에서 하얀 손이 뻗쳐 나왔는데 손등에 하얀 털이 듬성듬성 나 있는 것 이외에는 젊은이의 손 못지않았다.

그 손목과 손등이 붉게 물들어 오며 매영의 혈도를 찾고 있었다.

"매영아. 윗도리를 벗거라."

진주 같은 여인의 두 눈이 또 한 번 동그래졌다. 남의 부인 윗도리를 벗으라는 말인데, 지금 노인 앞에서 색념에 의심하여 머뭇거릴 일은 아니었다.

"윗도리면 되겠습니까?"

"걱정 말거라. 의원 앞에서 부끄러워할 것은 없다."

노승의 말에는 의가장이라는 의원들이 활동하는 곳에서 생활하였으므로 부끄러워할 일은 아니라는 것이었다.

윗도리를 벗자 봉긋한 젖무덤은 아직도 젊음을 나타내고 있었다. 노승은 왼손을 내밀어 그녀의 머리끝 백회혈(白回穴)에 대고 오른손은 젖무덤 밑에 옥당혈(玉堂穴)에 갖다 놓았다. 노인의 마른 손이었으나 따뜻했으며 포근했다. 뜨거운 손에서 흐르는 기는 가슴을 뜨겁게 하며 등뒤 옥양혈(玉陽穴)과 명문혈(命門穴)로 흘러내렸다. 아란한 대법의 아라한(阿羅漢)은 모든 번뇌를 끊고 깨달음을 이르는 말로 라한(羅漢)이라고도 하며 이는 탐라도의 오백라한(五百羅漢)과 일맥상통하기도 했다.

조용한 시각-.

한 식경이 지났을까. 누가 이때 들이닥친다면 이들은 내공이 뒤틀려 주화입마에 빠지는 수가 있으며 십장 이내의 모든 것이 금제(禁制)의 원칙이 있다. 매선녀의 입가에서 기이한 선향(仙香)이 감돌며 긴 숨을 토해 냈다. 창노한 음성이 그녀의 귓전에 조용히 들려왔다.

"되었느니라. 아라한 기혈 대법이 모두 끝났다. 일어서 보거라."

매영은 한동안 멍해져 있었다. 차츰차츰 머리가 맑게 개며 온몸이 공중으로 부응하는 기분이다. 그녀는 윗도리를 입으며 송구스러운 마음에 한 말씀을 물어보았다.

"소부로 인하여 노 선배님의 기력이 쇠잔해지는 일은 없습니까?"

"괘념치 말라. 전연 없다고 하면 거짓말이겠지만, 일 년을 잃고 십 년을 살면 장사가 잘된 일이 아니냐. 공력을 주는 것이 아니고 기혈대법(氣穴大法)으로 힘을 조금 쓴 것뿐이다."

매영은 몇 보 걸어보면서 몸은 한결 가벼워졌지만, 마음은 지금 이 노인의 사슬에 묶인 것처럼 무거웠다.

드디어 주인이 명령하듯 하는 소리가 그녀의 귀에 들려왔다.

"이제 할 일은 내일 동이 틀 시각에 맞추어 그 호두(虎頭) 앞에 나가거라."

그녀는 천진난만하게 물었다.

"그 대호가 혹시 덤벼든다든지 잘못될 일은 없습니까?"

"눈에서 흐르는 기광(氣光)을 흡수할 수 있으므로 그것은 아라한 기혈 대법이 있어서 겁내지 말거라. 그리고 여기에 몇 줄 암송해 두어야 한다."

양피지 한 장을 내어주면서 신중하게 말을 이었다.

"호안의 안구는 여전히 운행하고 있으므로 처음에는 같은 방향으로 백팔 번 다음은 반대로 백팔 번 순연하며 장지로 연속 돌리거라. 거리는 오장 앞이다."

"이렇게 말이에요?"

매영은 오른손을 들어 주먹을 가볍게 쥐고 장지 손가락 하나를 내밀어서 마치 누구를 가리키듯이 하고 빙글빙글 손목과 같이 흔들어 보았다.

"바로 그렇게 해라. 매영의 눈도 따라 돌아갈 테지만 겁먹지 말고 같이 따라가면 자연 해소될 것이다. 그 대충(大蟲)은 원래가 암호(子虎)였기에 남자들은 누구도 받아들일 수가 없었다."

노승은 잔잔한 눈으로 동혈 틈으로 보이는 먼 하늘을 바라보며 회고에 들어갔다.

"선사의 잘못된 실수를 하나라도 주워 담는 것은 나의 길이다. 그래서 매영에게 부탁하는 것이네. 그때로 말하면 삼백오십 년 전 일이지……"

하고는 말을 이어 나갔다.

삼백오십 년 전, 당이 건국하고 당 왕조는 후계자 문제로 형이 동생을 죽이는 난세에 조정은 시끄러워졌다. 당 왕조의 부름을 받고 불전을 정리하던 현장(玄奘)은 장안(長安)을 나와 서역으로 떠나기로 하였다. 혈향이 가득한 장안을 향화로만은 덮을 수 없었기 때문이었다.

몇 달에 걸쳐 현장법사(玄奘法師)가 천산북로(天山北路) 길을 택하여 고창국(高昌國)을 지나 천축국(天竺國)으로 갈 때였다. 깊은 산속에서 혼자 길을 찾아 헤매고 있을 때 그의 앞에 때아닌 큰 백호 한 마리가 입을 딱 벌리고 나타났으니 진퇴양난이었다. 현장법사는 유가유식(瑜伽唯識)을 써서 그 대충을 잠재우려고 했다.

산속에서 백범(大蟲)이 으르렁거리며 덤벼드니 법사는 장지 손가락을 쭉 펴고 백범의 눈을 돌려대기 시작했다. 거리는 오 장 거리였는데 덤벼

들려던 백범은 삼장법사(三藏法師), 그러니까 현장법사의 장지를 보느라 정신이 없었다. 그 대충도 처음에는 이 땡중이 하는 짓이 요상하여 저 손가락 하나로 나를 어떻게 하려나 하고 그만 눈이 팔렸다. 반면 반 시 진 정도이면 유가유식으로 잠재울 것으로 생각했던 현장의 계산은 그게 아니었다. 오히려 그 하얀 백호는 재미있다는 듯이 꼬리를 틀고 앉아 현장의 지골 수화에 눈동자만 굴릴 뿐이었다. 백호도 기가 보통이 아니어서 유가유식의 지골수화(指骨手話)에 잠은 고사하고 그렇게 시간이 흐를 때였다.

"화상(和尙)은 참 재미있는 일을 하고 있군요. 대범을 갖고 노니 말입니다."

등 뒤에서 나타나 말하는 이는 고창국 무사로 건장한 사십 줄의 젊은이였다. 현장법사는 젊은이를 바라보며 씁쓸하게 웃었다.

"이 대충이 나에게 덤벼드는데 나로서는 어쩔 수 없지요."

"미련스러운 대범 같은데 나도 좀 그래봅시다."

"보는 바와 같이 나는 화상으로서 살생은 하지 않소. 이렇게 하여 잠을 재우고자 합니다."

고창국 젊은이도 물러설 수 없는 마음이었는지 덤벙대었다.

"이 대범은 고창국 대호입니다. 나도 살생은 하지 않으니 한번 배워봅시다."

고창국 무사는 흥미진진하여 현장 앞에 막아서며 그와 같이 장지를 세워 돌렸고 백호도 눈을 옮겨 젊은이의 장지를 보며 안구가 구르게 되었다. 현장은 막무가내로 이러는데 돌아서면서 일렀다.

"백범은 휴면에 들 시간이오. 길어도 반 시진쯤 그러면 잠이 들 것이오. 살생은 하지 않는다고 했는데 그리 믿겠소."

문제는 그렇지 않았다. 현장법사가 돌아간 다음에 몇 시진을 그래도 꼬리를 틀고 앉은 백범은 잠은 고사하고 손을 멈추면 달려들 기세여서 무사는 겁이 났다. 밤이 되어도 파란 눈을 한 백범은 연신 돌려대는 그의 장지만 보면서 눈을 굴렸다. 무사는 난감했다. 몸에 지닌 무기는 하나 없었고 손을 멈추었다가는 단숨에 물어 뜯겨 아작날 판이었다. 이러다 보니 둘은 모두 유가유식에 최면이 들어 둘은 서로 그렇게 싸웠다.

현장법사는 천축국에 당도하였고 뛰어난 재능으로 계일왕(戒日王)과 왕후를 비롯하여 많은 사람들로부터 존경을 받으며 육 년을 보냈다. 법사는 대당대자은사 삼장법사전(大唐大慈恩寺 三藏法師傳)을 쓰고 육 년 만에 고국 당나라로 돌아오게 되었다.

그 일행이 22필의 준마에 법전을 싣고 천산 북로로 고창국 산길을 지나게 되었다. 많은 제자를 대동하여 경전과 불상들을 싣고 오는 중이었는데 젊은 제자가 황급히 달려오면서 법사에게 보고를 드렸다.

"저 숲속에서 두 백골이 나와서 묘지 터를 놓고 싸우고 있습니다. 이 사실을 본 불도들이 다가가 진의를 알고자 했는데 모두 그 백골의 사술에 걸렸습니다."

그제야 법사는 까맣게 잊고 있었던 고창국 젊은이가 생각이 나서 달려갔다. 아니나 다를까 양쪽 모두 백골이 되어 있었는데, 백범은 머리통과 눈알만 성성이 살아 안구는 여전히 구르고 있었고, 젊은이는 장지 손가락 하나만 살아 있었다. 또 놀라운 것은 둘은 백골이 되었어도 꼿꼿이 서 있었으며 그때까지도 고창국 젊은이의 장지는 백호의 안구를 향해 연신 돌리고 있는 것이 아닌가!

춘하추동 육 년 동안 백골이 되도록 고전분투하고 있을 줄은 꿈에도 몰랐다. 살생하지 않는다는 법사가 두 생명을 고행하며 성불케 하였는데, 남의 일 같지 않은 괴로운 마음이 들었다. 법사는 불도들의 이마를 찍어 최면을 풀어 주었고, 모두 제자리로 돌아가게 하였다. 그리고 두 백골을 향해 손을 들어 백팔번뇌의 술수를 쓰자 뻣뻣이 서 있던 인골들이 스르르 무너지며 조용해졌다.

백골들은 그 자리에 묻어 놓았는데 백호의 머리는 성성했으며 안구는 여전히 돌고 있어 차마 같이 매장할 수가 없었다. 그래서 사각함을 만들어 그 호두를 넣고 봉하였으며 그 위에 동안지여충(動眼之戾蟲)이라고 붙어놓았다.
　여충(戾蟲)은 장안에 싣고 갈 수가 없어서 현장법사 일행은 제법사(弟法師)에게 부탁했다.
　"제법사는 동안지여충을 사천 봉암사(封岩寺)에 모셔두게. 나는 일을 마무리하고 일 년 지후면 봉암사를 찾아 백호와 고창국 젊은이를 위한 극락왕생(極樂往生)의 대법회를 열 것이오."
　그리하여 제법사는 말 등에 사각함을 싣고 봉암사로 가던 중, 여충의 함을 귀중품으로 본 산적 무리에 쫓겨 이 동혈에 들어오게 되었다.
　이 말을 듣던 매영은 앙천운 각제 노인이 여기에 머무르게 된 이유를 알게 되었다.
　"그 이후로 동혈에 들어온 제법사는 돌아가지 못했다는 말씀이군요."
　그 물음에 눈을 감았던 노승은 고개를 끄덕이며 다음 말을 이었다.
　"현장법사는 이억 오천 리 긴 여행을 하면서 십팔 년 동안의 여정인 대당서역기(大唐西域記)를 쓰고 육십삼 세의 일기로 성불(成佛)하셨네. '저기 하얀 연꽃이 보이는구나. 참 크고 아름답구나. 나의 제법사와 같이 보았으면 좋았을 텐데 마음 한구석이 비었구나.' 그 말씀을 읽어본 노납은 선사의 죄업을 풀지 못하고 열반(涅槃)하였다는 사실을 알게 되었다. 해서 두 선사분의 업보를 알았으니 끊어놓는 것이 나의 도리이며 연이라고 믿네."
　"그래서 현장법사는 열반할 때까지 제법사의 행방을 찾지 못했군요."
　"제법사는 다급한 나머지 이 동혈에서 호안의 기를 얻어 산적 무리를 헤쳐 나가고자 그 함을 열었는데 그도 주화입마에 빠져 그대로 백골이 되어버린 것이다."

매선녀는 음침한 검은 동혈 속을 바라보았다.

"연약한 소부가 그 일을 감당할 수 있겠습니까?"

"걱정 말거라. 아침 동이 트면 알 수 있을 것이다. 시주가 호안을 잠들게 하면 자호는 눈을 감을 것이다. 그리되면 불전에서 삼일 밤을 봉향해 드리고 땅속에 모실 것이다. 물론 제법사의 유골도 그렇게 될 것이네."

그날 밤. 매영은 은은한 목탁 소리에 잠이 깨었다. 노승은 정좌를 하고 앉아 주먹만 한 작은 목탁을 두드리며 불경을 읽고 있다가 잠이 깬 매선녀를 돌아보았다.

"시간이 되고 있느니라. 관수를 하고 입동 하거라."

불선으로부터 아라한 기혈대법을 받은 탓인지 몸이 가뿐했으며 하늘 위라도 날 듯한 기운이었다. 목향을 피워 관세위(盥洗位)를 하고 몸가짐을 단정히 하여 동혈 속으로 곧장 걸어갔다.

"그래그래. 뒤돌아보지 말고 그대로 걸어가거라. 세 번째 동방이다."

이틀 전만 해도 침침하고 컴컴 왁왁했던 이 동혈에서 걷는다는 것이 쉽지 않은 일이나, 기혈대법을 받은 그녀로서는 초승달이 비추는 밤 정도의 어둠이었다.

세 번째 방에 들어서자, 앞쪽에서 파란빛이 깔린 중앙을 향해 반듯하게 걸어갔다. 불선각제 노인이 말한 대로 몇 구의 백골들이 널려 있었으며 석상 앞으로 흐르는 파란빛을 보게 되었다. 아니나 다를까 매선녀도 자세를 가다듬으며 기를 세웠으나 눈빛은 가늘게 파문을 일으켰다. 어둠 속에서 파란 광채를 발산하는 두 개의 안광이 그녀를 맞이하고 있었기 때문이었다.

앗! 그 순간 매영은 까무러질 듯 하더니 두 눈이 휘둥그레지며 자기 눈동자를 고정할 수가 없었다. 안구를 고정할 수가 없으니, 사방이 빙빙 돌며 몸을 지탱하는데 모든 내력을 집중시켰다.

두 개의 안광이 그녀를 기다리고 있었다는 듯이 광채를 발산하며 뚫어지게 바라보았다. 이것은 백호의 호안이었으며 그 빛은 모든 생명의 눈을 감돌게 하는 힘을 갖고 있었다. 비틀거리던 매영은 옥채를 바로 세우고 아라한기(阿羅漢氣)를 상체로 끌어올리며 오른팔을 들어 장지에 모든 힘을 쏟았다. 이어 광채를 발산하는 그 호안을 향해 둥글게 둥글게 지골 수화를 펼쳤다.

한 번, 두 번, 세 번 그녀는 내심 광채의 기운을 흡수하며 그 숫자를 암송하여 장지를 돌려 나갔다. 엄청난 백팔 가지의 번뇌가 스쳐 지나갔다. 매영의 눈에 점점 나타나는 동안지여충의 모습이 확연히 드러났다. 석상 위에 놓인 백호의 머리는 성성이 살아있어 그 눈에서는 기광(奇光)이 발산하며 노승이 말했듯이 매영의 장지를 보며 따라 돌아가고 있지 않은가!

불고불락(不苦不樂)이 있어 열여덟 가지가 있으며 중생들이 먹고 먹히는 고통을 느낀다. 그 속에 털도 없는 이상한 짐승이 나타나 미친 듯이 웃고 또 실없이 웃는다. 이것은 호두 속에 있었던 기억 중 하나일 것이다. 탐(貪) 무탐(無貪)이 있어 서른여섯 가지의 엄청난 번뇌가 그녀의 마음에 파고든다. 번뇌가 끝나면서 자신이 돌아간다는 것을 느꼈다.

하늘이 땅을 만들고 땅이 숲을 만드니 천하의 푸르름 속에 중생이 태어나듯 둥글게 돌아간다.

땅 위에 달이 돌 듯 해가 돌 듯 둥글게 둥글게 돌아 나도 이 속에 살아있어 둥글게 돌아가고 있음을 나타내도다.

겨울이 가면 여름이 오고 세월이 둥글게 돌아 하늘가를 맴도는 것은 영원함을 나타내도다.

짐승이 짐승을 잡아먹으니 내가 그 짐승을 잡아먹는다.

거짓말이 거짓말로 이어지므로 나는 진실로 그것을 잡아먹는다.

누가 이 사실을 말해 주는 이 없는데 동안지여충의 안광과 매영의 지골 수화에서 오고 갔다.

곤륜산맥
(崑崙山脈)

지지배배… 지지배배… 삐지욱 삐지욱…….

따스함이 이어지는 계절이라 하늘 높이에서 지저귀는 종달새는 모든 짐승에게 들판으로 나오라는 부름의 종소리였다. 숲속에서 땅속에서, 아니면 동혈 속에서 숨죽이고 있는 짐승들에게 종달새의 부름 소리는 마음이 열리고 심장을 고동치게 하며 들판으로 나오게 했다. 사람도 이와 비슷하였는지 흑의의 인영이 숲속에서 튀어나오며 돌무더기가 희끗희끗한 벌판으로 걸어갔다.

그런데 그 인영은 보법이 보통이 아니어서 몇 장에 한 발짝씩 족적을 남기며 빠른 행보로 백봉산(白峰山)을 향해 치닫기 시작했다.

백봉산은 이웃 설산(雪山)과 더불어 곤륜산맥(崑崙山脈)이 시작되는 고원에 있는 산으로 오월까지 설봉을 자랑하며 서 있다. 탐라에서 아이들이 노래했던 이 곤륜산맥은 사천성 북부에 있는 청해(青海)와 청장고원(青藏高原)을 아우르는 신장과 토번을 관통하는 칠천 리 긴 산맥이다. 마치 기다란 용이 다리를 펴고 중국 서부에 가로누워 있는 형세를 하고 있어서 동양의 등뼈라고도 한다. 곤륜과 천산에서 이러한 설봉들이 여름까지 조금씩 녹아내리는 젖줄은 중원에 대강(大江) 장강과 황하를 낳은 어머니이기도 하다.

설봉 사이로 저녁 햇살이 내리자 따뜻한 고원 들판은 형형색색이 드러나며 반짝거렸다. 기우는 태양이 얼마 없어 서쪽 하늘가로 지고 보면 이 대지도 스산한 냉기로 차가운 바람이 일며 암흑으로 만든다는 것을 흑포인은 잘 알고 있었다. 해서 빠른 걸음으로 도착한 곳은 수천 길의 낭떠러지였다.

낭패라고 여겼을 텐데, 그는 고개를 들어 설봉산을 바라보고는 웃음을 머금으며 품속을 뒤적였다. 피변을 내린 그는 까칠한 얼굴에 껌뻑거리는 눈이 마치 빙곡의 산양과도 같았다. 하얀 입김을 길게 내뿜으며 품속에서 꺼낸 금색 환단을 유심히 보다가 또 뜻 모를 웃음을 머금었다. 주위에 약 향이 뿌려졌는데 그는 두 눈을 지그시 감고는 환단을 한입에 털어 넣어 꿀꺽하고 물도 없이 입을 다셨다.

이어 고개를 들어 절벽을 올려다보았는데 거기에는 세로로 내려쓴 빨간 글씨가 있었는데 설운곡비선문(雪雲谷飛仙門)이라고 쓰여 있었다. 계곡과 계곡 사이는 족히 이십여 장은 되어 보였는데 숨을 고르는 것으로 보아 다음 절벽으로 뛰어넘을 기세였다. 벼랑은 아득히 깊은 곳인데 떨어진다면 영락없이 저승길이었다.

중원에서 이십여 장을 뛰어넘을 수 있는 고수라면 보통 인물이 아닐 텐데, 그는 한 번의 비행으로 한 마리 솔개가 집을 찾듯이 비행했다. 흑포인이 익숙한 발길로 사뿐히 내려 착지해서 왼쪽 능선을 돌자 하얀 털을 껴입은 두 양모인이 바위틈에서 나타났다. 하나같이 머리끝에서 발끝까지 양모로 몸을 두른 두 무사는 흑포인 앞에 허리를 굽혀 포권을 했다.

"황제장군님이 사흘 전에 흑제장군님을 찾았습니다."

"파발을 띄웠는데 도착이 안 되었는가?"

"아시다시피 그들은 비선문을 넘지 못하므로 등선문(登仙門)으로 오르려면 오체투지(五體投地)의 길이 아닙니까. 이 봄에 늦추위가 극성을 부려 질퍽한 길이라 오르기가 쉬운 일이 아닐 것입니다."

"설봉 빙판 물이 흐른다는 것을 내가 잊었군."

그가 중얼거림을 남기며 능선을 하나 넘자, 전면에는 검은 지붕과 붉은 지붕의 전각들이 군데군데 나타났다. 전각 사이에는 푸르름을 자랑하는 주목들이 드문드문 바위들과 같이, 멋을 더해주고 있었다.

흑포인은 빙백밀부(氷白密府)가 걸려 있는 첫 전각에 도착하자 두 무사가 세워 창을 하고 포권을 했다. 그들의 왼손에는 한 점의 광채도 없는 묵빛의 외창이었다.

흑포인이 등에 멨던 검을 내려놓자 앞선 무사가 받아 들고 곁에 있던 무사는 홀기(笏記)를 내어주었다. 자반쯤 되는 나무판 홀에는 북방흑제장군(北方黑第將軍)이라고 쓰여 있었다. 이로 미루어 보아 흑포인은 북방의 흑제장군인 것이다.

홀기를 정중히 받아 앞가슴에 잡고 큰 전각 앞으로 걸어갔는데 거기에는 빙백궁태백전(氷白宮太白殿)이라고 음각된 빨간 간판이 걸려 있어 들어가는 이로 하여금 전율을 느끼게 했다.

비선문을 뛰어넘어야만 하는, 아무나 오를 수 없는 백봉산 정상이라고 할 수 있는 이곳은 높디높은 천원지방(天圓地方)이라고 하는 곳이었다. 보통은 은밀한 곳에서 역적모의한다지만, 호종단(胡宗旦)은 당당히 서쪽 고봉에 앉아 탐라도에서 말하는 천황지자 일월지황이라는 일대 호웅이 꿈틀거리고 있었다.

인적이 없는 이 고산에 누가 세웠는지도 모르지만, 전각만 해도 줄줄이 다섯 채는 되었다. 뒤쪽에는 향각(香閣)이 이어져 있었고 누각들의 기둥을 받치는 원초(原初)는 진초록색 돌 위에 박공은 잘 다듬어진 옥석으로 되어있었다.

흑제장군은 태백전 대청에 들어서며 태사의에 앉아 있는 두 사람을 목격하고는 포권을 취했다.

"황사(黃師) 적사(赤師) 두 궁형(宮兄)께 이 흑제는 임무를 마치고 귀로(歸路) 합니다."

대청에는 북쪽에 석 자 높이의 단상이 있었고 단상 밑에 첫 태사의에 앉아 있던 곤룡포를 입은 노인이 입을 열었다.

"흑제(黑帝)! 수고가 많소. 오늘 우리 회동은 서백 궁주님이 곤륜궁(崑

崙宮)에 있는 서왕모 모주님(西王母 母主任)에게 참배하고 연공실에 입수(入修)한다고 하여 모이게 되었네."

두 번째 적색 태사의에 적포를 입은 적제장군이 곁에 앉아 있는 흑제에게 고개를 돌리며 답례했다.

"나도 오늘 입궁하면서 들었소. 올라오느라 원로에 고생이 많소."

그는 적포에 행괘(行怪)는 걸치지 않았지만, 불거져 나온 광대뼈 하며 부엉이 같은 눈알을 굴리는 것이 항주의 인지의가장에서 비침정사 천기춘을 죽인 장본인이었다.

흑제는 홀을 앞 탁자에 반듯하게 놓고 피변을 벗어 먼지를 입으로 한 번 불고 산양 같은 눈을 껌뻑거렸다.

"항주에서 의가장 일은 우리 궁이 입에 오르지 않았으니 다행이라고 생각합니다. 적제 궁형께서 노고가 많았습니다."

첫 태사의의 황제가 이들을 돌아보았다.

"영원한 비밀은 없다고 했소. 조만간에 세간에 떠들썩할 것인데, 그것이 잠잠해지기를 우리는 바라겠지만 황궁까지 미칠까 걱정이오. 해서 청제(靑第)에게도 전서구를 띄웠는데 아직은 소식이 없어요. 흑제는 아는 바 없소?"

"벽암사 절간 집에서 작별하였는데 지금 달려오고 있을 것입니다. 시진에 들어간 흑자단(黑子丹)이 말썽이 많아요. 복용했던 사람들이 극성을 부려서 남용하지 말고 물량 조절이 필요하다고 나는 보고 있습니다."

그의 말에 곤룡포의 황제가 눈깍을 세우고 버럭 소리를 질렀다.

"문제는 흑제도 마찬가지야! 금자단 향은 내 코를 못 속이지. 회동이 끝나면 그에 관한 사실들을 추궁할 것이야. 그리 알게!"

적제도 황제의 말을 듣고 흑제를 바라보며 코를 벌름거렸다. 흑제는 민망한 듯 까칠까칠한 얼굴이 샐룩거리며 변명의 소리가 나왔다.

"사실입니다. 몸살 기운이 심하여 한번 음미해 본 것뿐입니다."

황제(黃第)는 그의 말을 무심히 들어 넘기고 앞쪽에 있는 황금색 단상으로 눈을 돌렸다. 단상에는 양쪽으로 네 개의 계단이 대리석으로 되어 있어 올라 다닐 수 있게 되어있고, 단상 중앙에는 구름과 용무늬가 새겨진 칠보 옥좌가 주인을 기다리는 듯이 놓여 있었다. 옥좌 좌측에는 구리로 만든 매 한 마리가 날아오를 것처럼 세워져 있었고, 우측에는 역시 하늘 위로 뻗어 오를듯한 황금색 용이 놓여 있었다. 칠보 옥좌에는 황금색 방석이 깔려있었는데 아직 주인은 등단하지 않은 상태이다.

뒤쪽 문이 열리면서 청의를 입은 세 사람이 조심스럽게 들어섰다. 중앙에 한 이가 동방청제장군(東方靑第將軍)이라는 홀(忽)을 잡고 있는 것으로 보아 이들이 일컬었던 청제였다.

적제가 포권을 받더니 즉시 그에게 지시했다.

"청제! 오늘 우리 회동은 일급이오. 유시 이후에 궁주님의 교시(教示)가 있을 것이오. 두 제병(第兵)은 무각으로 보내시오."

중앙에 있던 청제가 두 장한을 보자 스스럼없이 밖으로 퇴청했다. 청제는 보숭보숭 턱에 난 수염과 검미에는 땀방울이 묻어있음으로, 이로 보아 황급히 달려왔음이 분명했다.

그는 끝자리 청색 태사의에 앉으면서 품속에서 한 권의 서첩을 꺼내 들었다.

"건곤비망록(乾坤備忘錄)에 등록할 화북 일가들이 수두룩합니다. 한번 살펴보시기 바랍니다."

비망록은 위로 흑제, 적제, 황제에게 옮겨가며 살펴 갔다. 제일 머리에 있는 황제장군이 치포관을 흔들거리며 고개를 들었다.

"아직 날지 못하는 화북은 유명세가 많아요. 제일 나중에 착수하기로 보고했네. 오악신마(五岳神魔) 청제 원로에 수고가 많았소."

오악신마라면 십년 전 녹림의 괴수 구천(九泉)를 말함이다. 그는 홀로 다니며 산적과 오악 괴수들을 모두 장악했던 인물이다. 그의 금수장과 편도도법, 그리고 나무가 있는 곳이면 바람같이 다닌다는 원원기행법(遠元氣行法)은 그를 따를 자가 없었다.

황제장군은 다음 자리 적제에게 서첩을 내밀며 입을 열었다.

"일거리가 많으면 말썽이 나게 마련이오. 적제가 알아서 여기에 반만 추리고 나머지는 삭제해 버리게."

토번국의 신마(神魔)였던 적소 상인 팽두(彭斗)는 탁자 위에 있는 함을 열고 두툼한 책 한 권을 꺼내 들었다. 그 표지에는 건곤비망록(乾坤備忘錄)이라고 적혀있는 인명부였다. 그는 서첩을 그 속에 봉하고 목피책(木皮册) 한 권을 꺼내 들었다. 책이라면 거의가 한지로 되어 있어 부드러운 감이 있으나 이 책은 서역에서 들어온 나무껍질 종이였는데 딱딱했다.

그는 삼 인을 둘러보고 부엉이 눈을 껌뻑거렸다.

"사업이 점점 방대해지는 관계로 건곤 비망록은 이 적제가 관할하겠으나, 호시아랑(互市牙朗)으로는 야호선자(野狐禪子) 흑제장군에게 맡길 의향입니다."

이 말을 들은 흑제의 산양 같은 붉은 안광에서는 한줄기 비감(悲感)이 흐르고 있었다. 한 달 먼저 입궁하였다고 서열상으로 바로 위에 있는 적제가 단독명을 하는데 반감이 표출되려다 꾹 눌러 참았다.

야호선자 장호추(長胡推)는 이십 년 전 인물로 불가와 도가를 오가며 신학을 닦아 참 도를 깨치려 했으나, 한곳에 머물지 못하여 양가에서 미움을 받게 되었다. 그가 양가(兩家)에서 익힌 무공은 극에 달해 중원을 누비며 탕아가 되었다. 그래서 그를 제지하려던 몇 명의 무림 고수들을 살해하고 행방이 묘연했던 야호선자가 구중심처(九重深處)인 이 백봉산에서 오방패의 일원이 되어 있다니 놀라운 일이었다.

호시아랑은 물자를 교역하는 중개인으로 민, 관, 상(民官商)을 오가며

곤륜산맥(崑崙山脈) 55

물자를 교역하는 장사치이다. 흑제는 목피권을 곁에 있는 청제에게 펴 보이자, 청제는 손을 살래살래 흔들며 엄살을 부렸다.

"아이고, 나에게 보이지 마소. 나는 겨우 이름자나 알고 다니는 처지오라 이딴 복잡한 글월들은 까막눈이오."

이 모습을 보던 황제장군인 곤룡포의 영우요천(零雨要天) 전평(田平) 노인이 파안대소를 터트렸다.

"하하하. 청제가 호들갑을 떠니 그 궁상이 우습구려. 그대에게까지 건너가지 않으니 안심하게."

곤룡포의 영우요천 전평은 은둔자로 알고 있다. 그의 장법은 주위 십 장까지는 부슬비를 뿌리며 주위의 인간들은 옷을 적셔야 한다는 무림의 기인이었다. 서백호종단이 청해에 나타나므로 전평은 그림자처럼 따라다니다가 결국은 곤룡포의 황제장군(黃第將軍)이 되었다.

그는 흑제를 바라보며 빙글거리는 웃음을 띠었다.

"흑제는 호시아랑으로 본궁을 먹여 살리려는 재무를 맡았다 하여 수심이 가득한 모양이구려. 그러나 재무 담당은 각 령(令)마다 갖추라 하였소. 섭외를 지시하고 자단(子丹) 행처만 감독하면 될 것이오."

자단(子丹)은 무엇이며 궁(宮)이라 함은 백봉산 빙백궁(白峰山 氷白宮)을 말함이 아닌가.

매선 부인이 찾는 높디높은 천원지방이 여기 곤륜의 백봉산에 서백호종단이 은거하는 곳임이 확연히 드러나고 있었다. 천원지방(天圓地方)은 추상적인 개념으로 왕과 용이 태어날 좋은 집터로 방사나 지관(地官)이 말하는 곳이다.

그런데 이들은 오방패로 중앙에 서백 호종단을 궁주로 모시고 북방에 흑제, 동방에 청제, 남방에 적제, 서방에 황제를 두었다. 원래는 서방에 백제가 되어야 하지만 백봉산이 중원의 서쪽이어서 백제를 중앙에 두어 서백 호종단을 모시게 되었다. 중국에서도 그렇지만 탐라국에서도 오방패를 쓰고 있어 서쪽에서 나타난 서백 호종단의 전설도 무관하지 않음을 알 수 있었다.

천 년 전, 지금으로 치면 이천 년 전. 그는 작은 섬에 나타나 그의 수하들과 같이 활개를 치고 다니며 자신에게 붙일 수 있는 존칭은 다 붙였다. 천황지자 일월지황(天皇之子 日月之皇)이라고 개세에 듣기도 힘든 명칭을 달고 다녔다. 지금 서백 호종단을 아는 사람은 아무도 없다. 전설상에 그는 한나라 때의 방사였다는 사실밖에-.

그런데 청해(青海), 그리고 청장고원(青藏高原)과 변방 서하(西夏) 지방에서 들리는 바에 의하면 힘은 산을 뽑고, 기계는 세상을 엎질러놓을 만큼 용장(勇壯)하고, 발산개세(拔山蓋世)의 기상을 뿜는 호종단이라고 하였다. 또한 곤륜산의 설중송백(雪中松柏)이라고 하였으며 그 뜻은 '송백(松柏)은 눈 속에서 녹지 않는다' 하여 눈 속에 사람으로 불리고 있었다.

찬 서리와 얼음으로 만들어지는 빙백장(氷柏掌) 낙백장(落柏掌) 또 백일 동안 냉수만 먹으며 음양이기의 수련을 거듭해야 그 경지에 오를 수 있다는 호시무백(呼屍舞白)의 기세는 천하 무림의 지존이 되고도 남았다.

맹동지절(猛冬之節)에 청해로 떠난 사람은 기다리지 말라고 했듯이, 찬서리만이 있던 백봉산도 계절은 어쩔 수 없어 따스함이 찾아와 대지를 깨우고 있었다. 헌데도 백건을 녹이지 못한 고봉의 태백전 안에는 아직도 물그릇들이 딱딱한 얼음으로 굳어있었다.

태백실 안에 화려함으로 보아 몇 군데 따스한 화덕이라도 있어야 할 텐데 불씨라고는 어느 한 곳에도 없었다. 하지만 실내에 있는 네 장군은 누구도 모피로 몸을 두르거나 추위에 떠는 장군은 하나도 없었다. 태백실 창가로 들어오는 초승달은 어째 음산한 기분이 들었다. 곤룡포의 영우요천 전평 노인이 고개를 돌려 침울하게 가라앉은 목소리가 실내의 정적을 깨웠다.

"적제!"

황제의 낮은 소리에 적제는 앞에 있는 황금색 단상에 빈 옥좌만을 물끄러미 바라볼 뿐이었다. 적제가 미동이 없자 흑제를 보며 입을 열었다.

"당금 중원에 궁주님과 필적할 만한 무공을 지닌 고인이 아무도 없다고 말할 수 있소?"

"……."

"제 장군들은 중원을 누비며 몸소 겪어보았으니 어떻게 생각하시오?"

담담히 앉아 있던 흑제에게서 쉰 목소리가 흘러나왔다.

"정도 무림인들의 무공은 모두 드러나 있어 고만고만하지만, 마도의 힘은 알 수가 없습니다. 그들은 대부분 난세에 패전의 쓴맛을 보고 잠적해 있는 인물들로 알아볼 수가 없습니다."

그의 말을 듣던 청제가 고개를 늘이며 말을 이었다.

"흑살마공(黑煞魔功)이 오백 년 만에 출현하였다고 하여 그의 몇 수하를 대해보았으나 별것은 아니었습니다. 한편에서는 사천(四川)에 도인이었던 열화마존(熱火魔尊)이라는 고인이 은거해 있다는데, 염열장(鹽熱掌)이 당대 제일이라고 합니다."

황제가 미간을 찡그리며 놀라는 기색이었다.

"도인이었다면 후촉 장수들을 거느리고 나라를 세우려 했던 사마달(司馬達) 장군이 아니오? 그가 중원에 널려 있는 화진장을 잘 쓴다고 하는데."

"중원에 활동한 적이 없다고 하였다면 장수는 아니었나 봅니다. 열과 얼음은 상극이라서 궁주님의 빙백장과는 호각지세(互角之勢)일 것이라는 말이 있기도 합니다."

"정도 무림에서 나온 이이제이(以夷制夷) 술수요. 그들은 은거인들을 끌어내어 서로 싸움을 맞붙여 놓을 심산이오. 남이 싸우는 일들을 구경하는 것은 재미가 있단 말이지."

장내의 네 장군들은 그의 말에 쓴웃음을 흘렸다.

곤룡포의 황제가 침중한 음성으로 결론을 내렸다.

"내가 알기로는 그대들의 자자한 명성들도 은거인에 포함된 줄 알고 있네. 우리 궁주님이 연공실에 들어간다는 것은 정도나 마도의 무림을 완전히 압도할 수 없다는 판단으로 입궁하는 것은 아니오. 중원을 장악하는 것은 자단이 있으니까, 시간 문제라고 생각하오. 구산(龜山) 서왕모 궁에 입궁하는 이유는 서왕모 모주님 상을 알현(謁見)하고 불사의 선초(仙草)를 얻고자 함에 목적이 있어요."

중국의 여신 서왕모(西王母)에서 탐라의 여신 설문대 할망을 연상할 수 있다. 설문대 할망은 탐라의 모든 산과 섬을 만들어 놓은 창조의 신이기도 했으며 의학과 천문 지리까지 통달한 못하는 일이 없는 장대한 어버이 여신이었다.

서왕모는 중국의 여신으로 전설에 의하면 곤륜산에 살았다. 여신의 궁성은 곤륜궁이었고 산뜻한 백두건을 쓰고 표범 가죽에 호랑이 혁대를 한 노복들이 시중을 들었다고 한다. 그녀는 죽음의 신이기도 하였지만 불사의 선초를 가지고 있기도 했다. 중국에서 복숭아는 장수의 상징으로 지금도 서왕모와 관련하여 종종 등장하는데 한나라 때에는 불사의 복숭아를 가지고 왔다고 한다.

고대 예술품 중에서 서왕모는 황실의 어머니인 여인의 형상으로 동상과 그림에 자주 등장하는데, 거기에는 처녀의 요염함과 여인의 풍만함을 나타낸다. 어느 지방에서는 표범 꼬리에 뱀 이빨을 가졌고 호랑이 울음소리를 내면서 사람고기도 먹는다고 했다. 또 열병을 전파하였고 털이 난 무녀와 흡사했으며 깊은 동굴에서 살았다고도 했다.

황제 장군은 서늘한 기운이 도는 방 안에서 더운 입김을 토해내며 삼 인의 장군들을 돌아보았다.

"오늘 태현량사(太賢良舍)에서 의가장 장주 진인지가 이 자리에 등대

(等待)될 것이오. 그는 탐라도의 서불과지도(徐市過之圖)를 소지하고 있으며 자연히 우리 사람으로 만들어야 합니다."

청제가 황제의 말에 조용한 음성으로 물었다.

"서불과지도라 함은 적제궁사(赤第宮師)가 밀탐하고 있는 백접도가 아니오? 사천성에서 매선녀를 보았는데 백접도를 소지하고 있다고 하여 그녀에게 생포 명령을 거두시는 이유는 무엇입니까?"

황제 장군 전평은 작은 음성으로 대답했다.

"흔히들 성동격서(聲東擊西)라는 말도 있는데 세간에 알려진 이상 그대로 놔두기로 보고했네. 서불과지도는 네 갈래로 나누어져 있어요. 우리는 어느 쪽이 진가 여부를 가릴 수 없어 골머리를 앓고 있소이다. 오늘 들어오는 진 장주가 의식이 회복되면 그게 더 확실할 텐데 당장 착수될 것이오."

가만히 듣고만 있던 흑제가 곁에 있는 적제에게 고개를 돌리며 물었다.

"진가 여부(眞假與否)는 처음부터 적사의 책임이오. 적제장군께서 지명만 해주시면 이 흑제가 당장 남방으로 내려가겠습니다."

곁에 있던 적사 팽두는 눈썹을 찌푸리며 잠시 생각해 보고 말했다.

"처음부터라는 흑제의 말에는 동감합니다. 장원에 화마가 휩쓸면 장주는 제일 두려운 것이 서불과지도가 아니겠소? 그때 목랑(木郞) 은자(隱者)가 실패함으로 우리는 다른 묘안이 떠오르지 않았네."

"그래서 묻는 말이외다. 황사께서는 탐라도까지 동행했던 곽순 세작도 실패하였다고 하고, 적사께서도 그리 말씀하시니 답답해서 하는 말이외다. 진 장주가 우리 회유에 동의하지 않으면 어떻게 되는 것입니까?"

그의 말에 황제 장군이 역시 작은 음성으로 대답했다.

"영생은 모두가 욕구하는 것이며 우리 궁인이 될 것이라 믿소. 그렇지 못한다 해도 우리보다 먼저 탐라도로 떠나는 방파가 있으면 그 방파를 쫓아가 와해시키고 자생지를 우리가 차지하면 될 것이 아니오?"

그의 간단한 결론에 모두 고개를 끄덕였다. 세상사를 통달한 이들은 비록 수긍은 했으나 내면은 그렇지 않았다. 황제가 노심초사하는 일은 황실에 들어가는 일과 이보다 더 깊은 곳이 어느 방파든 간에 힘이 없으면 또는 은밀히 행동하지 못하면 훗날을 기약하며 사라져 버리는 것이었다. 여기 누구도 앞으로 이십 년 이상 생명을 보장받지 못한다. 죽고 난 후에 불로초가 있으면 무엇 하겠는가.

청제가 피변을 눌러쓰고 고개를 흔들었다.

"우리는 손을 거두었지만 매선 부인께서는 안되었지요. 당가의 구독선편 기지에게 구음장으로 당했는데 패도냉살 장춘에게 살해됐을지 모르는 일이오."

"뭣이? 살해됐다니?"

곤룡포의 황제가 놀라는 소리에 적제의 차분한 음성이 흘러나왔다.

"죽이지는 못할 것이오. 매선녀도 무인의 집안이라 매화 검법과 몇 가지 무공이 보통은 넘었소. 그리고 그들은 백접도가 목적일 텐데 그녀를 살해했다면 그것이 영원히 도루묵이 되지 않겠습니까? 그리고 운해 검문 문주는 우리 궁인이기도 합니다."

황제는 두 눈을 크게 뜨며 명하였다.

"궁주님께는 모르는 사실로 접어둡시다. 우리가 더 그녀에게 관여하다가는 세인들 이목이 돌아올 것이라 운명에 맡기고 관망하는 것으로 하시오."

초승달이 서산에 넘어갈 무렵 궁내는 알자(謁者)의 목소리가 은은히 들렸다.

"행(行)-. 빙백궁 서백궁주님 근구청행사(謹具請行事)-."

태백실 대청에 앉아있던 네 장군은 몸을 가다듬고 있는 것이 심상치 않아 보였는데 이어 칠보 옥좌 주인공 빙백궁 궁주가 태백실에 등단하고 있었다. 양가에는 동자 사환 둘이 기이한 모양의 깃을 들고 보좌하며 걸어 나왔다. 홀기를 불렀던 알자는 언제나 그렇듯이 꾸부정하게 등을 굽어 양손을 소매 속에 집어넣고는 옥좌의 좌측으로 섰다.

옥좌 앞에 선 궁주는 칠척장신에 짙은 검미는 부챗살처럼 위로 펼쳐져 있고 꽉 다문 여덟 팔 자의 두툼한 입술, 그 위에 태산 같은 코하며 눈꼬리가 치켜진 날카로운 눈이 용맹한 장군을 연상케 했다.

설산에 사는 산중 송백처럼 하얀 복식이 마치 햇살을 받은 눈빛처럼 빛났는데, 이는 존비귀천(尊卑貴賤)의 작위를 받은 엄격하게 구별된 지위이다. 황제의 금색 곤룡포를 입은 수장 황제 장군도 단 아래에서 포권을 하고 서 있어서 황제 위에 군림하는 천상의 천제(天帝) 같았다.

호종단은 옥좌에 살포시 앉더니 사방패 장군들을 내려다보다 두툼한 입술을 열었다.

"제(諸) 장군들을 마주하고 보니 반갑소."

치포관을 쓴 황제장군이 예를 하였다.

"건승하신 궁주님을 알현하게 되어 우리 제 장군들은 영광으로 생각합니다."

호종단은 방긋 웃어 보이더니 인자한 웃음을 지으려 하고 있었다.

"제 장군들은 나의 양팔과 같으오. 그리 믿고 있으며 어려워할 것은 없소. 천년 왕국을 세울 동지들이 아니오?"

묵묵히 앉아 있던 네 장군들은 천년왕국이라는 금시초문의 말을 듣자 서로 어리둥절한 상태였는데 적제장군이 궁주의 뜻을 물었다.

"천년왕국이라 함은 한나라 때 장각(張角)이 조조와 중원을 다투며 세상을 바로잡겠다는 이념을 말씀하는 것입니까?"

그 말을 들은 궁주는 너털웃음을 지었다.

"창천(蒼天)은 이미 죽었으니, 황천(黃天)이 마땅히 서야 한다는 태평도(太平道)와는 무관하지. 나는 그렇게 창검을 들고 요란스럽게 덤벙대는 일 없이 차분히 침몰시켜 갈 테니 제 장군들을 믿는 바이오."

장내는 또 침묵이 흘렀다. 네 장군들은 '우리는 그게 아닌데'라고 느끼고 있었으니, 국가이념이나 제상이 되는 그런 목적이 아니었다.

호종단은 부챗살 검미를 쩡긋하고 이마 위로 치켜세우며 날카롭게 말을 이었다.

"중국에는 정도 무림과 마도가 언제나 양립되어 왔지. 그런데 지독한 검파가 하나 있는데 사람들은 이를 거론하지 않는단 말이야."

정보 소식통이라는 말을 듣던 청제 장군이 새로운 문파가 탄생된 것으로 짐작하여 자리에서 벌떡 일어섰다.

"세외에서 마적 무리가 연합이라도 했다는 말씀이십니까?"

"그런 소수의 연맹이 아니고, 청제는 나의 말뜻을 이해 못 하는군. 그 마적 무리는 우리 곁에 있으며 궁주는 변경 개봉에 있지. 그 궁주는 왕조로 바꾸고 집안에 편히 잠든 주(周) 왕조 위에 서지 않았느냐?"

그의 말뜻은 길(吉) 자를 쓰고 집안에 앉아 있는 주 왕조를 말함이었다. 황제는 고개를 끄덕이고는 궁주에게 고개를 돌렸다. 편안한 주 왕조는 송(宋) 왕조에게 멸했다는 소리였다.

"송(宋) 왕조는 조광윤 장군 입김이 살아있어 신흥 국가입니다."

"그래, 그들도 창검을 든 군대와 포도청을 두어 백성을 핍박하고 있다. 많은 문무백관과 제후들은 인(仁), 의(義), 충(忠), 효(孝)를 강조하며 백성의 눈을 가려놓았는데 강호의 무림인들은 뜨내기란 말이지요. 무림에서 바라보면 국가도 방대한 하나의 파(派)에 속하는데 송 왕조가 여진 오랑캐에게 조공을 진상하는 것을 보면 중원의 수치란 말이오."

이것은 학소가 어머니에게 무관이 되겠다는 이유이기도 하며 느낀 바이다. 서백 호종단은 그렇게 하여 나라가 멸망되기를 기원하는 것이 분명해 보였고, 반면 학소는 정의사회 구현이라는 목적으로 튼튼한 나라의 기둥이 되고 싶은 것이 사실이었다. 옛말에도 인(因)이 있으면 과

(果)가 있다고 했다.

황제장군은 두 눈을 지그시 감고 있다가 깊은 상념에서 깨어나 무겁게 입을 열었다.

"그러시다면 모든 계획과 계책을 처음부터 새로이 정리해야 되는 데 문제가 많을 것으로 사료됩니다."

칠보 옥좌에 앉은 궁주는 비스듬히 돌려 앉으며 말문을 이었다.

"그것은 우리들의 궁극적인 목표가 아닙니까? 송(宋)나라는 세상 문물을 만백성과 공유함으로 보아 어진 나라이며 문화국가임에는 틀림이 없소."

모두들 난동 세력이 없는데 궁주는 어떻게 하여 이리 생각하는가, 상념에 젖었다.

"하여 국가를 경영하고자 하는 뜻은 뒤로 미루고 영생불멸의 빙백궁부터 꼭 완성시킬 것이오."

시름에 젖어들었던 네 장군은 안색이 희색으로 만면하였다. 제 장군들은 빙백궁을 건설하면서 오방패를 두었으며 중앙에 서백 호종단은 우렁차게 천존(天尊)을 향해 토해낸 말이 있었다.

-선사의 유업과 선모의 가르침을 받아 여기 천원(天圓)에 빙백궁을 세우노라. 영원한 궁인 백인은 나 서백 호종단과 영원불멸할 것이다.-

흑제는 나이답지 않게 붉은 자위가 있는 산양 같은 눈을 동글동글 굴리다 껌뻑하고는 입을 열었다.

"궁주님은 곤륜궁 연공실에 입궁하신다고 들었습니다. 그 뜻은 개세의 비급을 터득하려는 것이온지 아니면 도교의 불사(不死)나 불가의 열반(涅槃)을 참선하시려는지 궁금하여 묻습니다."

"야호선자 흑제 장군답구려. 나는 불타의 위대한 힘을 터득하여 군생(群生)을 구제할 목적은 아니네. 도교의 불사에 가깝다고 보면 좋겠소. 우리는 믿음이 있기 전에 만질 수 있고 영위할 수 있는 현실주의자들이 아니오? 제 장군들은 국가의 이념을 떠났으니, 신장(神將)으로 호칭하기로 마음먹었소."

이들은 장군이나 신장이나 그 호칭에는 아무 의미는 없어 보였다.

"……."

침묵의 순간을 깨고 예의 서백 궁주의 목소리가 이어졌다.

"세상에 사는 모든 군생은 사는 법이 제각각이오. 걸을 수 있는 동물들은 하늘 위를 날고 싶어도 무거운 몸이라 땅 위에서 살아야 하고, 가벼운 날짐승들은 몸이 연약하여 공중에서 돌아다니며 살아야 하고, 손발이 없는 물고기들은 따뜻한 땅 위에 살고 싶어도 어쩔 수 없이 물속에서 살아야 하지요. 이 모든 군생은 하루라도 더 살기 위해 요지를 택하여 몇십 년을 산다 해도 억겁의 세월 속에서 비추어 본다면 한정된 곳에서 고작 하루살이 같은 순간만을 살아갑니다. 나와 제 신장(神將)들은 영생을 알고 노력하고 있는 영재들이라 믿어 뜻이 있는 곳에 길이 있을 것이오."

부챗살 수염에 부챗살 검미 하며 풍기는 기품은 학자나 성현 같은 곳은 도시 찾아볼 수 없는데 황금 단상을 받친 옥좌에 하얗게 차려입은 그의 위풍은 듣는 이에게 매료되었다. 잔잔한 분위기를 느끼던 그는 또 공자가 잡을 수 없는 노자 선배님을 칭송하던 말을 이어 나갔다.

"앞으로 제 신장(神將)들과 나는 구름 속에 가고 싶으면 가고, 바람 속으로 들어가 날고 싶으면 그 속으로 들어가고, 창공에 오르고 싶으면 창공 높이 날 수 있는 전설 속의 용이 될 수 있습니다. 무한의 세월을 영위할 수 있는 오방패의 신이 되어주시기 바라오. 공자는 자신이 잡을 수 없는 용을, 호방한 노자 선배님은 구름 속으로 그 용을 타고 다녔다고 했지요."

황제(皇帝)의 귀를 기울이게 하여 혼돈 속으로 이끌었던 방사들은 입담이 없으면 쫓겨난다. 호종단도 선사의 후인이라 대장군 같은 얼굴에

곤륜산맥(崑崙山脈) 65

꿀물에 술 탄 듯 달콤한 말을 했다.

장밋빛 희망에 묻혀있을 때였다. 좌측 상단에 소매 속에 양손을 담고 꾸부정히 서 있던 알자가 고개를 늘리며 긴 목청을 돋우었다.

"행(行)-. 태현량사에서 인지의가장 장주 진인지 입실이요-"

알자의 고성에 장내의 신장(神將)들은 모두 후문 쪽으로 고개를 돌렸다. 의가장에서 얼음 관저가 되어 얼음 속 시신이 되었던 진 장주가 살아있단 말인가!

후문에서 걸어 들어오는 것은 사람이 아니라 손수레 하나가 밀려들어 오는데, 밀고 오는 이는 원숭이 같았고, 수레에는 양모 의자에 핼쑥한 중년인이 앉아 있었다. 그의 눈은 초점을 잃은 채 동공만 이리저리 굴렸다. 손수레는 단상 밑에 있는 사대 신장들 삼장 앞에 이르러 멈췄다. 모두 무언의 눈길로 수레를 주시하면서 호기심이 발동했다.

손수레를 잡은 자는 전신에 양모의를 입고 있었으며 구레나룻이 왜소한 얼굴을 덮고 있어서 유인원처럼 초라해 보였다. 적제 신장이 동료들에게 고개를 돌리고 천천히 일어섰다.

"아시다시피 양모의에 앉은 분이 항주의 인지의가장 장주 진인지요. 그의 영존은 개국현공(開國顯公)의 작위를 받은 관호로 일만 호를 거느릴 수 있는 봉작이오. 그런데 진 장주는 부귀영화도 마다하고 의약에 심취하여 병이 있으면 약초가 있다고 했소. 해서 영생할 수 있는 불로초를 찾아 동해의 대도, 탐라도로 떠났던 사람입니다. 거기에는 서불과 지도가 있었으니, 그것은 진나라 때 황궁에 있어야 할 서복(徐福) 선사의 서불과지도요. 진(秦) 나라가 사라지자 한(漢) 나라 때 도존(道尊)이며 방사(方士)였던 호종단 선사님이 소유했던 물건이었소."

그의 말이 끝나자, 장내의 네 사람은 짐작 대로여서 서로 수군거렸다. 잠시 조용해지자, 옥좌에 앉아 있던 서백 호종단의 굵직한 음성이 흘러나왔다.

"근초감 허달! 늙어가는 것도 하나의 병이라 필히 약초가 존재한다고 했지요. 그 말은 나와 똑같은 생각이오. 적제 신장의 말을 잘 들었을 줄로 믿어 우리도 서불과지도(徐市過之圖)를 백접도(百蝶圖)라고 해둡시다. 그 백접도가 강호에 알려진 이상 한낱 의원 노릇이나 하는 유의장에서 지켜낼 수 있을 것 같소?"

그 말을 들은 허달은 호종단이 자기중심적으로 본다면 이해할 수 있으나, 적제의 말은 억지 주장이었다. 그는 빙백궁에 와서는 감금된 상태로 장주를 보살피느라 신경 쓸 여유가 없어 짙은 구레나룻이 유인원 같았다.

호종단의 엄포는 무슨 대답을 받고자 함이 아니고 제 신장들에게 들으라는 말이었다. 허달은 묵묵히 서 있었다. 궁주의 말에 무슨 대답이라도 듣고 싶었던 장내의 신장들은 동공만 굴리는 진인지를 묵묵히 바라볼 뿐 그의 입술은 열릴 기미는 보이지 않았다.

황제(黃第)가 그 기대에 반하여 허달에게 관심을 돌렸다.

"궁주님의 뜻을 잘 이해했다고 믿네. 허달 유의를 말씀드리면 의가장의 삼제 중 만의제였고 '천 가지 풀포기를 맛본다' 하여 근초감(謹草監)이라는 외호를 얻은 유능한 유의요. 의가장에서 우리 자단을 와해시키는 환생여의단(還生如意丹)을 제조하였는데, 지금 그 방법을 알려면 장주의 의식이 되살아나야 한다고 합니다."

그의 말에 장군들은 핏기 없는 하얀 얼굴에 짙은 검미는 움직임이 없고 희멀건 눈동자만 굴리는 장주를 측은히 바라보았다. 칠보 옥좌에 앉아 있던 호종단은 부채를 꺼내 들더니 천천히 얼굴에 흔들었다. 그가 들고 있는 부채는 둥그런 윤선 부채로 사방에 바람을 일으켰다. 물그릇에 얼음이 굳어있는 쌀쌀하고 냉음이 감도는 방에서 부채질을 한다니 그에게는 무더운 모양이었다.

"근초감 허달은 듣거라! 탐라의 고삼과 어성근이 필요하다고 하여 구해왔다고 들었다. 앞으로 두 달 안에 여의단을 제조하도록 하고, 이만 물러가거라!"

궁주의 말이 끝나자 알자는 예의 그 목청을 돋우었다.

"인지의가장 장주 진인지는 인강복위(引降復位)요-"

털북숭이 허달은 손수레를 밀어 태백실을 떠나자 이어 알자의 목소리가 이어졌다.

"차예(次詣) 원천교주(元賤教主)와 금면귀혼(金面鬼魂) 입실이오-"

알자의 말에 따라 입구에서 화려한 궁장 차림의 여인이 두 시녀 아환(丫鬟)을 양쪽에 대동하여 나타났다. 또 그 뒤에 들어서는 이는 뚱뚱한 몸에 자색 유삼을 말쑥이 입었는데 능글스러운 태도에 뱃심이 보통이 아닌 인물 같았다.

앞에 들어섰던 궁장의 여인이 머리를 숙여 보였다.

"원천교주 서백 궁주님께 인사 올립니다."

곁에 섰던 두 아환도 요염스러운 웃음을 지어 보이며 무릎을 살짝 구부렸다 세우며 서장의 인사법으로 올렸다. 백의의 호종단은 밤송이 같은 얼굴이 합죽하더니 하얀 치아가 드러나 보이며 방긋이 웃었다. 궁장의 여인은 옥좌의 호종단이 짐작하기 어려운 고령임에도 치아까지 반짝이는 젊음에는 질투심까지 느끼게 했다.

"오랜만에 교주를 보니 반갑소. 그대는 원천교(元賤教) 이전에 원백교(元白教)라고 불러야 마땅하지 않겠소?"

"원백교라 함은 널리 유명하여 원천교라 칭하여 주십시오. 하명하실 일을 듣겠습니다."

하단 태사의에 앉아 있던 황제가 곤룡포를 툭툭 털면서 일어섰다.

"출납부에 보면 물자가 귀교에 충분히 충당되었는데도 오십 근을 못 채워 이십 근밖에 안 되었다니 그 책임을 묻고자 불렀소."

교주는 황제 쪽으로 돌아서며 서글퍼 보이는 소리로 그 이유를 설명했다.

"약속을 못 지켜 죄송합니다. 양 떼도 먹지 못하는 앵속 풀을 작년에는 메뚜기 떼가 나타나 죄다 먹어 치웠습니다. 새로 돋아난 순이 약하여 물량을 못 채워 다음 해로 미뤘습니다."

원선 부채를 가볍게 흔들던 단상의 호종단이 가볍게 웃으며 말했다.

"책임을 묻고자 부른 것이 아니오. 자단이 남용되니까 말썽이 많아요. 또 그에 따라가려니 관리가 필요하다고 하여 지금으로서는 그 정도면 충분하다고 하여 결론을 내리는 바이오. 약은 귀해야 하고 높게 받으면 그것이 실리가 아니겠소?"

적제가 만면에 웃음을 띠며 일어섰다.

"앞으로도 그러겠지만 교주는 이 적제와 강남의 일들을 처리하느라 여념이 없었습니다."

"알고 있다. 그래서 십인궁인(十人宮人)의 한 사람이 되었지요."

궁주가 그렇게 말하고 보니, 교주는 항주의 서호에서 적제장군과 천리선에서 이야기를 나누었던 봉관(鳳冠)의 여인이었다. 말을 끝낸 적제는 황제로부터 서책을 건네받으며 말을 이었다.

"다음은 금면귀혼이 단금 된 사실과 삼칠초록(三七草綠)을 구하지 못한 사실을 보고하도록 하시오."

자의 중년인은 단상 앞에 나서며 궁주에게 허리를 깊숙이 굽어 보이며 인사했다.

"궁주님을 알현하게 되어 영광입니다. 강호에서 금면귀혼(金面鬼魂)이라는 외호를 얻은 항진(項進)이옵니다."

단상 위의 호종단은 무표정한 얼굴로 내려다보았으며 그를 보던 적제는 책장을 몇 장 걷더니 고개를 들어, 보고했다.

"금면귀혼은 우리 궁으로부터 금괴 한 상자를 갖고 갔소. 그런데 지난겨울에 도착해야 했을 금분(金分)과 금지(金紙)가 반분도 도착 되지 않았고 삼칠초록도 구해오지 못했소. 그래서 그대를 부른 것이오."

항진은 황제장군을 믿었던 일인데 단상 앞에 서고 보니 당황했다. 그래서 황제 쪽으로 고개를 돌리고 나서 대답하였다.

"천축은 넓은 지방입니다. 또한 거리가 장난이 아닙니다. 그런데 천축에 보내었던 동지들로부터 연락받기를 금분쟁이들이 돈을 모두 챙기고 잠적해 버려 오리무중이라는 것입니다. 삼칠초록은 이족 족장이 사망함으로 당분간 소재 파악이 어려워 운남백약서(雲南白藥書)로 대체하고자 합니다."

적제는 얼굴이 붉어지며 서책을 덮었다.

"황제 궁형께서 그대를 우리 궁인으로 추천해 주었소. 하지만, 우리 조사에 보면 천축이 아닌 토번에서 구해왔던 것으로 알려졌고 삼칠초록은 이족 족장과는 무관한 일이라고 보고되었소이다."

항진은 변명이 탄로 났는지 황제인 전평진인을 믿고 찾아온 것이 잘못되었다고 생각이 들어 도망치지 못한 것이 한스러워졌다.

"천축과 토번 사이의 지방입니다. 돌아가면 책임을 지고 약속을 지키겠습니다."

이때 단상에서 음랭한 음성이 흘러나왔다.

"보아하니 말이 많은 허풍쟁이군."

순간 항진은 싸늘한 시선으로 자신을 내려다보는 눈길에 소름이 끼쳤다. 살기가 어려웠음을 간파한 황제가 만류했다.

"기회를 한번 주어보십시오."

궁주는 칠보 옥좌에서 일어서며 그를 쏘아보며 말했다.

"황제 신장은 사람을 잘못 보았네. 금면귀혼이라는 외호를 얻은 자가 하늘 높고 땅 넓은 줄 모르니 대벽(大辟) 죄에 해당하지."

윤선접선(輪扇摺扇)을 들었던 하얀 소매가 철렁거리며 오른손을 공중으로 치켜들었다. 상황이 돌변하여 겁에 질렸던 금면귀혼 항진도 쌍장을 가슴에 모으며 방어 태세에 임했다.

창!

일순, 궁주가 내리친 손은 마치 강가에 놀던 백로가 날개를 활개치듯 느릿한 손속이었으나 장내는 아수라장이 되고 말았다.

차르릉!

항진이 맞받아낸 장은 물거품이 되었고 그의 육신은 하얗게 얼어 얼음 인간이 되어 꼿꼿이 굳어버렸다. 어느 마당 가에 만들어 놓은 얼어붙은 눈사람과도 같았다.

그것도 잠시, 얼음 인간 항진의 시체는 주먹만큼씩 얼음 토막으로 부서지며 바닥에 사르르 무너졌다. 몸통도 머리통도 모두 붉은 얼음조각으로 변하여 바닥에 널렸다. 사람 형체는 하나도 없고 그렇게 하여 얼음 부스러기가 되어버렸다.

흠칫!

이 상황을 보고 기이한 얼굴을 하는 두 여인이 있었으니, 궁장의 여인 곁에 있던 젊은 두 아환이다. 그녀들의 앵두 같은 입속에서 붉고 가느다란 뱀 혀가 한 뼘은 넘게 나와 날름거렸다. 보통 사람이 이 상황을 보았더라면 놀라 자빠졌을 것이나, 대청에 있는 궁주와 네 신장들은 아환이 흡혈 여인임을 아는지 개의치 않았다.

그녀들은 발밑에 있는 핏덩이 얼음 조각에 달려들어 뱀 혀를 날름거리며 핥고 있지 않은가! 당황한 교주는 이마에 쌍심지를 세우고 주먹을 위로 쳐들어 때릴 형국을 하였다.

"그만 못해!"

앙칼진 교주의 목소리에 두 아환은 내밀었던 뱀 혀를 입속으로 담으며 예의 얌전한 자세로 돌아왔다.

서백 호종단이 옥좌에서 일어서며 뒤쪽으로 고갯짓을 하자 좌측의 알자는 장닭이 꼬끼오~하듯이 고개를 늘이었다.

"빙백궁 서백 궁주님. 인예 인강복위(引諳 引降復位)요-"

궁주가 퇴청한 태백실에는 네 신장과 교주 일행만 남아있었다. 그때 모피를 입은 궁인 두 사람이 방으로 들어오더니 넓적한 분삽(粉鍤)으로 시뻘건 인육의 얼음덩이들을 자루에 쓸어 담았다.

궁주가 사라지자 흑제가 고개를 끄덕이며 입을 열었다.

"우리도 빙백장을 출수할 수 있다고 하나 궁주에 비하면 명함도 내밀 수 없단 말이요."

적제는 실전에서 궁주의 빙백장을 두 차례 보았던 터라 대수롭지 않게 말했다.

"출수 방법도 내공이 첫째 관건이 아니겠소?"

밖으로 나온 두 아환은 밤하늘을 바라보며 추위에 오들오들 떨다가 교주에게로 다가갔다. 높디높은 백봉산에 마지막 추위의 혹독함은 윙윙거리는 찬바람에 눈가루를 뿌려내므로 사방이 뿌옇게 보였다.

태백실에서는 냉랭했으나 앞에 있는 전각들은 굴뚝에서 나오는 파란 연기하며 붉게 밝혀진 창들이 온화함을 느끼게 했다.

"우리는 따뜻한 향각으로 들어가 쉬도록 하자."

"그래요, 교주님. 불꽃이 활활 타는 화로나 난로가 고마운 줄은 미처 몰랐는데 여기에 와서 느꼈어요."

앞서 걷던 아환도 좋아하면서 가느다란 목소리가 나왔다.

"저기 태백 전각에서 나타나는 이가 궁주님이 아닌가요?"

그녀들이 바라보는 전각에는 서백 호종단이 동자신(童子神) 사환과 같이 하얀 설산 위로 도포 자락을 휘날리며 날아가고 있었다.

사천성(四川省) 평원에 흐르는 민강(岷江)에는 일곱 장 길이는 되어 보이는 연락선 한 척이 유유히 흐르고 있었다.

뱃머리에는 세 여인이 앞쪽으로 방향을 잡지 않고 뒤쪽 선내를 바라보며 앉아 있었다. 봉관(鳳冠)의 여인은 다가오는 청성산(淸成山)을 바라보다가 선내로 눈을 돌리며 양미간을 찡그렸다. 배 주위 높은 요석에는 모두 남자들이 차지해 앉아 있었고, 중앙 판자 위에 앉아 있는 여인들에게 수작을 부리는 남자들이 미워 보였던 것이다. 제일 요석이라면 지금 봉관의 여인과 두 아환이 앉아 있는 곳이 수석(首席)인데, 뭇 남성들은 복식과 거동이 예사롭지 않은 세 여인에게는 눈길만 흘겨볼 뿐 수작을 부리지 못했다.

앵속꽃이 수놓아진 화의(華衣)에 꽃이 달린 봉관을 쓴 교주가 곁에 있는 아환에게 낮은 소리로 질문을 했다.

"선미 왼쪽에 흑갓을 쓴 남자가 짊어진 봇짐 속에는 무엇이 들어있는지 장화(長花)가 말해보렴."

방긋 웃어 보이는 홍상(紅裳)의 아환은 아무것도 아닌 듯이 대답했다.

"흑갓 손님의 봇짐에는 마른 명태가 가득히 들어있고, 뒤쪽에 있는 봇짐장수는 쌀가루를 짊어졌어요."

왼쪽에 앉아 있는 아환도 바람을 들이키고는 이에 질세라 역시 가느다란 목소리가 흘러나왔다.

"다음 남자는 피 냄새가 흘러나와 백정이고, 그 곁에 녹의 여인은 흙 냄새가 풍기니 농부예요."

세 여인은 백봉산에서 궁주 서백 호종단에게 인사를 올렸던 원천 교주와 아환들이다. 두 아환은 노랑 저고리에 연분홍 치마를 입었는데, 이 지방에 사는 처녀임을 말해 주고 있었다. 야안산(野安山) 강줄기에서 내려온 이 배는 성도(成都)에서 반이 넘는 손님을 내렸지만 이후 청성산을 찾는 도인들과 장사꾼이며 고향을 찾는 사람들로 또 만원을 이루었다. 청성산은 도교의 발원지 중 하나이며 도교 사원이 십여 곳이 있어 사람들이 붐볐다.

그녀들은 성도에 청양궁(淸羊宮)에서 노자를 기리는 등회(燈會)를 구경하고 백봉산에 올랐으며 지금은 한가하게 여행을 즐기고 있다. 등회는 노자의 탄생일인 2월 15일을 전후하여 등룡을 밝히고 화회(花會)가 열린다. 예부터 청양(淸羊)은 노자가 어린 양을 끌고 나타났다는 전설에 따른 말이기도 하다.

아환들은 봇짐 속의 물건들을 알아낼 만큼 이리저리 배 위로 흘러가는 바람을 들이마시고 있었다. 그녀들의 혀 밑에는 날카로운 뱀 혀가 있었으므로 코로 향을 맡는 것보다 입을 열면 웬만한 것이면 모두 알아낼 수 있었다.

궁장의 교주가 선미 쪽으로 고갯짓하며 물었다.

"저들은 누구이기에?"

향화가 그들을 알아보고 말했다.

"갈의의 두 사내와 백의의 사내 말인가요?"

모기 같은 향화의 말에 장화가 웃어 보이며 교주에게 답했다.

"혈향이 풍겨 나오니 무림인이에요. 갈의의 사내가 어깨에 걸어 멘 봇짐 속에는 세 자루의 도검이 있어요. 그들은 조금 전부터 우리에게 눈길을 주고 있고요."

교주는 두 아환을 번갈아 보며 입을 비죽대고 말했다.

"조금 전이 아니라 어제부터다."

"그러면, 성도에서부터 따라온 것을 교주님은 알고 우리는 몰랐단 말씀입니까?"

"모를 수도 있지. 저들은 지금까지 각자 행동을 취하다가 지금에야 한자리에 모였으니 무슨 모의를 하는 것 같군."

"호호호. 목표가 우리라면 시장 거리가 나는 판인데 잘 되었어요."

향화에 이어 장화의 모깃소리 음성이 들렸다.

"저 둘을 우리에게 주시는 거지요? 교주님의 윤허만 기다리겠습니다."

두 시녀 아환은 눈을 깜빡이며 교주를 바라보았다.

"스스로 찾아드는 미물들이라면 알아서들 하려무나."

그녀들은 서로 쳐다보며 좋아하였다. 젊은 두 아환은 보기에도 광폭해 보이는 무사들을 어떻게 하겠다는 말 같았다. 주인 허락을 득하여 연애라도 하고 싶어 하는지, 아니면 갖고 놀겠다는 말인지 두 아환은 사뭇 좋아했다.

사천성 평야 지대를 벗어나면 지형적인 특징이 울퉁불퉁하여서 오밀조밀한 산세들이며 교외의 풍경은 각양각색이었다. 흐르는 강물을 거스르며 야촌 들판과 인가를 가르며 올라온 연락선은 수로가 거세어지고 숨이 할딱이는 뱃길이었다. 앞에는 마치 수평선 위에 떠오르는 흙구름과 같이 거대한 산악이 앞을 가로막고 있었다.

회의의 선원이 앞으로 나와 뱃머리에 곧추서면서 예나 다름없이 양손을 입에 모으고 큰소리쳤다.

"하곡이요. 성도 연락선의 종착지입니다-."

그 배는 하곡(河曲) 선착장에 접안하였다. 한편으로는 몇만 평의 늪지대가 이어져 있었고 수로는 산 쪽으로 굽어있어 더 나아갈 수도 없는 곳이었다.

향화 아환이 교주에게 다가서며 앞에 가로막힌 산맥을 가리켰다.

"저기 보이는 산이 노정산입니까?"

"그래. 우리가 찾아가는 노정 비취옥단(老精 翡翠玉團)이 저 산속에 있다."

하곡 선착장에는 이백여 명의 인파가 모여 우글대고 있었으며 선장과 사공들은 인파를 보며 입가에 웃음을 담고 있었다. 그 웃음 속에는 돈이 보였기 때문이었다. 서푼에 천 리를 가는가 하면 또 어떤 때는 은전 몇 잎을 주어야 천 리를 갈 수 있는데, 선주에게는 같은 강물도 조석으로 변했다. 오늘 인파의 절반은 장사꾼을 맞아 마중 나온 사람과 구경꾼도 많겠지만 어찌했던 사람들이 많으면 선장이나 장사치들은 좋은 것이었다.

교주 일행이 배에서 내렸을 때는 사방이 시끌벅적했다.

"옥반석 각종 피혁제 여기 다 있습니다."

"비취 목걸이, 금목걸이 골라보세요."

또 몇 사람들은 배에서 내린 상인에게 우르르 모여들어 각종 물건을 찾고 있었다. 그때 궁장의 여인에게 다가오는 촌민이 있었다. 이들은 토번족인 장족(壯族)으로 머리는 양 갈래로 땋아 어깨에 걸쳤다.

"두 낭자와 영사께서는 행선지가 원거리라면 저희 마차를 이용하시고, 산악지방이라면 좋은 야크들이 있습니다."

그가 가리키는 쪽에는 두 필의 마차가 있었고 한쪽에는 몇 마리의 야크와 나귀 같은 조랑말이 있었다. 털이 치렁치렁한 야크 곁에는 젊은 목동들이 초롱초롱한 눈을 하고 쳐다보고 있었다.

"산악이 비탈질 텐데 좋은 야크가 있습니까?"

"마침 염소 같은 말발굽이 있는 검은 야크가 세 필 있습니다."

"우리는 산악을 등정해야 하니 귀댁의 야크를 이용하겠습니다. 내일 아침 저기 보이는 절면 반점으로 세 필을 보내주시오."

"예예. 영사(榮師)님. 내일 꽃방석을 마련하고 그 앞으로 대기해 놓겠습니다."

사십쯤 되어 보이는 촌민은 삯도 묻지 않고 단번에 응하는 것이 흡족하여 연신 고개인사를 하고 목동에게로 갔다.

두 아환이 교주에게 눈길을 보내자, 교주는 알았다고 고갯짓하고 들판 길로 걸음을 재촉했다. 교주가 쳐다본 곳에는 세 무림인이 물건을 사는 척하며 그녀들의 행동을 놓치지 않았기 때문이었다. 갈의의 사내가 화려한 세 여인의 뒤꽁무니를 훔쳐보다가 백의의 사내에게 말했다.

"추형(秋兄)! 저들이 건넛마을에 숙소를 정할 듯합니다."

"음-. 기회야. 날이 어두워지고 있어서 꿩 먹고 알 먹고 그 말이 실감

나는군."

갈의의 젊은이는 침을 한번 삼키고 고개를 끄덕였다.

"쫓아온 보람이 있어 흐뭇합니다. 추형은 형님 값을 하려면 궁장의 여인을 맡는 거죠? 그녀의 속치마 속에는 금전이 흘러나올걸요. 히히히."

추형이라는 사내가 넓죽한 입술을 열었다.

"궁장의 여인은 나잇살이 많은 할망구 같구나. 그런데 자네들이 연계(軟鷄)를 얻겠다는데. 상처 나게 하지 마라. 그녀들도 집이 있고 주인이 있을 텐데 더 옭아낼 수 있으니까 말이다."

"우리가 잘못 찍은 것은 아닐까요?"

"춘패(春佩)는 다 된 밥에 모래알 뿌리는 말을 잘하더라고."

"아니야. 만만하게 행동하는 것이 무림 고수 집안이나 관군 집안이 아닐까 생각이 들어서 말입니다."

곁에 있던 갈의인이 어깨를 툭 치며 나무랐다.

"이런 졸장부 같은 말을 하네. 저년들도 낯짝이 있을 텐데 내 몸 헐었소 하고 선전할 것 같으냐?"

이어 대장인 추패라는 자가 이들의 말에 결론을 내렸다.

"명문 고수 집안에 여인이라면 방심을 트고 함부로 출가(出家)할 성싶으냐? 내가 보기에는 월궁(月宮)의 항아(姮娥)와 같단 말이야."

그들의 삼각 눈이 반달같이 떠졌다.

"예? 달나라의 공주님이라는 말씀입니까?"

"이런 멍청이 같으니. 아홉 개의 태양을 활로 쏘아 떨어뜨렸다는 신궁 후예의 부인인데 남편이 바람을 피우자, 항아는 화가 나서 불사약을 훔쳐서 달로 달아났다는 여인이야."

"히히히. 그런고로 저 여인도 남편이 바람을 피우자 막대한 보물을 싸 들고 절간으로 수양간다는 말이군요."

추패라는 자는 유식함을 인정받고 넓죽한 입이 쩍 벌어졌다. 이들은

곤륜산맥(崑崙山脈) 77

패도삼절(覇刀三節)로 성도 저잣거리를 주름잡는 건달들이었다. 그들의 허리춤에는 짤막한 도(刀)를 하나씩 차고 있으며 모두 삼각 얼굴에 삼각 눈을 하고 있었다. 가을(秋), 겨울(冬), 봄(春)에 태어났다고 하여 결의형제를 맺은 불량배들이다. 싸움판을 전전하면서 배운 무공이 대단했는데 이들의 합수는 누구도 저지하지 못했다. 누가 본다면 얼굴이나 눈매가 비슷하여 삼 형제로 보기 쉬우나 사실은 그렇지 않았다. 그러한 이들이 이틀 전에 성도에서 나들이에 나선 원천 교주와 아환들을 대갓집 규수로 넘겨짚어 일거리를 만들었다.

선착장을 떠난 그녀들은 건넛마을에 간다고 들판 길을 지나 붉은 수수밭 길을 택했다. 가로질러 숨어 들어간 패도삼절은 짙은 수숫대 사이로 이들의 뒷모습을 유심히 관찰했다. 홍의 장삼의 두 낭자는 요염한 둔부와 허리를 육감적으로 흔들며 걷고 있었고, 화려한 궁장의 여인은 전족을 한 귀부인처럼 허리를 하늘거리며 걸어갔다. 이를 지켜보는 남자라면 자신도 모르게 욕념이 물씬 풍겨 이들은 엽기적인 마음이 충동했다.

죽어 말라버린 수수밭은 농민들이 따다 남은 붉은 수수깡 이삭이 군데군데 남아있었는데 이것은 철새 모이로 일부러 남겨둔 것이었다.

그녀들이 짙은 수수밭 소도로를 지날 때였다. 수숫대가 바람에 흔들리며 세 장한이 나타나 막무가내로 여인들의 앞을 가로막았다.

갑자기 이들이 출몰하는 상황에 세 여인은 황당하기 이를 데 없었다.

"히히히. 우리는 이런 사람들이오."

갈의의 사내가 앞가슴을 보이며 자랑하자 백의인이 독사 같은 눈을 찡그리며 겁을 주었다.

"우리는 불행하게도 집이 없고 처자식도 없다 보니 길거리에 보이는 모든 여편네는 우리가 거둡니다. 이해해 주기 바라오."

사내들에 의해 겁에 질린 세 여인은 풍전등화 같은 처지로 서로 몸을 부둥켜안고 겁에 질려있었다.

"고년들 그렇게 겁나할 것 없네. 우리도 사람이란 말이다. 딸린 게 있어 좀 다르기는 하지만 정이 많은 남자들이다."

궁장의 여인은 두 아환을 끌어안으며 통사정했다.

"대, 대인 어른. 소첩들은 바쁜 몸이오니 그대로 돌려보내 주십시오. 무엇이든지 있는 물건은 다 드리겠습니다."

우측에 섰던 춘패도 쥐 앞에 선 고양이처럼 의기양양해 마지않았다.

"물론 그래야지. 아직은 싱싱한 꽃들이므로 앞으로 살아갈 날들이 태산 같은데 죽어서는 안 되지. 있는 물건은 다 드린다고 했는데 그것부터 맛 좀 보기로 합시다."

성도 뒷골목에서 흉맹이 자자한 패도 삼절은 도적질은 물론 여인들을 강탈하고 짓궂게 구는 게 한두 번 해본 일이 아니었다.

교주 곁에서 돌돌 떨던 향화가 가느다란 소리를 내었다.

"언니, 그것 보세요. 내일 떠났으면 이런 일이 없었을 것인데. 난 몰라요. 흑흑흑……"

향화가 울먹이자 그녀 곁에 있던 장화도 울먹였다. 이 모습을 보던 맏형 추패는 득의의 웃음을 베어 물며 명령했다.

"고년들 순 죽순이 아냐. 오늘은 횡재했다. 각자 행동을 취하라!"

그의 명령에 둘은 싱글거리며 궁장의 여인 양가에 붙어있는 두 아환을 떼어내며 수숫대가 우거진 수수밭으로 끌고 갔다.

"언니-"

두 아환은 교주에게 언니라고 하소연하며 반항해 보았으나 억센 남자의 힘에 어쩔 수 없었다.

홀로 남은 궁장의 여인 앞에 버티어선 추패는 갖가지 생각을 굴리며 한참 내려다보았다. 뒷구멍으로 나올 금전은 얼마나 될 것이며 또한 몸매는 어떨 것인가에 대한 쌍무지개 같은 상상에 젖어있었다.

한편, 수수밭 속으로 끌려간 장화는 사나이의 가슴을 밀며 반항해 보았으나, 그것은 동패의 욕정을 더욱 분발하게 만들 따름이었다.

"히히히. 고년 순 죽순이라더니 맞는 말이군. 내가 너의 머리를 올리는 계례식을 시작할 테다. 그 맛을 함께 즐겨보기로 하자."

찌지직! 그의 손이 여인의 하체를 더듬더니 속옷을 찢어발기기 시작했다.

"안 돼! 안 돼요!"

머리 위에 따놓은 토끼 귀처럼 동그란 아환을 흔들며 사내의 가슴을 밀어내던 양팔이 나긋나긋한 손으로 변하며 사내의 목덜미를 감싸안고 있었다.

"그러면 그렇지. 성숙한 여인네가 나 같은 인물을 보고 마다하면 그것은 여인네가 아니지."

그의 동물적인 욕구는 모든 이성을 마비시키며 수숫대 위로 무너졌다. 여인의 섬세한 몸을 휘감았던 두툼한 손은 홍의 장삼을 들추고는 미끈한 허벅지를 타고 밑으로 흘러내렸다. 여인의 입술이 남자의 귓불을 물었다. 이어 붉은 혀가 나타나며 그의 목에 살짝 밀착시켜 남자의 흥분을 돋우었다. 그녀의 입술에 촉감을 느낀 동패는 세상에 모든 것을 취한 듯 황홀경에 빠져 운이 좋은 날이라고 생각하고 있었다.

그런데 그것도 잠시 온 세상이 붉게 변하고 있어서 깜짝 놀라 훌쩍 일어서려고 했으나 그것은 마음뿐이고 몸이 말을 듣지 않았다. 그제야 두 눈을 말똥거리며 여인에게 당했다고 통한의 후회가 뇌리에 차올랐다. 그는 점혈 당한 모습과 진배없었는데 꽃다운 아환이 흡혈귀같이 충혈된 눈으로 그를 바라보고 있었다.

이어 엽기적인 행동이 이어졌다. 자신을 밀쳐내고 이번에는 그와 반대로 남자의 배 위로 올라타며 앵두 같은 입술이 부풀더니 두 가닥의 붉은 혀가 솟아 나왔다. 동패는 그 입술만 보아도 까무러칠 뻔했다.

조금 전 귓밥에 축촉한 감이 좋았다고 느낀 것은 붉은 혀로 피 맛을 본 것으로 생각했는데, 귀밑에서 흐르는 핏물은 자신의 어깨를 적시고 있었다. 그는 연못에서 장구애비가 올챙이에게 침을 꽂아 흡즙하는 일들이 떠올랐으며 지금 그와 같은 처지가 되고 말았다.

동패의 삼각 눈과 여인의 붉은 눈이 마주치자, 여인은 붉은 뱀 혀를 내밀며 가느다란 소리를 내었다.

"호호호. 그리 겁날 일이 없다고 우리에게 당신이 말했지요? 사람이 식사하는 것을 처음 보는 것도 아닐 텐데 그리 겁날 일은 아니지요. 살기 위해서는 우리도 먹어야 하니까요."

두 눈이 붉어진 아환은 귀녀(鬼女)가 되어 날름거리는 혀를 드러내놓고 그의 목으로 입술을 붙여갔다. 흡혈귀를 걷어차고 일어나려고 했으나 몸도 목청도 모두가 마비 상태라 어찌해 볼 도리가 없었다.

선혈을 빨아들이는 소리는 더운 입김이 발하는 자기 목에서 쭉쭉 대었고, 붉은 혀는 몸속까지 기어들어 심장까지 오려내는 듯했다. 사는 게 끝이라고 생각한 동패는 고향의 부모 형제가 생각나며 죄 많은 과거사가 되살아났다. 수많은 여인을 이렇게 배 위에서 짓밟아 강탈해 헤집어 놓은 죄가 어디 보통이겠는가?

여인은 꼼짝도 못 하는 나의 몸 위에서 붉게 충혈된 눈으로 나와 눈을 마주하여 만찬을 즐기고 있다. 가끔은 입을 떼고 숨을 들이마신다. 입술을 다시고 나서 다시 목으로 입술을 붙여댔다. 하늘도 수수밭도 온통 붉게 보이며 자신의 의식이 점점 사라져가고 있음을 느꼈다.

한편 백의의 추패는 명문 대갓집 규수를 놓고 심장이 박동함을 느끼고 있었다.

"성도에서부터 부인을 흠모해 왔소. 그래서 나의 사제들에게 월궁항아와 같다고 했는데 내 말이 틀리지는 않을 것이오."

궁장의 여인은 그의 말을 듣고 방긋이 웃어 보였다. 추패는 그녀의 웃음에 말이 통할 것 같아, 침까지 튀기며 말을 이었다.

"집안에서 소박(疏薄)을 맞고 남편에게 버림을 받은 여인이 간다면 어딜 가겠소. 나 같은 사람 만나 정들면 그것도 한세상인데."

"호호호. 그래서 어떻겠다는 거예요?"

"나의 사제들도 저 수수밭에서 재미를 보는데 우리라고 성인군자처럼 우두커니 서 있으니 꼭 바보처럼 우습잖아요?"

"시뻘건 대낮에 무엇을 어떻게 하겠다는 말씀인지."

추패는 고개를 흔들며 웃음까지 지어 보였다.

"천인은 재미를 보지만 양인(良人)은 훤히 드러나는 백주는 죄악이라고 합니다. 짧은 생애에 시와 때를 가리며 밤에만 여인을 찾는 필부들은 우습지 않아요?"

그는 궁장의 여인에게 다가가며 금나수법으로 팔목을 움켜잡았다.

으악!

일순 소리를 친 것은 남자의 목소리였다. 뜻과 반대로 추패의 손목이 여인의 손에 잡혀 어느새 촌관에 혈도를 찍히고 말았다.

"무림의 고인(高人)?"

그는 그렇게 느끼며 땅바닥에 넘어지는 신세가 되었다.

"나 교주는 그대 같은 사람을 제일 저주한다!"

여인은 당당히 말하며 땅바닥에 넙죽이 누워있는 추패의 몸에서 짤막한 도를 꺼내 들어 입술을 열었다.

"패도가 아니라 철도로군. 이 철도로 흉맹을 떨쳤으니 그 값을 치러야겠어!"

여인 앞에 혈도가 찍혀 꼼짝 못 하는 신세가 되어 별수가 없었다. 어떻게든 일어나 통사정을 하고 위기를 모면하려고 마음먹었다.

"귀인을 몰라뵈어 잘못했습니다. 한 번만 너그러이 용서를 해주시며 개과천선하겠습니다."

"무엇이? 앞으로 잘하신다는 말씀 같은데 그보다 그대가 죽으면 동료들 시신이 문제가 될 것인즉 그대가 거두어 묻어주도록 해라."

"시신?"

"그렇다. 나의 아환들이 건달들에게 당하지는 않을 터인즉 희망을 품지 말라."

추패의 사족은 꼼짝 못 했지만, 이목구비는 움직일 수 있었다. 빨리 숲에 들어갔던 두 아우가 일을 끝내고 나타나 자신을 도와줄 것으로 생각했는데 이 여인의 말대로라면 큰일이었다.

"그러면 혈도를 풀어주어야 시체를 묻어줄 수 있지 않겠소이까?"

그렇게 말하고 살 수는 있겠구나 생각하며, 어느 대갓집 규수로 짐작했던 것이 후회막급이었다. 누워 하늘의 뜬 구름만 바라보던 그의 얼굴에 섬뜩한 소리가 들렸다.

"두 가지 죄업은 어쩔 수 없다!"

"두 가지라니요?"

추패는 자신의 날카로운 도를 빼어든 궁장의 여인을 공포스럽게 올려다보았다. 그런데 그녀는 도를 높이 치켜들며 한마디 했다.

"본좌의 손목을 잡으려 했던 죄와 그리고 다가선 죄로 그대의 팔목과 발목을 잘라야 한다!"

교주는 도를 휘둘러 원을 그리다가 번쩍하고는 그의 팔과 발목을 스쳤다.

으악!

외마디 소리가 끝남과 동시에 그의 오른 팔목과 발목이 각각 땅바닥에 뒹굴어가며 핏물이 흘렀다.

"두 번째는 많은 여인들을 농락한 죄로 몹쓸 흉물은 떼어내어야 한다!"

그것은 그가 매일 아침저녁 어루어 다듬던 제 일호 보물이 잘려 나

곤륜산맥(崑崙山脈)

간 것이다. 비명에 정신을 차린 것은 향화 아환이었다. 언니 장화와 같이 핏기 없는 하얀 시신이 향화의 배 위에 걸려 있었는데, 여인이 시신을 발로 걷어차자 수숫대를 눕히며 떨어져 나갔다. 그것은 언제나 위에 있는 자가 승리자는 아닌가 싶었다. 남자는 허리춤도 풀어보지 못했으니, 여인을 안고 입맞춤 한번 해본 것이 전부였다.

여인은 수수깡 같은 입술을 수숫대로 닦으며 죽어가는 춘패에게 입을 열었다.

"흥! 소금구이만 먹었구나. 고기 먹을 때는 물도 먹고 나물도 먹어야지."

그 소리에 붉은 수숫대를 헤치며 장화가 나타났다.

"너도 그랬구나. 어찌 짜다고 했더니……."

아환들은 맛있게 두 남자를 빨아먹고는 고마운 말씀이 아니고 투정을 부리며 가볍게 신법을 날렸다. 아환들이 내려선 곳은 추패가 바짓가랑이에서 선혈을 흘리며 질질 짜고 있는 곳이었다. 교주는 아환들을 보자 웃음을 머금었다.

"그래 만찬은 만족했니?"

교주의 말에 장화가 대답했다.

"동패는 젓갈만 먹어서 혈액이 짜기만 했는데, 향화의 춘패도 소금구이만 먹어서 피 맛이 짜다고 했어요."

아환들 말에 놀란 것은 땅에 누워있는 추패였다. 두 아우는 죽어 나가 이년들의 먹이가 되었다는 말이었고, 그녀들의 말대로 둘 다 좋아했던 음식들이었다. 두 여인은 흡혈귀가 아닌가. 모깃소리같이 앵앵거리는 작은 소리로 보아 흡혈 왕모기임이 틀림없었다. 추패는 사람들을 살상하며 그 맛을 느껴보았는데 지금 여인네들 앞에서 수모를 당하고 보니 패자의 억울함이 이루 말할 수 없었다.

교주가 그의 혈도를 풀어주자, 추패는 기다시피 수수밭 속으로 기어갔다.

"교주님! 저자를 살려주시려는 것입니까?"

"놔둬라. 뒷골목 흉물들이라 관부에 갈 수도 없고 하소연할 곳도 없다."

"혀라도 뽑아놔야 어데서 나불대지 못할 것이 아닙니까?"

"친구도 없을 것이며 아무리 떠들어도 꾸며낸 말로 들릴 것이다. 그러므로 저자의 말을 곧이들어 줄 사람은 없는 것이다."

얼마나 흉악하고 사기를 많이 쳤기에 사람들한테 사람 말이 통하지 않는다니 불쌍한 사람임이 확실했다. 여인들은 가던 길을 바꾸고 하곡마을로 되돌아갔다.

아침이 되자 하곡마을 반점도 분주해지기 시작했다. 교주 일행은 한쪽 모퉁이 원탁 식탁에 둘러앉아 아침을 주문하고 있었다. 궁장의 여인 앞에는 소면 한 사발이 올라와 있었고 두 아환 앞에는 아무것도 없었다.

향화가 가느다란 목소리를 내었다.

"교주님. 어서 드십시오. 우리는 어저께 폭식을 했잖아요."

"아니다. 너희들 아침도 시켰다. 비록 돈간(豚肝)이지만 도축장이 있다길래 주문해 두었다.

"예? 돼지 간이오?"

아환들은 구미가 당기는지 서로 쳐다보았다.

반점의 손님들은 화려한 젊은 여인들이 절곡면 한 사발을 놓고 어떻게 나누어 먹을 것인가에 관심을 두고 있었다. 황의장상에 판다의 양쪽 귀처럼 둥글게 머리 위를 말아 묶은 아환(丫鬟)의 모습 하며, 미모에다 귀염 티가 나는 낭자들이었으므로 이목을 끌지 않을 수가 없었다.

입이 넙죽한 상인이 그녀들을 보다가 젓가락을 들면서 동료에게 말했다.

"하곡 절면은 예나 지금이나 맛이 일품이야. 면발하고 국물 말이지."
그도 면 한 사발을 놓고 궁리하는 것이라고 느껴 맞장구를 쳤다.
"육수는 더울 때 먹어야 제맛이지. 식어버리면 기름이 엉긴단 말이야."
그들은 여인들 쪽으로 흘기며 같이 먹기를 재촉하였다.
그때 이 집 점소이가 두 개의 큰 대접을 들고 들어왔다.
"엇! 저것은 생간?"
반점 내 손님들은 흠칫하며 모두 그쪽으로 쳐다보았다.
젊은 처자들 앞에 놓인 것은 절면이 아니라 생간 한 대접씩이었는데, 점소이는 대가가 충분했었는지 머리를 조아리며 부족한 것을 물었다.
"왕소금을 드릴까요? 아니면 야채라도?"
장화의 가느다란 소리가 흘러나왔다.
"아니야. 우리는 이대로 좋으니 물러가게."
그녀들은 허리춤에서 각각 예도를 꺼내 들었다. 이어 대접에 있는 돼지 간을 싹둑싹둑 자르며 자두 열매만큼씩 만들어 예도로 찍어 입으로 올렸다. 앵두 같은 입이 그때는 어찌나 큰지 간덩이를 넙죽이 받아먹고 토끼 입처럼 오물거렸다. 입 주위로는 붉은 핏물이 흘렀고 흐르는 핏방울은 대접으로 뚝뚝 떨어지기도 했다.
"언니. 싱싱하네요. 피 맛이 따뜻해서 일품입니다."
만약 낭자의 입에서 한자가 되는 뱀 혀가 나와 날름거렸다면 손님들은 혼비백산하였으리라. 하지만 그녀들은 자중하며 식사하였다. 예부터 부인들은 생간 먹기를 좋아했다고 하고, 이들은 절세의 낭자들이기 때문이기도 했다. 장화가 향화를 보면서 붉은 입을 열었다.
"교주님의 안배여서 싱싱하지 않겠니?"
"맛있다니 고맙군. 엊저녁 포식을 했다고 하나 산에 오르면 십여 일은 먹을 것이 없을 것이다."
"호호호. 그곳에도 야크도 있을 것이고, 노역자들도 많을 텐데 우리 걱정은 접어두세요."

낭자들이 야크와 사람 간까지 먹겠다는 말인지 사람들은 더 호기심이 충동했다.

예도로 간덩이를 찍어 올리던 장화가 비록 가는 목소리지만 앙칼지게 소리내었다.

"무슨 일들이 있어요? 아니면 사람이 식사하는 것 처음 보는 것입니까?"

그제야 자신들을 돌아보며 이들은 식사를 계속했다. 대갓집 규수와 낭자들로 보았던 여인들이 원시적인 인간의 식성에 입맛이 당기는지 집으로 돌아가면 그렇게 먹어보고 이야깃거리가 될 것이다.

노정산(老靖山)과 흑자단(黑子丹)

사천성 평야를 가로막아 선 산중에 황금이 흐르는 노정산이 있다. 정말로 황금 계곡이 있고 흐르는 물에서 황금을 줍는 산은 남쪽에 금화산(金火山)과 낙산(樂山)이 있지만, 사람들은 노정산도 황금이 흐른다고 했다. 이곳에 황금은 없지만 갖가지 보석들이 나오기 때문에 그렇게 불렀을 것이다. 이 산 중턱 계곡에서 요란한 망치 소리가 들렸는데 그곳이 노정비취옥단(老靖翡翠玉檀)이다.

무한에서 전질병에 의해 옥광으로 보내어진 학소는 오늘도 머리통만한 철매를 들고 돌을 까부수는 노역을 하고 있었다. 막장 역부들은 갱도 안에서 수레로 석옥덩이를 끌고 나와 학소 일행의 역부 앞에 내려놓으면 그들은 매와 망치로 옥석을 가르는 일꾼이었다.

여기 옥단(玉檀)에 갱도가 주위에 세 곳은 있는데 적은 편은 아니었다. 학소는 들었던 철매를 놓고 뒤에 있는 희석삼을 돌아보며 조용히 물었다.

"희 역사! 자네는 밖으로 나갈 의향이 조금도 없단 말인가?"

흑광으로 팔려 가던 이들은 흑선에서부터 줄곧 희석삼 노비와 인연이 만났다 떨어졌다 하며, 지금에 이르러서는 노역자가 되어 침식을 같이하는 신세들이기도 했다. 희석삼은 그의 말에 대답은 하지 않고 발목에 딸린 동그란 철통을 보며 히죽거렸다.

"히히히. 그 철통을 끌고 도망을 간다고?"

"그래. 우리는 할 수 있다. 너만 정신 차리면 말이다."

십여 명의 역부 중에 술풍 역부만 철통이 채워졌고 다른 이들은 자유인으로 일에만 열심이었다.

"가기는 어딜 가. 여기가 좋은데. 오늘 흑자죽(黑子粥)이 나오는 날이거든."

희석삼은 사십은 넘은 나이인데도 어린아이처럼 철이 없어 보였다. 행동이나 말씨가 철이 없어 보이는 것이 오늘 나오는 흑자죽 때문이라고 학소는 단정을 짓고 있었다. 노비가 병들면 싸구려 신세라고 침을 뱉던 그가 흑자죽에 의해 야금야금 정신을 혼동케 하고 육신을 얽매게 하며 노동에 착취당하고 있다. 그와 만났다 떨어졌다 하며 지금에 이르러서는 노역자가 되어 침식을 같이하는 신세들인데 그의 삶이 점점 안쓰러워 같이 떠나고 싶은 계획은 허물어지고 있었다.

막장 안에서 와자지껄하는 소리에 이어 두 역부가 수레를 밀고 나오며 큰 소리로 외쳐댔다.

"비취다! 비취옥이야!"

밖에 있는 동료들은 야단법석할 만도 한데 하나같이 흐리멍덩한 눈으로 비취청옥석(翡翠靑玉石을) 바라볼 뿐이었다. 그 옥석을 보며 달려오는 두 간수만 좋아하며 소리 질렀다.

"야-! 드디어 우리 삼 막장에서도 비취가 나오는구나. 술풍! 술풍은 메치기 시작하라!"

흑모를 쓴 간수가 제일 싱싱해 보이는 술풍 역부에게 지시했다. 술풍 역시 흐리멍덩한 얼굴을 하고 철매를 위로 치켜들고는 돼지만 한 원석에 메치기를 시작했다.

쿵! 쿵!

그가 힘을 쏟는다면 이 원석쯤은 한두 번에 박살이 나겠지만 그리 힘쓸 일은 아니었으며 남들처럼 적당히 일을 해왔다. 그것은 그도 흑자죽을 먹고 있다는 것을 증명하기도 하는 일이었다.

희석삼과 술풍이 몇 번 메치기를 하자, 두 간수의 입이 쩍 벌어졌다. 몇 번 울림을 당한 청옥석은 백옥과 비취 그리고 나머지 돌 부스러기로 분리되어 흩어졌기 때문이다.

주먹 만큼씩 저절로 분리된 비취는 파란빛을 발산하며 모두의 눈을 부시게 했다. 비취는 옥 중에서 옥중지왕(玉中之王)이라고 하기에 부족함이 없었다.

"헤헤헤. 이게 제 일 막장에서 잘 나온다는 비취냐?"

비취 한 덩이를 들고 동료들을 바라보았지만, 그것에는 관심이 없고 입구 쪽으로 눈길을 보내며 누구를 기다리는 얼굴이었다. 십여 명의 노역자들은 하나같이 산양피의를 걸쳤고 얼굴은 검고 말라 있었다.

젊은 역부가 입구 쪽을 가리키며 펄쩍펄쩍 뛰었다.

"이야-! 흑자죽이다. 흑자죽!"

두 남자가 김이 모락모락 나는 죽통을 들고 오는데 이들에게는 하늘에서 내려오는 천사같이 보였다. 역부들은 환한 웃음을 머금으며 호주머니에서 조개 숟가락을 꺼냈다.

김이 모락모락 나는 죽 그릇은 모두에게 나누어졌고 술풍 앞에도 한 사발 배당되었다. 누구든지 살기 위해서는 먹어야 한다는 생각에 그것이 역겨워 발길로 내다 차고 싶었으나 눌러 참았다. 입맛에 관계없이 찬에도 관계없이 허기진 배를 채운다고 몇 달은 살아왔다. 역시 살아야 하므로 동료들과 같이 게걸스럽게 먹기 시작했다.

그리고 새알만 한 흑자단이 죽 속에서 나오자 살짝 소매 속으로 넣으며 먹는 시늉을 했다. 주위에 향이 짙은 것으로 보아 모두가 흑자단을 씹고 있었는데, 석삼이도 와그작거리며 입을 열었다.

"술풍은 벌써 꿀꺽하고 내려버렸네. 나는 이것만 있으면 만사가 형통한다네."

학소는 옥광에 들어서면서 첫 번째로 눈에 들어오는 것이 있었다. 그것은 삼 일에 한 번씩 나오는 흑자단인데, 사람의 정신을 마비시키는 기약(奇藥)인 흑자단(黑子丹)이 있다는 것을 알게 되었다. 동그란 흑자단이 들어있는 것을 이들은 흑자죽이라고 하였다.

　바위 위에 서 있는 두 간수는 흑자단 식사에는 감시가 철저했었는데 지금은 주의가 소홀했다. 가만히 놔둬도 자기 몫은 철저히 찾아 먹었고 모두가 순한 양이 되고 있다는 것을 알게 되었다.

　몇 숟갈로 단숨에 죽 그릇을 비운 학소는 창공을 바라보며 땀을 식혔다. 허구한 날 산중 오지에서 창공만 바라보며 궁상을 떨 일은 아니라는 생각이 들기 시작했다.

　노정산을 등정하는 교주 일행은 말보다 작고 당나귀보다 커 보이는 털이 긴 소 야크의 등에 몸을 실었다. 야크 목동들이 끌고 가는 세 필의 야크 위에는 세 여인이 걸음에 맞추어 몸을 끄덕이면서 조로서도(鳥路鼠道)인 절벽 길을 잘도 타고 올랐다. 그런데 지금 그 길도 끊겨 그녀들은 야크 등에서 내렸다. 밑으로는 천 길 낭떠러지인데도 목동이나 야크나 여인들 누구 하나 무서워 떠드는 이들은 없었다. 다섯 뼘 남짓한 조로인데 또 사방을 깎아지른 듯한 절벽 틈을 걷는다는 것은 보통 일이 아니었다.

　"휴- 다 왔나 보다. 저기 집들이 보이는군."

　교주가 가리키는 쪽으로 눈길을 돌렸는데 산 틈에 세 채의 와가(瓦家)에서는 연기가 피어나고 있었다. 따라서 모두 귀를 기울여 보았는데 망치질 소리가 똑딱거렸다. 그녀들이 야크를 돌려보내고 몇 보를 올라서자, 바위에 구멍을 낸 석문이 나타났다. 두 수문 무사가 뼈로 된 골창(骨槍)을 들고 서 있었는데 골창은 가벼워서 산악에서는 제격이었다. 그 무사들은 연락이 닿아 있었는지 교주 앞으로 나서며 깍듯이 인사를 했다.

　"교주님이 우리 옥단에 방문함을 환영합니다."

　"그래. 단주는 안에 계시냐?"

　"예. 지금 옥당으로 모시겠습니다."

단주(壇主) 왕소담(王笑澹)은 회랑에 앉아 먼 산야를 바라보다가 입구 어귀로 눈을 돌렸다. 두 무사를 앞세운 세 여인이 가벼운 신법으로 다가옴을 보고 양손으로 얼굴을 쓸어내렸다.
　　옥석을 다듬어 깔아 놓은 마당에 들어선 교주는 웃음기가 만면했다. 머리에는 봉관을 썼으며 봉관 양쪽에 꽃술이 달린 파라구슬이 멋들어지게 흔들거리고 있었다. 의상도 이에 걸맞게 꽃무늬가 수놓인 치마에 헐렁한 녹의 장삼을 걸쳤으며 궁장 차림이라고 아니할 수 없었다. 교주라는 직위를 돋보이는 듯 양가에는 아환을 한 화려한 낭자들을 대동하고 있어서 험악한 산악 구중심처에 선녀가 내려온 것 같기도 하다. 회랑에서 내려온 단주는 양팔을 벌리며 교주를 맞았다.
　　"이야-. 역시 화목지요(花木之妖)라 하더니 시시로 변색을 잘하는 원천교 교주 역귀실(逆鬼失) 조향(趙香)을 만나게 되어 영광입니다."
　　여인도 두 손뼉을 마주치며 반색했다.
　　"중원에 패쌍극(貝双克)이라는 별호를 내던지고 산수에 묻혀 천수를 누리겠다는 왕소담을 보니 반갑습니다."
　　교주도 벌리는 손을 잡아보고는 쌍수를 치자 이에 질세라 그도 닫았던 볼록한 입술을 열었다. 실로 꿰어 만든 팔 소매 옥구슬이 유난히도 달랑이었다.
　　"개천산(開川山)에서 꽃만 가꾼다는 역귀실 조향을 만나고 보니 그 꽃향기가 여기 노정산까지 풍깁니다."
　　왕소담도 홍옥으로 장식된 옥의(玉衣)를 입었는데 교주의 궁장에 못지않았다.
　　"이 교주가 보기에도 여기 옥궁과 옥의가 화려함이 하늘에 미칩니다. 돈주머니가 불룩한 듯합니다."
　　패쌍극 왕소담 단주는 오십이 넘는 나이인데 얼굴에 붉은 기운이 충만했고 돋보이는 볼록한 입술이 교주 못지않았다.

"나는 석굴 파기를 좋아하는 사람이오. 후한 말에 만들었던 돈황의 막고굴(莫高窟), 대동(大同)의 운장석굴(雲藏石窟), 낙양의 용문석굴(龍門石窟) 들을 두루 돌아보았는데 그 석굴들에 감복했습니다. 그래서 그다음으로 사천에 노정비취옥굴(老靖翡翠玉窟)을 절세의 옥굴로 만들려고 하는데 교주가 많이 도와주시오"

교주는 봉관의 구슬이 흔들리게 웃음 웃었다.

"호호호-. 말씀으로 보아 꿩 먹고 알 먹고 비취와 황옥을 다 파먹겠다는 대몽(大夢)을 꾸시는데 어떻게 도와달라는 거지요?"

석굴을 핑계 삼아 보석을 챙기겠다는 속셈이기도 했다.

"교주는 무슨 소리요? 알은 조금 먹을 수 있지만 꿩은 우리 빙백궁의 소유가 아닙니까. 나는 단지 나의 이름을 옥굴에 남기고 싶을 뿐인데……."

단주는 듬성듬성 난 수염을 한번 쓸고는 교주의 몸 구석구석을 보며 눈알을 굴렸다.

"교주는 나에게 갖고 올 선물이 있을 텐데 빨리 내어주시구려."

"이제야 나를 반기는 이유를 알겠군요. 지금 중원에 금자단(金子丹)이 부족하여 귀한 고가품으로 둔갑하였습니다. 이 교주도 장만하기가 하늘의 별 따기요."

왕소담은 설마 하는 얼굴로 다그치듯이 입을 열었다.

"그래서 부탁했던 것이 아닙니까! 교주는 그 일에 연관이 되어 있고 또 나보다 우리 빙백궁과는 친분이 더 있으니 말하면 되지 않겠어요?"

웃던 얼굴을 멈춘 교주는 냉랭한 얼굴로 입을 열었다.

"그래요. 나는 일급인 궁인 십인 중에 있고, 단주는 이급인 이십인 중에 있소. 적다고는 하지 않겠지요. 그런데 단약(丹藥)들은 나의 손을 떠나 황제 신장과 적제 신장 손에 달려있어요."

단주는 두 아환에게 안부를 던지고 싶었으나, 이 낭자들은 생간과 생혈을 즐겨 먹는다는 사실에 좀처럼 정이 가지 않았다. 흡혈귀에 가깝다고만 느꼈지, 정말 흡혈귀라는 사실은 아무도 모른다. 그녀들은 이들의 대화에 조금도 개의치 않았고 난간에 비스듬히 걸터앉은 자태가 낭자 같지 않은 천덕꾸러기 같기도 했다.

봉관의 교주를 보며 어떤 때는 연한 여인 같고, 어떤 때는 쌀쌀맞은 말씀이 얼음장 같기도 했다. 그런 그녀가 말을 이었다.

"우리는 오십 일 전에 궁주님을 알현했는데 그분은 연공 차 서왕모궁을 찾아 떠났습니다. 궁 안은 황제장군이 모든 일을 총괄하는 형편이오."

"궁주님은 무엇이 모자라 또 연공실을 찾는단 말이오?"

"우리는 천수를 일백 번 누릴 빙백궁 궁인들이 아닙니까. 앞으로 차차 알게 될 것입니다. 국가 이념은 떠났으므로 앞으로는 장군(將軍)님들을 신장(神將)으로 호칭이(호칭하도록) 되어 있습니다."

그녀의 말에 왕소담의 두 귀가 쫑긋했다.

"그럼, 불로장생에 영원불멸의 시기가 도래했다는 말씀입니까?"

역귀실 조향은 창밖을 바라보며 가벼운 미소를 지었다.

"궁주님의 말씀은 꿈이 아닙니다. 금자단은 황제 신장(黃第神將)으로부터 연지가 있을 것입니다."

"그렇지 않아도 계속 흑자단만 보내어오니 궁을 찾아가 견물할 생각이오. 내가 금자단을 맛본 지가 삼 개월은 넘었단 말이오."

"궁주님은 우리 궁인을 아끼시어 백인의 궁인은 앞으로 자단(子丹)은 절대 복용치 말라는 궁령이 내려질 것입니다. 단주는 흑자단의 노역자들을 관찰하고 있지 않습니까?"

"지옥으로 갈려고 이 단주가 흑자단을 먹겠습니까? 흑자단은 지옥의 문이고, 은자단은 지상의 문이며, 금자단(金子丹)은 천계의 문이라고 했는데, 교주는 그 맛을 몰라서 하는 말이오."

교주가 화려한 봉관을 벗자, 흑갈색 머리가 치렁거리며 어깨 위로 내렸다. 그 머리를 뒤쪽으로 쓸어 말며 단주를 쏘아보듯 돌아봤다.

"이런 중늙은이 같으니라구! 그 말은 궁이 설 때 했던 말이고, 나는 왕 단주님을 생각하여 한마디 충고하겠습니다. 금자단도 금단증상이 나타나며 삼 년 이상 복용하면 끊을 수 없는 폐인이 됩니다."

"한 달 일정인데 고깟 거 가지고 중독이 된단 말이오?"

왕소담은 내심 화가 치밀었다. 교주의 말로 보아 빈손이라는 것을 감안하니 쓸쓸하기 짝이 없어 쓸쓸히 입을 다셨다.

"교주를 기다린 보람이 하나도 없으니 섭섭하오."

"호호호. 이런 때는 보채는 아동 같아요. 이곳까지 오면서 빈손은 아니지만 단주님이 안달할 것이라고 짐작은 했어요. 내가 했던 말은 꼭 지켜서 이것으로 마지막입니다. 안 먹고 못 살겠다면 하루살이 인생으로 살아갈 수밖에 없지만……."

교주는 품속에서 한 뼘 길이의 약함을 꺼냈다.

"응?"

왕소담은 두 눈을 번쩍 뜨며 그 함을 뺏듯이 받아 챙겼다. 확인하고 싶은 마음에 함을 열자, 장내는 그윽한 약 향이 퍼졌다.

"하하하. 그러면 그렇지. 우리 원천 교주님이 나를 잊지 않아 주어서 고맙소."

그 약함에는 밀랍으로 봉해진 밤톨만 한 금자단 열두 알이 들어 있었는데, 밀랍도 금빛으로 되어 있어 번쩍거렸다.

"교주는 원백수행법(元白修行法)을 닦고 있으므로 우리 가슴의 흑기(黑氣)를 어떻게 알겠습니까? 나도 교주에게 선물을 하고 싶은데…"

"반가운 소리요. 이러한 심처에는 귀한 것들이 많을듯한데 무엇이 있어요?"

"그야 홍옥, 석고, 방해석(方解石), 당산 보석, 어느 것이든지 지명만

하면 한 짐 꾸려놓겠습니다."

교주는 천정에 박혀있는 당산 보석을 바라보며 고개를 끄덕였다.

"그래요? 그러면 말씀하겠소이다. 우리 양녀들에게 비취 귀걸이와 목걸이를 한 개씩 만들려면 반분은 있어야 하고, 천장에 이와 같이 당산 보석을 붙여놓으려면 이것도 반분은 되겠지요?"

비취가 탐이 나서 찾아온 여인처럼 느끼며 단주의 두 눈이 크게 떠졌다.

"그래서 한 짐이라는 말씀인데……. 역시 여인네는 보석을 알아보셔. 옥중지왕(玉中之王)이라는 비취가 반 짐이라면 값이 얼마나 되는지 아시오?"

교주가 아무 말 하지 않고 단주 앞에 있는 약함을 쓸어보자, 그는 성급히 말을 이었다.

"알겠어요. 비취도 앞으로 궁으로 올라갈 것이나 나의 마지막 선심이오."

교주는 알았다는 눈빛을 보내고 높은 의자로 자리를 옮겼다. 이어 긴 치마를 걷자 하얀 다리가 드러났다. 문가에 있던 두 아환이 달려와 양다리에 붙어 서서 운혜(雲鞋)를 벗겨내었다. 그 운혜는 제비부리 신발로 구름무늬가 그려져 있었고 양반집 부인들이 나들이할 때 신는 신발이었다.

"휴-. 며칠째 끼워 신었더니 지금에야 살 것 같구나."

교주는 혼자 독백하고 자기의 발등을 내려다보았다.

그런데 어른 손바닥으로 한 뼘이 넘는 그 신발에서 나온 그녀의 발등은 주먹만 한 조그만 발이었다. 남자는 여인의 발등을 보는 순간 무엇인가 충동적인 흑심을 감추고 있었고 여인은 먼 옛날이 회상되는 듯 싶었다.

다섯 살이 되면서 조향은 발목에 신경이 쓰였다. 두 오빠는 마당에서 잘 뛰어노는데 자신은 발등을 천으로 꽁꽁 묶어놓았으니, 밖으로 나가는 것이 그리 쉽지는 않았다. 어른들이 왜 여자아이들에게 고통을 주는지 몰라, 자주 천을 풀어놓고 마당으로 뛰쳐나가곤 했다. 그때마다 어머니와 고모들이 달려와 큰일이 난 것처럼 야단스럽게 다시 묶어놓았다. 조향은 그때마다 울어댔으나 소녀만 나쁜 아이가 되었고 울음보 조향으로 별명까지 붙었다.

"교주님의 발등이 부어올랐어요."

아환의 말에 정신을 가다듬고 보니 예나 다름없이 둘이 한 쪽씩 주무르고 있었다.

"너희들 눈에는 그렇게 보일지 모르나, 원래가 그러하니 나에게는 그렇지 않다."

교주는 귀찮은 말투로 꾸짖어 말했다.

"남자들은 모두 흉물이란 말이다. 뭐? 여자들의 팔자는 뒤웅박 팔자라고?"

향화가 가느다란 소리를 내었다.

"그만하세요. 교주님은 발등만 보면 화가 치미는 소리를 하니 말입니다."

"잘 들어 두거라. 여인들은 남자의 노리갯감이 아니란 말이다. 여성의 지위를 노리개로 전락하는데 화가 나지 않겠어?"

당시 상류층 사회에서는 전족(纏足)이 유행했었다. 남당(南唐)에서 시작된 풍습인데, 어떻게 된 일인지 이것이 전 중국을 휩쓸었다. 한참 뛰어놀 어린 소녀들은 엄지발가락을 제외한 나머지 발가락과 발등을 꽁꽁 묶어 작은 신발에 교정하여 자랐으므로 기형적인 발이 되고 말았다.

이렇게 성장한 여인들은 밖을 함부로 나다닐 수도 없었고 멀리 가지도 못했다. 울안에서나 겨우 나다니고, 간혹 길에 나와 걷게 되면 둔부를 흔들며 뒤뚱거리지 않을 수 없었다. 뭇 남자들은 관능적으로 바라보는 맛이 있었고 집에 여편네의 조그만 발등은 귀엽다고 했다. 남자들은 위선과 위엄이 존재하는 사회를 만들었는데, 근세에 이르기까지 천 년간 중국의 병폐로 굳건히 자리 잡았으니 부끄러운 일이라 아니할 수 없다.

하지만 교주는 자신의 운혜를 크게 만들어 신고 보통 사람처럼 뒤뚱거리지 않고 바른 자세로 걸어왔다. 당시 여인들은 상품 가치이기도 했다. 창녀가 증가하였고 남자들은 축첩 제도가 성행했다. 또 유학이 뿌리내리며 과부의 재혼이 금지하는 사회 관습이 강화되었다.

조향은 어린 시절부터 여성으로서 이런 사회가 역겨웠고 여성을 노리갯감 삼는 것을 지탄해 왔다. 몇 년 전까지만 해도 당시 이웃에 있는 신라국(新羅國)은 여인이 왕이 되어 백성을 다스렸다. 어머니 임금님이 그리웠고 합리적이라고 생각해 왔다.

중국은 그와 반대였기에, 그녀는 남성을 저주하며 원백교(元白敎)를 신봉하며 원천교를 만들었다. 천하고 불행한 여인들을 도모한다는 뜻으로 창설하였으나, 아직은 미미했다.

교주는 천으로 된 편한 신발을 신고 그대로 걸어 나갔다. 단주가 따라 나오며 교주에게 말했다.

"오늘 삼막장에서 비취가 나왔다니 같이 둘러보십시다."

교주가 나갈 때는 두 아환이 가볍게 따라 걸으며 교주를 보필하는데 게을리하지 않았다. 운혜를 벗었으므로 아무리 바르게 걷는다 해도 작은 발로 걷기에는 힘에 겨워 둔부를 흔들지 않을 수 없었다. 왕소담 단주도 따라 걷다 보니 그 걸음에 반하여 남자의 욕정을 샘솟게 했다.

"교주는 복이 많습니다. 예쁜 두 낭자가 보위를 잘하여 모시니 두 개의 성싱한 꽃잎에 받친 목련과 같습니다. 나는 나비가 되어 그 위로 훨훨 날고 싶습니다."

그의 말에 교주는 코웃음을 쳤다.

"그런가요? 남자들은 여인을 보면 꽃이다, 아니면 경국지색이니 뭐니 빗대어 말하니 나는 반갑지 않소. 그러하니 그런 말은 아껴두었다가 집에 있는 부인에게 말씀하시고 나에게는 있는 그대로 사람으로 보아주시오."

뼈가 깃들어 있는 말에 단주는 머리를 긁적이며 작업장을 가리켰다.

"저기 보시오. 파란빛을 발산하는 것을 비춰라 하오."

망치 소리가 들리는 곳 바로 그곳에는 막장에서 캐어 온 옥석을 놓고 학소 일행이 방해석과 비취를 분리하고 있었다. 그 작업을 보던 교주는 욕심이 부풀어 힘센 역부를 찾게 했다.

"단주는 나에게 한 짐 꾸려준다고 했는데 저 역부에게 한 짐 챙겨주실 수 있겠지요?"

"하하하. 싱싱한 젊은 놈을 잘도 골랐습니다만, 그는 철구를 찬 위험한 노비가 아닙니까?"

"힘이 넘쳐나니 지명한 것이요, 천민들이 도망친다면 어딜 가겠습니까? 내가 아니더라도 우리 아환에게 잡히고 말 것입니다."

학소는 들었던 망치를 내려놓으며 세 여인을 돌아보는데 그의 눈과 마주친 교주는 만족한 웃음을 머금고 있었다. 여인들 눈에는 힘센 황소쯤으로 보였을지도 모른다.

"쓸만한 일꾼이군요. 노비 문적은 있는 놈입니까?"

"그러기는 한데… 아직 입수 못했습니다. 무한에서 한 달 전에 들어왔는데 전질을 가진 병자라 했고, 이름은……"

그때 뒤에 있던 간수가 대신하여 그의 이름을 불렀다.

"술풍! 술풍이라고 들개를 뜻하는 이름입니다."

"전질 따위는 흑자단이 으뜸이지요. 노비야 무슨 이름이 있겠소만 재미있는 이름이군요."

향화가 좋아라 하며 입방아를 찧었다.

"구풍이 아니고 술풍이라 예뻐보이는 데가 있어요. 그러니 우리 교인으로 삼으면 좋겠네요."

장화가 가느다란 목소리로 모기가 앵앵거리듯이 소리 내었다.

"무슨 말을 하는 거니? 천한 백성이면 우리 교인은 될 수 있지만 남자이지 않으냐. 규범과 교리에 따라 천한 여인들만이라는 것을 모르고 하는 소리냐?"

학소는 또 팔려 갈 것이구나 하고 주인이 될 여인들을 살펴보았는데 말씨 하며 품행이 대갓집 규수는 아니었다. 마치 연예장 여인들 같아 보였는데, 교주라는 여인이 봉관을 흔들며 명을 했다.

"술풍! 자네는 비취와 당산 보석을 걸머질 수 있는 한 한 짐 짊어지고 하곡 마을까지 내려갈 것이네. 우리에게도 흑자단이 있다. 안심해라."

석삼이와 동료들은 그 흑자단 소리에 힐끔거리며 쳐다볼 뿐 그저 흐리멍덩한 얼굴(표정)들이었다.

삼 일째 되는 날이었다. 철구를 끌고 철커덕거리며 학소는 옥당으로 들어서서 먼 능선을 바라보았다. 노정비취옥단은 험산에 해당하여 우마가 들어올 수 없는 곳이라 사람들이 등짐을 이용하여 내려가지 않으면 안 되었으므로 내심 걱정이 되었다.

옥당 안에서는 세 여인과 수비 무사, 당주가 술풍의 발목을 유심히 바라보다가 의견 일치를 보았는지 장화라는 아환이 개금을 흔들며 말했다.

"우리는 술풍의 발에 걸린 철구를 풀어줄 것이네. 우리 교주님의 은덕으로 알고 주어진 일에 충성하기를 바란다."

그녀는 발밑에 앉으면서 조그만 손으로 사나이의 한이 서린 족쇄를 풀어놓았다. 하지만 그는 무감각인 듯 멍하니 서 있었다. 두 역부가 끙끙거리며 묵직한 마대(麻袋)를 한 놈은 지고 한 놈은 떠받치며 들어오더니 술풍의 앞에 내려놓았다. 그 속에서는 파란 광채가 발산되어 보는 이들의 얼굴을 무지갯빛으로 물들게 했다.

"자 보시오. 당산 보석과 일급 비취만 골라 담았소. 최상품입니다."

당주의 말처럼 그 속에는 주먹만 한 비취 덩이들과 보석이 가득했으며 교주의 동그란 입이 볼우물과 같이 옆으로 벌어졌다.

"운반은 술풍 자네 몫이야. 등짐을 져 보게나."

술풍은 명령에 따라 짐승 털로 꼬아 만든 줄배로 묵직한 마대를 짊어졌다. 등짐 져 보기는 탐라도에서 채약사로 시도해 보았고, 옥단장에서는 우마의 청초와 건초를 짊어지고 운반했던 일들이 생각났다.

간수자는 한 발은 되어 보이는 지팡이를 쥐여주며 그의 고행을 달래주었는데, 술풍은 감격해 마지않았다. 양주에서 삼베옷 속에서 손을 내밀어 지팡이를 짚던 일이며 메마른 땅을 일굴 때 식혜 한 사발을 얻어다 주는 일들이 떠올랐다.

학소는 지팡이에 의지해 위태위태 조로서도를 지나고 있는데 세 여인은 바위벽에 몸을 비비지도 않았고 낭떠러지에 조금도 놀라움이 없었다. 높은 무공의 소유자임을 짐작할 수 있었다. 그녀들은 한가롭게 걷다가 장화 아환이 그의 등짐이 걱정되어 말했다.

"저러다가 술풍 역부가 떨어지는 날에는 보석 마대가 아까워서 어떡하지?"

"걱정할 것 없어요. 언니와 같이 내려가 마대를 찾아내면 될 것인데."

두 아환은 가느다란 소리로 이야기를 나누며 술풍에게는 아랑곳하지 않았다. 끙끙거리며 소같이 등짐을 진 초라해 보이는 그는 귀공자였다는 것은 옛적 꿈같은 과거로 돌려보내었는지도 모른다.

그는 지금을 생각한다. 무인의 길로 들어서면서 언제나 지금이라는 현재를 믿어왔기 때문이다. 패자는 지금 존재하지 않으며 승자만이 지금 세상에 남을 수 있다는 신념이기도 했다. 그런 그가 노비가 되어 치욕과 고역을 겪으면서 무슨 생각을 하는지 알 수가 없었다. 살아남고자 애걸을 하는 일인지 아니면 수양으로 마음을 닦고 있는 것인지. 그는 지금 노비임은 확실했다.

삼 일이 흘러 세 여인과 학소는 노정산을 내려와 중원의 서남 지방을 여행하고 있다. 물론 여인들은 여행이라고 함이 옳은 말이나, 술풍 등신은 그녀들의 짐꾼이 되어 따라다녀야 했기 때문에 여행이라고 하기에는 가여워 보였다.

성도(成都)에서 마차를 빌려 대경(大慶)까지 하루를 달렸고, 지금은 중경(重慶)이 붙어있는 넓은 평야 지대다. 강폭이 없는 평야에 뜬구름 흐르듯이 내려가는 장강은 동해의 바다까지 몇천 리 흘러가며 각종 사연을 낳는다.

이 물 위에 조운선(漕運船) 한 척이 유유히 흐르며 아침을 맞는다. 이 판옥선은 가을 추수 때만 조운선이지, 봄과 여름은 연락선으로 둔갑하여 돈벌이를 했다.

학소는 선실 한구석에서 깊은 잠에 취해 있다가 여명이 눈언저리에 맴돌았는지 눈을 부스스 떴다. 그의 양쪽에는 두 아환이 술풍을 가운데 두어 잠자리를 마련했으므로 어느 쪽도 돌아누울 수 없어 밤새 천장만 바라보며 잠을 잤었다. 이 두 아환 낭자가 흡혈 꽃뱀인 줄 알았다면 그는 혼겁을 집어먹고 한잠도 못 잤을 것이다. 옛말에 모르는 것이 약이라고 했는데, 이를 두고 하는 말이 아닌가도 싶다.

그는 얼른 머리에 떠오르는 것이 있으니 며칠 지고이고 다니던 비취 마대(翡翠麻袋)였다. 벌떡 일어나 앉으며 사방을 두리번거렸다. 그 마대는 선실 구석에 놓여 있었고 교주는 그것을 베개 삼아 잠을 자고 있었다. 양쪽에 나란히 있는 아환 낭자들은 쌔근쌔근 취한 상태로 잠이 무척 많은 여인들이라는 생각이 들었다. 선실 안에서 아침형 인간들이 일어나 앉아 손을 모아 조심스럽게 콜록거리는 것이 잠에 취한 이웃 손님들에게 신경을 쓰는 것 같았다.

방이 밝아오자, 두 아환도 일어나 앉으며 곁에 있는 술풍에게 방긋 웃어 보였다. 미모에다 머리를 동그란 구멍을 만들어 묶어놓은 모습은 이 고장 판다와 같아 보여 귀여움을 더해 주었다. 교주도 일어나 앉으며 농을 했다.

"술풍은 우리 아리따운 낭자를 양가에 데리고 잠을 청했는데 춘몽이라도 꾸었다면 나에게 들려주게나."

그녀의 말에 멋쩍게 웃어 보이고 농을 받는 것도 싫지는 않았다.

"노비 주제에 분향이 흐르는 낭자를 어찌 탐하겠습니까. 꿈속에서도 저기 비취 행낭이 도둑맞을까 노심초사했습니다."

장화 아환이 곁에서 그의 심장박동 소리를 들으며 그의 귓불을 쳐다보다가 찔끔하고 정신을 차리고 가느다란 소리가 나왔다.

"보세요. 술풍은 정직한 사람으로 우리 손발이 되어주어 고맙지 않아요?"

향화도 그와 같다는 뜻으로 웃음보를 지었다.

"보통의 남자라면 이웃 여자를 훑어보던지 곁에 있는 우리를 만져보기라도 할 텐데 손 한번 까딱하지 않는 것으로 보면 믿음이 가는 남자예요."

"그래 알았다. 그에게도 전낭을 하나 달아주어야겠구나."

교주는 수중을 뒤적이고는 작은 전낭을 꺼내 들었다. 예뻐 보이는 전낭이었는데 술풍은 허리춤에 구겨 넣었다.

천인들이 모여 으뜸이라는 원천교에 관심이 많았는데, 교주와 며칠 지내다 보니 억눌려 있는 여인들의 고초를 대변하고 남자와 평등을 주장하는 데는 마음에 들었다. 이 년 전만 해도 학소는 귀인으로 등자를 밟아 승마도 했었는데, 지금은 등자 일이며 종노릇을 하고 있다. 때로는 오히려 높은 사람이 비양심적이며 낮은 지위에 있는 백성들이 도덕심이 강하고 양심적이라고 느낄 때가 많았다. 점점 사람은 상하가 구별이 없고 똑같아야 한다는 평등 의식이 몸에 배어 갔다.

"전낭에 몇 푼 들어있는데 선상에 나가면 먹을 것이 있을 것이다. 아침 요기를 하고 오너라."

교주의 말에 꾸역꾸역 잠에서 깨어나는 사람들 틈을 비집고 밖으로 나왔다. 선수 쪽은 판옥으로 되어 있어 내실에서 잘 수 있었고, 선미 쪽과 갑판 위는 하늘을 지붕 삼아 밤잠을 잤던 이들이 우글우글 일어나 있었다. 노비 신분에 교주가 내실 방세를 내어주므로 술풍은 편안한 밤잠을 잘 수 있었다.

여비가 부족하든지 돈이 없으면 갑판 위나 싸늘한 선상에서 밤을 지새워야 한다. 이는 배삯에 따라 평등한 일이지 권력에 의하여 귀천을 갈라놓는 귀족사회는 아니다.

어느 화상(和尙)이 말했듯이, 평등이란 학의 다리를 잘라 똑같은 다리로 오리 다리에 잇거나 또는 산봉우리를 헐어 골짜기를 메워야만 평등이 되는 것이 아니다. 이들을 보면서 그렇게 느꼈다. 중국의 사회상을 뒤집어보면 왕실의 조상 중에 노예가 아닌 자가 없을 것이며 노예의 조상 중에는 왕실이나 재상이 없다고는 아니한다. 이렇게 유구한 세대로 본다면 이것도 평등이지 않은가.

그는 억장이 무너지는 화마 속에서 스스럼없이 노비로 추락하여 그 행색을 하고 있다. 형식과 가식으로 꾸며진 등급 사회의 관행을 알고 버릴 줄 아는 마음의 경지에 달했다고 볼 수가 있었다. 보통 사람이라면 귀공자였던 그가 미쳐서 광기에 허덕이든지 아니면 어느 벼랑 끝으로 달려가 세상을 달리했다 할지도 모른다.

아침 태양은 동쪽으로 얼굴을 한번 내밀자 뭉쳐진 구름이 안개가 되어 햇빛은 찾아볼 수 없게 되었다. 중원의 산봉우리들을 찾아다니던 뜬구름은 드넓은 사천 분지에 와서는 쉬어갈 산봉우리가 없어서 땅 위로 걸어 다닌다고 했다. 그렇듯이 지금 강 위로 흐르는 안개를 보며 어느 고서에서 읽었던 글귀를 떠올렸다.

촉나라 유비(劉備) 황제가 북벌로 서안 땅에 들어섰을 때 촉의 개는 해를 보면 짓는다(蜀犬吠日)는 말에 분개했다. 안개 속에서 태양이 솟아나면 개도 놀란다고 빗대어서 하는 말이었다. 그래서 유비는 장수들에게 서안 땅에 떠 있는 태양을 가리키며 '중천에 떠 있는 붉은 쟁반이 서안의 태양인지 달인지 알아맞혀 보라'고 하자 장수들은 달이라고 합창했다. 촉(蜀)의 태양은 안갯속에서 나타나면 은빛 찬란하지만, 황토 고원에 떠 있는 태양은 늘 붉은 달과 같았다.

학소는 선미에 앉아 강둑에 있는 가마우지를 무심히 바라볼 뿐이다. 검은 가마우지들이 멋진 낙수법을 뽐내며 물고기를 몰고 나와 목을 한발씩 늘리며 식사하는 모습이 재미있었다. 선상의 사람들은 삼삼오오 모여 앉아 신세타령과 세상 구경거리 이야기들로 웅성거렸다.

술풍인 학소의 의복은 깨끗이 빨아 입기는 하였으나 덕지덕지 꿰매어 놓은 옷 하며 머리는 산발에 손가락 굵기의 새끼줄로 동여맨 것이 어느 집 종놈임에는 틀림이 없었다. 그런 그에게 말을 걸어 이야기할 이는 아무도 없었다. 그렇다고 저들 틈에 끼어든다고 해도 달갑지 않게 받아주지도 않을 뿐더러, 저리 꺼지라고 욕까지 얻어먹을 것이 뻔했다. 양인이 천인과 이야기하는 것은 볼썽사나운 일이었다.

축은 축대로 찾아든다고나 할까, 그에게 다가와 말을 건네는 젊은이가 있었다. 흙이 묻어있는 짚신 발에 삼베옷을 겹겹이 꿰매 입은 것이 어느 집 머슴 같았다.

"어느 고인 댁 식객인지 모르겠습니다만 행선지가 어느 쪽이 되십니까?"

양반 말투를 섞어가며 제법 인사법을 갖추는데 미소가 나왔다. 학소는 비틀어 앉으며 같이 앉기를 권했다.

"모르겠소. 주인님이 말씀이 없으시니 이 강물처럼 흘러갈 뿐이라오."

"말씀으로 보아 우리 사천 사람은 아닌 것 같은데 여기는 살기 좋은 곳입니다."

"땅이 기름지고 사람들이 많이 살았으므로 유비 장군은 성도와 이 일대에서 촉나라를 세운 곳이 아닙니까?"

머슴은 역사에 관하여 깜깜 무식이라 건너편 쪽을 턱으로 가리켰다.

"우리 주인은 저쪽에 앉아 있는데 작년 농사 삯전을 못 물어서 나를 조 대인집으로 팔러 간다고 했어요."

"사람 손이 많이 들었을 텐데 삯전은 얼마나 된다고 합디까?"

"소작농을 이어가려면 이천 평이면 벼 스무 섬은 채워줘야 하므로 그 대가로 쇤네는 그 집에 팔려 갑니다."

"같은 머슴살이면 부잣집이 더 낫지 않겠습니까?"

그는 주인이 있는 쪽을 힐끗 쳐다보고는 조용한 어조로 말을 이었다.

"물론입죠. 조그만 막살이라도 내어주면 여자를 하나 얻어 생활할 수 있는데 나는 그게 꿈이랍니다."

머슴은 둔탁한 손으로 얼굴을 쓸어 보이며 희망에 젖어 있었다. 남의 집 머슴살이도 노비처럼 여인을 얻어 사는 것이 최고의 희망이었다. 여인들도 종년이겠지만 치마만 두르면 되는 것이다. 나이가 비슷해 보이는 이 머슴은 자기 희망을 말하고 술풍에게 물었다.

"당신은 가정이 있소?"

그의 말에 처음에는 초희가 생각났으나, 계화 쪽으로 생각하며 피식 웃었다. 학소도 쇤네라고 말하려 했으나 입 밖으로 나오지 않아 그와 비슷하게 말했다.

"인신(人臣)을 기다려주는 여인이 있기는 하나 아직 정착을 못 하여 이리 팔려 다니니 가정이 있을 수 있겠소?"

"거참 안됐구려. 그 여인은 계집종입니까?"

술풍인 학소는 고개만 끄덕였다. 머슴이나 노비 모두 같은 천출인데 노비는 문서가 있는 법적인 하인이고, 종과 머슴은 집안에 데려 쓰는 하인들이었다. 머슴은 남자종으로 계약직이기도 하며 사람이 덜된 이들이 많았다.

상앗대를 메고 갑판 위를 올라오는 사공이 이들 앞을 지나쳤다. 성도와 만현(萬顯)을 오가는 상강(上江) 연락선은 이 지역에서 손꼽는 대선이었다. 성도로 올라갈 때는 힘이 차지만, 내려가는 배는 닻을 내리는 일이 많고 여울목과 급류 지역만 조심하면 한가롭게 나다닐 수 있었다. 그 사공은 만만해 보이는 머슴들을 보며 입을 삐죽거렸다.

"당신네들은 어디까지 표를 끊으셨나?"

마침 여행지가 궁금했던 학소가 입을 열었다.

"봉절까지라고 하는데 하루면 도착할 수 있습니까?"

"내려가는 길이라 그렇기는 한데 안 됐구나. 장강삼협(長江三峽)을 눈앞에 두고 하선을 하게 되다니."

"강호에서 유명한 무산(巫山)과 장강삼협을 익히 들어 알고 있는데 보는 것도 이번에 기회가 있겠지요."

막수라는 머슴은 아쉬워하는 술풍을 보며 입을 열었다.

"그게 그렇게 유명해요? 나는 그쪽을 두어 번 다녔지만 구경해 본 일은 없는데 다음에는 꼭 보아두어야겠습니다."

종놈 주제에 산수를 논하는 것이 우스워 보여 사공은 한마디 뱉었다.

"다음에 못 볼 사람이 어디 있는가. 이 지방을 지나며 무산산협을 지나쳤다면 산수를 모르는 돌머리 석두(石頭)들이지요."

돌머리라는 말에 성질이 급해 보이는 머슴이 울화가 치미는 것 같았다.

"돌머리야 우리 똑같습니다. 사공이나 머슴 종들이 모두 석두라서 남의 수족 노릇밖에 더합니까?"

그의 말에 선상에 같이 올라왔던 거무스레한 사공이 다가오며 막무

노정산(老靖山)과 흑자단(黑子丹) 109

가내로 그의 목덜미를 잡았다.

"뭐야? 멍청한 머슴 놈들이 우리 사공까지 끼워 넣어 석두라고?"

그는 주먹을 날려 그의 면전에 서너 대 갈겼다. 넘어졌던 머슴은 흐르는 코피를 풀어 갑판 위에 비벼대고는 날렵하게 사공에게 달려들었다. 힘 하나로 버티어 살았던 머슴이라 사공은 힘에 눌려 몇 대 맞았다. 어릴 때부터 골목 싸움을 자주 했던 막수는 상대가 코피를 흘리면 친구들이 말렸다. 그런데 오늘은 억울하게 당해서 코피가 나는데도 모두가 고개를 쳐들어 바라만 보았다. 뒤늦게 승부가 끝났음인지 술풍 노비가 머슴 어깨를 끌어내자 마지못한 척 물러섰다.

그때 다급하게 갑판 위로 올라오던 사공이 한 뼘 남짓한 예도를 뽑아 들며 머슴에게 날아들었다.

"머슴 놈이 상강 연락선 수관 앞에서 우리 사공을 건드리다니 너는 오늘 죽었어!"

수관이라면 선장 다음가는 이 배의 감독관이기도 했다. 그어대는 솜씨로 보아 머슴은 당해낼 능력이 없는 것이 확실시되어 학소가 달려가 만류할 때였다.

으악!

그의 예도는 무술자였고 정확히 머슴의 목을 긋고 말아 때는 이미 늦었다. 목에서는 선혈이 낭자하게 뿌려지며 앞으로 넘어졌다.

사람들 틈에서 침을 흘리며 관전하는 젊은 두 여인이 있었다.

"언니! 저것 보세요. 먹은 것이 싸구려 보리떡과 기장뿐이어서 피가 모두 맹물 같아 먹어볼 게 없겠지요?"

"향화야. 입조심해라. 설침(舌針)을 보였다가는 교주님으로부터 어떤 형벌이 떨어질지 아느냐?"

두 아환은 모깃소리같이 흡혈에 관한 말을 하고 있으나 구경꾼들이 웅성대는 말속에 묻혀버리고 말았다. 관전하던 유학자가 턱을 한번 쓸고 장내를 빠져나가며 혀를 찼다.
"쯧쯧쯧. 저런 머슴 놈들이 하는 짓들이란 상놈 짓밖에 더하겠어? 모두 죽어야지."
만류는 하지 못하고 이것도 배우지 못한 자의 행태라고 훈계까지 하며 나갔다.
학소는 달려가 목에 피범벅이 된 머슴을 안아 들었으나 예도가 깊게 혈관을 그어놓아 살려놓을 형편이 못 되었다. 그 수관은 검은 얼굴을 찡그리고는 사방에 몰려있는 사람들을 돌아보며 으스댔다.
"너도 그 머슴의 동생뻘은 되는구나. 너희들이 쌍수공(双手功) 수관에게 잘못 걸렸지."
명호를 밝히며 으스대는 사공의 얼굴과 예도를 번갈아 바라보는 학소의 얼굴에 검미가 꿈틀거렸다. 비록 노비의 신세이기는 하나 검미가 움직이는 것은 진찬우 장군과 장주인 진인지의 모습은 벗어날 수가 없었다.
"그대들이 우리에게 돌머리 석두라고 했소. 사공이나 머슴이나 같다고 했거늘 그것으로 사람을 죽여요?"
피가 흐르는 그의 예도를 바라보며 나지막한 소리로 무겁게 말하자 그도 이에 질세라 큰소리쳤다.
"그렇다. 너희들은 사람 취급에도 못 든다. 네놈들은 내가 받는 석달 급료면 얼마든지 살 수 있어! 그런데 똑같다고?"
그의 한마디 외침에 손님들은 싸움의 근원을 알 수 있었으며 인간의 값어치에 얼마나 천양지차(天壤之差)가 있음을 느끼게 했다. 그것은 사공의 말에 일리가 있음을 증명하기도 했다.
머슴 주인인 한 농부가 달려와 쓰러져 있는 그를 안아 들며 통곡했다.
"막수야. 조 대인 댁에 간다고 너를 이 꼴로 만들다니……. 아이고 불쌍한 놈아."

농부는 그의 머리를 쓸어주며 또 울먹였다.

"불쌍한 너를 부잣집에 팔아주어 총각 신세 면해주고 싶었는데 결국 총각 귀신이 되다니……"

학소는 반 시각도 못 되는 인연이었으나 여기 주종 간의 애정을 보며 눈물이 핑 돌았다. 노비임을 알아 나의 곁에 앉아서 소박한 희망 이야기를 하던 그가 왠지 서글펐다. 사방을 두리번거리던 사공 수관이 살기등등하게 고함을 내질렀다.

"네놈은 얼마짜리냐! 내 오늘 기분을 확 풀어 네놈 몸값을 다 지불할 테다. 걱정 말거라."

처음 사공이 자신의 시비 때문에 일이 벌어졌음을 감안하여 수관 동료를 만류했다.

"수관님. 노여움을 푸세요."

"아니다. 나는 상강 연락선 수관 이전에 쌍수공이다. 저놈 피 맛까지 보아야 기분이 풀리겠어."

그가 노기 탱천해 있을 때 가느다란 여인의 웃음소리가 들렸다.

"호호호. 저 사람도 피 맛을 보겠대."

수관은 힐끔 두 여인을 보고는 신이 났다. 남자들은 여인들 앞에서 힘센 놈을 제압하고 승자가 되는 남자다움을 보여주는 것이 두 번째 만용이다.

휫! 휫!

그는 학소 앞에 달려들어 예도로 들 입(入) 자를 그으며 겁을 주었으나 상대는 부동자세였다. 학소는 아환 낭자들을 돌아보았으나 사람들 틈에서 도와주기는커녕 싸움을 만류할 기색도 보이지 않았다. 그녀들은 그의 자세와 태도를 보고 무공이 있는 철구 노비였음을 알 수 있었다.

주위의 구경꾼들은 투살장 흥행거리에 불과했고 수관의 말대로 천출이 죽임을 당해도 쌀 몇 가마면 충분한데 그리 겁날 일은 없었다. 그

저 동네 소싸움 정도로 여겼다. 모두 빈손의 천출이 어찌 명호가 있는 예도를 잡은 수관을 이길 수가 없는 노릇이라 생각했다. 다만 듬직한 미남 술풍이 불쌍하게 보였으며 젊음이 아까울 뿐이었다.

"이얏!"

드디어 쌍수공 수관은 팔을 휘둘러 주위에 허영을 그리고 나서 요격세(腰擊勢)로 허리를 찔러왔다. 술풍은 좌익우비로 몸을 피했을 뿐인데 그는 휘청거렸다. 술풍은 검미를 살짝 치켜올리고 노기 탱천하여 무겁게 입을 열었다.

"보아하니 죽기로 환장했구나. 내가 그대를 죽이지 아니하면 그대가 나를 죽일 것인즉, 누가 저 태양을 다시 볼 수 있을 것인가?"

마침 어려운 태양 빛이 찬란하게도 강 위를 내리 비추고 있으며 누군가는 지금 암흑세계로 가야 된다는 말이었다.

수관은 일격이 빗나감에 마음이 동요되기 시작했다. 하찮은 머슴 놈이 풍자하는 말이나 새처럼 가볍고 무쇠처럼 강인한 무인의 자세를 짐작하게 되었다. 이 마당에 물러설 수는 없고 보니 무공이 있는 놈 같아 일수로 끝남을 맺고자 했다. 그와 같이 요격세로 공격하여 편수점검(片手點劍) 초식으로 휘둘러 찍으면 저자의 복부는 허용될 것으로 믿었다.

"키얏!"

사방으로 난영을 띄우며 쌍수공의 요격세가 그의 정면으로 돌진하여 자격(刺格)으로 등신을 껴안으며 복부를 깊숙이 찔렀다. 둘은 서로 부둥켜안은 채로 싸움은 싱겁게 끝이 났다. 그 형국은 오랜만에 만난 친구가 반가워서 포옹하는 자세 그대로였다. 둘 사이로는 피오줌이 갑판 위에 줄줄 흘렀다. 술풍 등신은 괴로움에 찬 듯 두 눈을 반쯤 감았고, 쌍수공은 사람을 죽여놓고 겁에 질린 듯이 두 눈이 왕방울같이 떠 있었다. 술풍의 입가에 그의 귀가 맞닿아 있었으니 나직이 말했다.

"잘 가게, 쌍수공 친구. 저세상에는 머슴들은 없다. 그러니 머슴에게 죽는 일도 없을 것이오."

사람들은 등신의 복부에 예도가 깊숙이 박혀 바닥으로 쓰러지는 형국을 연상하고 있었는데, 수관 사공의 얼굴이 탈색되며 등신의 배 밑으로 스르르 무너져 내리고 있어서 모두 놀랐다.

확실히 수관의 예도가 무기도 갖추지 못한 등신의 복부를 일격에 가격했다. 그런데 그의 가랑이 밑으로 내려앉은 수관의 복부에는 예도가 할복하듯이 손에 불끈 잡고 있었다. 학소는 역린자(逆鱗刺) 수격(手擊)으로 그의 손목만 비틀었는데 힘차게 내찌름이 할복 자결한 꼴이 되고 말았다.

살아있어야 할 사람은 죽어있고 죽어있어야 할 그의 얼굴을 보며 사람들은 어리둥절했다.

"흥! 이상한 사공 다 보겠네. 나를 죽인다고 덤벼들고는 스스로 할복 자살을 하다니 죽을 곳이 그리 없남?"

등신은 혼자 중얼거리며 두 손을 털고서는 그곳을 떠났다. 머슴을 안고 있던 농부가 증인들을 향해 일갈을 토했다.

"저자는 죄가 없어요. 이 아이를 죽이고 저 사람에게 먼저 덤볐는데 두 사람을 죽일 수가 없어 스스로 자결한 것뿐이오."

모든 이들은 농부의 외침에 이의가 없었다. 나이가 들어 보이는 사공이 급하게 달려와 수관의 혈맥을 짚어보았다. 자결한 그의 시체를 보며 낙심하고 일어서려는데 두 낭자가 다가서며 말했다.

"보는 바와 같이 수관은 자결했다고 모두 믿고 있습니다. 잘못이 있다면 전적으로 상강 연락선이 책임입니다. 그런데 이왕지사 사체인데 조용한 곳이 있다면 기를 넣어 우리가 어떻게 해보겠습니다."

그는 틀렸다고 고개를 흔들자 두 여인은 막무가내로 따뜻한 시체를 들쳐 업고 선실 밑으로 내려갔다. 사람들은 적혈이 낭자한 사공을 단숨에 안아 드는 행동에 놀랐다.

"어느 의원댁 처자들 같은데 저렇게 내상이 심한 사람을 살릴 수 있을까나?"

사공의 말에 흥미진진하게 상황을 관전하던 청년이 대답했다.

"저들은 내가공이 있는 무림의 여인들임이 틀림없어요. 보통 아가씨라면 감히 죽은 시체를 거뜬히 들 수 있겠습니까?"

두 아환은 사방을 두리번거리고는 선실 바닥 창고 쪽으로 내려갔다. 거기에는 상강 보살방(上江菩薩方)이라고 쓰여있는 곳이 있었다. 배에서 신성시되는 보살이 모셔져 있는 반 평쯤 되는 좁은 방이었다. 신이 있는 방으로 누구도 감히 들어갈 수 없는데 낭자들 눈에는 부엌에 불과했다. 네놈의 피 맛까지 보아야 기분이 풀리겠다는 수관은 지금 두 여인의 허기진 배를 충동시켰다. 두 아환의 송곳 같은 설침이 한 뼘 넘게 나와 날름거리고 있었다. 누가 이 아환들을 훔쳐보았다면 기절초풍할 것이었다.

사방이 절벽으로 둘러싸인 곳을 흐르던 상강 연락선은 전경이 트인 봉절(奉節)에 당도하면서 좁은 길에 속도를 제어하던 두 개의 갈색 닻이 내려지고 있었다. 강변에는 높은 둑으로 둘러싸여 있고 그곳에는 크고 작은 배들이 줄줄이 묶여 있었다.

봉절은 아름다운 강변의 도시이며 파란만장한 전쟁의 역사를 간직한 곳이기도 했다. 삼국지의 인물인 유비가 오나라에 패하고 도망가던 중 제갈공명에게 아들 유선을 부탁하고 숨을 거둔 곳이기도 하다.

술풍을 바라보던 교주가 관심 있게 그 성을 가리켰다.

"바라보고 있는 저 성은 백제성이야. 저 성에 올라 협곡에서 흐르는 장강을 바라보면 역사에 묻힌 호걸들을 상상하게 될 거야. 남자들은 저 성에 오르면 기개가 펴진다고 말하지."

교주는 무슨 말을 해놓고 '남자들은'하고 덧붙여 구분해 놓는 것이 별개의 세상 사람처럼 늘 말했다. 앞서 내렸던 아환이 성을 바라보다 말

노정산(老靖山)과 흑자단(黑子丹)

고 뒤로 돌아섰다.

"우리가 찾아가는 곳이 저 성(城)인가요?"

"아니다. 지금은 주인도 없는 옛 성일 뿐이다. 배로는 유속이 빠르기 때문에 더 못 간다. 우리는 관도를 찾아 며칠 달려야 될 것이다."

그녀들 뒤로 면포에 덮여있는 하얀 산태를 든 두 사공이 내리며 손님들 틈을 지나 열심히 걸어갔다. 앞에 들고 있는 사공이 뒤에 있는 동료를 보며 고개를 갸우뚱했다.

"이상하지? 수관님 시신이 너무 가벼우니 말이야."

"나도 그렇게 생각하고 있어. 혹시 시체가 없는 것은 아닐까?"

둘은 길가로 비켜서서 산태를 내려놓고는 시체를 덮었던 천을 걷어보았다.

"이크! 수관님이 맞기는 한데 얼굴이 하얗게 이렇게 가벼울 수가 있어?"

"못 먹어 죽은 귀신도 아닌데 오줌 똥 다 싸버려 그런가 봐."

학소는 자신이 관여된 일이라 그들의 말을 주의 깊게 듣고 있었으니 또 의구심이 생겼다. 그도 그럴 것이 두 아환이 피와 수분을 죄다 빨아버렸기 때문에 종잇장같이 가볍게 되어버린 것은 아닐까 생각했다.

신선한 바람은 두 여인의 치마와 교주의 궁장을 펄럭거리게 하였고 끙끙거리며 무거운 짐을 짊어진 술풍의 이마에 땀을 식히기에도 충분했다. 세 장한이 이들을 쫓아가며 중얼거렸다.

"저놈은 머슴 놈이 아니냐?"

"그럼, 우리 수관님이 짐꾼 머슴 놈한테 당했단 말이냐?"

학소는 이들의 동태를 살피며 조용한 곳에 이르면 수관의 복수를 할 것이라고 예상은 하고 있었다.

"실시!"

조용한 거리에 들어섰을 때 한 장한의 나지막한 소리에 두 놈이 일시에 검을 빼 들며 등신의 목을 노렸다. 술풍은 등에 짊어진 비취 마대로 합수를 막아낼 참이었는데, 앞서 걷던 두 아환의 치마가 눈앞에서 펄럭거렸다. 머리 위로 뛰어넘는 두 여인을 보았는데 가랑이만 보였을 뿐이다.

횟! 횟! 창!

아환들은 술풍을 뛰어넘고 그의 목을 공격하는 두 사공의 검을 한 뼘 반쯤 되는 예도로 막아내고는 단번에 살수를 펼쳤다. 일순간에 벌어진 일이라 사공은 땅바닥에 넘어지며 한 놈은 가슴을 움켜잡았다. 뒤에 있던 장한 사공은 아리따운 낭자들의 날렵한 솜씨에 어안이 벙벙하여 고갯짓을 했다.

의기소침한 이들은 도망칠 수밖에 없었고 핏자국이 있는 것으로 보아 한 놈은 중상임이 틀림없었다. 가볍게 웃음 짓는 향화가 술풍을 보며 입을 열었다.

"하마터면 비취 덩이가 길바닥에 흩뿌려질 뻔했어요."

뒤돌아선 교주는 아무렇지도 않은 듯이 웃음만 짓고 있었다.

"우리 아이들은 나는 새는 잡을 수 없어도 땅으로 달리는 것으로 말하면 어느 추노(推奴) 못지않은 무술자는 된다. 자네의 신변은 안전하다. 마음 놓게나."

새겨들으면 도망칠 수 없다는 말이기도 했다. 철구를 풀어 주며 감사의 표시로 비취 마대는 목적지까지 책임지겠다고 스스로 다짐했던 터라 하는 일이 힘들어 보이지는 않았다. 그리고 천인들을 보살피는 교주의 마음에 박수를 보내면서도 여러 가지로 의문점은 그를 혼란스럽게 했다. 높은 무공에다 생간을 먹는 아환들이 식사가 없다는 점이며, 수관의 시신을 안아 들고 사라진 것도 분명 연관성이 있어 보였다.

'혹시 수관 사공의 간을?'

그렇게 생각하다가 고개를 흔들었다.

노정산(老靖山)과 흑자단(黑子丹) 117

두 필의 준마가 끄는 청잣빛 마차가 먼지를 일으키며 요란스럽게 달려오더니 이들 앞에 이르러 멈춰 섰다. 어자대에 앉아 있던 중년인이 훌쩍 내려서고는 교주 앞으로 다가가 포권을 했다.

"천자성에 래방사자 모사자(毛使者) 모기방(毛幾方)입니다."

"아- 그리고 보니 모백비조(毛白飛鳥) 모기방사자시구려. 말씀대로 청자성(靑瓷城)에서 나와주신다고 하였는데 반갑소."

모사자는 학소 쪽을 힐끔 쳐다보고는 말했다.

"저기 등짐 머슴도 같이 가는 것입니까?"

"그렇소. 짐꾼 머슴인데 옥석들을 개천산까지 운반해 줄 노비요."

"노정산 옥굴에서 내려온다던데 큰 선물을 받으셨습니다. 우리 자금성에 날렵한 무사들이 있습니다. 걱정마십시오. 모사자가 개천산까지 책임지고 부쳐드리겠습니다."

등신 술풍도 큰 호흡을 하고 마차 안으로 들어갔다. 등짐을 지고 걷는 일은 없을 것으로 보아 마음이 가벼웠다.

안휘성에서 남경으로 내려오는 관도에 남경을 삼십 리 못 미쳐 관제묘(關帝廟)가 있었다. 대로에서 반 마장 덕성산 쪽으로 올라서면 묘가 있는 곳인데, 이 길을 지나는 손님들은 보통은 그쪽으로 올라가 관제묘를 참배하고 지나간다.

호마를 탄 두 나그네가 그 앞을 서성이다가 챙이 넓은 비단 삿갓을 쓴 이가 입을 열었다.

"문주 님, 우리 장원이 얼마 남지 않았습니다. 묘(廟)에 가서 한숨 쉬어감이 좋겠습니다."

녹색 주단 말안장에 붉은 수실로 수 놓여 있는 하얀 명주 포를 걸친 초로의 어른이 대답했다.

"그렇게 하세. 전호사(全護士)는 믿음이 있어 좋아 보이는군. 나도 요사이는 믿음이 있어 마음이 풍족하네."

둘은 관제묘 앞에 이르러 전호사가 하마를 했다.

"문주 님도 하마를 하시고 합장 기도 하셔야 합니다."

"그런가?"

문주는 시무룩한 표정에서 밝게 웃어 보이며 가볍게 하마를 했다. 관제묘 앞에는 오늘도 몇 사람이 다녀간 흔적이 있어 탕쉬와 떡 부스러기가 사방에 있었다.

팔 척의 돌부처 관우상은 누가 물감을 들여놓았는지 붉은 얼굴에 수염도 검은 숯감으로 길게 그려놓았다. 오른손에는 돌로 만들어진 묵직한 청룡도를 짚고 있는데 부리부리한 눈으로 모든 이들을 압도해야 할 텐데 푸근하고 평온한 눈이며 얼굴이다.

제전 앞에는 새전(賽錢)인 돌 접시가 붙어 있어서 전호사는 동문 세 닢을 그 위에 올려놓았다. 그리고 뒤를 돌아보니 문주가 은전 한 닢을 꺼내는 것을 보고 얼른 받아서 같이 그 새전 위에 올려놓았다. 같이 합장 기도 할 줄 알았는데 문주는 오장 밖에서 관우상을 바라볼 뿐이었다. 전호사는 입속으로 무어라 중얼거리며 양손을 합장하여 기도하였다.

어디를 가든지 관제묘는 불교와 같은 사찰이 없으며 교회나 사원 같은 것도 없다. 한적한 인가 근처에 주인도 없는 동상이나 아니면 낡은 집안에 그림 한 점이 전부였다. 예불도 없으며 경전이나 교리도 별도로 존재하지 않는다. 승려나 사제가 없으니 주인도 없고, 지나가는 길손이나 이웃 주민들이 청소하고 기도하는 것이 전부이다. 경전이 없다고 하지만 만인의 마음속으로 소원을 기도하는 것이 수만 가지이므로 이것이 성문화되지 않은 경전이며 이로써 각기 마음속에 있는 경전에 관제묘를 찾는 이유가 아닌가 싶다.

전호사는 말안장 위에 올라타면서 힐끔힐끔 두어 번 뒤돌아보며 주인이 올렸던 은전 한 닢에 마냥 아쉬워했다.

'다음 누가 주워갈지 모르겠지만 그 값으로 주위 잡초라도 깨끗이 정리할 테지…' 감히 어느 안전이라고 슬쩍하지는 않을 것이라고 단정했다.

다그닥거리며 걷던 두 호마가 화려한 장원 앞에 이르자, 대문이 열리며 사노비로 보이는 세 머슴이 나오며 넙죽이 절하였다. 정문 위에는 현무문(玄武門) 세 글자가 은색 실로 비단 바탕에 수놓인 현판이 붙어있었다. 장원 안에는 여러 채의 기와집이 줄줄이 있었으며, 널찍한 마당에는 비단필이 너울거리며 햇빛에 반사되어 말려지고 있었다. 누구도 이러한 때 현무문에 들어선다면 감탄사가 나올 것이다. 무예를 갖춘 문도들의 기합 소리가 나올 법도 한데 온통 각종 빛깔을 발산하는 비단의 집이었다.

현무문 문주 백야광신(白夜光神) 곽교호(郭矯虎)는 현천부운검법(玄天浮雲劍法)의 창시자이며 백 가지 색상을 그려낼 수 있는 염색의 달인이기도 했다. 그는 대청에 들어서서 의복을 갈아입고 금빛이 흐르는 찻잔에 깊은 맛을 음미하며 누구를 기다리고 있었다.

마당 왼쪽에서 다리를 절뚝이며 대전으로 올라가는 이가 있었는데, 자세히 보니 인지의가장에서 세작 노릇을 했던 곽순이었다. 그가 대청에 들어서자 문주는 일어섰다 앉으며 그에게 금빛 찻잔을 권했다.

"마주하시구려. 괸당님 덕분에 나의 마음이 확 트이는 기분입니다."
"또 그 말씀을 하시려는 것입니까?"

문주는 의자를 당겨 앉으면서 심각해 보이는 얼굴로 입을 열었다.

"선대 곽위 주왕(周王)의 배위 시수례(柴守禮) 선모의 물품이라고 하면 서불과지도가 우리 문중의 물건임에는 틀림이 없소."

"그래서 죽음을 앞둔 제가 종친이신 문주 님을 찾으셨다고 말씀드렸던 것입니다."

"오늘 관제묘를 찾았는데 묘에 소원과 희망을 확고히 묻어둘 참이네. 유교 경전을 탐독했던 나도 관우상에는 탄복해 마지않았네. 삼국지에 보면 평생 유비의 신하였고 군사 제갈량에게 명령을 받던 일개 무장에 불과한데 구름 같은 백성들이 그를 모시니 말이오. 공자나 성자처럼 가르침을 설파한 적이 없는데 중국에서 신이 된 것이 부럽소."

"말씀을 듣고 보니 그렇습니다."

"나도 관우상을 보면서 제왕이나 군주도 부럽지 않은 그러한 신이 되고 싶소이다."

문주는 턱에 듬성듬성 나 있는 수염을 쓸어내리며 말을 이었다.

"환갑이 아닌데도 수염을 다듬으면서 하얀 털이 군데군데 나 있는 것이며 늙어가는 주름살을 보며 덜컥덜컥 겁이 났습니다. 대보탕과 백 년 묵은 장수말벌 노봉망을 먹어 보았지만 효과는 없었소이다."

가볍게 고개를 끄덕이는 곽순은 문주의 심정을 이해할 수 있었다. 삶이 좋은 귀족들이나 장주들은 제일 두려운 것이 몸이 쇠진해지고 늙어감일 것이다. 종친이신 문주 님도 그의 집념으로 보아 믿을 수 있는 동지로 낙점할 수가 있었다. 문주는 동심으로 돌아간 마음(기분)으로 말을 이었다.

"이 마음을 아는지 괸당님 같은 귀인을 보내어주어 그러한 근심이 없어졌어요. 웃음이 절로 나고 마음이 편안하오. 정말 탐라도에 불로초가 존재한다는 것은 기우가 아니겠지요?"

곽순은 주위를 훑고 나서 나지막한 소리로 속삭였다.

"황실에서나 방사들이며 유불선 선인들이 할 일이 없어서 불로초를 찾았겠습니까? 노나라, 연나라, 또 진나라 시왕조며 한나라 때까지 천초를 찾아 동해의 대도 탐라도를 찾았다고 합니다."

기름진 웃음보를 띠우며 문주도 낮은 소리로 물었다.

"괸당은 천초를 찾아 헤매었고 탐라도도 다녀왔다는데 그 생김새가

노정산(老靖山)과 흑자단(黑子丹)

어떻다고 생각하오? 잎맥이 둥글다든지 실 모양의 사상(絲狀)형이라든가 손바닥 위에 올려놓을 수 있을지 궁금하오."

"글쎄요."

말씀을 듣고 보니 서불과지도를 찾아 돌아다니며 탐라도도 다녀왔는데 곽순도 어떻다고 그 형태를 그려보지는 못했다. 무엇인가가 보일 것이라고 그의 상상에 아른거렸을 뿐 그러다가 의가장에서 수집한 여러 가지 약초들을 연상해 보았다.

문주는 동글동글 굴리는 곽순의 눈 안을 유심히 바라보다가 의자를 뒤로 젖혀 앉으며 양손을 마주쳤다.

"그렇소. 나는 괸당님 눈에서 그 영초를 보았소. 자그마한 천초(天草)인데 하얀 잎사귀가 둘씩 여덟 개가 달려있고 중앙에서 꽃 하나가 피어 올랐는데 연꽃 같은 모습에 빨간 꽃이오. 하하하!"

염색의 달인답게 색상을 그려내며 불로초가 앞에 놓인 것처럼 곽순의 눈동자를 보며 상상하고 있었다.

"괸당은 탐라도를 누비며 보고도 찾지 못했고, 천하가 알아주는 양상군자(梁上君子) 호면귀 곽순의 눈에서 내가 훔쳐냈으니, 이것도 인연인가 보오."

"죄 많은 저에게 그러한 선초(仙草)가 눈에 들어오겠습니까? 누가 그 천초(天草)를 찾는다면 나는 그것을 조금 훔쳐 올 욕심뿐입니다."

"서복의 서불과지도를 따라다니는 괸당이 탐라도까지 건너가 살펴본다는 것은 선도자이십니다. 이 괸당에게도 부탁하고 싶은 것이 있으면 말씀해 주시오. 이를테면 금전이라든지 대선(大船)이든지 다 들어 주겠소이다."

문주는 나에게 괸당이라고도 하고 어떤 때는 존대어도 곁들이며 반겨 맞는 말씀이었다. 부족한 것이 없는 문주는 대선 한두 척은 언제라도 마련할 수 있다고 처음부터 동참을 요구하고 있었다.

항주의 리안산(里安山)에서 죽음에 직면했을 때 빙백궁에서는 나를 이용해 놓고 쓸모가 없으니 버렸다. 당시 지나가는 농부에게 애걸하여 생각나는 것이 현무문 문주 곽고효 장원까지 실어다 줄 것을 부탁하여 입장(入壯)했었다.

현무문 문주는 일면부지인데도 친족이라는 이유로 또 중원에서 이름있는 양상군자임을 직감하고 비사(秘事)가 있는 것으로 보아 곽순을 살려내었다. 그 일로 인해 의지할 곳 없는 곽순은 은혜를 보답하는 마음으로 주인 모시듯이 문주를 생각하고 있었다.

회랑 너머에서 각종 생사(生絲)와 갑사의 비단 폭이 펄럭이는 정원을 물끄러미 바라보던 문주가 근심 어린 말투로 입을 열었다.

"합비(合肥) 관아에 다녀왔는데 나신철(那信哲) 조관이 직설적으로 말은 안 했으나, 우리에게 비단 삼천 필을 은근히 요구하고 있어요. 일 년에 관아에 오백 필을 넣고 있는데 특세로 삼천 필은 과한 형편이오. 그리되면 청자성(靑資城)에도 오백 필을 넣고 있는데 그쪽에서도 더 넘볼 것이 확연하단 말이오."

문주의 말에 곽순의 둥그런 호안에 동그란 눈은 삼각 눈이 되면서 고개를 끄덕이었다.

"잘되었습니다. 기회에 청자성으로 상납 되는 것을 끊고 관아로 옮겨와 나조관 의도대로 합하여 천 필로 응대하십시오."

"청자성과는 서역의 길목을 열고 있고 성주와는 막역한 사이는 아니지만 절교하기가 그리 간단한 것은 아니오. 그리고 나에게 기력에 좋다는 금자단을 선물하겠다고 했소. 천축에서도 알아주는 장수의 비결이라고 했는데 대단한 선물인가 보오."

성주의 입으로부터 자단(子丹)의 말이 들리자, 곽순은 숙였던 고개를 들었다.

"예? 금자단이오?"

"그렇소. 괸당은 그 단약(丹藥)을 잘 아시오?"

곽순은 얼굴을 찡그리고 뒷목을 쓸고 나서 입을 열었다.

"문주님은 나를 보셨듯이 나도 은자단(銀子丹)에 중독되었던 사람이었소이다. 금자단이나 은자단이 조금의 차이뿐이지 기약(奇藥)이며 사람의 혼력과 기력을 망치게 하는 안락용 제편입니다."

문주도 눈을 크게 뜨며 미심쩍어했다.

"괸당의 발목에서 은빛 핏물이 한 달은 흘러나오던데 그것이 은자단 때문인가요?"

"그렇습니다. 저도 몸에 밴 독기를 듬뿍이 잘린 발목에서 은자단이 모두 빠져나왔으니 망정이지 해독 방법은 없습니다. 그래서 한 달 동안 은혈을 흘렸으며 불행 중 다행으로 살아난 것입니다."

"성주가 나에게 기약에 중독시키려고 의도했다면 괘씸하기 짝이 없는 노릇인데, 선물한다는데 안 받을 수는 없지 않은가. 받고도 복용은 하지 말아야겠군."

문주는 쓸개 물을 한 모금 마신 것처럼 얼굴을 찡그렸다.

"그것도 안 됩니다. 금자단은 원래가 고가이고 그 약을 받음으로써 관리에 들어갑니다. 자금성 뒤에는 말씀드릴 수 없는 거대한 방파가 있습니다. 여기에서 주목하게 됩니다. 금자단 비망록에 오르게 되면 기약에 허덕이며 모든 재산을 탕진하게 됩니다."

"그러면 무슨 핑계로 선물을 물릴 수 있을지가 문제로구나."

"문주님은 소갈병을 앓고 있다고 핑계하여 어떤 보신제도 금기되어 있다고 하십시오. 먹는 탕제가 많으니, 기혈에 보탬이 되는 것은 차후에 받겠다고 하여 거절하시면 될 것입니다."

"옳거니! 괸당은 강호의 명인이라 역시 명석하시구려."

나이가 들어 늘어진 볼을 위로 쓸어올리던 문주는 주걱턱을 내밀며 물었다.

"거대한 방파라면?"

"지금으로써는 말씀드릴 수가 없으며 눈치도 보이지 마십시오. 그래서 관아에 붙어서 나 조관님과 가깝게 하심이 좋을 듯싶습니다."

"남경과 안휘성에 누에를 치는 추사(抽絲)들이며 사국만도 백여 곳은 되는데 유독 우리 현무문에만 거론되는 것은 다종다섭기(多綜多躡機) 각종 무늬 직조기가 있기 때문인가 보오. 이참에 개봉에 왕단(王旦) 대신 집에 장화단(妝花鍛) 오백 필을 상납해야 지방 관리들이 큰소리 못 칠 것이오."

문주는 북쪽 창을 바라보며 투덜댔다. 청자성이 괘씸하기 짝이 없는 일이었다.

"그렇게 하시고 청자성에 동행하지 않는 것이 상책이겠습니다."

그는 골머리를 앓는 얼굴을 하고 말을 이었다.

"나신철 조관이 합비 관아에 있어요. 이번 난세 진압에 청자성으로 동행을 요구하자 거절하기가 난감하여 어저께 약속을 하였소. 나신철은 주자사 밑에서 주의군제를 보필하는 것으로 보아 중앙부서에서 좌천된 듯하오. 하지만 약속은 하였는데 어쩔 수 없어요."

그렇게 말하며 문주는 조용한 눈으로 곽순을 바라보았다. 강호에 마음을 비웠다고 말은 했으나, 청자성 뒤에는 빙백궁이 있다는 사실을 문주는 짐작하고 있었다. 여기에 탐탁지 못했던 일들이 많았는데 곽순의 입에서 주의를 요하자 이에 감복하고 있고 그의 요망대로 행하는 것이 평탄한 길이라고 느꼈는데, 곽순은 그런 것이 온당하다고 대답해 주었다.

"약속은 지켜야지요. 잘하시었습니다."

"괸당은 이 길로 도로 탐라도에 들어가겠다는데 묻어두었던 석삼 아니면 산삼이라도 있는 것이오?"

곽순은 그러한 말이 나올 것이라 짐작되어 한 번 웃어넘기고 나서 심각해 보이는 눈초리를 번득이었다.

"아직은 없습니다. 그보다 한이 서린 일이 있어 한발 앞서가렵니다."

문주도 냉랭한 음성으로 조용히 말했다.

"귄당은 나에게 거대한 방파가 군림하고 있다고 말했는데 그것은 빙백궁이 아니오? 혹시 그 방파에서 배신을 당했다면 이 문주도 짐작은 하겠소."

곽순은 동그란 눈을 하고 문주를 바라보지 않을 수 없었다. 강호에서 실세를 찾고 부를 축적한 그의 심기에 어느 방파를 주의할 것을 강조한 것이 동심이 되어버린 느낌이 들었다. 문주도 이런 마음을 헤아려 친근감을 느꼈다.

"긴 여행을 하려면 금전이나 은보가 필요할 텐데 한 다발은 묶어드리겠소. 얼마나 필요한 것이오?"

"이 못난 신투에게 여비를 주겠다고요?"

미소를 머금으며 묻는 말에 문주는 당당하게 대답했다.

"그렇소!"

"왜선에 들어가면 은보 한 짐은 금방 얻을 수 있고, 어느 장원에 들어가도 금화나 은화 한 움큼은 금방 됩니다. 마음만 먹으며 아무리 단속을 잘하는, 이를테면 여기 현무문의 금괴도 이틀 밤만 고생하면 금화 한 짐은 짊어지고 갈 수 있습니다."

문주는 파안대소를 터트렸다.

"하하하! 그렇게 하시구려. 나는 그것도 모르고……."

교주 일행과 학소가 타고 있는 쌍두마차는 하루를 달려 안경(安慶) 지방에 들어섰다. 드넓은 평원을 앞으로 하여 자리 잡은 곳에 청자성(青資城)이 있었다. 성곽은 무릉원(武陵源)에서 캐 온 번쩍거리는 금편석(金鞭石)으로 성 전체를 다져있어 번쩍거렸다. 그에 못지않게 전각 지붕들은 은은한 초록빛의 청자로 구워 만든 기와들이 햇살을 받아 번쩍거렸다.

육중한 성문으로 관복을 입은 사람들이 분주히 드나드는 것으로 보아 성안에서는 무슨 일이 일어나고 있음이 분명했다.

청자빛 마차가 성문에 당도하자 성문을 지키던 무사가 마차 앞으로 다가왔다.

"래방사자님! 대전 마당에서 대역죄인 잔당을 참형한다고 하였습니다. 오늘 오시는 손님들은 성래관으로 모시라는 분부가 있었습니다."

그는 눈에 칼을 세우며 물었다.

"그건 왜?"

"흉한 사형수들을 손님들에게 보일까 해서겠지요."

"흉한 일이라면 동구 밖으로 나가던지 포청관으로 가지 않고 내전 마당까지 끌어들일 것이 무어람!"

앞뒤가 맞지 않는 일에 달갑지 않은 소리를 흘리며 교주 일행을 안내했다. 전각 처마 밑에서 교주와 말을 나누던 구기방이 술풍을 보면서 손가락을 까닥였다.

"어이! 자네는 왼쪽으로 가주어야겠어."

이 집 옥승(獄丞)이 청자성 철구를 끌고 다가오고 있음을 보고 깜짝 놀랐다. 그와 동시에 술풍은 밑을 내려다보면서 발목이 근질근질했다. 착실해 보이려고 노력해 왔는데, 이들은 무예를 갖춘 믿을 수 없는 노예라고 단정 짓고 관옥(官獄)으로 격리할 참인 것이다. 다섯 근은 되어 보이는 녹슨 철구는 사각인데, 고리로 된 발목 걸이로 이번에는 왼쪽 발목에 채워졌다. 등신 술풍은 지금으로서는 어쩔 수 없는 일이라 그저 순한 황소처럼 싸늘한 발목과 옥승을 물끄러미 내려다볼 뿐 아무 말도 나오지 않았다.

학소는 며칠을 달려오며 도망칠 기회를 엿보았다면 그리할 수도 있었다. 그런데 그가 언제나 생각하는 지금에는 또 철구 노비가 된다는 자괴감에 검미가 꿈틀거렸다.

옥승과 구기방사자. 그리고 교주 세 사람이 처마 밑에서 내린 결과임이 분명했다. 그것은 짐꾼이 필요 없으므로 첫째일 것이고, 말뜻으로 보아 교주 일행과 동행하지 못할 것이라 둘째의 결과이다. 학소로서는 세상을 보는 교주의 안목에 관심이 많았고 노정산에서 왕소담 단주로부터 들었던 말이 있었다.

'강남에 일은 잘 진행되고 있습니까?'하고는 의가장과는 무관한지 묻고 있었다. 교주는 고개를 끄덕이며 '그렇습니다.'라고 간단히 대답했다. 그리고 말문을 다른 쪽으로 돌리고 그다음부터는 강남에 관한 말은 나오지 않았다.

강남이라면 너무 넓어 혹시 항주를 말하는지, 의가장도 한두 곳은 아닐 텐데 인지의가장을 뜻하는지 그 내막을 엿볼 기회를 찾는다는 것이 지금까지이다. 이제 교주 일행과 결별하고 철구 노비로 돌아간다는 것은 후회막급이었고 최악의 상황이다.

발목을 잡고 꾸물대던 옥승이 고개를 들어 경험이 많은 안목으로 중얼거렸다.

"자네는 누가 관리했는지 무식하게 했구먼. 오른쪽만 채우면 그쪽 골반이 늘어져 걸음도 틀리고 몸도 비틀어진다는 것을 명심해야지."

이 상황을 바라보던 봉관의 교주가 말했다.

"안됐네요. 술풍은 내가 건넨 흑자단도 몰래 강으로 버렸는데 믿음이 가지 않아요. 먹지 않는다고 말을 해주었으면 좋은 친구가 될 수도 있었을 텐데……. 우리 낭자들은 자네 배속에 먹은 음식까지도 다 알아낼 수 있어요."

그는 깜짝 놀랐다. 한번 내어준 흑자단을 입에 넣어 몇 번 굴리고 강으로 던져버린 것까지도 알면서 지금까지 모른척했다면 이들은 무서운 여인들이었다.

여인들은 후원에 있는 성래관으로 안내되고 술풍은 관옥으로 갈림 길이 나누어지게 되었다. 장화 아환이 뒤돌아 우뚝 서 있었다.

"안됐네요. 우리가 데려다 쓰고 싶지만, 우리 성역은 남자는 안되니까요."

그는 여인들의 뒷모습을 보며 고개만 끄덕였다. 생간을 먹고 기분 나쁜 목소리에 혈향이 풍기는 무서운 낭자들이라 오히려 잘 되었다고 말하고 싶었다.

그가 들어간 곳은 몇 개의 방으로 꾸며진 제법 큰 창살 있는 감옥이었다. 오평 남짓한 방은 쾨쾨한 냄새로 매스꺼웠으며 진방가 뇌옥에 비할 수 없는 완고한 관옥과 같았다. 관아에서도 빌려 쓴다고 하여 이들은 관옥이라고 하였다.

웅성이는 대전 마당에는 이백여 명이 넘는 인파가 모였는데, 입성으로 보아 단정한 옷차림들이 이 지방 유지들인 것 같았다. 난간 위에는 번쩍이는 옥좌가 여덟 석이 있었는데 지금 그 주인들이 등단하고 있었다.

현무문 문주는 관복을 입을 수 없어 하얀 바탕에 무늬가 있는 예복을 입고 나신철 왼쪽으로 들어섰다. 성주는 높은 의관과 폭이 넓은 자단령 의관을 갖추고 있었다. 그는 허리를 굽혀 지주에게 예를 갖추고 좌중을 둘러보며 어깨를 쭉 폈다.

"지주 어사 나 조관님이 우리 주에 납시었습니다. 여러분과 더불어 영광입니다. 이번 성도에서 불던 반란군도 우리 안경부에서는 어쩌지 못하여 끝을 맺으려고 합니다."

그들이 바라보는 대전 마당에는 형벌관이 마련되어 있었고 그 앞에는 헝클어진 머리에 피범벅이 된 삼 인의 죄수가 꽁꽁 묶여 목에는 가(枷)까지 채워져 있었다. 단상에는 갓을 둥글게 만든 자단령(磁團領)을 입고 머리 위로 묶어 태두 상투를 한 사람이 성주(城主) 진기유(晋基有)

노정산(老靖山)과 흑자단(黑子丹)

였다.

그의 조부는 본시 진(晋) 씨가 아니라 양(洋) 씨 성을 가진 양자이라는 천자성의 소졸(小卒)에 불과했었다. 양자이는 당말 소금 장수 황소의 난에 같이 합세하여 그의 군대에 들어가 소장이 되었다. 그 군대는 천민들과 농민들로 봉기 된 반란군으로 민폐를 끼치지 않았으며, 장병들은 가난한 백성들 편이었다. 하남성에서 호북성으로 밀려 내려온 반란군은 청자성 성주와 부호가들을 내쫓아 그 재물을 황소군에 보급하게 되었다. 양자이는 이 난세를 이용하여 앞장을 섰으며 자기 주인이었던 성주를 처형시키고 자신의 성씨도 서쪽과 이 지방의 진(晋)나라 왕손이라 하여 개명하고 성주가 되었다. 지금 성주 진가유도 대인의 풍모이지만 집안에 닮은 점이 있어 약삭빠른 데가 있어 보였다.

"나 조관님이 오늘 백성들이 보는 앞에서 형벌을 내려 주셔야 만백성이 그 뜻을 새기며 감복할 것입니다."

나 조관은 못마땅한 빛이 역력했다. 아첨도 지나치면 하극상(下剋上)이 되는 것이다.

"성주님이 만백성이라 함은 어폐가 있어 보입니다. 오늘 성문에서 점호를 받지 말고, 그대로 개방했어야 많은 백성이 모이지 않았겠습니까. 당말 황소의 난과 지금 왕소파의 난이 이 지방에서 본다면 똑 닮아있다고 봅니다."

나 지주의 말에 몇 사람은 성주의 태도에 주목했다. 아는 사람들은 그의 선조가 청자성에 하졸에 불과한 양 씨라는 사실을 알고 있기 때문이었다. 성주는 이러한 집안 내력을 해소하고 다시금 다지고자 애써 자리를 만들었는데 나신철 조관은 냉철한 태도였다.

성주는 황급히 일어서며 나이 어린 조관에게 허리까지 깊숙이 숙였다.

"그러시다가 이들을 추종하는 한잠 무뢰한 자들이 모이기라도 하여 이 안에서 난동이라도 일으키게 된다면 이 성주는 황궁에 목이라도 내어놓아야 하겠지요. 그래서……."

나신철은 홍의 위에 관복을 입고 머리에는 공작털로 장식한 영관(領管)을 쓴 몸체로 겨우 이 정도의 백성 앞에서 호령하기도 그렇고 또 알량한 성주가 마음에 내키지 않아 옆에 있는 도감(都監) 서리에게 딴청을 부렸다.

"관아가 아니고 성(城)에서 도감(都監)을 설치하여 도감 서리까지 출관하는 것은 보통 일이 아니지 않습니까?"

중앙 상서성의 조관다운 위엄에 성주와 현령이며 지방 관료들은 마음이 무겁지 않을 수 없었다. 성주는 내관(來官)에 대한 우대의 뜻도 있고 난세 진압에 집안 살리기도 있었는데 헛짚고 마는 형국이 되었다. 지방 관료들이 그랬듯이 돌아갈 때는 예물로 답례하겠다고 다짐했다. 정도가 아닌 정통성이 없는 성주였으므로 중앙 관부에 잘 보여야 했으며, 그러기 위해서는 지방 백성의 고혈을 빨아야 하는 것이 아닌가 싶다.

웅성이는 장내를 바라보던 조관은 단련 부사에게 고개를 돌려 물었다.

"미주 단련 부사는 저자들의 얼굴을 아는가?"

그는 일어서며 허리를 굽히고 나서 재차 보고드렸다.

"조관님이 열거된 죄명을 보셨듯이 저자들은 우리 판관들이 확증을 받아 몇 명의 군사들을 희생해 가면서 잡아들인 반역 죄인들입니다."

작두까지 갖추어 놓은 형벌관 앞에는 삼 인의 죄인이 자세는 굽혀져 있었으나 당당한 모습이었다.

죄인을 바라보던 나신철은 엄숙하게 물었다.

"열거된 죄명에 수괴라는데 형벌에 앞서 할 말은 없는가?"

오른쪽에 있는 자가 헝클어진 머리를 겨우 들어 고성으로 외쳤다.

"가렴주구(苛斂誅求)라 온갖 세액을 부과하며 챙기는 자들이 죄가 있지 우리는 죄가 없소. 있다면 만백성과 여기에 계신 여러분 다 같이 빈부의 차별이 없는 세상을 만들고 싶었던 것뿐이오."

이 말은 당시 왕소파 장군의 반란 구호로 중국 역사상 처음으로 빈부의 차별을 없애자는 뜻을 밝힌 구호였다. 중앙에서 수탈이 너무 심하여 농민의 절박한 염원을 반영했기 때문에 열렬한 옹호를 받았다.

웅성거림을 보던 단련 부사가 나조관에게 아뢰었다.

"이들은 팽산현의 현령 마전구의 배를 갈라 철전과 은전을 뱃속에 넣고 길거리에 끌고 다녔던 자들입니다."

부사의 말이 끝나자, 좌측의 죄인이 목에 가(枷)를 옆으로 돌리고 나서 성토했다.

"그렇소. 그 현령은 갖가지 수법으로 우리 농민에게 무거운 세금을 부과하여 수탈해 간 재물들을 그 뱃속에 채워주었는데 무엇이 잘못되었소? 또 그자는 혈세를 빨아 황실에 충성하고 자신은 더욱 치부하면서 겉으로는 청렴한 척했으니……."

개봉의 사대부(士大夫) 집안처럼 단상의 귀인들은 자기 일처럼 얼굴들이 급변했다. 성주는 자신도 모르게 자리를 박차고 일어서며 불호령을 내렸다. 지금까지 성주에게는 정의로운 말씀은 언제나 적이었다.

"저자의 입을 당장 봉하라!"

관료가 아닌데 큰소리쳐놓고는 멋쩍은 얼굴을 하고 나 조관에게 읍하였다.

"역적 수괴는 입만 살아 떠드니 당장 교수형을 내려 참수하심이-"

성주의 말에 나 조관은 입술을 다물고 지켜 올렸으니 들 입(入)자 입술을 하고 곁에 있는 현무문 문주를 바라보았다. 그것은 마치도 성주가 높은 자리에서 나 조관에게 지시하는 꼴이 되고 말았다. 현무문 문주는 실례를 범한 성주를 이해시키려고 이웃 현령을 돌아보며 조관에게 읍례를 하였다.

"성주님은 울분에 못 이겨 일어섰습니다. 헤아려 주십시오!"

나 조관은 성주는 보지 않고 단련 부사를 바라보며 일어섰다.

"마지막 가는 길이라 저들에게 술잔을 주어라. 대역죄인이지만 우리 목민이므로 그리하는 것이다."

순서에 따라 이들에게 술상이 마련되었고 청의를 입은 세 관리가 미운 놈 떡 하나 더 주듯이 각자 앞에 있는 술상에 한 잔씩 부어주었다. 가운데 짧은 머리에 녹색 띠로 묶어놓은 죄인이 당당한 목소리로 외쳤다.

"근면한 백성으로부터 도둑질한 이 술은 먹을 수 없다. 이 술을 먹었다가는 나도 탐학한 관리가 되어 나의 입도 남의 집 닭이나 훔쳐먹는 승냥이가 될 것이다. 저승에 가서 토해낸다 해도 이 죄는 씻을 수 없을 것이오. 제발 이대로 보내주시오!"

이들의 외침에 장내는 술렁거렸다. 처음부터 타당한 외침에 수긍이 가고 고개를 끄덕이는 이는 한두 사람밖에 없었고 모두 손가락질까지 했다. 평등을 모르는 봉건사회였고 장내의 손님들은 노복을 부리는 부호가였기 때문이다. 나신철 조관은 그 말에 일어서며 일을 진행했다.

"죄인 삼 인에게 일족을 몰살하는 족주(族誅)에 처한다. 시신은 저자에 매달아 반역의 죄를 응징하는 복형(扑形)에 처한다!"

나 조관의 높은 언성에 장내에서는 예상되었던 판결인데도 모두 응성대었다. 당시로서는 어느 대륙에서도 군주에 반항하여 도전하는 일은 극형에 처했으며 동양 사회에서는 일가친척까지 엄하게 다스렸다.

천 년 후에 태어난 지금의 사람들로 본다면 죄 없는 아이들이며 가족들이 불쌍하기 그지없는 판결이었다. 이로 미루어 보아도 인간들은 배우며 배워가는 판단을 할 줄 아는 것이 동물과 다른 사람이 아닌가 생각된다. 글을 만들어 역사를 쓰고 뉘우쳐 닦아가는 것이 민주화에 이르지 않았는가 싶다.

족쇄 줄이 풀리다

∽

학소는 웅크리고 앉아 있다가 밖에서 스산스럽게 떠드는 소리에 몸을 폈다. 반역 무리를 참수형 한다는데, 그 일이 시작되는 것으로 짐작이 갔다. 그런데 돌연 관옥 창문이 열리면서 두 무사와 옥승이 훨훨 타오르는 청동화로를 들고 들어왔다.

관옥을 따뜻하게 해줄 일은 없을 텐데 무슨 일인가 의아해할 때였다. 홍얼거리며 뒤따라온 거무튀튀한 노비가 두 자쯤 되는 자배 인두를 휘저으며 학소를 뚫어지게 노려보았다.

등신 술풍은 문득 마당에서 인두를 달구어 말 엉덩이에 낙인찍던 일들이며 집안의 소를 남의 것과 구분하기 위하여 볼기짝을 지져대던 일들이 떠올랐다. 코뚜레에 달아맨 소도 그때는 뒷발질하며 그 이유를 알 수 없다고 바둥댔지만, 주위 사람들은 깔깔거리며 웃어댔다.

그런데 이들은 사람인 나에게 그렇게 해놓고 손뼉까지 치며 웃어댈 것이다. 털이 있어 옷을 입지 않았다면 엉덩이겠지만, 사람에게는 더 혹독한 얼굴인 것이다. 천출에서도 저 밑바닥 노비 천출로 구분해 놓겠다는 듯이 그자는 인두를 높이 들고 웃고 있었다.

"헤헤헤. 자네 넓은 이마에 글씨를 찍어 넣으면 나보다 더 멋있겠어."

등신 술풍은 벌떡 일어서며 그자를 노려보았다. 그자는 이마에 정(井) 자 낙인이 찍힌 자배 노비였다. 그는 싱글거리며 말했다.

"나를 뚫어지게 바라보면 이 얼굴에 구멍이 나겠어. 나도 옛날에는 문제의 종놈이었거든. 그런데 이마에 딱지를 붙이고 보니 허튼 마음이 사라지고 마음이 안정되어 천비 직분에 충실해졌어. 자네도 조금 따끔하겠지만 참아보게나."

"그럼, 자네들이 나의 이마에 그 노릇을 한다고?"

학소는 얼굴이 붉어지며 올 것이 왔구나 하고 심장이 뛰기 시작했다. 그 자배 노비는 벗이 많으면 사람들 이목을 덜 받게 되어 좋은 것이다.

"모든 종놈을 다 이렇게 새겨 넣으면 좋겠어. 자네도 위에서 결정되었으니 어쩔 수 없지. 당하지 않은 사람들은 우리 마음을 어찌 알겠어. 그저 거리에 구경꾼 노릇이지. 하지만 종놈들은 낙인찍힌 나를 바라보며 무서워하지."

문신의 노비들을 사귀어 보았는데, 거의 산전수전을 겪으며 인고의 세월을 견뎌낸 이들이 많았다. 그리고 또 독종에 속한 노비들도 많았다.

이마나 뺨에 문신 노비만 되어도 이는 죽음만도 못한 인생 막장이라고 등신 술풍은 생각했다. 그래서 지금까지 스스로 얌전을 취했고 딴청을 부리지 않아 모든 일에 솔선수범해 왔는데 이 일이 닥치다 보니 말이 되지 않았다. 저 인두가 탄 불에 붉게 물들면 나의 이마를 지진다니 자배는 더욱 흉할 것이며 모든 사람으로부터 외면의 대상이 된다. 그러면 나는 고독에 쌓여 우울증으로 목매어 죽지 못하면 정상의 사람이 아니다. 세 놈은 나의 주위에 버티어 서있고 자배 노비(刺配奴婢)는 탄불에 인두를 돌리며 히죽거렸다.

"웬만하면 문신으로 이쁘게 새겨 넣으려고 했는데 그것도 얌전히 있어 줘야 말이지. 우리 두목이 자네는 문제의 노비라고 말하며 단칼에 베어내듯이 단번에 찍어내라는 것이여. 우리 청자성에 문신 노비도 몇 명은 될 것이므로 벗은 많을 것이네. 아니지, 자네가 똑똑하며 나도 자네 보기가 미안하고 우리 두목도 미안해서 딴 데로 팔아버릴지도 몰라."

학소는 한숨을 크게 뿜었다. 절망의 나락으로 떨어지는 낙심의 숨소리는 타개책이 될 수 없다. 이들을 제압하고 철구를 끌어 도망치는 수밖에 더는 없어 보였다.

뒤에 있던 무지막지해 보이는 무사의 예의 조롱 섞인 말투가 이어졌다.

"이자가 발악을 하면 여기저기 그을릴 텐데 묶어낼 것인가 그대로인가 옥승이 타일러보게."

옥승은 그의 말에 답을 받아내려고 학소에게 고개를 돌렸다.

"그래, 어떻게 할 것인가? 스스로 눈을 딱 감고 벽에 기대어 있으면 잠깐이면 되겠지만 무서워 날뛸 것 같으면 우리가 묶어낼 수밖에 없지라오. 대답해 주게."

옥승의 질문에 등신 술풍은 고개만 끄덕였다. 그 뜻은 가만히 눈 감고 있겠다는 뜻으로 표현되었는지 이들은 웃음으로 일관했다. 강호에 무림인들은 단칼에 생명을 걸면서 무수히 사라진다. 종놈 하나쯤 죽는 것은 아무것도 아닌데 낙인 하나 이마에 찍는다고 누가 슬퍼할 일은 아닐 것이다. 학소의 무예로 이들쯤은 제압하는 것은 문제가 아닌데 철구를 끌고 도망칠 수 있을 것인가가 문제였다. 그렇지만 일은 저지르고 보아야 위기는 모면할 것이라고 작심을 했다.

그때였다.

노비의 두목이라는 무사가 철창으로 다가오며 이들에게 명령했다.

"그만 중지하고 화로를 바깥으로 내어가게!"

학소는 살았구나 하고 긴 탄식이 끝날 때 뒤이어 곱게 차려입은 방심곡령(方心曲領)의 여인이 들어섰다. 두 손으로 이마를 짚고 쭈그려 앉아 있는 등신을 한참 바라보던 여인은 치장한 귀부인이었다. 앞가슴에는 꽃술이 달려있고 삼겹 홍의상(紅衣裳) 치마를 입은 그녀는 이들에게 명령했다.

"이 노비는 내가 데려갈 것이다. 모두 나가 있어요. 우리 옥단장에는 길을 잃지 않고 찾아갈 사람이오."

교주 일행이 살려주는구나 하고 생각했었는데 목소리를 듣고 깜짝 놀랐다. 귀에 익은 여인의 목소리에 옥단장을 말하고 있어서 순안 태수의 영애 남궁 초희임이 틀림없어 고개를 들 수 없었다.

그녀의 검은 동공은 측은히 껌뻑거리며 땅바닥에 웅크리고 앉아 있는 학소를 물끄러미 내려다보았다. 더벅머리는 줄 끈으로 동여매었고 겹옷도 아닌 홑옷이 군데군데 찢겨 있었다. 넉넉히 입고 부유하게 살았던 의가장 소장주의 얼굴은 도무지 찾아볼 수 없는 상거지 꼴에 눈물이 핑 돌았다. 그래도 그 짚신이 벗겨질세라 발등 위로 새끼줄로 꽁꽁 묶어놓은 것이 여인으로서 가엽게 느끼고 있었다. 사방이 조용해지자, 그녀는 말문을 열었다.

"오늘 진 공자님이 철 줄을 끌고 관옥으로 가는 것을 보고 얼마나 놀랐는지 아세요? 그 당시 우리 옥단장 마방에서 공자님의 필적을 보고 계화에게 물어보았지요. 그녀는 술풍이라고 말했고, 항주 의가장을 수소문하는 데 열중했다고 말했으며, 항주의 월륜산 이야기를 남긴 시 한 수를 읽고 소장주임이 틀림없다고 믿었습니다. 당신의 필적은 그 속에서도 찾을 수 있었습니다."

"……"

"진 공자님은 우리가 들어오면서 상면하기를 거부하여 전질병을 핑계 삼아 옥광으로 나간 것도 나는 알고 있어요. 옥광을 찾아 사람을 보내려고 하여도 빈녀는 첩실을 벗어나지 못하여 힘이 미치지 못했어요. 이렇게 오늘 만나는 것도 운명인가 봐요."

학소는 처음 못 들었던 얼굴이라 더욱 고개를 들 수가 없었다.

"소첩(小妾)의 말이 맞지요? 고개를 들어봐요."

등신 술풍은 눈물을 감추며 고개를 들자, 눈과 눈이 마주쳤다. 화려한 여인의 얼굴과 헝클어진 머리에 범벅이 된 남자의 얼굴에서는 옛날을 회상하는 것 같았다. 선상에서 서홍산의 홍운을 받아 저녁노을에 깃든 초희의 얼굴을 그려내고 있었고, 반면 여인은 화방선에서 불의를 보면 못 참겠다고 선장에게서 도검을 찾던 일들이 눈에 선했다. 초연해 보이던 학소의 얼굴에서 한마디 흘러나왔다.

"자배의 노예에서 구출해 주어서 고맙소."

"공자님은 얼굴을 인두에 그을릴 분이 아니에요. 가만히 앉아 당할 분이 아니지요. 소첩이 아니었으면 아마도 여기 관옥과 청자성에 난동이 났을 거예요."

"초희 낭자라고 부르던 때는 이미 지나가고 지금은 잊어버렸소. 그 사연들은 잡을 수 없는 시간 속에 묻어버렸지요. 모두가 흘러가 버렸거든요."

"물론 그렇게 하여 열심히 살고 있어요."

태수님의 뜻에 따라 개봉에서 살 수 있고 행복한 모습을 보았으니 한결 마음이 가볍다고 말하려다 눌러 참았다. 솔직한 심정이지만 어찌 보면 욕이 될 수도 있었다.

여인은 하얀 손을 내밀어 개금(開金)을 건네주었다. 그는 고개를 좌우로 흔들며 일어설 뜻이 없는 듯했다.

"나로 인하여 관 부인에게 화가 미칠 수 있소. 이만 돌아가 주시오."

"당신을 기다리지 못한 여인입니다. 미워해도 어쩔 수 없어요. 소첩이 할 수 있는 일은 공자를 해방해 드리는 것뿐이며 해벌(解罰)로 생각하여 자유로이 떠나가 주세요."

말을 끝낸 초희는 그의 행색을 보며 눈물을 글썽였다.

그는 자신의 안위는 아무렇지도 않은 것처럼 집안 사정을 물었다.

"한 가지 묻겠습니다. 나의 부모가 생사 확인이 어렵고 행적이 궁금하여 찾을 길이 막막한 처지가 되었소."

그의 말에 초희는 창밖을 바라보며 대답했다.

"장주님은 불로초의 자생지를 알 수 있다는 서복선사의 백접도를 소지하고 있었다고 들었습니다."

"예? 불로초의 자생지 백접도란 말입니까?"

짐작되는 일이기는 했으나 원인 제공이 지금에야 와닿았다. 탐라도에 불로초가 있다는 것은 진시황 이전부터 전해졌던 일이고 그와 같은 말들은 원남성 등 중원에도 존재한다는 이야기가 있었다.

"무엇을 골똘히 생각하고 있어요? 알고 싶다면 빨리 강호에 나가 밝혀보면 되지 않겠어요?"

여인의 말에 그는 정신을 가다듬었다. 내가 무엇에 꾸물거리며 위선을 자초하겠는가. 그렇게 느끼며 쇄약(鎖鑰)을 들어 철구를 풀어냈다.

"말씀이 나왔으니 말하지만, 사람을 옥광으로 못 보낸 이유가 거기에도 있어요. 우리 조관님도 강호의 소문을 들으며 의가장과 백접도에 관심을 두고 있어요. 당신이 항주에 의가장 소장주인 것을 알게 되면 목에 가(枷)까지 씌워져 어떤 고초가 닥칠지 그것이 걱정되었지요. 조관님은 중앙 상서성에서 밀려난 신분인데 지금은 지방 지윤으로 나다니고 있어 여유가 없는가 봅니다."

"열심히 사시는 분이라 또 등극할 기회가 있겠지요."

여인은 그의 말에 초연한 내색을 감추며 말했다.

"귀한 공자님이 노비의 직분으로 지금까지 살아온 것에는 감복하고 있어요."

학소는 거지도 상거지가 있듯이 노예도 철구를 찬 망나니 같은 노비인데 있는 그대로 말했다.

"옥단장에 백구만도 못한 것이 귀한 공자님인가요?"

"그래요. 공자님은 전생에 무얼 잘못했기에 귀공자로 태어나 멍멍개로 살아갈 참입니까?"

더벅머리에 묻혀있던 학소의 검은 얼굴에 웃음이 감돌았다.

"그렇군요. 백구도 학수고대하던 주인이 돌아와 목줄이 풀렸고 나를 뒤로하고 잘도 따라가더군요. 나 또한 옛 연인으로부터 철 줄이 풀렸으니 찾아볼 사람이 많은가 싶소. 나를 얼마의 대금으로 지불하셨는지 모르겠소만 고맙게 생각하며 다음에 돌려드리겠습니다."

초희는 분향을 남기며 앞서가려다 뒤돌아섰다.

"우리는 금전을 주고받는 상전(商錢) 같은 그런 부류의 사람이 아니에요. 공자님도 재상을 배출한 관호(官戶)로 높은 학문을 하였지 않습니까? 고관대작(高官大爵)의 반열에 오를 수 있는 사람이에요. 세상을 굽어보며 편하게 사느냐, 아니면 천출들과 철전 서푼이 아쉬워 손발을 고생시키며 매일 노동에 시달리느냐 하는 것은 자신의 마음 먹기에 달려있습니다."

초희의 말 하나하나는 언제나 그를 현실로 돌아오게 했다. 고관대작에 등극하라는 교훈을 언급했으나, 언제나 귀 넘어 들을 뿐이었다. 관료의 틈에서 생활하는 그녀의 말에 통감하면서 모든 이의 교훈이 되는 말이기도 하다.

한편으로 생각하면 상열의 관료만 바라보는 순안현장의 태수 집안이었다. 생활을 위한 노동은 모르고 사람만 부리며 다스리는 수단만 알고 자신의 위로는 예우를 잘하고 인과관계를 맺어가며 몇 대를 이어가고 있다. 그러니 사람다운 인성은 나이를 잡수며 점점 식어가고 있었다. 현실감과 사회의 자리매김에 확실한 판단은 인정된다. 고금이래, 지배자는 성품으로 피지배계층은 근면성으로 나누어진다고 하는데 이를 두고 하는 말인 것 같다. 그런데 지배계층이 성품이 없어 권위적이고 과욕이 심하면 사회의 지탄 대상이 되기도 한다.

남자는 명성을, 여인은 화려함에 뜻을 두어 추구하니 얻어지는 것이다. 성품이 좋고 인성이 좋다면 그것은 꿀에 비유되고 향기와 같은 것이다. 그 향기는 남에게 주는 것이며 사방을 온화하게 하며 벌과 나비가 날아든다. 노동을 모르고 남의 등줄기에서 내 흐르듯이 사람들을 이용하여 부귀를 누리는 것은 안 된다고 학소는 극에 달한 부유층과 관료사회를 지탄하고 있다. 하지만 초희의 성품에는 더는 섭섭하게 생각지 않았다. 악행을 했다면 나를 모른척했을 것이고 아니면 한술 더 떠서 부군에게 일러바쳐, 바라는 목적에 추궁받을 수도 있었다.

옥승의 안내를 받아 성곽을 무사히 빠져나온 진학소(秦鶴小)는 홀로 능선에서 먼 하늘을 바라보았다. 멀리 보이는 산맥들과 한없이 넓게 펼쳐진 대지 위로 아지랑이가 아른거리고 그 위로 각종 새가 창공을 날아가고 있었다. 창공에는 강물 위로 몰려든 뜬구름이 산봉우리를 넘고 있었다. 이 광경을 보고 어느 시인은 강은 산을 넘을 수 없고, 산도 강을 건널 수 없지만, 뜬구름은 산과 강을 잘도 건너간다고 했다. 뜬구름처럼 그는 두 발로 땅을 밟으며 강을 건너 드넓은 중원으로 나가고 있었다.

흐른다는 말은 달빛이나 별빛이 흐른다고 말할 수 있다. 그런데 흘러간다는 말은 시각적이고 동적인 것이라 달빛이나 별빛이 흘러간다고는 말하지 않는다. 구름이나 강물이 눈에 보이면 흘러간다고 말할 수 있다. 이러한 것들을 모두 아울러서 잡지도 못하고 흐르고 흘러가는 것이 있으니 시간이라는 개념의 세월이다. 세월은 모든 것을 존재도 없이 먹어버리는 무서운 악마라고 표현하기도 한다. 한 세대를 풍미했던 영웅호걸들도 종적과 기록만 남아있지 흐르는 세월 속에는 속수무책이며 모두 묻혀버린다.

구강진(九江鎭) 언덕에 앉아 흐르는 장강을 무심히 바라보는 백포인이 있었다. 왼쪽으로는 강이라고 하기에는 너무 넓어 바다라고 부르고 싶은 호수가 지평선까지 닿아 있었다. 중원에서 담수호로 제일 크다는 파양호(鄱陽湖)가 끝없이 펼쳐지며 오른쪽으로는 맞은편 둑이 보이는 강 하구였다. 바다와 같은 파양호도 도도히 흐르는 장강이 만들어 놓은 것이며 오늘도 끊임없이 흘러간다.

이 고장에서 태어나 죽을 때까지 이 물을 먹으면서도 누구 하나 발

족쇄 줄이 풀리다 143

원지를 찾아보고자 하는 사람도 없었으며 강의 모양과 크기를 그려보는 이도 없었다. 단지 흘러가니 강이고 물이 많이 모여서 호수라는 생각뿐이다.

언덕에 앉아 있던 백포인이 엷은 손을 들어 죽갓을 벗자 머리는 뒤로 말아 묶어낸 봉잠의 여인이었다. 이마와 귀밑으로 하늘거리는 머리카락은 선선한 강바람에 나부꼈다. 잔잔한 호면을 바라보던 눈동자는 돌연 강물 위로 흘러가는 짚신 한 짝에 멈추었다.

백봉산 설봉에서 진인지가 흘린 피 한 방울이 빙설 위에 녹아내려 그녀 앞에 당도했으리라. 그와 같이 상강 연락선에서 진학소는 헐어 떨어진 짚신 한 짝을 강물에 던져버렸는데 그 족적이 여인 앞에 흐르고 있어서 부인이 찾는 아들과의 이심전심인지도 모른다. 유속에 따라 흐르는 나뭇가지에 걸려 있는 짚신 한 짝이 부인의 눈에 애처롭게만 보였다.

호숫가에 앉아 있던 백조들이 황새와 같이 날개를 펼치며 날아다녔고 이름 모를 철새들이 파양호 남쪽 끝 남창(南昌)에서 날아와 북쪽 구강진에 봄소식을 전하고 있었다.

여기 구강진에 오늘은 입구부터 호시(互市)가 형성되어 각지에서 몰려드는 농부와 어부 그리고 잡상인들이 뒤섞여 있었다. 그때 되받질하던 잡곡 상인이 펄쩍펄쩍 뛰며 일어섰다. 그 상인 곁에는 싱싱한 잉어들이 큰 대야에 있었는데 잉어들이 펄쩍이며 큰 물방울을 튕겨내었다. 그러자 옆에 있던 상인의 옷과 잡곡 위에는 장대비가 내렸다.

"이봐! 자네가 이것을 모두 사든지 말려놓든지 당장 책임져!"

"그것은 자네 잘못이야. 내가 있는 곁에 자네가 끼어들었으니 그것이 잘못이지!"

양팔을 휘젓는 잉어 장수의 말을 듣고 보니 그도 틀린 말은 아니었다.

"여기가 당신 땅이라도 되는가? 앉으면 주인인데."

"이런 방정맞기는. 누울 곳도 발 뻗을 곳을 찾아보면서 누우라고 했는데 여기도 선후가 있는데 그것도 모르는가?"

둘은 일어서며 목을 비틀고 싸움판이 시작되었다. 주위의 상인들이 모여들어 뜯어내었는데 씩씩거리던 잡곡 상인은 주위의 욕설에 못 이겨 미곡전으로 밀려났다. 잡곡도 미곡전에 있어야 잘 팔리고 어물들은 어물전에 있어야 장사가 잘된다는 것을 깨달았다. 아무도 없는 데서 혼자 독식하려는 것은 그것이 있는지도 모르고 찾아주지도 않으니, 독불장군은 장사꾼이 못 된다.

사람들은 시끌벅적한 곳이 흥미가 있었는지 광장 입구 쪽으로 모여들었다. 그곳에는 식육점 주인이 호탕한 소리를 지르며 고깃근을 싸게 팔고 있었다.

"잘 먹다 죽은 송장 빛깔도 좋다는데 검은 암소 갈비에 흑돼지 갈비 듬뿍듬뿍 싸게 드리니 기회를 놓치면 안 됩니다!"

칠순의 노인이 사람들을 비집고 들어오며 붉은 간덩이가 걸려 있는 쪽을 가리켰다.

"저기 젖간(내장 쪽 작은 간) 한 거림만 팔아주시오. 나는 이빨이 성치 못하여 어쩔 수 없어요."

"예- 그러세요. 이빨이 없으면 잇몸으로 먹을 수 있는 간장, 된장, 내장 다 있습니다. 간땡이 부은 놈 간을 사드시고, 골빈 놈 골 먹고, 쓸개 빠진 놈 쓸개를 드시고, 복장 터진 놈 대창을 사다 드시고……."

손님과 구경꾼들은 푸줏간 주인의 말에 실소를 터트렸다.

"하하! 저 사람, 고기 장수가 아니고 약장수 출신 아니야?"

그때 흑의의 장한이 식육점 앞에 딱 버티어 서며 으름장을 놓았다.

"내 이 앞을 지나다가 복장 터지는 소리를 듣고 그냥 지나칠 수가 있나!"

주인은 자기 말에 효과가 있음을 알고 좌판 위에 피범벅이 된 소 내장을 올려놓았다.

"예. 손님! 복장 쑤시는 데는 내장이 최고입죠. 북부기와 대장 소장 어느 쪽을 잘라 드릴깝쇼?"

쾅!

손님의 오른 주먹이 어느 사이 주인의 안면을 가격하며 큰소리 질렀다.

"이놈아! 나는 소싯적부터 쓸개 빠진 놈, 간땡이 부은 놈, 골 빈 소리 다 들으며 살아왔다. 오늘 백정 놈한테서 한 번에 그 소리를 다 들으니 복장 터져 죽겠다!"

푸줏간 주인의 말솜씨에 모여들어 웃음을 열었던 구경꾼들은 얼굴이 굳어지며 사방으로 흩어졌다. 흑의의 장한은 사각 도마를 걷어차며 넘어졌던 주인을 끄집어 세워 또 면전을 가격했다.

그 상황을 바라보던 두 젊은이가 말했다.

"대포 건달이 구강 시장 바닥에 대장 노릇으로 발붙임 하는데 엄포가 심하군."

"대포 마권이라고 불러주지 않으면 거슬려 부스럼 된다고. 말조심하게."

"우리도 도와주지 못해서 어쩌나. 푸줏간 주인이 본보기가 되어서 불쌍하구나."

흉맹스럽기 그지없다는 대포 마권의 행패에 상인들은 비실비실 제자리로 기어들며 그가 가까이 오기를 거부할 마음뿐이었다.

밖으로 나온 대포 건달은 이러한 상인들의 마음을 이용하려 했다. 이 강자에게 누가 도전한다면 어떻게 된다는 것을 보여주듯이 눈두덩과 콧등이 부어오른 그에게 또 주먹을 날릴 때였다.

"권격을 수련한 솜씨이기는 한데 풋내기로군!"

등 뒤로 들리는 나지막한 소리에 주먹을 거두고 보니 거기에는 핼쑥한 중년 문사가 잔잔한 미소를 머금고 서 있었다. 대포 마권이라는 대포달은 하찮은 문사가 죽갓을 눌러쓰고 시비를 걸어오자 눈 한번 찡긋 하고 입가에 미소가 감돌았다. 그렇지 않아도 여기 호시(互市) 바닥에서 솜씨를 한번 보여주고 싶었다.

"뒈질 놈! 주먹이 근질근질하던 참인데 잘 걸렸어."

그는 당장 다가서며 죽립의 백포인에게 주먹을 날렸다. 그러나 백포인이 왼쪽으로 반자쯤 몸을 비틀며 그의 견대(肩帶)를 후려치자, 대포달은 옆으로 꼬꾸라졌다. 그래도 구강에서 소문난 솜씨인데 간단히 나가떨어지니 그의 처지가 말이 아니었다.

하하하.

사방에 구경꾼들은 가끔 나타나 행패를 부리는 대포마귄 대포달이라는 자가 흙탕물에 고꾸라진 모습에 고소해하며 여기저기서 웃음소리가 들렸다. 대포달은 넘어졌던 일신을 일으키며 뺨과 옷에 묻은 검은 흙을 털어내며 사방으로 눈을 돌렸다. 웃음소리가 들렸던 곳에 차후에 어떻게 된다는 것을 보여주고 싶었다.

적은 왜소해 보이지만 범인이 아님을 직감하고 엉덩이에 채워졌던 직도를 빼 들었다. 그도 몇 년 동안 수련한 무공이 있어 자신을 보이며 다가섰다.

"이제 보니 보통 솜씨는 아닌데 사생결단을 내겠다!"

백포인은 도검이 없고 맨손이고 보면 사생결단을 내는 데는 한 수 위였다. 부엌 드나들 듯 하는 호시의 대장처럼 자신만만한 기세로 양발을 움직이며 도형을 그려갔다.

백포인 매선 부인은 호지별부에서 익혔던 유가유식(瑜伽唯識)을 두 번째로 시험해 보고자 했다. 양손을 이마 위로 들며 엷은 손가락이지만 갈고리같이 만들어 어린아이 달래듯이 아웅거리는 시늉을 했다. 장난기 같은 행동에 사방에서는 의아해하였다.

"응? 저 자세는 취권도 아니고 어린아이 접주는 형국이구나!"

"아니지. 대포달의 직도를 낚아채려는 술수일 거야."

두 젊은이의 말에 곁에 있던 중년인이 무술깨나 했던 모양인지 거들었다.

"뱀을 낚아채어 베어낸다는 참사세(斬蛇勢)일세."

무예를 익혔던 대포달은 호랑이가 머리를 트는 호두세로 믿고 그 방법을 궁리 중이었는데 은은한 소리가 들렸다.

"짐승이 짐승을 잡아먹으니 나가 그 짐승을 잡아먹는다!"

이것은 백호가 세상을 보는 술법이다. 산양의 뿔처럼 이마 앞에 구부렸던 양손이 호안으로 변하면서 산양을 잡아먹는 살쾡이가 호랑이에게 잡아먹히는 영상이 나타났는데 그것을 본 대포달은 움직이려 해도 꼼짝하지 못했다.

백포인은 손을 내리고 오른쪽 손을 가볍게 쥐어 장지 하나를 돌리며 조용히 읊조렸다.

"땅 위에 달이 돌 듯 해가 돌 듯 둥글게 둥글게 돌아 나도 이 속에서 둥글게 돌아감을 나타내도다."

대포달은 눈으로 백포인의 파란 장지를 보며 따라가지 않으면 벼랑으로 떨어질 것 같은 착각 속에 그렇게 동공을 돌리기 시작했다.

"응? 왜 저러지?"

"백포인 앞에 자신을 잃어 굳어버린 것이다."

장내의 사람들은 한판의 승부가 날 듯했는데 이들은 어안이 벙벙했다. 백포인은 한 수 부린다는 대포달의 직도를 양손으로 낚아채려는 형국이었는데, 무엇인가 읊조리며 손가락 하나만 빙글빙글 돌리고 있으니 그들은 어린아이 취급하는 것으로 생각했다. 마치 사탕발림으로 훌쩍이는 아이를 달래는 모양새이기도 했다.

"달마 사범을 아는가. 그대를 그곳으로 데려가겠어요."

누군가 그 소리를 듣고 말했다.

"뭣이? 달마 사범이라면 소림사의 고승?"

"저것 보세요. 결국 백포인 앞에 항복을 선언한 것 같아요."

노인이 젊은이를 보면서 고개를 저었다.

"쯧쯧쯧. 직도를 한번 써보지도 못하고 유가유식(瑜伽唯識)에 당하는 꼴이 가관이군."

"유가유식이라면 무덤 속에 송장도 걸어 나오게 한다는 사술 말인가요?"

그 노인은 사라지면서 말을 흘렸다.

"그렇다고 하는데 본 일이 없으니 모르지. 저런 고수 곁에 있다가는 나도 어디로 끌려갈지 모르는데 안 보는 것이 상책이야."

일을 마친 백포인은 손을 거두고 대포달을 세워둔 채 가게 쪽으로 걸어가 푸줏간 주인에게 한 근의 고기를 사 들고 사라졌다.

웅성이던 사람들이 푸줏간으로 모여들었는데 대포달은 꼿꼿이 서 있는 자세로 무엇에 겁이 질렸는지 안구만 구르고 있어서 생사가 문제였다.

"주인 양반! 저 대포달 어른이 죽지는 않는답니까?"

한 남자의 질문에 푸줏간 주인은 통통 부은 얼굴에 흡족한 빛을 띠고 대답했다.

"살다 보니 나도 양반 소리 다 듣습니다. 저 사람은 저러다가 한 시각 후면 깨어난다고 합디다. 무공도 사라지고 마음도 텅 비어 잔잔해질 것이니 누가 데려다 잡일을 시켜 먹으라고 했습니다."

"그렇다면 악행은 없어지고 자기가 누구인지도 모르는 천치 바보가 된다는 말씀이오?"

"바로 그렇다고 합디다."

푸줏간 주인은 그와 무관하게 고기를 썰면서 부어오른 입술을 열었다.

족쇄 줄이 풀리다

"자. 물먹은 고기만 사드시지 마시고 풀 먹고 곡식 먹은 적육(赤肉)을 드십시오. 간장 된장 내장이 많으니 간땡이 부은 놈 간을 드시고……."

사람들은 대포달이 깨어나면 정말 멍청이 바보가 될 것인가에 관심이 많았다. 모두 그러기를 바라기 때문이었다.

백포인은 골목을 돌아 빠른 걸음으로 당산약포(唐山藥包)라는 간판이 걸려 있는 집으로 자취를 감췄다. 당산약포는 한 달 전에 개점했는데 누구 하나 아는 사람이 없으며 주인이 누군지도 몰랐다. 약방이나 의원 노릇을 하려면 첫째가 믿음이 가는 사람으로 주위에서 용하다는 소문이 있어야 하는데 당산약포는 전혀 그런 기미조차 없었다. 입소문을 짜맞추고 사방으로 퍼지는 상술도 없었다.

탕향이 흐르는 응접실에 불쑥 나타난 백포인을 공손히 맞아들이는 젊은 주인이 있었다. 백포인은 죽갓을 벗으며 말했다.

"방의(方醫)는 남경에 있는 도금표국과 운해검문과의 밀종을 수소문해 보았는가?"

방의라는 젊은 주인은 눈두덩을 쓸어내리며 따분한 표정이었다.

"부문주 장춘을 밀행하던 차에 그는 시정에 있는 약포에 들렀습니다. 기회라고 생각한 소질은 그 약포에 들어가 몇 가지 약근을 구입하며 약포 주인에게 아부용을 팔겠다고 했지요. 그러자 장춘은 주인을 막아서며 대뜸 본인이 사겠다고 말하며 돈을 지불했습니다. 몇 봉지의 아부용을 팔아주고 그와 안면을 익혀두었습죠. 그러고는 제편자단(鵜片子丹)이나 아부용(阿芙蓉)을 아느냐고 하며 은전 한 닢을 덤으로 주면서 운해검문으로 찾아오라고 했습니다."

"그 외로 말씀은 없었느냐?"

"기약에 관한 말만 했어요. 은자단을 알고 있느냐는 말에 소질은 고개를 양가로 흔들었습니다. 너무 깊숙이 들어갔다가는 빠져나올 틈이 없을 것 같아 다음 차로 엿보기로 했습니다."

"문주도 그것 때문에 방을 비운 것 같구나. 중원에서는 그러한 약제들이 있는지조차도 모르는데 그들은 그것에 취한 모양이다."

기약에 볼품없는 인간들만 앞에 놓였으니 매선 부인 매영은 두 눈을 지그시 감았다가 떴다. 중원의 모든 악재가 자신의 앞에 밀려 들어와 무엇에 눌리는 것처럼 마음을 슬프게 했다. 각제 노인은 강호에 수많은 독초와 잡초들이 섞이어 공생하여 혼자 잡초를 뽑으려는 우를 범하지 말라고 했다.

매선 부인은 홍운이 일던 의가장을 상상하자 울화가 치밀어 얼굴에 살기가 일었다가 잠잠히 가라앉았다.

패도냉살 장춘은 나의 몸에 백접도가 있다고 구독선편 기지를 앞세워 잡으려 했다. 환독구음장에 당한 나는 강물 속에 산수화 숲으로 몸을 숨기려 했고, 유속이 빠른 강물 위에 산수화는 그렇게 나를 맞아주었다. 그 후에 어떻게 하여 용호지까지 낙차했는지 모른다. 각제 노인이 말했듯이 일각이 여삼추라 정말 기다림은 지루하고 일 년의 삶이 백 년의 삶과 같았다. 수많은 날을 지새우며 두 눈을 뜨고 하늘을 우러러 기다림으로 가슴을 달래기에는 너무했다. 닥치는 대로 순서 없이 복수라도 해야 했다.

"내일 연무장으로 간다."

무심히 내뱉는 말에 방하생은 염려스럽게 고개를 돌렸다.

"내일이요? …… 내일은 지방 초급 문도들이 수련일입니다."

"인원수는?"

"오십여 명은 될 것입니다만 혈혈단신으로 어떻게?"

"걱정할 것 없다. 초급 문도들과는 관여된 일이 아니다. 단지 팽도냉살 장춘은 더 두고 볼 수 없다."

운해검문(雲海檢門)은 구강(九江)에서 그리 멀지 않은 곳에 있었다. 운중산(雲中山)을 뒤로하여 자리 잡은 전통의 검문이었다. 검문의 조사(祖

師)는 당나라 때 사법참군(司法參軍)의 수장이었고 병마사 작위까지 받은 이였다. 그는 지방으로 낙향하여 무사들을 배출해 내었던 운해검문도 지금은 그 맥락만이 유지되고 있었다.

대응연무장은 병기 소리가 요란하다고 하여 검문에서 얼마 떨어지지 않은 곳에 있었다. 부문주 장춘(長春)은 차사범(車師範)과 나란히 서서 일사불란하게 움직이는 목검행렬대를 점검하고 있었다. 비가 올 듯한 우중충한 날씨여서 저녁 시간을 가늠하며 마지막 점호를 시작할 때였다.

먼 데서 말방울 소리가 들려오는데 이상하리만치 우마 소리나 인기척도 없더니 잠시 후 한 필의 흑마가 끄는 묵빛의 검은 마차가 연무장 앞을 지나갔다. 딸랑이는 소리만 흐르는 검은 마차였다.

문도생들을 지휘하던 차사범과 부문주는 하던 일을 멈추고 소리 나는 쪽을 유심히 바라보는데 귀기스럽기 짝이 없었다. 하지만 아무것도 아닌 일을 갖고 문도생들 앞에서 가볍게 행동할 수는 없는 일이었다. 마부석 어자대에는 사람도 없었고 묵빛의 마차 속에도 있는 듯 없는듯 해 보였는데 그 흑마는 길도 잘 아는지 딸랑거리며 지나갔다.

얼마 후 차사범이 부문주에게 다가오며 얼굴을 찡그리며 말했다.

"어찌 기분 나쁜 소리가 또 들립니다."

둘은 가만히 귀를 기울여 보았는데 능선 쪽에서 예의 그 방울 소리가 들려왔다. 사라졌다고 생각했던 그 마차는 고개를 돌아 연무장 쪽으로 다가오고 있었다.

"우리 검문에 찾아오는 손님 같은데 기분 나쁘군."

부문주가 입구 쪽으로 걸어가자, 차사범도 문도들을 정돈시켜 놓고 따라갔다. 연무장 정문 앞에 정지한 마차는 더 움직이지 않았다. 마부도 없는 마차를 바라보던 부문주 장춘은 목청을 가다듬고 말했다.

"보아하니 본문을 찾아주신 것 같은데 고인은 모습을 보여주시오!"

긴장을 누르며 유령의 마차를 예의주시했는데 문이 가볍게 열렸다. 안을 들여다보던 둘은 화들짝 놀라며 뒤로 두 걸음 물러섰다. 그 안에는 백호 한 마리가 사람처럼 꼬리를 틀고 의자에 앉아 있었다. 둘은 눈을 깜빡이며 다시금 확인해 보았는데, 그 자리에는 백호가 아닌 백포를 입은 죽갓의 나그네가 앉아 있었다. 착각이라고 생각한 장춘은 차사범에게 묻지 못하고 예의 근엄을 차리며 입을 열었다.

"우리 검문에 무슨 볼일이라도 있으시오?"

죽립의 백포인은 몸이 무거운 듯이 내려서며 허리를 폈다.

"볼일이 많지요. 항주의 불량아라고 불렸다는데 여기 패도냉살이라는 자가 있지요?"

그럴듯하게 나타나 가볍게 행동하는 것이 우스워 보였다. 한눈에 보아도 이 앞에 내려선 이는 울화가 치밀어 복수를 하겠다는 무사 같았다.

"단단히 각오하여 달려온 것 같은데 예의도 없이 본함을 부르는 이유나 들어 봅시다."

"패도를 한번 식견해 보고자 하는데……."

장춘은 턱을 내밀며 웃음까지 지어 보였다.

"진검승부라면 당신 목숨이 아까운데 여기는 연무장이 아니오? 허니 목검 승부가 어떻소?"

죽갓 밑으로 가녀린 턱과 입술만이 보였는데 그 입술이 조용히 움직였다.

"나는 그렇게 한가한 사람이 아니오."

옆에 창을 들고 섰던 차사범은 허약해 보이는 백포인이 연극하는 데는 가소로워 보였다.

"부문주님은 뒤로 물러서십시오."

그는 번쩍이는 창을 왼쪽으로 돌리며 좌익세(左翼勢) 요격(腰擊)을 취했다. 거만을 떠는 꼴에 울화가 치밀어 창을 휘둘렀다.

족쇄 줄이 풀리다

이이얏!

성급한 그의 살초는 야마도간(野馬跳澗)의 초식으로 찔러갔다. 백포인은 어느새 품속에서 한 자 반 되는 월도(月刀)를 꺼내 허공에 뿌려지며 매화검법 삼초식을 뿌렸다. 힌두교인들이 사용하는 보석이 박힌 월도였는데 검영이 번개와 같았다.

쨍강!

차사범의 창이 공중에서 회전하며 땅 위로 꽂아졌고 한 수의 맞부딪침에 그의 얼굴부터 가슴까지 세로로 벌어지며 피 분수가 솟구쳤다. 머리와 가슴이 깊이 갈라졌고 소리 한번 지르지 못하고 즉사했다. 그런데 쓰러져야 할 그의 몸은 꼿꼿이 서있어 무엇을 사죄하는 처참한 시신과 같았다.

한순간에 차사범을 그어낸 백포인은 아무것도 아닌 듯이 장춘을 바라보았다.

"그대도 우리 장원에 울담을 넘었지요? 죗값을 받아야지."

차사범의 처참한 모습을 본 장춘은 우리 장원이라는 말에 흠칫 놀랐다.

"우리 장원이라면 혹시 인지의가장을 말하는 것이냐?"

"저 마차를 보면 알 것이다. 서백호종단이 탔었다는 흑마차는 어디로 가 있는지 그대는 말하라!"

"그러면 당신은 매선 부인 매선녀?"

"그렇다. 내 오늘 그대들을 비침정사 천기춘에게 바치겠다. 우선 내가 묻는 말에 답하라!"

"금호산 용호지에 떨어졌다는 매선녀가 잘도 살아나왔구나."

죽갓 밑으로 움직이는 입술이 하얀 치아가 드러나며 여인의 음성이 들렸다.

"그대들 같은 불륜자들을 두고 저승길을 걸을 수는 없다. 그리고 나의 허리에는 전대가 아니고 혁대가 있다고 했지! 당신네는 그 속에 백접도가 있다고 하였는데 그 혁대는 마차 안에 있다. 그보다 앞서 내가 묻는 말에 답하라!"

장춘은 패도를 뽑아 들고 좌로 검행을 돌렸다.

"천원지방이라는 것뿐이다. 강호에서 내놓으라는 고인들이 모두 당신 품을 뒤지겠다는데 잘도 숨어 다녔군."

매선 부인은 조용히 물었다.

"그것뿐이냐?"

"또 있다! 진 장주가 의제들을 배신하며 불로초를 혼자 독식하려 했는데 그대는 부끄럽지 않소?"

"자단(子丹)이나 먹는 초포(草包) 같은 정신병자들이 하는 그러한 말은 논할 가치도 없다!"

매선녀는 왼손을 가볍게 들어 그의 면전을 향했다.

"그때의 가담자 중 네놈은 일곱 명을 끌고 왔다. 나머지 괴도들은 누구의 사주냐?"

"우리 문에서는 아무것도 모른다. 안다고 해도 내가 말할 것 같소?"

부문주 장춘은 마차 쪽을 한번 보고 음흉하게 웃었다. 따라온 자가 없으니 매선녀를 잡는다면 혹시 백접도가 나올 수도 있는 일이었다. 나의 패도 팔초식에 제압하지 못하면 생도들을 풀겠다고 마음먹고 있었다. 차사범은 고수인 걸 몰랐으니 당했다고 짐작하며 무공이 보통이 아님에 주의했다. 듬직한 패도를 한번 돌리고 앞으로 내밀며 말했다.

"당신의 짤막한 월도로는 나의 패도를 막아내지 못할 것이다!"

"역천마뢰(逆天魔雷)!"

고함을 한번 지르고 패도가 직도로 발출하여 섭전(燮電)처럼 주위를 쓸고는 각형으로 필살의 검행을 날렸다.

일순, 장춘의 면전에 그의 사랑하는 여인이 늦게 얻은 아들놈을 안

족쇄 줄이 풀리다 155

고 서있지 않은가! 이대로 검기를 뿌렸다가는 아들과 아내도 여지없이 나의 도에 피바람이 일 것이 분명했다. 다급한 그는 우측으로 몸을 눕히며 발출한 검행을 겨우 거두었다.

그때 하늘에서 하얀 솔개가 날아오며 두 모자를 양발로 할퀴어 나는 것이었다. 장춘은 삽시에 일어나는 영상에 놀라는 표정을 지으며 그 솔개만 바라보았다. 장춘의 눈에 헛것이 보이는데 매선녀의 환영불존명하(幻影佛尊明河)의 류환(輪幻)식이었다.

그의 눈은 환영에 실려 하늘을 보다가 매선녀의 손으로 옮겼다. 삿갓의 백포인은 오른손 장지를 내밀어 가볍게 돌리기 시작했고, 장춘의 동공은 무엇을 얻어먹으려는 강아지처럼 그렇게 돌기 시작했다.

"겨울이 가면 여름이 오고 세월은 둥글게 돌아 하늘가를 맴도는 것은 영원함을 나타내도다."

백포인은 또 조용히 읊조렸다.

"거짓말이 거짓으로 둥글게 이어질 것이나 내가 진실로 그것을 잡아먹는다."

백포인은 그 말을 마지막으로 남기고 꼿꼿이 서있는 둘을 훈시하듯이 바라보았다.

"무(武) 자도 모르고 예(藝) 자도 모르는 인간들이 무예를 가르친다고 하면 정(正)이나 의(義) 자부터 먼저 배워야지."

죽립을 고쳐 쓴 백포인이 마차에 오르자, 마부도 없는 묵빛의 마차는 방울 소리를 딸랑거리며 가볍게 떠나갔다.

마차가 떠나자 나란히 대열하여 서있던 문도생들은 두 사범이 어느 고인으로부터 단단히 훈계를 받은 줄 알고 문 쪽으로 몰려갔다.

아-.

두 사범의 옥체를 훑어본 그들은 놀라움을 감추지 못했다. 일검으로 베여 얼굴이 양쪽으로 벌어진 차사범은 처참한 시신으로 서 있었고, 부문주도 뻣뻣이 선 채 무엇에 놀란 듯 동공만 굴리고 있었다. 문도생들이 달려가 차사범과 부문주의 팔을 잡았는데 놀랍게도 그때야 둘은 땅 위로 쓰러지며 혼귀는 벌써 지옥에 들어갔다는 암시를 주었다.

놀랍게도 죽은 자의 구르는 동공에서는 붉고 은빛이 흐르는 눈물이 내리고 있었는데 자세히 보니 수은이 방울방울 묻어나는 피눈물이었다. 이것으로 의가장의 식솔들과 행랑채의 식솔들에게 바치기에는 너무 부족했다.

형호도판 화물선 배창에서 학소는 며칠을 보냈다. 노자가 없는 여행이다 보니 고향 가는 길에 제일 쉬운 방법은 강물 따라 흐르는 뱃길이었다. 그는 도판 화물선에서 각종 일을 거들며 십여 일은 흘러왔는데 장성현에서 멈추었다.

강남 서로의 배는 강남 동로에 들어서면 나다니기가 그러하니 여기가 종착지라고 하였다.

"나는 인맥이 없고 발이 넓지 못하여 더는 갈 수가 없다. 당신은 양절로 간다고 하여 여기서 하산하거라."

일을 마친 선주는 긴장대로 배를 밀어붙이고 학소와 이별하는 것이 섭섭해 보였다. 혼자의 힘으로는 배를 움직여 나가기가 힘이 드는 일이므로 누군가 사람을 구해야 했기 때문이었다.

비는 내렸다 말았다 하며 온종일 드문드문 내리고 있었다. 비가 개기를 기다렸던 그는 옹기그릇들을 종류별로 정리하고 선실로 들어섰다. 두 사람이 들어서면 가득 차 버리는 작은 선실이었다.

선주인 동방진해(東方進海) 사공이 밖으로 나오며 도롱이를 꺼내고는 말했다.

"여러 날 도와주어서 고맙네. 비가 그칠 것 같지 않아서 이것을 걸치고 떠나게."

선상에서는 비를 피할 수 없는지라 띠와 왕골로 엮어진 도롱이와 초립(草笠)이 몇 개 차곡차곡 모아져 있었다. 값이 나가는 옷이 아니기 때문에 가볍게 받아 들고 초립까지 썼다.

선주인 동방 사공이 가는 비를 뿌리는 하늘을 보며 말했다.

"도롱이에 초립을 쓴 젊은이를 보니 그 옛날 보았던 연극이 생각나네. 도롱이에 등검을 한 초라한 강호인이 원수를 찾아 성벽을 뛰어넘고 복수를 하는 용맹이 그럴싸했어. 검 한 자루 있었으면 선물로 주겠는데 섭섭하군."

"예? 이 모습에 등검을 하고 다닌다고요?"

"그래요. 초립에 도롱이의 사내가 등에는 검을 맨 걸신(乞神)이 얼마나 멋있겠어."

"하하하. 선주님도 강호에 나가면 그와 같이 멋있게 살아가는 강호인이 되겠습니다. 소민(소인)은 아동 때 절강성 영파에서 어부무(魚父舞)를 보았던 기억이 떠오릅니다."

그의 말에 동방 사공도 웃으며 말을 이었다.

"그렇지. 그들도 시립에 도롱이를 입고 비바람 속에 고깃배를 젓고 있었지. 동녘 하늘에 밝은 달이 솟아오를 때 그들은 고기를 잡고 신바람 나게 집으로 돌아가지. 그들은 고기 구워 술 마시려 했으나 다시 생각해 보니 살생은 금물이라 고기들을 도로 놓아주지. 고기를 잡았다가 방생하는 것은 어부가 살아가는 생활이 아닌데도. 편한 자와 높은 관료들은 어부무에 갈채를 보냈지요. 나는 그것이 생업과 상반되는 거짓에 당신처럼 초립에 도롱이의 강호인이 멋이 있어 하는 말이오."

무던해 보이던 선주 사공은 학식도 있어 보였다. 학소가 발길을 돌리자, 선주는 미리 준비해 두었던 십 문의 동전을 건네주었다.

"소민은 여비가 없어 여기까지 왔는데 동전은 사양하겠습니다."

"일을 해주었는데 무임만은 아닐세. 어느 군자도 육지에 나가서 돈이 없어 보아라. 거지가 되던지 도둑이 되든지 둘 중 하나가 되기 십상이다."

선주의 말에 일리가 있어 그는 낡은 호주머니에 동전을 밀어 넣고 하선했다.

각종 화물과 뻘 냄새며 시끌벅적한 강변을 한참 걸어 장성현 오흥 시가에 들어섰다.

가는 비가 내리고 있어 발길을 재촉하는 길손들은 손바닥으로 겨우 머리만 가리며 지나갔다. 돈이 있어 보이는 이들은 기름종이 우산을 받쳐 들고 느긋한 걸음으로 지나갔고 초립에 도롱이를 걸친 이들도 가끔은 있었다.

아담한 집들 사이로 걷다가 대로변에 만춘반점(滿春飯店)이라는 간판이 보이자, 발길을 옮겼다. 이층 누각의 호화 반점이었는데 요리향에 끌려 입고 있는 입성은 생각지 못하고 불쑥 안으로 들어섰다.

"어서 오십시오. 소…… 손님."

점소이가 크게 말을 하다가 적게 소리를 흘리며 그의 행색을 살폈다. 손님은 얼떨결에 빗물이 흐르는 도롱이를 한쪽에 벗어놓고 방안을 살폈다. 방안은 커 보였는데 반쪽은 두 자 높이의 단상이었고 학소는 들어서는 하단 쪽 탁자에 앉았다. 도롱이를 벗었으면 반듯한 의상이 보여야 할 텐데 허름한 입성이 어느 촌가의 식객(종놈)으로 보였다.

단상의 왼쪽에 있는 다섯 명의 손님들은 화려한 의복으로 보아 명문가의 일행인 듯 서로 대화를 나누며 고급 요리를 먹고 있었다. 오른쪽에 있는 중년인은 입 양가로 기름이 철철 넘치며 게걸스럽게 먹는 모습이 맛있어 보였다. 한참 동안 학소를 바라보던 점소이는 귀찮기보다는 측은하게 바라보며 식사를 주문할 것을 권했다.

"저기 오른쪽 손님이 드시는 것이 맛있어 보이는데 그것을 내어오게."

"증조육단(熷鳥育蛋)이오?"

"그래. 증조할아버지인지 몰라도 그것이 좋겠다."

단상의 손님들은 남루한 옷 하며 종놈 같은 꼴에 정신이 온전치 못한 등신으로 보여서 관심 밖이었다.

"증조육단은 검은소 안심과 새알로 만든 요리이므로 검은 암소가 보통이 아닙니다. 손님은 그러지 마시고 아귀탕이나 해선(海鮮)으로 드릴 테니 그렇게 하세요."

점소이는 눈칫밥으로 살아온 터라 손님 처리를 잘했다. 고급 요리를 거지나 아이들까지 아무나 시켜대면 비싼 고급 요리가 될 수 없기 때문이다. 맛있고 아무리 좋은 요리가 흔하게 팔리면 서민의 음식이 되는 것은 당연한 사실이다. 점소이가 권하는 것이면 철전 두 냥쯤이라고 여겨 고개를 끄덕이자, 그의 탁자에 해선 요리가 올려졌다. 바다에서 올라온 가시가 엉성한 두 마리 해어 지짐과 밥 한 공기였다.

강아지처럼 얻어먹던 철구 노비에서 오랜만에 사람다운 식사를 하려고 숟가락을 들 때였다.

방문이 활짝 열리며 학소와 같이 거지꼴의 관두의(貫頭衣)의 장한이 들어섰다. 머리는 산발에다 옷은 넓은 천을 가운데 구멍을 내고 그 구멍으로 머리를 끼워 천을 걸쳐 입은 젊은이였다. 신발은 흙이 붙어있는 우피 가죽 장화를 끌면서 그가 다가오자 괴상한 냄새까지 풍겼다. 단상의 손님들은 눈살을 찌푸렸다. 들어서는 용기로 보아 단상의 식탁으로 골라 앉을 법도 한데 단하의 학소 건너편 의자에 엉덩이를 붙였다. 그리고 짚고 왔던 불장 같은 지팡이를 곁에 세워두었다. 점소이는 학소와 둘이 짜놓고 들어온 일행으로 보여 이번에는 짜증스럽게 손님에게 다가갔다.

"손님께선 무엇을 주문하시겠습니까?"

그 사내는 사방을 살피고는 불쑥한 입술을 짤막하게 움직였다.

"왕소금 한 접시."

어이가 없는 주문에 재차 물었다.

"왕소금 한 접시에 돼지갈비 화퇴라도 드시겠다는 말씀입니까?"

"자네는 귀가 멀었는가? 왕소금도 모르게?"

탁자 위에 두툼한 양손을 둔탁하게 올려놓으며 크게 말하는 바람에 모두의 시선이 그에게 집중되었다. 이십 중반의 나이에 털털한 얼굴 하며 풍모로 보아 호인 닮은 데는 있지만 입성하며 불결함이 상거지로 보였다.

주방에 들어가 주인과 수군덕거리던 점소이는 할 수 없이 왕소금 한 접시를 들고 나왔다. 관두의의 젊은이는 왕소금을 확인하고 품속에서 뭉클한 전대 같은 자루를 꺼내 들었다. 점소이는 그 전대를 보며 멍청해 보이는 이 손님이 혹시 철 전 한 움큼이나 꺼내주지 않을까 하고 예상해 보았다.

그런데 그 자루 속에서 나온 것은 반발은 되어 보이는 흑구렁이였다.

"엇!"

학소는 징그러운 구렁이를 보자 다른 사람들과 같이 놀라며 대경실색했다. 꿈속에서 보았던 능소지의 꼬리 아홉 머리 아홉 달린 흑 구렁이가 그의 면전에서 주마등처럼 아른거렸다.

관두의의 장한이 두 손으로 뱀의 목덜미를 잡자 팔 주위로 꿈틀대며 번쩍이는 하얀 배를 내밀며 감돌았다. 장한은 입을 벌려 얼기설기 돋아난 이빨을 보이며 뱀의 머리를 한입에 찢어발겨 머리를 잘라 내었다.

"퉤!"

방바닥에 뱉어낸 뱀 머리는 펄쩍펄쩍 뛰었고 그가 손에 들고 있는 몸통은 몸통대로 꼬아대었다.

"찍- 찍- 찍-"

장한은 사탕수숫대 껍질을 벗기듯 입으로 뱀의 껍질을 단번에 벗겼다. 고깃살이 드러난 그 뱀은 내장을 흘리며 연신 몸을 비비 꼬았다. 다른 동물이라면 머리만 잘려도 축 늘어졌을 텐데 뱀의 생명력이 끈질기다는 것을 모두에게 보여주었다.

장한은 보라는 듯이 꿈틀거리는 몸통을 왕소금에 찍어대며 잘근잘근 씹어 먹기 시작했다. 사람의 조그만 입이 얼마나 무섭고 잔인한지를 보여주고 있었다. 단상의 손님들은 구란에서 연극을 보다가, 연극이 끝나자 돈이 아깝다고 돌이켜보니 능멸당한 상태였다. 이번에는 주방을 향해 버럭 고함쳤다.

"백주 한 되만 가져오게나!"

자리가 어딘데 안하무인격으로 떠드는 그에게 고개를 돌리는 사람들이 있었다. 금빛 명주포를 입은 금포나군(錦袍羅裙)에 머리는 의자같이 보이는 교각복두(橋角福頭)를 쓴 사십 줄의 문사가 단하의 젊은이를 보며 눈살을 찌푸렸다. 그의 곁에서 이 상황을 보던 경장의 두 무사는 암시를 받았는지 검을 쥐고 단 밑으로 훌쩍 내려섰다. 그때 같이 있었던 경난(經煖) 차림의 낭자가 냉랭하게 말했다.

"죽이지는 마세요. 그대로 쫓아 버려요."

관두의의 장한은 다가서는 두 무사에게 시선은 주지 않고 손으로 소금을 찍어 발라 입가로 옮겼다.

"이봐! 우리 신 소저께서 하시는 말씀 들었지? 자네를 그 뱀처럼 만들려다 참는 것이다. 조용히 방을 나가게."

무사는 검 자루에 손을 얹으며 빨리 나가기를 호령했으나, 그는 연신 입을 잘근잘근 다시다가 대답했다.

"나를 두고 나에게 하는 말이오?"

어이가 없다는 듯 앞에 있는 무사가 얼굴을 붉히며 삿대질을 했다.

"그래. 망측한 놈아! 우리 앞에 너 밖에 누가 있느냐!"

관두의는 능청스럽게 학소 쪽으로 고개를 돌리었다.

"이 사람도 있는데 내가 확실한가요?"

학소는 해선을 먹다가 분위기가 험악하여 맛이 있는지조차 몰랐다. 그런데 자신까지 끼어들이는 데는 화가 치밀어 한마디 하려는데 그가 말했다.

"개도 식사할 때는 건드리지 않는다는데 먹던 식사는 모두 끝내야 나가든 말든 할 것이 아니오?"

얏!

일순 앞에서 무사가 검을 빼 들며 그의 면전에 날렸다. 시퍼런 칼날이 눈앞에 아른거리던 순간 입 주위에서 꿈틀대던 날뱀이 잘려 방바닥에 내동댕이쳤다. 학소는 옆 탁자에서 일어나는 일들을 보고 관두의의 장한이 범인이 아님을 알았다. 검날이 면전에 날아왔는데도 검신의 각도를 보고 가만히 앉아 있다는 것으로도 그의 예기를 가늠할 수 있었다.

장한은 일어서며 끌어 찼던 불장 같은 가시나무 몽둥이를 오른손으로 옮겼다.

"내 비록 여기 만춘반점에서 왕소금 한 접시밖에 사 먹은 것이 없지만, 자네들 말대로 나가라 말라 시시비비를 따질 수는 없다오."

"보아하니 송장이 되어 나가겠다는 말이군."

말을 마친 무사가 검을 공회전하며 공격 목표를 노렸다. 학소는 관두의의 장한이 발목을 비트는 자세로 보아 합수해 올 것임을 대비하여 뒤쪽을 노리고 있음을 알아챘다. 단상의 교각복두와 세 사람은 흥미로운 눈깔로 바라보기만 할 뿐이었다.

그때 학소가 예견했던 대로 뒤쪽 무사가 섭전처럼 검을 날려 공격했다.

캉!

어느새 가시 몽둥이가 휘돌며 일검을 막아내고 앞 상단에서 쳐오는데 검은 손을 들어 막아내려 하지 않는가! 관두의는 쇠 손(鐵手)이라도

족쇄 줄이 풀리다 163

돼서 검신을 막아내려는 건지 아니면 그 검을 낚아채려는 것인지 의문이 갈 때였다. 관두의의 장한의 손이 한번 휘적거렸는데, 앞선 무사는 검을 던지고 목을 잡고 쓰러지고 말았다. 어떤 사술을 부리는 자임에 틀림이 없었다. 하지만, 순간 학소의 눈에는 그의 오른팔 옷섶에서 흑뱀이 쭉 나오더니 감쪽같이 그 무사의 목덜미를 스치고 지나가는 것이 보였으나 단상의 사람들은 알 수가 없었다.

앞에 무사를 제압한 그는 뒤쪽으로 공격하는 무사를 몽둥이로 엉덩이를 힘껏 두들겨 팼는데, 그도 문 쪽으로 고꾸라졌다. 단상의 세 번째 무사가 날렵하게 날아들며 그의 뒤통수를 베었다.

휙!

그 초식을 피하며 관두의의 소매가 펄럭거렸고, 그 무사도 외마디 비명을 지르며 난간 쪽으로 넘어졌다. 이번에는 그의 공격술이 요술이 아님을 교각 복두 문사의 눈에도 선연히 드러났다.

그의 술수를 말하면 소매 속에서 흑사가 고개를 내밀며 두 무사의 목을 스쳤기 때문에 둘은 목을 움켜쥐고 그 독에 쓰러지고 말았다.

"오라버니! 저자의 몸에는 독뱀이 가득한 것 같아요."

경난의 낭자는 벌떡 일어서며 당장이라도 뛰어내릴 자세였다.

"상매는 저리 가 있어!"

문사는 손을 들어 모두에게 자제시켜 놓고 검을 들어 늠름하게 단하로 내려섰다.

"솜씨가 제법이군."

장한은 두 걸음 물러서며 불장 같은 가시나무 몽둥이를 앞으로 옮겼다. 그를 물끄러미 바라보던 문사는 학소 쪽으로 시선을 옮겼다. 이왕이면 같이 동수하여 덤벼보라는 태도였다.

"자네도 이놈과 한 짝인가?"

접시에 해선 요리를 뜨다 말고 그의 질문에 머리만 좌우로 흔들었다.

거만한 태도와 있는 자들의 화려한 행색으로 보아 마음 같아서는 관두의의 장한을 거들어 주고 싶었으나, 자기 일이 막급하여 냉정을 잃지 않았다. 학소의 의중을 파악한 그는 관두의 쪽으로 고개를 돌렸다.

"팔공산(八空山)에 호아사신(虎牙蛇身)이라는 고인이 살고 있다는데 자네는 그분의 수제자라도 되는가?"

교각 복두의 문사는 수하가 셋이나 나가떨어졌는데도 냉정을 잃지 않고 상대에게 차분히 질문을 던졌다. 학소는 그자의 예기와 동태를 파악하며 그들의 대결을 예상하였다. 한데 무섭다. 교각 복두와 금포나군에 화려함에도 그의 몸에서 발산되는 기로 보아서 무공과 심계가 짙어 보였다. 신비의 관두의의 젊은이는 진탕되는 가슴을 진정시키는 듯 숨을 내쉬고는 말문을 열었다.

"그대는 신성보(申城堡)의 소보주 천절신검(天節神劍) 신공후(神功候)가 아니오? 나 오늘 그대의 독문절기인 천절을 한 수 배우고자 한다."

"뱀이나 숨겨 다니면서 암수나 부리는 자가 천절을 배운다고? 사독으로 사람을 죽게 할 모양인데 우리 무사들부터 해독시키게나. 자네가 죽고 나면 저들의 생명은 보장받을 수 없지 않은가? 그래야 생사를 넘나들 천절을 식견 해 볼 것이네."

문사의 질문에 관두의의 젊은 장한은 빙긋이 웃어 보였다. 두툼한 입술이 열리며 얼기설기 돋아난 치아가 돋보였다.

"옳으신 말씀이나 이들은 나의 목줄을 베려 했던 자들이 아니오? 죽어 마땅한 놈들이오. 그런데 내가 해약을 드린다면 소보조는 나의 목줄을 치지 못할 것이외다."

문사 차림의 소보주는 막무가내로 칼을 뽑아 비켜 세우며 입을 열었다.

"강호에 뜨내기 같은 젊은이가 목숨이 아깝군. 간봉(杆烽) 속에 숨겨 다니는 검신을 뽑아 들게."

장내의 험악한 분위기에 학소는 먹다 남은 해선 요리를 아깝다는 듯이 바라보며 물러섰고 무심결에 들고 있던 숟가락 한 개를 오른손에 잡고 있었다. 학소도 지팡이 속에는 검신이 있을 거라고 예상은 했었는데 소보주 신공후도 그 검을 알아보고 있었다.

"뱀들은 나의 몸에서 공격을 받으므로 그것들도 살겠다고 자연히 방어하는 것이오. 숨겼다고는 보지 마시오. 그리고 도검은 사람 잡는 흉기가 아니오? 사람 보기가 흉측하여 지팡이 속에 묻어두는 것이외다."

그는 지팡이 속에서 시퍼런 검을 뽑아 들었다. 검날에는 사독(蛇毒)을 묻힌 듯했고, 검병(劍柄)인 손자루는 울퉁불퉁하지만 손에 맞게 되어 있었다. 신성보의 소보주 신공후는 검을 좌우로 비켜 세우며 팔상격법(八相擊法)을 취하는 자세가 빈틈이 없어 보였다. 자기 구슬 빛을 발산하는 소보주의 검도 간봉검에 못지않게 예리함이 보통이 아니었다.

관두의의 장한은 천절검을 바라보며 얼기설기 돋아난 입술을 삐죽이었다.

"이래야 제격이오. 나의 목줄을 낚으면 관두의 속에는 해독약이 있소이다. 복잡하게 주고받을 일 없이 간단한 일을 가지고 당신은 걱정한 것이오."

"젊은이의 말을 듣고 보니 정말 간단한 일이구나. 믿는 구석이 있어 그리한다면 소원대로 해주지."

관두의의 젊은이가 기싸움에서 밀리고 있다는 사실을 알았다. 필시 신성보에 원한이 있어 소보주를 찾은 것은 틀림이 없는데 무모한 도전인 듯싶었다. 소보주는 거칠지도 가볍지도 않게 다가갔다. 상대에게 화를 돋우었던 얼굴이 잠잠한 상태로 돌아와 일절의 검투를 앞둔 자세가 예리했다. 오만한 세도가의 귀공자라는 첫인상은 사라져 버리고 지금은 땅거미 발소리까지 귀담아듣는 그런 자세였다.

"그대가 의도적으로 나를 찾은 것 같은데 이유가 무엇이냐?"

관두의의 장한은 강한 압박감에 굴하지 않으려고 평온한 얼굴을 지으며 퉁명스럽게 대답했다.

"내 그대의 영존을 찾는 것보다 나의 사독이 그대의 명줄을 낚으면 아들을 살려달라고 보주는 나를 찾을 것이 아니오? 세상에서 이리 쉬운 방법이 있다는 것을 지금에야 깨달았으니……."

그는 말을 마침과 동시에 백사독풍자법(白蛇毒豊刺法)으로 검풍을 일으키며 공격했다.

까강깡!

두 검은 상단과 중단부에서 마찰을 일으키며 신공후의 반래신수(飯來申手)의 초식으로 공방을 마쳤다. 한 수씩 공수를 겪고 난 둘은 예지를 가늠하며 신공후가 물었다.

"자네는 왜 나의 가친을 거론하는가?"

"그야 당신 가친이 더 잘 알텐데……. 우리 성채를 불태웠다면 곧이듣겠소?"

"그러고 보니 자네가 우리 신성보에 찾아와 법석을 떨었던 자로구나. 이름을 밝혀라!"

"그래. 팔공산(八空山) 구사시랑(狗巳豺螂) 팽만유(彭萬有)다."

"허어 참. 고명한 존함이 승냥이, 이리, 뱀, 다 섞여 있는 볼품없는 구더기구나."

"그래. 볼품없는 자에게 보주님께서 그대를 살려달라고 해약을 요구하며 나에게 대례를 올린다면 그 또한 볼품없지 않겠소?"

팽만유의 사출독행으로 검기를 뿌리며 치고 들자 측발의 순간 발검하며 몇 초식을 공수할 때였다.

푸악!

팽만유의 소매가 펄럭거리자 흑뱀 한 마리가 신공후의 목덜미로 쏘아 들어갔다. 그는 비포승란으로 겨우 몸을 돌리며 천절검이 각형검삭

(角形劍削)으로 쳐냈다. 흑뱀은 그를 쏘지 못하고 천절검의 검삭(劍削)법에 의해 두 동강 나며 방바닥에 뿌려졌다. 바닥을 뒹구는 토막 난 흑뱀을 본 팽만유는 단단대강 하단식을 써서 반격하며 사금장(蛇錦掌)을 날렸다.

"핑! 핑!

이에 맞서 신공후의 강맹한 신천장(申天掌)이 허점이 드러난 팽만유의 옆구리를 강타하자, 그는 문짝을 부수며 이장이나 바깥으로 나가떨어졌다. 그는 한 모금의 선혈을 토했다. 사금장과 신천장이 위력에서는 사금장이 한 수 아래였다.

신공후는 만면에 미소를 머금으며 방 밖으로 나서서 참공격 세법을 취했다.

"나의 가친이 성채를 불태웠다는 것은 무엇을 말함이냐?"

그의 말에 한 모금의 선혈을 뱉어내고 억울함을 누르며 입을 열었다.

"후촉의 패잔병들이 우리 위옥(圍屋)으로 도망쳐 들어왔다고 한다. 송(宋)의 소장이었던 그대 가친은 위옥은 견고하여 잠겨진 문과 성곽을 넘을 수 없자 사방에서 불화살을 쏘아 위옥을 모두 불살라 버렸고, 죄 없는 우리 동족 남녀노소 백여 명이 희생되었다. 그 죄를 어찌 알겠소이까."

소보주 신공후는 무엇을 골똘히 생각하다가 신음하는 세 무사를 돌아보았다. 남의 생명을 뺏으려는 자는 자기 생명도 담보로 하는 것이거늘 죽어 마땅하다고 느꼈다. 살려줬다가는 언제 도전할지 모르는 덜렁이 기질이 아닌가.

"쟁란에 있었던 옛날 일들을 가타부타할 수는 없다. 죄가 있다면 나라에 있는 것이다. 천방지축 날뛰는 놈은 죽어 마땅해."

얼음장 같은 말을 조용히 흘리며 콜록대는 팽만유를 격세법으로 가슴을 내찌르려 할 때였다.

따다닥닥 후닥딱!

갑작스럽게 말발굽 소리가 울리더니 장내에 백마가 날아들었다. 순간 관두의의 젊은이를 낚아채고는 대로로 사라졌다.

"저놈이?"

이어 경난 차림의 낭자가 밖으로 나오며 외쳤다.

"그것 보세요. 그들은 한 짝이었다구요."

쫓아가려던 신공후에게 황급히 달려온 무사가 소리쳤다.

"소보주님의 말이 금방 도난당했습니다."

애지중지하던 백마가 사라졌다면 해선을 먹던 거지 같은 자의 흉계가 분명해졌다. 특히나 명마는 주인을 알아보는데 주인이 보는 앞에서 달려 나가는 솜씨는 말을 다룰 줄 아는 보통 놈이 아닌 것 같았다.

반 시진을 남쪽으로 달렸는데 말 등에서 씩씩거리던 팽만유가 원기를 회복하고는 그의 등허리를 툭툭 쳤다.

"신정보의 권내는 벗어났소. 그만 달리시오."

"나는 그들이 쫓아올까 무서워서가 아니오. 멀리 황산이 보이는 것으로 보아 나의 고향 양절로가 그리워 이리 달리는 것이오. 당신은 이쯤에서 내리시오."

"이왕 신세진 몸 하루만 더 보살펴 주시면 안 되겠소?"

학소는 홀가분한 마음으로 떠나고 싶어 그에 대답했다.

"나는 바쁜 몸이오. 이 호마(胡馬)에게 딱지처럼 붙어 달렸는데 또 그 위에 우렁이 딱지가 붙었으니 하는 말이외다."

"보아하니 명마는 분명한데 주인 앞에서 게딱지를 떨구지 못하고 내달렸는데 승마 솜씨가 보통이 아닌 듯싶소."

그의 말에 학소는 말채를 끌어 정지시키고 훌쩍 뛰어내렸다.

"깜박 잊고 명마만 고생했구나. 당신을 생각해서 검을 쥐고 있는 상황에 나는 몽둥이를 들고 왔네."

그렇게 말하며 말안장 밑에서 한 팔 길이의 간봉을 꺼내자 탈색되었던 팽만유의 얼굴에 화기(和氣)가 돌았다.

"그렇군. 말 등짝에 몽둥이를 넣고 깔아 앉았으니 그 고통에 어느 명마인들 정신없이 내달릴 수밖에 없었군. 나는 무슨 재주가 있는가 생각했는데……."

그의 말에 학소는 웃어 보였다. 그러면서 자신이 왜 이리하는지도 몰랐다. 불쌍하지도 가련해 보이지도 않았는데 죽는 꼴이 보기 싫어 이리하는가. 그 때문에 득(得)을 얻는 자가 있으며 실(失)을 입는 자가 있을 것이다. 자신은 신성보의 실에 속하는 것이라 생각이 들었다. 그리고 등딱지에 붙어 냄새까지 풍기어 싫증이 났다.

"고약한 냄새 때문이오. 그만 내려 주시게."

"산속에서 두 달 동안 물가를 못 만났는데 그럴만하네. 당신도 어느 고인댁 식객인지 모르지만 나보다 못한 처지가 아니오? 겨 묻은 개가 뭐 묻은 개를 나무란다고 그러지 마소. 앞으로 물이 있으면 청결해지기로 하겠습니다."

그의 웃는 얼굴에 팽만유는 자신의 언사가 먹혀드는 것으로 믿었다. 그는 산 밑의 고개 쪽에 낡은 집이 보이자, 손을 들어 가리켰다.

"날도 저물어갑니다. 저쪽 폐가에 가서 유하기로 하세."

그들은 그곳에 당도하자 먼지를 털어내면서 말에서 내렸다. 팽만유는 위기에서 구출해 준 학소에게 고맙다는 예로 고개를 끄덕해 보이고 입을 열었다.

"당신은 내 덕분에 해선 요리를 공짜로 드셨고 백마로 백 리 이상 달려왔으면 앞으로 이 말은 나에게 양보해 주시게."

어느 고인댁 식객이고 동년배라 생각하는지 존대어도 없었다. 그리고 갖고 싶은 것을 노골적으로 툭툭 던지는 말씀이 그리 밉지는 않았다.

"말 도둑은 참형까지 처하는데 나는 당신 때문에 참수형에 해당하는 죄인이 되고 말았소. 그 보상은 어데서 받지요?"

팽만유는 거적을 깔아 잠자리를 마련하다가 고성을 토했다.

"당신은 좋은 승마 솜씨로 인명을 구했는데 그 점은 걱정 말게. 오히려 칭찬이 자자할 것이니. 인명은 재천이라 당신에게서 생명을 구함을 받은 자는 어느 쪽인지 알 수 없지만."

그 뜻은 천절신검 신공후가 죽어나갈 수도 있다는 말이었다.

"내상을 입었던 당신은 패자임을 인정하지 않는구려."

"물론이오. 그자는 너무도 당당하게 격세법으로 나의 흉부를 노리고 있었네. 검을 높이 치켜들고 방심했던 신공후의 하복부를 나의 간봉검이 관통할 가능성이 더 많았으니까요."

당시도 쓰러졌을 때 그는 단단히 검을 쥐고 있음은 시인하는 바이다.

"내상을 입으면 마음과 뜻이 무디어 모든 행동이 일치하지 않는다는 말을 하고 싶네. 나는 그런 줄도 모르고 시간을 그때로 되돌리고 싶어요."

"아니오. 나는 소보주에게 사독으로 질식시켜 보주를 만나고 싶었던 것뿐이요. 그때 내가 황사를 꺼낸다는 것이 그만 착각으로 흑사를 꺼내고 말아 통한의 실패였소. 나의 황사가 그의 얼굴에 독을 쏘았으면 승산은 내 편이었는데 후회막급이오. 흑사의 독수는 얼마 가지 않아 두 무사는 깨어나고 있을 것이오. 마음에 두지 마시오."

그의 말마따나 마침 넓적한 황사가 그의 목에서 기어 나오다가 도로 들어갔다.

"당신은 무슨 악연이 있어서 신공후에게 득달했던 것이오?"

"말하고 싶지 않아요. 특히나 성함도 모르는 사람에게……. 그리고 보니 이름자나 알고 지냅시다."

"나요? 풍은 풍인데……."

깜빡하고 학소는 당장 작명을 해야 했다. 술풍은 거지 같고 황풍은 오해의 소지가 있고 또 절곡에서 사망한 사람이 되어야 했기 때문이다. 그가 말이 없자 팽만유는 나가 풍풍이라는 말에 기치 있게 답을 했다.

"아하. 나가 풍풍이라면 나풍풍이시구려."

그의 작명에 고개를 혼들었다.

"아니오. 거센 바람이 아니고 선선히 불어오는 어진 바람."

"그렇군요. 나선풍(奈旋風) 동지 이름이 참 좋습니다."

둘은 모닥불을 가운데 두고 한구석씩 차지해 취침에 들어갔다. 코를 골며 깊은 잠이 들었던 팽만유가 눈을 떴다. 사방으로 고개를 돌리고 슬쩍 일어나 학소 쪽을 바라보았다. 웅크리고 새록새록 잠자는 모습을 확인한 팽만유는 집 밖으로 나섰다. 방문이 열리며 싸늘한 기운의 바람에 의해 나선풍이 된 학소도 눈을 떴다. 밖으로 나간 그가 용변을 보려는 것일테지 생각했는데 말발굽 소리가 들렸다.

"흥! 백마가 탐이 났나 본데 갖고 싶으면 타고 가렴."

중얼거리며 배었던 목침을 찾아내고 그 자세로 다시 잠을 청했다.

팽만유는 백마의 등에 몸을 싣고 달려왔던 길을 도로 달려갔다. 폐가로 들어올 때 보아두었던 공동묘지 입구에 도착하자 훌쩍 몸을 내렸다. 묘지가 있는 능선으로 우백호(右白虎) 좌청룡(左青龍)의 산세가 있는 터라 뜻있는 부호가들의 무덤이 즐비한 곳이기도 했다. 갖가지 사연으로 생을 다해 영원히 잠들어 있는 유택들이 늘어져 있는 곳이었다. 깊은 야밤에 이곳저곳 어슬렁거리는 것이 으스스한 모습을 자아내게 했다.

그때였다.

후다닥 튀어나오는 것이 있었는데 산 사나이도 찔끔하니 겁이 났다. 고라니 두 마리가 묘지 틈에서 밤잠을 잤던 모양인데 말이나 소처럼 이들도 사람이 잘 다듬어 놓은 잔디 풀은 맛이 있다고 모여들기도 했다.

팽만유는 생각했다. 사람들은 쓸데없이 생각을 많이 하여 귀신을 만들어 놓고 귀신에 놀라 자빠지는 수가 많은데, 짐승들은 명석하여 단순하게 생각하여 신이나 귀신은 없는 것이다. 나도 짐승이라 이와 같이 용기를 얻자. 그는 재차 다짐하며 행동에 들어갔다.

엊그제 만들어 놓은 무덤인데 그 앞 비문에는 당호(堂號)와 자호(自號)가 새겨져 있는 것이 부유한 집안의 무덤임에는 틀림이 없었다. 어슬렁거리는 그의 행동은 굶어 허덕이는 여우나 이리의 행동과도 닮았는데 사방을 두리번거려 보고는 간봉으로 무덤을 파내기 시작했다. 살벌한 분위기를 좋아하는지 새 단장을 하고 서있는 묘지기 동상을 보며 히쭉 웃었다.

"석상아. 뚫어지게 나를 바라보지 말고 한번 봐줘. 시구는 해하지 않을게."

누가 이 상황을 본다면 오밤중에 무덤을 헤쳐 시체를 파먹으려는 흡혈귀의 행동임에 틀림없다고 생각했을 것이다. 관직과 시구의 이름이 적혀있는 붉은 명주천의 명전(名前)이 그의 간봉에 걸려 나왔다. 이어 흙을 긁어내고 개판 뜯는 소리가 나더니 드디어 검게 칠한 흑관이 나왔다. 팽만유는 하관했던 자리로 내려서며 관저 뚜껑을 들어냈다. 공작과 국화무늬가 수놓아진 비단옷을 곱게 감아입은 시체가 검은 건을 두르고 잠자고 있었다. 또 으스스한 일들은 그의 몸속에 있는 황뱀 한 마리가 시체 냄새를 맡고 팽만유의 목덜미 쪽에서 기어 나왔다.

"내가 짐작했던 그대로군."

사체가 썩는 냄새가 없는 것으로 보아 예상대로라고 중얼거리며 머리에 쓴 검은 천을 벗겨냈다.

칠순은 되어 보이는 노인네가 희끗희끗한 머리와 수염을 가지런히 다듬어 놓은 얼굴에 두 눈을 곱게 감고 누워있었다. 도둑놈이 들어왔는데 두 눈을 빼꼼히 뜨면서 고성을 지를 것 같지만 팽만유는 알고 있었

족쇄 줄이 풀리다

다. 무운장구(武運長久)의 장수나 권좌의 재상도 죽고 나면 아무것도 할 수 없는 시구였기 때문이다. 그는 흡혈을 하려는지 누워있는 시체를 들추어 꺼내자 황뱀이 칙칙거리며 그 위로 옮겨가려고 했다. 시체 위로 내려가려는 황뱀은 괴기스러움을 더욱 자아냈다.

"이놈아, 따뜻한 내 등짝이 좋지 싸늘한 시체가 좋으냐?"

오른손으로 황사를 불끈 잡고는 자신의 관두의 속으로 집어넣었다.

"영혼은 천당에 계시고 시구는 썩고 있는데 비단포가 너무 아까워요. 세상에 옷이 없어 시려 죽는 자가 얼마나 많은데……."

중얼거리며 노인을 앉혀놓고 비단옷을 벗겨내기 시작했다.

"하얀 수의까지 벗겨내면 보기가 그러하니 여기 공작 원령포(圓領袍)와 장요화(長腰靴)만 실례하겠습니다."

그렇게 인사말을 하고 관저 뚜껑을 닫아 흙을 덮기 시작했다.

학소는 말발굽 소리에 다시 잠에서 깼다. 자루를 걸쳐 메고 폐가로 들어서는 이는 말을 훔치고 내달렸던 팽만유였다. 그는 씨익 웃어 보이고 학소 앞에 다가와 자루를 풀어 놓았다. 그 속에는 빨아놓은 옷과 장요화가 있었는데 아직 채 마르지 않은 상태였다. 그는 모닥불가에 다가가 옷을 말리며 말했다.

"이것은 나선풍 당신이 입을 옷이오. 보아하니 입성이 시원치 않아 나의 친구로서 격이 맞지 않아서요."

학소는 눈을 비비며 잠에서 덜 깨었는지 음성이 가라앉아 있었다.

"뜻은 고마우나 나는 받을 수 없소. 옷을 주고 말을 얻고자 함일 텐데 돌아오지 않았다면 말이나 옷이 모두 형장 것이 아니오?"

"너무 그러지 마시오. 둘 중 한 사람은 입성이 좋은 양반이 되어야 같이 다닐 수 있지요. 둘 다 거지꼴이면 말이 되겠습니까? 모두 도둑 거지꼴로 바라볼 테지요."

"누구네 집 빨랫줄에 널어놓은 옷을 걷어온 모양인데 형장이 입는 것이 좋을 듯싶소."

"형장 형장 그러지 마소. 지금까지 도둑질해 본 일은 없소. 건넛마을에 복제점(服制店)에서 사 왔으니 안심해도 됩니다. 그리고 나의 몸속에 있는 생명들이 헐렁한 관두의가 좋다고 하는데 옷 주인은 당신밖에 누가 또 있겠소."

그는 몸속에 있는 뱀을 의식하여 관두의 이외는 필요 없다는 말이었고 차마 무덤 속에서 원령포를 꺼내 왔을 것이라고는 추호도 생각지 못했다.

"당신은 싸늘하지만, 몸속에 친구들과 동행해서 외롭지는 않겠소. 하지만 나는 꼬리 아홉 머리 아홉 달린 괴물이 나의 머릿속에 남아 꿈속에서 현몽하여 이것이 괴로운 일입니다."

팽만유는 놀라는 얼굴을 하고 그를 바라보았다.

"예? 그러시다면 능소지를 달고 살고 있다는 말인데 그 능소지를 아시오?"

학소도 토끼 눈을 하고 그를 돌아보았다.

"그 말은 내가 묻고 싶은 것이오. 혹시 그곳은 곤륜산 쪽은 분명한데 들어본 바는 있소?"

"나의 사부님은 전설에서 우리 선조를 잡아간 곳이라고 했소. 능소지가 강호에 나타나는 날에는 우리 모두가 멸한다고 했소. 그 능물이 무섭기는 한가 봅니다.

화성사와 의가장

학소는 겨우 팽만유를 따돌리고 남쪽 항주를 향해 달려갔다. 은빛 공작과 국화무늬가 수놓아진 황금 원령포를 입은 젊은이가 백마 위에서 늠름한 자태로 양절로에 들어선지도 이틀째 되는 날이었다. 가볍게 달리던 그가 황급히 멈추어 선 것은 그의 시야에 항주 시가가 아스라이 들어왔기 때문이다.

화북에서는 항주는 여인 천하이며 여인의 세계라고 곧잘 말한다. 그것은 서시(西施)가 잠들어 있는 고향이며 백사전(白蛇傳) 전설에 허선과 백 낭자의 사랑 이야기가 있는 곳이기도 하다. 옛 시인들은 항주를 두고 '구름 같은 산봉우리는 미인의 얇은 눈썹 같고 산 아래 흐르는 물은 보지 않아도 푸르고 맑겠구나.'라고 했듯이 아름답게 불린다. 그가 개봉에 상경했을 때 항주가 고향이라고 말하자 어느 귀인이 했던 말이 떠올랐다. '그대는 항주에서 왔다고 하는데 나는 그대가 천상에서 왔다고 하겠네.' 그렇게 부추겨 세우며 강남을 좋아했었다.

이곳은 앞으로 오십 년이 지나면 남송의 왕도(王都)가 될 것이며 당시 백만이 넘는 중원 최고의 도시가 된다는 것을 아직 아무도 모른다. 지지난 가을에 무당파(武堂波)의 배봉룡 일행이 잠시 말을 쉬면서 먼 산을 바라보던 자리에 한 젊은이가 그와 같이 월륜산(月輪山)을 바라보고 있다. 그는 이 고장에서 대계를 꿈꾸며 나라의 존망을 염려했던 진학소였다. 부유층 노인들이 저승으로 들어갈 때 곱게 입혔던 비단 원령포에 금색 혁대를 두르고 가죽 장요화를 끼워 신은 것이 얼핏 보면 고향으로 금의환향하는 어사 같았으나 자세히 보면 그렇지 못했다. 악사나 수하는 물론 병졸 하나 대동치 못한 초라한 모습은 감출 수 없었으며, 방갓을 눌러쓴 젊은이지만 어설픈 애늙은이로 보기가 더 쉬웠다. 그는 잔설대교에서 검은 방갓을 이마 위로 올리고 수면 위에 그려진 자신의 그림자에 눈을 옮기는데 초라한 기색이 역력해 보였다. 그 그림자를 지우기라도 하듯이 황급히 말을 몰아 의가장을 바라볼 수 있는 가까운 동산 쪽으로 올라섰다.

"휴-"

긴 한숨을 내쉬며 그때의 일을 상기시켜 보려는 듯 두 눈을 지그시 감았다가 떴다. 저녁노을에 물드는 육화탑과 그쪽을 바라보는 방생청은 어딘가 쓸쓸함이 닮아있었다. 검게 타버린 민둥산에 두 귀를 늘어뜨리고 청승맞게 서 있는 검은 암소가 생각났다. 곁에 붙어있는 약만변당은 세상 모른 송아지가 어미의 슬픈 모습을 올려다보는 것 같기도 하다. 주위의 건물들이 모두 불탔는데도 아마도 두 개의 건물은 가운데 동떨어져 서 있으니 살아남은 것으로 보였다.

학소는 말을 몰아 한가한 나그네처럼 담장 가로 걸어갔다. 아직도 사라지지 않은 껄끄러운 연기 냄새가 그를 맞았다. 환희에 홍청대던 곳은 아니었지만, 그윽한 탕향에 여러 지방의 옷들을 입은 이들이 분주히 드나들던 곳이었다. 몇몇 농부들이 뭉쳐서 지나며 원령포의 그의 신상에 의문의 눈빛으로 훔쳐볼 뿐 방갓의 안면을 살펴보려는 사람은 없었다. 의가장의 소장주인데도 떳떳하게 찾아들지 못하는 것을 자책하며 초엿새의 초승달이 기울기를 기다렸다.

화마가 있던 그날은 동쪽 하늘에 하현달이 쓸쓸하니 장원을 비추고 있었는데, 그가 찾아온 오늘은 상현달이 서쪽 하늘에서 쓸쓸히 지고 있었다. 지금은 검은 재와 겨울을 맞는 낙엽만이 엷은 바람에 실려 마당 안을 오갈 뿐이었다. 어머님이 가꾸던 정원이며 화목들도 모두 그을려 버렸다. 그 사이로 주인도 없는 폐장이 누구를 반기려는지 물먹은 수국과 백일홍이 제철을 맞은 듯이 몇 포기 피어 있었다. 타다 남은 가

화성사와 의가장

지 틈새로 피어난 꽃들을 보며 씁쓸히 웃음까지 지어보았다. 모두가 되돌릴 수 없는 지나가 버린 흉몽 같은 일들이 지금은 눈물보다는 하나의 생명에도 반색하고 싶어졌다.

장원이 멸문되던 때도 어언 이 년이 넘었다. 당시는 그 불바다를 보며 세상이 끝인 것처럼 생각되었지만 무정한 세월은 아무렇지도 않은 듯 흘러갔다. 하기야 중국에 대국이 망하고 궁성이 불탔어도 세월은 아무렇지도 않게 흘러가며 새 주인을 맞는다. 천지가 개벽해도 세월은 흘러갈 뿐이며 시간은 반드시 찾아온다고 느꼈다. 그 시간은 희망이 서는 날이며 죽음이 찾아드는 시간이기도 했다.

진종(眞宗) 5년 시월 스무나흘 인시(寅時)에 숱한 사람들과 땅거미까지 그렇게 화마로 그을려 버렸다. 그것이 탐라도 봉선사나 백접도 때문이라면 이것은 중원에 신고되는 첫 액운이 되는 셈이기도 했다. 신의 조화를 깨려고 했던 형벌이 이렇게 무서운 것인가? 모든 사람은 누구나 영원히 살고자 하는 욕망을 갖고 있다. 나는 아니라고 손사랫짓하는 사람도 실제로 그러한 약초가 있다면 수단과 방법을 가리지 않고 취하려고 할 것이다. 학소는 그런저런 생각을 하다가 고개를 끄덕였다. '나도 그럴 것인데 누구인들 그렇지 않겠는가. 그런 것이 그것이지.' 그렇게 뇌까리며 자리를 떴다.

싸늘한 흉가가 되어버린 장원을 바라보며 당장 달려가 기둥이라도 붙잡고 한없이 울고 싶었으나, 지금은 그러지 못했다. 중원에서 이목이 집중되는 곳이라면 필시 무림의 흑도에서나 관아에서 감시가 있으리라 생각되었기 때문이다. 자정이 되어서야 한쪽 모퉁이에서 울담을 타고 장원 내에 들어섰다.

퀴퀴한 냄새와 잿더미 속에서도 역시 의관(醫官)답게 탕향은 흐르고 있었다. 낙엽을 쓸던 바람은 장원에 기쁜 소식을 전하려는 듯 그의 등을 스치고는 마당 안으로 밀어 들었다. 그가 첫 번째로 보고 싶었던 곳

이 있었으니 석합당 지하고였다. 그런데 석문은 허물어져 있었고 벽을 비집고 들어섰는데 즐겨 탐독하던 비전절기들이며 병장기 모두가 까만 재로 변해 있었다. 누구 하나 불을 잡으려는 사람이 없었으니 열기와 화마가 지하고라고 비껴갔を 리가 만무했다. 그것들이 남아있다 한들 누구의 손에 의해 남아나지도 않았을 것이다.

그때 그의 귀에 익은 소리가 들려왔다.

"따그닥딱딱. 따그닥딱딱"

컴컴한 방생청에서 나는 소리는 아니었고 약만변당에서 흘러나오는 소리인데, 소년 때 많이 듣던 베틀 짜는 소리였다.

그는 불빛이 새어 나오는 쪽으로 살금살금 다가가 안을 들여다보았다. 거기에는 오십 줄의 여인이 촛불 하나를 켜놓고 길쌈을 짜고 있었다. 그는 단단히 각오하고 다가갔다. 누구 감시자가 없는지 사방을 둘러본 뒤 살짝 문을 따고 들어섰다.

"나는 여기 의가장 탕사요. 부인은 누구시기에 약만변당에서 길쌈을 하는 것이오?"

그의 말에 깜짝 놀라 뒤돌아본 여인은 당황해했다.

"귀, 귀신이 아니오?"

그도 그럴 것이 죽은 송장에게 입히는 공작 수의가 무덤에서 나온 귀신으로 착각할 수도 있었다.

"귀신이라니오? 그 말은 내가 묻고 싶은 것이오."

방갓을 깊숙이 눌러쓴 학소의 모습을 훑어본 여인은 손가락을 입가에 붙이며 조용히 말하기를 권했다.

"야심한 이 밤에 의가장을 찾았다면 탕사가 아니고 이 집 진 도령이시군요."

"나 이전에 부인의 정체를 밝혀주시오."

초조한 기색으로 사방을 보던 여인의 입에서 조용한 음성이 흘러나왔다.

"이 불빛에 도령님 모습이 드러날 테니 베틀 쪽으로 붙어서 주세요."

여인은 잠시 숨을 고르고 말을 이었다.

"이 장원 주위에는 현윤(顯尹) 순무(巡撫) 병들이 장원을 지키고 있어요. 혼령이 득실거리는 유곡에서 나온 영령이신데 여기로 어떻게 감쪽같이 들어왔군요."

학소는 짐작대로 그렇구나 하고 베틀 뒤쪽으로 몸을 옮겼다.

"따그닥딱딱. 따그닥딱딱"

여인은 예의 베틀을 밟으며 말을 이었다.

"소부의 자식이 중병에 시달릴 때 장주님의 덕택으로 지금은 건강이 회복되어 잘 살고 있습니다. 그 공을 갚고자 자원하여 관아에 연락인으로 폐가를 지키고 있습니다. 무엇인가 이 장원에 도움이 될 수 있다면 말입니다."

"그러시다면 저희 가족 상황을 알고 싶은데요."

"군부인께서는 생존해 계세요. 달포 전 이 장원을 찾았다가 순무 병들에게 쫓기는 신세가 되었다고 합니다. 자식 잃고 남편 잃은 군부인(君夫人)께서 집이라고 하는 폐가에 찾아왔다가 쫓기여 다닌다니 너무 억울하지요."

"장주님과 탕사들은요?"

"장주님과 두 사제분은 행방이 묘연하다고 하여 생사는 알 수가 없고 아드님인 소장주는 황산에서 변을 당하고 유곡에 버려졌다고 합니다. 모두가 의문투성이입니다."

그는 텅 빈 약고를 보다가 약사여래상을 찾아보았다.

"여기 셈을 하며 앉아 있는 부처님 그림이 있었을 텐데 그 탱화는 못 보셨습니까?"

그녀는 그 말에는 안중에도 없고 바깥 동태에만 신경을 쓰고 있었다. 조용한 기품을 발하는 여인은 다급히 속삭이듯 말했다.

"빨리 들어왔던 곳으로 해서 장원을 빠져나가세요. 그들이 여기로 오고 있습니다."

여인의 말이 출발신호라도 된 것처럼 순무 병들의 발소리가 들렸다.

"그럼 나를 못 본 것으로 해주실 수 있겠지요?"

"방 탕사가 왔다는 말을 왜 하겠습니까. 소부가 할 수 있는 일은 이것밖에 없어요."

그는 고마움을 표시하고 성벽으로 빠져나갔다. 정말 다른 사람이 장원을 지켜 섰더라면 일이 시끄럽게 되었을 것이다.

다음날 항주의 의가장을 찾았던 학소는 소흥(紹興)을 향해 종일 달리고 있었다. 엊저녁 베틀의 여인도 방하생 탕사를 아는지 나를 방 탕사로 불러주었고 내가 느끼지 못했던 창가의 그림자까지 감추라는 것으로 미루어 보아 소심하고 거짓이 없는 여인으로 짐작이 되었다.

소장주를 풍남 유곡에서 목을 치고 유곡에 내버렸다고 하니 나는 세상에 없다는 말이 되기도 했다. 그러므로 자유로운 몸이라 안심은 되었으나, 육주와 칠주에게 약속되었던 문제는 남아있는 것이다. 그리고 어머님은 강호에 낙인(落人)이 되어 쫓기는 신세인 것이 분명해졌다. 복진해의 말대로라면 아버님과 허 사숙님은 약만변당으로 뛰어들어 갔다니 한 조가 되어 지금은 누군가에 의해 납치되었을 가능성이 커 보였다. 그날 비번이었던 풍침풍사 두기호 사숙님과 살아남은 탕사들이 있다면 강호의 방랑자가 되었을 수도 있다.

여러 가지 추측을 하며 마음의 심란함을 달래고 있을 때 그의 앞을 가로막아 누워있는 걸인이 있었다. 걸인은 벌립 모자를 얼굴 위에 덮고 길가에 늘어지게 잠을 자고 있었다. 학소는 피식 웃고 나서 그의 곁에 말을 멈추었다.

"구사시랑 팽만유가 아니오?"

그의 말에 팽만유는 벌떡 일어나며 옷에 묻은 낙엽을 털어내었다.

"이보시오. 선풍 나리. 낮에 보일 줄 알았는데 저녁이면 너무 늦었소이다."

"나는 당신과 약속한 일은 없는데……. 그리고 나의 이름이 나선풍이오?"

"헤헤헤. 비단 원령포를 입은 나그네로 보아 보살님 같은 얼굴에 선풍 신상과 흡사하여 그대로 불러봅시다."

학소도 이왕지사 당분간은 이름을 감추어야 할 처지라 잘 되었다고 생각되었으나 이름이 너무 유별나 보였다.

"강호에서 아무 함자면 어떻소. 불러주면 고맙지요. 그런데 나를 기다린 이유는 무엇이오?"

"당신은 소홍으로 간다고 했잖소. 이같이 그대로인데 말입니다. 그곳은 모든 길이 강물이라고 하는데 당신이 타고 있는 말은 필요 없지 않나요? 오히려 짐이 될 것인데……."

그는 역시 말이 탐이 나서 얻고자 함이 분명했다.

"당신 말대로 수로가 많기는 하지만 땅길도 많아요. 기다린 보람이 없어서 정말 미안하게 됐소이다."

두 눈을 껌뻑이던 팽만유는 오히려 잘 되었다는 것처럼 말을 이었다.

"팔공산으로 돌아갈 처지도 못 되고 말도 없소. 나선풍하고 강남 유람은 안 되겠습니까?"

그렇게 말하고 나서 학소의 동의에 관계 없이 말 등에 올라앉으니 할 수 없이 같이 달릴 수밖에 없었다. 밤이 되어 어둠 속을 달리던 둘은 모두 피곤함을 느꼈다. 뒤에 붙어 앉아 있던 팽만유가 하품을 하면서 말했다.

"이 말도 발을 절뚝이는 것이 지친 것 같소. 나무 밑에서 밤을 새우고 아침에 길을 재촉함세."

"당신은 구사시랑으로 아무 곳에서나 누웠다 하면 수면을 취하지만, 나는 찬 이슬 속에서는 잠을 청할 수가 없네. 해서 조금만 더 가면 사당이 있소. 그쪽에서 쉬어가기로 합시다."

그들이 다다른 곳에는 처마가 긴 낡은 기와집 한 채가 송림 속에 있었는데 집 주위 수목들은 잘 다듬어져 있었다. 학소는 웃어 보이며 말 등에서 내렸다.

"사당 처마 밑이면 찬 이슬은 피할 수 있을 것이고 하룻밤 유하기는 좋은 곳이오."

"당신은 여기 지리를 잘 아는 것으로 보아 고향 같은데 어느 종친댁 친가에서 봉선(封禪) 하는지 몰라도 문을 따고 내실에서 잠을 잡시다."

그는 고개를 좌우로 흔들었다.

"여기는 거위 사당으로 묵인과 시인들이 일 년에 한번 찾아와 예를 올리는 곳으로 아조모신(鵝鳥母神)을 모시어 들어갈 수 없네."

"나선풍은 어느 양반집 식객으로 살아왔는지 모르지만 같이 다니다가는 처마 밑 침소는 다반사일 것이며 쪽박차기 십상이겠소."

그의 말에 학소의 입가에는 웃음이 감돌았다. 팽만유는 진학소를 처음 볼 때 다 떨어진 짚신짝 하며 머슴이 입는 의복에 조금도 부끄러워하지 않았기 때문에 일상적인 머슴으로 보았던 것이다. 헌데도 번뜩번뜩 떠오르는 기개와 말씨에는 또한 범인이 아님을 배제하지도 못했다.

학소는 그를 돌아보며 두 눈을 부릅떴다.

"떠나면 그만이 아니오? 쪽박 차기 십상인데 무엇 하러 사서 고생하시오? 역시 나는 머슴, 종놈, 노예, 노비 두루두루 섭렵한 아무것도 없는 방랑자요."

"여기 문이 잠겨서 못 들어가는 것인지 오리 할멈이 무서워서 못 들어가겠다는 것인지 몰라서 하는 말이외다."

"아조모 성황당(鵝鳥母 城隍堂)은 서가들의 사묘로 세워진 곳이오. 서성(書聖) 왕희지(王羲之)는 들어 알고 있겠지?"

"그것을 모르면 이 나라 사람이 아니지요. 이 사당하고 무슨 연관이 있나?"

둘은 밤잠을 청하면서 하대를 쓰고 친분이 두터워지고 있었다. 팽만유는 부스럭대며 낙엽을 모아 잠자리를 만들었다. 학소는 덤덤히 둘 다 입을 다문 것보다 무슨 말이든지 이야깃거리를 만들고 싶어졌다.

"관련이 많지. 왕희지 선생과 거위 이야기는 서예가들에게 이야깃거리가 많은데 사당 두 곳 중 한 곳이 바로 여기야."

하고는 다음과 같이 설명했다.

"고금이래 서예 역사상 서성(書聖)으로 추앙받는 왕희지가 있었지. 그는 어릴 때부터 거위와 친분이 많았는데 거위는 밤눈이 밝아 백아(白鵝)라고도 하여 집을 지키는 귀여운 닭처럼 많이 사육되었다고 한다. 왕희지는 붓을 잡으면서 거위가 긴 목을 늘리고 움직이는 모습을 보며 그와 같이 붓필을 움직였는데 글발이 서기 시작했다고 했어. 그로부터 습작하면서 일취월장하여 솜씨가 늘어갔다. 그의 초서체(草書體)는 힘이 넘쳐흐르는 운필에서 뒤로 갈수록 약한듯하면서도 오묘한 멋이 드러난다고 해. 그런 서성이 절강성 관아에서 근무할 때의 이야기이다" 하고는 팽만유의 동태를 살펴보았다.

마침, 호젓한 산속에서 할 일은 없었던 터라 팽만유는 어린 손주처럼 팔베개를 하고 귀를 기울였다.

왕희지가 영남 지방의 민초들을 돌아보고 귀가할 때의 일이었다. 황솔길에 접어들어 한 농가를 발견하고는 쉬어가기로 마음먹었다. 마침 마당에는 그가 좋아하는 거위 한 마리가 긴 목을 치들고 꺼끌꺼끌 걸으면서 뒤뜰로 걸어가는 것을 보았다.

멋진 그 거위는 하얀 구름이 청하늘을 배회하다가 태산 위에서 쉬어가는 뜬구름을 연상케 했다. 왕희지는 당장 사 들고 가고 싶은 심정으로 그 집에 들어가 주인을 찾았으나 집주인은 없었다. 할 수 없이 관아로 돌아온 왕희지는 두 눈을 껌뻑껌뻑 하면서 꺼끌거리며 걷는 거위가 눈에 아른거려 잠을 청할 수가 없었다. 고민 끝에 하인을 불러 돈을 넉넉히 주면서 그 거위를 사 오도록 명령하였다. 저녁이 되어 돌아온 하인은 시무룩한 표정으로 일렀다.

"오리 할멈은 주인 양반이 모시던 거위라 했고 돈이 문제가 아니라 아예 팔지 않겠다고 단호히 거절했습니다."

"그렇다면 할 수 없지. 내가 걸음을 할 수밖에."

왕희지는 친구들과 묵인들에게 좋은 소재가 있으니 같이 대동할 것을 권하여 할머니네 집으로 가기로 했다. 지방 관찰사였고 유명한 서예가였던 왕희지가 친구들과 자신의 집을 방문한다는 소식을 접한 할머니는 걱정이 태산 같았다. 지방 장관이며 영감이 살아계실 때 그의 서예를 좋아했던 것을 생각해서라도 잘 모셔야 할 텐데 대접할 방법이 없었다. 그때 할머니가 아끼던 거위 한 마리가 마당에서 놀고 있는 것이 눈에 들어오게 되었다. 칠 년 동안 정들었던 애정은 할머니의 다급함에 녹아버렸다.

"그렇구나. 술안주로 달리 방법이 없는지라 저 거위밖에 없구나."

황급히 서둘러 칠 년 동안 키우며 정들었던 거위를 잡고는 솥에 넣어 푹 고았다. 고기 끓는 냄새가 마당에 진동할 무렵 왕희지는 친구들과 같이 할머니 집에 당도했다. 그런데 마당 한 곳에서 끓고 있는 솥에서 삐죽이 나온 거위 양 다리를 보고 깜짝 놀란 나머지는 그 자리에 주저앉으며 대성통곡을 했다.

"이 일을 어찌하나. 나를 보며 목을 치켜세우고 눈을 껌뻑거리며 반기던 거위가 죽어 저 모양이 되다니……"

그의 통곡 소리에 모두 그쪽을 바라보았는데 솥뚜껑 사이로 양다리

화성사와 의가장 187

가 삐죽이 나온 거위는 맛있는 술안주는커녕 옷을 벗고 끓는 물에 담겨 형을 받는 꼴이 되고 말았다.

왕희지의 행동에 당황한 할머니는 솥으로 달려가 불을 끄면서 통곡했다.

"이 속 좁은 주인 때문에 영감이 아끼던 거위를 내가 이 모양으로 만들다니……."

미물의 가축일지라도 같이 생활하다 보면 누구나 정과 애정이 깃들게 마련이다.

그 후 왕희지는 할머니의 뒤뜰에 거위 사당을 지었으며 절강성의 모든 백성에게 명하기를, 앞으로 관료를 접대할 때 주안상을 차리지 말 것이며 마음으로 정성을 하여 예의를 갖추면 된다고 하였다.

학소의 말이 끝나자, 졸음을 달래던 팽만유가 물었다.

"그럼 잘 고아놓은 거위는 누가 먹었지?"

"나 혼자 떠든 것이 한심하군. 나도 책에서 읽었던 기억을 되살리며 말을 했는데 사람 앞에서 말해야 통하지."

"나는 분명 사람인데 무슨 말을 그렇게 해."

"가축도 보는 관점에 따라 덕이 있고 가엽게 보이기도 하는데 자네는 먹을 궁리밖에 모르는 것이 거위만도 못해."

"나도 감명을 받았는데 푹 고아놓은 것에는 말이 없지 않았는가?"

학소도 졸리는 음성으로 대답했다.

"사당이 서게 된 이유도 모르겠는가. 잘못을 후회하고 거위를 위로하며 묻어 놓았으니 사당이 된 것이네."

아침이 되자 학소는 고기 굽는 냄새에 솥에서 끓고 있는 거위를 떠올리며 화들짝 상체를 일으켰다. 팽만유가 닭 두 마리를 잡아놓고 한 마리를 돌 위에 널어 굽고 있는 것을 보고 꿈이 아님을 알았다.

"여기서 고기 냄새를 피우는 것은 금물이오."

그는 생으로 된 닭다리를 왕소금에 찍어 먹으면서 구워놓은 통닭을 권했다.

"아침에 요깃거리를 드리는데 고맙다고 인사하면 어데 덧나나?"

"앞마을에 가서 닭서리라도 해온 것 같은데 도둑하고는 같이 다닐 수 없다. 그리 알게."

"무슨 말이오. 당당히 돈을 주고 사 왔는데."

그는 서리가 아니라는 말에 다가가 앉으며 닭다리를 뜯었다. 그리고 옷 앞섶을 뒤적이고는 은전 한 닢을 건넸다.

"이야. 은전을 얻게 되다니. 이제 보니 당신이 도둑이네요."

학소는 너무 했나 싶어 변명하지 않으면 안 되었다. 그가 얻은 금화와 은전들은 타버린 석합당 금고에서 취하였기에 여비가 있으므로 마음이 든든했었다.

"도둑은 아니오. 내가 몸담고 있었던 주인이 집 안을 정리하며 나에게 전해주었던 유품이오."

팽만유는 만족한 웃음으로 은전을 받으며 말을 이었다.

"선풍 나리가 엊저녁 거위 삶은 소리에 입맛이 돋아났네. 그래서 거위나 오리를 사 올까 하다가 거위를 모시는 사당에서 그것을 먹는다는 것은 죄가 된다는 것쯤은 알아."

"그럼 그래야지. 이 사당에서 할머니가 나타난다면 우리 체면이 뭐가 되겠어."

소흥(紹興)은 물의 고장이며 인재가 많이 배출되는 곳이기도 했다. 사람들은 십 년 이십 년 인고의 세월을 보내고 파란만장한 인생을 겪었다고들 한다. 학소는 겨우 이년을 보내었는데도 그와 같은 시간을 지나쳤으니 이 또한 십 년의 세월이라고 말할 수 있을 만큼 험난한 시간이었다. 낯익은 수로와 거리를 둘러보며 동료들과 걸어 다니던 일들이 어제의 일 같기도 했다.

　인가를 따라 흐르는 수로에 신발짝 같은 족선(足船)들이 줄줄이 흐르고 있었다. 그 수로에 돛단배처럼 보이는 족선 하나가 유유히 흐르고 있었다. 거기에는 듬직해 보이는 원령포의 청년과 관두의 청년이 마치 돛단배의 돛대처럼 미동도 없이 서 있었다. 두 청년의 앞에는 젊은 여인이 비스듬히 누워있었는데, 그 여인은 베틀을 밟듯이 양다리를 움직여 부지런히 노를 젓고 있었다. 이 배들은 다리로 그림을 그리듯이 노를 젓는다 하여 각화선(脚畫船)이라고도 하였다. 인가 수로에 돌다리 밑으로 유유히 물을 가르며 나가는 족선을 보면 여인의 발놀림이 보통이 아니었다. 돛대처럼 서 있던 팽만유가 물가에 늘어진 버드나무를 보다가 탄성하듯이 말을 내뱉었다.

　"우와! 사방에서 명주실처럼 너울거리는 데는 황홀경이라 아니할 수 없네그려."

　그도 웃음을 지으며 그와 같이 주위를 둘러보았다.

　"승냥이도 풍광 타령을 하니 놀랍소."

　"놀리지 말게. 돌다리와 늘어진 버들가지들을 보니 멋이 있다 하지 않소."

　"그래요. 백 장 건너 돌다리가 하나씩인데 여기 천 년의 역사가 배어 있네."

　"그럼, 수양버들은 누가 심어놓았는데?"

　"심어놓은 것이 아니지. 수나라 때 운하의 지류가 항주까지 이르자 이때 황하의 물을 타고 내려온 버드나무들이지. 북쪽 나무들은 따뜻한 강남에 이르러 늘어지게 자라났네. 그때부터 강남에서는 경항운하처럼 길게 늘어진 수양제의 버드나무라 하여 수양버들이라고 하였네."

　학소는 운림상사(雲林上舍)와 각원(閣院)을 찾아볼 계획인데 이것저것 물어보는 팽만유가 점점 짐이 되었다. 같이 다니다 보면 진면목이 탄로 날 것이 예상되어 혼자가 좋았다.

"만유. 다음 선착장에서 우리는 길을 갈립시다."

"길을 갈리다니……. 삼거리 길이라도 나온단 말인가?"

"이 년 만에 찾아오는 길이라 찾아볼 사람들이 있어서요."

"오호라. 그러고 보니 월령 비단포를 입었다고 나 같은 거렁뱅이와 붙어 다니면 득이 없다는 뜻인데 처음부터 말을 내어주었으면 천 리 밖은 벗어났을 것이 아니오?"

그는 토라진 그를 보며 말을 이었다.

"아무리 생각해도 좋은데 지금이라도 마방으로 돌아가서 그 백마를 타고 가든지 아니면 닷새 후에 우마 시진에서 미시에 나를 기다려 주든지 둘 중 하나를 택하게."

"강호의 나그네라면 검 한 자루는 차고 다녀야지. 나는 그 점이 허약하게 보여 당신 호법으로 세상을 유람할 참이었네."

"……."

"그런데 나를 면박 주다시피 마분이 풍기는 우마 시장에서 기다리라니 섭섭하네."

"나는 그런 뜻이 아니오. 우마 시장이 오후에 서는데 거기에는 각종 산짐승과 뱀 장사꾼도 있소. 당신 식성을 맞추느라 그리 말했네."

"듣고 보니 그렇구나. 내 등짝에 붙어있는 황사에게도 요기를 시킬 겸 하여 그 시진에서 뵙기가 쉬울 것이오."

그렇게 말을 남기며 팽만유는 스쳐 지나가는 버들가지를 잡고는 홀쩍 돌다리 위로 뛰어올랐다.

족선을 돌려보낸 그는 아지(鵝池)를 돌아 낡은 대문 앞에 섰다. 각원 주위의 잡초들을 보며 폐문했음이 짐작되었다. 몇 사람이 들어와 검도와 무예를 연마하던 곳인데도 사람의 말소리 하나 없었고 쓸쓸하기 그지없었다. '산천은 유구한데 인걸은 간데없고'의 시 한 수가 머리에 떠올랐다.

마당에 들어선 그는 쓸쓸히 서 있는 한 채의 기와집 앞에서 조용히 입을 열었다.

"스승님. 저 왔습니다."

……

잠잠하던 마당에 삐걱하고 문이 열리며 얼굴을 내민 사람은 칠순은 되어 보이는 노파였다. 마당을 듬뿍 채운 듯이 원령포에 방립(方笠)을 쓴 젊은이가 우두커니 서 있었는데 노파는 의심쩍은 얼굴로 입을 열었다.

"파학하고 각문을 내린 지가 일 년은 되고 있어요. 젊은이가 찾는 스승은 저세상 사람이오. 돌아가 주시오."

그 말을 들은 학소는 자리에 무릎을 꿇으며 비통에 찬 음성이 나왔다.

"왕모님! 스승님이 돌아가셨다는 말씀입니까?"

방립을 벗었고 그의 얼굴을 본 노파는 그제야 마당으로 내려섰다.

"자네도 알다시피 스승은 병고에 시달렸지 않았느냐? 너희 의가장에 가서 입원 치료를 하겠다고 벼르다가 의가장도 그렇게 되고 나니 그 후에 달포쯤 살다가 돌아가셨다."

스승님과 의가장이 이어 나오는 말에 울컥 쏟아지는 눈물을 참았다.

"그럼, 동문들은 어떻게 되셨습니까?"

"열도 안되는 제자들이었지만 초급생들이어서 모두들 고향으로 돌아갔다. 그보다 너의 시신이 풍남유곡에 버려져 있다고 들었는데 얼굴을 보게 되어 반갑구나."

"가면을 하고 세상을 두 번 살고 있사온데 부모님 소식도 모르는 불효의 처지가 되었습니다."

울먹인 표정을 감추는 학소에게 다가선 노파는 그의 어깨를 흔들어 세우며 위로하였다.

"마음을 굳게 먹고 있으면 만날 수 있을 것이다. 나는 학소가 죽어 황산에 버려졌다는데 그렇게 믿고 있었다. 그런데 원령포 황금 수의를 보고 많이 놀랐다."

"예? 이 옷이 수의(壽衣)라면 죽은 사람이 저승 갈 때 입히는 옷이란 말입니까?"

"그렇다네. 등배의 하얀 공작으로 보아 왕후장상(王侯將相)에게 입히는 값비싼 옷이다. 그러고 보니 송장이 그득하다는 유곡에서 옷을 주워 입고 살아나왔구나."

그제야 비로소 베틀의 여인도 귀신이라고 놀랐던 일들이며 옷을 아는 이들은 자신을 보면 재수 없다는 듯이 피했던 이유를 알 수 있었다.

"소아는 몸체가 있어서 스승의 옷은 입을 수 없고 복제점에 가서 옷감을 사다가 한 벌 지어줄 테니 그리 알거라."

"저는 한가한 몸이 못되어 집에 들어갈 수도 없습니다. 여기로 오면서 운림상사에 들러 문안을 드리고 싶었습니다만 처지가 그러지 못하여 문 앞에서 향사삼배(向舍三拜)로 대례를 올렸습니다."

"그러면 되었다. 이 왕모도 오늘의 일은 없었던 것으로 할 테다. 안심하거라. 그리고 학소에게 주고 싶은 것이 있다."

노파는 그를 일어서게 하고 안방으로 같이 들어갔다. 지금 운림각원(雲林閣院)은 운림상사가 서원(書院)으로 통일되면서 스승은 분리되어 나온 무예의 학습원이었다. 무를 천시하는 서원(書院)이 전국적으로 바람을 일으키자 할 수 없이 문무가 분리되면서 난조(鸞鳥) 공손진일(公孫進一) 스승은 난정회(蘭亭會)를 떠나고 여기 무예에 적을 두었다. 스승은 유학자이면서 병학(兵學)을 하는 은둔인이었다. 공자의 대학(大學), 중용(中庸), 논어, 맹자의 사서삼경과 경전에 십삼경(十三經)을 논하며 학소와 많은 의견 충돌을 했었다. 그러면서 학소는 성인에 오른 큰스승님(大成至聖先師)으로 부르기도 하였다. 하루는 스승님께 인의(仁義)를 중시하는 스승님이 왜 검학에 열중하는지 묻자 '사람들이 죽음을 두려워하지 않으면 어떻게 죽음으로 그들을 위협할 수 있겠는가(民不 何以死之). 그 때문에 나는 검학을 몸에 갖춤으로써 잘못되는 자에게 죽음으로 훈계도 할 수 있는 것이다'라고 말한 적이 있다. 그것은 인의도 힘의 바탕 위에 서야 한다는 것으로 공자의 말이기도 하다. 서예가이기도 하였던 그는 난정집(蘭亭集) 시문을 모두 검법으로 암벽에 쓰셨으니, 문필을 검필로 다룰 수 있다고 하였다.

또 비파와 완함(阮咸)을 잘 타던 스승은 음률처럼 금(琴) 소리처럼 검행을 하라는 금검법(琴劍法)의 창시자이기도 하다.

안방 문이 열리며 왕모님이 들고 나온 것은 두 권의 책이었다.

"영감이 틈틈이 익히며 적어놓았는데 필요하면 갖고 가거라."

다재다능했던 별호와 같이 그의 앞에는 난조검학(蘭鳥劍學)과 이에 부속된 금창검결(琴昌劍決) 두 권의 책이었다. 난조는 오래전에 스승님 친구분들이 붙여준 별호였다. 전설의 새로 오색찬란하고 다섯 가지 울음과 노래를 한다는 오체오음(五體五音)의 새였다. 학소는 책명을 한참 보다가 사양했다.

"왕모님의 뜻을 받들어 받고 싶습니다만 소생은 책을 들고 다닐 형편이 못 됩니다."

"이 무서의 주인을 못 찾겠다. 학소가 어떻게든 맡아주면 좋겠네."

그는 벽면에 걸려 있는 각종 붓이며 비파와 완함을 바라보며 난처한 입장을 보이다가 조용한 음성으로 대답했다.

"스승님의 뜻으로 알고 연무원에서 익혀보는 것으로 받아들이겠습니다. 차후에 인연이 있는 분이 닿으면 그분에게 전해주십시오."

"제자가 그리라도 해주니 섭섭지는 않구나."

노파는 웃어 보이며 무고 쪽을 가리켰다. 그는 무고 쪽으로 걸어가서 예리하게 보이는 검 한 자루를 골라 연무원으로 내려갔다. 상사(上

숨)였던 서원(書院)에서 강학을 마치고 여기로 찾아와 수련했던 장소로 정이 배인 곳이기도 했다. 사람이 없는 집 마당에는 풀만이 무성하다는데 주위에는 잡초가 무성했으며 수목들은 여전히 그를 반기는 것 같았다.

의가장 석합당에서 다음은 이곳 연무원에서 무서 팔권을 습득하며 공손 스승님과 목검 승부를 수백 번 가졌었다. 그 외로 그가 소지했던 현현찰수검각(玄玄刹手劍角)과 극지창법 등 이각원에서 많은 수련을 쌓았다.

지금 학소 앞에 놓인 난조검학을 한 장 걷어내자, 알 수 없는 초서체가 마구 휘젓듯이 붓필로 지면을 그어놓았다. 그는 양쪽 지면을 보면서 그와 같이 허공을 휘갈겨 나갔다. 처음에는 맹목적으로 따라가던 것이 수십 번을 하다 보니 태극검학에 시문이 나타났다.

삼환투월선인지로(三環套月仙人栺路)

세 겹의 달무리에 신선이 길을 인도하도다.

백호교미어도용문(白虎攪尾魚跳龍門)

백호가 꼬리를 휘저으니 물고기가 관문을 통과하다.

몇 장을 걷어가면서 검행을 운행하던 그는 한 단계 발전한 태극검 결과 난조검학이 나란히 쌍벽을 이루는 초식임을 알았다.

서성(書聖) 왕희지 선생이 사십여 명의 명사들과 함께 흐르는 유상곡수(流觴曲水)에서 술잔을 띄워 앞에 오면 한 문장씩 시를 읊어 그것을 기록했던 서성의 초서체 붓필의 획은 난조 스승님은 검 끝으로 쓰여 서화검행(書畵劍行)으로 초식을 만들어 놓았다. 어떤 때는 힘차게 또 빠르고 가늘게 끊길 듯 말 듯 계속 허공에 문장을 써보았다. 동료들로부터 서화박사(書畵博士)의 호칭을 얻었던 그는 붓필의 강약을 알고 쉽게 이해할 수 있어서 몸을 비틀기도 하고 공중으로 신법을 쓰면서 돌기도 했다. 검결에 심취한 그는 밤새는 줄도 몰랐고, 그 검결을 다 돌파했을 때는 다음날 해는 중천에 떠 있었다. 무아지경에서 습득한 검결의 시문은 그의 머리에 모두 저장되었다. 연무원에 파란 잔디 바닥은 그의 발자취로 검게 드러났다.

다음으로 금창검결을 들었을 때였다. 각원에서 비파 소리 같은 은은한 완함 소리가 들렸다. 그는 연이어 그 곡조처럼 검 끝을 보며 가늘고 길게 또 힘차게 곡의 흐름에 따라 검결을 주시하며 그려보았다. 어떠한 곡조도 어떠한 악기도 그 곡조에 따라가면 모든 이가 좋아하는 음률이 있어서 그것이 기법이고 기예라고 하였다. 어머니의 매화 검법에 쌍칼을 잡고 바람처럼 도는 검무호선무(胡旋舞)를 연상케 했다. 기예의 검결에는 흐름이 있다. 피곤하지 않고 그 진리를 알면 공력이 깃든다고 하였다.

그렇게 검결에 심취하였다가 정신을 가다듬었을 때는 삼 일째 되는 저녁 무렵이었다. 왕모님 앞에 달려온 학소는 무서를 바치며 예를 올렸다.

"호선무를 추며 하늘을 나는 듯했습니다. 어찌 말씀드려야 될지 모르겠습니다. 모두 스승님이 심혈을 기울인 무서를 읽고 감복하였사오며 천하에 다시없는 기연을 얻게 되어 영광입니다."

"어려워할 것은 없지 않으냐. 제자에게 전수하는 것이 스승의 영광이며 바람이다. 뜻을 저버리지 않으면 되느니라."

소홍의 넓은 광장 한쪽에 유자정(儒子亭)이 있었다. 정자 밑으로 노점상이 있었는데, 학소는 소면 한 사발을 비우고 대로에 지나가는 사람들을 하나하나 살펴보고 있었다. 나흘 동안 맑게 개었던 하늘에 뭉게구름이 흘러가며 을씨년스러운 날씨에 모두 하늘을 바라보며 지나가고 있었다. 그의 앞으로 바쁘게 뭉쳐지나 가는 이들은 어느 대갓집 역부인데 고생하는 놈들이었다. 서쪽으로 지나가는 남녀 오인은 한가한 걸음으로 보아 편안한 놈들이고 인력거를 끌고 가는 이들은 일하는 놈이고 가마를 타고 가는 이는 있는 놈이다. 있는 놈, 없는 놈, 편안한 놈, 고생하는 놈 모두 대로를 지나가고 있었다. 일 년 반이나 지옥과 천당을 오간 편이라 사람들을 여러 측면에서 관찰하는 버릇이 생겼다.

그는 이 년 전 여기 유자정에서 전교사(典教師) 스승님으로부터 교외강학을 받은 바 있었다. 다섯 명의 교우가 있었는데 이 자리에 앉고 보니 그때의 생각이 떠올랐다. 안빈낙도(安貧樂道)의 길을 스스로 택한 스승은 시가에 나왔다가 장사치들을 보면서 우리에게 가르쳐 준 것이 있었다. 장사치들은 헐값에 사서 비싸게 파는 것은 칼을 안 들었을 뿐이지 도적과 같다고 했다. 그 말씀에 한 동지가 그들도 그렇게 하여 돈을 벌고 생활하고 있으므로 상행위라고 반문했다. 그러자 스승은 땅을 일구면 얼마든지 생활할 수 있는데 왜 잔머리를 굴리는 천인(賤人)이 되는지 모르겠다고 했다. 일하는 농사꾼은 양인(良人)이며 알면서도 스스로 남을 속이는 것은 도적과 같으며 천인이라고 했다.

사농공상(士農工商)의 신분에서 제일 밑바닥이다. 고명한 이 사상은 중국과 조선 땅에 천 년 동안 뿌리박혀 농경사회에서 더 나아갈 수 없게 만들어 놓았다. 통탄할 일이라고 말하겠지만, 어찌 보면 인류 사회에서 지구를 오염으로 또 자연을 망쳐버리는 산업사회를 지탄하며 영원히 농경사회가 더 평화를 부를 수 있을는지도 모른다. 늦게 출발한 우리가 좀 산다고 중장비를 들고 저개발국가에 들어가 개발이니 발전이니 하며 땅을 파헤치는 행위는 타당한지 한번 뒤돌아볼 필요가 있다. 우리보다 나은 선진국은 자연에 준하여 가만히 바라볼 뿐이다.

소흥은 수리답이 발달하여 쌀의 주산지답게 미곡상회가 번성하였다. 햇빛이 따스한 가운데 미곡상 앞에 걸인처럼 보이는 관두의의 사내가 가시나무 몽둥이를 짚고 앉아 있었다. 그는 옆에 있는 쌀자루에 손을 얹어 생쌀을 집고는 연신 입으로 올려 식사하고 있었다.

미곡상에 드나드는 손님들은 들어가기가 무서워 먼 쪽에서 기웃거리고 있었다. 그도 그럴 것이 걸인이 입구에 앉아 누구를 팰듯한 몽둥이를 짚고 있었고 그 몽둥이에는 황사 한 마리가 징그럽게 감겨있었는데 넓적한 뱀 머리는 사방을 내다보니 섣불리 들어갈 수가 없었다. 아침 햇살이 따스하여 햇빛이 그리운 황뱀이 밖으로 나온 모양이었다.

황사와 사내를 번갈아 보던 주인이 죽어가는 목소리로 말했다.

"손님들이 들어오기가 무서워하니 문 쪽에서 떨어져 앉아주셨으면 합니다."

연신 하얀 쌀을 씹던 팽만유가 비로소 입을 열었다.

"주인 양반! 이 쌀들은 지난 추수 때 탈곡했다는 햅쌀이라고 했는데, 삼 년 묵은 쌀알들이 과반은 넘은 셈이오."

"갖다 놓은 미곡을 우리는 햅쌀로 믿고 팔기만 하는데 그게 확실합니까?"

"물론이오. 내 입에 한 번에 오십 개의 미곡 알을 집어넣으면 삼십 개는 삼 년 묵은 쌀알들이오. 내 입은 속일 수가 없소."

상점 주인은 이 거지 양반이 좋은 정보를 제공해 주어 고맙기는 했지만, 그 값으로 무슨 떼거지를 부릴지 몰랐다. 생각하던 주인은 마침 잘 되었다고 싶어 치송하기에 딱 좋은 구실이 생겼다.

"집에서 의심나는 것을 말씀해 주어 고맙소. 그 값으로 동문 십 전을 드리고 싶소. 이만 떠나주셨으면 합니다."

팽만유가 여유만만한 자세로 눈을 껌뻑거리자, 간봉에 감겨있던 황사가 소매 속으로 사라졌다. 몸통으로 기어들어 가는 뱀 몸통은 징그럽기 짝이 없다.

"내가 돈을 안 받으면 거지가 될 텐데 동문 다섯 닢만 주시오."

그때 그 상회 앞에 나타나는 원령포의 사내가 있었다.

"꿩 먹고 알 먹고 구더기도 생식하다 보니 입이 보통이 아니었구나."

팽만유는 학소를 바라보자, 쌀을 씹던 하얀 입이 헤벌어졌다.

"나선풍을 기다리다가 이 모양일세. 호시(互市)에는 구사시랑 어느 것도 없었소."

그는 한번 웃어 보이고 고개를 들어 고갯마루를 가리켰다.

"저 고개를 돌면 축장(畜場)이 있소. 따라와 보면 알 것이오."

둘은 미곡상을 떠나 축시로 향했다. 미곡상 주위에 모여 있던 사람들은 허우대가 그럴싸한 두 젊은이에게 의문의 눈길을 보내며 웅성거렸다. 마치 무덤에서 관저 뚜껑을 열고 나온 방립의 사내와 천축의 독한 뱀을 몸속에 지닌 가시 몽둥이의 사내는 주위의 눈총을 받으며 걸어 나갔다.

축시에 들어서자 마분 냄새가 먼저 이들을 맞는듯했다. 팽만유는 식성을 찾아낸 듯이 사람들이 웅성이는 쪽으로 걸어갔다.

"자- 비암이요. 비암. 이 비암으로 말할 것 같으면 원남 치산에서 잡아 온 흑사입니다. 이것이 징그럽다면 이놈을 푹 고아 즙으로 만든 사즙들이 있소. 골라서 복용하십시오."

그놈이 복용(服用)이 무엇인지 사람들은 몸에 좋다면 무엇이든지 복용하려 한다. 젊은 여인이 사람들 틈새로 나오며 판자(販子)로 다가가 빨간 지네를 가리켰다.

"저 지네 서른 마리만 주시오. 우리집 양반이 다리가 무겁다고 하여 닭에 넣어 푹 고아 드시면 양 정강이가 거뜬히 낫는다고 그래서요."

그 행상인은 목에 힘을 주며 냄비 긁는 소리로 말했다.

"이 지네로 말할 것 같으면 화남지방 칠성산(七星山)에서만 잡히는 황지네로 속 쓰린 사람, 어깨 결린 사람, 수족 쑬린 사람들이 이것으로 만들어진 오공환(蜈蚣丸)을 복용하시면 거뜬히 낫습니다!"

그 여인은 비싸다고 말을 하면서 오공환을 사고 있을 때였다.

화성사와 의가장

"나는 생(生)으로 된 싱싱한 놈을 좋아하는데 저기 흑뱀 두 마리를 주시오."

사람들은 소리 나는 쪽으로 눈을 돌렸는데 무덤에서 나온 듯한 방갓의 젊은이와 불장 같은 묵직한 몽둥이를 들고 들어서는 두 사람이 있었다. 행상인은 그럴듯하게 나타나는 이들이 그럴 것이다 생각을 굴리며 신이 나 보였다.

"자- 한 마리에 동문 다섯 냥이오. 두 마리면 십 냥이고……. 으윽! 저것은 천축의 황사?"

팽만유의 목 밑에서 팔뚝 만하고 넓적한 황사가 고개를 치켜세우며 나오고 있었다. 행상인이 흑뱀을 들고 어쩔 줄 몰라 서성이는데, 팽만유는 낚아채듯이 두 마리를 손에 넣었다. 그리고 꿈틀대는 흑뱀 한 마리를 황사에게 물리자, 황사는 자기 몸길이와 같아 보이는 흑뱀을 먹기 시작했는데 먹는다기보다 빨아들인다고 볼 수 있었다. 개구리나 쥐 등을 빨아먹던 흑뱀은 지금은 황사의 창자로 빨려가며 녹아가고 있었으니 약육강식의 세상에서는 어쩌지 못했다.

"저 봐! 저 황사가……. 뱀이 뱀을 먹지 않는감?"

"그래, 맞어. 새끼 독사가 어미 독사를 잡아먹는다는데 저것도 살모사가 아닌가요?"

사람들이 수군대는 소리에 팽만유는 호승심이 생겨 웃음까지 지어 보였다. 그러면서 나머지 한 마리는 만춘반점에서처럼 가죽을 벗겨내고 갖고 다니던 왕소금에 찍어 잘근잘근 먹기 시작했다.

"으윽! 뱀이 뱀을 먹고 사람이 생뱀을 먹고……."

비암으로 말하던 장사꾼도 지금은 뱀으로 말하며 정신을 차렸다.

여기 소흥의 번화가에서 서쪽으로 뻗어나간 관도가 있었는데 길 주위에는 물길이 좋아 넓은 대지는 온통 논밭이었다.

추수가 끝난 벌판은 철새들이 날아들고 있어서 삭막한 풍경은 지울 수 있었다. 오뉴월에 이 길을 걷는다면 나락향이 주위를 온통 풍요롭게 만들 텐데, 지금은 그 풍요가 사람들의 집 안으로 들어갔을 것이라고 느끼게 했다. 드문드문 지나가는 나그네와 이웃 주민들이 드나드는 이 대로에 사람들을 놀라게 하는 이가 있었다. 허름한 백의를 입은 객인이 관도를 따라 걸어오고 있었는데 사람들은 그 객인을 피하느라 야단법석이었다.

"저것 봐! 저게 사람 머리통이 아니냐?"

"우엑 컥컥!"

들판에 시원한 바람을 맞으며 걸어가던 행인들은 그의 뒤에 딸려 있는 것을 보며 토해내기까지 했다. 그 객인은 무림인이었는데 흰 천에 헐렁한 옷은 군데군데 붉은 핏물이 말라붙어 있어서 빨아본 지가 한 번도 없는 듯 백의라고 말하기가 어려울 정도였다. 몸은 칠척장신에 왕방울 같은 눈망울을 굴리며 불쑥 튀어나온 광대뼈에 사방을 두리번거리는 것이 흉맹스럽기 짝이 없었다.

거기다가 사람들이 토해내기까지 한 것은 그의 허리에 묶여 있는 새끼줄 때문이었다. 두발 가량의 새끼줄에 매달려 달그락거리며 끌려가는 두 개의 사람 머리통은 상투에 묶인 모양새가 처참하기 그지없었다. 죽어 이틀쯤 되어 보이는 수급인데 거기에는 파란색의 쉬파리들이 콧구멍과 입속을 제집 드나들듯 했고, 뜬 눈에는 하얀 구더기가 일고 있었다. 멋모르고 옆으로 스쳐 지나치는데 갑자기 굴러가는 수급과 이상한 냄새까지 풍겼으니, 보통의 여인네들은 어찌 놀라지 않겠는가.

스쳐 지나는 젊은이가 수급을 가리켰다.

"응? 저 수급은 희천화(希天花)와 희천엽(希千葉) 형제 같은데?"

"그렇다면 영파(寧婆) 수산에서 귀오마도(鬼烏魔刀) 곡변(曲便)과 생사결판을 낸다고 했는데 당했군. 쯧쯧쯧……."

그 객인 귀오마도 곡변의 등짝에는 청죽으로 얼기설기 짜 만든 바구니 칼집이 붙어있었는데, 그 속에는 대두환도(大頭環刀)가 들어 있었다. 이 환도로 온 세상을 다 취한 듯이 비틀비틀 걸으면서 흥얼대기까지 했다.

"저기 저 나무에 곡까마귀가 우니, 눈알을 뽑아먹을까? 간땡이를 내어 먹을까?"

그 모습을 바라보던 몇 젊은이가 한마디씩 했다.

"흥! 그럴듯하게 노래까지 흥얼대는 데는 천하장사같이 우쭐대는구먼."

"들을세라, 조용히 말하게. 희천파(希天派) 파락호 수장을 제거했다고 하여 우리 지역 호장으로 군림하려고 할 테지?"

곡변의 곁을 지나간 다섯 명의 젊은이는 모두 도검을 차고 있었는데 무림 삼류 초보생들이었다. 이들은 앞으로 어느 관료 집이나 대갓집 호위무사나 아니면 송나라 모병에 임관하려는 이들이었다.

"잘 되었지. 희천파 무리들이 시장에서 수금을 너무 하는 탓에 말이 많았어."

다른 젊은이가 뚱뚱한 자에게 물었다.

"자네도 희천파와 관련이 있다고 들었는데 저 귀오마도에게 복수를 하시지."

그는 펄쩍 뛰었다.

"음. 천만에! 할 짓이 없어 그런 뒷골목 조무래기가 돼란 말인가?"

"조무래기라니. 자네도 기연을 얻어 일류 고수가 되어 귀오마도처럼 세상을 풍미해 보라는 뜻이야."

앞서 걷던 젊은이가 의분에 넘치는 소리를 했다.

"나는 저 이방인이 거들먹거리며 옆으로 지나가는 데는 검을 찬 소흥의 젊은이로서 어찌 흥분되었는지 알아? 소심하여 어찌지 못한 나는 집에 돌아가면 검을 녹여 호미로 만들어 농사꾼이 되고 싶은 심정이 굴뚝같네."

처음 말했던 이가 호탕하게 웃었다.

"하하…… 자네는 강호인이 못되겠어. 생각을 해봐. 수급인 희천파 형제도 우리 눈에 거슬렸던 자가 아닌가. 지금 저자도 언젠가는 저와 같은 꼴이 될 테니 자기 머리통이라고 언제나 붙어 있겠어?"

농부가 되겠다던 젊은이가 고개를 흔들었다.

"나는 죽는 것이 조금도 두렵지 않네. 다만 굴러가는 저 수급처럼 비참한 시신이 되어 여러 사람 앞에서 구경거리는 되고 싶지 않네. 그래서 귀오마도 곡변(曲便)이란 자가 이름 그대로 추잡스럽다는 뜻이야."

"아무나 그러겠어? 저자도 소홍에서 대장 노릇을 하는 자를 때려잡았다고 자랑도 할 겸 수하들을 끌어모을 심산일지도 몰라."

귀오마도가 시진으로 들어서는 첫 입구가 우마 와시였다. 마치 살생의 연륜을 자랑하듯이 몇십 명의 핏물로 옷에는 갖가지 붉은 혈흔이 말라붙어 있었다. 영파의 무림계에서 소문이 나 있던 귀오마도가 인가에 들어와 무소불위의 허세는 보이지 않을 텐데 예상 밖의 일이었다. 사람들은 그 도한의 위세보다는 관도에서처럼 그의 허리에 매여 있는 새끼줄에 이목이 쏠렸다. 데굴데굴 끌려가는 두 개의 머리통에 와시의 사람들은 놀라 피하다가 마침내 수급을 알아볼 수 있었다.

"저 수급은 희천화 형제로구나!"

"저놈 저 꼴로 잘 되었지만, 너무 비참해."

귀오마도 곡변은 주위의 수군대는 소리에 어깨를 흔들거리며 곡까마귀 소리를 흥얼지게 불렀다.

"저 봐. 벌써 희천파 수하 두 명이 귀오마도를 따르고 있구나."

이 상인의 말대로 회색 상의에 희(希) 자가 수놓아진 옷을 입은 두 젊은이가 새로운 주인을 맞듯이 뒤따르고 있었다.

"저놈의 행동거지를 보아서는 흉맹스럽게 생겨 독하게 굴 듯싶네."

"아니야. 희천화 형제는 우리를 교묘히 이용했지만 우락부락하게 생긴 자는 싸움만 알지 정은 있는 사람들이야."

삼삼오오 모여 여기저기서 수군거리며 새로 등장하는 귀오마도에 대한 인물 평가들을 하고 있었다.

학소는 등장하는 인물에 별로 관심이 없어 보였지만, 팽만유는 뭔가 한 건 하고 싶은 충동을 느끼고 있었다. 강호에 별의별 만용을 다 부리며 주위의 눈길을 끄는 족속들이 많은데 크게 명성을 얻은 한두 명의 고인 이외는 별 볼 일 없는 이들이 많았다. 그자는 육간으로 어기적어기적 걸어가서는 탁자에 걸터앉으며 큰소리쳤다.

"어이, 주인! 여기 쇠고기 등심으로 썰어 내어주게나."

옆에 시립하듯이 서 있던 두 젊은이는 삼 인분이라는 말에 자신들을 받아주는 것으로 생각하여 꾸벅꾸벅 예를 다하며 그들도 어깨를 으쓱거렸다.

두 수급은 문가에 정지한 상태라 쉬파리들과 집파리들까지 새까맣게 달라붙었다. 파리들은 사람에게는 범접을 못 하고 죽은 동물에게만 달라붙는 줄 알았는데 보아하니 그게 아니었다. 황상의 임금도 죽고 나면 이들에게는 먹잇감으로 보이지 그 이상도 이하도 아니라고 느끼게 했다.

두 수하는 그의 곁에 있으면서 자기 대장이었던 수급을 한 번도 내려다보지 않았다. 오히려 밟지 않은 것이 다행인 듯했다. 엊그제까지 날뛰며 호령하던 이 수급을 보는 감정은 산 자와 죽은 자의 차이는 천양지간임을 알 수 있었다. 그 곁에 수하들은 인면수심이라 이들이 더 지독한 존재로 생각된다. 이것은 일반 사람들이 보는 관점이고 학소나 팽만유는 강호인으로서 그 점은 염두에 없었다. 이들도 살아남으려면 강한 두목을 모셔야 밀려 나간 패거리들한테서 쫓겨나지 않는다. 미련 없이 강자에게 갈아타는 이들이 더 무서운 법이다.

팽만유는 뱀 한 마리를 다 먹고는 왕소금을 네 손가락에 찍어 혀에 문지르듯이 발라 넘기고는 자리에서 일어섰다. 저자가 나타나면서 학소는 팽만유의 심장 소리를 들을 수 있었으니, 그의 태도를 짐작하고도 남았다. 그것은 팽만유와 귀오마도가 닮은 점이 많다는 것으로 군중이 많으면 무엇인가 우쭐대고 싶어 하는 것이다. 그런 두 사람의 만남은 절친한 친구가 되든지 그렇지 못하면 적이 되어 둘 중 하나는 살아남지 못할 것으로 짐작이 되었다. 모든 동물이 그렇듯 수놈끼리 만남은 우열을 가려 형과 아우를 정하듯이 둘은 동물에 제일 가까운 부류들이었다.

"자네는 저자와 시비하려는 것인가?"

팽만유는 뒤돌아보며 미소까지 지어 보였다.

"우리가 가만히 있으면 필시 저자가 시비를 걸어올 것이야. 그리고 내 앞에서 시건방을 떠는 태도에 참을 수가 없어."

그의 의도를 알 수 있었다. 젊은 수놈이 먼저 도전하는 것이라 도전은 무서운 것이다. 병법에도 준비된 상태에서 선제공격은 몇천의 대군을 얻는 것과 같다고 했다.

건너편 우시장에서는 각처에서 모여든 황소들이 머리 뿔로 땅을 파고 또는 앞발로 흙을 긁어내며 이웃 친구들에게 위협을 가하고 있었다. 그것도 일종의 선제공격 자세이며 모두 나에게 머리를 조아리라는 뜻이다. 그것은 어느 무리든 간에 형제의 우열을 힘으로 가려 평정을 되찾으라는 자연의 뜻이다. 따라서 지독한 소싸움은 한쪽이 패하면 몇 대의 뿔을 맞으며 도망치고 아우가 되면 그만인데, 사람의 검투는 한쪽이 죽어야 승부가 나는 그런 싸움이다. 사람에게는 잔혹한 무기가 있고 자존심이 있었다.

팽만유는 몽둥이를 끌면서 육간으로 갔다. 간봉(杆棒)인 그것을 들고 가든지 짚고 갈 수도 있는데 공격적일 때는 흉측하게 끌면서 걸어간다. 뒤따라 걸어가는 자는 유별나게도 죽은 자의 공작 수의를 입고 있었다. 모두 괴팍하고 흉악무도한 자들로 보였는데 이들의 싸움판을 낸다면 이웃 소싸움과는 비교도 안 될 것이라고 눈치들을 보냈다. 이 구석 저 구석에서 수군대던 호시 사람들은 몽둥이로 흉측한 귀오마도를 어찌하려는지 관심이 많았다.

"저 사람 보게. 저 몽둥이로 대마두인 귀오마도를 패 닦을 참인가?"

"아니지, 수하가 되겠다고 자청해서 가는 것이겠지."

팽만유가 육간에 다가서자, 수하로 자청하던 회천파 두 장한이 막아섰다. 팽만유는 그들은 거들떠보지도 않고 곡변 쪽으로 눈길을 던지며 말했다.

"자네들은 물러나 있게!"

곡변은 겁 없이 다가서는 거지꼴의 관두의를 험상궂게 바라보았다.

"자네도 회천파의 일원인가?"

팽만유가 말이 없자 옆에 있던 젊은 장한이 말했다.

"아닙니다. 처음 보는 이방인들입니다."

곡변은 그의 몽둥이를 보면서 간봉검이라는 것을 알고 있었고 이방인이라면 보통의 무림인이 아니라고 짐작하였다.

"귀공들은 이 지방 사람들이 아니라고 하는데 물러나 있으시오."

팽만유는 귀공이라는 말에 만족해하며 두 수하에게 눈길을 돌렸다.

"주인이 저 모양인데 수급을 물어주어야지. 호시 사람들이 자네들을 짐승 보듯 하지 않는가!"

두 장한은 같은 또래의 나그네가 건방 떠는 위풍에 보통의 무림인이 아니라고 짐작되어 안절부절못했다. 팽만유의 한 마디는 곡변에게 훈계가 되고 있어서 비위가 거슬렸다. 그래서 이 자의 무공 수위를 가늠하고자 한마디 던졌다.

"아우들 무얼 하는가. 놈의 머리통을 자르고 뼈를 발라버리게!"

귀공이라고 예우를 하던 곡변이 단번에 자신들을 받아주는 명령에 둘은 하단과 상단으로 치고 들었다. 고수인 것을 감안한 이들은 단번에 살초를 뿌렸다.

"이이얏!"

팽만유는 예상했던 대로 비켜 막으며 큰소리를 내질렀다.

"주인이 죽었으면 명복(冥福)도 한번 드리지 못하는 짐승 같은 졸개들! 머리통이나 치워!"

일차 공격에 실패한 이들은 합각모수(合角毛手)로 몸을 밀착시켜 맹렬히 쳐왔다.

"감히!"

이 사회에서 제일 병들게 하는 것이 인면수심의 졸개들이라고 생각이 들었다. 주인도 모르는 졸개들이라 힘차게 간봉을 휘두른 것이 한 놈은 다리, 한 놈은 팔이 잘리다시피 하니 가죽만 붙어 덜렁거렸다. 보무도 당당히 들어왔던 귀오마도 곡변은 얼굴이 붉으락푸르락했다. 그는 물었던 고기를 뱉어내고는 끙끙대는 두 수하를 깔아보다가 팽만유에게 고개를 돌렸다. 눈을 찡그리고 무서운 인상을 쓰며 노려보았다.

앞선 자는 거지 형상에 뒷손을 하고, 늠름히 선자는 원령포에 방립의 청년이었다. 검도 방출하지 않고 단수에 두 수하를 처단하는 술수에 풀이 죽어 난제에 부딪혔다.

"자네들이 나에게 볼 일이 있다면 무엇이오?"

당당히 호시로 들어섰단 사십 줄의 귀오마도는 예상외로 고수의 강호인을 만나 꼬리를 내리는 형국이 되고 말았다. 수하가 되겠다고 자청했던 젊은이들이 나가떨어졌는데도 큰소리 한번 못 치는 것을 보면 강자에 약하고 약자에 강한 그런 부류의 인물이었던 것이다. 이래서 목숨을 담보로 내던지는 도전자가 무서운 것인지도 모른다.

팽만유는 당당하던 그가 한 단계 내려서는 말씀에 호승심이 충천하여 언성을 높였다.

"저기 곡 까마귀 소리를 들어보면 곡 선배님 같으신데 그 수급은 무엇 때문에 끌고 다니면서 사람들을 놀라게 하는 것이오?"

이 말은 젊은 놈이 훈계하는 태도여서 상대방을 완전히 무시하는 꼴이 되고 말았다.

"이놈들은 자네들도 알다시피 모든 사람으로부터 미움을 샀던 자들이 아닌가. 허니 본거지에 되돌려 주려는 것이네. 그대들과는 무관하니 볼일이나 보슈."

한쪽이 꼬리를 내리는 바람에 숨을 죽이고 있던 호시 사람들은 웅성이기 시작했다. 관두의의 젊은이도 수급이 동강 나 새끼줄에 꿰어갈 것을 예상했는데 이것은 예상 밖이었다.

"어흠!"

귀오마도는 큰기침하고는 행색에 어울리지 않게 명분을 세운답시고 어른티를 내면서 사방을 두리번거렸다. 아마도 빠져나갈 구멍을 찾고 있는 것이 분명했다.

팽만유도 호기부리기를 좋아하는지라 그를 완전히 제압하려 했다. 이런 충천하는 기분을 맛보고자 강호를 유람하는지도 모른다.

"다음부터는 이딴 짓 하지 마시오. 나잇살이나 들어 보이는 이가……."

갈피를 못 찾던 곡변도 나잇살이나 먹었다는 말에 물러설 수 없는 형편이 되고 말았다. 거지 놈이 점점 기고만장한 태도에 격분을 일으키며 그도 머리가 획 변하며 이번에는 그가 도전자가 되었다.

"젊은 놈들이라서 나잇값으로 봐주려고 참았는데 할 수 없지."

등에 붙어 있던 청죽 검집으로 손을 올리고는 울긋불긋한 환도를 뽑아 들었다. 날은 세워도 울긋불긋한 핏물들은 한 번도 닦아낸 적이 없어 보였다.

팽만유도 기세가 등등하여 가히 그 엄포에 눌릴 위인이 아니었다.

"선풍 나리. 이 자의 피 묻은 환도를 보소. 사형대에 도한(屠漢) 옥리(獄吏)가 분명한데 죄인들 목이나 칠 것이지 여기까지 무슨 볼일이 있다고……."

선풍 나리라는 말에 곡변은 뒤에 있는 학소를 뚫어져라 바라보았다. 방립을 깊게 눌러써서 그럴싸하게 보였으나 의복으로 보아 무림인 같지는 않았다. 그래서 주위의 시선을 그쪽으로 집중하게 했다.

"자네는 물러나 있게. 뒤에 있는 자네 주인 선풍 나리로부터 한 수 배워보고자 하는데 어떤가?"

뒤에 있는 귀인 차림의 나선풍이 늙은이의 황금 수의를 보고 만만해 보였는지 그 뜻을 알고 팽만유는 웃음까지 흘렸다.

"잠잠히 서 있는 사람 찾지 말고 상대는 나요. 자- 간다!"

간봉검에 검신을 뽑아 들고 비켜 세우고 좌로 돌았다. 곡변도 이 장의 거리를 유지하며 환도를 세워 그의 태도를 주시했다.

강호의 호걸들은 외형적으로 남성의 특성을 나타내고 용감무쌍하면서 강인함을 보여야 한다. 호걸들의 그러한 용맹을 보아온 이들은 남다른 담력과 씩씩한 자태로 우뚝 서고 싶어 하고 인정받는 인물이 되고 싶어지는 것이 바로 사나이들이었다. 여인을 흠모하고 사랑 따위에 젖은 여성화한 나약한 남성들에게는 치마폭을 벗어나지 못하는 그러한 졸부들로 치부해 버린다.

휙! 휙! 까강 깡!

귀오마도답게 상견하공(上見下功)의 위맹한 도법은 교수대에서 사형수를 내려보는 압공(壓功)법으로 쳐오는데 팽만유는 교검(攪劍)으로 휘둘러 방어하며 코웃음을 쳤다.

"흥! 피 묻은 도를 휘둘러 겁줄 사람을 겁주지 나에게도 통할 성싶냐?"

"이놈아! 사독을 묻히고 다니는 것이 자네도 정도는 못 되는 마도의 인물이군."

"그렇게 말하면 그렇다고 할 수 있다. 나에게는 정사가 따로 없네. 정의가 서면 그만이지 않소?"

기회를 노리던 대 환도가 공중에서 수십 번 선회하고는 먹이를 찾아 공격하는 독수리처럼 간봉검을 윽박질렀다.

파다닥! 깡!

주위에 도형이 그려지며 좀처럼 허점이 보이지 않았으니 간봉검이 방어에 몰두하는 수세에 있었다.

'이제 보니 별 고수도 아닌데 사람을 놀라게 했군.'

한숨 놓은 곡변은 주위의 사람들을 둘러보는 여유를 가지며 고소해했다. 수세에 몰린 간봉검을 바라보던 학소는 뒷짐을 풀고 왼손이 다리 쪽으로 내려가고 있었다. 그것은 팽만유가 사지에 몰렸을 때는 도와주어야 한다고 느꼈기 때문이다. 왼쪽 다리에는 한 뼘이 넘는 비도가 꽂혀 있어서 여차하면 곡변의 심장을 비벽해야 한다.

무림에 정도의 법칙이 아무리 엄하다고 하나 목검 승부가 아니기 때문이다. 친구가 죽어 나간 다음에 도전장을 던지는 것은 연무대에서나 무술대회에서 할 일이지 죽어 나간 친구는 누구를 탓할 것인가.

일촉즉발에 한 수를 쓴다는 것은 등 뒤에서 비수를 꽂는 일과 같은 것이다. 강호에서 자주 입에 오르는 문제이기도 했다. 이웃 마장에서 황소 싸움을 붙이던 젊은이들이 모두 모여들었다.

"우와~ 죄수 목을 따던 곡변의 대 환도가 우세야. 저자가 희천과 형제 수급을 끌고 다녔다면서?"

"그러게 말이야. 저자의 눈알을 보던가 혈의를 보면 사람께나 잡아먹었을 것이야."

자신에 찬 곡변은 왕방울 눈꺼풀을 반쯤 내리덮으며 찌그러 말했다.

"이봐! 자네 목줄에 이름표를 붙여야 할 텐데 함자나 말해보게."

"산(山) 사람들은 나를 보면 구사시랑이라고 하던데 곡 선배 수급이 저 새끼줄에 꿰어 까마귀나 나의 황사 밥이 되게 하겠소. 아마도 눈알부터 뽑아 먹을걸."

이놈이 맹랑한 소리를 하는 걸 보면 어데 믿는 구석이 있는듯하여 빨리 요절을 내지 않으면 무슨 일이 생길 것 같았다.

"이놈아! 나의 대 환도에 삼초지적(參招之敵) 밖에 되지 못했는데 네놈의 젊음을 간파하여 아깝게 여겼느니라."

팽만유는 이 자가 큰소리치며 좌방으로 넓적한 도신을 바꾸는 것이 수상쩍었다. 비법이 있어 마지막 일도를 뿌릴 것이 분명했다. 팽만유로서는 연륜으로 보나 흉맹을 떨치며 포청사에 들어가 죄수의 목을 따던 그에게는 버거운 상대이기도 했다.

좌방도형에서 진격형을 취하며 나아가고 간봉검은 우방 검형으로 하방약진법을 취하면서 맞닥뜨렸다. 이어 곡변은 좌우교란(左右跤攔)으로 어지럽게 방어하며 청룡탐도로 치고 들었다.

까강깡!

황망한 도세에 얻어맞은 간봉검이 오 장이나 날아가 떨어졌으므로 귀오마도 곡변의 승리가 확실했다 한물가서 검을 잃고 흐느적거리는 자세에 곡변은 왼손으로 얼굴을 쓸어 넘기고 합죽한 입이 양가로 찢어졌다.

"흐흐흐. 제법 한다만 자네 수급을 취할 수밖에……."

대 환도가 팽만유의 목을 향해 발도할 때였다.

학소는 예도를 뽑아 들며 발도할 찰나였다. 일순 팽만유는 풀을 헤쳐 뱀을 잡듯이 발초심사(撥草審蛇)로 양팔을 휘둘러 방어했다. 곡변의 생각에는 완전히 방어 자세였는데 그것이 패착이었다. 곡변이 일절을 뿌리는 순간 오히려 그가 괴로움을 토했다.

"으악!"

땅바닥에 뒹구는 자는 귀오마도 곡변이었다. 그는 양 눈을 감싸안으며 내려치던 도를 떨구고 얼굴을 뭉개고 있었다. 좌방에 있던 팽만유는 어느새 우방에 서서 미소 짓고 있었다.

"이놈아! 힘깨나 있어 나의 간봉검을 잘도 쳐내었다만, 나의 목까지 내어줄 줄 알았더냐? 그 오만함이 저승행이라는 것을 잊지 말게!"

팽만유는 승자의 쾌재를 맛보며 주위의 눈길에 주목받고 싶었다. 누구의 안목으로도 황사가 밖으로 얼씬거린 적은 없었는데 믿는 구석이 있어 큰소리쳤음에는 틀림이 없었다. 검은 잃었지만, 몸까지 기우뚱대며 양팔을 허우적대는 것은 말이 아니었는데 그것이 눈가림이라고 학소는 미소 짓고 있었다. 황사가 독을 쏘아낸다는데, 찰나지간에 소매 속에서 곡변의 왕방울 같은 눈에 정통으로 쏘았으니 예상 밖의 일이라 당해낼 재간이 없었다.

이얏!

팽만유는 고함을 치며 몸을 날리더니 얼굴을 감싸안고 도망치던 곡변의 목을 떨구었다.

툭!

예리한 간봉검에 일격을 당한 귀오마도 곡변은 팽만유의 기합 소리를 마지막으로 들으면서 그의 목은 둔탁하게 땅에 떨어졌.

참수대에 찾아가며 목치기를 즐겨 했던 귀오마도 곡변은, 이름 모를 죄수의 목을 참수대에 걸고 또는 오늘처럼 그렇게 흉맹을 자랑하던 곡변은 사라졌다. 헝클어진 머리통은 웃음을 머금어 있고 두 눈은 감길 줄 몰랐다. 학소는 정강이에 예도를 집어넣으며 한숨이 절로 나왔다. 죽은 자의 몸통은 아무 의미가 없어 보였고, 팽만유는 눈과 귀와 코가 있는 머리통 쪽으로 걸어갔다. 무슨 말을 해도 머리 쪽이 더 나아 보였다. 주위 사람들은 혹시 저 인간이 그 싯줄처럼 눈알을 뽑아놓을 것은 아닌가 생각했는데 팽만유는 부릅뜬 눈을 보며 시부렁거렸다.

"광태(狂態)를 부리며 기고만장하던 품새가 마치도 하늘을 찌를 듯이 나타나더니 몸통을 떠나 뒹구는 맛이 어떠냐?"

쾌재를 맛보며 그럴싸한 말씀에 장내로 날아드는 두 낭자가 있었는데 가느다란 목소리가 들려왔다.

"호호호. 장하시네요. 주위 사람들이 당신보고 구사시랑 소협이라고 하던데요."

몇 사람들이 두 낭자에게 시선을 옮겼는데, 앞선 낭자가 머리 없는 시체를 손가락을 들어 가리켰다.

"당신은 수급만 끌고 다니면 되겠네요. 저 몸뚱이는 우리에게 팔아 주실 수 있겠지요?"

팽만유는 아리따운 낭자가 머리 없는 시체를 보며 겁도 없이 팔아달라는데 의아해했다.

"팔다니요? 나는 수급을 끌고 다니는 그런 모리배는 아니요. 그대로 치워도 좋은데 머리 없는 시체는 내보기에도 징그러워 제발 그래 주시오."

"하지만 주인 허가를 받아야 한다고 생각해서요."

팽만유는 시체의 주인이라는 말에 찔끔하여 뒤돌아보며 말했다.

"선풍 나리. 어떻게 생각해?"

두 아환이 나타나자 얼른 방갓을 눌러쓰며 뒤돌아 걸어나갔다. 아환들은 나선풍을 지나쳐보고는 시체 쪽으로 다가갔다.

"소협이 목줄을 담보로 하여 얻은 물건인데 불결하군요."

동생 아환이 장화 언니를 끌어당기며 말했다.

"겉모양이 더러워서 안쪽도 불결할 거에요. 우시 쪽으로 가요. 소간이 더 푸짐하고 나을 걸요."

맹랑한 소리를 남기며 아환들은 우시 쪽으로 사라졌다. 하마터면 그의 시체가 간까지 내어 먹힐 뻔하였는데 불결하다고 하여 지나치게 되었다.

헐레벌떡 학소를 쫓아가며 불러 세웠다.

"나선풍! 내가 하는 일이 못마땅해서 도망을 가는가?"

뒤돌아선 학소는 오해의 소지가 있어 말하지 않을 수가 없었다.

"그런 게 아니라네. 금방 나타났던 아환들과 안면이 있어서 피하느라 그랬어."

"당나귀같이 머리 묶어 세운 낭자들이 어느 고관집 여인네들이라도 된다는 말이구나."

"맞어. 고관집은 아닌데 그녀들의 주인은 교주이며 역귀실 조향이라고 하여 모두가 무공이 가늠할 수 없을 만큼 고강하오."

"나는 강호 초출이기는 하나 겁쟁이는 아니오. 자네처럼 피해 다니지는 않겠네."

학소는 진지한 눈을 하고 그를 바라보았다.

"자네에게 충고 한마디 하지. 무공을 익혔다고 강호에 불나방이 되어 함부로 불에 뛰어들지는 말게."

"스승님 말씀은 익히 들어 알고 있네. 오늘 일에 대해서 무슨 뜻인지도 알고 있네만, 여인네까지 피해 다닌다면 장부가 어찌 대로로 활보하며 다닐 수 있겠나. 밤중에 소로로 기어다닐 수밖에."

이 친구는 행색과는 달리 꼬치꼬치 묻는 성품이라 그녀들에 대해서 말하지 않을 수 없었다.

"두 낭자가 우시로 간 이유를 알겠는가?"

"그야 각종 황소들이 모이므로 구경 차 그랬을 것이고."

그는 머리를 긁적이고 나서 말을 이었다.

"그게 아니고 곡변의 시체를 사겠다고 그랬지. 그래서 그자의 간을 내먹고자 했는데 불결해서 우시로 간 것이네. 아마 소간을 사 먹을 것이야. 그녀들은 생간과 생혈을 먹는 그런 낭자들이니까."

"뭐야? 생혈을 빨아먹는 나찰녀(羅刹女)?"

"단중은 못 잡았지만 그렇다고 볼 수 있는데 나는 보름 동안 숙식을 같이하면서 지금에야 생각해 보니 그렇게 느끼고 있어."

"하하하. 나도 날뱀을 좋아하고 생식을 즐기는 사람으로서 친구가 되고 싶은데 소개해 줄 수는 없는가?"

"자네 간땡이도 남아나지 않을걸."

"동료도 잡아먹는 감?"

"허기진 사람 구워놓은 구수한 고기 보고 그냥 지나치겠어?"

"……."

"노정산에서 두 마리 야크가 죽어있었는데 낭자들로부터 혈향이 풍기고 간덩이가 없었던 일 하며, 선상에서 간덩이와 생혈이 모두 말라죽은 자가 있었는데 거기에는 언제나 두 아환이 있었지."

얼굴을 찡그려 말하는 학소를 보며 그는 신이 나서 웃어 보였다.

"사람들은 왜 화식(火食)만 고집하는지 모르겠어. 생식의 맛을 들인다면 그럴 것이야."

"그런가?"

정말 그런가 싶어 웃음이 절로 나왔다. 그의 말처럼 모든 짐승의 먹이 중에 사람만 유독 그렇다는 것은 맞는 말이다. 우시 쪽을 훑어보는 학소를 보며 팽만유는 관심이 많아졌다.

"보아하니 따라가겠다는 뜻인데 나도 끼워주면 안 되나?"

"미안하지만 우리는 이것으로 각자 행로를 달리해야 하겠어. 나는 저들에게 알아볼 일이 많거든. 부탁이야. 그 대신 마방에 있는 백마를 타고 가렴."

곰곰이 생각하던 팽만유의 눈은 나선풍의 신상(身上)이 애처롭게 보였다.

화성사와 의가장 **215**

"아니야. 곡절이 많은 것 같은데 백마도 사양하겠어."
"고향으로 올라가려면 거리가 말이 아닐 텐데."
"여기 졸개들이 나에게 모여들 것인즉 우두머리가 없지 않은가. 열 보름쯤 소흥에서 얻어먹다가 떠나겠어."

다음 날 아침 학소는 갈색 마차와 같이 보조를 맞춰 남쪽으로 따라갈 계획을 준비했다. 훤칠한 황마가 끄는 갈색 마차는 일견하기에도 날렵해 보였다. 폭이 반발은 되어 보이는 크고 둥그런 마차 바퀴가 그렇게 보였다.

귀오마도 곡변이 수급을 끌면서 올라왔던 대로를 그 마차는 내려 달리기 시작했다. 대지의 흙 내음을 들이키던 방갓의 젊은이는 아스라이 멀어져 가는 마차를 주시하더니 훌쩍 백마 위로 몸을 던졌다.

한 필의 황마가 끄는 저 마차 내에 다섯 사람에 대해서 많은 의문점을 두고 있었다. 봉관의 교주와 아환의 두 낭자는 숙식을 같이했던 사람들이고, 붉은 행괴를 껴 입은 이와 흑의를 걸친 건장한 두 사람은 무림인임이 틀림없어 보였다.

노정산에서 왕소담이 교주에게 강남의 일과 의가장에 관하여 묻는 일들은 의미심장해 보였었다. 그리고 교주 일행은 단약의 소지자로 그것도 알고 싶어졌다. 강호에 작은 의가장은 많았으나, 항주 인지의가장의 아버님과 사숙님들은 흑자단에 중독된 금단증상을 바라보며 환생여의단을 만들었다. 수천 리나 떨어진 사천성에서 양절로까지 내려온 점이 무엇인가 일이 있을듯한데 우리 의가장과도 무관하지는 않아 보였다.

교주 일행에게 접근하려면 술풍의 얼굴을 벗어나야 하므로 밤새 고생을 했다. 등에는 도비상괴(都鄙商儈. 작은 궤짝 짐)를 짊어져 필먹 장사로 가장해 놓고 입술 위에는 엷은 콧수염을 붙여놓았으니 십 년은 늙어 보였다.

반나절을 달린 갈색 마차가 양항빈관(良港賓館) 앞에 멈추자, 교주가 예의 궁장 차림으로 사뿐히 내렸다. 뒤이어 건출한 붉은 행괴의 초노가 내려섰는데 마부석에 앉아 있던 흑의의 장한이 황급히 그의 앞에 나서며 빈관으로 안내했다. 두 아환도 교주 곁에 붙어 서며 귀부인처럼 모시고 들어갔다. 양항빈관은 이층으로 된 기다란 집이었는데, 영파에서 숙식은 물론 주류를 겸비한 고급 여관이었다.

이들의 행적을 살펴보기 위해 풀어놓은 마차가 있는 마방으로 갔다. 물들여 닦아놓은 마차는 번쩍이는 빛을 발하고 있었다. 내부에는 특별한 물건은 없어 보였다. 물론 비밀스러운 것이 있다면 그것을 여기에 두지는 않을 것이다.

황마는 왕겨와 잘게 작두질 되어 있는 나락 짚을 물끄러미 바라만 볼 뿐이었다. 화북지방에서 먹었던 콩깻묵과 밀대로 만들어진 먹이가 그리워 지금 앞에 놓인 것에는 관심이 없어 보였다. 드넓은 황토 고원을 달리며 목초지와 넓은 들판에서 살아온 황마는 남쪽으로 남쪽으로 내려올수록 공기는 습하고 언제나 앞에 놓이는 것은 쌀겨에 버무려진 나락 짚이었다. 네 개의 발통은 늘상 질퍽한 흙이 묻어나고 눈과 코에 달라붙는 파리도 극성이었다. 모든 것이 귀찮아 보여 한번 흐르렁 대고는 사육사에게 고개를 돌렸다.

양항빈관 사육사도 고급 요리점이라는 긍지로 손님의 기대에 부응하며 말도 배를 불룩하게 먹어야 한다. 도비상괴를 짊어진 그는 마방 앞에서 풀어놓은 마차에 황마를 유심히 바라보다가 자기 백마를 가리켰다.

"저 백마에게도 사료를 충분히 내어주시면 값을 쳐드리겠습니다."

사육사는 고개를 살래살래 흔들었다.

"북방의 말들은 식성이 까다롭기가 말이 아니라오."

"그럴 것이오. 사람에게는 살기 좋은 곳이 강남이라지만 말들에게는 기름진 들판이 메마른 초원만 못할 것이외다. 먹는 것도 쌀밥보다는 밀

밥을 선호할 것이오. 허니 빵가루를 쳐주는 것이 좋을 듯싶소."

그의 말에 사육사는 얼른 주방으로 걸어가서는 한 됫박의 밀가루를 가져와 버무려 주자 황마는 주둥이에 담고 오물거리기 시작했다.

어둠이 깔려 양항빈관에서는 황사 초롱이 밝혀지고 뭇 사내들이 모이기 시작했다. 대부분 장사를 하는 뱃사람들과 부유한 한량들이었다. 이 층 숙관 반을 삯을 낸 교주 일행은 여독에 시달렸는지 저녁을 마치자 곧 숙실을 찾았다. 교주는 앞에 있는 초노에게 말문을 열었다.

"적제진인께서 나를 천거하여 중원을 떠돌자 하는 그 의도를 알 수 없어요."

불쑥 튀어나온 적제장군의 눈두덩에는 검고 흰 검미가 길게 자라고 있었다. 그 밑에 내려졌던 눈꺼풀을 슬며시 치켜뜨면서 바라보았다.

"조향 부인께선 교주 이전에 궁인 십급이지 않소. 황제 장군도 항주의 일은 잘 처리할 것이라 믿어 동행하라 하시었소. 그때의 상황을 관찰하도록 합시다."

적제(赤弟) 팽두(彭斗)는 교주를 조향(趙香) 부인이라 호칭하며 교주라는 말은 입가에도 올리지 않았다. 빙백 궁인으로서 원천교(元踐敎)의 교주 멍에를 벗게 하려는 뜻이 내포되어 있었다. 조향 부인도 궁명인 장군이나 신장 소리를 빼고 언제나 진인(眞人)으로 호칭하였다. 어찌 보면 더 예우의 말이 되기도 하다.

의가장이 멸할 당시 교주는 혈향이 두렵다 하여 입장하지 않았다. 교주는 여인으로서 그 점은 이해할 수 있으나 결과의 책임에는 묵과할 수 없다. 교주를 바라보던 그는 고개를 끄덕이고 말을 이었다.

"장주가 말하는 곳은 안채라고 하여 모두 잿더미가 되었소. 속 빈 강정이나 매일반이오. 하지만 이 말들은 모든 것을 모면하기 위함이고 목낭세작은 인천검에 당하면서 남겼던 말이 있소. 안채에는 백접도가 없다는 것이오. 장주는 부인의 안위에만 정신이 팔렸고, 아무 미련 없이 안채를 벗어났다는 뜻이기도 하오. 장주도 모두에게 비밀을 묻어두며 집념에 찼던 백접도가 아니오? 있었다면 불 속에라도 뛰어들었을 것이오."

"그래서 두기호 의생을 찾는 것이군요."

"그렇소. 의리로 점철된 의가장 삼제 중 둘째인데 잠적한 이유가 무엇이겠소?"

말을 마친 적제는 교주가 무어라 말할 틈도 없이 등을 돌리고 그의 침방으로 건너갔다.

교주는 영롱한 눈을 치켜뜨며 무엇을 회상하다가 마장에게 눈을 돌렸다.

"염라신도 편재(片才)는 장원 내에서 수상쩍은 사람은 없었다고 그랬지요?"

"장원이라면 인지의가장을 말씀하시는 것입니까?"

교주 조향은 우둔해 보이는 그에게 눈살까지 찌푸렸다.

"그래서 우리가 내려온 것이 아니오?"

태양혈이 불쑥 튀어나온 마장 편재는 남쪽 복건에서 흉맹이 자자했던 신도(神刀)였다. 도 하나를 메고 무수한 인명을 갈취한 자로서 염라신도(閻羅神刀)라는 별호를 얻은 자였다. 그런 그가 이들 앞에서 마장 노릇을 하는 것을 보면 별 볼 일 없는 인물 같았다. 편재는 피식 웃고 나서 그때의 상황을 떠올렸다.

"약고에 불로초가 숨겨져 있다기에 다른 동도들과 다투면서 약초들을 가득 싣고 나왔던 것뿐이오. 적제 신장이 궁주님을 모시고 입장(入場)한다고 하였는데 우리야 더 알게 무엇 있겠습니까?"

"혹시 장주의 사제나 수상쩍은 놈이 장원에 월담하여 드나드는 일이 없었느냐는 말이지요."

"주위의 행랑채가 모두 불바다라서 대라신선이 와도 그 불길은 못 넘을 것입니다.
 교주는 발등을 주무르다 몸을 가누며 진지함을 잃지 않았다.
 "풀초에만 신경을 썼으니 그래서 매선 부인을 놓쳤다는 말씀이지요?"
 "나와 우리 동도가 그녀를 잡으려는데 웬 노인이 나타나서 우리 일에 훼방을 놓았어요. 적제 신장이 우리가 놓친 것을 알고 그대로 놓아드리는 것으로 보고를 마쳤지요. 오히려 그것이 잘 되었다고 칭찬까지 얻었으니까요."
 학소는 양항빈관 일 층에 앉아 차 한잔을 놓고 천천히 음미하고 있었다. 지금 빈관 이 층 한집 울타리 안에서 의가장 멸문에 관한 상황을 말하고 있으나, 학소와의 운명적인 만남은 이루어지지 않았다. 만약 이와 같은 이야기가 그의 귓가에 들렸다면 그는 물불을 가리지 않고 뛰어들었을 것이다. 아니 그보다 더한 불나방의 악귀가 되어 양항빈관에 대진동을 일으켰을 수도 있다. 하늘은 필요할 때 그에게 기회를 줄 것인가, 아니면 영영 기회가 없이 천명에 맡겨질 것인지도 모른다.
 맞은편 방에서 젊은 남녀가 나오면서 연인들의 밀담이 오고 갔다.
 "장안의 낭자인데 영파까지 내려온 목적이 있을 것이 아닙니까?"
 "호호호. 우리는 목적 같은 것은 몰라요. 세상을 떠도는 유랑객이니까요."
 구석 쪽에 자리 잡은 향화는 어느 한량을 낚아챈 것이 분명했다. 남자는 등에 검을 메었고 하얀 백의를 말쑥하게 차려입은 행색이 어느 부잣집 젊은이 같았다. 한가한 방안을 두리번거리던 향화는 그의 귓가에 살짝 속삭였다.
 "우리 언니가 이 모습을 본다면 나는 밖에 나다닐 수 없어요. 오늘밤 해(亥)시에 당신이 말했던 곳으로 나갈 수 있어요. 이만 헤어져야겠어요."
 여인의 짜릿한 말씨에 남자는 입술까지 떨렸다. 젊음의 당당함과 기품으로 보아 여인께나 홀려내는 그런 품새다. 그는 고개를 끄덕이며 재차 다짐했다.

"여기서 왼쪽으로 빈 마장을 가면 용강탑(勇江塔)이 있어요. 그쪽에서 푸른 바다와 절경을 바라보면 경치가 일품이지요."

학소는 이 젊은이의 말을 들으며 피식 웃었다. 무슨 얼어 죽을 경치인지 모르지만 조금 있으면 지고 말 초승달이라 어두운 밤바다는 볼 수 없기 때문이다. 여인의 가슴과 허리를 슬금슬금 살피는 젊은이는 조용한 곳으로 유인하는 데 목적이 있었다. 밤바다가 아니라 그녀의 나신을 그리는 경치인지도 모른다.

"그럼, 해시예요."

향화는 젊은이의 심장 소리를 들으며 둔부를 살래살래 흔들며 이층으로 올라갔다. 향화의 자태를 바라보던 젊은이는 술 한 잔을 맛있게 넘기고 흐뭇한 미소를 지었다. 반면 향화는 젊은 피가 뛰는 그의 심장 소리에 설침이 나올 뻔했다. 학소는 어렵사리 아환의 정체를 살펴볼 기회라서 용강탑을 찾았다. 밤은 깊어갈수록 어둠이 짙어지는데 그때 하얀 의복을 입은 젊은이가 용강탑으로 찾아들고 있었다. 탑신 곁에는 방 한 칸의 낡은 와가(瓦家)가 있었는데 이는 지나가는 길손들이 비를 피하는 곳이기도 했다.

젊은이가 들고 있는 물건을 자세히 보니 돗자리를 들고 걸어가고 있었다. 영생의 동거지정(同居之情)도 아닐 텐데 무슨 돗자리 초석까지 깔면서 혼수방을 장만하려는지 궁금했다. 이어 빠른 신법으로 백의의 젊은이를 따라오는 여인이 있었으니, 향화 아환이었다. 그들이 해괴한 모습일지라도 신방의 꿈을 훔쳐볼 기회로 가까이 움직이려 하다가 자신의 콤플렉스에 빠지고 말았다. 여인을 앞에 두고 연애 한번 이루어보지 못한 자신이었으니 남의 것을 보아서 무엇 하겠는가 하고는 백의의 청년이 부러웠다. 그도 젊은 사나이로서 도덕군자 이전에 졸부가 될지라도 저 젊은이가 부러웠다.

　문간에서 둘은 손을 마주 잡고 몸까지 쓰다듬으며 이들의 만남은 오늘이 초면일 텐데도 그리운 고향에 돌아와 만나는 연분처럼 방 안으로 들어갔다. 백의의 젊은이는 향화와 달콤한 사랑을 나누고 젊은 날의 좋은 추억이 될 것인지 아니면 꽃뱀에게 빨려 먹히는 신세가 되어 제삿날이 될 것인지 궁금한 일이었다. 지금 달려가 그들의 정사를 관찰하려다 쓴 입만 다셨다. 사천 하곡마을에서 수수밭 정사를 보았다면 지금이라도 달려가 젊은이를 구해 주었을 텐데 차마 생사람 간덩이는 빨아먹지 못할 것으로 생각했다.

　예상외로 잠시의 시간이었는데 문짝이 비틀리며 향화의 그림자가 나타났다. 그녀는 사방을 두리번거리고는 옷매무새를 갖추었다. 무슨 일이 있었음에는 틀림없어 보였다. 여인은 날렵하게 신법을 발휘하여 장내를 떠났다.

　다음에는 젊은이가 나와야 할 텐데 집안은 조용했다. 그는 주위를 살피고 성큼성큼 걸어가 낡은 집안으로 들어섰는데 분위기가 살벌했다. 컴컴한 밤이라 준비해 두었던 화십자를 긁어 촛불을 밝혔다. 젊은이에게 길 잃은 길손이라고 말하려고 하였는데 그게 아니었다.

　아- 아니나 다를까.

　백의의 젊은이는 두 눈을 동그랗게 뜨고 가지런히 누워 죽어있었다. 깜짝 놀란 그는 다가가 그의 몸을 살폈다. 상의는 단정히 벗어놓았고 바지 끈은 풀어있었는데 핏자국은 없었다. 혹시 간을 빼어 먹지는 않았나 싶어 가슴을 뒤져보았지만, 백지장 같은 그의 몸은 상처 난 곳 하나 없이 싸늘했다. 시체가 가볍다는 것과 학소가 눈에 닿은 곳은 턱 밑 천부혈(天府穴)인데 입술 자국이 선명했다. 그리고 자국 중심에 두 개의 침구멍이 나 있어서 확실히 흡혈 자국이었다.

　그때였다. 일순 학소는 빙글 몸을 돌리며 젊은이의 검을 쥐어 잡았다.

푹!

비도 하나가 시체 옆에 깊게 박혔다. 그가 몸을 돌리지 않았으면 등짝에는 비도가 박혔을 것이다.

"이제야 보니 술풍 노비의 형이라도 되는 놈 같구나."

홀연히 나타나 암수를 쓰며 가느다란 목소리가 흡혈귀라고 생각하니 몸이 으스스했다. 향화는 내력이 있는 몸이라 밤에도 술풍의 얼굴을 감지했는지 콧수염 관계로 그렇게 불렀다. 그도 시치미를 떼고 맞장구를 쳤다.

"그대는 누구시길래 남의 숙소에 들어와 사람을 겁주려고 그러시오?"

향화는 양손에 한 자쯤 되는 비도를 들고 공격했다. 이왕 등짝을 노렸던 터라 이자와는 악연으로 끝나지 않으면 안 될 것 같았다.

스스쓱 깡!

학소도 날렵하게 검을 휘둘러 회수(回收) 검결로 맞섰다. 밖으로 튕겨 나가는 그의 머리 위로 일절을 무위로 끝낸 그녀는 빠른 하강 신법을 쓰며 옆구리를 공격했다.

"당신을 보니 강호에 삼류 검객은 아닌데 술풍 노비와는 어떻게 되나?"

"나에게 이름도 알 수 없는 노비와 비유하는데 그러한 노비는 본 적도 없네. 그리고 세법의 명수인 젊은 여인이 확실하구나."

그녀는 사뿐히 내려서며 연자초수(燕子抄水)를 아는데 놀랐다. 그것은 상대의 검술을 알고 있다는 말로 한 수 위라는 뜻도 된다. 그녀는 말을 돌려 태연한 자세로 말했다.

"나는 바람을 쐬러 나왔다가 당신이 죽은 사람 놓고 하는 짓이 요상하여 실례를 하였소. 미안하게 되었습니다."

학소도 따끔하게 대답했다.

"방 안에 있는 사람이 살았는지 죽었는지 당신은 문밖에서도 알고 있었다니 요상하네요."

 향화가 넘겨짚은 말이 범인임을 인정하게 되었고 다행히도 흡혈의 현장은 모르고 있음에 생사 결단을 주저했다. 그도 여기서 일거리를 만들면 접근하기가 어려워 말미를 돌렸다.

 "나는 잠잘 곳을 찾던 중 이곳에 들어왔는데 시체가 있어 떠나려던 참이었소. 우리 서로 포청관에 연루되고 싶지 않은 형편이지 않소. 나는 이만 떠나겠소?"

 "소녀도 바쁜 몸이라 그대와 똑같은 심정이오. 이심전심으로 뜻이 같사와 이만 떠나겠어요."

 학소는 발길을 돌리려다 정말 흡혈이 맞는가 싶어 재확인해 보려고 젊은이의 몸을 흔들어 보았는데 심히 빨아먹혀 몸은 백지장처럼 가벼웠다. 여인이 천부혈에 입을 대고 그렇게 당했으니, 여색의 젊은이가 가여워 한마디 중얼거렸다.

 "그대가 오늘 운이 순조롭지 못하여 나찰녀(羅刹女)를 만나 기색혼절(氣塞昏絶)하였소. 해벌로 받아들여 저승 길을 홀홀히 떠나주시게."

 기괴한 죽음으로 이승에 원한이나 미련을 두지 말고 마음을 비워 떠나라는 뜻이기도 했다.

 민가에서 밤을 새운 그는 향화와의 사건 때문에 가까이 접근을 못하고 길 건너 주위에서 그들의 동태를 감시하고 있었다. 가볍게 달리던 마차는 영파 약포 앞에 머무르고는 한참 동안 움직이지 않았다.

 약포 안으로 들어갔던 붉은 행괴의 초노와 교주가 나란히 밖으로 나왔다. 뒤이어 약포 주인이 고개를 끄덕이면서 배웅했는데, 마차의 손님들은 답례도 없이 바닷가로 달려 나갔다. 배웅하는 태도를 관찰해 보면 이들과 영파 약포와는 교우관계는 없어 보여서 마차 손님과의 대화 내용이 알고 싶어졌다. 학소가 약포 안으로 들어섰을 때 주인은 그의 모습을 보며 흠칫 놀라 뒤로 두 발짝은 물러섰다. 각원에 왕모님이 옷을 지어준다고 했는데 찾아갈 시간이 없었다.

"이 옷 때문이오? 무덤에 들어가려는 선배님께 빌려 입은 옷인데 놀라게 해서 죄송합니다."

"예? 무덤 속이오?"

그는 웃으면서 머리를 긁적였다.

"지금, 이 옷 주인이 입을까 말까 하는 위독한 처지라 급방으로 소생할 수 있는 약 한 첩을 부탁하겠습니다."

약포 주인은 공작 황금 수의를 입을 사람이라면 거부임이 확실하다 싶어 반갑게 다가섰다.

"죽은 사람도 슬며시 일어난다는 단약(丹藥)이 있기는 한데 좀 비싸거든요. 나도 그들로부터 비싸게 샀으니 하는 말이오."

"비싸면 얼마나 비싸겠소. 우선 사람부터 살리고 보아야지요."

"제편자단이나 아부용(阿芙蓉) 한 첩을 드시면 되겠으나 은화 한 잎은 나가니 말입니다."

"앵속으로 된 아부용이나 제편자단을 드시면 금단증상(禁斷症狀)이 생겨나 계속 드셔야 한다고 알고 있습니다."

약포 주인은 금단증상이 무엇인지 아직은 모르고 있었다. 당시에는 마약이라는 개념이 없었고, 이것은 이후 팔백 년 후에 앵속이 마약(痲藥)이라고 이야기하며 나타나게 되었다. 여기 영파(寧波)에서 시작된 일이기도 했다.

팔백 년이 지나면 서양 양코배기 상선들이 중국의 남해를 돌다가 영파 앞에 보타산이 솟아있는 만만한 이 섬에 여장을 풀었다. 항주와 영파 앞에 줄줄이 서 있는 섬들을 방패 삼아 중국 대륙을 바라보게 되었다. 중국에서 넘어간 나침반을 보면서 영파 양항(良港)에 군선과 상선들을 집결시켜 놓고 중국 대륙을 넘보며 상거래 할 것을 요구했다. 그들이 갖고 온 물건은 아이러니하게도 중국에서 넘어간 화포와 명나라 때의 소총을 개발하여 만든 무기들뿐이었다. 총포를 앞세워 전 세계를 정벌한 이들은 탐욕만 강했지 여기서는 어쩌지 못했다.

그들은 궁리 끝에 메콩강 주변 동남아시아에서 재배시켜 값싸게 구입할 수 있는 앵속을 들고 나왔다. 메콩강은 양귀비 촌이라는 말로 유행하였는데 서양인들이 부르는 이름이었다고 한다.

처음에는 연초에서 환약과 단약으로, 다음에는 모르핀에서 헤로인으로 제조하며 밀매하여 중원을 좀먹기 시작했다. 이때부터 금단증상의 마약이라는 말이 생겨났으며, 약은 고가에 거래되었다. 점차 마약중독자가 전국으로 확산하고 서양인들은 떼부자가 되었다. 이로부터 전 중국은 백여 년 동안 황폐하기 이를 데 없었으니, 늦게나마 중국인들은 이 사실을 깨닫고 아편을 통제하기 위해서 서양인들과의 아편전쟁이 시작되었다. (서기 1840년)

원나라 때 대륙을 달리며 서양의 많은 성벽을 무너뜨리던 화포가 그 죗값의 배가 되어, 서양인들은 바다로 들어와 영파와 홍콩에서 포성이 울리게 된다. 화포와 소총에 패한 중국은 남경 조약을 맺고 아편으로 만든 마약도 당연한 상행위로 인정하며 영파를 내어주는 불운을 맞게 된다. 마약은 누가 억지로 권하는 것이 아니기 때문에 자율 행위로 여겼기 때문이다. 이어 전쟁의 보상으로 상해와 홍콩과 마카오도 서양으로 넘어가는 원인이 된다.

학소는 의가장에서 사숙님들이 걱정했던 일들이 연상되어 팔백 년 후에 일어날 훈계의 목소리가 자신도 모르게 나왔다.

"제편(鵜片) 흑자단에 중독되면 모든 가산을 탕진하며 그 약에 매달리다가 결국 죽게 되는 지독한 약입니다. 허니 그 약을 모두 파기하시오!"

염라대왕의 명을 받고 무덤에서 나온 금부도사처럼 생긴 이가 하는 엄한 말에 그는 두 눈만 깜박거렸다.

"이렇게 귀한 것은 얻기도 어려운데 파기하라니오……. 나에게 말하기 이전에 양항으로 내려간 적제 진인에게 따라가 말해보시오."

약포 주인은 하찮은 놈이 여기서 건방 떨지 말고 그 고수를 따라가 혼나보라는 뜻이기도 했다.

"나는 그분들을 잘 알고 있습니다. 그 진인과 교주가 또 부탁한 것이 있겠지요?"

"있다면 방(榜)이 나 있는 이 면지를 말씀하는 것이오?"

약포 주인은 둘둘 말아진 종이를 펴 보였다. 그런데 거기에는 놀랍게도 풍침풍사 두기호의 얼굴이 그려져 있었다. 옆에는 이름까지 적혀있었는데, 주인은 놀라는 그의 얼굴을 보자 두기호라는 사람을 아는 듯싶어 미소지으며 물었다.

"당신은 알 듯싶은데, 이분의 거처지를 알려주면 은화 백 냥이라고 합디다. 혹시 이 사람을 본 일은 없으시오?"

은화 백 냥이라는 말에 학소는 깜짝 놀랐다.

"몸값이 대단한 인물입니다. 악명 높은 지명수배자라도 됩니까?"

"관아나 포청관에서 하는 일이 아니어서 방도 낼 수 없다고 했고 사적인 일로 조용히 알려달라고 했소. 나에게 알려주시면 금화든 은화든 간에 우리 반반씩 나누기로 합시다."

"좋으신 말씀입니다. 그분의 거처지를 알려주면 누구로부터 은화를 받아냅니까?"

주인은 누가 들을세라 창밖을 살피며 엄숙한 표정을 지었다.

"여기 두기호라는 사람은 무공이 높아 우리로서는 잡아놓을 수 없다고 합니다. 의원이므로 약포에 찾아올 것이라면서 그의 행적이나 사는 곳을 말해 주면 되는 것이고 은화는……."

주인은 말을 하다가 멈추었다. 이 손님이 자기를 빼고 직접 찾아가 신고하고 혼자 금전을 가로챌 수 있었기 때문이다.

"의가장에서 본듯한데 주인께서는 항주의 인지의가장을 아십니까?"

"아다마다요. 마도의 몹쓸 놈들이 한이 많기로서니 장원을 모두 불살라 버렸다니 천벌을 받아 마땅한 놈들이 아닙니까."
"누가 천벌을 받는다는 것이오?"
"누군 누구겠소. 장원 내에 많은 사람들이 죽었다니 마도 무리이지요."
약포 주인은 전단지만 알았지 의가장의 의제(醫第)라는 사실은 모르는 것으로 보아 장원의 내막은 모르고 있었다.
"좋은 소식을 갖고 이 약포를 찾을 수 있도록 노력해 보겠습니다."
그의 말에 입가에 웃음을 머금으며 마치 눈에 금전들이 보이는 것처럼 말했다.
"떠벌리며 다니면 모든 것이 어려울 것이오. 조용히 행동하라고 하더군요. 그래서 우리만 알고 나에게 연락하여 주기 바라겠소."
양항으로 달려온 그는 교주 일행의 거동을 살피고 있었다. 적제 진인과 흑의의 무림인은 해외무역선인 보선(寶船)에 오르면서 자취를 감췄다. 맞은편 대해선(大海船)에서는 교주가 무엇을 수소문하는 손발을 쓰면서 웃음소리까지 들렸다.
문득, 그는 대형 선박들인 것을 참작하면 귀한 보도(寶圖)를 얻어 그것을 찾으러 떠날 채비를 갖추려는 것은 아닌지 궁금했다. 그녀들은 화려한 궁장 차림이었고 뭇사람들로부터 이목을 받으며 대해선에서 나와 다른 선박 쪽으로 걸어갔다.
무슨 말들을 나누었는지 궁금하여 대해선으로 들어섰는데 선장과 그의 부인은 학소의 모습을 보고 대경실색하며 두어 걸음 물러섰다.
"아이고 맙소사! 당신은 누구시기에 우리 배에 승선하시었습니까?"
놀라는 부인을 뒤로 물리며 선장으로 보이는 덥수룩한 선주가 앞으로 나섰다. 뱃사람들은 예나 지금이나 신(神)을 잘 모시므로 신줏단지가 많았다.

"당신의 수의를 보아 오늘 출항은 거둬들여야 하겠습니다. 엊저녁 꿈자리가 어지럽더니 우리 조상님께서 당신까지 보내어주어 감사합니다."

"예? 재수가 없지 않고 감사하다고요?"

학소는 자신의 입성은 생각지 못하고 신을 봉심하여 일진을 점치는 선상에 함부로 들어왔구나 하는 생각이 들어 난감했다. 그런데 오히려 선주가 양손을 모아 잡으며 읍례까지 했다.

"당신이 우리 배에 들어오지 않았다면 우리는 오늘 출항하여 무슨 일이 닥쳤겠습니다."

그는 빨리 일을 마치고 밖으로 나가고 싶은 심정에 말을 이었다.

"선주님의 말을 들으니, 마음이 가볍습니다. 그런데 제가 들어온 용무는 조금 전 여인들이 무엇 때문에……."

"그 사람들이오? 큰 배를 구하는 사람들이 근자에 누가 있었는가 물었고, 또 묵화를 보이며 두가(斗家) 의원을 찾고 있더구먼요."

상해 지방에 말씨를 쓰는 선주 부부는 그의 공작 수의에만 관심이 있어 보였다.

"나는 여기 대 해선(大海船)의 선장 왕증(王潧)입니다. 우리 뱃사람들은 바다에 나갈 때 칠성판을 짊어지고 다닌다고도 합니다. 언제 바다에서 죽을지 몰라 하는 말인데 당신 수의를 팔아주시면 선실에 두겠습니다."

선주의 말에 학소는 무심코 고개를 끄덕이는데 부인은 기다렸다는 발걸음으로 선실로 내려갔다. 영문을 모르는 학소의 얼굴을 바라보며 말을 이었다.

"그 수의를 입는 날을 기다리면 기다리는 날은 오지 않는다고 합니다. 천 리 길을 떠날 때 상여상이 보이면 운수 대통한다고 하지 않습니까?"

상해 지방 사람들은 한눈에 황금 수의를 알고 있었고 학소는 언제 벗어 던질까 하고 기회를 보던 차에 잘 되었다는 생각이 들었다.

"입을 옷이 없어 헤매다 보니 이리 됐습니다. 무역선에는 귀한 것도 많다는데 혹시 의복은 없습니까?"

마침 짐칸에서 나온 부인도 새 의복을 들고 학소에게 건네며 말했다.

"한 번도 입어보지 못한 귀한 옷이오. 우리 주인 품새와 비슷하여 몸에 맞을 것입니다."

값으로 친다면 금색 채대에 공작무늬가 있는 황금 수의가 더 비싸겠지만, 그것은 저승길을 갈 때만인 것이다. 땅속에서 일 년도 못가 썩고 말 옷이지만 저승길이 있다면 최고의 의상을 차리고 입성할 것이라고 생각하기 때문이다.

그는 다음 일이 급한지라 흔쾌히 받아들이고 짐칸으로 들어가 의복을 갈아입었다. 청색 바지에 헐렁한 백의 상의였는데 해외까지 드나드는 것으로 보아 귀해 보이는 옷이었다. 그들도 재수가 좋은 옷으로 믿음이 갔는지 흡족해 마지 않았다.

말쑥한 차림에 도비상괴를 짊어진 그는 갯내를 마시며 배를 뒤로하고 얼마를 걸어갔을 때였다. 엊저녁 보았던 향화가 그의 앞을 막아섰고 뒤로 장화와 교주가 서 있었다. 궁장 차림의 교주는 머리에 꽃술까지 달랑이며 도비상괴를 짊어진 그를 뚫어지게 바라보다가 입을 열었다.

"봇짐 장사를 하며 우리 뒤를 밟는 자가 있다고 하는데 그대인가?"

학소는 찔끔했으나 차분히 대답했다.

"필먹 장사를 합니다. 영파와 양항에는 외항선들이 많아서 처음 보는 신기한 물건들이 많이 들어옵니다. 해서……."

"우리 아환의 뒤를 따라다녔다고 하고, 죽은 자의 시신 위에서 요상한 짓을 하였다는데, 너는 술풍의 형이 맞기는 하는가 보구나."

그녀들은 바보 같던 술풍 노비가 여기까지 멋깔스럽게 나타나지는 않을 것이라 믿으면서도 확신은 없어 보였다.

그는 탄로나는 것이 귀찮아서 엉뚱하게 대답했다.

"술풍같은 노비는 아는 바 없소. 나의 선친은 방랑자로 방방곡곡에 형제가 많은 편이오."

"술풍의 형이라면 그 동생 노예는 장강 변에서 팔아버렸겠지요. 지금은 그와는 아무 관계가 없어요."

언니의 말에 뒤이어 향화가 덧붙였다.

"그래요. 언니 말대로 술풍은 첩종의 자식이라 노예가 되었고 이 사람은 본실의 자식이어서 장사꾼이 된 것 같습니다."

지나가는 몇 사람과 뱃사람들은 이들의 비상한 태도에 꾸역꾸역 고개를 내밀며 상황이 보통이 아님을 짐작게 했다. 교주는 이자가 변장한 노예 술풍임이 확실해 보여 추문하고 싶어졌다.

"안 되겠어. 이놈을 잡아!"

휙!

두 아환이 날렵하게 그를 덮쳤으나, 그는 묘하게 빠져버렸다. 등에는 도비상괴까지 짊어졌는데도 둘은 옷 끝 하나 잡지 못하자 향화가 떠들었다.

"엊저녁 나의 분광마형(分光魔形) 공격술을 보고 단번에 연자초수(燕子抄水)를 알아봤어요."

그의 행동에 고수의 무림인임이 탄로 났으며 교주는 양손을 치켜 세우고 그의 혈도를 찾아 가하려는 찰나였다.

따그닥 따그닥 따그닥…….

마차 한 대가 황급히 달려왔는데 관아 형부에서 나오는 책부(責付) 마차였다. 관모를 쓴 책부가 내려서며 황급하게 말했다.

"나는 직소(直訴)가 있어 황급히 달려왔소. 엊저녁 용강탑에서 만석꾼 부자 해진 가의 해진 공자가 살해되었는데 그 장소에 이 사람이 있었다는 직소요. 허니 압송합니다."

모두 책부의 말에 깜짝 놀랐다. 이십여 장 밖에 세워놓은 갈색 마차

화성사와 의가장 231

에서 두 괴인은 물끄러미 바라보며 달려와 관여하지는 않았다. 교주 일행은 이 일이 밝혀지면 작은 일이 아니었으므로 그녀들도 난감했다.

책부의 언성이 높아지며 쩌렁쩌렁하게 울렸다.

"어쩌겠는가. 그대는 스스로 마차에 오르겠는가. 아니면 오랏줄을 받겠는가?"

이 자리를 피하고 싶은 심정은 사실이었으므로 학소는 당당히 말했다.

"내가 용강탑 주위를 배회했던 것은 사실입니다. 당당히 관부에 들어가 조사를 받겠습니다."

학소가 마차에 오르자, 책부는 관아 쪽으로 말머리를 돌렸다.

교주는 아미를 찌푸리고 두 아환을 짜증스럽게 바라보다가 말을 흘렸다.

"안 되겠어. 우리도 빨리 양항을 빠져나가야겠다."

장화는 향화를 보며 고개를 설레설레 흔들었다.

"저 사람이 형부에 들어가 향화가 어쩌고 저쩌고 했다고 하면 우리에게 불똥이 튈 거야."

그녀들은 염라신도 편재가 기다리는 마차로 걸음을 재촉했다.

학소는 홀로 묶어놓은 백마가 가엾어 보여 어자대를 향해 말을 던졌다.

"나는 말을 두고 갈 수 없습니다. 동쪽 길로 돌아가 주시면 안 되겠습니까?"

영파 시가를 빠져나가던 마차는 멈추어 서며 책부는 전포를 걷어 올리고 마차 안을 들여다보았다.

"황천길이나 저승길이나 매일반이다. 그렇게 해주지. 그런데 내가 자네 때문에 며칠을 쫓아다녔는지 아는가?"

"누구를 무엇 때문에 쫓아다녔는지 모르겠습니다."

책부는 서둘러 관모와 검은 관복을 벗어 마차 안으로 밀어 넣었다. 그러자 그의 진면목이 드러났는데 황색 승포를 입은 화상이었다. 불가를 떠났는지 붉게 보이는 머리는 두 치 길이로 자라나 머리통은 마치 바다에 성게처럼 보였다.

"풍남 유곡에 죽어 떨어졌다는 의가장 소장주 진학소가 불귀의 몸이 된 저승 사람인 줄 알았는데 그게 아니었단 말이오."

"미력한 이 몸이 풍남 유곡에 떨어졌던 일을 대사님은 어떻게 알고 있으십니까?"

"이 나개남무(那箇南舞)는 영생을 찾는 화상으로 지금은 불도를 떠났다 하여 나개노인이라고 하지. 언제나 색다른 길을 찾는다고 하여 그러한 법명을 얻었네. 그리고 귀공도 대명이 나선풍이라고?"

학소는 의문투성이인 노인이 황당해 보여 두 눈이 동그라졌는데, 화상은 놀리듯이 대소를 터트리며 마차는 멈추어 섰다.

"그런데 자네가 죽었다는데 황금 공작 수의까지 입고 육신은 그 유곡 돌 틈에서 썩어 가야 할 것이 아닌가? 그런데 유명계(幽冥界)에서 살아나와 활개를 치고 있으니 나는 영혼이 살아나와 환생하였구나 하고 자네를 쫓아다녔던 것이야. 그것도 이 년이 되는 제삿날에 유곡에서 나온 혼령으로 보았네."

황당한 말씀에 의심쩍은 얼굴로 나개 노인의 풍모를 유심히 바라보았다. 붉은 얼굴에 머리는 성게닭살 같았으며 성게에 비유하여 모자람이 없어 보였고, 눈은 다람쥐 눈알처럼 동글동글 움직였다. 환갑의 초노는 그가 묻지도 않았는데도 당황한 표정에 사실을 밝혀주었다.

"자네가 의가장에 입장하였을 때 나도 약만변당 처마에서 베틀의 여인을 바라보고 있었네. 마침 자정이 넘는 시각에 무덤에서 나온 혼령인 그대가 나타나 진학소임을 알았네. 그래서 유명계에서 나와 세상을 방황하는 혼귀로 착각하여 긴가민가하여 따라다녔는데 흡혈의 시체를 보고 또 의혹을 품었었다."

"대사님! 그 말씀을 드리려면 이야기가 길어지겠습니다."

"알고 있네. 역귀실 조향을 알고 나서 그녀 밑에는 흡혈의 두 아환이 있다는 것도 알고 조향의 향옥장(香玉掌)은 내력이 충만하지 못하면 벗어나지 못한다는 것도 말해주고 싶었네."

영파 관아의 형부에 가는 일이 없으니 그의 말씀으로 보아 고마운 분으로 여겼다. 나개승은 마치 교주의 향옥장에 당하여 사경을 헤매는 운명처럼 말했다.

"곤경에 처했던 소생을 구해 주서서 감사할 따름입니다."

"이 나개도 영생을 찾아 그대를 따라다녔는데 당연한 일이며 고마워할 것은 없다. 마차에 적제 진인은 편재와 대동하여 강호를 떠도는데 그들을 당할 자는 강호에 없다고 본다."

"짐작은 하고 있습니다만 그들도 무공이 높은 고인들입니까?"

"그렇다고 보네."

"대사님은 우리 장원을 염탐하셨다는 말씀인데 무슨 사연이라도 있으십니까?"

그의 말에 나개 대사는 눈을 굴리며 쑥스러운 얼굴을 하고 대답했다.

"남의 집을 염탐하는 사람 보고 대사님이라는 말은 듣기가 부끄럽구나. 그대로 영감이라고 부르게. 이 나개가 영생을 구한다고 말하지 않았느냐. 영초를 먹으면 죽었다가도 자네처럼 환생하는구나 하고 생각했던 것도 잘못이다. 또 항주의 인지의 가장에는 천초의 비밀이 있을 것이라 하여 염탐했던 것도 잘못이다."

"예? 우리 의가장에서 천초라면 그 비밀이 있다는 백접도를 말씀하시는 것입니까?"

"그렇다네."

대사는 솔직 담백하게 대답했다. 짐작대로 초희로부터 들었던 것과

상통되는 말이기도 했다. 얼굴이 붉어진 그는 그것이 영생의 영초임을 짐작하여 더 물어보기가 무서웠다. 혼란 속에 방황하는 그의 귓가에 나개의 목소리가 이어졌다.

"영생을 찾는 방법에는 몇 가지가 있어."

"몇 가지 중에 천 초가 있다는 말씀이겠지요?"

"그렇다네. 하늘의 불로초라 하여 그렇게 부르기도 하고 신선(神仙)의 불로초라 하여 영초(靈草)로 불리기도 한다."

학소는 그것이 멸문의 인과(因果)라는 것을 짐작하면서 묻고 싶어졌다.

"영초의 열쇠가 우리 의가장에 있다는 말씀입니까?"

"이 화상이 의가장에 잠시 머문 것도 그것이 아니라면 누가 곧이듣겠는가. 그 열쇠는 불로초의 자생지를 찾을 수 있는 서불과지도(徐市過之圖)인 백접도(百蝶圖)가 있는데, 그것이 인지의가장에 있다고 하면 중원의 이목이 집중되지 않겠는가?"

감당할 수 없는 집채보다 더 큰 바윗덩이가 하늘가에서 굴러와 학소의 어깨를 짓눌러놓는 심정이었으며 붉었던 얼굴이 다시 싸늘히 굳어갔다.

"그러면 백접도가 서복선사의 서불과지도입니까?"

"그렇다네. 탐라도 정방폭포 암벽에 서복이 지나갔다는 음각된 글자판인데 여기에 준하여 만든 내용과 지도라는 뜻인 듯싶네."

나개의 말에 학소는 뜨겁던 늦은 여름철에 탐라도를 누빌 때의 일들이 떠올랐다. 아버님과 허 사숙님이 한 조가 되어 분주히 드나들던 일들인데 두 분은 호마를 탔으므로 한 조가 되었던 것으로 생각했었다. 혼돈 속에 젖은 그의 신상에 위안이라도 하듯이 나개 노인은 결연히 말했다.

"멸문의 원수를 갚는다는 것은 혼자의 힘으로 쉬운 일이 아니다. 인

화성사와 의가장

과응보라 생각하여 기다리거라. 옛말에도 물고기는 물 때를 기다리고, 멀리 고향에 내려가는 새는 바람을 기다리고, 사람은 때를 기다릴 줄 알아야 한다고 했다. 자네는 새나 물고기보다는 못하지는 않겠지?"

교훈을 새겨들으며 나개남무 불승으로부터 의가장에 관여된 말을 더 듣고 싶어졌다.

"그럼, 대사님도 저희 의가장 주위를 배회하셨다니 무엇을 찾아낸 것은 없습니까?"

황포를 입은 화상의 머리는 누워있어야 할 두 치 길이의 머리카락이 곧게 서있는 것이 성게닭살처럼 보였다.

"솔직히 말하면, 우리 불가에서는 천초인 불로초는 하늘에만 있다고 믿으며, 영초인 불로초는 도인들만 믿는 것이지 우리에게는 없네. 나는 영혼을 찾아 그대의 뒤를 돌아보았지. 혹시 그대의 진 장주가 탐라도에서 영초를 얻어와 그것을 먹고 죽은 자도 벌떡 일어나게 하는 사자배혼(死者拜魂)이 되어 이승에 나왔다고 말하지 않았는가."

"소생이 유곡에서 나온 사자배혼이 되지 못하여 죄송합니다."

"죄송할 것도 많다. 나는 무거운 등짐을 벗고 싶어 그대를 찾았네."

학소는 이 노인이 나에게 전할 말이나 물건이라도 있는가 싶어 두 귀가 쫑긋했다.

"등짐이라면 무슨 말씀인지?"

나개 대사는 접었던 눈알을 굴리고 나서 말을 이었다.

"시간이라는 세월 말이다. 나를 할아버지로 만들려는 시간이 나의 등짝에 게딱지같이 붙어 있다. 그 등짐을 벗어버리고 싶었어."

그의 말처럼 나개남무 불승은 노인의 문턱에서 발버둥 치며 시간 속으로 들어서지 않으려고 마음과 몸을 건강하게 추스르는 것 같았다. 하지만 학소의 눈에는 주름진 얼굴 하며 헐떡거리는 숨소리가 노인의 모습은 벗어나기는 힘들 것 같았다. 그런데 초노는 이어서 젊은이들을 불쌍히 여기는 말을 했다.

"어느 대로에서 지나가는 많은 청춘 남녀를 보았는데 처음에는 젊음이 부러웠지. 헌데 잠잠히 바라보니 그들도 시간의 등짐을 지고 있어서 슬프게 보였지. 여인들은 얼마 없어 할머니를 만들기 위한 등짐이었고, 남자들은 할아버지를 만들기 위한 등짐들이 게딱지같이 붙어 있었네. 그래서 육신을 벗어버리면 등짐은 육신과 같이 없을 것이므로 나는 영혼을 믿는 것이네."

"소년에서 젊은이로 다음은 노인으로 돌아가는 것이 인지상정이지 않습니까?"

"그렇게 당연지사로 살면 금방 늙고 말 것이다. 등짝에 붙어 있는 세월을 떼버리라는 것이야. 늙은 육신보다 젊은 영혼이 더 낫다는 말씀이오."

"젊은이의 마음과 영혼은 육신에서 떠나면 사람은 늙지 않는 젊고 영원한 영혼이 된다는 말씀이신데, 그러면 살아있는 늙은이보다 젊은 송장이 더 낫다는 말씀입니까?"

그의 질문에 나개 대사는 환하게 웃어 보이며 말했다.

"그래. 오늘 자네가 벗어버린 도비상괴(都鄙商傀)처럼 나의 말뜻을 반은 이해하여 주니 반갑구나. 오 년 전에 일인데 토번 지방의 한 고인이 전하기를 사람이 늙지 않는 방법이 있다고 하여 그를 찾아 떠났었다. 그분은 고산 높은 곳에서 언제나 세상을 셈하며 산다고 하여 척산촌수(尺山寸水) 화상이었다. 그래서 몇 달을 걸음하여 그분을 만났는데 한 달 동안 나의 질문에는 영 대답이 없었다."

"거참 재미있는 세상이 되겠어요. 할아버지가 될 수 없는 늙지 않는 방법이 있다니 말입니다."

나개 노인은 편안한 자리에 엉덩이를 붙이며 학소의 흥미를 끌게 만들었다.

"한 달 만에 겨우 답을 얻어내었는데 '늙지 않는 방법은 늙게 살지 않는 방법밖에 더 있겠는가?'하고는 대답은 그것뿐이었다. 참담한 나는 다음날도 그 질문을 던졌는데 역시 대답은 그와 같을 뿐이었다. 당연한 말을 들으려고 기대에 부풀어 수천 리 걸어간 보람이 없었지. 할 수 없이 돌아가려는데 그 노인이 중얼거리더군. '한치는 더 살아 무엇 하겠는가. 인생은 금방 늙고 말 처지인데, 이왕이면 노인 소리 듣기 전에 죽어 버리면 되는 것이다.' 그 말에 나도 되물었어. '척산 촌수 선배님은 남에게 가르침을 주면서 왜 영감 소리를 듣습니까'라고 반문하자 껄껄거리면서 웃더군. 나는 늙게 살고자 하는 사람일세. 그래서 늙음이 보기 싫으니, 속세로 나가지 않네. 나이가 들면 보기 싫지, 냄새나지, 불결하고 정체 없지, 거동이 불편하여 미운 짓은 다 할 것이라 혼자 이리 사네. 나라와 집안이 편안하려면 노인들이 없어져야 하는데 그게 그렇게 되는가?"

학소는 지금까지 늙고 젊음에 관해서는 전혀 관심 밖이었는데, 나개의 말에 이르러 자신도 늙고 있다는 관념이 머리를 스쳤다.

"척산 촌수의 말씀대로라면 늙음이 비참하겠습니다. 그 말씀뿐이라면 비싼 걸음을 하셨습니다."

"노인을 사랑하는 사람은 철이 없는 아동들과 어린 손주들뿐이네. 이를테면 젊은 남자들은 젊은 여자를 좋아하고, 또 여인네들도 그렇게 이성 간에 친구 간에 모두 저희끼리 그러하니, 늙는다는 게 슬퍼지는 것이다. 나이가 들어 나잇값을 하려고 훈계하며 권위적인 모습으로 입을 다물어 우대받으려는 것도 따지고 보면 노실에 속하는 것이다. 아이고 다리야, 아이고 허리야 하는 쭉정이가 위엄을 갖추면 통하겠어?"

나개 대사는 그 어른의 말이 옳다는 뜻으로 말을 이었다.

"쟁란이라도 터졌으면 죽어 구천에서 떠돌지라도 혈기 왕성한 친구들 처럼 젊은 영혼이 되어 떠돌 텐데, 그렇지 못하여 안타깝네. 늙어서 저승에 가면 무엇 하겠는가. 저세상도 젊을 때 들어가야 영원히 젊게 살 게 아닌가."

그렇게 말을 듣고 보니 학소도 수긍이 가는 느낌이다. 영혼이 없다고 하는 사람들도 많지만, 세상 사람들은 과반은 영혼을 믿으며 모두가 기일제사(忌日祭祀)를 모시고 영혼을 기린다. 그래서 수 십의 종교이며 사당이 있다는 생각이 들었다.

사실 사람은 원시 때부터 동거인이나 친구가 죽었을 때 다른 동물에 비해 유별나게 비통해했으며 애도했다. 짐작건대 불을 발견하고 화식(火食)을 하면서 씨족사회가 형성되고, 신을 모시고 영혼이 존재함을 느꼈을 것이다. 이에 덧붙인다면 BC 2,700년 전 이집트에서는 파라오의 영혼이 머무는 집 피라미드를 만들었다. 불가사의한 거대한 피라미드에 육체와 영혼이 죽음으로 인해 분리된다고 믿었던 것이다. 저승에서 영원한 생명을 누릴 수 있는 길은 오직 신을 믿는 영혼뿐이다.

"대사님은 천 리 길을 찾아다니시는데 영혼을 믿으십니까?"

"믿는 자에게 길이 있다고 했다. 믿음이 있으면 있는 것이고 없다고 단정하는 사람에게는 없는 것이다. 나는 아침저녁 머릿속에 믿음으로 영혼을 키우며 기도하고 있다. 다시 말하면 육신은 죽어 나갈 때 나의 영혼은 극락왕생할지, 구천을 떠돌지 모르지만, 저세상에 들어가는 것은 확실하다. 그대는 어떤가? 믿음이 있는 것인가?"

학소는 고개를 갸우뚱하고 생각해 봐도 아직은 신(神)이 있다고 믿어 보지는 못했다.

"사자배혼(死者胚魂: 죽어 떠돌아다니는 영혼)이 못 되어 죄송하다는 말씀을 드렸듯이 아직은 생각해 보지 못했습니다."

"혼령이든 영혼이든 믿는 사람들도 자신의 깊숙한 몸속에 있는 영혼을 찾아내지는 못하고 있다. 육신과 더불어 이승에서 사멸할 뿐이다. 믿음으로 영혼을 찾아내는 사람들은 죽어서도 혼령으로 살아나 영혼

화성사와 의가장 239

이 될 수 있다. 이승에서 영혼을 찾지 못한 사람들은 하루살이 인생과도 같다."

동글동글 굴리던 눈동자가 반쯤 덮이며 발산하던 안광으로 보아 집념이 강한 불승으로 보였다. 그 초노는 한 해 두 해 몸에 오는 변신을 아는지 노쇠함을 쫓아버리는 용기가 있어 보였다. 욕심이라고 하겠지만 의지가 강한 사람들은 이를 거슬러 올라가려고 한다. 서쪽으로 지는 태양을 동쪽으로 돌리려는 대사였다.

"그래서 말인데 노인 소리 듣기 전에 불로초를 얻어 먹어야 하겠구나 하는 것과 다음은 그 시간에 들어가야 할 것인데 쉬운 일이 아니라서 말이다."

"그 시간이라면 무슨 말씀을 뜻하시는지 모르겠습니다."

"찰나의 시간이다. 믿는 사람만이 찾을 수 있는 흐르는 세월 속에서 빠질 수 있는 바늘귀 같은 시간 속으로 들어가야 한다. 그렇게 되면 흐르지 않고 요지부동한 시간 속에는 세월이 없으니 늙지 않는다고 말할 수 있다."

황포의 나개 대사는 먼 하늘을 바라보며 황금 덩이를 놓고 온 이처럼 허탈한 모습으로 말을 이었다.

"구화산(九華山)에 혜불(慧佛) 스님이 지금 암자에 나와 있는데 그분 말씀이 생각난다. 멎을듯하면서도 멈추지 않는 바늘귀 같은 시간 속에 찾아들면 멈추어 있는 고요한 시간이 있다고 했다. 그분은 자네 영당 매선군 부인을 치료해 주시기도 하셨지."

황포의 나개승을 바라보며 결연한 자세로 돌아앉았다.

"저희 어머님이 구화산에요?"

"그분은 입산하였다는데, 그리되면 영당께서도 화성사를 떠났을 것이다. 상봉할 수 없는 말을 섣불리 했구나."

"아닙니다. 대사님. 그 후 어떻게 되셨습니까?"

당혹감을 감추지 못한 그를 바라보며 나개는 아무렇지도 않게 입을 열었다.

"자식으로서 처음 듣는 소리라면 놀라기도 하겠구나. 의가장에 화마가 있고 난 후라고 보는 데, 나에게는 은하옹이라는 친구가 있다. 그 친구 말에 의하면 군(君) 부인이 상처가 심하여 화성사에 들어가 간호를 부탁하였다고 하더구나."

"그래서요? 그분은 지금 어디에 계십니까?"

"일 년이 넘는 일이라 그 친구의 소식도 모르겠어."

"그럼, 화성사에 가보면 행선지라도 알 수 있겠군요."

"그래보려무나. 혜불 선승이 나를 보면 나무랄 테니 나는 이만 가봐야겠네."

학소는 백마에 몸을 실으며 고마움을 표시했다.

"은혜를 입어 공을 갚으려면 거처지라도 말씀해 주십시오."

나개는 웃음을 던지며 마차를 돌렸다.

"책부의 마차라 돌려주는 것이 우선이다. 나는 집이 없는 나개 노인이지 않으냐. 은하옹도 밤하늘에 흐르는 별처럼 떠돌이 신세니라. 또 만나는 것은 인연(因緣)이라는데 우리 불가에서는 끈이 있으면 닿는 것이 인연이라고 한다."

나개는 채찍을 휘둘러 시가 쪽으로 돌아갔다.

중국의 사대 불교 성지라고 하면 오대산의 문수보살, 아미산의 보령보살, 보타산의 관음보살, 구화산의 지장보살을 일컫는다. 구화산(九華山)에 화성사(華城寺)는 김교각(金喬覺) 스님이 세운 곳으로 그는 기골이 칠 척으로 장대한 신라 왕손으로 알려졌다. 당시 신라는 혜초 스님이 인도를 다녀와 왕오천축국전을 씀으로써 불가가 대성하였다.

구화산의 화성사는 김교각 스님이 수도했던 곳으로 등신불(等身佛)의 고향이며 성지이므로 전국에서 유명한 곳이다. '지옥이 텅 빌 때까지 나는 성불하지 않으리라. 내가 죽거든 화장하지 말고, 돌함에 넣어두거라. 그 후 삼 년이 지나도 썩지 않으면 금칠을 하거라.' 그는 자신의 성불보다 중요한 것은 어려운 백성들을 구제하겠다는 헌신과 진리를 추구하는 신념의 수도승이었다. 지옥 불구덩이 속에서 헤매는 중생을 구하고자 지옥 땅속에 감추어진 마지막 중생까지 구제하겠다는 지장보살(地藏菩薩)이었다. 스님의 말씀대로 돌함에 있는 시신은 삼 년이 되어도 썩지 않았고, 금칠을 하여 육신불(肉身佛)이 되었다. 다시 말하면 등신불을 말함이다.

화성사의 대웅전은 주위의 경관과 같이 하늘로 비웅할 듯하면서 넓은 편이었다. 전국에서 죄업이 많은 사람들과 한이 많은 사람들이며 그 후손들이 찾아들어 불공을 드렸고 신자도 많은 편이었다. 조상들의 죄업과 부모의 죄업을 후대인 자손의 도리로서 닦아내는 것이 천리였고 많은 사람이 모여들었다.

학소는 은은한 향이 흐르는 대웅전으로 들어섰다.

똑똑똑…… 또또르르똑똑……

주지승이 삼존불 앞에서 염불하고 있었는데 그가 흠칫 놀란 것은 삼존불 중앙에 앉아 있는 육신불 때문이었다. 삼 년을 돌함에 있었으니, 육신은 삐쩍 말라 있었고 눈동자는 보일락 말락 움푹 패어있었다. 온몸에 금칠을 하지 않았으면 흉물스럽게 보였을 것이다. 아니 흉물스럽기보다는 그의 고행에 더욱 애처롭게 보였을지도 모른다. 양쪽 옆면 동자상 뒤로는 지옥의 흉상이 단청으로 나타나 있었으며 한쪽에는 김교각 스님이 생존 시에 이태백 시성이 찾아와 지었다는 불제자에 관한 시 한 수가 걸려 있었다.

백오십 년이 지난 그의 등신불을 바라보며 경건하게 양손을 모아 삼배지례로 참배를 올렸다.

"육신까지 던지며 이토록 수행하는 것은 저희의 업보를 위해서입니까?"

육신불을 바라보며 조용히 읊조렸다.

"그렇다고 볼 수 있지요. 시주는 뉘시온지?"

옆에서 조용히 염불하던 주지승이 물었다.

"예. 저 저는……."

나선풍이라고 말씀드리려다 주저하고 말을 잇지 못했다. 허풍떨 데가 따로 있지 감히 수행하는 지장보살 육신불 앞에서 거짓말이 나오지 않았다.

"저는 진학소입니다. 이 년 전에 저희 어머님이 화성사에서 은덕을 입었다고 말씀을 들었습니다."

"시주님의 어머님이라면?"

"주위 사람들이 매선 부인이라고 부르기도 합니다."

법사는 고개를 돌려 학소를 바라보았다. 흠칫 놀란 것은 기골이 장대한 부처님같이 느껴졌는데 모습으로 보아 지장 선사님을 연상케 했다.

'이분을 단위에 앉혀놓으면 여느 불상 못지않겠구나.'

법사는 그 자체가 불순한 생각이라 고개를 털었다.

"매선 부인이라면 보타산에서 군부인(君夫人) 법첩을 받은 인지의가장 장주 부인(婦人)을 말씀하시는군요."

"예. 그래서 혜불 법사님을 찾아뵈려고 하옵니다만……."

"법사는 십 리 밖 암자에 있어요. 화성사에서 오셨다고 말씀드려야 만나볼 수 있을 것이오."

학소는 묵례하고 밖으로 나오는데 주지승의 목소리가 이어졌다.

"혜불 법사님은 얼마 없어 지하 별실에서 참선 일을 잡고 있어요. 조용히 만나보도록 하시오."

화성사와 의가장

신이 감도는 조용한 방에서 여러 가지 묻는 것도 그러하여 향이 피어나는 대웅전을 나왔다. 혜불 스님은 화성사에 거주하는 것으로 알았는데 또 암자를 찾으려면 서둘러야 했다. 화성사까지 찾아오고도 그대로 돌아간다는 것은 인사가 아니며 스님에게도 섭섭함을 느끼게 할 것이라고 생각했다.

백 년 만에 선사의 유업을 받들어 지장보살이 되겠다는 스님은 등신불이 되기 위해서는 화성사 내에 있어야 할 일인데 예상 밖이었다. 그런데 또 지하 별실에서 참선한다는데, 믿음에는 끝이 없는 것 같았다.

구화산은 불도들이 각자 추구하는 믿음의 요람이라 암자가 많았다. 혜동 암자는 돌무더기로 만들어 놓은 두 칸의 석옥이었다. 그 옆에는 넓적한 암석이 있었고 그 암석 위에 좌선한 법사가 있었다. 등선하는 옥골선풍의 노인은 빠른 걸음을 하는 젊은이를 바라보고 있었다. 구화산은 강남의 산이라 겨울인데도 혹한의 추위는 없었고 드문드문 떨어지는 낙엽들은 그를 반기는 것 같기도 하다.

정오의 태양 빛을 받으며 등정하던 학소는 돌무더기 암자를 발견하고 법사 앞으로 다가가 큰절을 올렸다.

"화성사 주지 스님의 말씀을 듣고 스님을 찾아뵙습니다."

우아일체(宇我一體)로 좌선한 노인은 영통개안(靈通開眼)한 눈을 하고 학소를 잠잠히 바라볼 뿐이었다.

"저희 어머님 법첩이 매선군 부인이라고 하옵니다. 사경에서 구해 주셔서 은덕을 입었으니, 소생이 큰절을 올립니다."

묵묵히 절을 받은 스님의 입에서 조용한 음성이 흘러나왔다.

"진 장주가 저지른 업이로다. 불로불사의 영초가 업보였어. 영당(令堂)께서는 은하옹과 같이 시주와 장주를 찾아 나섰다."

잠시 침묵이 흐른 뒤 혜불 법사는 잔잔한 미소를 띠며 말을 이었다.

"시주의 영당은 보타산에 불공을 다녔는데 중생의 고통과 괴로움에 고뇌를 구제하는 관음보살에 다니고 있지 않으냐 해서 시주의 모습을 보아 관음보살상과 닮아서 정이 많이 가는구나."
중생의 고통과 고뇌를 구제하는 관음보살을 강조하며 이는 보편적인 불상임을 의미하는 뜻도 있었다.
"……."
"나는 시주의 영당을 별로 보살피지 못했는데 그 말은 누구에게서 듣고 찾아왔는가?"
"나개 남무 스님과 인연이 닿았습니다. 고마운 뜻을 올리고 어머님의 소식도 접하고자 합니다."
나개 스님이라는 말에 혜불 스님은 너털웃음을 흘렸다.
"나개가 시주와 인연이 닿았다면 영생을 찾는 불자로서 그 풀초 때문이구나. 그리고 영당의 행선지는 나는 알 수 없는 일이며 강호만이 알 수 있다. 그 상봉은 언젠가는 이루어질 것이다."
예를 올리려 찾아온 사람이 또 행선지를 다그치는 것도 혹을 더 붙이는 형국이어서 재차 묻고 싶지 않았다. 법사도 알 수 없는 일이고 알고 있다면 묻지 않아도 말해 주었을 것으로 생각했다.
"천초에 관심이 없다는 나개도 그 풀초에 관심이 많은가 보구나."
"관심이 없다고는 하지 않았습니다. 덧붙여 바늘귀 같은 시간으로 들어갈 수 있다면 하시는 말씀을 들었습니다."
좌선을 풀면서 노승은 무릎으로 앉아 있는 학소에게 편하게 앉도록 권했다.
"시주의 집안에서 영생과 불사초에 관한 일이 일어났으므로 몇 가지 이야기를 남기고 싶다."
지금에 이르러 학소는 아버님의 고뇌를 느끼고 있었다. 중원의 대들보에 눌려있는 인지의가장 방생청을 떠올리며 노승의 말을 귀담았다.
"이 세상에 존재하고도 사람이 감히 보지 못하는 것이 세 가지 있다.

그중 하나가 불로초라고 듣고 있었다."

"예? 그러면 그 영초는 실제로 있다는 말씀입니까?"

"허어. 있다고도 할 수 없고 없다고도 할 수 없으니 답답하고 허무한 일이로구나."

고귀한 풍모로 허탈한 신상은 조금도 용납지 않을 것 같던 법사에게서 의외로 허물없는 친구 같은 그런 기운이 스며들었다.

"다음 두 가지는 무엇을 말합니까?"

"사람의 옷 속에 기생하는 이가 있지 않느냐. 그 이의 털 속에도 이가 기생하며 그 이를 우리가 어찌 보겠는가. 또 하나는 너무 커서 보지 못하는 우주가 있다. 따라서 너무 커서 보지 못하고, 너무 작아서 보지 못하고, 너무 귀해서 보지 못한다고 한다. 그런데 진 장주는 사람은 뭐든지 할 수 있는 영장의 동물이라고 하여 그 귀한 것을 찾기 위해 사람들을 들뜨게 했다."

"예감은 하고 있었습니다. 불로불사의 영초가 자생하는 곳을 알 수 있다는 서복 선사의 서불과지도라고 말할 수 있습니다. 소생의 가친이 불로를 믿어 그것을 소지했다고 보겠으나 아직은 알 수가 없습니다."

"그것이 시발점이 되었으니 말하겠네만, 누가 이름을 지었는지 허무하게 날아가 버리는 백접도(白蝶圖)라고 그럴만하구나. 아마도 진 장주가 그랬을 것으로 믿네. 그러면서 모든 존재(存在)는 무엇을 위해서 이 세상에 태어나 서로 맞물려 그 존재의 가치를 주장했다."

처음 듣는 말이어서 존재의 가치에 난감했다.

"소생은 그 존재가 무엇을 의미하는지 모르겠습니다."

"병이 있으면 반드시 약초가 존재한다고 했다. 이 말은 모두가 시인하는 바이다. 그다음이 문제였다. 사람이 늙어 죽는 것도 하나의 병이오, 여기에도 그 약초가 존재한다고 했지. 그것이 불로초라는 것을 의생들에게 부여했다.

학소는 망연자실한 눈으로 먼 하늘로 동공을 던졌다. 정황으로 보아 혜불 법사는 어머님을 보살피며 여러 가지 정보를 터득했을 것으로 보아 그 말을 의심치 않았다.

애처롭게 그를 바라보던 법사가 말을 이었다.

"이것이 업이 되어 시주까지 강호의 물을 먹게 하는 게 나는 안타깝네. 시주가 불도의 길을 택하여 주었으면 나는 대환영을 할 것이다."

아버님도 의약을 탐구하는 의원으로서 약초를 강조하는 말이었을 텐데 그것만은 아니었다. 늙는데도 이것을 몰아내는 영생의 약초가 있구나 하는 것은 누구나 보통으로 들어 넘어갈 수는 없는 일이기 때문이다. 골똘히 생각에 빠진 그에게 법사는 조용한 음성으로 입을 열었다.

"영생을 찾을 수 있는 길이 있다면 대부분의 사람은 혈안이 되어 찾으러 떠나겠지. 영초 앞에서는 성인군자가 따로 없을 것이기에 그 첫째가 이 혜불이기도 하다."

학소는 스님을 보며 의아해했다. 노승은 먼 들판을 바라볼 뿐이다.

"법사님도 영초인 불로초를 믿으십니까?"

"영생은 불로초가 아니다. 빈승은 여기 암자에 나와 불심에 연연하여 지하 별고에 들어가 선사의 유업에 입문하고자 하나 부족함이 많아 보통의 법승으로 돌아갈 것이다."

먼 들판을 바라보는 법사는 선사의 육신불에는 수도가 무거웠는지 그것을 접는 모습 같았다. 침묵해 있던 노승은 그에게 고개를 돌렸다.

"시주는 저기 걸어가는 두 농부를 보고 무엇을 느끼는가?"

노승이 가리키는 산 아래에는 중년인 부부가 호미를 들고 걸어가고 있었다.

"농사일을 하려고 밭으로 걸어가고 있습니다."

"그것은 형상이고 나는 언제나 시간을 보지. 마을 동구 밖까지 나오면서 시간을 먹으며 연이어 밭에까지 걸어가고 있다. 바로 말하면 시간을 먹으며 늙어가고 있다는 말이다. 지금 만약에 시간이 멈춘다면 저 농부는 그 자리에서 가만히 늙지 않고 영원할 것이라고 말하겠지. 하지만 시간이 멈춘다는 것은 온 세상이 없다는 말과 같네."

귀담아듣던 학소는 영파에서의 일이 떠올랐다.

"나개 대사께서는 바늘귀 같은 시간 속에 찾아 들어가면 영생이라는 말씀을 하셨는데 영혼이라는 말씀입니까?"

"간단히 대답하면 그렇다고 볼 수 있다. 시간 속을 뚫고 벗어나면 시간이 없는 다른 우주가 있어 그것이 영생의 온처이다."

문득 마차에서 달리다가 낙마하여 강물 속으로 떨어지는 육신이 연상되었다. 시간을 머금으며 달리는 마차는 늙어가고 있고 나도 물속에서 늙어갈 텐데 그 물속이 아니고 바늘귀 같은 구멍을 찾아 시간을 탈속하라는 것과 같다.

노승은 그것을 이해시키려는지 질문을 던졌다.

"생각을 달리하면 세상이 바뀐다는 말이 있지 않느냐? 관념을 달리하라 그런 의미에서 한 가지 묻겠네. 시주는 먹기 위해서 사는가, 살기 위해서 먹는가?"

닭이 먼저냐, 달걀이 먼저 생겨났느냐 그런 질문이었다.

"살기 위해서 먹는다고 보겠습니다."

"그렇다네. 먹는 재미로 산다는 친구도 있겠지만, 대부분은 살기 위해서 먹는다고 보는 것 같구나. 그렇게 살기 위해서 먹다 보면 결국에는 늙어 죽고 만다. 따라서 살기 위해서 먹는 것이 아니고 죽기 위해서 먹는 것이 아니겠느냐."

법사의 말은 당연한데도 함축하여 보니 세상살이가 별것이 아닌 것 같았다.

"사람들은 온갖 추한 행동을 다 하며 갈취한 욕심으로 채운 그득한 뱃속을 바라보라. 육십 평생 입을 통하여 뱃속에 들어간 것은 수십 가

마니 쌀이며 수천 마리 물고기와 닭, 돼지며, 이름 모를 벌레들과 황소도 한 마리쯤은 창자 속을 지났을 것이다. 그 많은 죄업이 결국은 죽음뿐이다. 생의 끝은 죽음이요, 궁극적으로 죽기 위해 열심히 먹어왔던 것이다."

혜불 법사는 불교의 생로병사에서 해탈하는 불법의 삼보(三寶)에 두지 않고 시간 속에서 찾고자 했다. 법사의 말을 듣고 보니 삼시 세끼 먹으며 사는 것이 한순간이고 죽는 날이 보이는 것처럼 느끼며 두 눈이 동그래졌다.

"찰나의 시간을 찾아 육신까지 세상을 탈속하여 영생을 찾고 이승과 저승을 왔다 갔다 했으면 그 이상은 없겠습니다."

"그래서 생각을 달리 하여 그 속으로 찾아 들어가 버리라는 것이다. 세월이라는 개념은 저 태양이 만들어 놓았지. 궁극적으로 말하면 땅덩이가 움직임이 없으면 시간도 없고 땅바닥도 존재하지 않는다"

그러면서 법사는 손을 들어 서산을 바라보았는데 태양은 구름 사이로 빛을 발하며 대지를 어루만지는 것 같았다. 노승은 태양 빛이 내리쬐는 들판을 바라보며 달갑지 않은 듯이 입을 열었다.

"일 년이라는 시간은 수억 년에 비하면 한 치의 찰나인데 저 태양이 뜨고 지며 생명들이 삼시 세끼 먹게 만들고, 밤을 만들어 날수를 먹게 하고, 모든 만물이 늙어 사그라지게 만든다. 여기 세월이라는 말과 태양은 같은 말이다. 시주도 태양의 덕을 입어 자라났지만, 태양이 가리키는 곳으로 따라가 죽음에 이를 것이다. 태양은 모든 만물을 무(無)에서 태어나 태양이 만드는 시간을 먹고 결국은 무(無)로 끝나니 영원함은 육신을 벗어던지고 바늘귀 같은 찰나의 시간을 찾아 들어가 보라. 시주가 말하는 육신까지도 들고나고 할 수 있을지도 모르는 일이 아니겠느냐?"

학소가 웃어 보이자, 노승도 미소를 머금었다가 정색을 했다.

"시간은 가만히 있는데 해와 달이 돌고 돌며 만물을 혼동케 만들어 모든 생명체를 사그라지게 만든다. 그 대가로 후대를 만드는 데 우리 불가에서도 윤회(輪回)라 하여 이를 받아들이네."

윤회사상이 머리에 떠올라 고개를 끄덕였다.

"그렇습니다. 욕심이 많게 살면 돼지로 환생해 태어나고, 행실이 나쁘면 황소로, 마음씨가 좋으면 사람으로 태어난다고 들었습니다."

노승은 그의 말에 미소 지어 보였다.

"천축에 힌두교는 후대는 곧 자신이며 후대로 이어지는 것이 자신의 영생이라고 믿고 산다. 불심을 얻어 영생불멸에는 미륵여래가 나타나 내세에 출현할 천기의 비밀을 풀어놓았다고도 하지. 십 년 전 지장보살 앞에서 불경을 읽던 중 우리 선사님이 극락과 지옥을 오가며 불경 읽는 소리를 들었다네. 나는 선사님처럼 불심으로 영생을 찾을 수는 없지만 영혼이 영생할 수 있다는 것을 알았네."

"칠월 초하루에 귀문관(鬼門關)이 열려 귀신이 들어간다는 말씀을 들었습니다. 혹시……"

"사람들은 구천을 떠도는 귀신이라고 하네만 몇만에 하나 있을까 말까 하는 사람들이네. 이는 억장이 무너지는 원통함으로 너무 한이 쌓여 영혼이 떠나기를 거부하지. 찰나의 시간에 멈추어 버림으로 영생의 시각에 반쪽만 들어가 버린 것이며 이것이 유명계(幽冥界)라네. 나는 땅속 지옥까지 갈 수 없어도 그 영령들을 위로하며 구제하여 영생의 길을 찾아가기로 마음먹었지만, 고행의 참선이 이에 미치지 못했다."

진정한 해탈과 영생불멸은 미륵부처만이 알고 있다는 것은 관음보살이나 지장보살 모두 같은 의미인데 영령을 찾아간다는 것을 구분하고 있었다.

법사는 영초 때문에 벌어지는 일이었으므로 영생함을 자신에게 가르쳐 주는 목적임을 학소는 알았다.

혜불 법사는 의미 있는 웃음을 던졌다.

"세상사는 불가사의한 일들이 많이 일어난다. 그대가 육신까지 이승과 저승을 들고나고 할 수 있다는 말에는 그 찰나의 시간을 찾을 수 있을 것만 같구나."

학소의 질문에 대답이 없다는 듯이 법사는 산 아래를 내려다보며 일어설 준비를 하였다.

"시간이 흐르니 해가 기우는 것이 아니라 태양이 움직이므로 시간이 흐른다. 제일 게으른 사람도 부지런한 사람 못지않게 하는 일이 있다면 그것은 세월을 먹고 늙는 일이다. 해와 달이 움직이므로 늙는 것처럼 쉬운 일은 없네."

산 아래를 걸어가던 두 농부는 태양 따라 기우는 것처럼 시야에서 사라졌다. 무엇인가 묻고 싶어 하는 학소를 바라보며 그 의미를 아는지 한마디 던졌다.

"군부인은 천원지방(天圓地方)을 찾아간다고 했다. 지붕의 정점이라면 곤륜산이 아니겠느냐?"

탐라도에서
곽순이

한라산 기슭에 숲길을 걸어가는 한 나그네가 있었다. 길이라고는 하나 우마가 물길을 찾아 걸었던 족적뿐인 길이었다. 나뭇가지에 아스라이 붙어 있던 홍엽들도 지금은 여기저기 떨어져 뒹구는 낙엽이라는 이름이 초라하기 그지없었다. 여름에는 훈방 나무와 자귀나무잎에 가려져 있는지조차 몰랐던 황솔들만이 군데군데 치솟아 푸르름을 자랑하고 있었다. 대륙에서 밀려온 하늬바람은 황해를 건너와서도 지칠 줄 모르게 섬 곳곳을 쑤셔 다니고 있었다.

이와 같이 한 나그네가 먹어볼 것 없는 이 섬에 들어와 마치 보물찾기 하는 행동 같기도 했다. 겨울이 채 끝나지도 않은 초봄 한기인데, 나그네는 벙거지를 이마 위로 밀어 올리며 땀을 훔쳐냈다. 걸음을 절뚝거리는 것이 건각(蹇脚)의 중년인인데 이 고장 마의를 길게 걸치고 있었다. 머리에는 벙거지를 쓰고 죽장을 짚고는 무엇인가 흥얼거리며 걸어가는데 피곤한 표정이나 무거운 걸음은 드러나지 않았다.

"이어도 사나~ 이어도 사나~

산은 첩첩 청봉인데~ 물은 출렁출렁 한강수라~

요절고개 저절고개~ 뭉클뭉클 일어난다~

이절고개 저절고개~ 무얼먹어 살쪘느냐~

지름통을 먹었느냐~ 부자통을 먹었구나~

만파흑죽 가리키는~ 불로초를 먹었구나~"

나그네는 흥얼거리다가 멈칫하고는 무엇을 느꼈는지 우뚝 섰다. 그의 눈이 날카롭게 번뜩이더니 몸이 한번 휘둘러지며 그의 손에서 날아간 비수가 고목에 붙어 있던 삵 한 마리를 떨구어냈다.

켱!

큰 고양이 삵은 가슴에 비수를 맞고 몇 걸음 떨어진 곳에 떨어졌다. 벙거지 나그네는 다가가 비수를 뽑아내고 풀잎에 삵의 핏물을 닦아냈다.

"너 같은 고양이가 이 산중에서 왕 노릇을 하니 한심하구나. 삵들에게 일러두거라. 너희 큰 형님이 여기에 왕림하셨다고 말이다. 하하하……."

중년인은 어른답지 못하게 죽어있는 고양이 앞에서 히죽거리며 일어섰다.

그때였다. 난데없이 사나이가 바람같이 나타났다. 그 사나이는 갈색의 경장인데 등에는 짤막한 도가 부착되어 있었다.

중년의 건각인이 뒤로 돌아서자, 경장의 사나이는 양손을 모아 깍지를 끼고 코밑으로 모아 머리를 약간 숙여 보였다. 주인에게 대하는 예법 같았다. 건각인은 팔과 손을 요란스럽게 휘저으며 자신의 이목구비에 왔다 갔다 하는 모습으로 보아 예법은 아니고 손 수화(手話)를 나누는 행동이다. 경장인은 양손을 요란스럽게 움직였다. 무엇인가 찾아내었다는 수화 같았다.

벙거지의 건각인은 금덩이라도 발견한 것처럼 움직이던 손을 멈추고 고개를 끄덕이며 황솔 틈새로 보이는 오름(岳)을 바라보았다. 걸음을 옮기며 예의 이어도 산하의 노래를 흥얼거리는 것이 좋은 일이 있는 것 같았다. 섬 중이라고는 하나 산속에서 바다 이야기가 심상치 않아 보였고 경장인은 고개를 갸우뚱해 보이며 반대쪽으로 날아갔다.

절뚝거리지만 목적지가 보이자 빠르기는 보통 사람의 두 배는 넘었다. 한참 만에 코를 실룩거리고는 벙거지를 이마 위로 밀어 올렸다.

"흥! 그 영감탱이가 살고 있는 집이 저기로군."

만면에 웃음을 머금으며 바라보는 곳에는 띠로 촘촘히 엮어 만든 전

형적인 탐라의 초옥이었다. 지붕은 광풍이라도 대비하는지 팔뚝만 한 띠줄을 바둑판처럼 엮어놓았다.

여느 집과 마찬가지로 정문에는 통나무 세 개가 가로놓여 있었는데 그는 죽장으로 소리 나게 두들겼다.

"노인 영감! 나와보시구려! 먼 길에서 왔쑤다!"

탐라의 방언으로 서너 번 외쳐대자, 털립을 쓴 육순은 넘어 보이는 초노가 나오며 턱을 들어 바라보다가 금세 그를 알아보았다.

"요란스럽게 누군가 했더니 오랜만에 곽 공을 만나다니……. 좋은 소식이라도 있는가 싶소."

벙거지 나그네 곽 공은 난간에 걸터앉고는 중국 말을 했다.

"노인네가 가르쳐 준 천리향이 중원에서 사실이 드러났습니다. 그래서 나는 실패했소."

"말씀으로 보아 백접도를 손에 넣지 못했다는 말씀이오?"

"그 사연은 나중에 말씀드리고 우선 입이 출출합니다. 사향주나 한 사발 주시오."

"호면선자 곽 공이 돈은 귀하지 않을 터인데 인가에서 술 되나 사 들고 올 일이지 이 산중에 술이 있다면 남아나겠소?"

호면귀(虎面鬼) 곽순(郭瞬)―.

그는 진 장주의 범주선에서 요리와 닻을 타는 사람으로 몸을 담아 탐라에 왔던 곽순삼이었다. 둘은 구면인 듯한 말씨로 보아 당시도 연통되었던 것이 틀림없어 보였다.

"이 호면귀에 선자(仙子)라고 불러주어 듣기가 거북합니다."

자신보다 열 살은 넘은 나이에 반 경어를 쓰면서 허물없는 친구처럼 갈구하는 그의 태도에 마음은 풀지 못했다. 곽순은 만일(萬日) 노인의 뒷모습을 흘겨보았다. 산발에 희끗희끗한 머리는 뒤로 묶어 여섯 치의 길이에서 싹둑 잘라놓은 것은 이국인(異國人)임을 연상케 했다.

중국 산동성에서, 지금은 이 고도에서, 산전수전 겪으며 무슨 생각을 하며 살고 있을까. 곽순이 의문을 품고 상대방을 뚫어져라 보는 눈이 예사롭지가 않았다.

"선배님은 노마님을 모시고 있다는데 형수님께 이르시오. 사향주를 빨리 내어오도록 말입니다."

뒤돌아선 초노의 깊은 눈길이 곽순을 향했다. 심의가 깊은 눈매로 보아 독기와 지조를 갖춘 양면의 신투의 인상이었다. 무안한 얼굴을 감추는 곽순에게 아무렇지도 않음을 표현하듯이 웃음 띠며 말했다.

"콧등에 개코라도 붙여놓았는지 당신 코는 비껴갈 수가 없겠네. 우리 할멈은 한 달 전에 앞마을로 돌아가 버렸어."

그의 말에 답하듯이 안방으로 코를 실룩거렸다.

"어르신이 할멈이 없다면 이름값을 못 하지요. 여기서 백미 열 가마면 모든 이로부터 부러움을 샀을 것입니다."

"어데서 엿듣고 백미 소리를 하는구나. 이 년이 넘어가는데 그 쌀이 남아나겠는가. 몇 달을 거친 보리쌀로 살아가려니 이 산중에 어느 여인네가 살겠소. 그러니 젊은 사람 찾아 내려가 버렸지요. 그런데 누가 당신에게 소도리(사방 소문)를 잘해주었는지 모르겠소이다."

"학소라는 의가장 소장주로부터 선배님 말씀을 들었어요. 그 말씀에 저 앞산 등 굽은 오름(後曲岳)을 가리키며 이 마을 홀어멍이 저 분악(墳岳) 형국을 하여 이 섬에 대충을 모두 몰아내었다는 말씀이 사실이었군요."

갑사(甲士)였던 만일(萬日) 금석(錦石) 초노는 짓궂은 눈매로 보다가 양쪽으로 잔주름을 지으며 웃음을 띠었다. 할 수 없이 그는 방으로 일어서려는데 곽순은 사양했다.

"벌써 향이 은은하여 사양하겠습니다. 지난번에 천리향이 몸에 배어 그것을 떼어내는 데 한 달은 걸렸습니다. 우리는 야행자(夜行者)로 사향주를 먹었다가는 그 향 때문에 접근하거나 추종하는 일은 못 할 것입니다."

들판에서 까마귀 소리가 연이어 들리다가 그 틈새로 뻐꾸기 울음소리가 호젓하게 들려왔다. 말을 멈춘 곽순은 두 귀를 움직이고 무엇인가 소리의 의미를 찾고 있었다.

문밖으로 들판을 바라보던 갑사 금석은 그의 얼굴을 훔치고 나서 입을 열었다.

"뻐꾹새 울음소리라면 오월은 되어야 할 텐데 초봄인 지금 그 소리를 들으니, 한편으로는 반갑네요."

산 노인이 되어버린 갑사는 산중에서 보는 것 듣는 것에 민감해 있었다.

"사람들도 드문드문 정신 나간 양반네가 있는데 새들도 시절 감각을 모르는 정신 나간 새들이 없지는 않겠지요. 홍물동(洪水洞) 주막에 행낭을 두고 왔는데 도로 내려갔다 오겠소이다. 오는 길에 백주 한 되는 사 갖고 오겠소. 해서 저기 보이는 꼴망태는 빌려도 되겠지요?"

그의 말에 갑사는 고개를 끄덕이며 웃어 보였다. 그에 따른 술안주도 있을 것이라고 예상했기 때문이다.

초옥을 나온 곽순의 눈길이 예사롭지 않았다. 산 아래에서 올라오는 두 사람이 있었는데, 거기에는 농아(聾兒)에 가까운 경장의 아인(啞人)과 한 나그네였다. 곽순과 헤어졌던 경장의 아인은 두 손을 부지런히 움직이며 나그네에게 무엇인가 설명하는 행동이었다. 알아먹을 수 없다는 표정으로 귀찮아하는 나그네는 자세히 보니 중원의 무림인이었으며, 놀랍게도 그는 적제장군 팽두(彭斗)와 한 조를 이루어 그의 마장 노릇을 열심히 했던 인물로 염라신도(閻羅神刀) 편재(片才)였다. 호면귀 곽순과 수화를 보이던 아인이 편재를 대동하여 곽순과 마주하려 하고 있다.

편재는 홍물동 주막에서 산방산(山房山)과 당악(唐岳) 중간지점에 초옥 한 채가 있다는 면피 한 조각 그림을 보이면서 사람들에게 묻고 다녔다. 토민들은 불쑥 튀어나온 그의 태양혈과 짊어지고 있는 봇짐 사이로 삐죽이 보이는 칼자루를 보고 섣불리 접근하지 않았다. 편재는 자신의 모습은 생각지 못하고 중국 말만 나오는데 통역이 어려웠다. 그때 지금의 아인이 나타나서 산방산을 가리키고 북방으로 당악이 있다고 손짓하는 행동에 같이 산길을 오르는 것이었다.

편재는 많은 돈을 지불하고 고국(일본)으로 돌아가는 왜선에 부탁하여 열흘 전에 탐라 산지 항에 도착했다. 곽순도 이와 같이 오 일 전에 탐라도 산지 항에 도착했는데, 초행이 아니라 갑사 만일 어른을 만날 수 있었던 것이다.

편재의 뒤를 추종하던 곽순은 늦게 도착했지만, 산지 객잔에서 흉악해 보이는 중원의 무림인이 배에서 내렸다는 첩보를 엿듣고 그것은 빙백궁에서 갑사를 주목하고 있다는 점이 틀림없을 것이라고 예상했는데, 산에 오르는 객인은 적제 신장 팽두의 수족인 염라신도 편재였다. 중원에 팽두(澎斗)와 그의 수족 편재, 그리고 탐라도의 갑사(甲土)와는 한 조임을 곽순은 알고 있었다.

당혹감을 감추지 못한 곽순은 고개를 끄덕이고 굳게 다물었던 입술이 당당함으로 하얀 이빨까지 드러내며 웃음을 지어 보였다. 벙거지를 깊숙이 눌러쓰고 이 지방 갈의를 입고 있고 꿀망태를 어깨에 걸어 산 아래로 걸어가는 발걸음은 이 지방 토민의 모습이라고 하기에 빈틈이 없었다.

"이어도 산하~ 이어도 산하~
이절고개 저절고개 뭉쿨뭉쿨 일어난다"

초옥을 찾을 때는 건각인이었는데 지금은 바른 걸음에 이어도 산하를 흥얼거리며 올라오는 이들을 마주하려 내려가기 시작했다. 산길을 오르내리는 이 소로에서 둘이 마주치자, 편재는 벙거지 토민에게 말을 걸었다.

"이보시오. 말 좀 묻겠소. 산은 검은 산인데 하얀 백석으로 솟아있다는 저 산이 산방산이 맞소?"

얼굴을 마주하지 않은 곽순은 산 쪽을 바라보며 고개만 끄덕였다. 편재는 말이 통하는 것 같아 손바닥보다 커 보이는 면피를 보이며 물었다.

"그러면 당악과 산방산 중간 지점이라는데, 어디쯤 되겠소?"

곁에 있던 아인은 둘을 번갈아 보며 양손을 요란스럽게 움직였다. 편재의 눈에는 귀찮아 보일지 몰라도 곽순과는 서로 내통하는 말이기도 했다. 은자단이 아니었으면 좋은 벗이 되었을지 모르지만, 곽순은 결행하기로 마음먹었다. 항주에 리안산 종탑에서 들려오는 종소리에 나는 살아났다. '우리가 일을 성공하려면 자네는 사라져야 한다.'

곽순은 죽장을 들어 남쪽을 가리키자, 편재는 죽장 따라 먼 산을 바라보았다.

그때였다. 벙거지 곽순의 신형이 빠르게 움직였다. 일순 비수를 뽑아낸 곽순은 그의 몸에 밀착시키며 명치로 깊숙이 자격(刺擊)했다.

"우욱!"

아인도 행동에 따라 편재의 양팔을 죄어놓자 꼼짝없이 당하고 말았다. 예상치 못했던 한순간이었다. 곽순은 죽장 등으로 이마까지 덮었던 털립 벙거지를 밀어 올리며 편재를 바라보았다.

"그렇소. 저 산이 모두 백석으로 되어 있는데 검게 보이는 산방산이오. 이 섬에서 한라산 다음으로 불리는 유일한 산(山)인데 그 외로는 모두 오름(岳)이외다."

중원의 말에 깜짝 놀라며 벙거지 사내를 바라보았다.

"자네는…… 항주의 리안산 종탑에서 죽어 나간 곽순?"

"그렇소. 당신은 은자단을 애걸하는 나를 관찰하며 입으로는 끊어내라고 말했지."

가슴에 자격을 당한 편재는 입 양가로 핏물을 흘리며 흐려져 가는 의식을 바로잡으려고 애쓰고 있었다.

"내가 종탑에서 자네의 목을 치지 못한 것이 후회스럽다. 곱게 죽어 갈 것으로 믿었었는데……."

"그렇소. 나를 살려 놓든지 아니면 확인 살수를 했어야지. 당신네는 자단의 하수인으로 만들어 놓고 나의 동태를 관찰하며 나를 이용만 했어. 이에 대한 응분이오!"

기습을 당한 편재는 분한 마음을 억누르며 할 말은 없어 보였다. 곽순은 침착한 어조로 말을 이었다.

"당신은 궁인에 올라 영초를 얻고 천수를 일백 번 누릴 영광이 올 텐데 안됐소. 변방에서 이름 없이 죽어가다니……."

영초와 궁인의 말이 나오자, 염라신도 편재(閻羅神刀 片才)는 무엇을 말하려고 입을 열려고 했으나, 입술까지 무거운 상태였다. 검게 보이는 산방산을 바라보며 점점 하얗게 변하는 모습에 그 의미를 알 수 있었다. 이어서 온 세상이 그와 같이 하얗게 변해버렸다. 복건에서 흉맹이 자자했던 그도 죽어서는 얼굴이 백지장처럼 하얗게 변했다. 생각 같아서는 얼굴이 검게 변할 줄 알았는데, 영혼은 참선하는지도 모를 일이었다.

곽순은 깊숙이 내찔렀던 비수를 뽑아 들고 삶의 핏물을 닦듯 그의 옷에 비벼대며 닦아냈다. 그러고 나서 둘은 시신을 건천인 냇고랑으로 던져버렸다. 아인은 씽긋 웃고는 양손을 꼬부랑 손처럼 움직였다. 깨끗이 일을 마친 곽순도 건천 쪽을 향해 시부렁거렸다.

"이 몸이 리안산(里安山)에서 노중객사(路中客死)할 처지였는데 짓궂게도 당신이 이국 천리 외로운 이 섬에 들어와 그와 같은 신세가 되다니 안됐소. 당신네가 나를 살렸다면 죽 대롱 속에 있는 백접도는 나의 가슴속에 있었는데……."

말을 흘리던 그는 이마를 탁 쳤다.

"그렇구나! 손자병법과 오자병서(五子兵書)를 논했고 천지신군 오성팔괘(天地神君 五星八卦)를 말했던 그들이 백 장주라고 불렀구나."

호면귀 곽순은 백 장주라고 외치고 나서 얄팍한 입술을 굳게 다물었다. 그것은 아물거리던 그때의 상황을 떠올리며, 그의 귓가에 남아있던 흔적이 백 장주라는 기억을 되살렸다. 고동치던 그의 심장은 영영 잊고 말 기억을 되찾았는데 그로서는 큰 희망이 되었다.

초옥에 다다른 곽순은 처음과 같이 죽장을 두드리며 주인 영감을 불렀다. 밖으로 나온 금석은 희희낙락한 웃음으로 이들을 바라보았다. 홍물동에서 데려 쓴 두 젊은이가 쌀가마를, 그리고 다른 젊은이는 술독을 짊어지고 마당으로 들어서고 있기 때문이었다.

"천하의 호면귀 신투가 빈손은 아닐 텐데 행낭에는 금전 은전이 가득한데 귀한 것은 없겠소이다."

두 젊은이에게 사례를 하고 돌려보내며 호면귀 곽순은 봇짐을 낭하에 내려놓았다. 그 봇짐은 여기 초옥을 열심히 찾던 염라신도 편재의 물건이었는데, 갑사 금석은 봇짐 밖으로 삐죽이 나온 검 자루를 보고는 염려스러워 말했다.

"이 섬은 산무악수라고 하는데 사나운 짐승이 없소. 해서 섬사람들은 창칼을 들고 다니는 무인들을 제일 두려워하고 상종도 하지 않으려 하니 접어두는 것이 좋겠소이다."

"평화스러운 이 섬에서 제가 바라는 바이기도 합니다."

그는 씽긋 웃어 보이며 마루에 걸터앉았다. 벙거지를 벗어놓자 있는 듯 없는 듯한 머리카락에 둥그런 얼굴은 마치 바다에 띄워놓은 이 고장 잠녀들의 테왁 같기도 했다. 가끔 흘겨보는 눈매는 천하에 제일 신투(神偸)라고 자처하는 그의 자존심에 걸맞기도 했다.

이 구석 저 구석 박혀있는 각종 물건은 의문의 대상이며 그 눈길은 들판에 호안처럼 번뜩였다. 가까우면서도 서로 견제하는 분위기였는데, 이를 내색하지 않으려고 주인 행세를 다 했다.

금석은 처음부터 묻고 싶었는데 그가 말을 하지 않자 조심스럽게 입을 열었다. 곽순도 이 인간이 빙백궁과 내통이 되고 있는지 그것이 핵심인데 의가장 말을 꺼내지 않았다.

"항주에 인지의가장에서 왔다는 그분들은 무사히 도착하여 잘 지내고 있습니까?"

비로소 곽순은 고개를 끄덕였다. 그 이유는 아직 중원과 소식이 전달되고 있지 않다는 것이다. 한마디 말로 모든 것을 알 수 있었다.

"이 호면귀가 도로 여기까지 왔다면 무사히 도착했다는 것이 아닙니까. 그런데 섭섭하게도 강호에 이목을 받는 귀한 지도를 소지했다면 진 장주도 편히 지낼 수 있겠습니까? 내가 보기에도 안됐소."

섭섭하게 당했다는 말씀에 고개만 끄덕였다.

"멸문을 당했다는 말씀으로 알아듣겠소. 당신이 백접도를 놓치면 빙백궁에서 남방 신장(南方神將) 적제장군께서 책임을 물을 수도 있겠지요."

갑사의 질문에 두 눈을 지그시 감고 골몰히 생각하던 그는 조용히 입을 열었다.

"의가장은 소실(燒失)되었으나 진 장주는 우리 태현랑사에 몸을 담고 있어요. 이것은 우리 궁만이 알고 있으며 함구해 주실 것으로 믿소."

우리 궁이라는 말에 고개를 들어 곽순의 의도를 살펴보았는데 그는 웃음 띠며 말했다.

"나는 궁인 삼십 일위입니다. 선배님은 궁인 사십 오위에 추대되어 등록되었는데 영광입니다. 감축드립니다."

그러면서 곽순은 신물(信物) 하나를 품속에서 꺼내 들었다. 동패로 된 아이 손바닥만 한 것이었는데 그 안쪽 면에는 빙백궁 궁인 사십 오위 갑사 금석(氷白宮 宮人 四十五位 甲士 錦石)이라고 음각되어 있었다. 동패를 받아들고 어쩔 줄 모르는 만일 노인 갑사 금석의 주름진 얼굴에는 웃음이 감돌며 감격해 마지않았다.

"궁인 사십 오위라는 말씀입니까?"

"그렇소. 궁주님은 더도 안 되고 덜도 안 된다는 궁인 백인이라는데 그중에 사십 오위입니다. 모두 영생불멸을 함께 하겠다고 모두에게 천명하셨습니다."

"궁주님께서 여기 낙도에 있는 금석까지 돌아봐 주시어 감개무량할 따름이오."

이름을 잃고 난 그는 얼른 일어서서 안방으로 건너갔다. 얼마 없어 손에 들고 나온 것은 향돌과 돗자리였는데, 그것을 마룻바닥에 깔아놓았다. 향을 피우고 동패를 받아 들었다. 연후에 서쪽 하늘을 향하여 넙죽 큰절을 올렸다. 빙백궁 궁주님께 보내는 감사의 표시였다.

"나는 호종단 궁주님을 모르는데 어떻게 궁인까지 호천하여 등록되었는지 모르겠소."

곽순은 청주를 한 사발 빨고 고개를 들었다.

"적제장군 적소상인(赤掃上人) 팽두(澎斗)를 잘 아시지 않습니까. 지금은 장군을 신장(神狀)으로 호칭하고 있습니다. 그분이 호천하여 주셨다면 당연합니다. 그리고 선배님의 명호가 갑사와 만일(萬日) 둘이라서 어느 쪽을 택할지 모르겠습니다."

"예의에 관한 절차가 아니면 입 닿는 대로 부르면 됩니다. 궁인으로 치면 제가 하급이니까요."

그것은 궁인 삼십 일위는 상급이고 갑사 금석은 사십 오위여서 하급이라는 말이었다. 곽순은 두 눈이 접었다 펴면서 여러 가지 궁리를 하게 만들었다. 여기 동패나 면지 등이 얼마 전에 초옥을 찾던 편재의 물건이기 때문이다. 편재를 급습하여 얻은 것인데도 그는 본인이 갖고 나온 것처럼 행동했다.

"우리 궁에서는 갑사 사십 오위에 많은 관심을 두고 있습니다. 남방 신장 적제 신장께서도 기대를 두고 있어요. 그분과는?"

"그분은 내 생명의 은인이기도 합니다."

"그러시다면?"

"지금 생각해 보면 우스운 일이기도 합니다. 개봉에서 말입니다."

만일(萬日)이라는 명호가 붙은 것은 삼십 년 전 일이었다.

신라인 금석은 변경(汴京) 남쪽 신라촌에 살았었다. 그는 상군에 임관하여 갑사(甲士)의 직위에 올랐다.

그러던 어느 날 송 태조 무덕황제(武德皇帝) 조광윤은 재위 십칠 년에 마지막 행차를 하게 된다. 개봉 대로를 지나는 꽃마차 대행렬이었다. 궁에 대작들이며 만 명이 넘는 궁녀들이 함께했는데 화려함이 이를 데 없었다.

지고무상(至高無上)한 황제의 행차 길이라 수많은 꽃가마와 악사까지 동행한 대행사였다. 갑사 금석은 이 행렬에 뒷수습하는 임무를 맡은 하졸에 불과했다.

귀비, 덕비, 숙비를 거느린 1만의 궁녀들이라 개봉대로에는 분향이 넘쳐났다. 이러한 행렬은 황궁의 위용과 화려함을 만백성에게 보여주기 위함이기도 하며 그것은 군주가 굳건하다는 의미였다.

궁녀들이 지나간 자리에는 분향이 넘쳤고 흘리고 간 패물들과 귀걸이들을 줍기도 했었다. 한쪽 귀걸이는 어느 쪽에도 값어치가 없으니, 그는 쫓아가서 그 궁녀를 찾았다. 건네주는 젊은 남자와 건네받은 젊은 궁녀는 스치는 손과 눈길이 마주쳤으니, 무언의 연분이 되었다. 갑사 금석(甲士錦石)은 그 궁녀 곁을 보호하며 황궁까지 따라갔으나 지방 상군 갑사의 명함으로는 거기까지였으며 닭 쫓던 개가 지붕 쳐다보는 꼴이 되었다.

당시 총각이었던 금석은 반쪽 귀걸이의 궁녀와 치장한 수많은 궁녀 생각에 밤잠을 못 잤다고 했다. 아무리 높은 황제지만 그 연세에 만 명의 여인네는 차지할 수 없다고 결론을 내리고 다음 날부터 황궁을 돌며 외쳐댔다.

"만날 해봐라. 할 수 있겠는가. 만날(萬日) 말이다!"

만 명의 궁녀들을 일생 만일을 품어 잘 수 없으며 할 수 없다는 뜻이기도 하고, 행여 남아도는 궁녀 하나를 얻고 싶었던 것이었다. 결국 고성방가와 황궁을 모욕한 죄로 관아에 잡혀 형장으로 끌려가게 되었다. 그때 구해준 이가 적소상인 팽두였고 지금도 그를 은인으로 모시고 있다는 것이다.

호면귀 곽순은 그 말을 듣고 너털웃음을 멈추었다.

"갑사가 맨날 뜬구름 쳐다보는 소리만 하였다 하여 만일(萬日)이라는 명호를 얻었으니 영광입니다. 그래서 적제 신장님과 친분이 두텁군요. 그분이 아니었다면 갑사 어른은 지금 존재하지 않을 테니 구명지은이며 그 공이 어디 가겠습니까."

구명지은을 강조하며 품속에서 면지를 꺼내 펴 보였는데, 손바닥만 한 기름종이에는 여섯 글자가 적혀 있었다.

-비연절익형국(飛鳶絶翼形局)-

그것을 받아 들고 이리저리 뜯어보던 금석은 손뼉을 딱 쳤다.

"곽공의 신상이구려. 중원 천리 날아다니던 제비 같은 몸이 그만 날개 하나가 동강 났는데 이 섬에 날개를 재생시키는 약초는 없을 것이오."

만일 노인은 주름진 얼굴이 겉늙게 보여 이 지방에서 그렇게 부르고 있었다. 그는 주름을 펴면서 웃음보를 짓고 다리 쪽으로 눈을 돌렸다. 발목이 없는 왼쪽 다리를 두고 하는 말이었다.

곽순은 갑사가 하는 짓이 진정인지 농인지 분간키 어렵게 행동하는 일이 많아 싫지는 않았지만, 한편으로는 의구심을 떨쳐내지도 못하고 있었다. 여인의 총대 머리처럼 뒤로 묶어놓은 허탈한 노인처럼 가볍게 보였고 반면 짙은 눈매에 조용한 어조로 말할 때면 그 경륜이 말해주듯 조리 정연한 말이 이어지기도 했다.

곽순은 굳은 얼굴로 사방을 쓸어보며 말문을 이었다.

"말씀을 듣고 보니 나의 신상과 비슷합니다. 이 년 전 진 장주가 이 섬에 탐방할 때 백접도를 놓고 이 지명을 찾는 데 한 달은 소비했다고 했습니다."

그 말을 듣고 보통 문구가 아님을 알고 흥분된 얼굴을 했다.

"그래서 이 지명을 찾았소?"

"못 찾았으니 우리 몫이 아닙니까. 갑사와 나는 사심을 버리고 궁인으로서 이 일에 전념하라는 명령입니다."

잠잠히 눈을 감고 있던 갑사가 눈을 떴다.

"비연절익형국이라 이리저리 뜯어봐도 알 수 없는 형국이오. 산세인지 지명인지 또는 인상 깊은 인명인지 나로서는 감이 가지 않습니다. 그곳에는 귀한 물건이라도 있다는 말씀이오?"

"확증은 없지만 서복공이 기록해 두었던 곳이라고 하는데 진 장주가 찾고 싶어 하던 곳입니다."

말을 마친 곽순은 사발에 남아있는 청주를 입으로 가져갔다.

"진 장주가 태현랑사에 있다고 하니 그에게 물어보면 참고가 될 터인데……."

"그는 궁주님의 호시무백장에 빙인이 되었다 깨어났소. 그래서 회복이 어려워지고 있어요. 이 년 전에 진 장주의 범주선으로 여기 닻을 내릴 때 말이오."

"내가 모르는 일도 아니고 새삼스럽게……."

그는 의미를 알 수 없는 눈빛으로 갑사의 눈과 마주쳤다.

"당시 산해수동(山海水洞)과 자귀내포(蔗歸川浦)에 배를 정박했을 때입니다. 나는 그때 바다에 나가 자맥질하는 잠녀들을 바라보고 있었습니다. 그녀들은 노를 저으며 부르는 노래가 있었어요."

"산해수동이면 산이수동(山伊水洞) 말씀인데 지난번에는 염탐꾼이라 하더니 이번에는 노랫가락이라니 무슨 소리요?"

곽순은 먼 하늘을 바라보며 초연한 얼굴로 노래가락을 흥얼거렸다.

"이어도산하 이어도산하
산은 첩첩 청봉인데 물은 출렁출렁 한강수라
요절고개 저절고개 뭉쿨뭉쿨 일어난다.
이절고개 저절고개 무얼 먹어 살쪘느냐
지름통을 먹었느냐 부자통을 먹었구나
만파흑죽 가리키는 불로초를 먹었구나."

중국인인데도 이 지방 노래를 잘도 흥얼거렸다. 금석은 그것이 무슨 의미의 노래인지 알 수 있었다.

"수만 년을 너울거리는 파도 이야기와 이어도(離於島) 소리요."

"짐작은 하고 있어요. 잠녀들이 파도와 시름을 같이 하다 보면 그럴 만하겠지요. 그런데 나의 가슴에 제일 애착이 가는 곳이 있소. 이어도 산하와 만파흑죽 가리키는 불로초라는 대목입니다."

정중히 말하는 태도며 잠녀들의 애환을 연상하는 그의 얼굴은 마치 이어도 산하에 심취한 마음이었다. 중원의 양상 군자라고만 생각하기에는 너무 심기가 깊어 알 수 없는 인물이었다. 갑사는 궁인으로 답하지 않을 수 없었다.

"중원에는 희대의 마인들과 사인(邪人)들이 활개 치는 최악의 땅 최악의 지옥 갱이 있다고 하는데, 이 섬에는 없어요. 여기 탐라섬 사람들은 바다 건너 저쪽 어딘가에 여인들의 섬 이어도가 존재한다고 믿고 있어요. 죽어서 극락왕생하고 천당 같은 곳으로, 이승에서 제일 살기 좋은 곳으로 선망의 대상이지요. 중국에서 말하는 무릉도원(武陵桃源)처럼 이어도에 가면 꽃이 만발하고 영생할 수 있는 신선이 되는 곳이기도 합니다."

"여인 천국이며 환상의 섬이라는 말은 들어 알고 있어요. 그런데 '만파흑죽 가리키는 불로초를 먹었구나' 하는 문제의 대목 말입니다."

갑사는 빈틈없는 그를 한참 바라보았다.

"예부터 쉼 없이 밤낮으로 밀려오는 파도는 지금까지도 영원하여 불로초를 먹었다고 하는 노래 같은데 글쎄요. 의문을 갖고 보니 그러네요."

"……"

"당신은 중원 제일의 신투(神渝) 양상군자(梁上君子)라고 말하는데 그 민요 속에 들어가 내용을 훔쳐 오면 되지 않겠소이까?"

"잘 보시었소. 본시 목적이 그중 하나이기도 하오. 그래서 궁인으로서 힘을 얻고자 함이 아닙니까?"

만일 갑사는 짐짓 놀랐다. 궁인 위작(位爵)을 받은 것을 상기하여 말하고 있었다. 궁령은 적제장군 지령보다 위라는 것이므로 의미를 알 수 있었다.

곰곰이 생각에 잠겼던 갑사가 입을 열었다.

"인성(仁城)에 가면 지관(地官)인 안 정시(安正視)가 있어요. 유학과 학문에 통달한 정시입니다. 그분은 나에게 약제를 주문하는데 하루는 이런 말을 하더군요. '선배님은 꿀꿀이와 염소를 끌고 다니면서 온갖 약초를 찾아내는데, 천이백 년 전 서복공이 찾았다는 불로초가 있다면 어떻게 생겼을까 궁금합니다.' 나는 비로소 그를 주의 깊게 바라보며 무취무미 무색일 것이라고 말을 던져보았지요. 그 말끝에 대답이 없자 내가 되물었소. '그러한 영초가 있다면 안 정시(安正視)는 어떤 모습이라고 생각하십니까?'라고 하자 그는 얼굴을 쓸어볼 뿐 대답은 없었습니다. 그 다음부터는 영초에 관한 말은 한마디도 없었소."

곽순은 그 말을 듣고 무슨 꼬투리가 있음인지 의미심장하게 웃었다.

어느새 어두워 고요한 밤하늘에는 별들만이 반짝이는데 먼 바닷가에서 들려오는 파도 소리는 호면귀 곽순의 귀에는 외로운 이국 땅임을 느끼게 했다. 중국에서는 어젯밤과 같은 파도 소리는 들어 보지 못했다. 큰 대륙을 밀어붙이는 데는 조용하기만 한데, 작은 섬을 밀어붙이는 파도 야단스럽기가 그지없어 보였다.

다음날 그들은 인성리 마을에 들어섰다. 곽순은 길 등성이에 올라서고 바다를 바라보며 엊저녁 들었던 파도 소리에 귀를 기울였다. 산간보다 더 가까운데도 낮에 들려오는 소리는 미미할 뿐이었다. 인성리는 자단(紫丹) 마을과 산해수동(山海水洞) 중간에 있는 마을로 대촌이라고 할 수 있었다. 초가 길을 걷던 둘은 기와집이 듬성듬성 있는 곳으로 접어들었다. 안 정시는 부유층에 속하는 지라 기와집과 초가 두 채였다.

만일 갑사가 오른쪽에 있는 와가(瓦家)로 들어서자, 육순이 넘어 보이는 안 정시가 반겨 맞았다. 영업을 하는 사람들은 손님이 찾아들면 반가운 법이다.

"아이고~ 만일 어르신께서 어인 일이십니까?"

"상의할 일이 있어 들렀소만, 안에 손님이 없으시다면……."

"운세에 따르는 흉측대길(凶測大吉)이나 점괘 사주는 삼성 할망한테 밀리고 있습니다. 집터나 산 자리 보는 것이 전부라 한가합니다."

그는 안방으로 맞아들이며 방석을 깔아놓고 이들의 방문에 관심을 가졌다. 방안에는 중국과 고려에서 구해다 놓은 서책들이 있었으며 그것들을 탐독한 흔적들로 보아 학문에 매진하는 사람임을 알 수 있었다.

안주인은 주안상을 들고 들어서며 대뜸 갑사에게 수다를 떨었다.

"달포 전에 지어주셨던 백초탕이 효험이 있었어요. 시집간 우리 아이가 듣던데 두릅나물, 인동꽃, 복분자, 자귀나무, 보리수, 질경이 또 그 외로 적어주시면 캐어다 만든다고 합니다."

부인은 열 손가락을 구부리며 답을 얻으려 하였다.

"보통 들판에 있는 약초들이어서 어렵지 않을 것입니다. 그런데 열매 맺는 시기와 꽃 피는 시절이 제각각이라 명심하지 않고는 취하는 것이 힘들지요."

안 정시는 부인의 수다를 들으며 상식 이외라고 푸념했다.

"백 가지 풀초를 어느 때다 하고 다 알아 적어놓으면 누가 약장사를 하겠소. 심산에 기화이초가 약재이지 들판의 풀초들을 가지고 야단이오."

수다를 떨다 주인으로부터 욕을 봐온 부인은 입을 삐죽이며 부엌으로 들어갔다. 부인을 내쫓은 주인은 곽순에게 눈을 돌리는 것이 무슨 사연이 있는지 궁금해하는 심정이었다. 호면귀 곽순은 초라한 음성으로 힘없이 입을 열었다.

"나는 형님과 상선을 타는데 형님이 그만 선상에서 운명하셨습니다. 배는 정박할 일수가 많으므로 이 섬에 시신을 모시고자 합니다. 그래서 이 섬에 명당 자리가 하나 있다고 하여 찾아왔습니다."

신라가 패망할 당시 중국으로 건너온 서라벌 여인을 얻은 곽순은 십여 년 동안 생활하며 고려말을 어느 정도 구사할 수 있게 되었다. 그러다 보니 의도적으로 탐라에 관하여 관여해 왔던 것도 사실이다.

안 정시는 자신만만한 웃음을 지어 보이며 대답했다.

"명당 자리야 많지요. 모든 지관은 상주에게 으뜸 자리라고 권합니다. 다음날 반나절 들판을 돌아다니며 또 다른 상주에게도 으뜸 자리라고 권하니 모두가 명당 자리 아닙니까? 공께서도 명당 자리 하나 있다고 말씀하시니 어느 곳을 이름입니까?"

곽순은 주저 없이 말했다.

"비연절익형곡(飛鷰絶翼形谷)이 있다고 하여 지관님을 찾아 나섰습니다."

그 말을 들은 안 정시는 두 눈을 크게 떠 보이고 나서 골똘히 생각에 잠겼다.

"내가 소싯적에 들어본 바 있소. 제비도 먼 강남으로 날아가기를 원치 않는다는 '비연절익형국'이라는 명당 자리지요. 말뜻이야 날개가 부러졌다고 하지만 그게 아닙니다."

곽순은 상대방을 탐지하다 비연절익형국(形局)을 '형곡(形谷)'으로 왜곡하여 말했는데 안 정시는 '비연절익형국'으로 바르게 말했다. 갑사 금석도 술을 따라 권하며 그의 의중을 떠보았다.

"그런 곳이라면 사람이 죽어서 태역(잔디) 이불 쓰고 잠들기는 좋을 듯합니다."

"그렇습니다. 천리 지용(千里之龍) 일석지지(一席之地)라 했으니 자손이 창성할 땅이지요. 자자손손 대과지지(大科之地)라 했으니 중시급제(重試及第)한다고 했소. 또 있소. 부귀영화지지(富貴榮華之地)라 했으니, 만인이 탐할 땅이지요. 나도 찾고 싶은 땅입니다."

곽순은 고개를 끄덕이며 그의 말에 감복하여 제관전학사(諸館展學士)로 존칭했다. 제관전 학사는 고려에서 일급에 속하는 지식인이었다.

"학사분께서는 지관이시며 정시를 하는 제관전 유학인으로 많은 전설을 갖고 있다고 들었습니다. 혹시 만파흑죽 가리키는 곳이 어느 땅인지 고증을 얻었던 바는 없으십니까?"

"만파식적이라는 말은 있는데 공께서는 어디서 흑죽이라는 말을 들었습니까?"

만일 갑사도 궁금하다고 턱을 들어 졸라 물었다.

"그럼, 만파식적은 무슨 말씀이오?"

안 정시는 질문하는 갑사를 내려다보았다. 갑사는 농이 많고 정직하기 이를 데 없는 사람으로 중국의 서적도 구해주었고 탕제도 헐한 값에 제공해 주어 고마움을 잊지 않고 있었다. 사람을 보려면 그의 친구를 보라는 말이 있듯이, 이 친구도 흉계는 없어 보였고 절름발이라 측은하기까지 했다. 중원의 신투였음을 알았다면 상종도 하지 않았을 것이다.

안 정시는 갑사에게 고개를 돌리며 말을 이었다.

"만파흑죽을 말씀드린다면 지금은 없어진 지 몇백 년 전 이야기입니다."

둘은 취기가 오른 그의 입을 바라보며 다음에 이어질 말에 관심이 대단했다.

"아랫마을 산해수동(山海水洞) 뒷산 죽산(竹山)에 왕대(王竹) 밭이 있었습니다. 그사이 몇 그루의 흑죽(黑竹)이 있었는데, 거센 바람에는 아무렇지도 않는데 솔솔 바람이 불어오면 무엇을 이야기하는 사람의 목소리가 흘러나왔다고 합니다. 그래서 만파식적(萬波息笛)이 만파흑죽(萬波黑竹)으로 알려진 것 같습니다."

곽순은 거기에 대해서 자료들을 수집하고자 하여 대뜸 물었다.

"그 흑죽 대나무로 만든 피리가 만파식적(萬波息笛)이라는 말씀입니까?"

"말씀으로 보아 그렇기도 합니다만, 혹시 공께서도 그러한 피리나 통소를 들어본 일은 없으십니까?"

"오늘 이 말을 듣는 것도 영광입니다. 어찌 귀한 물건을 보겠습니까."

안 정시는 그를 보며 중국인으로서 지대한 관심과 열중함에 의혹이 생겼다.

"공께서는 어떻게 하여 비연절익형국이며 만파흑죽을 아십니까?"

"우리 배가 당포에 정박 중일 때 마지막 대목이었지요. '지름통을 먹었느냐 부자통을 먹었구나' 하고 여기까지는 다음 말을 이야기하고 싶은 것이 있습니다. 그 답이 '만파흑죽 가리키는 불로초를 먹었구나'에 있겠지요."

안 정시는 그가 답하는 안목에 놀랐으며, 만일 갑사가 괴팍하게 생긴 중원인을 데리고 찾아온 데 대하여 의구심을 갖기 시작했다. 그것은 명당 자리와 이어도와는 엄연한 차이가 있어 말조심을 하지 않으면 안 되었다.

반면 중심 없이 털어놓는 곽순의 뒷모습을 보는 갑사의 심정도 무어라 곽순에게 눈치를 보내고 싶었으나, 눈길이 닿지 않으니 속수무책이었다. 나에게는 극비라 하여 말조심하라 해놓고는 자신은 미로에 흥취되어 모두 털어놓는 말씀이었다.

잠시 침묵이 흐른 뒤 안 정시의 목소리가 이어졌다.

"마지막 가사에 만파흑죽이 가리키는 곳은 해녀들 노래처럼 이어도를 일컫는 것이지요. 그 섬에 가면 불로장생하며 여인네만 산다는 곳입니다."

"그럼, 남자들은 갈 수 없는 곳입니까?"

안 정시는 모두를 둘러보며 웃음 지어 말했다.

"마음가짐이 여인들처럼 깨끗한 남자들은 들어갈 수 있다고 합니다. 남자들이란 원래 흉계를 꾸미고 싸움질이나 하고 게으른 주정뱅이들이 아닙니까?"

학자다운 말씀으로 남자들을 꾸짖는 것이 정확했으며 곽순은 자신을 뒤돌아보며 고개를 좌우로 흔들었다.

"나 같은 떠돌이 뱃사람은 넘볼 수 없는 곳이겠습니다."

당연한 듯 그 말에는 대답이 없고 이들이 목적한 바에 말을 던졌다.

"바닷길에 고생이 많으셨습니다. 그런데 형님의 영전은 어떻게 봉안하실 것입니까?"

둘은 서로 얼굴을 마주하다가 곽순이 대답했다.

"비연절익형곡을 찾을 수 없으면 당포로 돌아가겠습니다. 선주와 의논하여 고향으로 모시든지 아니면 대해에 수장으로 봉안하든지 둘 중 하나가 될 것입니다."

둘은 자리를 뜨고 마당을 나섰다. 갑사는 그의 태도에 의미를 부여하며 물었다.

"곽 공은 나에게 비연절익형국은 극비라 해놓고서는 뒷문이 열린 채 토설하며 질문하는 것이 지나쳐 보였소."

정중히 묻는 말에 곽순의 입가에는 싸늘한 서리가 감돌았다.

"정시 하나쯤 명줄을 끊는 것은 살쾡이 잡는 것보다 더 쉬운 일이오. 그래서 그의 사혈에 침을 하나 던져 넣으려다 참았소."

신상 갑사는 그의 신상을 보며 싸늘함을 느꼈다. 그러나 곽순은 궁인 위작을 받은 무림인이고 목적 달성에는 으레 힘이 우위라는 것을 다시 한번 느끼게 했다. 내가 그와는 죽마지우(竹馬之友)와 같다고 했거늘 목적을 위해서는 살생에 친구도 없다는 의미로 냉혹함을 보여주고 있었다.

동구 밖을 나가자, 곽순은 걸음을 멈추며 그에게 눈길을 던졌다.

"안 정시가 움직이고 있어요."

"움직이다니요?"

"갑사께서 나에게 전해준 이 섬에 천리향이 있어요. 나는 그 집을 나올 때 안 정시의 가죽 신발에 그것을 묻혀놓았는데 그의 움직임을 알 수 있어요."

갑사는 놀라움을 금치 못했다. 공력이 심후하고 향의 달인이라면 보통 무림인의 몇십 배는 될 것이라고 믿어 의심치 않았다.

그는 또 자신만만하게 웃으며 입을 열었다.

"아시다시피 나는 그에게 '비연절익형곡'으로 말을 던져보았지요. 그런데 그는 정확하게 '비연절익형국'이라고 대답하는 것이 나의 마음을 동요시켰습니다."

 금석은 대머리 같은 독두(禿頭)인 곽순의 머리통으로 눈을 던지며 보통의 수완이 아니라는 생각이 들었다. 그런 그가 무엇을 예상하며 말을 이었다.

 "그래서 만파흑죽 가리키는 불로초까지 언급한 것이오. 그 결과 안정시가 가만히 앉아 있을 수는 없었겠지요."

 그의 질문에 갑사는 그의 심기를 읽을 수 있었다. 둘은 서로 얼굴을 마주하며 고개를 끄덕였다. 벌통에 꿀을 뽑아먹으려면 통을 쑤셔 놓아야 벌들이 윙윙거릴 것이다. 가만히 있으면 아무것도 할 수 없다. 상대방을 불안하게 하여 움직임을 만들어야 그 틈을 노릴 수 있는 것이었다.

 하늘로 코를 벌름거리고 나서 고개를 끄덕였다. 그의 예상이 옳았다고 고개를 끄덕이었다.

 "빠르기로 보아 안 정시는 말을 타고 남쪽으로 가고 있어요."

 "남쪽이라면 산해수동이오."

 곽순은 차고 왔던 목발을 왼쪽 다리에 덧붙였다. 그러자 절뚝거리는 걸음은 찾아볼 수 없는 건장한 나그네처럼 죽장을 짚으며 나아갔다.

 탐라에서는 어느 곳에서나 한라산을 등지고 돌아서면 푸른 바다가 한눈에 들어온다. 전망이 막힌 곳이 없는 탁 트인 그런 들판이다.

 산해수동(山海水洞) 바닷가에 들어선 곽순은 걸음을 멈추고 수평선을 바라보았다. 중국에서 볼 수 없는 푸른 바다였다. 뭉클뭉클 밀려오는 파도는 요란스럽게 검은 절벽을 때리고 물러서면 또 뒤이어 밀려온 파도가 그 검은 바위를 때리고 부서진다. 그 자리에는 언제나 하얀 거품이 일며 사방으로 갯내를 풍겼다. 갯바위들은 넓은 바다로부터 이 섬을 지켜내는 보루인 것처럼 언제나 그 자리에서 파도와 싸우고 있었다.

 철썩. 철썩 척. 쏴아악-

때리고 부수고 무너져버리려 하지만 그 싸움은 태곳적부터 있었음인지 바위와의 만남이 즐거움으로 파도 소리가 되어 들리기도 했다. 넘실대는 파도 위에 이들의 눈에 들어온 것이 있었으니, 물결 위에 휘파람 소리가 일며 사람들이 보였다. 얼핏 보면 물 위에 헤엄쳐 다니는 물개나 해표로 보일 수도 있지만, 천천히 바라보니 이 지방 잠녀들이었다.

기회다 싶어 곽순은 갯바위에 올라 그녀들을 관찰하려는데 갑사가 한마디 던졌다.

"돌아갑시다. 바다가 좋다던 당신은 지금 보니 여인들을 훔쳐보고자 함이오?"

"무슨 망측한 소리요. 저들도 바닷속을 훔쳐내는 것이 나와 비슷하여 한 수 배우고자 하오."

"그럼, 물속에 들어가 배워보시구려. 육지에 서 있지 말고."

곽순은 어깨를 움츠리고 추워하는 시늉을 하며 대답했다. 쌀쌀한 추위의 겨울 날씨라 그렇기도 하였다.

"이 추위에 바다에 들었다가는 동태가 될 것이오."

그렇게 말하며 야인 같은 잠녀들에게 감탄사를 보냈다. 물 위에서 노는 돌고래처럼 뒤웅박 같은 둔부가 수면 위로 삐죽하고는 양다리가 돛대처럼 솟았다가 바닷속으로 잠수해 버렸다. 그 자리에는 머리통 같은 테왁만이 남아있었다. 잠시라기보다 한참 후 그 자리에 다시 여인이 불쑥 솟구치며 긴 휘파람 소리가 흘러나왔다.

호- 휘-.

휘파람을 자랑하려는 것이 아니다. 숨을 먹고 해산물을 캐며 열 길 물속을 헤매다가 물 위로 솟구쳤을 때 저절로 토해내는 애틋한 숨소리였다. 빨리 입을 열고 토해내면 힘이 금세 빠지기 때문에 입술을 오므리고 천천히 뱉어내는 호흡에서 저절로 나오는 소리였고 호흡법이다.

멍청히 서 있는 그에게 재촉했다.

"잠녀들이 들어오고 있어요. 우리는 저쪽으로 돌아갑시다."
"해녀들 말인가요? 그들도 여기에 길이 있습니까?"

곽순은 푸른 파도에 담았던 동공을 그에게 돌렸다. 갑사는 언제나 잠녀라고 부르며 그저 그런 여인들이라고 치부하는 것 같았다. 둘 다 같은 말이지만 해녀는 양반스러운 말이며, 잠녀는 왈가닥이며 젖 가리개나 하고 엉덩이만 감춘 건장한 여인이라는 의미가 있었다. 물속 깊이 잠수하는 상잠녀(上潛女)가 있는가 하면, 할머니와 햇병아리 같은 하잠녀들이 있어서 토민들에게는 보편적으로 쓰이는 말이기도 했다.

저녁 밀물이 들어오고 있음인지 갯바위 틈새로 잠녀들이 올라오고 있었다. 처음에는 육십 줄의 여인들이 가쁜 숨을 몰아쉬며 올라왔다. 대여섯 명의 이들은 아랫배가 볼록하고 살쪄 보이는 할머니 잠녀들이었다. 젊은 잠녀들은 깊은 물 속에 들어가고 이들은 할망 바다인 얕은 물 속에 들어간다. 상잠녀들이 생각하여 남겨놓은 바다이기도 했다. 뒤이어 태왁을 걸쳐 멘 아낙들이 수다를 떨며 올라왔다. 여인네들은 마치 물개가 육지에 기어오르는 것처럼 연기가 피어오르는 언덕배기에 모여들었다.

모두 푸른 바다 물결 위에서 휘파람 소리를 내던 장본인들이다. 겨울이 채 끝나지 않은 한기였기에 육지에 오른 잠녀들은 불이 그리웠다. 겨울 물속이 따뜻하다고는 하지만 땅 위에 오르면 젖은 몸에 그 추위가 어디 가겠는가. 그래서 우선 몸을 녹인 연후에 채취한 물건들을 손볼 듯싶었다.

곽순은 해녀들을 보고 싶었고 그녀들이 캐고 온 물건에도 관심이 많았다.

"우리도 저기 화덕 쪽으로 가봅시다. 해녀들이 캐고 온 해산물도 사 먹을 겸 해서……."

여인네들 몸체나 흘겨보는 치한으로 오인할 것이 틀림없었으니 고개를 돌렸다.

"얌체 같은 일이랑 접어 놉시다. 잠녀들이 옷 입는 장소로 남자 금지 구역입니다. 곽 공이 그곳에 갔다가는 그녀들이 당신 옷도 홀랑 벗겨낼 것이오. 하하하."

그때 말발굽 소리가 가볍게 들리며 안 정시의 말이 마을 어귀로 들어섰다. 귀를 기울이고 있던 갑사가 몸을 가누며 손뼉을 가볍게 쳤다.

"아! 그렇군요. 저 동네라면 소지관(蘇地官)이 살고 있소. 그를 찾아가려는 것 같소."

기다린 보람이 있었음인지 둘은 가볍게 웃었다.

"소지관은 어떤 분입니까?"

"그분은 노쇠하여 바깥출입은 하지 않는다고 들었소만."

"……"

"정시(正視)나 지관(地官)은 모두 같은 의미이기는 하나 그래도 성안에서 알아주는 것이 지관이었고 안목 넓기로는 소지관(蘇地官)이라고 합니다."

곽순은 벙거지 끈을 턱에 동여매며 두 눈을 번뜩였다.

"그러고 보니 안 정시에게 말했던 만파흑죽 등에 관하여 그를 찾는 것 같소. 갑사 어른께서는 주막에서 술잔이나 하시고 돌아가시오."

갑자기 자신을 떼어내려 하자 갑사는 당혹하여 그를 바라보았지만, 곽순은 잔잔한 웃음을 지으며 손톱만큼도 죄송스러운 마음은 없어 보였다.

빙백궁에서 하달된 임무라고 생각하여 고개만 끄덕였다.

"저들을 추종할 생각이오?"

"그렇소. 이 밤에 잠적할 일들이 생겼으므로 다음에 보기로 합시다."

곽순은 그 말을 남기고 몇 발짝 꾸물거리고는 감쪽같이 사라졌다.

안 정시가 지관 마당에 들어섰을 때는 석양으로 기울었던 태양은 바다에 잠겨버리고 동녘 하늘에서는 둥근달이 떠오르고 있었다. 안채는 기와집이었고 바깥채는 띠로 촘촘히 엮어 묶은 오두막이었다. 말에서 내려선 안 정시는 와가(瓦家)로 가지 않고 마당 동녘 가에 떨어져 있는 오두막으로 갔다.

그도 알고 있듯이 탐라의 노인들은 연세가 육십이 넘어가면 바깥채인 오두막으로 옮겨가는 것이 전례이며 관습이다.

지금도 그렇지만 생활력이 흐려지고 손주들이 늘어가면 큰집 안채는 아들에게 물려주고 이웃한 작은 집으로 옮겨 살았다. 부모가 움직여 밥을 지을 수 있다면 독립하여 생활하므로 자식의 힘을 빌리지 않으니, 부모에게 밥상을 바치는 대가족 제도와는 조금 다르고 어찌 보면 모두 편하고 합리적이었다.

소지관도 고래 등 같은 와가(瓦家)를 물려주고 오막살이에서 생활하고 있었다.

"지관 어른 방에 계십니까?"

창가에서 두어 번 부르자 낡은 창문이 열리며 팔순을 넘긴 노인이 얼굴을 내밀었다. 지관의 위엄을 간직했던 그였으나 흐르는 세월은 막지 못하여 허약한 몸은 더욱 초췌해 보였다. 노인은 지팡이에 몸을 의지하여 일어서며 그 얼굴에도 웃음 지어 말했다.

"안 정시가 어쩐 일이시오? 여기까지 찾아오게."

"선배님의 연세가 팔순하고도 몇 년은 더 되시는데 백수(白壽)까지는 팔팔하게 사셔야지 이게 뭡니까. 방 안에서만 생활하셔서……."

"그러게 말이네. 자네도 나 같지는 말게나."

노인은 그렇게 말하면서 당연히 따라오는 것이라 그대도 내 모습 같을 것이라고 믿어 의심치 않았다.

소지관의 얼굴에는 검버섯이 깔려있어 얼마 있으면 얼굴 전체가 그렇게 될 듯싶었다. 붓필을 사용하는 안 정시의 눈에는 얼굴에 먹물을 여기저기 찍어놓은 듯 보여 물끄러미 바라보았다. 그 몸체에 민망하여 지팡이에 의지한 노인을 부축하여 방으로 들어갔다.

"선배님은 여러 집안에 명당 자리를 찾아주셨는데 임자가 들어갈 하관 자리는 보아두셨습니까?"

"땡중이 제 머리 못 깎는다고 명당 자리가 있으면 천리장이 되어서라도 걸어 들어가겠소이다. 어데 좋은 자리가 있는가?"

여러 가지 생각에 곰곰이 쌓여있던 안 정시의 얼굴이 심각하게 움직였다.

"그래서 말입니다. 십여 년 전에 들었던 말이 생각나서 이렇게 찾아뵈었습니다. 그곳이라면 앞서거니 뒤서거니 하며 선배님의 장지(葬地)를 보아 드리겠습니다."

"그곳이 어디를 말씀하는 것이오?"

"예. 비연절익형국인가 하는 곳에 명당 자리가 있어 강남 가는 제비도 제 길을 잃고 둥지를 틀어 살아가는 곳이라고 말씀하지 않으셨습니까."

지관들은 예나 지금이나 상대의 예지를 평가절하하고 자신만이 최고의 지관이라고 은근히 자처한다. 해서 십 년 전만 해도 감히 선배님한테 이러한 말들은 물어보지 못했다. 지금은 노쇠하여 그러한 위엄이 없으니 허탈한 말씀으로 이야기를 던질 수 있었다. 소지관은 곰곰이 생각에 잠겨 있다가 입을 열었다.

"그렇군. 그곳 큰 바위 형국이 그렇고 그처럼 따뜻한지 제비도 날개를 접고 멈추어 산다고 그랬던 것 같구나."

안 정시는 바짝 긴장하며 다급하게 물었다.

"그 자리에서 형국을 살펴보면 알 수 있지 않을까 하여 그곳이 어디쯤 됩니까?"

소지관은 두 눈이 맑게 안 보였는지 두어 번 껌뻑거리고는 안 정시를 뚫어지게 바라보며 입을 열었다.

"창 터진 오름(岳)이라고 심구올(深九兀) 화전올(火田兀) 민둥산이 있소."
"창 터진 물장오리가 있기는 한데, 오름이라면?"
소지관도 안 정시를 바라보며 같이 흥에 취해 미로를 찾는 기분이었다.
"두올은 남쪽에서 바라보면은 선인독서(仙人讀書)라 선인이 책을 읽는 듯하고, 동쪽에서 바라보면 노승타고(老僧打鼓) 노인이 북을 치는 형상이고, 서쪽에서 바라보면 백로하야(白鷺下野)라 해서 백로가 날개를 펴 들판에 내려앉는 형국이라고 했소. 아마도 그 산중에 있는 것이 분명하오."
그 말을 듣고 두 눈을 굴리던 안 정시는 무엇인가 실마리가 있는듯하여 이어도 산하와 연관시켜 보았다. 바다에만 이어도 같은 곳이 있는 것은 아니기 때문이다.
"혹여 그곳에 만파흑죽 가리키는 불로초가 자생하는 곳은 아닐까요?"
그의 말에 허리를 구부려 앉았던 소지관은 자세를 바로잡으며 사뭇 심각한 표정을 지었고 검버섯이 가득한 그의 얼굴에는 붉게 열기가 돋아났다.
"안 정시는 그렇게 생각하여 나를 찾아온 것이오?"
두 지관은 달빛이 뿌려지는 바깥 동태까지 살피며 말을 이었는데 이들의 대화를 낱낱이 듣고 있는 사람이 있었다. 중원에서는 그의 코와 귀를 비껴갈 수 없다는 호면귀 곽순이었다. 이들의 대화를 훔치는 것은 식은 죽 먹기보다 수월한 듯이 어느새 뒤쪽 처마 밑에 달팽이처럼 달라붙어 있었다.
"해서 여기 산해수동에서 해녀들 뱃노래 말입니다. 오늘 중국의 한 낭인이 그 가락 속에 만파흑죽 가리키는 불로초를 먹었구나 하는 대목에 지대한 관심을 보였습니다."
그의 말에 눈꺼풀에 덮였던 노인의 눈동자가 선연히 드러났다.

"낭인이라면 몇이나 되었는가?"

"혼자였습니다. 별나게도 절름발이 건각인(蹇脚人)인 데다 산행도 못할 주제에 여러 가지 질문을 많이 했습니다."

"이국땅에서 왔다면 혼자가 아닐 것이네."

"뱃사람으로 보아 혼자였습니다. 처음에는 명당 자리를 찾겠다고 하였는데 말끝으로 보아 하늘에 천초인 불로초를 찾으러 온 것이 확실해 보였습니다."

곽순은 산도 못 오르는 절름발이 주제라는 말에 코웃음을 치다가 마음이 동요되기 시작했다. 개구멍 같은 뒤쪽 들창 가에 얼굴을 붙이던 그는 코를 실룩거리며 얼굴을 찡그렸다. 창 틈새로 흘러나오는 늙은이의 왕내가 들개 같은 그의 코를 자극하기 때문이다. 그러나 그것은 아무렇지도 않게 천초인 불로초 말씀이라 창 틈새로 눈을 붙였다. 고목에 돋아난 검버섯을 연상하는 노인의 얼굴에는 불안함이 느껴졌다.

"중국인이나 고려인들이 그 낌새를 맡고 이 섬에 들어온다면 우리는 여러 가지로 봉변을 당할 것이 뻔하네."

"그러시다면 그러한 영초가 있기는 한 것입니까?"

잠잠히 천정을 바라보던 소지관의 얼굴이 옛날을 회상하는 모습으로 변했다.

"영초가 존재한다면 우리가 먼저 선점해야 할 것이네. 삼십 년 전 나는 이 마을에 이주해 오면서 흑죽 밭을 찾아 들어왔으나 그 전설을 찾지 못하고 지금까지 눌러앉은 것이네."

안 정시도 고개를 끄덕이며 대답했다.

"선배님으로부터 흑죽이 만파식적으로 불렸다고 들은 일이 있습니다."

노인은 늘어진 눈꺼풀을 크게 뜨며 말동무를 만나 옛날을 회상하는 눈빛으로 변했다.

"나도 어느 고인으로부터 전해 들은 말이네. 이 마을에 염(鹽)씨 성을 가진 선인(先人)들이 살고 있었는데 그때가 사백 년 전 일이었다고 하였네. 당시 염 씨 자손들은 흑죽을 모두 거둬들여 물 밖에 있는 경주(京州)로 출타하여 버렸다고 했네. 낙도인 해안 오지에 필먹과 글자를 몰랐으므로 노인에서 젊은이로 이야기로만 전할 수밖에 없었겠지. 문기(文記)로 전하지 못함을 아쉬울 뿐이네."

소지관은 굳어있는 얼굴을 풀면서 전해 받았던 기억을 되살렸다.

당시 염 씨(鹽氏) 노인은 나처럼 미수(米壽)를 건너 구순에 이르렀는데 망구(望九)까지 오래 살아 자식 보기가 부끄럽다고 하여 죽기를 원했다고 한다. 당시는 시속(時俗)이 있어 칠순을 넘긴 노인이 노실을 하게 되면 자식들은 먼 산골짜기에 가서 생장(生葬)하였다. 고구려 시대부터 전해진 고려장(高麗葬)이었다고 하며, 이때는 각종 음식을 토굴 속에 차려놓고 노인을 앉혀 간단한 집 형식을 만든다. 다음은 짚이나 잔디를 씌우고 흙을 덮어버리면 하루나 이틀 정도 살다가 죽는다. 노실에 가까운 노인이 과연 그 속에서 음식을 먹을 수 있었겠는가마는 자식으로 준한 요식행위이며 이것밖에 더 할 수 있는 일은 없었다. 자식 된 도리로서 그래도 상을 차려드렸다는 것으로 위안받는다.

그런데 염 노인네 집에 황소 한 마리가 있었는데 이웃집 황소와 닮아 어느 날 이웃집 황소를 끌고 집으로 온 것이 화근이 되었다.

이웃집 아주머니가 소를 끌고 찾아와 난리를 피우는 통에 동네 사람들은 망구의 염 노인이 노망기(老妄氣)가 났다는 것이다. 이 말은 곧장 고려장으로 취급하여 산중에 모셔야 한다는 시속이었다. 염 노인이 소를 잘못 끌고 온 것이 이유였다.

탐라는 장수하는 섬임은 틀림없었지만, 장수하는 것을 싫어하는 섬이기도 했다. 흉년이 매년 이어져 먹을 것이 부족할 때 노인들이 먼저 식구(食口) 위치에서 빠짐으로 그것이 시속에 적합했는지도 모른다.

시대가 이러할진대 노망기가 났다는 염 노인은 이웃 사람들로부터의 눈총이 뜨겁고 자식 보기가 민망했다. 그래서 자신으로 인해 자식과 자손들에게 번거로움을 만들고 싶지 않아 아무도 몰래 집을 나왔다. 바다에 떨어져 죽으면 송장이 되어 흉측하게 떠오를 것이고 할 수 없이 밤낮을 걸어 산속으로 들어갔다. 한참 산속을 헤매던 노인은 죽을 장소를 찾아 양지바른 곳에 가만히 누웠다. 무거운 산중에 고요가 깔린 침침한 밤이었다. 고요 속에 하늘에 총총히 빛나는 별들을 바라보며 저 별들이 나의 마지막 벗이구나 하고 두 눈에 담고 죽어가기를 바랐다. 삼일의 날수가 흘러도 굶어 죽기는커녕 점점 정신이 맑아 생기가 돋아났다고 한다. 그런데 산들바람이 불어오면서 이웃해 있던 대나무 숲에서 가느다란 목소리가 흘러나왔다.

염 노인은 오늘 밤에는 저승사자가 올 것으로 짐작하여 임종 시각이 임박하여 죽어가는구나 하고 누웠는데 그 목소리는 여전했다. 참다못해 일어나 대나무 숲으로 다가가 본즉 저승사자는 안 보이고 흑죽 몇 그루만 산들바람에 흔들리고 있었다.

'거 참 신기하군. 저승사자 목소리 같았는데 줄배를 갖고 와 묶어가지도 않고 아무도 없으니 할 수 없군.'

그렇게 생각하며 돌아섰는데 또 뒤에서 속닥거렸다. 뒤돌아 자세히 봐도 산들바람에 흔들리는 흑죽 몇 그루뿐이었다.

"사각사각 사르르 삭"

바람에 실려 죽립들은 서로 비벼대며 말했다.

"삼일 후면 비가 오고 높새가 일어 태풍이 오네. 삼일 후면 비가 오고 높새가 일어 태풍이 오네……"

신기한 일도 있구나 생각하며 죽을 장소로 돌아와 누웠는데 또 그 소리가 들렸다. 곰곰이 생각하던 노인은 벌떡 일어났다. 모레면 아들놈이 친구네 배와 같이 이틀 살이 옥돔잡이로 먼바다로 나가겠다던 날이었다. 노인은 신기한 흑죽 한 그루를 뽑아 들고 부랴부랴 집으로 내려왔다. 이상하게도 흑죽 솔솔바람을 마셨더니 몸에서는 생기가 돋아났다고 한다. 뒤뜰에 흑죽을 심고 그날 저녁 아들에게 일렀다.

"뒤뜰에 흑죽이 삼일 후면 태풍이 불어올 것이라고 말하였다. 생선(옥돔)잡이 출항 일정은 다음으로 미루는 것이 좋겠다."

사흘 만에 나타난 아버님을 본 아들은 망령이 나셨다고 말은 못 했지만, 그 말은 먹혀들지 않았다. 별빛이 흐르는 맑은 하늘을 보면서 태풍이 불 것이라는 것은 믿을 수가 없었다. 밤이 깊어지자, 염천 노인은 할 수 없이 일을 저질렀다. 아들의 그물망과 친구네 집을 돌며 어구들을 모두 훔쳐 숨겨버렸다.

다음 날 아침 동이 트자 출항하려던 두 척의 배와 십여 명의 뱃사람들은 말이 아니었다.

"누군 누구겠소. 자네 노친이지."

"아버님을 간수 못한 것이 미안하네. 아버님은 모레면 태풍이 불어온다고 애걸복걸하며 만류하더니 그만……."

"나나 남이나 고래희(古來稀)는 고려장이 되어야 한다니까."

노인과 어구를 찾지 못한 뱃사람들은 투정을 부리며 그날을 넘기고 다음 날 아침 모두 대경실색했다. 예상치 못했던 천기 이변이 일어나 잔잔했던 바다가 일렁이기 시작한 것이다. 염천 노인 말대로 비바람이 쏟아지며 태풍이 불어왔다. 이어 큰 태풍은 이틀 동안 이 섬을 휩쓸고 지나갔다. 이에 감복한 어부들은 염 노인을 찾았으나 영영 찾을 수가 없었다. 죽을 장소로 찾아간 후였으니…….

그 후에도 태풍이나 천재지변이 있게 되면 이상하리만치 이 흑죽이 말해 주었다. 문헌에 신라 신문왕(神文王)은 이 대나무로 피리를 만들어 불었는데 가뭄이 심할 때 불면 비가 내리고, 비가 올 때 불면 비가 개고 바람이 불 때 불면 바람이 그쳤다. 마치 누가 대나무 속에 영생하며 피리 부는 자의 소원을 들어주었으며 범종 위에도 부착하였다고 한다. 그 당시 범종에는 꼭 피리가 부착되었다.

그리하여 이 피리를 만파식적(萬波息笛)이라고 불렀고, 이어도 산하에서는 만파흑죽으로 불렸는지도 모른다. 만파식적의 근원이 아닌가도 싶다.

지금도 제주에서는 피리 소리처럼 휘파람을 불면 그 속에서 영생하는 마녀 바람이 솔솔 인다. 여름철에 더위를 식힐 때나 아녀자가 곡식을 탈곡하여 불림질을 할 때 바람이 필요하면 마녀 바람을 부르는 휘파람을 분다. 솔솔이는 바람에 불림질도 하고 더위도 식힌다.

곽순으로부터 고려의 제관전학사로 칭송받았던 안 정시는 노인의 예지에 밀리고 싶지 않아 말문을 연결했다. 이들의 말로 불멸의 신화 삼국유사에 있는 만파식적과도 같았다.

"헌데, 혈혈단신으로 사라졌던 염 노인은 어떻게 되었습니까?"

"그때부터 나는 흑죽과 염천 노인이 있었던 곳에 불로장생이 있을 것이라 믿어 산행을 계속하였네."

안 정시는 그 말씀에 바짝 다가가 앉았다.

"혹시 염 노인이 영초의 자생지를 알아내었단 말씀입니까?"

그 말에는 대답이 없고 하던 이야기만 이어나갔다.

"그로부터 백 년 후에 염천 노인은 이 마을에 내려왔는데 아무도 아는 이가 없었다는군. 노인이 살던 집에는 흑죽도 없어졌고 고손만이 세 식구가 살고 있었는데, 젊은 고손은 노인을 알아보지 못했으니 얼마나 쓸쓸했겠는가. 노인은 뒤뜰로 걸어가 흑죽이 어떻게 되었느냐고 물었지. 고손은 큰 집 육촌네가 몇 그루 흑죽이며 모두 물 밖 경주로 출타하여, 소실의 손인 자신만 남아있다고 했다. 별나게도 고조할아버지라는 사람은 고려장을 허물고 나온 누구네 집 노인네로 인정하여 질겁했을 뿐이다. 고손에게 산속에 같이 가자고 타일렀지만, 염 씨네 전답들이 있어서 먹혀들지 않았다. 그래도 할아버지는 산속 길을 조용히 말해 주고 떠났다고 했다."

소지관은 목이 말랐는지 말을 멈추고 물그릇을 가리켰다. 안 정시는 얼른 물사발을 받쳐 들고 조심스럽게 행동했다. 이 노인네가 다음 말을 잇지 못하여 숨이 꼴깍 넘어가지나 않을까 조바심이 여간 아니었다.

들창 밖 처마 밑에 있던 곽순도 바짝 긴장했다. 저들은 중국의 방사들처럼 물 흐르듯이 중얼대는 허풍쟁이들이라 말 그대로 풍수지리(風水地理)를 본다는 지관들로 보고 있었다. 그래서 이들의 말을 믿을 수 있을까 하고 흥미진진하게 듣고 있었는데 더욱 사실에 가까워지고 있다.

"그럼, 염천 노인이 지금까지 살아계신다면 오백 수에 이르겠습니다."

"그렇다고 볼 수 있지요."

"그 이야기는 중국 땅 장강삼협(長江三峽)에 어부들과 농부들 이야기와 같습니다. 거기에도 도화원기(桃花原記)에는 오백 살 된 젊은이가 세상에 나와서 탐라도의 불로초 이야기를 했다고 합니다."

소지관도 그의 예지를 가늠하며 물어보았다.

"그럼, 그것을 얻었다는 말씀이오?"

그는 고개를 흔들었다.

"아니오. 거기에는 존재한다고 했을 뿐입니다. 그 젊은이는 이야기 속에 나오는 책 한 권에 불과했지만, 탐라도의 영초는 실체라는 말이 있습니다.

소지관도 그 뜻을 알았는지 고개를 끄덕였다. 도화원기 책 속에 나온 오백 수의 젊은이가 탐라도에 영초를 말했다니, 글 속에 나온 선인이 실체를 말하고 있다는 말이었다.

그는 이 늙은이가 혼자 독식하려고 끙끙 앓으며 애써오다가 심신이 모두 쇠약해 버린 것으로 짐작이 갔다. 이대로 말을 끝내버리지는 않을까 싶어 소지관의 아들을 언급했다.

"앞으로 모든 것은 집에 아드님하고 의논하며 살펴나가겠습니다. 우리들 속인의 소견으로는 어깨만 무거울 뿐입니다."

한참 동안 그를 바라보던 소지관은 무엇을 결심하고 고개를 끄덕였다.

"나의 얼굴에 주름이 가실 날이 없었는데 잘 되었구나. 이왕 이야기가 나왔으니, 자네에게 부탁하겠네."

안 정시는 이마에 흘린 몇 고을의 머리카락을 왼손으로 빗질하여 뒤로 넘기며 두 귀를 내밀었다.

"예? 부탁이라면 무슨 말씀이시온지……"

"미처 생각 못 했던 일인데 가만히 누워있어서 별생각 끝에 잊었던 것이 하나 떠올랐어. … 막상 일어나서 그곳을 두루 찾아보려 해도 거동이 이 모양이지 않은가."

"그곳에 무엇을 두루 찾아보라는 것입니까?"

"그 성소(聖所)에 가면 곶자왈 돌 틈새로 흐르는 가느다란 실개천이 있을 것이네. 그 물 한 모금 먹고 싶어서 아들놈에게 부탁했지만, 망구의 늙은이로 보며 들은 척도 안 하더군.'"

"……"

"해서 자네는 나와 같은 지관이므로 이해할 것이라 믿어 말하는 것이네. 그 물을 길어다 같이 나눠 먹음세."

"그 물이 약수라도 되는 것입니까?"

노인은 아무 말 없이 고개만 끄덕였다. 옛날 같으면 안풍월(安風月)이라고 나무라던 후배에게 속마음을 털어놓지 않겠지만, 지금은 머리가 노쇠했고 말벗도 없는 터에 외롭다 보니 스스럼없이 말을 이어나갔다. 반면 안 정시는 때아닌 횡재를 한 것처럼 기분이 들떠있었다.

"그 실개천 물이 그럴 것이라 믿네. 흑죽 밭에 있었던 염천 노인도 이 물을 먹었지 않았는가 해서 말하는 것이네. 나이만 잡수다 보니 기억력과 자제력도 없고, 깜박깜박 잊어버리는 것도 말이 아니네."

"백 년 후에 돌아왔다는 염 노인은 당시만 해도 이백 수는 되었을 것인데 지금으로 보면 오백 수는 될 것 같습니다. 말씀을 전해준 고인께서는 흑죽의 영험함을 얻었는지, 지금 말씀한 샘물을 먹고 있는지, 영초를 얻고 은둔함을 말씀하셨는지 분간하기 어렵습니다."

안 정시는 또랑또랑한 눈을 뜨며 꾸부렸던 어깨까지 펴 앉았다.

"부자가 많다는 모슬포(摹瑟浦)에서 어느 날 기별이 왔었네. 그 마을 평대향장(平大鄕長)이 산 자리를 보아달라고 해서 찾아갔네. 향장님은 공공올(貢貢兀) 민둥산에 묻어달라고 신신당부하며 영주산인 한라산을 가리키며 운명하였네. 그곳이 성소(聖所)이며 바람 소리도 말하듯 하고 새들도 떠드는 것이 사람 소리 같으며 그 산에 사는 새들은 공공새(貢貢鳥)라고 했다. 특히나 놀라운 것은 자단봉(紫丹峯)과 민둥산이 있고 심구올(深九兀)과 화전올(火田兀)에는 영초의 자생지가 있다고 했다."

뒤 창가에 붙어있던 곽순도 영초의 자생지라는 말에 침을 삼키며 예의 주시했다. 귀한 보물도 먼 데만 있는 것이 아니고 가까운 데도 못 찾는 것처럼 그러한 예감이 들었기 때문이다.

노인은 얼룩진 얼굴에 진지함을 보이며 길게 숨을 쉬고는 말을 이었다.

"말씀은 쉬워도 쉬운 일은 아니다. 그곳을 찾으러 상주들과 걸으면서 두 동자가 춤을 춘다는 무동(舞童)이왓을 지났지. 하루를 헤매었으나 성소는 찾지 못하고 붉은 오름인 자단봉만 눈에 뜨여 그곳에 봉안했네."

"평대향장님도 성소는 찾지 못하고 무동이왓 자단봉 밑에 산소만 만들었다는 말씀이군요."

"그런 셈이지. 향장님은 염천 노인과 성소에 있는 말들을 전해주면서 지관인 나에게 그와 같은 곳을 찾을 수 있을 것이라고 믿었던 것이네."

"향장님의 기대를 저버려 송구스럽겠습니다."

"그래서 그 후로 줄곧 주위의 어른들에게 말씀을 들으며 찾아다녔네. 자네도 알다시피 영실에 못미처 가시봉(加時峯)이 있지 않은가?"

"예. 거기에는 찔레꽃과 굿가시로 가시나무가 많기로 소문난 곳이 아닙니까. 약초로는 고삼(苦蔘)이 많고 단녀삼, 황기, 쓴녀삼 수십 종이 있다고 합니다."

소지관은 외딴 소리에 입술까지 삐죽거리고 나서 말문을 이었다.

"그것이 아니고 더하여 오래 산다(加時)는 오름이다. 그 위에 젖주머니 오름 유지봉(乳脂峯)이 있다. 가시봉 남쪽에 사지(死地)로 측릉악(側稜岳)이 있어 유지봉에서 나온 샘물이 사지로 숨어버려 산 밑으로는 흔적이 없다."

"개천에서 흐르지 못하므로 사람들 눈에는 나타나지 않는다는 말씀입니까?"

"그런 셈이지. 나는 그 실개천 물을 먹어보고는 향과 촉감이 으뜸이라고 생각하며 집으로 돌아왔네. 물병이 없어서 손으로 여남은쯤 떠 먹어 본 것이 전부이네. 다음 기회에 말안장을 갖추어 호로병을 들고 그곳을 찾으려 했으나 찾지 못했네. 지금에 와서 생각하니 실개천은 열 보를 흐르고 나서 측릉악 밑으로 숨어버린다는 것을 알았네."

고증과 전설을 엮어내는 소지관을 바라보며 염 노인을 연관시켜 보았다.

"그럼, 염 노인은 고손에게 어디로 찾아오라고 말씀하였을까요?"

소지관의 눈가에는 불로장생을 그리는 듯 잔주름이 짙어지며 입을 열어갔다.

"고손이 전한 말인데 억새밭을 하루 걸으면 태역(잔디)밭이 나온다.

태역밭을 하루를 걸으면 민둥산과 자단봉이 나온다. 또 반나절을 걸으면 산 밑에는 숲이 있는데 창터진올(深口兀)과 불칸디올(火田兀)이 있다고 했다. 불칸디올은 자주 불에 탄다고 해서 그런 것 같다. 여기에 가면 수장올(水長兀)과 화장올(火長兀), 초장올(草長兀) 물과 불과 초목, 이 세 가지 구색을 갖춘 오름들이 있다. 평대향장은 그곳에 성소가 있을 것이며 염 노인도 그곳에 살고 있을 것으로 알고 있었다."

"지금까지 살아계셔서 만나볼 수 있다면 얼마나 영광이겠습니까."

"나도 심구올과 화전올은 찾지 못했다. 가시봉에 유지봉과 측릉악 사이를 뒤지다 보면 실개천 약수는 찾을 수 있을 것이네."

고개를 끄덕이는 안 정시의 얼굴에는 홍색이 떠올랐다.

"아 그렇습니다. 실개천 물이 약수가 된다는 뜻을 이제야 알겠습니다. 떡을 못 얻어먹으면 떡 국물이라도 얻어 마셔야지요. 하하하!"

그는 웃음까지 내보이며 그렇게 할 것을 약속하는 말투였고, 노익장 다운 소지관의 말이 이어졌다.

"같은 점이 많아 이르네만, 우리는 영생을 찾고자 하는 지관들이지 않은가. 이왕지사 서로가 이러한 사실을 아는 처지이므로 이것도 세간의 입에 오르내리면 시끄러울 것이네. 해서 비밀로 하여 둘만 숙의하며 음미해 보도록 하세."

"물론입죠. 오늘은 이만하고 다음에 찾아뵙겠습니다. 의기투합(意氣投合) 하겠습니다."

안 정시는 함박웃음을 머금으며 밖으로 나왔다. 내일은 당장 유지봉을 찾아갈 것이며, 실개천 물을 소지관과 같이 나누어 먹으면서 노인의 얼굴을 살펴보겠다고 마음먹었다. 약수라면 그의 얼굴에 덕지덕지 피어 있는 검버섯이 사라질 것이다. 그것은 바로 나 자신도 젊어지고 있다는 징조(徵兆)가 될 것이고, 보면 이보다 더 쉬운 일은 없을 것 같았다.

호면귀 곽순은 며칠을 인성마을 주변을 감돌며 안 정시의 동태를 살펴보았지만, 그는 좀처럼 요지부동이었다. 병고가 있나 싶어 마당 안을 기웃거려 보았으나 잡다한 집안일에 매달리며 소일하는 것이 전부였다.

마을 동문 밖으로는 나이가 열대여섯쯤 되는 쇠태우리 목동들이 서른 마리쯤의 암소들을 몰고 마을 밖으로 나오고 있었다. 우막에서 넉 달 동안 건초로 살아온 암소들은 들판으로 나오자 코를 벌름거리며 좋아하는 것이 여간 아니었다. 한 살배기 송아지를 대동한 암소들은 이웃 간에 머리 뿔로 장난질하며 새해 들어 인사하는 행동들이었다. 오늘 곶자왈 숲속에 들어가면 새순이 피어나는 물오른 나뭇가지도 맛볼 수 있고 양지바른 곳에서 솟아나는 물롯이며 새 풀을 먹을 수가 있다.

세 명의 쇠태우리 소년들은 막대를 휘저으며 샛길로 빠지려는 소들을 대열로 합류시키기에 바빴다. 물정 모른 송아지들은 어미 틈에서 졸졸 따라가며 오늘은 일생 먹어야 할 풀 맛을 맛볼 것이다. 꼬마 목동이 뒤따라오는 벙거지의 사내에게 눈길을 보내자, 곽순은 웃음 지어 말을 건넸다.

"자네들이 이 소들 주인인가?"

유심히 바라보던 소년이 대답했다.

"아니요. 우리 동네 수소들은 우막에서 아직까지는 건초를 먹고 있습니다. 여기 나온 암소들은 이웃집 소들로 돌아가면서 번(番)을 칩니다."

"경칩도 아닌 지금은 우수(雨水)인데 들판에서 무엇을 먹는가?"

"건초가 부족하여 들로 나갑니다. 곶자왈에는 먹을 것이 많아요. 이제부터는 소들이 알아서 이것저것 입질을 합니다."

파랗게 솟아나는 보리밭 들판이 소들을 유혹하지만, 쇠태우리들은 넘볼 것을 넘보라는 듯이 막대를 휘둘러 눈길조차 던지지 못하게 했다.

곽순은 발길을 돌려 약속이 되어 있는 모람낭 돌밭으로 걸어갔다. 그는 또 홍얼홍얼 가사도 없는 콧노래를 흘리며 무엇인가 골똘히 생각하고 있었다. 벙거지 속에 있는 독두(禿頭) 같은 머리에서 무엇을 떠올리는지 홍얼대는 콧소리였다. 콧노래에 반해 그가 생각하고 있는 것은 갑사 금석을 어떻게 제거할 것인가 하는 구체적인 계획에 골몰하고 있었다. 지금이라도 빙백궁에서 사람이 온다면 궁인 삼십 위 염라신도 편재(片才)에게 했던 것처럼 그의 명치에 자격하겠다고 마음먹었다. '일을 성취하고 내가 살려면 그를 죽여야 한다.' 그렇게 결정을 내리면서도 그는 연신 콧노래를 흘리고 있었다.

보통 사람이면 친분이 있고 이국땅에서 믿음이 오가는 그를 죽인다는 것을 생각하면 콧소리는 나오지 않을 텐데 살수들에게는 아무것도 아닌가 싶다.

모람낭 돌밭은 사시사철 줄 덩굴로 우거져 있어 사람이나 동물들이 숨어서 지내기는 좋은 곳이었다. 북쪽에서 철 그른 뻐꾸기 울음이 들렸다. 벙거지의 그도 고개를 돌려 금속성이 지나가는 휘파람을 불었다. 뻐꾸기 울음소리 장본인인 아인이 나타나 양손을 이목구비에 왔다 갔다 하며 요란스럽게 움직였다. 벙거지의 곽순은 파안대소를 터트렸다.

"그래요? 여인을 만나 가정을 이루고 이 섬에 정착한다고?"

아인은 함박웃음을 짓고 나서 수화를 계속했다.

중국 여인들은 나를 거들떠보지도 않았는데 여기서 젊은 과부가 자기를 사모한다는 것이다. 그는 밭을 갈다가 달려왔다면서 끝까지 보필하지 못하여 미안하게 되었다고 하였다. 그러고 나서 배 이야기도 해주었는데, 사흘 후에 중국 상선이 조천포구(朝天浦口)에 들어온다며 그 배로 귀국할 것도 권했다.

"축하하네. 자네가 행복하다면 나 혼자 돌아가겠네."

아인은 여기 남아서 당신이 돌아오기를 기다리겠다고 했다. 우리가 약속했던 영초를 얻을 수만 있다면 얼마나 좋겠는가. 곽순은 그것이 목적이라고 수화로 답했다.

곽순은 백 두건을 쓴 한라산을 바라보며 생각에 잠겼는데, 하얀 백설은 산 중턱까지 덮여있었다. 그는 산에서 눈을 떼고 아인을 향하여 입을 열었다.

"그러면 나는 계획을 수정해야 하겠는데. 자네가 이 섬에 남는다면 할 일이 한 가지 있네."

아인은 고개를 끄덕이며 그의 말에 응하겠다고 수화로 대답하자 곽순은 입으로 말했다.

"인성에 안 정시와 산해수동에 소지관이 있는데 그들은 젊어지는 샘물을 찾고 있다. 금명간 그들은 여기서 동으로 몇 참을 찾아 가시오름에 이를 것이네. 이어 유지봉에서 흐르는 짧은 실개천을 찾을 것이며 그 물이 젊어지는 샘물이라고 했다. 그들은 그 물을 음미하며 서로 얼굴을 쳐다보고 젊어지는 모습을 보겠다고 했다. 나는 그곳을 찾는다면 갑사금석과 안 정시를 제거할 참이었네. 자네가 남는다니 그 임무를 수행하여 주게. 아마도 저 한라산 중턱 백설이 녹으면 행동할 것 같네. 그래서 안 정시는 요지부동이다."

날렵해 보이는 아인은 그의 몸에서 두 팔이 빠르게 움직였다. 솔직하게 말씀해 주어 고맙다는 것이고 혈맹으로 맺은 형님으로 모시고 이 일에 차질이 없도록 완수하겠다고 했다.

"고맙네. 첫째로 그곳을 필적해 둘 것이며 둘째는 두 늙은이의 젊어지는 얼굴을 관찰해 보시게."

아인은 또 손과 팔을 두루 돌리며 질문했다. 첫째가 젊어지는 것이 우리들 소원인데 형님도 여기 남아서 같이 음미해 보자는 수화였다.

"그들의 말은 반의반도 믿지 못하네. 그리고 잊고 있던 것이 떠올랐어. 중국에 들어가 어느 장원을 찾을 일이 있는데 그것이 우선이네. 그 장원이 백 장원이라는 것을 이제야 알게 됐어."

아인은 그의 말을 듣고 고개를 끄덕였다.

"그대가 주의할 것이 하나 있네. 보통의 아파자(啞巴子)들은 귀와 목소리는 동일하다고 한다. 자네 귀는 멀쩡하므로 행복한 셈이다. 우리가 그래왔듯이 목적을 위해서는 귀까지 아파자로 했으면 좋겠네. 주위의 눈총을 덜 받고 토민 행세하기도 좋고 정보 수집도 그대 취미가 아닌가?"

여기 아인은 이름은 아두(啞斗)이고 누구네 집 노비도 아니고 종도 아니다. 우연히 곽순과 만나 데려 쓰는 친구였다. 아인인 아두는 곽순의 투도술(偸盜術)을 익히는 중이기도 했다.

아인은 양 볼에 웃음보를 떠올리며 같이 일하던 곳으로 가자고 했다. 아파자였으니 누구도 섬사람으로 보았을 것이고 물 위나 땅에 구르는 것이 여인들이라는 이 섬에서 여인 하나는 얻을만했다. 둘은 아두가 밭갈이하던 곳으로 내달렸다.

이 고장 속담에 '일 철에 홀어멍은 홧김에 서방 얻는다'라는 말이 있다. 농한기에는 철모르게 살다가 농번기에는 모두가 바쁘므로 혼자 사는 여인은 철 따라 농사를 따라갈 수가 없다. 그래서 홧김에 서방 얻는다는 말이다. 그 속담과 같이 기죽어 하던 어느 여인이 날렵한 아파자를 보고 마음에 들었던 모양이다. 낭인으로 살아온 아두는 얼씨구나 좋다 하고 여인의 치마폭에 감겨버렸다. 천여 평은 남짓한 밭 가운데 밭갈이하던 황소가 쟁기를 밭에 꽂은 채 엮을 먹고 있었다. 아두가 밭갈이했던 모양이다.

아두와 곽순이 밭으로 들어서자, 삼십은 넘은 여인이 두 아이와 점심을 먹다가 반겨 맞았다. 세 살과 다섯 살쯤 되어 보이는 두 아이는 얼굴에 밥풀을 묻힌 채 초롱초롱한 눈으로 바라보는 것이 귀여웠다. 곽순은 조심스럽게 여인 앞으로 다가섰다.

"이 사람 이름은 아두요. 나는 고려에서 건너온 철없는 사람인데 나와 같은 철없는 이 사람을 만났소. 부족한 이 사람이 부인 같은 여인을 보았다니 부럽습니다."

아두와 눈을 마주하던 여인은 홍당무가 된 얼굴로 예를 다했다.

"소첩은 부끄럽습니다. 이 년 전에 병환으로 남편을 잃고 이 아이들을 거념(보살핌)하며 살아가려니 앞이 막막하였습니다. 절친한 친구를 내어주셔서 감사할 따름입니다."

부인은 둥그스름한 얼굴에 예의 바른 집안에서 생활했던 것처럼 말씀도 예의에 벗어남이 없어 보였다. 퉁명스럽고 칼칼해 보이는 여인들이 많았는데 차분함이 배어있었다. 아두는 황소와 씨름하며 밭갈이하는 여인의 애절함에 그대로 지나칠 수 없어 도와주었던 것이 인연이라고 했다. 죽(竹) 그릇에 보리밥과 생선 자반의 점심 그릇들을 서둘러 정리하는 부인은 곽순을 집으로 초대할 준비를 하고 있었다.

"나는 마방으로 가서 서둘러 고려국으로 떠날 사람입니다. 다음에 기회가 있으면 그때에는 차례상으로 대접을 받겠습니다."

부인에게 그와 같이 말하고 곽순이 수화를 보내자, 아두도 요란스럽게 양팔을 움직였다.

방랑자 진학소

집도 절도 없는 방랑자 진학소는 자금산(紫金山) 언덕에 올라 전각이 있는 강변을 응시하고 있다. 성 안에는 운치 있는 회랑(回廊)과 꽃 모양의 창이 달린 전각들이 장강을 향하여 솟아있고, 마당에는 분주히 물건을 나르는 사람들이며 전원에 몇 대의 마차에는 도금표국 깃발이 펄럭이고 있었다. 청고(青袴) 바지에 백의를 걸친 그는 그곳에는 도금칠주와 육주가 있을 것이며 그들에게 다짐을 받고 싶었지만, 기다란 눈만 껌벅였다. 노비에서 숱한 인생고를 치른 그는 백마 위에서 그렇게 바라볼 뿐 그들에게는 조금도 원망의 빛은 없었다.

오른쪽 귀밑으로 삐죽이 나온 검병(劍柄)은 강호에 흐르는 유객이며 검은 방갓을 깊숙이 눌러쓴 젊은이는 사연들을 감춘 당당한 무림인임을 표시했다. 하지만 당당히 표국에 들어설 수 없는 그는 하늘가로 눈을 돌렸다. 높은 하늘에 빗살 구름이 그어져 있는 것들은 검결이 지나간 흔적 같기도 했다. 그 밑으로는 기러기 떼 이십여 마리가 북쪽으로 아스라이 날아가는 것이 삭막한 한 폭의 그림과도 같았다.

그는 또 남경(南京) 시가로 눈을 돌리며 조부님을 생각하지 않을 수 없었다. 남당을 멸할 당시 진찬우 대장군은 오만의 대군을 이끌고 남경에 무혈입성하여 대환영을 받았다. 삼국지의 영웅호걸 중의 한 사람인 손권(孫權)이 이곳에 동오(東吳) 왕조를 열고 건업(建業)이라고 선포한 이후 동진, 제, 진(陳), 남당의 도읍지였는데 조부님은 마지막 왕조를 멸하였다.

백마 위에 당당히 앉아 있는 진학소는 옛 선조처럼 대강을 경계로 강북의 기마병을 막는 그런 대장군이 아니다. 겨우 노비에서 벗어나 쫓겨 다니는 무림 소졸이라고 고개를 끄덕이며 언덕을 내려섰다. 이러한 역사는 시간을 먹고 지나갔으며 구화산에서 뵈었던 혜불 스님이 떠올랐다. 산자락을 지나는 중년 부부는 오늘도 집과 밭을 오가며 시간을 밟아 늙어가고 있다고 했다. 조부님이며 남경의 역사도 세월을 먹으며 그렇게 사라져가는 것이라고 생각했다.

그러면서 뒤돌아보지 않고 자금산 언덕을 내려왔는데 그가 지나갈 길가에 살벌한 느낌이 감돌았다. 대여섯 사람들이 정자나무 밑에서 장기(博)를 띠고 있는데 그중 네 젊은이는 병장기까지 갖추고 있었기 때문이다. 거기에다 술사발이 있는 것으로 보아 학소는 뒤돌아가려고 멈추어 서고 말았다. 원상 복귀하여 다른 길을 택하려 했지만, 그 시간은 흘러가 버리고 그들은 백마의 말발굽 소리에 모두들 고개를 돌렸다.

용렬한 행동이 되겠지만 말머리를 돌리면 시비는 모면할 것이다. 저들은 나를 보았는데 내가 두렵다고 말고삐를 돌릴 수는 없었다. 학소는 강호의 생태를 알고도 남았다. 내가 이름난 마도였다면 저들은 꼬리를 감추고 있는지조차 모르게 조용히 숨을 쉬며 지나가기를 바랄 것이다. 옷이나 검에 핏물을 묻히고 거만을 떨며 당당히 지나가면 모르겠는데, 그는 주저하며 들어섰으니 이들의 눈에는 하찮은 졸개로 보일 수밖에 없었다.

"모양 나는데 그 백마가 쓸만하군."

"여! 그 말을 두고 가면 안 되겠나?"

벌써 두 놈이 뛰어내리며 그의 앞을 막아섰다. 그 바람에 백마는 앞발을 추어 올리며 한 놈이 선수답게 앞발 한쪽을 치켜 돌렸다.

히히힝-

옆으로 쓰러질 것을 감안하여 훌쩍 뛰어내렸다.

"명분 없는 싸움은 귀찮은 일이오. 비켜서시오!"

이들 네 젊은이들은 왼쪽 어깨에 현(玄)자가 수놓아진 미색(微色) 상의를 입고 있었다. 장기를 띠는 중년인은 내기 박(博)에 열중하는 것이 무림인은 아니었다.

회선 표를 돌리는 놈이 뒤쪽으로 다가왔다. 얼굴이 길쭉한 개코원숭이 같은 자였는데 얼굴까지 찡그리며 위엄을 부렸다.

"우리가 뭐라 했는가! 그대로 걸어가 모병에 참여하면 될 일인데 여기서 목숨을 버린다면 국가적으로 낭패한 일이지."

오늘 진회하(秦淮河)에서 송나라 모병이 있었는데 이들은 모병 자원자로 생각하여 말이 필요 없다는 뜻이었다. 학소는 말까지 넘어지다가 일어섰는데 울컥 화가 치밀었다.

"나는 기병에 참가하려는데 왜 말이 필요 없겠소. 젊은이들! 서로 다치지 않는 것이 좋을 것이요. 이대로 지나갑시다."

"누구에게 젊은이라고 거만을 떨어? 젊은 놈이 내어주라면 그럴 것이지, 죽고 싶어 환장했구나!"

맹꽁이 같은 자가 말을 끝냄과 동시에 말고삐를 낚아챘다. 동시에 등 뒤로 날아오는 암기가 있었다.

휙!

소리 없이 날아오는 회선표(回旋票)에 몸을 돌려 그것을 피했는데, 그것은 또 바람 소리를 내며 그의 손에 돌아가 가볍게 돌리고 있었다. 생사 결단을 내겠다고 회선표 명수답게 왼손 엄지를 들어 땅으로 꽂아 보였다. 낚줄을 사용하는 무기는 홍택이괴의 철주와도 같아 몇 번 실전해 본 바 있었다.

학소는 할 수없이 등의 검을 뽑아 들며 무게 있는 말이 흘러나왔다.

"세상에 태어나 한창 피어나는 젊음이 아깝소. 그대의 집에서는 젊은 여인네들이 기다리고 있을 텐데 죽고 사는 것은 그대들이 알아서 택하게들!"

상황이 그와 같은지라 무의식적으로 음양결(陰陽訣)에 마음을 흔들리게 하는 언결(言訣) 한 초식이 나왔다.

서로 얼굴을 쳐다보며 그래도 동도들로부터 알아주는 솜씨들이라 물러설 수 없었다. 서너 놈이 들어 나그네 하나, 처리 못 할까 싶어 둘은 각오하고 공격에 들어갔다.

가까깡!

훈수 박을 두던 중년인이 고개를 돌리며 말했다.

"젊은 놈이 말이 아까워서 목숨까지 버릴 참인가?"

"글쎄. 저자는 모병인이 아니고 무림인 같소. 그렇게 쉽게 물러서지는 않을걸?"

공중으로 날리던 회선표가 방갓의 머리를 노리며 위맹스럽게 내리쳤으며 두 놈은 도와 검으로 흉부를 노리고 쳐들어왔다.

쨍! 까깡!

학소는 검을 받아침과 동시에 회선표를 걷어냈다. 그냥 걷어내는 것이 아니라 상하부표(上下浮漂) 공격자의 면전으로 날아갔는데 그자는 두 눈만 크게 떴을 뿐이다. 회선표의 젊은이는 득의만만한 미소를 지었지만, 그것은 삼류 검수들에게 먹혀들었을 뿐 불장난에 불과한 망상일 뿐이었다. 몇 사람에게 써먹었는지 오룡토사(烏龍吐死) 법을 익히지 않았으면 이 젊은이는 육순까지는 살았을지도 모른다.

문약해 보이던 방갓의 나그네는 얼음장 같은 싸늘함으로 입을 열었다.

"그 정도의 공격력이라면 그 정도의 방어력도 있어야지."

회선표를 걷어친 검술은 많이 알려진 유성간월에서 더하여 상하부표 초식이었고 극에 달한 술수였다. 마치 유성이 달에 박히듯 공격자의 이마에 정통으로 박혔다. 그자는 외마디 소리 한번 내고 즉사했다.

"일사형! 안 되겠습니다!"

그들은 방갓의 나그네가 고수임을 알고 일사형을 불러들여 세 사람이 공격에 나섰다. 학소는 이들의 공격에는 아무렇지도 않게 방어했지만, 다음이 문제라고 생각했다. 동일한 옷에 글자까지 있다면 조직이 있는 세도가의 무부들이라고 볼 수 있다. 삼 인의 합수에 공격을 자제하며 한쪽으로 피할 수밖에 없는데 그러면 그 한쪽을 죽여야 한다. 회중포월(懷中蒲月)로 방어하며 우측으로 번개같이 탄복자(坦腹刺)로 나갔다.

윽!

일사형 흉부에는 나그네의 검이 깊숙이 박혔다. 검을 빼 들자, 복부에서는 구정물과 핏물이 검에 뭉쳐지며 같이 흘러나왔다. 일사형이 당하고 나니 소스라치게 놀라며 좀 전에 괜스레 시비를 걸었던 것이 후회스러울 뿐이었다. 둘은 줄행랑을 치며 뒤돌아보는 행동이 동도들에게 보고하려는 의도 같기도 했다. 죽은 자들은 후회도 원망도 없이 정자나무 앞길에 널브러졌고, 처자식들이 찾아와 울음바다가 될 것으로 짐작이 되었다.

방갓의 나그네는 죽은 자의 몸에 검을 비벼 닦고는 백마 등에 몸을 던졌다. 냉혹한 강호의 무림이라고 하지만 위용을 부려 그들을 위압했더라면 무모한 일은 없었을 것이었다. 너무 몸을 낮추어 예를 다하며 나오려 했기 때문에 그들은 천방지축으로 날뛰었다.

싸움을 피하는 데는 예도와 방어만이 능사가 아니라는 것을 깨달았다. 소흥에서 귀오마도처럼 용맹과 엄포를 부렸다면 이들은 도전하지 못했을 것이다. 방어하는 자는 방어하는 싸움이 잦을 것이고 공격하는 자는 공격하는 싸움이 잦을 것이라고 묘한 인과 관계를 생각하게 했다. 이것은 강호뿐만 아니라 인간사가 그러하며 모든 만물이 다 그러할 것이라 생각이 들었다.

남경 화동로(和東路)에 들어서자 삼삼오오 뭉쳐진 젊은이들이 꾸역꾸역 같은 방향으로 걸어가고 있었다. 틈틈이 말을 탄 이들도 있었고, 갑줄을 걸치고 병장기까지 갖춘 젊은이들도 있었다.

백마에 몸을 실은 진학소가 진회하(秦淮河)에 들어서자, 탁 트인 광장 왼쪽으로는 넓은 호수가 명경처럼 깔려 있었으며, 오른쪽으로는 군웅들이 우글대고 있었다. 조부님이 진회하에서 배수진을 친 남당의 군벌들을 평화롭게 항복시켰던 그때를 연상하게 했다. 그럴수록 초라한 손주의 모습이 현출되었는데, 흘러간 일이면 조부님의 영광이지 나와는 무관하다고 고개를 털었다. 선조가 영광을 누렸다고 나까지 후광을 입어 그와 같으리라는 법은 없는 것이다.

사방에 집들은 유색 벽돌과 기와이며 고궁들은 고풍스러운 분위기를 자아내었고 밖으로는 화려한 회랑과 갖가지 창들을 드러내놓고 있었다. 여기저기 솟아있는 고궁들은 진회화의 수면 위에 드러내놓고 있었으며 전당강 속에 잠겨 있는 육화탑이 떠올랐다. 강남 사람들은 강가나 호숫가에 탑과 고궁을 지어 명경 위에 그림자를 드리우게 한다. 그것을 보며 향수에 젖었고 쓸쓸한 마음을 정리하였을 것이라고 느끼고 있다. 그래서 한 폭의 그림처럼 선경을 그려 내려 한다.

여기는 공자를 모시는 부자묘(夫子廟) 사당이 있어 여러 지역에서 공자의 탄신일을 기념하는 석전(釋奠)의 행제가 이루어진다. 그때는 먼 지방에서 온 이들은 명경의 진회하가 그립다고 시인 묵객들은 그 풍경을 그려내곤 했는데 오늘은 그러한 도복 차림도 없는 꾸역거리는 젊은이들이었다.

학소도 남들과 같이 마방 앞으로 다가가 말고삐를 건네주었다.
"오늘 군사를 뽑는다는데 몇 만을 뽑아 어디로 간다고 합니까?"
마방 방주는 짓궂게 웃어 보이며 대답했다.
"지난달에는 겨우 삼백 명을 모집했다는데 산다는 집에서 어느 누가 자식을 내놓겠습니까. 옛날처럼 가가호호 젊은 장정들을 팍팍 징발해야지. 이래서야 누가 전쟁통에 들어가겠느냐 말입니다."
방주는 모병제도에 대한 불평을 늘어놓았다.

묘당 앞으로 밀려가던 학소는 단상의 장군들을 훑어보다가 깜짝 놀랐다. 중앙에 서있는 사람이 나신철 조관이었다. 등배에는 호표(虎豹)가 수놓아진 의관을 입었는데 어깨에는 장군 표시인 피박(披膊)을 걸치고 있었다. 조관(朝官)에서 지윤(知尹)으로 관위가 좌천되어 10만 모병에 앞장서고 있었다. 금색 빛깔을 발산하는 장수복을 입은 세 장수 가운데 나신철 지윤이 앞으로 나서며 우렁차게 연설을 토해냈다.

"나라에 은덕을 입어 우리 부모 형제가 무사 무탈한데 국가의 은덕을 모르는 자는 불충이다. 천자의 은덕을 모르는 사람은 부모의 은덕을 모르는 사람과 똑같다고 했소. 이는 곧 축생과 무엇이 다르겠습니까. 우리 부모 형제는 잘살고 있는데 여러분도 굳건한 나라를 세워야 잘 살 수 있습니다. 공자께서는 망하는 나라에는 들어가지 말고, 어지러운 나라에는 살지도 말라고 말씀하셨습니다.

남경의 젊은이들이여! 정의가 서는 튼튼한 대송국과 여러분의 고향 남경을 위하여 군사에 들어갑시다.

젊은이들이여! 여기 마해달(馬海達) 장군을 비롯한 우리 세 장군은 우리를 창칼로 위협하는 저 대리국을 멸하고자 하노니 여러분들은 나와 마해달 장군을 따르시오!"

"우-우-우- 옳소!"

한쪽에서는 우렁찬 손뼉 소리와 노란 면포가 휘날리며 환성이 터져 나왔다. 검은 각관을 쓴 젊은이가 곁에 있는 학소를 보고 나서 말했다.

"황궁에서는 비단 20만 필, 은 10만 냥을 요에 바치고 서하에도 일 년에 은 5만 냥, 비단 13만 필을 덩달아 바치면서 전쟁 없는 세상을 만들겠다고 하더니 또 창칼을 들라는 소리여."

당시 북방 세력을 막지 못한 진종은 전연 맹약(澶淵盟約 1004년)에 굴욕적인 평화조약을 맺게 된다. 서하와 요나라(거란) 국왕에게도 황제라 칭했으며 송은 형이라고 하여 평화협정을 하였다. 전통적인 대국의 체면은 세웠으나 이 사람 말과 같이 매년 막대한 세폐를 지급하는 데 문제가 많았다.

모든 변방 국가는 중원으로 모여들어 중국에 복종해야 한다는 중화사상은 무너지게 된다. 따라서 세폐를 받아본 북방 세력은 이후 여러 왕조가 탄생하며 중원을 유린하게 된다. 모병제의 시초인 송 때부터였다.

유건을 쓴 두 젊은이가 각관을 쓴 이를 바라보며 중얼거렸다.

"서하나 요나라에 공물을 바치면서 가만히 있는 형남국과 대리국은 무엇이 미워서 저리 안달이야."

"만만해 보이니까 그렇지. 사람이나 국가나 강하면 덤비겠어?"

각관인은 그들을 바라보며 낮은 음성으로 시국론 대화를 이었다.

"나는 서하나 요나라였다면 불충을 씻고 모병에 지원하겠는데 형장께서는 어떻게 생각하시오?"

이번에는 학소 쪽으로 고개를 돌리며 의사 타진을 했는데, 가만히 있을 수만은 없었다.

"대리나 서하나 요나라 모두 같은 땅에서 같은 말을 쓰며 우리와 같은 백성들인데 그들의 군주도 이와 같이 백성들에게 요구하고 있어요. 국가에 충성함을 사람의 근본이라 하며 부모에 효도하는 것과 같이 묶어 나라에 맹목적으로 충성을 요구하고 있소. 어질고(仁), 효도하고(孝) 나라에 충성(忠)하라고 공자는 백성을 바보로 만들어 놓았지요. 그래서 집권자들은 공자를 모시고 공 씨(孔氏) 자손들은 막대한 제전을 하사받아 편안하게 살고 있습니다."

학소가 던진 이 말은 나라가 망해도 공씨 일가는 망하지 않는다는 것은 지금까지 유구하나, 각관인은 방갓의 모습과 달리 시국관을 말씀하는데 고개를 끄덕였다. 유학과 달리 무(武)로써 나라를 지키겠다는 젊은이였으며 그로서는 당연한 말이다.

단상에 나신철은 지원자가 모이는 우측면을 바라보면서 열심히 소리 높였다.

"대리국 왕은 병약하여 자리에 누워있고 국운은 매우 쇠약해 있소. 우리는 삼일 전쟁이면 수산성을 함락시킬 수 있습니다. 거기에는 여러분을 기다리는 어여쁜 처자들이 수없이 많으며 금은보화가 무덤처럼 많습니다. 모두가 승리자의 것이며 그것은 모두 여러분에게 돌아갑니다!"

역시 나신철은 젊은 조관으로 조정 대신들과 일을 담당했던 터라 당당하고 군웅을 사로잡는 언변을 토해내고 있었다. 머뭇거리던 군웅들은 꾸역꾸역 눈치를 보아가며 반수 이상 우측으로 모여들기 시작했다. 뚱뚱한 젊은이가 이들에게 다가서며 말했다.

"서하를 정벌하러 떠났던 선배들은 아직 돌아오지 못했다는데 이번에 대리국이면 해볼 만하겠는데요. 집에 쌀가마니도 나오고 말이야."

앞에 섰던 삼십 대의 젊은이가 뒤돌아보며 미소 지었다.

"쌀밥에 소고깃국이라고 하더니 창 하나 쥐고 동참하면 수산성에 있는 수많은 보물과 젊은 여인들이 어디를 가겠는가."

이와 같이 당시 전쟁사는 짐승과 같이 무지하고 패자는 말이 없었다. 남자는 죽임을 당하고 약자나 여인들은 노비 신세가 되었다. 이렇듯이 모든 짐승과 사람들은 약자에 강하여 벌떼처럼 달려들고, 강자에 약하여 생쥐처럼 숨어버린다. 당시는 동서양 모두 자연의 법칙에 따라 살았으며 당연한 사실로 받아들였다. 사회가 변천하여 서양과 동양이 합치면서 자유와 평화 그리고 평등이며 민주화에 살고 있는 지금의 세대들은 이해하기가 힘든 세상이었다.

그때 등 뒤에서 들리는 굵직한 마방 방주의 목소리에 학소는 뒤로 돌아섰다.

"소협도 동참해 보시오. 나지윤이나 마해달 장군 모두 인맥이 두터운 분들이며 그 밑에서 조그만 공이라도 하나 세우면 관직 하나는 얻을 수 있을 것이외다."

"소민도 그리고 싶소만 바쁜 몸이라서."

마방 방주는 수심에 가득한 주름을 얼굴에 지으며 고개를 저었다.

"소협은 우측 모병 대열에 있어야 살아날 것 같아서 하는 말이외다."

무엇인가 두려워하는 방주를 보며 다급하게 물었다.

"예? 모병에 참여하지 않으면 누가 잡아갑니까?"

"현무문(玄武門) 소문주가 그의 수하들과 같이 당신 백마 앞에서 기다리고 있어요. 문도 두 사람을 살해했다면 살아남지 못할 것 같아서 하는 소리요."

"현무문이요?"

"그렇소."

그는 마방 쪽으로 고개를 돌렸는데 거기에는 흑마 위의 귀공자가 날카로운 시선으로 사방을 살피고 있었다. 머리에는 하얀 비단 영웅건을 둘렀는데 은빛이 흘러나오는 주단(綢緞)이고 보니 한눈에 현무문 소주인임을 알 수 있었다. 그 주위에는 미색 상의에 패검을 찬 청년들이 주위를 살피며 서성거리고 있었다. 광장 안에 말을 타고 들어설 수 없어 마방에 두고 왔는데 백마 주위에서 자신을 기다리고 있었다.

방갓의 젊은이는 그 상황을 보고 모병 쪽으로 걸음을 옮길 것을 예상했는데 방주는 섬뜩함을 느꼈다. 고독해 보이던 얼굴이 말할 때는 햇살같이 맑아 보였는데 지금은 차가운 눈으로 변했으며 접근하기도 어려워 조심스럽게 말문을 이었다.

"나 장군 모병에 들어가면 저들은 어쩔 수 없이 물러갈 것이오."

그는 방갓을 누르자 턱 중앙에서 입술만 움직였다.

"심려를 끼쳤다면 죄송합니다. 그런데, 저보고 단상에 장군들이 곧잘 내뱉는 달콤한 소리에 현혹되라는 말입니까?"

방주는 괜한 노파심으로 남의 일에 참견한 것을 자책했다. 조용한 방주의 말에 비하여 흥분된 억양이라 각관의 젊은이며 주위의 청년들이 그에게 고개를 돌렸다. 검을 매었으니 무림인 같아 보이기도 했고 언사는 서생 말씀인데 모병에 반대하는 인물임이 확실했다.

"현무문 소문주가 누구십니까? 그래서 발걸음을 우측으로 돌리면 좋은 기회도 얻을 것이라고 한 번 해본 소리요."

방주는 안되겠다고 입을 다시고는 할 일은 다 했다고 돌아갔다. 좋은 백마에 한눈에 보기에도 아까운 청년이라 살리고 싶었던 것은 사실이었다. 저들은 이 청년에게 혈채를 갚으려고 기다리고 있는 것이 분명해 보였으니 말이다.

승리자의 모든 권한을 남당에 내어주면서 그 명성이 쟁쟁히 울려 퍼졌던 진회하 광장에서 진학소는 조부님을 생각하며 이것도 내가 헤쳐 나가야 할 운명으로 마음에 와닿았다.

'조부님이 영광스럽던 이 광장에서 말을 두고 도망치는 것은 사나이가 아니다.'

검을 맨 검은 방갓의 젊은이는 당당히 마방 앞으로 걸어 나갔다. 도전하는 것이 아니라 무사 무탈하면 떠나려는 것이었다. 마방은 광장 입구에 있었다. 군웅들은 곳곳에서 단상에 연설을 경청하고 있었는데 그 속에서 싸늘한 목소리가 흘러나왔다.

"자네가 박을 띠던 우리 문하생을 살해했는가?"

걸어가던 방갓의 나그네는 걸음을 멈추었다. 흑마 위에 사나이는 삼실 줄이었고 길쭉한 말상에 매서운 눈매로 내려 보고 있었다. 방갓의 학소는 자잘한 변명은 늘어놓고 싶지 않아 혹여 문하생이 잘못을 인정하여 오해를 풀 수 있으면 이보다 더 좋은 일은 없을 것 같았다.

"물어보시면 아실 것이오. 그들이 노상강도 짓으로 나에게 말을 두고 지나가라고 하는데 어쩔 수 없었소."

"그렇다고 사람을 죽인다고? 두 사람이나 말이다."

"대낮에 산적 노릇하며 나의 사혈을 노리고 회선표와 검을 휘둘렀는데 나도 살아야 하지 않겠습니까?"

마방 방주는 문가에 나와서 이마를 쓸어가며 듣고 있었는데, 이것은 과정에 불과했지 재판은 아니어서 별수 없다고 생각했다. 방갓의 사내도 검을 메고 있어서 누가 보아도 당당한 도전이었다. 주위에 있던 사람들이 꾸역꾸역 모여들기 시작했고 현무문에서는 우선 정당함을 강조해야 했다. 그래서 줄행랑을 쳤던 문하생에게 고개를 돌렸다.

"준치! 이자의 말이 맞는가?"

회선표와 합수를 했던 뒤룩뒤룩한 얼굴의 문하생은 가자미처럼 작은 눈을 뜨면서 인상까지 찌푸렸다.

"아닙니다. 우리는 가만히 박을 띠는데 이 사람이 앞을 지나며 먼지를 날렸고 거드름을 피웠는데 사과하라고 말했을 뿐입니다. 그런데 다짜고짜 검을 빼 들며 동지들을 그만……."

가만히 있어 말이라도 하지 않으면 분통이라도 덜하겠는데 이것은 적반하장이었다.

"물어볼 데에 물어보시지. 문하생의 비뚤어진 입을 그대로 믿지는 않으시겠지요?"

현무문에서는 일방적으로 이것이 전부였고 그의 냉혹함이 주위를 침묵시켰다.

"우리 문도들을 살해하고 본인은 살아남겠다고 하지는 않을 것이오. 그렇지 않소? 허니 살인자즉살(殺人者卽殺)이지!"

소문주가 손을 들자 누가 던졌는지 발도된 검 하나가 햇살에 반짝이며 바람개비처럼 날아왔다. 소문주의 목을 치려는지 아니면 건네주는 것인지 알 수 없었는데 그는 손을 뻗어 간단히 취했다. 그것도 정확하게 검 자루를 잡았다. 던진 자의 기교인지 잡은 자의 섭물법인지 모두들 놀라는 얼굴들이다. 발산되는 검신이나 검병에 술띠가 화려함이 보통 의검이 아님을 보여주고 있었다. 그는 말에서 훌쩍 뛰어내리며 좌방으로 접근해 갔다.

"검을 집게! 나는 우리 문도생들 말을 정직하게 믿는 사람이오."

길쭉한 말상에 강인한 턱과 찢어진 눈매로는 사나이다운 풍모를 지니고 있었다. 그의 용기로 보아 학소도 피치 못할 결투를 각오하고 검을 빼 들었다. 죽음과 살상을 잊어버린 사나이 대 사나이의 후회 없는 대결로 보였다.

학소는 우방으로 돌며 그의 발걸음을 주시했다. 오늘 정자나무 앞에 서와는 분위기부터 달랐다.

"나는 현무문에 곽하경(郭河琼)이라고 하오. 문도생 말로는 그대는 무명이라고 했소. 대단한 별호가 있을듯하여 존함이나 새겨둡시다."

그의 말에, 주위에 있던 사람들이 웅성거렸다.

"응? 저분이 현무문 현철신협(玄哲神狹) 곽하경이라고?"

현무문 소문주 현철신협 곽하경은 합비와 남경을 오가는 사람이면 모르는 이가 없었다. 강호명숙들 입에까지 오르는 현무문 소공자였다. 무공 또한 비범하여 무극부월장(舞劇浮月掌)과 특히 현비운행 십팔단절(玄飛雲行 十八斷絶)은 막아내는 자가 없었기 때문이다. 알려진 후기지수였으며 마방 방주는 말리려 했었고, 곽하경은 기고만장하여 검을 잡으라고 했다.

보통의 소주인이라면 호위에게 한 번 시험케하여 상대의 내력을 엿본 후에 검을 잡을 텐데, 곽하경은 이에 괘념치 않았다. 열 명쯤 되는 패검을 한 문도생들은 둥그렇게 둘러섰고 가운데에는 둘만이 가볍게 돌고 있었다. 빠져나갈 기회를 주지 않을 듯한 장내이고 보면 고양이 앞의 닭이었다. 학소는 명분 없는 싸움으로 진퇴유곡(進退維谷)에 빠지고 말았다.

주위 사람들은 현천부운 검법과 현비운행 십팔단절을 목격할 기회를 얻었으니, 방갓의 젊은이가 오래 버텨 주었으면 하는 소망이었다.

좌측으로 움직이던 곽하경의 입가에는 잔잔한 웃음이 번졌다.

"나는 당신 존함을 물었는데도 답이 없다면 사람 말을 말 같지 않게 무시하는 버릇이 있구나."

"나는 강호 초출 나선풍이라 하오. 거듭 말씀드립니다만 누구도 그 장합이라면 어쩔 수 없었을 것이오. 귀 문의 문하생 두 분께는 진심으로 조의를 표합니다."

곽하경은 주위에 사람들이 모여드는 인파에 무엇인가 보이고 싶어졌다. 그래서 그의 변명이 귀에 들어올 리 만무하여, 기회다 싶어 심장을 들끓게 했다. 이왕이면 내로라하는 고수이면 좋을 텐데 한 수에 목이 날아가면 싱겁지 않을까 그것이 문제였다.

"자네의 태도를 보아 그 말은 믿을 수가 없네. 젊은 놈이 방갓을 벗고 땅에 엎드려 사정을 해도 모자랄 텐데 태도나 함자가 뻔뻔스럽네."

번쩍이는 검날을 중단으로 모으며 갈 지 자(之) 보법을 취했다. 학소도 마음을 굳히고 사방을 고요히 비우며 상대와 검을 겨루었다 함은 생사를 넘나드는 찰나가 분명히 있을 것이라 유정무일로 움직임을 주시했다.

"자- 간다!"

까강깡깡!

번쩍이는 검광에 상단에서 두 검은 마주치며 불똥을 튀기고 두 발짝씩 물러섰다. 공방은 순간의 찰나에 이루어지므로 후회하는 일이 없도록 하라는 찰수초식에 서문이 떠올랐다. 그리고 상대 대 상대의 검투는 사나이의 결투로서 멋지게 겨루어 생사에 여한이 없다고 마음을 비우라고 했다.

한 번 검행하고 난 곽하경은 상대가 만만치 않음을 알고 오른쪽으로 보법을 취하며 십팔단절에서 십이절로 끝을 맺으려 했다. 행법이 반대로 변하자, 그에 따라 운행하는 것은 끌려가는 것이므로 중앙 자세를 취했고 움직임 없이 학소의 검 끝은 밑으로 상대의 왼쪽 발 등을 가리키고 있었다.

곽하경은 상자인공(上刺咽空)으로 오른팔을 뻗어 검 끝은 하늘을 가리키며 치켜세웠다. 서당 초생들 천자문(天字文)에 천지현황(天地玄黃) 문구이기도 했다. 한 이는 하늘을 우러러 가리키는 듯했고, 한 이는 땅을 가리키며 무덤의 장소를 엿보는 것 같다. 구경꾼들은 꾸역꾸역 모여들어 이들은 흥미를 더욱 돋우었다.

"방립의 검문이 하자각면(下刺脚面)이면 남방 계열에 태극자법 중 하나가 아니오?"

"잡기일 것이야. 하자각면 법도 많으니까."

곽하경은 주위에서 떠드는 소리를 무색하게 하며 공중을 휘둘러 한 수를 뿌렸다. 하늘에서 번개선이 뿌려지듯 여러 갈래로 빛을 발산하며 휘둘러 오는데 중단에서 두 번 방어하고 방갓의 검이 그의 하복부를 휘검(揮劍)하여 무릎으로 지반(地盤)하며 모두의 비술들을 무위로 끝나게 했다.

이들의 움직임에 장내는 술렁이기 시작했다. 그것은 방갓의 나그네가 고수임을 역력히 보여줬으니 말이다. 상대의 검행을 가만히 놔두면 공간을 비운 상태라 위험이 따른다. 요소요소 학소의 검결이 그를 위협하며 흩트려 놓는데 곽하경은 마음대로 선수를 펼칠 수가 없었다.

우- 우-.

장내의 젊은이들은 누가 처참하게 죽는가가 아니라 누가 이기고 지는가에 가슴을 조였다. 죽고 사는 것은 제삼자였고 그들은 승패에 더 관심이 쏠렸다.

받아랏!

쨍! 깡깡깡!

단호한 어조로 일갈을 토하며 곽하경의 신형이 자비진하(紫飛進河)로 비단 폭이 하늘에서 맴돌며 비상하듯 쳐 왔다. 누구도 그의 신형을 찾아내기 힘들었다. 비단 폭 허영이 아른거리며 그의 검을 튕겨 절검(截劍)하는데 검풍의 내력이 만만치 않아 학소는 입을 내밀고 쉼표를 찍으며 한마디 던졌다.

"엄마 젖을 떼고 숟가락은 잡지 않고 젓가락만 잡고 놀았던 솜씨요."

사방에서 웃는 소리에 군웅들을 둘러보며 이놈에게 당한 신세여서 곽하경은 노갈을 토했다.

"이놈아! 우리 문도들 말로는 자네가 꽤 높은 검술을 보여줬다고 했는데 나에게는 차포(車包) 떼고 두는 장기와 같다. 차 하나 떼는 것으로 상대하겠다. 덤비게!"

미시의 햇살에 번뜩이는 검초식들은 일견하여 관중들은 탄성을 자아낼 만했다. 곽하경은 제삼의 자비진하로 패도적이고 공격적으로 비상하여 자격해 왔다. 고강무비한 살초인데 육중해 보이기까지 하는 학소의 신형도 마치 하늘을 나는 천마인 양 허공을 박찼다. 그리고 비룡 검법에 태극 광해 평사낙석법(平沙落石法)으로 서로 부딪치며 광채가 빛나던 십팔 단절에 관중들은 탄성 속에서 장내는 모두 침을 삼켰다.

"얽!"

나선풍의 입에서 나직한 음성이 터져 나오며 그의 방갓은 하늘 위로 치솟고 두 쪽으로 잘려 날아갔다. 마치 검은 까치가 두 동강 나서 떨어지는 것과도 같았다. 방갓이 벗겨진 그의 이마에는 혈선이 그어졌고 쓰러질 것으로 예상되었으나 당당히 서 있었다. 학소의 비룡 검법에 곽하경은 왼쪽 가슴에는 주단 옷이 한 뼘 길이로 베어져 가슴살이 드러났으나 혈선은 없었다. 치명적이라면 나선풍 쪽이었다.

속발에 이마에 흐르는 머리를 훔친 나선풍의 준수한 얼굴에 모두 놀랐다. 찢긴 가슴을 내려보던 곽하경은 또 웃음으로 일관했다.

"하하하! 그대는 대귀상(大貴像)인데 가엽게도 죽어 나가면 절간에 중을 모셔다 염불해야겠구나."

곽하경은 은빛 주단 영웅건에 길쭉한 말상의 얼굴이지만 강인한 인상에 십 검수의 한 사람으로서 부족함이 없어 보였다. 그런 그가 무명소인한테 질질 끌려가는 것이 위신 문제이기도 했다. 이번에는 연공법으로 방어할 틈을 주지 않기 위해서 현무하단식으로 밀어갔다. 나선풍도 교묘한 신법과 연단식 방어를 하며 부극 부월장을 염두에 두고 있었다. 쩽강거리며 번쩍일 때마다 검신이 드러날 뿐 이들의 검보를 똑똑히 알아볼 수 있는 이는 없어 보였다.

곽하경은 미방(未方)에서 인방(寅方)으로 횡을 긋더니 자방(子方) 견격(肩擊)에 나선풍은 대파요격자(對波要擊刺)로 찌르며 빗살같이 돌았다.

까깡깡! 휙!

위기를 벗어난 곽하경은 태연자약하게 버티고 서서 능글스럽게 웃어 보였다. 나선풍인 학소도 이마에 흐르는 땀을 소매로 훔치고는 짐짓 아무렇지도 않은 듯 버티고 섰다. 부모님의 원수를 찾겠다고 검을 메고 다녔지만 부끄러운 솜씨이며 허세였다는 것을 느끼고 있었다. 기인이사들이 많은 넓은 강호에 첫 관문부터 고전의 연속이 아닌가. 돌이켜보면 승리한 쪽보다 패한 쪽이 많아 보였다.

드디어 기회를 틈탄 곽하경은 현천부운검식 종신단(終身旦)으로 나선풍의 흉부를 목표로 발검했다. 나선풍은 중단을 쳐서 검병을 잡은 오른손이 허공을 가르게 되니 회수하여 막아내는 데는 역부족이었다. 번신분수(番身分手)의 속결로 몸과 팔을 돌려 란환식(亂環式)을 펼쳤다. 상하수합묘무궁(上下脩合妙無窮) 상하가 다르다가 또 합치면 절묘함이 끝이 없다는 것이다. 가장 통달하기 어렵다는 란환술법(亂環術法)이 무의식중에 이루어졌다.

"이잌?"

곽하경은 날리던 목표가 돌아나갔으므로 목표를 잃어 제이의 검결을 취하려 했다. 그런데 방어했어야 할 나선풍의 검이 자신의 목을 노리고 있어 겨우 방어하며 땅에 손을 짚고 말았다.

"아-"

장내의 군웅들은 자신이 위기에서 탈출한 것처럼 웅성거렸다. 탄성으로 보아 군웅들도 이름있는 동향인인 곽하경의 후원자가 되어 있었다. 모두가 위기일발에서 살아난 셈인데 후발선지(後發先至)의 빠름이 나선풍의 승리였다. 찰수란환 초식에 쾌의 빠름은 검결의 극치라는 것을 보여주고 있었다. 손을 털면서 일어선 그는 말상의 얼굴을 쭈그리며 실룩거렸다.

"솜씨가 대단하여 내가 잠시 땅을 짚었네. 자네가 란환결을 쓰는 데는 태극 검문의 수제자인 것 같은데 어느 문파의 문하생인가?"

"나는 문파 같은 것은 없소."

곽하경은 명성에 걸맞게 실전을 많이 했던 터라 여유를 취해보지만, 지금까지 겪어본 최고의 실력자임을 시인하고 있었다. 속셈은 안 보였지만 검법으로 자신을 잃은 그는 공력과 내력을 중시하는 현천부운 삼초식을 강구했다. 이놈이 공력이 없다는 것이 간파되었기 때문에 자신이 있었다. 그에게는 최고조에 달한 초식이기도 했다. 횡으로 휘둘러 공력을 실은 삼초식이 뿌려지며 둔탁하게 파고들었다. 그의 혈관이 불쑥불쑥 튀어나오는 것으로 보아 내력을 끌어들인 살초임이 확실했다.

푸악! 꽉!

내력으로 밀리던 나선풍은 몇 초식을 받아내고 갑자기 양손을 들어 할퀴는 무극부월장을 맞받아쳤다. 힘을 실어 휘두른 강기에 장내는 열기와 흙먼지가 날리며 주위가 자욱했다.

"콜록콜록……"

먼지 속에서 목이 쉰 기침 소리가 나왔다. 갑작스러운 무극부월장에 나선풍은 격공장(隔空掌)에 해문수하(海門水河)로 맞받아쳤지만, 조족지혈에 불과했다. 겨우 문짝이나 부술 정도의 장이 이름깨나 있는 장공을 받아낼 수는 없었다. 찰수팔선 검무에 장을 무산시키는 초식이 있지만 그러한 여유가 없었다.

장내의 사람들은 나선풍을 찾아 두리번거렸는데 먼지가 걷힌 장내에는 한 번 뒹굴어 흙먼지를 쓰고 숨을 몰아쉬는 몰골의 사나이가 앉아 있었다. 그의 검은 이 장이나 날아가 버렸고 심맥은 크게 진탕되며 기혈이 들끓고 있었다. 보통 사람이었다면 살아남지 못했을 것이고 사람을 살상하는 장법이면 고수에 속한다.

"크하하하! 실력은 출중한데 역시 강호 초출이었군!"

목을 칠 것인가 등을 찌를 것인가, 이것은 승리자의 권리였으며 곽하경은 파안대소를 터트리며 승자의 기쁨을 맛보고 있었다.

학소는 소흥에서 질퍽한 마변 위에 뒹굴었던 귀오마도의 수급이 떠올랐다. '그래서는 안 된다! 일어서야 한다!' 하지만 그것은 스치는 생각에 기진맥진한 상태다.

곽하경은 주위를 쓸어보며 검 자루를 양손으로 거머쥐고 콜록거리는 그에게 걸어갔다.

일도양단을 낼 모양새라 사람들은 등을 돌렸고 반수는 침을 삼켰다. 그때였다!

"술풍! 술풍! 나야 나……."

땅바닥에 쭈그리고 앉아 있는 나선풍에게 달려들어 일으켜 세우는 여인이 있었다. 곽하경은 검을 눕히며 쪼르르 달려와 분위기를 망쳐놓은 마당에 어안이 벙벙했다. 그녀는 또 떠들어댔다.

"나야! 계화란 말이야. 네가 마방에서 등자 노릇하며 일할 때가 좋았는데 노비로 옥광에 팔려갈 때 내가 얼마나 속상했는지 알기나 해?"

사람들은 그 여인을 보니 머리에 파란 댕기로 묶어놓은 종년이었다.

그녀가 하는 말을 귀담아들은 군웅들은 수군거렸다.
"종놈과 종년이로구나?"
곽하경은 주위를 둘러보며 개차반 같은 종년을 안으로 뛰어들게 한 수하들을 흘겨보며 어찌할 바를 몰랐다.
"술풍은 어느 대갓집에 팔려 가 잘 먹고 잘사는 줄 알았는데……. 나는 말이야, 나 조관님 시봉으로 나왔는데 부엌데기보다 아주 좋거든."
그녀의 말로 보아 하찮은 종놈들이라 사람들은 금세 흥미를 잃었다.
"술풍도 모병에 나와! 응? 노비는 안 되지만 남자 종들은 지원하겠다면 주인에게 쌀가마를 주고 데려간대. 또 전장에서 공을 세우면 면천도 시켜준다고 했어."
계화 종년의 허리춤에는 노란 천 조각들이 달려있었는데 오늘 모병 지원자에게 하나씩 주는 머리띠 무명 조각이었다. 그는 몽롱한 상태에서 익히 들었던 여인의 목소리에 정신을 가다듬었다. 죽음에도 지쳐버린 만 근은 될 것 같은 눈꺼풀을 무겁게 뜨며 상체를 바로 세웠다. 주위에서는 웃음소리가 터졌으며 계화가 옆에서 씩씩거리고 있었다.
곽하경은 나선풍이라는 자가 종놈 같지 않은 늠름한 태도였는데 연놈들이 짜고 도는 듯하여 다가가 확인하려고 했다. 그때 한 이가 손가락질하며 소리 질렀다.
"저자는 은화 이십 냥짜리 응매 노비로구나! 내가 삼십 냥에 흑광에 팔아넘겼는데 어떻게 여기까지?"
곽하경이 소리 나는 그쪽을 바라보니 노비를 끌고 다니며 매매하는 상인인데 종놈임을 여지없이 보여주었다. 그는 눈과 코를 실룩거리며 어찌할 바를 몰랐다.
태극 검문이며 란환결 무슨 비법이라고 논하며 위태위태했던 자신이고 보니 종놈과 같이 놀아난 기분이 들었다. 이놈을 단칼에 죽이고 싶지만, 그 역시 명예가 실추되는 노릇이었다. 울화가 치민 그는 종년을 발로 걷어차려다 이도 관노이고 나 장군의 시봉 하녀이므로 차마 그럴 수는 없었다. 이 광장에서 그랬다가는 변고가 생길 수도 있다.

"저놈 손발에 요고(鐐銬)를 채워 당장 본문으로 끌고 가!"

그의 명령에, 주위에 있던 문생들이 모여들어 계화를 떼어내고 그를 포박했다. 그제야 나선풍인 학소는 정신이 돌아났는지 주위를 둘러보았다. 노란 천이 들어있는 보따리를 가슴에 안고 밀려가는 계화가 계속 울먹이고 있었다.

"술풍! 지원병에 입영한다면 괜찮을 거야. 내가 구해줄 테니 안심해. 응?"

종년 하나 책임지지 못하는 자신이 애처로웠다. 나를 애모하고 구슬프게 밀려가며 뒤돌아보는 계화를 보니 울컥 눈물이 감돌았다.

현무문(玄武門)은 남경에서 장안으로 서북쪽으로 가는 강소성과 안휘성 사이에 있었다. 넓은 마당에는 물감을 들여서 말리는 형형색색의 비단 포가 장대에 널려 있었다. 마당과 뜰에 가득 널려 있는 것들이 산들바람에 오색을 자랑하며 바다의 물결처럼 사시사철 너울거렸다.

마당 앞뜰에 번들거리는 마차 한 대가 당도하고 뒤이어 십여 명의 문도들이 먼지를 날리며 따라왔다. 마차 문이 열리자, 마부석에 있던 장한과 준치라는 문도생이 학소를 끌어당겼다. 물건처럼 땅에 떨어진 그는 고개를 들었다. 후원 모두 비단 포들이 너울거리고 있었고 우측으로는 궁궐 같은 장원이 자리 잡고 있었다. 문주는 높은 대청에 앉아서 끌고 오는 천출들을 살펴보고 있었다.

"꽤 질긴 놈이군. 그렇게 얻어맞고도 신음 한번 토할 줄 모르니……."

준치와 장한은 그를 일으켜 세우고 집안으로 끌어들였다. 대청 높은 쪽에는 육순은 되어 보이는 문주가 비단 의자에 앉아 있었는데 학소의 신상을 보고는 쓸개 물을 한 사발 얻어먹은 듯 씁쓸한 얼굴을 했다.

"검술깨나 익혔던 놈이로구나. 저렇게 패 닦아 놓았으니……."

따라온 준치가 머리를 숙여 보이고 문주에게 아뢰었다.

"이자는 우리 문도 둘을 살해했습니다. 소문주님께서 사로잡아 놓았는데 문주님의 처분을 기다린다고 하였습니다."

현미(玄美) 주단포가의 어른이며 현무문 문주 백야광신(白夜光神) 곽교호는 고개를 저으며 씁쓸히 웃었다. 그는 여기에서 각양각색의 주단포들이 중원에 팔려 가니 돈이 물 흐르듯 들어왔다. 문주는 수백의 노비를 부리며 호강하다 보니 여색을 탐하게 되고 소원이라면 영생뿐인 그였다. 길쭉한 턱에 듬성듬성 나 있는 수염을 쓸며 입을 열었다.

"그 소식은 접했다. 사나운 짐승은 멀리할수록 좋다고 하는데 이러한 놈을 장원에 붙여 쓴다면 피곤하다."

문주는 고개를 흔들며 다음 들어오는 노비들에게 관심을 보였다.

"아무렴요. 우리 동지들을 살상한 자는 죽어 마땅합니다. 소문주님도 살인자 즉살이라고 하였습니다."

얼굴이 도톰한 그는 두 뺨을 실룩이며 학소를 째려보는데 눈알이 눈두덩에 접혀 눈동자가 있는지조차 몰랐다.

"그럼, 저희 소문주님 처신에 맡기는 것으로 하겠습니다."

"그래. 나는 어떤 놈인가 했는데 됐다. 다음!"

그때 문이 열리며 군속 청년이 학소 곁에 밀려와 받쳤다. 머리에는 단건에 청색 띠를 둘렀고 누비 갑주가 여러 곳 찢겨 있는 것이 북방의 군속 같았다.

"그놈은 뭐야?"

"이놈은 포로병입니다. 시장에서 쓸만하다고 하여 헐값에 사들인 노비가 아니라 노예 놈입니다."

끌고 온 장한의 말처럼 요나라 군로병이 확실해 보였다. 전쟁에 패하여 사로잡히면 노수가 되어 죽임을 당하든지 아니면 노비가 된다. 성격이 온순해 보이는 그는 살아난 것도 행운이라고 생각하여 고개를 조아리며 어떤 일도 마다 않겠다는 행동이다.

"쓸만한 놈 같은데 문적에는 노비로 올리고 호사가 알아서 처리하게. 다음!"

다음으로 여인의 향이 물씬 풍기는 네 명의 여인들이 밀려왔는데 모두 심의의 옷들로 보아 상류층 여인들로 보였다. 뒤따라 들어온 두 장한은 채찍을 휘두르며 앞에 있는 여인의 등을 내리쳤다.

짝! 짝!

그 여인은 팔을 들어 등짝으로 채찍을 받아넘기며 하얀 얼굴이 붉게 상기되었다. 쪽 찐 머리에는 산호 비녀를 꽂았고 긴 조복(朝服)을 입은 것으로 보아 어느 대갓집 부인 같았다.

"삼해가 오늘 횡재했다는 것이 이년들인가?"

삼해는 앞에 있는 여인을 단상으로 밀어가며 웃음을 머금었다.

"예. 오늘 배에서 내린 처자들입니다. 가옥관에서 관노로 내려왔는데 소주로 가는 것을 샀습죠. 아마도 모반죄로 반역의 집안 여인들입니다."

여인은 고개를 들고 억울함을 호소하려고 하자 삼해는 또 채찍을 내둘렀다. 여인은 또 머리를 숙여 등으로 그 채찍을 받아주며 치마통 속에 숨어 있는 어린것을 보호하고 있었다. 두 번의 채찍이 끝나자, 다섯 살쯤 되어 보이는 어린 소녀가 살짝 반쪽 얼굴을 내밀었다. 소녀는 울다 지쳐 퉁퉁 부은 눈을 들어 어미를 쳐다보았다. 어미는 아무 일도 아니라고 아이를 내려다보며 억장이 무너지는 슬픔을 참아냈다. 까마귀가 무서워서 쪼르르 어미 날개로 들어간 병아리처럼 어린 소녀는 치마 속에서 머리만 내밀고 세상살이를 보고 있었다.

삼해의 채찍은 우마를 다루는 가죽 채는 아니지만 여러 대 맞고 나니 여인의 목덜미는 붉게 상기되었으며 쪽 찐 머리가 반은 풀려있었다. 신분 높은 부인들을 노비로 추락시키는 일은 한두 번 해본 일이 아닌 듯이 또 채찍을 들려 하자 문주가 한쪽 팔을 들었다.

"그만하거라. 반반한 년 같은데 애가 있지 않느냐."

"애 딸렸다고 핑계만 하며 노비 직분을 모르는 것 같습니다."

"노비 직분을 모르면 맞으면서 배울 수밖에 없구나. 소 같으면 고깃값을 받고 팔기라도 하는데 종년이 말을 듣지 않으면 써볼 데가 있나."

문주는 미꾸라지 수염 같은 몇 고을의 뒤룩뒤룩한 턱을 쓸며 의자를 흔들거렸다. 의자를 흔들거리는 것은 그의 습성으로 성욕이 발동하는 행동이었다.

"직분도 모르면 신참내기 같구나."

차림새로 보아 옆에 있는 여인들은 시종들로 천해 보였고 앞에 있는 것이 맛있는 먹잇감이다. 비단옷에 가려진 그의 심장은 발동하기 시작했다. 어느 대갓집 부인을 깔고 앉아 종년이라는 세상맛을 보여주고 싶은 것이다. 세상맛을 보여주는 이상한 취미 때문에 그의 입맛에 길든 여인들이 하나둘이 아니었다.

학소는 무서움에 떨며 초롱초롱한 눈으로 비단 의자에 앉아 내려다보는 주인과 주위 사람들을 보면서 얼굴을 내밀었다 말았다 하는 어린 소녀가 애처로워 보였다. 한 달 전까지만 해도 부러움 없이 살던 소녀가 갑자기 외양간의 소처럼 거친 밥을 먹고 왜 우리 엄마가 채찍을 맞아야 하는지 그것이 무서웠을 것이다. 세상에 대한 공포감에 어린아이가 길드는 것이 너무 가련했다. 결국 소녀도 금명간 어미 곁을 떠나 사람들 손에서 손으로 이어지며 팔려 다니는 여비가 될 것이다. 귀천을 모르는 어린것이 자라면서 세상 사람들은 등급이 있고 자신은 종으로 살아가야 한다는 것을 배워갈 것이다.

소녀는 퉁퉁 부은 학소의 얼굴을 보다가 민망했는지 치마폭 속으로 얼굴을 묻어버렸다. 자신의 비정한 장래보다 학소의 얼굴을 보며 애처롭게 느꼈을 것이다. 소녀는 풍족한 어느 벼슬아치 집안에서 자라났지만, 그래 그렇게 나를 불쌍히 바라보거라. 내일 어미의 품을 떠나면 무감각하게 자라거라. 그리고 기회를 보아 제발 여비에서 탈출하거라. 멀리 걸인이 될지라도 이국으로 날아가 버리거라.

그가 할 수 있는 일은 이러한 염원의 기도밖에 없었다. 그도 노비 문적에 올라 팔려 다녔기 때문에 사람으로서는 할 수 없는 일이라고 통탄해 마지않았다. 소꿉장난 같은 인간사가 당하는 사람으로서는 가혹하게 느껴졌기 때문이다.

물론 그도 어린 시절부터 노비 자식으로 살아 배우지 못하고 귀족으로 살아보지 못했다면 이와 같은 감정은 없었을 것이다. 이를테면 길가에 황소 한 마리를 두고 지나가는 농부는 멍에와 등태를 씌워 밭갈이는 잘할 수 있을까에 초점을 맞춘다. 불자는 전생에 무엇을 잘못했기에 짐승이 되었을까 하고, 도살자는 어느 쪽을 때려야 쉽게 넘어뜨릴 것인가, 그리고 요리사는 이 소가 맛이 있을까, 장사꾼은 얼마에 매입하면 얼마의 이득이 돌아올 것인가 하는 것이 각자 느끼는 감정은 자신의 환경에서 오기 때문이다. 황소가 가여워 푸른 들판에 놓아주고 싶은 것은 호강스럽게 자란 여린 감정의 소녀 같은 심정이라고 직시하고 있었다.

그때 준치가 다가오더니 학소의 어깨를 끌어당겼다. 자신의 거취도 알지 못하여 도살장으로 끌려가는 신세인데 남의 걱정을 하다니……. 그러면서 고개를 털었다. 주먹같이 위로 묶어놓은 속발이 풀려 얼굴은 가리고 있어서 손등으로 훔쳐내자, 후원 철창문 앞이었다. 군로병 노예는 노비로 살 수 있다는 희망에 활발히 걸어갔다. 절구 침저(砧杵)를 든 문도생이 학소를 보고 식식거리며 물었다.

"이놈입니까?"

준치는 이들보다 상급인지 고개를 끄덕였다.

"우리 일사형과 회선 형님을 대신하여 내가 당장 목을 취하겠습니다."

그가 내리친 절구 방망이는 그의 어깨를 정타 했고 고꾸라진 학소에게 걸어가 또 한방을 내리치려다가 손을 놓았다. 양손이 철갑에 묶여 정신까지 몽롱한 상태인데 삼류에 속하는 강호의 젊은이들은 동료들 앞에서 무지막지한 행동을 보여야 남자인 것으로 보이게 된다.
"소주인님이 죽이지는 말라고 하여 참아둔다. 들어가!"
정원 뒤뜰에는 창살문이 있는 석옥이 있었는데 그곳은 그를 기다리고 있었다. 철장 안으로 밀려들어 간 학소는 옥단장 개창살이 떠오르며 계화가 생각났다. 구수한 고기전을 싸다 줘서 백구와 나눠 먹었는데 나를 좋아했던 계화는 오늘도 나를 도와주었다. 반가움에서인지 아니면 위기에 처한 상황을 보고 달려들었는지 알 수 없지만 반가움에 몸을 던질 만큼 그랬다면 그녀에게 큰 빚이 되는 것이다. 살리고자 하는 은혜보다 반가움에서 오는 것은 순정이기 때문에 더욱 그러했다.
백구는 나를 주인으로 보지 않고 친구로 보았다. 등짝에 채찍을 맞으며 같이 잠자는 것이 백구와 같아 보였으므로 주인으로 매김하지 못했다. 그래서 힘 있고 먹을 것이 많은 나신철이 나타나자 그렇게 꼬리치며 달려갔다.
초희의 어깨를 끌어 잡으며 걸어가던 그들 모습이 주마등처럼 밀려왔다. 그렇다고 그 연분에 분노하거나 그녀를 원망하는 마음은 조금도 없었다. 그 마음은 지금도 그렇지만 왜인지는 몰랐다. 오히려 등에 있는 짐 하나를 덜어낸 것처럼 가볍고 초희를 축복해 주고 싶었다.
창살을 바라보며 그 추억들과 자괴감에 젖은 그는 진회하 결투에서 패했으므로 죽어도 원한은 없었다. 전쟁에 포로가 된 군로병이 당당히 살고자 하는 것은 현명한 생각이라고 자신의 처지와 비교해 보았다.
거지로 뒹굴어도 이승이 났다고, 죽은 정승보다 살아있는 거지가 났다고 했다. 황제의 교시를 받은 직함이나 수많은 금덩이를 시체 옆에 갖다 놓으면 무엇하겠는가. 죽은 정승은 땅속에 갈 일만 남았지만 살아 움직이는 거지는 할 일이 많은 것이다. 여인이 있고, 술친구가 있고, 하고 싶은 일이 수없이 많기 때문이다. 절망으로 자신을 해(害)하고 학대하며 자포자기하는 필부는 나약한 것이며 남자다움이 아니니 자괴감에서 벗어나야 했다.

남경에서 두어 시진 달려온 마차가 철거덕거리며 후원으로 들어왔다. 땀에 밴 말 내음이 엷은 바람에 실려 후원 석옥에도 밀려왔다. 학소는 코를 찡그리고 자신이 타고 왔던 마차임을 직감하여 무슨 용무가 있을 것인가 귀를 기울였다.

문주가 너털웃음을 터트리며 손님을 배웅하러 나온 참인데 창살 틈으로 물끄러미 내다보던 학소는 소스라치게 놀랐다. 얼굴이 둥그런 곽순삼이 현무문 문주 곽교호와 나란히 걸어 나오고 있어 흠칫 얼굴을 벽으로 붙였다. 곽순은 탐라도에서 벙거지를 쓰고 다녔는데 중원에 와서는 갈의 면포에 오전모(烏氊帽)를 쓰고 죽장을 짚고 있었다. 그는 느긋한 말투로 문주의 말에 대답했다.

"하늘과 땅은 사시사철 영원히 무궁하지만, 사람은 철 따라 늙어가며 때가 오면 죽게 마련입니다."

감색(紺色) 주단포(綢緞布)를 걸친 문주는 덩치 만큼이나 큰 얼굴에 웃음을 담그며 반문했다.

"유한한 이 몸이 무궁한 하늘과 땅 사이에 영원히 살아남기란 쉬운 일이 아닌 것 같소."

곽순삼은 걸음을 멈추며 너털웃음을 흘렸다.

"그리 쉽다면 누구나 다 이루고자 할 것입니다. 도에 능통하고 선인(仙人)의 극치에 이르면 영생이 있을지도 모르겠습니다."

앞서 걷던 문주가 획 돌아서며 반문했다.

"경전을 심독하고 관우상에도 절하며 빌다가 돌이켜 생각해 보니 무의미한 일이었네. 그들 모두 칠순도 못 살아 세상을 떠났는데 의탁해 볼 데가 괸당 밖에 없소이다."

"그분들 모두 제명까지 못 살아 적장들로부터 피살되었지 않았습니까. 영생을 찾는 성인군자가 아니었으므로 선인(仙人)만큼 하겠습니까?"

문주는 둥그런 오전모의 곽순을 바라보다가 조용히 입을 열었다.

"말을 듣고 보니 그렇군요. 곽순 권당은 탐라도에서 젊어지는 샘물을 찾을 수 있을 것 같다더니 다음 여행에는 이 문주가 꼭 동참하겠소이다."

곽순은 사방을 두리두리 살펴보고 조용한 어조로 답했다.

"귀한 희보를 누구에게 말씀드리겠습니까. 권당이신 문주님밖에 생각나는 이가 없어 문의하였습니다. 원하시면 대환영이라고 말씀드렸습니다."

"금은보화가 가득하면 무얼 할 것이며 주지육림(酒池肉林) 속에 여인네들이 밤마다 기다리고 있으면 무엇 하겠나. 요사이는 점점 마음이 멀어지는 것이 젊음이 부럽기만 하오."

부유한 이들은 누구든 그럴 것이라 믿어 의심치 않았지만, 동화 속에 존재하는 그러한 샘물이 있을 것인가에도 곽순은 의문이었다.

"바람 불 듯 물 흐르듯 풍수지리를 보는 이들의 말인데도 일리가 있어 이 곽순도 반반은 믿음이 가는 이야기입니다. 나의 벗이 살펴보고 있어요. 다음에 여쭙기로 하겠습니다."

곽순은 문주의 배웅까지 받으며 마차 위로 몸을 실었다.

남경에 영흥궁(永興宮) 대전으로 두 장수가 안내되고 있었다. 한 사람은 붉은 갑주에 장군복이었으며 한 사람은 호표가 수놓아진 의관을 입은 나신철 자윤이었다. 붉은 주단이 깔린 대청에 들어서자 양 가에 있던 열다섯쯤 되는 원로 관원들이 일제히 일어서며 두 사람을 영접하였다.

두 사람은 호피에 앉아 있는 상관 앞에 다다르자, 머리 숙여 예를 올렸다.

"예-. 나신철 자윤과 마해달 군위 장군은 오늘 진회하에서 모병 모집에 소임을 다하여 목적한 바를 모두 마치었습니다."

호피의에 앉아 있던 육십 중반의 권지남경부사(權知南京府事)는 의연한 태도로 고개만 끄덕였다. 등배에는 품계가 교룡문이 새겨져 있는 유삼을 입고 있었다. 그는 좌측에 앉은 참정관(參政官)을 보며 입을 열었다.

"남경에서 오천의 병사라 했는데 칠천이면 너무 과하지 않소?"

권지남경부사의 말씀을 기다렸다는 듯이 참정관은 또 다음에 앉아 있는 참의(參議)를 돌아보며 대답했다. 참의는 어제 두 장수와 함께 모병 지원자 일을 거들어 주었던 관료였다.

"거기에는 노비와 종들이 다수 가담하고 있다는데 이들을 빼어 놓으면 어떻소? 들판에 있는 벼들을 거둬들여야 할 사람들입니다."

젊은 일꾼들이 많아야 지방 군민들은 편안한 것이다. 이들은 지방 장관으로서 지역 장정들을 끌어안으려는 욕심이지만 중앙성서(中央省書)의 눈치를 보기 때문에 직설적으로 말할 수가 없었다. 두 장수는 그들의 말에 서로 얼굴을 마주하다가 마해달 장군이 굵직한 목소리로 참정관을 보며 대답했다.

"항주와 소주에서 일만의 병사를 모집하고 있는데 남경 강북하를 통틀어 칠천의 병력은 나와야 한다고 봅니다."

백리현 권지남경부사는 안하무인격으로 좌중 관료들을 둘러보며 말했다.

"강남 관료들은 남을 비교하는 습성이 만연하여 모든 일을 이웃과 같이한다고 들었는데, 꼭 그와 같소. 참정관과 참의의 뜻이 그러하니 이 부사도 그와 같이 바라는 것이오. 그대로 노력해 주기 바라오."

그대로 한다면 참정관의 말대로 노비는 빼놓아 오천으로 정한다는 시위였다. 말을 끝낸 백리현 부사는 참정관과 같이 자리를 떴다.

지방군(地方軍)으로 본다면 이 년 전에 남경 일대에서 일만의 병력을 모병하고 난 후였으므로 강력한 병력은 될 수 없어 빛을 발할 수가 없다. 그래서 시립해서 있는 지역 첨사(僉事)들과 랑중(郞中)들은 남경 부사의 주지에 고개를 끄덕였으며 두 장수를 달갑게 받아들이지 못했다. 지방 관료들 앞에서 면박을 주다시피 말을 끝내고 사라졌으니, 나 자윤과 마 장군은 호피 의자만 바라보며 청승맞게 서 있었다. 일 년 전만 해도 지주조관(知州朝官)으로 지방에 내려와 모든 업무를 감찰하며 산악을 울릴 때를 생각하면 참담한 모습이라 아니할 수 없었다.

쓸쓸한 걸음으로 영흥궁을 나온 두 장수는 사가원림(私家園林) 후원 궐루로 걸어가고 있었다. 나 지윤의 뒷모습을 보면서 걸어가던 마 장군의 입에서 분노에 찬 음성이 흘러나왔다.

"남을 비교하는 습성이 많다고 하는 남경 부사의 말은 나 장군에게 하는 말이 아니고 나에게 던지는 것이오."

그의 말에 나 지윤의 양턱이 불끈 움직였으니, 아귀를 질끈 물었음에 틀림없었다.

"그렇지만도 않소. 부사는 상서성에 인맥이 있고 나는 거기에서 좌천되어 지금은 지방군 무관 첨지 정도로 보고 있습니다."

"아닙니다. 나의 고향이 강남 태호에 있으니 그리 비유한 거겠지요."

나신철은 지윤으로 내려서면서 무시당하는 것이 한두 번이 아니었다. 관료 사회는 위로 오르지 못하면 어떠한 명령도 따를 수밖에 없다. 하극상은 반역에 해당하므로 복명하달 뿐이었다. 연륜에 따라 위로 오르는 것이 상식인데 나 지윤은 일약 조관(朝官)인 높은 자리에서 좌천된 신세였으므로, 아무것도 아니었던 상사를 모시는 것은 참아내기가 쉽지 않았다. 그것은 예나 지금이나 당연한 사실들을 나신철 본인의 견지에서 이기적으로 바라보기 때문이었다.

지윤(知尹)도 판삼사자사(判三司子司)에 속하여 첨지전 이십 관, 쌀 열두 석, 면 다섯 석, 양 열둘, 시종 십인, 말 두 필을 일 년에 지급받는다. 그 외로 땔감이며 채소까지도 들어오지만, 그는 이것이 문제가 아니었다. 옥단장에 돌아가면 이백이 넘는 노비와 수많은 곡식이며 재물들이 많아 물적 욕심은 추호도 없었다. 높은 지위에 올라 가문을 지키고 모든 이들로부터 추앙받고 싶은데 이대로 떠돌다가는 오히려 역적 모함에 가문을 망칠 수도 있다는 예감이 들었던 것이다. 그 예감은 조정에서 자신을 추켜세웠던 왕흠립(王欽立) 정승이 북인의 거두 왕정단(王廷旦)에게 밀리고 있다는 데 있었다.

내성에 권루들을 둘러보며 한참 걷던 이들은 평강전(平康殿)으로 들어서자, 얼굴에 흑발이 성성한 순무현장(巡武顯長) 냉천후(冷天厚)가 두 사람을 맞았다. 두 장군의 시무룩한 얼굴을 바라본 그는 웃음을 발라가며 말했다.

"여기 내성의 화려함은 지금도 빛을 잃지 않고 있는데 장군님들 안색이 흐려있어 왠지 우중충함을 느낍니다."

그의 말에 나신철 자윤은 진화하 쪽을 바라보며 미소 지었다.

"영홍궁이 화려하다지만 개봉에 태극궁(太極宮)만 하겠습니까?"

이들은 주향이 흘러나오는 방으로 안내되었는데 백삼 위에 흑의를 걸친 중서안찰사사(中書按擦使司) 남익천(南益千)이 준엄한 얼굴을 하고 이들을 바라보았다.

"오늘의 일들은 염두에 두지 맙시다."

네 관료들은 친숙한 행동으로 스스럼없이 방으로 들어섰다. 그들이 탁자에 둘러 앉자 청의의 관원이 노복들과 대동하여 들어오며 주안상을 마련했다. 네 접시에는 녹포와 오색의 건과류가 놓여 있었다. 그리고 똑같이 백주 한 병씩을 올려놓고 모두 밖으로 퇴장했다. 순무현장 냉천후가 얼굴에 난 흑발을 세우며 너털웃음을 터트렸다.

"영홍전에서 보내온 축배 같은데 한 잔씩 입가심하십시다."

두 장군을 바라보던 안찰사사 남익천의 잔잔한 목소리가 이어졌다.

"군웅할거(群雄割據) 시대처럼 양반, 백성, 천인, 승려들 모두 징발하면 좋은데 말입니다. 막강 군대로 하여금 일시에 북방 세력을 내몰고 천하통일을 한 연후에 장정들을 고향으로 돌려보내면 되지요."

마해달 장군은 술잔을 맛있게 빨고는 고개를 끄덕이며 의문을 제기했다.

"남 중서대부(中書大夫) 말씀이 옳습니다. 그 일은 모두 황하 지역 사람들이 할 일인데 우리 강남에 곡식과 비단으로 치부하면서 안녕만 누리고 있습니다. 오늘 남경 부사의 말에 강남인 운운한 것은 모욕적이었습니다."

중년 문사 풍모를 갖춘 남익천이 복건 끈을 풀어가며 조용한 어조로 동조했다.

"좌중이 모두 강남 동지들이라 말씀드리지요. 여기 권지남경부사와 참정관이며 분순도(分巡道)들이 강북인들로 채워지고 있어요. 나 조관님도 우리 동지가 되어 있으며 불원간 강남인은 조정에 발붙일 수 없을 것 같습니다."

입술을 굳게 다물고 있던 나신철은 앞에 있는 술잔을 단숨에 넘겼다.

"중서안찰사사 말씀에 몸 둘 바를 모르겠습니다. 앞으로는 조관(朝官)이란 말씀은 접어두셨으면 합니다. 그렇게 옛일로 넘겨주시오. 나는 일을 함에 있어 청렴함과 신중함이 세상에 알려지지 않아 부족함이 많다고 생각합니다. 그리고 지덕과 의로움이 드러나지 않아(德義有聞) 조관에서 실격되었소. 태종대왕까지는 남방지역에서 중소 신흥국들 난이 여기저기에서 일어났으므로 그들을 진압하느라 오귀(五鬼)라는 말까지 들었습니다. 그래서 남 사사님 말씀은 그릇됨은 없지만, 지금은 그렇지 않습니다. 정위(正謂) 임특(林特) 등 재정 관료가 모두 남방인들입니다."

마 장군이 씁쓸히 웃으며 말했다.

"돈이나 다루는 사람이 무슨 권력이 있습니까. 그 말씀은 이만 접으시고 순무 현장님이 긴히 회동이 필요하다고 하셨는데 그 말씀을 듣고자 합니다."

조용히 주위를 살피던 냉천후가 기회인지라 좌중을 둘러보았다.

"개봉에서 내려오신 안찰사사님과 의논 중이었습니다. 이번에 좋은 기회라 믿어 알아보고 있는데 항주에 있는 인지의가장에 있었다는 서불과지도인 백접도에 관한 일입니다."

의제를 물었던 마 장군의 굵직한 목소리가 이어졌다.

"달포 전에 냉현장 의견에 나 장군과 고민해 왔는데 그것은 모험이라고 단정하여 접어 두었습니다. 말씀에는 일리가 있으나 무림에 넘어갔다는 백접도를 손에 넣기는 수월치 않을 것이오."

남익천 사사가 각오가 되었는지 침중한 목소리로 말했다.

"지금 우리 지위가 풍전등화와 같은데 결과에 따라 흥망성쇠가 달려있습니다. 여기에는 황가에 어저금(御貯金)을 받아 탐라도에 배를 띄울 것입니다. 그러면 황가와 재상들 이목이 집중될 것인데 목숨 하나 무슨 대수겠습니까?"

어느새 남 사사와 냉 현장은 불로하는 데 동지가 되어 두 장수의 의견을 타진하고 있었다. 두 장수는 그의 말에 어리둥절한 상태였고 냉천후가 말을 받아 이었다.

"그래서 우리만의 기밀로 하여 희보를 하나 얻었습니다."

그가 말을 하고 뜸을 들이자 마 장군이 궁금한 모습으로 눈치를 보였다.

"희보라면 무슨 뜻이오?"

"우리 집에 드나드는 노비 장사꾼이 있는데 이름은 신종자라고 합니다. 그가 나에게 달려와서 인지의가장에 소장주로 보이는 노비를 찾았다는 것입니다. 이 년 전 의가장 멸문 당시 노비로 팔렸나 봅니다."

말을 마치자 모두 멀뚱멀뚱한 눈으로 냉 현장을 바라보았고 나 장군이 침묵을 깨었다.

"무슨 묘수라도 있는가 했더니 그것뿐입니까?"

"묘수는 묘책으로 만들어 행해야지요. 가만히 있으면 누가 그 귀한 영초를 갖다주겠습니까. 인지의가장이라면 관호이며 개국현공(開國顯公)이신 진찬우 장군이 그의 영존이 아닙니까."

마해달 장군은 익히 들었던 대장군 말에 놀라는 기색이었다.

"인지의가장에 소장주라면 칠현 추밀 부사 진 장군 집안인 의가장을 말씀하시는 것입니까?"

그의 말에 나신철은 대수가 아니라고 말을 흘렸다.

"그런가 봅니다. 오나라 공신들을 죽림칠현(竹林七賢)으로 우대한 것처럼 추밀 부사와 동등하다고 하여 일곱 장수에게 전운사 작위를 주고 낙향시켜 지금은 허울 좋은 이름뿐이오. 아무리 높은 지방 장관도 황궁의 대신만큼 하겠습니까"

장군 칭호를 받으며 문무를 오가는 그의 입장에서는 역사일 뿐이었다. 지금에 재상이나 조관에 똑같다는 태도였다. 냉 현장은 주지의 목적이 높은 작위가 아니라고 입을 열었다.

"귀한 가문에서는 귀한 물건이 나온다는 말이 있어요. 신종자의 말에 의하면 진 공자는 현무문 소문주와 결투를 벌였는데 패자가 되었다고 합니다. 노비 신분이 탄로 났는데 죽임을 당할지 몰라 그 노비에게 소집 명령을 내렸습니다. 소장과 군사 몇 사람을 보냈는데 전하는 말에 의하면 무사히 그를 데려오고 있다고 합니다."

나신철은 이 자리에서 비록 제일 젊은 장수인데도 냉정함을 잃지 않으며 냉 현장에게 눈길을 돌렸다.

"진 공자가 보도(寶圖)를 소지한 것도 아닌데 헛수고 같습니다."

"그렇지 않습니다. 그는 부친과 동행하여 탐라도까지 탐방하며 서불과지도인 백접도를 놓고 불로초를 찾았던 것이오. 해서 나는 신종자에게 부탁하면서 그의 행방을 수소문했었소."

관복을 입은 중서안찰사사 남익천이 고개를 끄덕이며 동조했다.

"장주와 같이 동해의 탐라도까지 영초를 찾아 동행했다면 많은 정보가 있을 듯싶소."

냉 현장과 남 사사를 바라보던 두 장수도 가볍게 고개를 끄덕였다.

나신철 지윤은 화려함과 운치가 극치라는 사가원림(私家園林) 관사에 머물지 못하고 내성 가까운 관사로 숙소가 정해져 있었다. 귀한 행정 조관이면 내성에 있는 관사에 있겠으나 지금은 손님이면서도 손님 같지 않은 모병 참모였다.

그의 관사에서는 십여 명의 노복들이 저녁 준비를 하고 있었다. 대문이 활짝 열리며 호피에 피박을 걸친 나신철이 두 중랑(中郞)을 앞세워 걸어 들어오자, 관사 사랑채에서 반비(半臂)에 붉은 실로 수놓아진 화려한 의상을 입은 부인이 나왔다. 머리는 뒤로 올려 꽃과 보석으로 장식한 양파두(兩把頭)를 한 귀부인이 함박꽃 같은 웃음으로 마중하자 나신철은 소매를 걷어 올리며 큰기침하고는 방으로 들어섰다.

계화는 부엌 쪽에 붙어 섰는데 그녀의 곁에는 세 번째 부인 초희가 사랑방으로 들어가는 나 지윤을 쓸쓸히 서서 바라보았다. 초희는 장포 적삼에 주름치마 군상(裙裳)을 입고 있어서 여비와 구분되었다. 세 번째 부인이지만 지금은 세 명의 정실부인 측에도 못 들어 귀첩(貴妾)의 신분으로 부군의 뒷모습만 바라볼 뿐이었다.

귀비에서 귀첩으로 낙점된 초희 아씨를 바라보며 곁으로 다가갔다.

"아씨 마님. 어저께 진회하에서 술풍 노비를 보았어요. 그이는 양인이 되어 유협으로 백마 위에서 검을 메고 다녔지 뭐예요."

초희 아씨는 웃음보를 지으며 어쩔 줄 몰랐다.

"잘 되었구나. 그래서?"

"그런데 말입니다. 이 지방에서 검을 제일 잘 쓴다는 현무문 소문주와 싸움을 벌였습니다. 그런데 그만……."

"그만이라면 죽었단 말이냐?"

순간 그녀의 웃음보가 싸늘히 식어가며 수심의 빛이 감돌았다.

초희는 옥단장에서 세 번째 부인으로 혼례의 예를 갖추었는데, 지금은 계화만이 아씨 마님으로 따를 뿐 그녀를 따르는 시녀는 없었다. 초희가 하는 일은 정실부인들 뒤치다꺼리나 하고 조찬상을 보는 것이 고작이었다.

쓸쓸한 마음은 옛정을 그립게 만들었다. 의가장이 멸문되었다는 말에 어머님은 애석하게 생각했으나 아버님은 일말의 동정심도 없어 보였다. 부군인 나신철은 사람 보는 눈이 있어 장인을 평가절하했다. 학식도 충분치 못하고 도량도 넓지 못한 아버님이어서 높은 관료가 될 수 없다고 그녀에게 말한 적도 있었다.

정실부인이 되지 못한 초희는 청자성에서 진 도령의 족쇄를 풀어주기는 했지만, 옥단장에서의 일들이며 인지의가장에 부끄럽고 죄스러운 마음만 밀려왔다. 애처로운 초희 아씨를 바라보던 계화는 주인네 신방까지 도와줄 수는 없는 일이다.

계화는 넓은 질그릇에 물을 부어가며 쌀을 씻기 시작했다. 청띠로 머리를 묶고 무명 적삼 사이로는 불룩한 젖가슴이 그녀의 팔놀림에 흔들거렸다. 조금 있으면 시녀들이 몰려올 텐데 계화는 시봉을 들다가도 초희 곁에 달려와 무엇이든지 하려는 부지런한 아이였다. 옥단장에서 둘이 어떤 정분이 있었음인지 곧잘 술풍 이야기며 그를 그리는 계화를 보며 연민의 정을 느낄 수 있었다. 진 공자가 노비가 아니고 양인으로 만난 것에 실망했으리라 초희는 알 수 있었다.

계화가 또 물을 붓고 무엇을 생각함인지 힘차게 하얀 쌀을 밀어댔다.

잘 익은 복숭아처럼 처녀는 둔부를 흔들며 그렇게 일을 했다. 도톰한 얼굴에 복스러운 저 아이를 얻어 가는 남자는 행운아라고 초희는 생각했다. 술풍을 사모하는 계화는 둘 다 벗어날 수 없는 노비라고 생각하며 연민의 정을 갖고 있었는데, 오늘 본 것은 양인이며 유협이고 보니 이 시대로는 넘볼 수 없는 산이었다. 계화는 맺을 수 없는 정분을 밀어대듯이 그렇게 일을 했다.

사모하는 사람은 사랑을 받지 못해도 그 사람이 행복해지기를 바란다. 무슨 생각을 했는지 계화가 손을 털면서 초희에게 돌아섰다.

"아씨 마님! 재윤님께 말씀드려 술풍을 구해주세요. 마해달 장군이 그믐날에 출정식을 갖는다고 했어요. 군졸로 징집하면 그를 살릴 수 있어요."

"살리다니……. 그가 죽기라도 한다더냐?"

"그래요. 문하생 두 사람을 죽였대요. 살인자 즉살이라고 말하며 교수대에 올리겠다고 하였습니다."

곰곰이 생각에 잠겼던 초희는 고개를 끄덕였다.

"그렇겠구나. 우리 옥단장에 노비였다고 말하면 그렇게 해줄 것이다."

다음날 순무현장 냉천후는 전원과 대문 앞을 드나들며 골몰히 생각에 잠겼다. 서복공이 했던 것처럼 혼자의 힘으로 정보를 수집하여 황상께 고해바치면 그 공이 후할 텐데 괜스레 동료들한테 의사를 타진했나 싶어졌다. 황제를 알현하는데도 지방 관료는 접근조차 할 수 없는 일이기에 나 조관을 믿어 동지들을 얻을 수 있었다.

그때 준마를 탄 세 동료가 속속 냉천후 저택으로 모여들었다.

"냉 현장께서 전원까지 나오셨구려."

마해달 장군이 뒤이어 들어서며 물었다.

"물건이 들어왔다는데 그 종놈은 어디 있습니까?"

"우리 사옥에 있습니다. 그 노비가 무술을 한다기에 가(枷)를 끼워 넣으려 하다가 그대로 놔뒀습니다."

"그대로 놔두다니요?"

"요고 철을 찼으니 말입니다."

안찰사사 남익천이 덩실 걸음으로 사옥으로 걸어가며 물었다.

"그로부터 백접도에 관여하여 물어보셨습니까?"

"함구했소. 심지어 처음 듣는 말이라고 하니 더욱 의심이 간단 말이오."

그들이 사옥에 당도하자 학소는 퉁퉁 부은 얼굴을 하고 구석진 곳에 쭈그리고 앉아 있었다. 나신철이 앞으로 나서며 물었다.

"이 자의 이름이 어떻게 되는가?"

냉 현장은 상관의 위엄을 보이며 묻는 말에 정색을 하였다.

"자칭 나선풍이라고 하였습니다. 신종자의 말에 의하면 노비 문적에는 황풍이라고 했답니다."

"황풍?"

나신철은 아침에 초희로부터 들었던 말을 짐작하며 지난 기억을 되살렸다. 비록 얼굴은 부어올랐지만 이름을 들었으니 쉽게 알아보았다. 당시는 황상의 은혜에 감지덕지하여 노비 이름이 황(皇)자를 쓴다고 노발대발했었다. 그러나 지금은 재상에 들 수 없는 지방 모병 참모로 밀리고 있어 황가가 미워지기까지 했다.

"그랬었지. 황 씨는 말이 안 되니 구풍으로 하려다 술풍이라고 그랬지. 그래서 우리 옥단장에서 등자 노릇했다고 하여 나(那) 씨 성을 택했구나. 나선풍! 나를 알아보겠나?"

우렁찬 그의 질문에 학소는 고개를 들어 나신철을 바라보았다. 넓은 이마에 날 선 콧등은 문무를 겸비할 수 있는 강인한 인상이었다. 훤칠한 키에 옥단장에 소장주이며 상서성 조관이었고 초희의 부군으로서도 부족함이 없어 보였다.

학소는 살려는 의지가 강해 보였고 퉁퉁 부은 턱을 들어 입술을 움직였다.

"조관님을 어찌 모르겠습니까. 무한에서 아름답고 얻기를 기원하는 나(那) 씨 손이 아닙니까. 그런데 여기 인신(人臣)은 어찌하여 얻은 나(奈) 씨 성입니다. 옥단장을 우러러 그랬나 봅니다. 술풍으로 하겠습니다."

"듣고 보니 그렇구나."

고개를 끄덕이는 나신철은 단번에 글문을 했던 소장주임을 알 수 있었다. 천인 같았는데 옥단장에서와 지금 우문을 던진 것이 부끄럽게 느껴지며 덕망과 지혜를 숨김도 보통은 아닐 텐데 주의할 필요가 있다고 느꼈다.

초희가 의가장과 혼담이 오간 것을 몰랐음이 망정이지 그것을 알았다면 질투심까지 솟구쳤을지도 모른다.

"자네는 무림에서 십 검수의 한 사람인 현무문 소문주와 생사를 놓고 팔구십합을 겨루었다는데 그런 사람이 어찌 노비 생활을 했는가?"

미간을 날카롭게 세우며 학소를 뚫어보는 눈이 예사롭지가 않았다.

"몇 수 겨루었다 뿐이지 죽지 못한 패자가 아닙니까. 그리고 요고철을 씌우면 꼼짝 못 하고 매매하면 꼼짝없이 그렇게 되는가 봅니다."

인신(人臣) 시장에서 보았을 때는 힘이 대력인 종놈 같았는데, 집안 내력을 짐작하면 지금은 그것이 아니었다. 이놈은 쌀을 먹어 대변으로 만드는 일은 잘할 것 같다는 청 집사 말이 떠올라 미안한 감이 들었다.

흘러간 재상들을 경멸하려고 해도 자리가 점점 좌천되는 지윤으로서 칠현 추밀 부사의 재상이면 감히 넘볼 수 없는 위치였다. 재상의 작위를 받은 공신의 손이면 재상의 손답게 행동하라는 말을 하려다 함구했다. 그것은 동지가 되었을 때 할 수 있는 말이고 적으로 대하여 노비로 득달할 처지가 되면 공신의 손은 없는 것으로 묻어놓아야 했다. 안찰사 남익천과 순무현장 냉천후가 구면인 이들의 관계를 의심쩍어하는 의구심에 나신철의 모호한 말이 흘러나왔다.

"예부터 공신과 제후의 후손도 길을 잘못 걸으면 노비가 되는 것이고 역적 모함에 노예가 되는 이도 수만일 텐데 누구인들 문적에 오르면 어쩔 수 없지. 팔면 사는 것이고 사면 팔리는 것이 노비들이다."

그 말은 확고한 나랏법이 있기 때문에 좋든 나쁘든 모든 법도는 준수해야 한다는 한비자(韓非子)의 말처럼 그것에는 동감이나, 학소의 가슴에는 전처럼 두리뭉실한 종놈은 되지 않겠다고 다짐했다. 기회가 있으면 탈출하는 것도 또한 실력과 능력이 있으면 세상에 나가는 것도 법도일 것이라고 다짐했다. 현무문 현미 주단가에 있었으면 조만간 처형되었을 몸인데, 갑줄을 입은 장수들이 줄줄이 몰려와 매서운 눈으로 나의 의중을 떠보는 것을 보면 다행히도 이들은 나를 이용하려는 수단이 확실했다. 뚫어지게 그를 바라보던 남익천 사사가 앞으로 나서며 말했다.

"행색으로 보아 고생이 많으시네. 자네는 우리가 거금으로 사들인 것이나 진배없으니 우리 사람이라고 생각하여 말하겠다. 이 년 전에 그대의 인지의가장이 소실된 원인이 어디에 있다고 보는가?"

혹시 그럴 것이라고 생각했는데 역시다. 어젯밤에 옥사에 들어오자마자 달려온 현장이 백접도에 관하여 언질을 던졌었다. 이들은 나에 관하여 어느 정도 수소문했을 것으로 짐작되었으므로 엉뚱한 대답은 할 수 없었다.

"근자에 들어 짐작이 됩니다. 서복이 탐라기행도라는 백접도에 있다고 느껴집니다."

"뭣이? 유람은 아닐 텐데 기행도라고? 아무것도 아닌 백접도라고 말하고 싶겠지!"

곁에 있던 마 장군이 고함치자 남익천 사사가 차분한 어조로 말을 이었다.

"그래서 묻겠는데 장주와 그대는 동해에 떠도는 탐라섬에 들어가 서불과지도라는 백접도를 놓고 탐문하며 불로초의 기행도를 만들기도 했다는데, 우리는 그것이 필요하여 그대를 동참시켰네."

침이 흐르는 불로초의 말이 나오자, 모두의 눈총이 학소의 입으로 쏠렸다.

"그것이 의문시되어 이렇게 방황하고 있습니다. 솔직히 말씀드려 두 사숙님도 탐방했었는데 그분들과는 어떻게 했는지 몰라도 소인은 아는 바 없습니다."

사숙님들이며 모두 세상에 드러났는데, 있는 대로 말하지 않을 수 없었다. 날카로운 눈매로 일거수일투족을 예의주시하던 나신철이 앞으로 나섰다.

"우리와 동참하여 의기투합하면 할 수 없는 일이 없을 것이다. 그대는 불구대천의 원수를 찾는다고 중원을 방황할 처지가 아니오? 그대의 영존과 모친이 생존해 있다면 우리가 반드시 찾아내겠다. 며칠 생각할 여유를 줄 테다. 좋은 소식이 있을 것이라 믿겠네."

나신철의 예리한 눈매를 읽을 수 있었다. 이들은 나를 높은 값으로 매입했다고 주종간이라는 뜻이 아닌가. 그리고 의기투합하면 자유인이고 나의 소원에도 동참하여 힘이 되겠다는 말이다. 주종 간인데 갑을 계약도 대단히 배려했다는 뜻이 다분했다. 갑줄 고리를 철렁거리며 마 장군이 굳게 닫았던 입을 열었다.

"나 장군님 말에 동참하여 우리 군사에 들어오게. 자네는 높은 무술자여서 진 도령이 아니고 나선풍 부관이 되어 나를 호위하여 주게."

흐리멍덩한 종놈은 되지 않겠다고 다짐했는데 잠시 침묵이 흐르고 나서 학소의 입이 열렸다.

"진회하에서 두 장군님의 훌륭한 말씀을 경청하였습니다. 기회를 주신다면 장군님 밑에서 나라에 충성 맹세하겠습니다."

삼공(三公)의 전시도 마다하고 중앙 태위(太尉) 성시에 임관하여 일약 장군 지위에 올라 호마 위에서 진두지휘하려고 했던 것은 이제 꿈에 불과했다. 현실은 호마 밑에 따라다니며 고작 장군 호위병이라는 것이 마음 내키지 않았다. 그러나 그것은 잠시일 뿐이고 내심 탈출의 수단일 수밖에 없다. 그들은 서로 눈길을 주고받다가 사사 남익천이 고개를 끄덕이며 물었다.

"해서 백접도의 모습이며 출처를 말씀해 보게."

"죄송한 말씀이오나 그러한 서책이나 지도는 본 일도 들은 일도 없으며 어디서 오고 갔는지 소인은 알 수가 없습니다."

그의 말에 사옥은 냉랭한 기운으로 가득 찼으며 이들은 더 물어볼 필요도 없다는 듯이 모두 밖으로 나갔다.

그는 손발에 채워진 철고리를 보면서 비분강개했다. 부지불식간에 단란했던 장원은 소멸하였고 그것도 모자라 죽음만도 못한 치욕을 치르며 헤어나지 못했으니, 울분이 솟아났다. 영생을 찾아 그 길을 택했던 아버님이라면 그 벌이 이다지도 가혹한 것인가!

철문이 열리는 소리가 들리며 몸집이 한 아름이나 되는 간수가 상을 들고 들어왔다. 고기 향이 풍기는 것으로 보아 장군들이 먹다 남은 그런 조반상이었다. 간수는 히죽거리며 쥐 앞에 선 고양이처럼 학소를 내려다보았다.

"자네는 오늘 재수 좋은 날이야. 주리를 틀려고 형벌관을 손보고 있었는데 주인님이 그럴 필요 없다고 말하더군. 장군님들이 자네 몰골을 보고 불쌍히 여겼을 것이야."

그는 또 이다음에 형벌관을 들고 만날 수 있다고 히죽이면서 나갔다. 실없이 웃는 자는 실없는 일을 잘하며 주리를 튼다면 뼈까지 분질러 놓을 놈임에는 틀림이 없었다. 주인의 말에 따라 남을 울리고 짜고 괴롭히고 그런 취미의 인간이라고 느껴졌다. 저렇게 살찐 놈 중에는 둔

한 놈들이 많았다. 돼지처럼 감정이 없으니 둔할 수밖에 없다.

사옥을 나간 이들은 냉 현장 대청에 둘러앉아 갑론을박하며 많은 이야기를 나누고 있다가 나 지윤이 호복을 풀면서 말을 이었다.

"우리는 국록을 먹는 관리들이오. 불로불사의 영초에 손을 댄다면 이것은 전대미문의 일이며 황궁에서부터 재상들은 물론 무림인들까지 우리를 주목할 것입니다. 하여 기밀 유지가 안 되면 끝나는 것입니다."

냉 현장이 기분이 들떠있어 술상을 부르며 떠벌렸다.

"영초를 황가에 바치면 우리는 공신으로 추앙받겠지요. 그러나 남은 생 이삼십 년 공신이 되면 무엇 하겠소. 일반 백성으로 돌아가서도 불로장생한다면 그쪽이 더 낫지 않겠습니까?"

마해달 장군이 웃음을 한 모금 물었다가 침과 같이 삼키었다.

"캐고 보면 임자는 우리가 아닙니까. 그러니 우리가 먼저 시식을 하고 나서 왕위전께 올리는 것이 일거양득이 되는 셈이겠지요."

두 사람의 마음이 들떠있음을 보고 나신철 자윤이 침착하게 사방을 둘러보았다.

"그렇게 간단한 문제가 아닙니다. 여기에는 막대한 국비가 들어갈 것이며 금군 참모들이 동행하여 감시 감독하는 것은 물론 누구도 손댈 수 없는 위계질서가 세워질 것입니다. 한 뿌리라도 손을 대면 이는 곧 참수형일 텐데 목이 떨어진 사람이 영생할 수 있겠소이까?"

마 장군은 무안을 당한 터라 의자를 뒤로 젖히며 씁쓸히 웃어 말했다.

"떨어진 목도 다시 일어나 붙어야 영생불멸의 신초라고 보는데 그 신초를 먹었다면 나는 그럴 것이라고 믿고 있소."

냉 현장이 그의 말에 웃음 지었다.

"설마 그렇게까지 가는 신초는 아닐 것이오. 아마도 늙지 않고 무병장수하며 몇백 년 아니 불로초만 있으면 몇천 년도 살아갈 것이라 믿고 있소."

마 장군이 고개를 끄덕였다.

"위로 황상에서부터 분량에 따라 순서에 따라 조금씩 얻어먹는다면 우리 순서는 막연하겠습니다."

두서없이 흘러나온 그의 말에 모두가 동감하는 얼굴들이었다. 하지만 마 장군은 내심 그 영초가 있다면 어떻게든 훔쳐 먹고 줄행랑을 쳐서 자취를 감추겠다고 벌써 마음먹고 있었다. 아니 나뿐만 아니라 그렇게 하려는 이들이 이 방안에 또 있을 것이라고 믿어 의심치 않았다. 눈을 감고 경청하던 안찰사사 남익천이 입을 열었다.

"마 장군 말씀에 유의할 필요가 있소. 재상들은 황가에 충성하려고 모든 것을 황가에 바치고 우리는 위험에 빠질 수도 있는 것이오. 하늘님은 모든 이들에게 실수 없이 똑같이 나누어 준 것이 세 가지가 있다고 합니다. 그것은 마실 수 있는 물이며 시원한 공기 그리고 죽음입니다. 높은 단상 위에서 또는 옥좌 위에서 마시는 공기와 물이 귀하게 보일지 모르지만, 쪽박을 차고 길거리에서 마시는 공기나 물도 똑같습니다. 그런데 권력이 있어 부귀와 영화를 누리는 이들은 천민들이 마시는 공기와 물이 똑같으니 불공평하다고 합니다. 존비귀천을 모르는 하늘님이라고 오죽 원망하겠습니까."

모두 진지한 그의 말씀에 귀를 기울였는데 학자다운 말씀이 이어졌다.

"귀한 이들은 제물을 차려놓고 날수를 가늠하며 나랏돈으로 천재(天宰)에게 고(告)하는 것이 있습니다. 악수귀천 예별존비(樂殊貴賤 禮別尊卑) 천자는 8일을 살고 제후는 6일을, 대부는 4일, 선비는 2일, 평민은 1일, 천민은 아무것도 없습니다. 하물며 여기에 죽음이 새롭게 나타나 젊어지는 효험이 있고 불로 영생할 수 있다는 영초가 있으면 황가와 일부 재상들만이 자자손손 이어가고자 하여 취하게 될 것입니다."

네 관료들은 노복들이 수십에서 수백이 있는 지위라 사사의 말에는 관심을 보이지 않았다. 이들 가친은 각종 탕제와 보약들을 먹고 있으며 이들도 그와 같이 부인들로부터 받아 마시는 형편들이었다. 아직은 젊었으니 그리 챙기지는 않고 있지만, 앞으로는 챙겨갈 것으로 짐작하고도 남았다. 이 사람들에게 존비귀천이란 정해진 운명이며 나라의 법도인데 그것을 희극화하여 평등을 찾고자 하는 와자나 또는 유랑극단에서 부르짖는 것은 목소리뿐이라고 여겼다.

잠잠했던 방 안에서 마 장군의 굵은 목소리가 이어졌다.

"옳으신 말씀입니다. 아직 떡은 보이지도 않았는데 결과를 논할 단계는 아니지요. 그것이 백접도가 열쇠라면 그를 나의 부관에 임영시켜 살펴보겠습니다."

나신철은 넓은 이마에 주름을 세우며 마 장군을 돌아보았다.

"진 도령은 과묵했던 노비였소. 그런 그가 가볍게 군사에 임영하여 마 장군 휘하에 부관이 되겠다는 말은 의심스럽습니다. 그의 의도는 탈출을 시도하는 것입니다."

"맞소. 살려주었으면 은덕을 생각해야지. 당장 주리를 틀고 문초를 해보아야겠습니다."

냉 현장의 말에 마 장군은 두툼한 얼굴에 웃음을 지었다.

"그러다가 적을 만들면 사람도 잃고 기회도 잃는 법입니다. 내가 데려다 쓰면 우리 편도 될 수 있고 도망을 쳐도 돌아올 수도, 잡힐 수도 있습니다. 그렇게 진행함이 좋겠습니다. 그는 백접도에 관하여 전연 아는 바가 없는 것 같소."

가재는 게 편이라고 나지윤에게 고개를 돌렸는데, 그 말에는 대답은 없고 계획을 말했다.

"서복공의 서불과지도인 백접도를 손에 넣어야 일을 진행할 수 있으므로 그것이 첫째입니다. 마 장군 말씀에 동감입니다만 그를 방치할 수는 없소. 그의 수중에도 없을 것으로 보아 고문할 수도 없어요. 마 장군과 나는 조만간 서하 지방으로 출정할 것입니다. 말했듯이 장안에 보국 장군 범일중(枎日中) 직사관(職事官)이 계시는데 고향에 내려와 쉬고 있습니다. 나와 친분이 두터운 분으로 장수하는 연단(鍊丹)에 관심이 많다고 하였습니다. 우리 일에 적극 협조할 분입니다. 나선풍을 우리와 같이 장안 전옥관(典獄官)으로 보내서 동태를 파악하며 직사관 사옥에서 일을 진행하기로 하겠습니다. 의가장 가족들이 강호에 있다면 그들은 자식을 찾을 것이고 연통할 수 있는 길이기도 합니다."

냉 현장은 집안에 들어온 은덩이를 놓친 듯 울상을 지었다.

"여기 강소성에서 본다면 이천 리가 넘는 곳이 아닙니까. 우리가 드나들기에는 원거리입니다."

관복을 입은 네 사람이 대청에 앉아 아무도 범접지 못하게 하며 숙덕공론하고 있었으니, 누가 본다면 역적모의라도 한다고 볼 수도 있다. 남 사사가 관모를 끄덕이며 입을 열었다.

"장안은 북방 서하와 전시 중이라 바람 잘 날이 없다고 들었소. 시끄러운 곳에서는 소리가 나도 들리지 않는 법입니다. 그 방법에는 동감이오. 장안이 북방 세력에게 잃게 되면 중원을 잃는 것과 같다고 하여 시끄러운 곳입니다. 일을 진행하기에는 좋을 듯싶소."

밤새 고요하던 진회하 광장도 출정식 준비를 서두르며 아침부터 웅성이기 시작했다. 호피에 장군모를 쓴 나신철은 단상과 단하를 오르내리며 모여드는 모병 수를 가늠하고 있었다. 오늘 정오까지라고 발령이 나갔는데 사시가 되어도 예상 인원은 반수도 모이지 않았다. 대열 앞에서 노심초사 정문 쪽만 바라보던 마해달 장군이 갑줄을 철거덕거리며 단상으로 걸어왔다.

"나 장군! 내일이 출정식인데 이대로 모인다면 삼천도 못되겠습니다."

나신철은 초조한 마음을 진정시키며 광장으로 시선을 던졌다.

예의 마 장군의 목소리가 이어졌다.

"북벌이라는 말은 없고 대리국만을 강조한 것이 모병을 기만한 죄라고 번 장군(蕃狀軍)으로부터 들었소."

나신철은 감았던 눈을 뜨면서 고개를 끄덕이었다.

"선배들이 돌아오지 못하는 전장에 누가 지원하겠습니까. 그곳은 삭막한 사막이며 피바람이 불고 있다고 두려워하는 곳이오. 미담이라도 하면서 젊은이들을 끌어 모으는 것이 우선입니다. 이틀이 지나면 도지휘사사(都地揮使司)가 일만이 넘는 병사를 끌고 들어와 합치게 되면 힘도 생기고 용기도 넘쳐날 것입니다."

힘찬 언성을 높이고 나신철은 마해달 장군에게 눈총을 옮겼다. 그 말에는 본인은 모병에만 책무가 있는 추밀원(樞密院)에 지윤(知尹)인 것이며 이후로는 번 장군과 마 장군이 이끌고 나갈 책무라는 뜻이 내포되어 있었다. 솔직한 이야기로 나 장군은 번병(蕃兵)과 향병(鄕兵)으로 삼천도 모집하기 어려운 형편인데 어떻게든 오천의 병사는 모집하는 것이 그의 책무였기 때문이었다.

그때 먼지를 일으키며 한 필의 흑마가 정문에서 달려오더니 그들 앞에 멈추어 섰다. 흑건에 청의를 입은 관원이 나지윤 장군을 알아보고 하마를 하면서 성급히 말했다.

"영흥궁에서 나지윤 장군님께 보내는 기별지(奇別紙)입니다."

숨을 헐떡이며 급박하게 기별지를 받쳐 드는 관원을 보며 나신철은 의아한 모습으로 다가갔다. 넓적한 봉투를 열어본 그는 동그란 눈알을 굴리며 마 장군에게 고개를 돌렸다.

"국상(國喪)이오! 태종대왕 님이 승하하셨습니다!"

그의 말에 마해달 장군이 달려와 기별지를 보면서 통곡했다.

"용맹을 떨치던 장군이시여. 만백성의 황제였던 대왕님이 승하하시다니…."

　조광익 대장군과 일맥상통했던 것처럼 마 장군은 군모를 벗으며 애도했다. 나 장군이 그의 안면을 살피면서 입을 열었다.

　"오늘 예비 출정식을 오 일 후로 연기할 수밖에 없겠습니다. 나는 영홍궁으로 들어가지 않으면 안 될 것 같소. 해서 마 장군이 일을 처리하여 그렇게 날을 잡아주시오."

　국상의 기별지를 받지 못한 마 장군은 씁쓸한 얼굴을 감추며 고개를 끄덕였다. 영홍궁에서 행제나 대사가 있을 때는 초대장을 받아야만 갈 수 있는데 기별지가 그와 같은 것이었다.

　단상을 오가며 안절부절못했던 나신철은 관원과 같이 호마에 몸을 던지며 마 장군을 돌아보며 고개만 끄덕이었다. 내심 걱정을 끼치던 일들을 시원한 바람이 불어와 모두 밖으로 몰아낸 기분이 들었다. 모두가 서글퍼하는 국상이었지만, 나신철은 향병들이 모이질 않았으니 도피하는 타개책으로는 안성맞춤이었다.

　남경의 영홍궁 마당에서는 벌써 울음소리가 말이 아니었다. 기별지를 받은 지역 관료들은 저마다 말아놓은 초석을 하나씩 옆구리에 끼고 대홍전 앞에 차려놓은 영전상 앞으로 모여들고 있었다. 자신의 지위와 서열을 짐작하는 이들은 스스로 대전 안에 들 수 없음을 감안하여 마당에 펴놓은 멍석 위에 자리를 마련하고 초석을 펴고 하나같이 대성통곡하며 큰절을 올리고 있었다.

　대전 안도 울음바다는 마찬가지였는데, 우는 것이 아니라 대성통곡이었다. 우는데도 순서가 있어 하급 관리가 고급 관리보다 더 소리 내어 울면 그것도 눈엣가시가 될 일이었다. 중국에 충신 효자와 도덕군자 중에 울 줄 모르거나 울기를 좋아하지 않는 사람은 거의 없다고 볼 수 있다. 왜냐하면 보통 때는 충효와 정직함을 보여주고 증명할 수 없기 때문에 상전이 기뻐할 때는 남보다 더 크게 웃어야 하고, 특히 황상이 붕어했을 때는 우는 것에 그치지 않고 하늘이 무너지라 대성통곡을 해야 했다. 그것이 충신이며 애도하는 마음이 이웃에 널리 알려져야 했기 때문이다.

유학에서 내려온 이 풍습은 한반도로 이어져 중국보다 더 유별나 보인다. 부모가 돌아가셨을 때 상주는 물론 여 상제인 며느리와 딸들이 모여들어 곡성을 터트리며 울어야만 성복을 치를 수 있었다. 지금은 거의 사라졌지만 삼년상까지 문상객도 영전에서 곡을 몇 번 하고 난 후 절을 마쳤다. 젊은 남편이 죽었을 때는 몸을 뒹굴며 대성통곡하지 않으면 이웃으로부터 눈총을 받기도 했으며 조강지처인지 의심받기도 했었다. 억장이 무너지는 슬픔도 가슴으로 새길 수 있는데 왜 대성통곡이 필요한지는 모르겠다. 우는 게 우는 것이 아니었다면 눈물이 눈물이 아니었는가? 사회 관념상 그리해야만 했다.

가식은 진실을 몰아내고 세상 모두가 가식으로 포장하려 한다. 천황을 모시는 일본의 정치는 19세기 열강 시절을 못 잊어 지금도 그때의 정치이며 밉상인데 국민성은 착실해 보인다. TV에서 보았던 일이 생각난다. 이십여 년 전 부산 총포 사격실에서 일본인들 십여 명이 화재로 비참하게 사망하는 사건이 있었다. 며칠 후 고인들의 부인, 부모 형제들이 현장을 방문하였는데 대성통곡하는 이는 한 사람도 없었다. 모두가 마음으로 애도하고 있을 것으로 생각했는데, 이것도 관습에 관한 사항이라고 보인다. 중국보다 특히 어느 나라 사람들은 대부분 현장 바닥에 누워 뒹굴며 대성통곡하기도 한다. 남이 본다면 마치 배상이 부족하여 대죄를 떠밀리며 책임 전가하는 행동으로 비칠 수도 있고 또 그렇기도 한다. 진실을 몰아내는 가식은 사회를 핍박하게 만든다.

국상(國喪)과 초희

초희는 학소 때문에 마음이 전전긍긍하며 영흥궁에서 잔심부름을 거들고 있었다. 그녀는 시녀들을 감독 관리하는 처지인데 솔변이며 절변 떡상을 지시하고 있었다. 식당 방에서 나온 그녀는 상복을 받쳐 들고 내실로 들어갔다. 내실 안에는 남경의 고참 부인들이 앉아 있었고, 어떤 부인은 구성지게 흐느끼며 바느질하고 있었다. 세심한 바느질에 눈물이 고였다면 할 수 없을 텐데 거짓부렁이라고 초희는 입까지 삐죽거리며 자기 또래의 두 번째 부인에게 다가가 베로 만들어진 상복을 양손으로 바쳤다. 그 부인은 양파두(兩波頭) 머리에 수질(首絰)을 쓰면서 두 개의 치마 중 하나를 초희에게 건네며 말했다.

"주인님을 따라온 사람이 자네와 나밖에 없지 않은가. 그래서 베 치마 두 개를 부탁했는데 하나는 자네가 입어야지."

그녀가 선심 쓰는 말에 주위의 부인들이 나지윤의 귀첩이라고 여겨 모두 고개를 들었다. 초희는 빨개진 얼굴을 추스르며 복(福) 치마를 받았는데, 마음은 정리되지 못했다. 세 번째 적실이라고 말씀을 들어, 나씨 집안사람이 되었는데 네 번째로 밀려나 적실이면서 지금은 첩실이 되어버렸다. 권세가에 영애였으면 모르지만, 변방의 지방 현장이고 가세의 힘도 약했던 것도 한몫했다. 나로 인하여 아버님이 얻은 것은 지방 현장(縣長)에서 현령(縣令)으로 지금은 순안 현령으로 한 단계 이름이 오른 정도였다. 그 많은 백사기를 공납했으므로 힘이 컸을 것이라고 초희는 생각했다.

서호에서 학소와 이야기했던 것이 생각났다. 강남 여인들은 도화 만발한 꽃 피는 봄이나 갖가지 과일이 무르익는 계절에 찾아오라는 자유

분방한 생활이며 아름다운 추억들이 있는데 계봉에서나 관아의 생활은 완고했다. 여인들은 소리 죽여 뒷방에서 생활하는 것 하며, 하루하루 남자들 중심으로 살아가는 것이 지루하기도 했다. 화관을 쓰고 남색 치마에 분홍 저고리를 입고 개봉(開封)의 도회지를 상상하며 꿈꿔왔던 것이 지금은 초라한 성적표였다.

머리채 하나 배정받지 못한 초희는 달랑 베 치마 하나 껴 입으며 주위를 둘러보았다. 열다섯 명쯤 되는 귀부인들은 머리에 짚을 꼬아 만든 수질(首絰)을 쓰고 있었으며 허리에는 효대(效帶)를 두르고 대청에서 남자들 울음에 답이라도 하듯이 울먹이기 시작했다.

대청에서 만세록을 펼쳐보던 두 사람이 황궁에서 성복 시간을 가늠했는지 행제(行祭)를 이야기하자 모두 곡상(哭喪)으로 들어갔다. 남자들 곡상에 따라 안방에서도 울음이 시작되었다. 초희는 얼른 밖으로 나올 수 없어 부인들과 같이 울음을 터트리려고 우는 시늉을 했으나 영 그 모습은 어색하기만 했다. 거짓부렁도 하던 사람이나 하지 아무나 할 수 있는 일이 아니었다. 할 수 없이 자신의 애처로운 삶을 생각하며 울어보려고 했다. 단란했던 순안에서의 생활을 상상하며 아버님의 권유로 모두가 부러워하는 나 조관 부인으로 시집을 오고 나서 수많은 모욕과 고행을 생각하니 스스로 울음이 터져 나왔다. 황상이 붕어했다는 것과는 아무 상관 없이 신세타령을 하며 흠뻑 울어댔다. 울고 있는 벗들이 사방에 널려 있어서 실컷 울고 싶어졌다.

의례 상복을 입고 머리에는 관승영을 쓴 남경 부사가 허리를 직각으로 굽혀 굵은 죽통으로 된 곡상봉(哭喪棒)에 의지하여 울음을 곡으로 바꾸었다. 조묘(祖廟) 상을 차리고 우례(虞禮)를 하였다. 앞으로는 참정관이며 참의 그리고 태복(太僕) 등 다섯 사람이 서 있었고 그 뒤로는 나 지윤과 남안찰 사사, 분순도 등 열 사람이 이 열에서 곡을 하였다.

성복(成服)제에 배례를 할 때 황상을 면대했던 나 지윤이 중앙상서 인물임을 감안하여 한마디 하자, 따라 남 사사가 울부짖었다.

"아이고~ 태종전하시여~ 비보를 듣고 달려왔습니다만 이 일을 어찌하면 좋겠습니까~"

"전하~ 소인들을 버리시고 어이 홀로 승하하시렵니까~"

황상의 은혜를 많이 받은 것처럼 국상이 나서 일반 백성들 앞에서 통곡할 수 있다는 것은 영광이다. 지방에서도 이러한데 개봉에서는 말이 아닐 것이다. 태종은 59세의 나이로 별세했으니, 그리 슬퍼할 일은 아닌데 이들은 부모가 돌아가셨을 때보다도 더 애통함을 보였다. 눈물만 흘리면서 소리 내지 않는 울음을 읍(泣)이라고 하는데 이러한 울음은 한 사람도 없고, 눈물도 없이 소리만 내지르는 호(號)의 울음들을 하고 있었다. 더덕더덕한 생백견(生白絹)에 난삼(襴衫)을 걸친 이들은 하늘을 우러러 죄인이 되어야 했다.

방안에서는 거짓 울음 속에 눈물을 짜는 진정한 울음소리가 애처로워 마님들은 그쪽으로 돌아보게 했다. 구성지게 울어대는 초희를 본 나신철 둘째 부인은 법도를 모르는 행동에 민망하여 그녀에게 다가갔다.

"윗사람들도 많은데 너만 못 하겠니? 이제 그만하게!"

자기 심취에서 벗어난 초희는 화들짝 놀라며 얼굴을 비벼 닦았다.

"오늘 저녁에 지방 호족 중 몇 사람이 우리 관사에서 머물 것이라고 한다. 집 안도 정리시키고 밤참도 준비해야 할 것이다. 돌아가서 준비시키게."

초희는 고개를 끄덕이고 나서 묻고 싶었던 것이 있어 얼른 입을 열었다.

"시랑 두 분이 장안으로 떠나는 역차에 따라간다고 하였는데 시녀들은 다음 차에 있는 것입니까?"

"그 역차에는 냉 현장 사옥에 있던 죄인하고 사병 몇 사람이라고 하였다. 우리가 떠난다면 칠일 후가 될 것이다."

울먹이던 부인은 눈물도 없는 눈을 닦으면서 말을 이었다.

"국상이 하장(下葬)할 때까지 사흘 동안 우리는 조석곡(朝夕哭)을 해야 하므로 영흥궁을 나갈 수는 없다고 한다."

"예. 그렇게 알겠습니다."

자신보다 한 살이나 어린 둘째 부인은 국상이 아무나 할 수 없는 큰 일 거리를 만난 것처럼 목에 힘을 주어 말했다. 그리고 기회에 복치마 하나 얻어준 것이 큰 덕분이라고 여겼는지 그녀는 배자 치마를 흔들며 내실로 들어갔다. 가세에 후광을 입어 부군을 종필하는 둘째 부인을 바라보면 부럽기만 하였다. 여자 팔자는 뒤웅박이라는데 가세든 미색이든 간에 부군의 눈에 들지 못하면 밀려나는 것이 여자의 팔자라고 입을 삐죽거리며 분노를 해소했다. 지금으로서는 어떻게 하여 아들 하나 낳아 그것으로 위안받고 싶을 뿐이었다.

다음날 부산을 떠는 내성을 뒤로하고 두 대의 역차(驛車)가 성문 밖을 달리고 있었다. 남경을 동서로 관통하는 대로 오른쪽에는 육조(六祖)가 풍요를 지낸 듯이 줄이어 있었다. 메마른 길 위로 풍진이 일며 이십여 명의 병졸들이 말을 타고 왔는데 호마와 차림새로 보아 긴 여행을 같이할 이들이었다. 두 대의 마차는 덮개가 있는 치차(輜車)였는데 이 지방에서는 역과 역을 잇는 것을 역차라고 하였다.

검은 호마 위에 앉아 있던 상관이 역차 쪽으로 달려가며 소리쳤다. 목뼈 결후(結喉)가 유난히 큰 상관이 고개를 쳐든 것이 장끼의 모습과도 같았다.

"그 마차가 냉 현장 댁에서 나오는 마차인가?"

역차에 마장이 훌쩍 아래로 뛰어내리며 포권을 했다.

"그렇습니다. 정령관(正令官) 님!"

"서둘러 준비시키게."

정령관은 명령을 내리고 다음 준비에 서둘러 자리를 떴다. 마장과 병

국상(國喪)과 초희 353

사가 마차 문을 열고 폐인 하나를 끄집어 내자, 그는 하늘을 보며 크게 호흡하였다. 손과 발에는 철커덕거리는 요고철이 매여 있어 흉악한 중죄인임을 짐작게 했다. 거기다 헝클어진 머리와 다리에는 핏물까지 붙어 있어 몰골이 말이 아니었다. 이 폐인이 냉 현장 관옥에 있던 진학소였다.

"자- 호떡과 병과들이 있어요. 긴 여행길에는 이게 최고입죠~"
"엿 사시오~ 맛있는 생엿이오~"

서문 밖은 물류 집산지로 장강을 끼고 있는 오의항(烏衣港)이 있고 육로의 출발지로 동서로 대로가 뻗어있어 언제나 성시를 이루며 잡상인들도 많았다. 마차에 다가드는 잡상인들을 밀어내는 두 병사를 바라보던 진학소는 깜짝 놀랐다.

초희 아씨와 계화가 형부에서 관할하는 사옥사(司獄司)에게 면회를 요구하는 것 같았다. 무심히 그녀들을 바라보다가 황급히 머리를 돌려 역차 쪽으로 발길을 재촉했다. 걸음걸이도 오리걸음이었고 이 년 전 육주와 칠주 앞에서 걸었던 걸음걸이였다. 사옥사와 마부 그리고 병졸들 몸가짐과 행동들이 병졸 같지 않은 정예의 병사들 같았다. 그는 운명의 장난인 듯 두 여인을 생각하며 몸을 숨기다시피 그의 자리를 찾았다.

초희는 나신철 부인으로서 천자성에서 만나 출세(出世)의 덕을 입었는데 또 부끄러운 죄인으로 만나게 되어 쥐구멍이라도 있으면 들어가고 싶은 심정이라, 빨리 마차가 시원스럽게 떠나주기를 바랄 뿐이었다. 뒤도 돌아보지 않고 역차 안으로 올라섰는데 그 안에도 발목에 철갑이 채워진 죄인 한 사람이 있었다. 거기에는 상자들이 차곡차곡 쌓여 있었고 큰 함 두 개에는 각각 한 쪽씩 발목이 채워진 죄인이 학소를 응시하고 있었다. 직감으로는 상자들은 군자금으로 현미 비단 가에서 보았던 능라 비단 상자이며 죄인의 발목에 묶여 있는 두 개의 함은 묵직해 보여서 금괴가 아닌가 싶었다.

역차가 움직이려 할 때 여인의 목소리가 들렸다.

"술풍! 나야. 계화야."

마차 문이 열리면서 떡 광주리를 든 계화가 보였고 뒤이어 초희가 상심에 젖은 눈빛으로 바라보고 있었다. 계화가 다가서며 말을 했다.

"오늘 국상을 차리면서 얻어두었던 소병이야. 아씨 마님이 마련해 주었어."

입을 질끈 다물었던 학소는 하찮은 여인네들 방문에 귀찮은 듯 머리를 돌렸다가 스르르 자신도 모르게 두 여인에게 인성이 솟구쳐 나왔다.

"부끄럽소. 자꾸 신세만 지고 있어 공을 갚을 길이 없습니다."

초희는 둘만 있었으면 할 말이 많았을 텐데, 우수에 젖은 눈만 껌뻑이고 무슨 말도 할 수가 없었다. 그러한 두 사람을 번갈아 보던 계화가 말했다.

"우리는 칠 일 후면 장안으로 따라간다고 그랬어요. 그곳은 전쟁하는 곳으로 식구들을 반으로 줄인다고 말은 했지만 어떻게 될지 모르겠어요."

말을 마친 계화는 양인이며 유협이었던 나선풍의 요고철을 바라보며 아쉬워했다. 술풍 노비였다면 덥석 손목이라도 잡아주고 싶은데 측은한 눈빛은 감출 수가 없었다. 그녀가 떡 광주리를 내밀자, 술풍 노비는 그 의미를 아는지 따뜻한 손목을 잡아주었다.

"진회하에서 나를 보살펴주어서 정말 고맙소. 그 뜻은 잊지 않겠네."

그 말에 계화의 얼굴이 홍당무가 되고 자신도 모르게 그때의 상황이 떠올랐다.

"그때는 빈녀도 당황하여 어쩔 줄 몰랐어요. 정신을 차리고 보니 당신 곁에 있었지 뭐예요."

얼떨결에 당신이라고 말하고 다시 얼굴을 붉혔다. 학소는 웃으며 대답했다.

국상(國喪)과 초희 355

"한번은 녹포이고 이번에는 소병이며 다음은 무엇을 얻어먹을지 모르겠네."

초희는 두 남녀를 보면서 세월이 병인 듯 느껴졌다 귀족가에 대공자가 비천한 계집종과 손을 잡으며 석별의 정을 나누는 애처로움이 자신에게 보라는 듯이 느껴졌다. 남궁 초희는 조관 부인으로 떳떳한 모습을 보여주어야 할 텐데 진 공자나 자신이나 둘 다 초라한 신세여서 슬펐다. 그녀는 다가가며 민망한 얼굴을 지우며 말했다.

"소부도 소병 하나를 드리겠습니다. 못난 주인의 선물로 생각하여 천천히 드십시오. 버리시면 안 됩니다."

여인은 품속에서 파란 쑥물로 물들어진 소병 하나를 꺼냈다. 학소는 의문을 품으며 그것을 받고는 어떻게 답해야 할지 주위를 살폈다. 못난 주인이라면 앞에 앉아 있는 죄수를 의식하는 것 같고 계화도 의외라고 동그란 눈을 뜨며 초희 아씨를 바라보았다. 그는 두 여인에게 눈길을 던지며 입을 오물거렸다.

"나는 전생에 가축이었나 봅니다. 늘 외양간이나 우리 통에서만 살았는지 이 신세로 주인을 보게 되어 죄송스럽습니다."

소병을 받으면서 손을 잡아주고 싶었는데 남의 부인이고 보니, 보는 눈이 있어서 멈추었다.

마차는 움직이기 시작했고 그녀들은 손을 흔들며 석별의 정을 나누었다.

우드드드드……

스무 필의 준마와 병사 그리고 두 필이 끄는 다섯 대의 마차는 황진을 일으키며 질풍처럼 광야를 달리기 시작했다.

성마다 연결된 사통팔달의 도로 위에 하루를 달려 역참(驛站)이 있었다. 역참에서 저녁이 지급되고 말에게도 먹이가 나누어져 하룻밤을 쉬게 된다. 이때는 현위병(顯尉兵) 병사들이 들어와 죄인을 끄집어내어 용변을 지시한다. 그리고 날이 새면 그렇게 또 달려야 한다. 앞에 있는 죄인은 죄인 같지 않아 보였고 말수가 적었다. 그 죄인은 초희로부터 받은 소병 하나에 관심을 보이는 터라 광주리에 파란 소병하고 바꾸어 놓았다. 마침 그는 입을 축축 다시며 출출한지 떡 광주리로 눈을 돌렸다.

"자네 주인이 건네준 소병 말이야. 인삼 녹용이 배어 있는 것 같은데 같이 나누어 먹을 수 없는가?"

예상했다는 듯이 학소는 자리에 바로 앉으며 가슴으로 손을 얹었다.

"옛날 머슴이어서 저녁 한 끼 사주는 정으로 내민 소병이오. 벗이 있어 같이 먹게 됨은 영광이오."

밀가루로 만들어진 만두와는 달리 찹쌀로 된 소병은 단단하며 속 물이 떨어지지 않았다. 그 죄인은 반쪽을 받아먹으면서 눈여겨 살펴나갔다.

"별다른 맛은 없구먼."

"반쪽이면 입가심만 되니 한 개 더 드리겠습니다."

광주리에 소병을 한 개 건네자, 그는 손사래를 치며 받기를 거부했다.

"자네나 천천히 날 잡아가면서 점심으로 때우게. 나는 삼 일째 되는 오늘부터는 아침저녁 밖에서 요기를 즐길 수 있을 것이야."

"누가 식사를 제공해 줍니까?"

"차차 알게 될 거야."

그날 밤은 진평 역참에서 밤을 새우게 되었다. 앞에서 잠을 붙이던 죄인은 어둠이 깔리자, 발목에 걸려 있는 족철을 벗어놓았다. 잠겨 있는 고철(銬鐵)이 아니었다. 그는 학소가 잠에 취한 얼굴을 바라보다가 슬쩍 밖으로 나갔다. 처음부터 두 눈이 벌렁거리는 것이 죄인 같지 않았고 시름이나 수심에 젖은 일들은 없어 금고지기 병사라고 짐작은 했었다.

기회다 싶어 학소는 혼자 있는 틈을 타서 초희가 천천히 먹으라는 소병을 꺼냈다. 고소한 쑥 향기와 찰진 맛이 다른 것이 특별해 보였다.

특별한 의미가 있어 보여 그 죄인 말처럼 인삼 녹용이 배어있을까 하고 두 번째 물었을 때 입가에 씹히는 철삭이 있었다. 아귀를 노리던 그는 찔끔하여 입안에 있는 철삭 조각을 끄집어냈다. 자세히 보니 웬걸 요고철의 개금(開金)으로 보였다. 무슨 이유가 있어 보여 천천히 먹으라는 말과 특별하게 푸른 물이 깃든 것이 이것이구나 생각하고 고맙게 배려해준 초희에게 박수를 보내고 싶어졌다. 그는 주저 없이 발목 고철(銬鐵) 자물쇠 구멍을 후볐다.

그때였다. 앞 좌석에 죄인이 훌쩍 마차 안으로 들어오는 것을 보고 깜짝 놀라 개금을 발가락 사이에 숨겼다.

"더워 죽겠어! 삼사일 달려오면서 죄인 노릇 하느라 술 한 사발도 못 마셨거든. 국상도 끝났는데 오늘에야 슬쩍 몇 사발 사 먹었지."

그의 몸에서 술 향기가 풍겨대는 것이 만취 상태였다.

"진평시가 가까운 장원점(壯元店)에서 몇 사발 먹었는데 등롱이 휘황찬란한 만릉점(萬陵店)에 들르려다 자네 때문에 달려왔어!"

"마차에 매여 있는 제가 도망칠까봐 달려왔다는 말씀이시오?"

"나 말이야. 자네 감시병이야. 그리고 이것도 장안 현무병마사 금고에 갖다 놓을 때까지는 이 상태로 암행해야 돼."

말이 없던 그는 만취 상태라 계속 수다를 떨었다. 아무리 마음을 닫고 삼사일 같이 지내기에는 답답했을 것이다.

"자네 이름이 술풍이라는 노비에서 유협으로 떠돌아다녔던 나선풍이라고 하던데 그 말이 맞어?"

학소는 고개를 끄덕이고 웃음으로 말했다.

"그렇게 됩니다. 선배님은 족철을 스스로 풀었다 채웠다 하는 위장인데 아예 풀고 잠을 자면 시원할 것을 그러십니까?"

"글쎄 말이다. 앞차 어자대에 정령관이 나의 상관이야. 그가 나를 금고 함에 묶어 넣으려는 것을 사정해서 족쇄만 채워놓았네. 생각해 봐

라. 왼쪽 다리는 이쪽 함에 오른쪽 다리는 저쪽 함에 묶어서 지켜내라니 말이 안 되지 않은가. 누가 훔쳐낸다면 이 몸은 두 동강 날것이다. 마적 떼라면 양쪽 다리를 잘라내고 훔쳐 갈 것이다. 내가 죄인으로 가장해서 여기 있는 것은 좀도둑 방지야."

사십 줄의 그 병사는 말도 안 된다는 듯이 떠들었다.

"옳으신 말씀입니다. 싸워서 지키려면 몸이 부자연스러우면 말이 되겠습니까?"

그는 귀찮은 눈매로 양쪽 함을 바라보았다.

"자네 말이 맞네. 전쟁하려면 돈이 필요한데 이것이 군자금이거든."

"군자금이오? 전장은 남쪽 대리국이라 들었는데 장안으로 들어갈 필요는 없지 않습니까?"

"남쪽이라는 것은 모두 말장난이야. 서하는 용맹무쌍한 기마병들이라 누가 감히 지원하겠어? 일 년 전 북하성 공격 때 오만의 대군이 전멸했다지 않은가."

"소식은 들었습니다. 일만의 병사뿐이라고 그랬는데……."

"그럴 것이다. 승전보의 전과는 크게 알리고 패전은 소전으로 말하며 관심 없는 것처럼 흘러버린다니까. 이번에는 말이야. 강남에서 십만, 강북에서 십만 하여 이십만 대군이면 서하는 사라질 것이야."

아무리 대군이 모이면 무엇할 것인가. 나신철 지윤은 추밀원(樞密院) 힘을 믿어 십만의 병력을 모병하는데 거짓말을 외쳐대고 있었다.

수산성에 금은보화가 무덤처럼 많고 젊은 여인 운운하며 모인 군대는 기강이 서지 않고 용감한 군대로 만들 수도 없었다. 달콤한 말에 현혹된 자는 기회주의자들이며 겁이 많은 병졸이 될 것이 뻔하였다. 의지가 있고 국가관이 확고한 젊은이들이 모일 수가 없었다.

그는 궁리하다가 도망칠 준비를 했다.

"이렇게 달리다가 녹림 무리라도 일시에 습격하면 군자금이 위험하여

국상(國喪)과 초희

뱃길로 들어가는 것이 좋지 않을까요?"

"여기는 강남이 아닐세. 앞에 있는 역차에도 장군들에게 지급될 금괴와 비단들이 실려 있어서 호위병들이 보통이 아니란 말이세. 최고급 현위(顯尉)들로 모여 있고 도위(都尉) 장군이며 모두 각종 병기의 고수들이야. 만약에 어느 주현 도로에서 야적 떼가 나타난다면 그 현의 주자사는 물론 포정사사(布政司事)도 온전치 못할 것이야."

"어자대에 정령관이 쌀쌀맞던데 보통의 대장이 아닌 것 같습니다."

"그래. 그분은 우리 소장이야. 환도금면 국장생(鞠長生)이라면 우리가 달리고 있는 섬서성(陝西省) 일대를 주름잡았던 강호인이다. 자네도 내가 보기에는 기검체(氣劍体)가 있어 보여 무공이 높을 것으로 생각하네."

"환도금면 소장이 어자대에서 환두대도가 꽂아 도로 납도(納刀)한 것이 위풍이 대단합니다. 그에 비하면 나는 소졸입니다."

"비유할 데를 비유해야지. 아직은 그럴 테지만 앞으로는 그럴 것으로 보인다. 자네 말이야. 이름이 주색잡기에 능한 것 같은데 둘이 기방에서 하룻밤 푹 마시고 싶은 심정이거든. 헌데 자네 주인 나 장군님이 강한 명령을 내렸어. 장안에 있는 보국대장군 직사관(職事官)에 알리어 전옥관(典獄官)에 넣어두라고 그랬거든."

"또 감옥이라는 말씀이오?"

"그래. 전장에서 써먹을 요량인 것으로 보이는데 묘수라도 있어?"

나 장군 일행은 전쟁에 묘책처럼 나를 밀명으로 위장하여 그들이 노리는 영초에 낚시밥으로 이용하려는 것이 명약관화한 일이라고 여겨졌다.

그렇다고 이러한 의문점은 물어볼 수 없어서 그대로 대답했다.

"쓸모없는 나에게 무슨 명령을 내리실지 모르겠습니다."

"그야 필요할 때 적진에 기어들어가 적장의 목을 따오는 것이겠지."

그는 말하다 지쳐 쿨쿨거리며 잠에 취한 상태다. 아무도 모르게 들고나는 것이 산전수전 굴러먹은 사람으로 보여 지금이 기회라고 단정 지었다. 발등을 들어 개금을 손에 넣고는 자물쇠 구멍을 후볐다.

철컥!

학소는 슬쩍 일어나서 안으로 잠겨 있는 문고리를 살짝 밀어 보았다. 밀려오는 남풍으로 고기 굽는 냄새가 진동하였는데 밖에서는 보초병 두 사람이 고기 근을 모닥불에 구워대며 술 사발을 기울이고 있었다. 저들이 고함지르는 날에는 고수들이라고 하는 일행들의 수적으로 보아 도망가기는 쉽지 않을 것 같았다. 한 병사가 땔감을 모닥불 위에 올려놓았다. 불기운이 훨훨 탈 때는 방위가 어지러워서 살짝 밖으로 나올 수 있어 학소는 발소리를 죽여 땅바닥에 엎드렸다.

병사들은 무슨 즐거운 일이 있었는지 킥킥대며 중얼거리기만 했지, 역차는 관심 밖이었다. 볼품없게도 학소는 달팽이가 기어가듯 역참 담장 가로 다가갔다. 사방은 칠흑같이 어두웠으며 남풍이 거세게 불어왔다. 그에 힘입어 여기저기서 잡소리가 들려와 담벼락도 쉽게 넘었다. 손발이 자유로운 그는 홍차원에서 담장을 내리다가 실패했던 것을 상기하면서 두 번째로 도망친다는 것을 의식했다.

짙은 구름을 모으던 여름밤의 밤길은 앞뒤가 구분이 안 돼서 구렁텅이에도 빠지고 돌담에도 걸려 어느새 그의 몸은 흙투성이가 되었다. 이 운명을 벗어나야 한다고 각오한 그는 청시 안의 내력을 집중했다. 인가가 있는 곳은 고발당하기가 십상이어서 높은 능선과 야산에 봉우리를 가늠하며 달려 나갔다. 시원한 바람이 그의 땀을 식히기에 충분했다.

얼마를 산 위로 달려온 그는 이쯤에서 하고는 벌렁 잔디 위에서 한잠을 청했다. 바람 소리에 눈을 뜬 그는 동녘 하늘에서 희미하게 여명이 일어 날이 밝아옴을 알 수 있었다. 그런데 여명이 점점 밝게 드러나자 산 아래에서 그를 찾는 병사들을 볼 수 있었다. 십여 명의 병사들 앞에는 검은 망에 붉은 주립(朱笠)을 쓴 국장생이 앞장서서 도망자의 족적을 더듬고 있었는데 마치 학소가 숨어 있는 곳을 아는지 손을 들어 가리키고 있었다.

흑구름 사이로 내려온 아침 햇살에 발산되는 병사들 창날이 번쩍거렸다. 어둠 속에 달려왔던 타라 족적을 남겼음이 후회막급이었고 지금으로서는 말을 타고 오르지 못할 험준한 정상으로 피신할 수밖에 없었다. 말발굽 소리가 요란하며 누군가 고함치는 소리로 보아 자기 모습이 드러났음을 알 수 있었다. 그 외침 소리는 바람에 실려 그의 귀에도 또렷이 들렸다.

"저기다! 도망자가 저기 보인다!"

설마 하고 산속에서 한잠 청한 것이 실수였으며 거기에는 족적의 명수들 추노(推奴)들이며 무림인들이었다는 것을 간과 못 한 탓도 있었다. 학소의 천궁신법(天宮身法)은 내력이 약하여 금방 숨을 헐떡였고 이제 잡히는 것은 시간문제였다.

힘을 모아 달리던 그는 멈춰 서고 말았다. 험준한 숲길에 그의 앞에는 수십 장은 되어 보이는 단애가 가로막고 있었고 길이 없는 절벽뿐이었다. 이들은 절벽 길을 간파했었는지 학선으로 나열하여 쫓아왔다. 윙윙거리는 바람에 실려 우렁찬 고함이 귓가에 들렸다.

"크하하하. 험지를 택하여 잘도 뜀박질하였구나. 덕택에 우리도 나른하던 몸을 펼 수가 있어서 마음까지 후련하다!"

삐쩍 마른 정령관이 다가오며 조무래기 하나 잡은 것쯤은 운동 삼아 하는 것처럼 고성을 높였다. 벗었던 주립을 다시 쓰면서 그의 결후가 또 한 번 크게 올라갔다가 내렸다.

"생각 같아서는 단칼에 죽이고 싶네만 어서 오랏줄을 받거랏!"

씩씩거리며 쫓아온 병사가 줄 끈을 꺼내 들었다.

"나는 죄인도 아니고 노비도 아니므로 그럴 순 없소!"

이어 다섯 명의 병사가 장내로 들어서면서 하늘을 가리켰다.

"정령관님! 하늘을 보십시오. 유사풍입니다."

일행들은 모두 하늘을 쳐다보았는데 서쪽 하늘에서 뽀얀 황토 먼지가 하늘을 가득 메우고 있었다.

"빨리 저놈을 묶어내게!"

병사들이 창과 오랏줄을 들고 학소에게 덤볐는데 그는 가만 있지 못했다.

두두닥닥!

그의 공격에 두 병사가 이장 밖으로 나가떨어졌으며 한 병사는 넘어지면서 들었던 창까지 잃고 말았다.

"잡아라! 반항하면 죽여도 좋다!"

휘잉- 휘잉-

황진이 가득한 흙바람이 장내를 덮으며 앞뒤를 분가하기 어렵게 만들었다. 창을 든 세 병사와 두 검수가 덤벼들었는데 학소의 창술이 대단하여 감히 접근하지 못했다. 창술로 살아온 그들도 난다긴다하는 무사들이었는데 즐겨 익혔던 오금파천식 이십사절을 뿌리는 학소에게 접근을 못 하자 국장생이 의외라고 환도를 꺼내 들었다. 그의 붉은 주립은 바람에 날려 흔적도 없었고 상투에서 풀어진 머리가 그의 얼굴을 비벼대고 있었다.

"자네 창술이 보통은 아니구나. 어데서 얻은 창법이냐?"

그의 말에 대답할 여유도 없이 기회를 보던 노 병사가 큰 소리로 외쳤다.

"안 되겠소. 황진으로 앞이 안 보입니다. 빨리 합수하여 해치우고 돌아갑시다."

국장생도 그의 말에 동조하며 창기에 파고 들었는데 따라 세 검수가 창기를 뚫고 검을 날렸다. 보통의 솜씨들이 아니었다. 환도금면 국장생의 환도가 기회인지라 학소의 중단을 깊숙이 갈라 쳤다. 사방에서 일시에 날아드는 창, 검, 도를 막아내는 방법은 오직 하나밖에 없다. 호아신형(護我身形) 천궁일편(天宮一片)의 부응 신법으로 허공에 빠르고 높게 몸을 솟구치는 것뿐이었다.

윙- 윙- 쉬잉-!

유사풍은 장내를 휩쓸며 낙엽과 갖가지 물체들을 날려 버렸다. 그 물체들과 같이 공중에 떠오른 학소는 바람에 의해 여지없이 휘말리고 있었다.

으악-!

겁결에 그는 마지막 고성을 토하며 공중으로 멀어져 갔다.

"유사풍이다! 모두 몸을 피하라!"

국장생도 산 정상에서 유사풍을 만났는데 두 눈이 왕방울같이 커지며 일행들에게 고함을 질렀다. 그들은 모두 고목을 찾아 매미처럼 달라붙지 않으면 살길이 없었다.

유사(流砂)-.

사람들은 움직이는 사막이라고 불렀는데 이는 쉬지 않고 사막을 할퀴는 바람으로 누런 사구가 하늘을 맴돌 때를 말한다. 주먹만 한 자갈들을 말아 올리는 사구. 큰 돌덩이들이 올라가다가 이들 앞에 떨어지기도 했다.

남쪽 지방에서 대륙을 횡단한 거대한 태풍이 수명이 다 되었을 때였다. 때마침 북쪽 감숙성(甘肅省)에서 발생한 대상을 울리는 거대한 사구가 유사풍이 되어 중원을 덮을 기세로 내려오던 차 온습한 태풍과 마주쳤는데 나무가 뿌리째 뽑히는 보기 드문 회오리 유사풍이 되었다.

찌지찍! 휘잉-.

그 바람은 나뭇가지들과 심지어 날짐승까지 감아올리며 대지를 휩쓸었다. 중국 서북에서 발생하여 섬서성까지 내려온 유사는 마치 큰 파도가 대양에 작은 섬을 덮치듯이 사방에서 굉음을 울리며 구포산(句砲山)

을 휘감았다.

 한편 창검에 밀려 부응 신법을 날렸던 진학소는 절벽으로 떨어지던 중 천우신조(天佑神助)일까 아니면 엎친 데 덮친 꼴인지 모르지만, 길흉화복(吉凶禍福)을 알 수 없는 행보였다.

 휘잉- 휘잉-.

 학소는 하늘에 떠 있는 갖가지 오물들과 같이 공중으로 솟구치고 있었다. 좋은 일이 흉(凶)할 수도 있고 흉한 일이 길(吉)할 수도 있는 변전무쌍한 세상일을 누가 알겠는가.

 그는 바람을 타며 자세를 바로잡을 수가 있었다. 그런데 어느 바위 위에 냅다 던져버리는 이란격석(以卵擊石)의 신세가 될지 아니면 수천 리 날아가 바람과 같이 사라지는 대지의 먼지에 불과할지-.

 그러던 중 그는 고요함을 느낄 수 있었으니, 팔을 벌려 학처럼 자세를 바로잡을 수 있었다. 공중에서 맴도는 날짐승처럼 빙빙 도는 날짐승이 되어 누가 학소를 본다면 땅 위에 있는 먹이를 찾는 혹매로 확신했으리라. 지상에서는 굉음과 바람 소리만 사방에서 들렸고 자신은 고요히 공중에 떠 있는 것이 아닌가. 기실 학소는 소용돌이 유사풍의 중심핵에 떠 있었다.

백하칠가
(白河漆家)
상편

어떤 회오리바람이나 태풍은 핵(눈)이 있다고 한다. 그는 바로 이 핵의 눈에서 흘러가고 있었다. 뜨거움에 몸을 틀며 부운행공(浮雲行功)으로 구름을 밟듯이 몸을 틀려고 했으나 허사였다. 이어서 학소의 전신에서 갑자기 불가사의한 현상이 일어나기 시작했다.

으드득! 으드득!

마치 풀무 위에서 달구어지는 철판 위에 놓인 개구리와 같다.

하늘 위에서 뒹구는 개구리의 하얀 배는 빨갛게 익듯이 물들어가고 파란 등줄기는 만년설에 얼리어 성에가 끼었다. 위에서 내려다보면 그의 단전을 중심으로 하여 외한선(外限線)이 팔방으로 오십 리에 달했으며, 합하여 대지 위에 사방 백 리를 돌며 그는 그 중심에 떠 있었다.

이러한 적란운(積卵雲)을 섭취하며 몸속으로 들어가는 운명이었다. 다시 말하면, 지구의 방열을 대기 속으로 실어 오르는 에너지와 수증기가 영결해 적란운(토네이도)를 마시고 있었다.

그는 양팔을 벌렸는데 그것은 솔개가 하늘 높이 맴돌고 있는 것과 같이 날개를 두드리지 않고도 그렇게 날고 있었다.

이러한 기연은 따로 있는 것도 아니었다. 눈의 중심에서 흐르던 학소는 첨단 바늘 끝 같은 핵 중심에 의해 배꼽 신궐(神闕)에 맞추어지면서 일어난 일이었다.

바람은 대소(大小)를 막론하고 열려있는 허(虛)한 데를 찾아 들어간다. 허한 곳을 찾는 게 바로 그의 혈류 속으로 빨려 갈 줄이야……!

전신에 뼈마디와 근육이 경련을 일으키며 앞부분 임맥(任脈)의 천부혈(天俯穴), 화개혈(華盖穴)과 관원을 지나 회음혈(會陰穴)까지 풀무에서

쇳물이 흐르듯이 타동 되고 있었다.

　등 뒤 독맥(督脈)으로 아문혈(亞門穴)에서 신도(神道), 양관(陽觀), 장강(長强)혈까지는 엄동설한에 만년 빙설에서 흘러나온 찬물이 등 뒤로 흘러내렸다. 그의 몸속에서는 불타는 태양의 불덩이를 한담(寒澹)에서 수년간 응어리진 빙정(氷精)을 녹여내고 있었다.

　중원 바닥을 휩쓴 습열은 임맥으로 또 전 사막을 휩쓴 유사는 독맥으로 감돌며 빨려 들어가고 있었다.

　돌연, 단전에서부터 생성된 극렬한 음양이기가 꿈틀거리며 혈류를 타기 시작했다.

　모든 만물은 어미의 뱃속에서 탯줄로 어미의 힘을 얻고 자란다. 지금 학소는 지상에서 난폭군이며 방랑자 유사의 진핵을 탯줄로 빨고 있다.

　모든 물체와 움직임은 구심점이 있고 핵이 있기 마련인데 그 진핵은 십팔대경맥(十八大勁脈)을 여지없이 꿰뚫어 버리기 시작했다. 대자연의 움직이는 기운이 인간의 혈맥으로 들어가 그를 괴롭히고 있다. 그는 신음을 거듭 토해내더니 실신 상태가 되고 말았다.

　거대한 유사의 힘을 얻어 자라난 태풍은 학소의 단전으로 빨려 들어가 점점 약해지고 있었다. 마치 장군을 잃은 천군만마와 같이 그 바람은 구심점을 잃고 있었다.

　참혹한 고통에 혼절에 혼절을 거듭하면서 쥐어짜는 듯한 고통과 신음을 토할 때였다. 섬서성 북부 고원 위를 방황하던 유사풍은 약해지면서 점점 내려앉기 시작했다.

　학소로 인해 운명을 다한 유사풍은 먼지 하나 날릴 힘이 없는지라 결국 그는 구채산 절벽으로 떨어지는 운명에 봉착하게 되었다.

　이대로 떨어지다가는 어느 암벽이나 땅바닥에 낙하하여 뼈도 못 추릴 것이라고 전전긍긍했다.

　그때였다. 사그라지는 바람과 같이 그의 손에 잡히는 물체가 있었으니, 그것을 잡고 달라붙었다. 그것은 절벽에 붙어 있는 벽송나무 가지였는데 기나긴 여행은 끝났다고 생각했다. 그런데 그 생각은 잠시뿐이었고 오르지도 못할 절벽에 붙어 있는 벽송이라는 것을 알았기 때문이다. 다행히도 발밑에는 칡넝쿨과 억새가 돋아나 있어 간신히 내려설 수 있었다. 불구덩이 속에서 혼절에 혼절을 거듭했던 터라 몸을 지탱하기가 어려워 결국은 두 눈이 감기고 말았다.

별이 비치고 해 뜨기가 일곱 차례, 그는 칠 일째 눈을 떴다. 사방에 황사는 걷힌 지 오래이고, 따스한 햇살은 구채구 구석구석을 비추고 있었다.

학소는 힘찬 용트림을 하며 홍안에서는 두 눈에 광채가 흘러나왔다. 그는 일어서서 목에 가득 고였던 한 움큼의 핏물을 토해내며 배 위를 지난 반 발쯤 되는 칡넝쿨을 걷어 내었다.

칡넝쿨 길이로 보아 일곱 날은 잠을 잤다는 생각이 들었다. 몽롱한 기억을 더듬으며 구사일생으로 살아난 몸이라고 생각했었는데 그것은 오산이었다. 발밑은 땅바닥이 안 보이는 천 길 낭떠러지요, 머리 위로는 하늘까지 맞붙은 석벽이었다. 사방을 둘러보니 한심하기 짝이 없고, 벼랑에 붙어 오도 가도 못하는 신세라 삼 장도 못 되는 이장 둘레의 공간은 두 곳뿐, 그 외로는 깎아지른 단애였다. 희망은 그래도 내려가는 조로서도(鳥路鼠道)가 있는가 했더니 그것도 꿈에 불과하다.

골몰하던 학소는 돌아보았다. 역참에서 탈출하여 구포산에서 창검을 피하며 부웅신법으로 공중으로 몸을 솟구쳤다. 유사풍에 밀려 다니다 떨어진 것은 확실한데 얼음덩이를 지고 불구덩이를 헤매던 일은 지금도 이해가 되지 않았다. 기경팔맥((奇經八脈)이 막힘없이 흐르고 태음 경맥이 뚫여 그의 혈맥은 타동되어 있었으나 그로서는 단지 몸이 가볍다는 것뿐, 혈맥이 타동된 것은 모르고 있었다. 퉁퉁 부었던 얼굴은 제 모습으로 돌아왔고 그의 몸에는 천(天), 지(地), 인(人)의 삼화와 수금목화토의 오기(五氣)를 몸 안에 이루면서 삼화취정(三化聚頂)의 경지에 있었다. 그의 운기조식 기원대법(気元大法)을 안다면 오기조원(五気造元)의 순서를 거치면서 조금만 더 공력을 쌓으면 무림에서 말하는 환골탈태(揆骨奪胎)의 골력을 만들 수 있을지도 모른다. 학소는 그러한 사실을 알 수 없으니 지금 갖고 싶은 것은 갈증을 해소하고 싶은 한 모금의 물이었다.

그때, 두 마리의 백붕(白鵬)이 원을 그리며 건너편 절벽 풀숲에 내려앉았다. 백붕은 꾹꾹거리며 보금자리를 찾았다.

끼악! 끼악!

백붕이 기어간 곳에는 광주리 같은 둥지가 하나 있는데 두 마리의 백붕 새끼는 어미를 보자 입을 벌렸다. 어미는 물고 온 두 마리 붕어를 새끼 입속으로 넣자 단숨에 받아먹었다.

며칠을 굶고 난 학소는 얻어먹을 것이 있는가 하여 다가가자 두 어미는 입을 벌리고 공격 자세로 접근을 용서치 않을 셈이었다.

다음날이었다.

고애의 절곡 울타리 안에 혼절 되었던 사람이 기어다닌다는 것을 알았는지 백붕은 한 마리씩 사냥을 나갔다. 물론 한 놈은 새끼를 보육할 책임이 있으니 다가오지 말라고 사람을 뚫어지게 노려보고 있었다. 이번에 사냥을 다녀온 백붕은 까투리 한 마리를 움켜잡고 내려섰다. 두 붕새는 발과 입으로 까투리를 찢어발겨 새끼에게 먹이는 것이었다. 포식한 붕새 가족은 더는 움직이지 않았다.

"나에게도 한 마리 물어다 주면 어디 덧나나!"

중얼거리며 둥지를 쳐다보았으나 침만 입가에 맴돌았지, 얻어먹을 것은 없었다. 그렇다고 저 둥지를 덮쳐 붕새 새끼라도 잡아 요기할 생각은 없다. 가령 그렇게 한다면 새끼를 보육하는 두 백붕은 생사 결단으로 덤벼들 테고 싸움은 절곡이라 저들은 하늘을 날지만, 나는 절곡 행이 될 것이니 설령 백붕을 다 잡아먹어서 열흘이나 더 연명한들 무엇

하겠는가? 까마득한 단애를 내려다보며 고개를 흔들었다.
"새가 부럽군.!"
날개 달린 새가 아님을 한탄했다. 정말 속수무책이었다. 그는 허기진 배를 움켜쥐면서도 불쌍한 그것들을 잡아먹으며 연명할 생각은 없었다. 이 삼일 더 굶으면 나는 기력이 쇠진해질 것이다. 저 백붕은 나의 시체를 잡아 온 까투리처럼 갈기갈기 찢어발겨 새끼에게도 먹이고 지들도 요기할 것이라고 생각하다가 고개를 털었다.
'아니지, 나를 먹겠다면 며칠 이 구석에서 잠에 취했을 때 죽은 시체로 알고 공격했을 것이다. 같은 울 안에 있으니 저들도 가족으로 아는가 보다. 그런데 나는 날지 못하여 먹이를 구할 수 없는 것까지는 모르는 것 같다. 다시 말하면 사람도 먹어야 살 수 있다는 것을 모르고 있다는 사실이다.'
그러던 중 그는 속세를 초탈한 장자의 한 문장을 읊조렸다.
'불모의 땅 북쪽에는 끝없는 바다가 있으니 천지(天池)이다. 그 천지는 앞과 끝이 없고 넓이는 알 수가 없다. 그곳에 있는 물고기는 그 넓이가 수천 리 인지라 그 길이를 아는 사람이 없으므로 그 이름이 곤(鯤)이다. 또한, 그곳에는 새가 있으며 그 이름이 붕(鵬)새이다. 그 새의 허리만 하여도 태산과 같고 날개는 마치 하늘을 덮는 구름과 같다. 날개를 펼치면 회오리바람이 양의 뿔처럼 휘돌아 오르는 것이 구만 리이며, 구름 위로 높이 올라 푸른 하늘을 등지고서야 비상한다. 머리를 돌려 장차 남쪽 먼바다로 나아가고자 한다.'
장자가 호방하게 노래했던 것이 자신의 희망처럼 느껴지며 붕새의 등을 보았다. 저 붕새는 도저히 나를 등에 태우고 날 수가 없을 것 같다. 전설상으로 대붕(大鵬)을 타고 다녔다는 이야기는 있지만 그러한 새는 전설뿐이라고 느꼈다. 그는 얼굴을 젖혀 공중을 바라보았다. 하늘 높이 떠 있는 잡새들을 바라보며 어릴 적 읽었던 장자의 붕새이야기가 생각났다.

 하늘을 덮으며 높이 날던 붕새가 어느 숲 위에 앉았을 때 작은 나뭇가지에 날짐승과 미물들을 보았다. 붕새는 말매미와 작은 비둘기를 보며 말했다.

 "나 붕새는 구만 리 두께의 구름 위에서 구만 리를 날아가 남녘으로 가는데 내 앞에서 한 뼘을 날고 날개를 자랑하다니 우습지 않은가!"

 그러자 말매미와 작은 비둘기는 그를 비웃으며 말했다.

 "우리가 훌쩍 날아 느릅나무, 박달나무 사이로 솟구쳐 오르되 때론 그에 이르지 못하고 떨어져 버리기도 하는데 무엇 때문에 높이 올라 남녘으로 가고자 하는가?"

 그 말에 붕새는 나무라듯이 말을 이었다.

 "백 리를 여행하는 사람은 밤새워 방아 찧어 식량을 마련하고 천 리를 여행하는 사람들은 석 달의 식량을 마련하고자 하는데 너희들이 세상 넓은 줄은 어찌 알겠는가?"

 이번에는 작은 비둘기가 꾸짖어 말했다.

 "구만 리나 한 치 앞이나 모두 하늘 밑에 있소. 주위 몇 나무를 돌아다니면 배가 든든한데 무슨 세상이며 얼어 죽을 구만 리요!"

 하고는 붕새의 말에는 관심 밖이라고 나무 밑에서 끙끙거리는 여우를 바라보며 박달나무로 비상했다.

 절벽에 붙어 오도 가도 못하는 학소는 단념에 가까웠다.

 '나도 말매미와 작은 비둘기처럼 미물에 불과한데 몇백 리를 나는 저 붕새들을 바라보면 무슨 소용이 있겠는가!'

 상황이 이러고 보니 겨드랑이 밑의 날개가 부러웠다.

 "나의 두 발로 걷고 뛰어다니며 살라고 했거늘 겨드랑이 밑에 날개가 있다면 발과 손이 또 있겠는가! 생긴 대로 살다가 생긴 대로 죽는 수밖에……!"

그렇게 시부렁대며 체념하던 차에 깜찍한 묘안이 생각났다.

'저 백붕 두 마리의 발을 잡고 절벽 단애로 뛰어내리면 지들도 살고자 하여 어느 들판에 죽지 않을 정도로 낙하하겠지? 지금 방법은 그것밖에 없다. 한 마리를 잡으면 버거울 것이고 두 마리면 충분할 것으로 생각이 든다. 내가 기력이 있을 때 지금 감행해야 하지 않겠는가!'

그는 자신의 머리를 툭 치면서 '이렇게 쉬운 방법이 있는 것을!' 하고 명석한 머리라고 자칭하였다. 수심에 쌓였던 미륵불상이 하회탈 얼굴로 변하며 만면에 미소가 감돌았다.

포식한 백붕은 새끼 둥지에 꾸벅꾸벅 잠에 취해 있었다.

다음날 결단을 내린 이상 들키지 않게 살금살금 백붕둥지에 다가서고 있었다. 이때다 싶을 때 표풍 신법으로 그는 둥지로 몸을 날렸다.

푸드득! 푸드득!

동시에 오른손에는 암놈, 왼손에는 숫놈의 백붕 다리를 꽉 잡았다. 놓치면 끝장이므로 까칠까칠한 붕새의 다리가 손에 꽉 잡혔다. 졸고 있던 새들은 깜짝 놀라 두 날개를 퍼덕이기 시작했다. 이유도 모르는 새들은 학소를 노려보았다. '믿고 한 울타리에 같이 살고자 했는데 인간들도 역시 들개로구나' 그러면서 그를 쪼아 댈 때였다.

양손으로 한 마리씩 발을 움켜쥔 그는 재빨리 낭떠러지로 몸을 날렸다. 학소를 공격하려던 백붕은 서로 살아야 할 오월동주(吳越同舟)가 되어 버렸다. 발목이 잡힌 두 마리 새는 날개를 퍼덕이며 벼랑으로 낙하하다가 중심을 잡았다. 인간의 간교한 꾀를 모르는 두 마리 백붕은 별꼴인 양 자기 모습을 보면서 날개의 의무를 다해 들판 쪽으로 날아갔다.

유사풍에 의해 비행할 때는 황토 먼지 속에서 불구덩이와 한담 속을 드나 들며 혼절 속에 고통의 연속이었는데 지금은 그렇지가 않았다. 아른하게 보이던 대지가 선연히 드러나며 작은 산과 계곡을 지났다. 새들은 언제나 이러한 경치를 보면서 그 위에서 당당히 비행하는 것이 부러웠다.

　학소를 매단 백붕은 두 마리가 협력하여 힘이 다하는 것으로 보아 강이나 물가가 보이면 낙하하리라 마음먹었지만, 발밑에는 숲과 밭들만 보였다. 마침 지전(池田)이 보였는데 기회라고 여겼다. 물가가 보였으므로 뛰어내리면 살 수 있을 것 같아 발목을 놓았다.

　거추장스러운 물건을 떼어낸 백붕들은 금실을 자랑하며 나란히 둥지를 향해 비상했다. 반면 학소는 죽은 시체처럼 내팽개치듯이 땅으로 낙하했다. 그가 떨어진 곳은 숲 지의 뻘 벌판이었다. 예견했던 호수나 물웅덩이는 아니지만 땅 위나 바위 쪽이 아닌 것은 다행인데, 깊숙이 뻘에 박혀 머리통만 겨우 보일 정도다. 만약 머리 쪽으로 박혔다면 영락없이 뻘 속에 묻힌 인간이 될 것이다. 겨우 입을 밖으로 내민 그는 긴 숨을 쉬고 머리통만 까닥일 수 있을 뿐 몸은 꼼짝할 수 없었다. 부응신공이나 각종 신법을 써 보려고 했지만, 진득한 뻘에 절어 막무가내였다. 칠주야를 굶고 살았으니 기력이 있을 리도 없었다. 오히려 움직이면 더욱 밑으로 빠져들어 앞으로 지구상에 사람의 표본이 될 화석(化石) 형국이 되어 버렸다.

　그때, 늪지를 걸어 다니던 재두루미 한 쌍이 학소의 머리통을 보고 긴 목을 끄덕이며 다가왔다. 수놈인 청회색 재두루미가 두 눈만 껌벅이는 머리통을 보다가 한 방 쪼아대었다. 뻘개를 찾던 재두루미는 사람 머리통은 너무 커 보였다.

　"야! 살아 있는 사람이다...!"

　큰 소리에 놀란 재두루미는 그의 얼굴 쪽으로 다가가 붉은 눈두덩을 세우며 무섭게 노려보았다. 두 마리가 꾹꾹 대는 것이 학소는 그 이야기를 짐작했다.

　"저 눈알이 맛있어 보이는데 껌벅거리는 눈매가 살아있는 것이 맞는가 봐요!"

수놈이 말했다.

"별꼴이야, 머리통이 굴러다니며 소리를 치다니 인간도 머리 따로 몸통 따로 굴러다니며 살아가남!"

암놈이 꾹꾹 거렸다.

"인간은 남녀가 좋다고 만나 혼사를 치르고는 반 년도 못 살다 헤어지는 마당에 머리통이라고 몸통과 붙어살라는 법은 없을 것 같아. 그래서 헤어졌나 보네요."

재두루미는 그런가 보다 하고는 목을 끄덕끄덕하면서 지나갔다.

맹수는 이 늪지에 들어올 수 없지만 왕솔개가 왔다면 눈, 코, 머리할 것 없이 쪼아 먹을 것이다. 또 능구렁이가 왔다면 그의 머리통을 통째로 집어삼키려 안간힘을 쓸 것이다. 결국은 뻘 속에 있는 몸통까지 뽑아 먹을 것이다. 그렇게 된다면 학소는 능구렁이 뱃속까지 여행하며 녹아 버릴 것이 아닌가. 생 송장이 되기 전에 그가 할 수 있는 일은 소리치는 일밖에 없다. 양팔을 뽑으려 했으나 뻘에 절여 꼼짝을 못 했으니 말이다.

"사람 살려! 사람 살려!"

그 목소리는 대자연 속에 인간이 얼마나 초라한가를 느끼게 했다.

개미 무리가 긴 월동을 준비하기 위하여 부지런히 일들을 하고 있는데 어느 동자가 무심히 그쪽에 소변을 보았다.

그 개미 무리는 소년의 소변에 불리어 다니며 대홍수에 수난을 겪듯이 지금 나의 처지가 그와 다를 바 없었다. 회남자(淮南子)의 한 구절이 스쳐 지나갔다.

'무릇 대지는 나에게 인간이라는 형태를 지니고 이 세상에 태어나게 했다. 살게 함으로써 나를 괴롭히고 늙게 함으로써 나를 슬프게 만든다. 결국은 끝으로 나를 죽게 함으로 나를 쉬게 만든다. 아등바등 살고자 하는 것은…….'

그렇게 생각하다가 그는 살아야 할 이유가 있음을 알았다.
"사람 살려요!"
마침 늪지 쪽을 지나던 일행들이 있었으니, 한 대의 꽃마차와 세 필에 탄 길손들이었다. 흙탕길에 비하여 곱게 차려입은 일행들은 일견하기에도 귀풍(貴風)이 물씬 풍기는 사람들이었다.
준마가 끄는 마부석에는 백의를 입은 마부가 느릿느릿하게 마차를 몰고 있었다. 그 마부석 곁에는 초노가 하얀 평정건(平頂巾)을 쓰고 하얀 두루마기 위에 하늘색 장삼을 걸치고 있었다.
뒤에 가는 세 필의 마상에는 흰색과 검은색으로 단정한 입성이 묘제(廟祭)나 관가에 행차하는 것 같기도 했다.
꽃이 달린 마차에는 귀인((貴人)이 있어야 할 텐데 덜컹거리는 소리로 보아 아무도 없는 빈 마차였다. 제일 뒤에 가던 젊은이가 마부석을 보며 여쭈었다.
"선부님(先父)! 늪지 쪽에서 구원을 청하는 소리가 들립니다."
평전건의 초노는 뒤돌아보며 대답했다.
"나도 알고 있다. 우리 처지가 남을 도와주고 싸움을 말리고 할 처지가 아니다."
이들의 발길은 판장으로 들어가는 소 모양 풀이 죽어 있었다.
"사람 살려요!"
예의 그 목소리가 은은히 들리어 초노는 귀찮은 듯이 소리 높였다.
"안 되겠다. 소삼은 무슨 일인가 알아보게."
삼십 대의 젊은이는 등에서 칼을 뽑아 들며 늪지 쪽으로 달려갔다. 삼십여 장 넘어 습지 가운데에는 사람의 머리통 하나가 끄덕이면서 겨우 소리 내어 구원을 청하고 있었다.
그는 늪지 위의 상황을 보고 허겁지겁 달려와 주인에게 보고했다.
"선부님, 그게 사람 머리통 하나가 늪지 위를 굴러다니며 살려 달라고 소리치고 있습니다."

그 말을 들은 일행들은 소삼을 쳐다보다가 흑의장한이 물었다.

"뭣이? 머리통이 굴러다니면서 몸통을 찾는다고?"

이들은 귀곡에 들어선 것처럼 토끼 눈을 하고 서로 쳐다보다가 소리 나는 쪽으로 몰려갔다. 소삼의 말대로 머리통 하나가 늪지 위에서 죽어 가는 소리로 어물거리고 있었다.

선부는 그 모습을 보고 무엇을 예견하는 것 같이 지시했다.

"뻘에 사는 대게가 사람을 집어 간다고 하던데 빨리 어떻게든 해 보게."

대게가 사람을 집어 뻘 속으로 들어가는 것을 상상하게 만들었다.

마부는 발에 나무를 얼기설기 엮으며 설피를 만들었다.

"내가 저 머리통을 주워 올 테니 흑화와 소삼은 마차에 가서 밧줄를 갖고 오게."

얼굴이 유난히도 하얀 마부는 밧줄를 메고 다가가려 했으나 얼마 못 가 뻘에 설피도 빠지려고 했다. 그는 어깨에 메었던 밧줄을 학소에게 던졌다.

"할 수 있다면 이 밧줄을 입으로 물게. 우리가 끌어낼 테니……."

그 소리에 학소는 입이 부르트게 밧줄을 꽉 물었다. 어느 도사견이 맛있는 뼈다귀를 물었어도 학소처럼 물지는 못했을 것이다.

"영차! 영차! 어기 영차!! "

겨우 밖으로 끌려 나온 사람은 구정물 통속에서 건져낸 쥐 모양 몰골이 말이 아니었다. 온몸은, 뻘을 뒤집어쓴 토용처럼 죽은 듯이 늘어져 있었다.

그를 조용히 들여다보던 선부는 쓸모가 있을 것 같아 명령했다.

"이 자를 마차에 싣고 가게. 쓸 용처가 있으니."

써 볼 용처라는 말에 모두 주인에게 눈길을 던지며 궁금증을 갖게 했다. 백의를 입은 마부는 깨끗이 꾸며진 마차와 흙범벅이 된 젊은이를 번갈아 보다가 질문을 던졌다.

"혹시 설하(雪夏) 낭자의 여서(女胥)로 대릴 의향은 아니겠지요?"

선부라고 불리는 평전건을 쓴 초노는 모두를 바라보다가 무겁게 입을 열었다.

"설령 그렇다 한들 누가 탓할 사람이 있겠소?"

그의 말에 모두 초롱초롱한 눈빛으로 선부와 토용의 학소를 번갈아 보았다.

이들은 오늘 이웃 마을 묵가(墨家)에 자진하여 사위를 맞으려고 꽃마차를 끌고 친영(親迎)을 갔었다. 그런데 묵가에서는 혼담 이야기는 없었던 것으로 안면을 바꾸면서 문전박대(門前薄待)를 받았으니, 백가(白家)의 가주로서 쓸쓸하기 이를 데 없었다.

변방인 구채구(九寨沟)에서는 혼인함에 있어 신랑이 신부댁에 삼 일을 머무는 것이 유행처럼 되어 있었다. 자진하여 얻은 사윗감이라 묵가에 고기(告期)하여 언정(言定)을 받고 모시러 갔었다. 그런데 마차 안에 있어야 할 신랑감은 없고 갖고 갔던 납채의 증표 기러기 두 마리와 신랑 비단옷 한 벌이 전부였다.

쓸쓸히 서 있는 백가 가주를 보던 백화가 위로의 말을 올렸다.

"선부님. 너무 자책하지 마십시오. 오늘 묵가에 연호군(烟互軍) 군목 수라금검(修羅金劍)이 압력을 행사했다고 볼 수 있습니다."

당시 연호군이라는 지방 백정들을 강제로 징집하여 군인으로 만드는 지방 별책의 군목(軍目)이었다.

말이 백정이지 일반인들도 강제로 징집해서 기세가 대단했다.

군목 수라금검 도춘배(到春倍)는 외아들 도화천(到花天)이 있는데 이 아들은 …. 처가 셋이며 실없는 호색인으로 알려져 있었다.

도화천은 백하칠가의 설하(雪夏) 낭자를 본 이후 아비를 졸라 마지막

네 번째 아내로 만들어 줄 것을 갈망해 왔다.

이에 따라 구채구 일대에서 무엇이든지 할 수 있는 무소불위의 세가 도춘배는 백하칠가(白河漆家) 가주 백진호(白進湖)에게 설하 낭자를 자부(子婦)로 명하듯이 구원했다. 백진호는 어떻든 군목 도춘배와 사돈지간을 모면하기 위해서 친분이 있는 묵가에 혼담이 성립되었었다. 가주 백진호는 백화를 보며 신음에 가까운 소리가 나왔다.

"설하도 도춘배의 자부가 되느니 차라리 죽음을 택하겠다고 난리를 피우니 저놈이라도 택하여 주면 다행이라고 생각한다."

학소는 배고픔과 시련에 정신이 가물거리다가 이들의 대화를 엿듣게 되었다.

"은… 은사님, 저는 안 됩니다."

"흥! 귀는 밝아 가지구. 우리 설하 낭자는 자네 같은 거지를 좋아할 일은 없지. 꿈꾸지 말게."

소삼은 혼잣말처럼 중얼거리며 흑화와 같이 뻘에 버무려진 학소를 들어 깨끗한 꽃마차 속으로 밀어 넣었다.

백하칠가(白河漆家)

기진 고을 북쪽에 자리 잡은 백하칠가 앞마당에는 가솔들과 아주머니들이 부산을 떨고 있었다. 칠공(漆工)들과 가솔 합하여 오십여 명이 묵가의 새신랑을 보려고 마차 쪽으로 모여들었다.

예상과는 달리 꽃마차에서 소삼의 등에 업히며 내려선 그의 모습을 보자 이들은 웅성이기 시작했다. 화려한 의상에 수려한 젊은 신랑이 나타나야 할 텐데 토용에 버무려진 죽어가는 거지였으니, 모두 놀랄 만했다. 이목구비가 흙으로 덮여 눈동자만 껌뻑였고 턱 부분에 붉은 입술만 살아있었다.

"묵가 도령은 아닐 테고, 거지 중에도 상거지로구나!"

"그러게 말일세. 행색으로 보아 정신병자 같은데 불쌍해서 살려주려고 실어 왔을 게야!"

"저런…! 오다가 사고라도 당했는감?"

가주 백진호는 묵가에서 배신당한 꼴이 민망스러워 청집사에게 말하지 못하고 언성만 높였다.

"며칠 굶은 것 같은데 천천히 먹이고 목욕시켜 잘 돌보게."

그는 내실로 훌훌 들어가면서 술을 찾고 있었다. 믿었던 친구로부터 당한 모멸감을 잠재울 수가 없었다.

가주의 눈치를 보던 이들은 그가 방으로 들어가자 이어 뒷담을 했다.

"설하 낭자는 군목 도가에서 정혼이 되었다고 입소문이 나 있는데."

"말도 안 되는 소리. 정혼이라고 일부러 도가에서 일방적으로 떠드는 것이라던데."

붉은 수염의 장한이 고개를 저으며 말했다.

"신랑을 모시러 갔던 마차에 토용(土俑)을 싣고 왔다면 아마도 여서로 쓰실 모양인데 우리는 조용히 일들이나 하자꾸나."

그 옆에 청년이 나무 그릇에 질먹을 칠하다 말이 아니라고 대답했다.

"그렇다면 백 낭자께서 놀라 자빠지겠는데, 업혀 가는 것이 하루를 못 넘기고 송장 치를 일거리만 남기겠는데요."

"아니지, 방사책으로 아가씨의 사액을 막으려는 뜻일지도 몰라요."

이 마차에 제일 관심이 많았던 사람은 당사자인 설하 낭자였다. 그녀는 회랑에 나와 묵가의 도령을 보고자 했던 것이 토용거지를 보게 되었다. 불안한 마음을 달래며 아버님을 찾아 안방으로 달려갔다. 가주 백진호는 어머님과 마주 앉아 심각한 대화를 나누고 있었다.

"아버님이 싣고 온 토용은 누구예요?"

사랑하는 딸에게 묵가에서 배신당한 일들은 말할 수 없었고 핑계 댈 만한 말이 떠오르지 않았다. 가주는 눈을 지그시 감았다가 뜨면서 조용히 입을 열었다.

"음, 묵가 도령은 선약이 있어서 우리와는 인연이 닿지 않는가 보다."

결국 설하는 도화천에게 시집을 가야 된다는 설움에 앞이 캄캄했다. 이것은 죽음보다도 못하다고 생각했기에 두 눈에서는 눈물이 흘러내렸다. 설하의 깊은 눈 속에서 흐르는 눈물이 깊은 의미를 말하고 있음이 짐작되어 백진호는 없는 웃음을 입가에 띠었다.

"어떠냐? 저 젊은이가 이목구비는 훤해 보인다."

설하는 얼굴이 빨개졌다. 도화천이라는 이름만 들어도 진절머리가 나는데 그 집에 시가(媤家)가 되는 일이 없다면 마지막 눈물을 거둘 수 있었다.

반면에 꼴은 흙탕물에서 끄집어낸 것 같고 찢긴 옷이며 업혀 오는 것이 중병을 앓는 젊은이 같았다.

이런 최악의 물건이 나의 낭군님이 되다니 그녀는 황당할 수밖에 없었다.

허나 도화천에 비하면 어디인가. 설하는 달아오른 얼굴을 쓸며 왠지 가슴까지 울렁이고 있었다.

백하칠가(白河漆家)는 호북과 사천지방까지 알려져 있었다. 당시 부유한 가정에서는 마루에서부터 부엌까지 으레 칠을 한 젓가락에서부터 목기 그릇, 탁자 등 모두 빛깔을 나타나게 했다.

중국 황제가 대신들에게 노고에 대한 상으로 하사한 칠기는 금전적 가치는 은 제품에 맞먹는 상품이었다.

백진호는 연금술사였는데 목기 그릇에 게 껍질과 조개껍질을 합하여 금분을 사용했다. 그렇게 하여 얻은 금빛 아름다운 색이 이지칠(梨地漆)이다. 호북의 왕산과 구채산 이지칠이 유명한데 여기가 백하칠가였다.

넓은 후원에는 다섯 채의 목당이 있는데 거기에는 오십여 명의 장인들이 분주했다.

학소는 동채에서 얻어먹으며 휴식을 취한 지 삼 일째 되었다. 뒤 뜰로 나와 고단함을 풀고 저녁 산책을 마치고 동채로 들어가고 있었다. 사람 발소리에 끊겼던 땅 지렁이 소리가 또 은방울 소리처럼 찌르릉거리기 시작했다. 흙 속에 파묻은 하찮은 미물인데 그 소리는 맑고 은은하게 들렸다. 고요함을 잊게 한 것은 두 여인이 산책을 마치고 마주하고 있기 때문이다. 앞에 걸어오는 아가씨는 식부와 같이 들어와 식부의 수발을 거들어 주던 소녀인데 웃음을 머금고 있었다. 뒤에 있는 가연복을 입은 여인은 훤칠한 키에 미모 또한 아름다웠으며 한편으로는 일종의 불안감을 감춘 눈매는 그늘져 보였다.

고개를 돌렸을 때 그녀와 눈길이 마주 닿았다. 황홀한 미모에 야릇한 감정이 스치는 순간, 그녀는 몸을 돌리고 걷던 길을 걸어 나갔다. 윤기가 흐르는 갈색 머릿결은 어깨를 덮어 등 뒤로 출렁이었다.

가느다란 허리 위로 풍만한 가슴은 상체를 받치는 듯하였고 밑으로도 풍만함을 돋보이게 했다. 둘은 그녀들의 침소인 후원 맞은 쪽으로 걸어갔다.

후원 풀밭에는 풀벌레 소리가 저녁을 노래하고 있었다. 학소가 발을 멈추게 한 것은 풀벌레 소리가 아니라 후원채에서 은은히 흐르는 해금 소리였다. 그 소리는 초저녁 땅 벌레 소리를 무색하게 하며 학소의 귀에는 옛날을 그립게 했다.

어머님이 들려주던 해금 소리는 그를 언제나 새롭게 만들었다. 해금 소리에 맞추어 곤곡으로 여인의 낮은 소리가 은방울 구르듯이 들렸다.

"陡我以木瓜 報之以 環倨. 悲報也 永以爲好也.
 (두아이목과 보지이 경거. 비보야 영이위호야)
 陡我以木桃 報之以 環瑤. 悲報也 永以爲好也.
 (두아이목도 보지이 경요. 비보야 영이위호야)

陡我以木李 報之以 瓊玖. 悲報也 永以爲好也."
(두아이목이 보지이 경구. 비보야 영이위호야)

모과를 건네 주기에 예쁜 패옥을 보내드렸지요.
꼭 갚으려는 것이 아니라 사이 좋게
지내자는 뜻이었어요.
복숭아를 건네주기에 예쁜 구슬을 보내 드렸지요
꼭 갚으려는 것이 아니라 사이 좋게
지내자는 뜻이었어요.
오얏을 건네 주기에 예쁜 옥돌을 보내 드렸지요.
꼭 갚으려는 것이 아니라 사이 좋게
지내자는 뜻이었어요."

위 나라 백성들이 제한공(齊桓公)의 은혜를 생각하여 불렀던 시경의 노랫가락인데 지금은 남녀 간의 사랑 노래였다.

학소는 설레는 가슴을 진정시키려 하지만 얼굴은 상기되어 있었다. 불현듯 그는 고개를 흔들며 방으로 걸어갔다. 그것은 구실도 못 하는 주제에 자아를 뒤돌아보며 자책하는 젊은 가슴이었다. 밤잠을 청하며 은은히 들려오던 해금 소리는 끊겼다. 그 여인도 쓸쓸함을 해금으로 달래고 있으리라고 생각했다.

문득 그의 머리에 스치는 것이 있는데 모과를 건네 주는 노랫가락이었다. 같이 걷던 소녀는 그녀의 시녀 같아 보였다. 그 시녀는 첫날에 나에게 모과차를 갖고 왔었다. 다음 날에는 붉은 복숭아 한 접시를 갖고 와 나의 아침상 위에 올려놓았다. 그리고 오늘 저녁 식후에 오얏 차를 내주었는데 어떻게 생각하면 그것이 인연의 끈을 던져주는 그런 감정이 들었다.

오늘 낮에 백하칠가 가주는 나에게 신신당부하며 도춘배의 말을 했었다. 보름 동안만 가혼(假婚)으로 예를 올리고 새신랑 모습으로 머물러 달라는 것이다. 나는 일언반구(一言半句)로 거절했다. 바쁜 몸이라고 했지만 정말 가시방석에 앉아 있는 형편이라 빨리 이 자리를 뜨고 싶었다.

다음 날 아침이었다

학소는 날이 밝기를 기다려 부산을 떨며 일어나 앉았다. 가주님 방문이 열리면 인사를 올리고 떠날 생각이었다.

"똑 똑 똑"

방문이 열리며 칠가의 시녀가 웃음을 머금고 비단옷을 받쳐 들고 들어왔다. 모과차를 내주던 소녀였다.

"안녕히 주무셨어요?"

그녀는 사흘 동안 수발을 들어주었는데 학소도 웃음으로 답했다. 이어 말쑥하게 차려입은 이 집 마님이 어젯밤과 같이 예의 그 웃음을 머금고 들어왔다.

"공자의 옷이 너무 찢기어 있어 길쌈을 할 수가 없었어요. 이것은 우리가 지어 놓은 옷인데 부담을 갖지 말고 입어 주면 고맙겠네요. 그리고 지금 선부님이 내당에서 보겠다고 하여 기다리네."

"선부님이라면…… 가주님이?"

"그래요. 우리 집에서는 그렇게 부르기도 하지요."

"선부 마님, 저는 삼베 옷 한 벌이면 족한데 비단이면 입을 수 없습니다."

"성의를 접는 것도 예의가 아니지요. 내당에서 기다리겠네."

단도직입적으로 말을 해 놓고 둘은 방을 나갔다. 그도 입었던 옷이 너무 찢기어 길쌈을 할 수가 없었을 것이라고 생각하며 비단옷을 입었다. 오랜만에 입어보는 비단옷이었다.

마당에는 아주머니들이 시끌 벅적대며 음식 장만 하는 것으로 보아

축제일이나 아니면 누구의 생일날이라고 짐작했다.

내당에 들어선 그는 두 어른이 가지런히 앉아 있는 것을 보고 마침 잘 되었다고 생각하며 두 어른께 큰절을 올렸다. 가주는 근엄한 표정으로 가만히 앉아 있었다. 보답도 못 한 처지에 지금 떠나겠다고 얼른 말이 나오지 않았다.

"그동안 신세를 많이 졌습니다. 차후에 이 은혜를 어떻게 갚을지 난감합니다. 소인 돌아와 결초보은(結草報恩) 하겠습니다."

선부 마님은 환하게 웃으며 만족해한다.

"새 옷을 입은 진 공자를 보니 대갓집 귀공자이십니다. 결초보은한다니 고마운 말씀이오."

가주 백진호는 부인을 한 번 보고 나서 차분한 목소리로 말을 했다.

"엊그제 집안 사정을 이야기한 바 있는데……."

학소는 아직도 그 말씀이 끝나지 않았음을 알고 난감해하는데 그의 얼굴을 보던 가주가 이어 입을 열었다.

"우리 설하와 가연(佳緣)을 맺고 우리 곁에 머물러 주게."

"예? 그 말씀을 또 하시면 저는……."

어젯밤에는 가혼으로 말씀하셨다가 가연이다. 학소는 두 번은 얼굴을 마주쳐 보았으나 일언지 언사도 해 본 적 없는 여인의 부서(夫壻)가 된다는 것도 말이 안 된다. 곧 떠날 사람이 양가의 규수를 얻어 청상을 만드는 것은 그야말로 진퇴유곡이라고 하지 않을 수 없었다. 혼사는 인생지 대사인지라 그는 펄쩍 뛰었다.

"부모님의 생사도 모르는 방랑자 신세이온데 천부당 만부당 어불성설(語不成說) 이옵니다."

가주는 그의 말을 가로막고 사정을 했다.

"진 공자의 처지를 누가 모르겠나. 혼례를 지칭하기를 종신대사(終身大事)라 하지요. 지나가던 길에 사람 하나 살려내는 셈 치고 그렇게 해

주게. 우리 아이가 도가에 혼처가 정해지면 죽는다고 했는데, 부모로서 마음은 어떠하겠는가, 그래서 오늘 초상날을 제일 기쁜 날인 혼인날로 잡아 놓았네."

"오늘이라는 말씀입니까?" 혼례의 말이 나왔을 때는 '그런가 보다' 하고 떠날 기회가 있을 것이라고 믿었는데 오늘은 너무 했다.

"오늘 도춘배가 이 사실을 확인하러 온다고 하지 않았는가?"

"확인이라니요?"

"우리가 묵가에 갔다 온 사실을 알고 도군목(到軍目)에서 사람을 보내 우리 딸년을 데려갈 참이었다네. 그래서 우리 칠가에서 사윗감을 얻었는데 오늘 혼례를 올리겠다고 방리에 소문을 내었지."

학소는 손을 불끈 쥐며 분개하였다.

"그렇게 무지몽매한 자들이라면 힘은 없으나 제가 혼내 주겠습니다."

두 내외는 학소의 기세를 보며 의아해했다. 중원에서 언담이나 싸움을 모르면 강호에 방랑자가 될 수 없다는데 혹시 무림인이 아닌가 했다.

그도 큰소리쳐 놓고는 언사가 너무했다 싶었다.

이들은 회족(回族)이라 하였는데 선부 마님의 갈색눈이며 갈색 머리가 그렇게 느끼게 했다.

오십 줄의 부인은 아직도 단아한 얼굴에 젊을 때의 미모는 남아 있었다. 어머님같이 느껴지던 부인이 조심스럽게 말을 이었다.

"우리 일로 진 공자에게 위험에 처하게 할 수는 없어요. 혼자 그들을 상대할 수도 없고, 말씀과 같이 무지몽매한 자들이오."

그렇게 생각해 보니 선부 마님의 말이 옳았다. 언제나 칠가를 보호해 줄 수도 없고 그들을 훈계할 힘도 의문이었다.

가주는 마당 쪽을 바라보다가 말을 흘렸다.

"우리 회족(回族)에게는 이슬람 청진사(淸眞寺)에서 지명을 받거나 또는 돈으로 딸년을 사고파는 경우가 많으니 어려워 마시게. 하여 우리 설하와 가연(佳緣)을 맺고 같이 있어 주기를 바라겠네."

처음에는 토굴에 묻힌 거지였는데 닦고 입고 정신을 회복하고 보니 준수하고 듬직한 청년이었다.

모든 만물이 그렇듯이 남녀 어느 쪽도 몰골이 황당하거나 쇠약해 보이면 연분이나 감성이 흘러나오지 않지만, 지금으로서는 건강하고 준수한 청년이어서 여인으로서 가슴이 떨리고 있었다.

그녀는 내당에서 부모님과 혼담에 관한 결정이 잘 되기를 간절히 바라는 마음이었다. 설하 낭자를 안쓰럽게 바라보던 시녀 초란이가 다가왔다.

"언니, 제가 내당에 다녀올게요. 어떻게 되고 있는지 알아보겠어요."

"초란! 아직은 아니야. 채신머리없이."

"그럼, 방으로 가요. 마당에서 아주머니들이 보면 신부가 될 언니가 채신머리없어 보이겠어요. 호호호."

초란이 웃음 속에 이 집 마님이 환하게 웃으며 나오고 있었다.

설하는 어머니의 입을 바라보며 가슴을 부풀게 했던 말이 나올 것을 기대했다.

"그래, 그래, 얘야! 잘 되었지. 방리에 소문이 나 있고 오늘 음식 준비까지 하는데 거절이야 할 수 없겠지!"

설하는 어머니의 손을 꼭 잡았다. 무슨 방법으로 어떻게 죽을까 하던 것이 새로운 희망으로 떠올랐으니 말이다. 첫째는 도화천에게 첩으로 끌려가지 않은 것이 다행이며 둘째는 준수한 미남 청년이 낭군이 된다는 사실에 흡족했다. 당시 중국에서는 권세나 돈이 있으면 삼처사첩(三妻四妾)은 보통이라는 말이 있다.

내당에서는 청집사가 들어와 학소에게 예복을 입히고 있었다. 하얀 비단옷 위로 청홍색 신랑 예복을 걸쳤으며 머리에는 사모(紗帽)를 써서 어엿한 신랑이었다.

　화창한 날씨를 가늠케 하는 태양은 벌써 한 발은 떠오르고 있었고 학소는 그 태양을 보며 황당한 얼굴에 부끄러운 얼굴은 감출 길이 없었다.

　'드넓은 습지 뻘에 꼼짝없이 박혀 죽을 처지에서 구해 준 가주인데…….'

　그렇게 자책하며 여린 마음으로 끌러가고 있었다.

　마당에는 칠가답게 오색칠로 사군자가 그려져 있는 열 폭짜리 병풍이 앞면과 뒷면으로 쳐져 있었다.

　새신랑이 내당에서 마당으로 나오자 이집 가솔들과 모여 드는 방리 주민들은 탄성을 올렸다.

　"와…! 새 신랑이다."

　"토용이 아니고 땅속에서 올려보낸 멋진 새신랑이었구나!"

　"그러게 말이네. 저 얼굴을 보아하니 지하 부처가 환생하여 올라온 모습이네 그려!"

　학소는 가혼(假婚)이라 하여 대답한 것이 준비한 것들이며 엄숙함이 가식은 될 수 없었다.

　속담에 전쟁에 나가려면 한 번 기도하고 바다에 나가려면 두 번 기도하라. 그리고 혼례를 하게 되면 세 번 기도하라는 말이 떠올랐다. 이러한 인간지대사를 가식으로 여겼던 것이 자신이 위선임을 깨달았다.

　청진사(淸眞寺)에서는 이슬람식 예법은 아직 미미하여 지방행정에서 유행하는 유교 전통 예법에 따르고 있었다.

　집사입취배위(執事入就俳位)!

　홀기(忽記)를 부르자 이 집 청집사가 굽신거리며 청중 앞으로 나갔다. 이어 네 장한이 한 귀퉁이씩 들고 들어오는 상 위에는 각종 음식이 즐비했다. 집사는 차려진 상 위에 향을 피우고 사배(四拜)를 올렸다.

우---!

사람들은 또 들어오는 상 위에 오색찬란한 화채 떡과 고기를 보고 웅성거렸다. 몇 동자가 달려 나와 꽃떡을 훔치려 하자 엄마들이 달려 나와 아이들을 빠르게 데려갔다.

하! 하! 하!

사람들은 아이들 행동에 웃음바다가 되었다. 꽃떡들은 아이들 취향이기도 하다.

뒤에 섰던 소삼이 말했다.

"애들아! 잠시만 기다려. 식이 끝나면 저 꽃떡들을 나누어 줄게."

이어 집사의 큰 소리가 장내를 울렸다.

"신랑 출두요!"

학소는 어리둥절했다.

이때 마부였던 백화라는 중년인이 달려 나와 그의 소매를 끌어갔다.

"관세위(盥洗位)! 모사기 제주(茅沙器 祭主)!"

그의 말과 호령에 따라 행동해야 하는데 신랑은 어정쩡했다.

"하 하 하! 호 호 호!"

"신랑이 신부가 안 보이니 저럴 수밖에……."

여인들은 어정쩡한 신랑을 보며 웃어 댔다.

"자네도 저 때는 저랬을 거야. 연습을 안 해 보았으니……."

"흥! 연습했다면 재혼, 삼혼이 돼서야 쓰겠어! 서툰 것이 당연하지. 하하하"

신랑의 얼굴은 홍당무가 되어 있었다.

"교배례(交拜禮) 신부 입장-!"

"와……!"

신랑은 함성이 터지는 쪽으로 돌아보았다. 예장(禮裝)으로 분홍천으로 된 치마 위에 원삼(圓衫)으로 지은 옷인데, 가슴과 등 소매 끝에 노란

수를 놓고 만든 화려한 예장이었다. 신부 어머님이 신부 얼굴에 나삼으로 된 히잡을 살짝 걷어 올리자, 양귀비가 혹할 정도의 미모의 얼굴이 들어왔다.

"와…!"

설하 낭자가 예장을 입고 신부가 되고 나니 절세 미녀였구나!

흑화가 손뼉을 치며 부러워하듯이 도화춘 부자가 아니더라도 뭇 세가의 남자들이라면 욕심이 날만 했다.

"근배례!"

청집사의 조용한 말에 따라 신부가 양손을 합장하고 큰 상 앞에서 신랑을 향해 절을 올렸다. 학소도 집사의 고갯짓에 따라 큰절을 올리었다.

"작주교배례(嚼酒咬拜禮)!"

청집사는 조용히 말해 놓고 표주박 잔을 신랑과 신부에게 올리며 술잔을 따랐다.

학소는 순안에서의 남궁 초희 낭자를 떠올리지 않을 수 없었다. 항주에서 꿈을 키워가며 초희 낭자와 혼인하고 행복하게 살 것을 약속했었는데, 그때도 결점이 있었으니 확신을 못 했었다. 지금까지도 여인 하면 맹추라는 것이 누구에게도 말 못 할 병을 달고 살았는데, 오늘도 밤이 무서웠다. 지금 백하칠가(白河漆家)의 낭자를 마주하여 사랑의 표주박 잔을 들고 있다. 설하는 대담하게도 신랑을 보며 잔을 들었으나 신랑은 신부의 얼굴을 차마 볼 수가 없었다.

신부는 진지했으나 신랑은 가식이기 때문에…….

두…두…두…두…!

화기애애하던 마당에는 이들이 나타남으로 분위기가 싸늘해졌다. 마당에는 모두 올 것이 오는구나 짐작하며 정문 쪽으로 얼굴을 돌렸는데 군목 도춘배의 부하들이었다. 가슴에는 군목(軍目) 자가 쓰여진 옷을 입고 있었고 하나 같이 얼굴은 험악하게 생긴 장한들이었다. 오른편에 서서 혼인식을 지켜보던 가주는 짐짓 놀라움을 감추며 이들 앞으로 걸어 갔다.

"차린 것은 없소만, 냉 대협께서 동지들을 대동하고 안으로 드십시오."

가운데 버티어선 헐렁한 회포를 걸친 인물이 흑면귀검 냉운팔(冷雲八)이었다. 사십 중반의 인물로 움푹 팬 눈덩이에 괴이하게도 얼굴이 먹장처럼 검은 위인이었다.

"클 클 클! 갑자기 소리도 없이 혼례를 올려…?"

가주 백진호는 그의 질문에 어찌할 바를 모르고 쩔쩔매는 행동이다.

"군목님께 초대장을 배송치 못함에 죄송하다고 전해 주시오."

가주는 흑채대를 두른 백의의 예복을 입고 있었으므로 마치 신하처럼 이들 앞에 예를 다하였다.

"저런 거렁뱅이가 백칠가에서 재미를 다 보다니 대담한 놈이군"

가래 긁는 목에서 괴이한 웃음이 흘러나왔다.

학소는 표주박 잔을 상위에 놓으며 뒤돌아보았다. 흑면귀검의 눈과 학소의 눈이 마주치자, 냉운찰은 엄포를 놓았다.

"이 봐! 쳐다보면 어쩔 것이냐? 하룻강아지 신랑 놈아!"

그 말을 들은 그는 욱하고 일어 서려다 자중에 또 자중했다.

마당에 들어찬 사람들은 여기저기서 웅성거렸다.

"글쎄 도군목댁의 여인이라고 하던데 그래서 그런가 보지?"

키가 큰 이웃 주민 한 사람인데 강자의 편만 드는 위인이 엉뚱한 말을 하자 칠가의 노인이 큰 소리로 말했다.

"청진사에서 혼인 증명을 받아 아헌과 청집사가 집례를 하는데, 저들이 훼방이지 뭐야!"

그 소리를 들은 군목 무부들은 그 노인을 노려보았다. 노인은 흰색

차드를 두르고 검은 평전건을 쓴 이슬람 사제인 듯싶었다. 무부들은 가주에게 각오하라는 듯이 노려보며 묵직한 어조로 엄포를 놓았다.

"오늘은 물러 가리다. 백 가주! 또 찾아오겠소!"

예식은 진행되었으나 싸늘한 분위기는 녹을 줄을 몰랐다.

첫날 밤

마당에서는 한나절도 모자라 초저녁까지 웅성거리며 준비되었던 음식들이 모두 비워졌다.

남의 집 잔치에 공술을 권하며 벗 사귄다고, 자정이 되어서도 몇 곳에서는 만취한 이들이 인생 타령을 하고 있었다.

학소는 새신랑으로 안방에 누워 화려한 금침 속에서 어떻게 하면 후탈 없이 칠가를 떠날 것인가 하고 전전긍긍하고 있었다.

신방은 원앙촉이 은은히 방을 밝히고 있었고 창에는 하얀 휘장이 늘어져 있었다.

군목 세가와 시끄럽게 문제 삼고 싶지 않지만, 지금의 상황은 그렇지가 않았다. 불의를 보면 못 참는 그가 그들과 타협하고 싶은데 방법은 없어 보였다.

가주는 패물로 그리하려 하지만 그들의 행태로 보아 그것도 요원한 일이다. 쌍방 간에 힘의 배열이 팽배했을 때 타협이 있는 것이지 한쪽이 약하면 무조건 짓밟히는 사회였다.

학소의 마음이 더욱 착잡하게 하는 것은 설낭자에 있었으니……

곧 떠날 사람이 양가의 규수를 얻어 살아 보지도 못할 것을 알면서 청상을 만든다는 것은 천륜을 어기는 죄이다.

어느 성인이 말했듯이 애정이 없는 결혼은 비극이라고 했다. 그런데 애정이 없이 결혼하는 것보다 더 나쁜 결혼이 있다고 한다. 그것은 애정이 있기는 하나 한쪽만 있는 경우이다. 사랑과 정절(貞節)이 한쪽뿐이며 헌신도 한쪽 뿐이다.

그러고 보면 부부 중에 한 쪽이 짓밟힌 경우이므로 한 쪽은 장난에 지나지 않으나 다른 한쪽은 인생의 전부라고 볼 수 있다.

지금 자신의 행동을 돌이켜 보니 꼭 그와 같은 처지라 또 고개를 털었다.

소흥에 운림상사인 운림서원(雲林書院)은 강남에서는 제일 서원이 되어 있었다. 칠백 년 전 왕희지 서성(書聖)이 유상곡수에서 학문을 닦았던 유래 깊은 곳이 있어 더욱 그렇다.

짙은 청색 장삼에 검은 유건을 멋들어지게 쓴 여기 유생들은 항주 홍등가에 들어서면 환대가 대단했다. 부유한 집안에 사륙변려체(四六騈麗體)의 미문(美文)을 쓰는 일류 청년들이기 때문이다.

학소도 동료들에 이끌려 홍등가에서 만취해 보았지만, 어우동 여인들과 놀아 보지를 못했다. 동료들은 여인들을 노리갯감으로 흥취 하며 그를 나무랐는데, 학소는 불쑥 던진 말이 있다. 그것은 자네 모친도 여인이라고 말은 못 했지만, 여인이 세상을 만들고 영웅호걸들도 만든다고 떠들었던 일들을 생각나게 했다. 오늘은 그 여인들이 무서운 감이 든다.

신방으로 꾸며진 그의 침소 앞 마루에는 백하칠가 마님과 신부 설하 낭자가 서성이고 있었다.

환갑을 바라보는 부모로서 딸의 마음을 알고 있었다. 사위는 행색으로 보아 가만히 묻혀 지낼 위인은 아닌 것 같고 해서 씨내리라도 해서 손주 하나 얻고 살 수 있다면 하는 것이 첫째 소망이다. 두 번째는 상황이 험악하면 두 남녀를 북쪽으로 도주시켜 신랑을 따라가게 하려는 계산이었다. 그래서 억지를 부려 설하 낭자는 길다란 복베개를 가슴에 품어 안았고 어머니는 딸년을 신랑 방으로 밀어 넣으려고 애쓰는 중이다.

백설하는 어머니와 밀고 당기며 소리 없는 싸움을 하다가 마지못해 방문을 열고 신방으로 들어섰다. 화려한 궁장 차림은 그대로인데 특이

한 점은 둘이 베고 잘 수 있는 길다란 복베개를 안고 있었다.
 신랑은 마음을 진정시키고 조용한 말씨로 입을 열었다.
 "우리는 가혼인데 낭자는 돌아가 주시오"
 그의 말에는 아랑곳없이 설하 낭자의 목소리가 흘러나왔다.
 "가혼이라는 말은 처음이에요. 창밖에서 집례가 홀기를 부른다고 하였는데 어머님이 돌려보냈어요"
 "홀기(笏記)라니오?"
 그는 두 눈이 동그래졌다.
 "우리 고장 예법에 집례의 소리에 따라 잠자리를 같이한다고 하였어요."
 당시 이 지방에서 유행했던 홀기 예법은 집례의 부르는 소리에 맞추어 신혼 침실에서 신랑은 신부의 머리를 올리고 옷을 벗기며 잠자리에 드는 것을 말한다. 신랑이 어려서 여인을 범할 줄 모르면 집례의 말에 모든 행위가 이루어지는데 어린 신랑도 그 말 대로 하면 신부와 사랑의 정을 통할 수 있었다.
 이때 제일 즐거워하는 사람들이 있었으니 이웃 아주머니들이며 그녀들은 집례와 같이 신혼방을 예의 주시하며 모든 소리를 듣는다. 심지어 창구멍을 뚫고는 들여다보며 첫 운우지정을 보는 재미로 젊은 처자들은 그 모습을 보며 사뭇 즐거워한다.
 얼굴이 홍당무가 되어 있는 설하는 각오가 되어 있어서 학소의 머리맡에 길다란 복베개를 놓아가며 이불 속으로 몸을 담았다.
 "백 낭자. 돌아가 주시오"
 신부는 새근거리던 숨소리를 멈추고 조용히 속삭였다.
 "상공! 이 소녀는 오늘부터 당신의 여인이에요. 이 노가(奴家)는 신부이오니 거절치 마시고 받아 주세요."
 신부의 심장 소리를 들으며 그는 자신의 심장 소리도 느껴 보지만 정말 진퇴양난(進退兩難)이었다. 흐르던 침묵도 잠시 신부는 일어나 앉았다.

"상공! 답답해 죽겠어요. 가슴에 방심곡령(方心曲領)과 옷고름을 풀어주세요."

신랑은 잠옷으로 갈아입어 누웠던 터라 두 눈을 질끈 감고 자는 척했다.

그가 할 수 있는 일은 그 일밖에 없었으며 심장 소리는 잠재울 수 없었다.

신부는 등돌린 그를 바로 세우며 더듬거렸다.

"족두리와 술띠라도 풀어주세요. 뒤쪽으로 손을 돌릴 수가 없거든요."

"……"

한참 침묵이 흐르더니 신랑은 일어나 앉으며 그녀의 족두리와 비녀를 뽑고 머리를 내려주었다. 치렁치렁한 머리가 여인의 어깨 위로 흘러내렸으며 여인의 향기가 잘 익은 과일처럼 물씬 풍겼다.

신부가 물결 같은 머리를 말아 올리자 앵두 같은 입술에서 흰 치아가 드러나며 보조개가 피어났다.

"이 옥비녀를 뒤쪽으로 꽂아 주세요"

신랑은 뒤쪽인지라 그녀가 할 수 없다고 생각이 되어 시키는 대로 뒤쪽으로 꽂아 주었다. 여인의 짙은 눈썹이 덮었다 뜨면서 보조개가 팬 웃음으로 입을 열었다.

"됐어요. 상공은 이 소녀의 낭군이에요. 머리를 올려 주었으니까요."

그는 '아차'하고 생각했다.

여성들은 혼인이나 성인이 되면 계례(笄禮)를 한다. 남자가 여인의 머리를 올린다는 것은 부군이 되는 것이라고 익히 들어왔기 때문이다.

"다음은 예복을 풀어주는 순서예요"

신랑은 벌렁 누워 버렸다. 옷을 벗어 부부지정을 나눌 수 없는 고자(鼓子)의 처지이기 때문이다.

일다경의 침묵이 흘렀다.

"할 수 없군요."

신부는 살포시 일어서고 치장했던 궁장 차림의 예복을 하나하나 벗어 놓기 시작했다.

비록 어머님이 문틈으로 보고 있다고 생각은 했으나 어머님 앞에서는 부끄러움은 없었다.

"스르륵! 스르륵!"

신부의 옥수는 하나하나 옥겹을 내리고 있었다. 벗어 놓은 원삼은 마치 연꽃 잎사귀와도 같다.

다음 순간 학소의 몸은 벼락이 스친 듯한 전율이 흘렀다. 충격적인 장면이 시야로 파고들었기 때문이다.

지금 청순한 한 여인이 넓은 연꽃잎 위에 터질 듯한 꽃송이를 자랑하는 연꽃처럼 전라의 모습으로 서 있었다.

방을 밝히던 원앙 촛불도 눈이 있었는지 놀란 불꽃은 휘휘적거렸다.

봉긋한 젖가슴에서 흘러내린 보드라운 살결이며 둥그런 둔부에 물먹은 연꽃이 되어 수줍은 듯 애처롭게 피어 있었다.

삼하미녀(三下美女)는 더 아름답다고 한다. 촛불 아래의 여인, 창가에 여인 그리고 달빛 아래 선 여인. 지금 설하 낭자가 그와 같다.

잠시 넋이 나가 나신의 옆 모습을 바라보던 그는 문득 정신을 차리고 돌아누워 버렸다.

비소에 달린 양물은 울뚝 일어서더니 그것도 잠시 예나 마찬가지로 편안히 누워 버렸기 때문이다. 그것도 쓸데없이 광기를 부리느니 편안한 것이 제일이라고 잠자리에 들어가는 것 같다.

두 눈을 감고 잊으려 했으나 여인의 육감적인 알몸이 뚜렷하게 뇌리에 떠오른다.

설하는 도화춘의 사람이 되지 않기 위해서는 어쨌든 이 남자의 부인이 되어야 한다는 욕념으로 채워져 있었다. 백옥같은 몸매가 세류요가 되어 신랑의 이불 속으로 파고들었다.

"상공. 받아주세요"

여인은 그의 가슴으로 팔을 얹으며 말했다.

마루 창가에 붙어 애처로운 모습을 엿듣고 있는 이가 있는데 설하의 어머니였다.

백진호의 부인 장계추는 무남독녀 설하의 애처로운 행동에 눈물이 흐르고 있었다. 지금 물정 모르는 딸년이 어른이 될 것이며 어머니가 되는 일들을 꿈꾸고 있다. 이것은 모든 어머니의 희망이기도 하다.

그래서 설하에게 복베개를 취하게 하여 신랑 방에 떠 밀었던 것이다. 하룻밤이면 만리장성도 쌓는다고 하는데 많은 세월 동고동락은 못 한다 해도 손주 하나 생산된다면 더 바랄 것이 없었다. 그런데, 또 들려오는 소리가 그녀를 한 번 더 놀라게 했다.

"설하 낭자! 나는 순안에 약혼녀가 있어요. 그 여인에게도 손 한 번 못 댔던 환자예요."

신부는 침중히 말하는 신랑의 얼굴을 바라보며 고운 목소리가 떨리고 있었다.

"환자라니요? 그러면 몹쓸 병이라도 걸렸나요?"

그녀는 알몸이 썩어 문드러지는 병이 있다고 들은 바 있어서 깜짝 놀랐다.

학소는 부끄러움을 감추며 남자 체면을 완전히 구겼다.

"매—맹추라오. 남자의 구실을 못 하는 맹추란 말이오."

몹쓸 병이 아닌 것은 다행인데 그 사실을 확인하려고 그의 비소에 손을 넣을 용기는 없었다. 잠에 취한 신랑을 보며 섬섬옥수가 남자의 비소에 방문해 보려 했으나 손이 떨려 첫날 밤은 그렇게 지나갔다.
 학소가 눈을 떴을 때는 동창이 밝아 오고 있었고, 옆에 있어야 할 설하 낭자는 없고 그 자리에 온기만 남았다. 간밤에 따스한 옥체를 등 뒤로 느끼며 청했던 잠이 늦게까지 자고 말았다.
 벽면에는 자신의 옷과 신부의 궁장이 가지런히 걸려 있었다. 호상 위에는 원앙초가 반쯤 타다 꺼진 것이, 지난밤 자정을 넘긴 것을 말해 주고 있다. 그 옆에는 이지칠로 도색을 한 원앙 기러기 한 쌍이 무심한 신랑을 바라보는 모습도 애처롭게 보였다. 무심한 눈으로 목상을 바라보던 학소는 기러기를 연상했다.
 --- 남북쪽 하늘로 날아다니는 기러기는 부부간에 암수 어느 한쪽이 죽으면 다른 한쪽은 모든 삶을 포기하고 외로이 울면서 먹지도 마시지도 않는다. 먹여주고 받아먹던 허물없는 짝이었는데 오죽하겠는가, 그 연분을 그리며 구성지게 울먹일 뿐이다. 계절이 바뀌어 떠나갈 시기가 돌아오면 동료 일행들은 짝을 찾는다. 짝이 없으면 대열에 참가할 수도 없고 북쪽으로 날아갈 엄두도 없다. 짝을 맞추어 높은 하늘로 날아가는 동료들을 보며 구성지게 울먹일 뿐이다---
 이와 같이 두 개의 기러기 목상은 신랑 신부의 약속이며 화신이라고 볼 수 있다. 이제 그와 같이 화신이 되어야 할 것을 굳게 다짐해야 할 일인데 그러다가 그는 두 눈만 껌벅거렸다.
 그때였다.
 말발굽 소리가 요란하더니 그 소리는 칠가의 마당으로 들이닥쳤다. 뿌연 먼지 속에서 드러난 이들은 살인, 방화, 강간을 밥 먹듯이 하던 태악산 흑도의 불한당들인데 지금 군목 세가에 붙어 가병 노릇을 하는 자들이었다.
 어제 찾아왔던 흑면귀검(黑面鬼劍) 냉운팔(冷雲八)이란 자와 그의 곁에 있는 자는 도문팔괴(到門八怪) 팽후(彭後)가 앞장서 있었다.

여덟 명의 그들은 하나 같이 일신에는 흑의 무복을 걸치고 우락부락하게 생겼다.

냉운팔은 종이 봉투를 꺼내면서 당당하게 노갈을 터뜨렸다.

"칠가 가주 백진호는 우리 소가주의 예장(禮裝)을 받으시오!"

이들의 앞을 막아선 자는 칠가의 소삼과 백화, 흑화 그리고 청하집사였다.

청집사가 앞으로 나서며 말을 받았다.

"어제부로 설하 낭자는 혼인을 하였고 중원으로 출타할 예정입니다."

옆에 있던 도문팔과 팽후라는 자가 방 밖으로 나오는 가주를 보며 불호령을 내렸다.

"우라질! 와그리 말이 많냐! 모두 도륙 내어야 정신 차릴 셈이냐?"

칠가는 무림인이 없었다.

모두 이지칠의 장인들로 오십여 명의 남자 중에 앞에 선 네 사람만이 검을 들고 다닐 뿐이며 그들도 장인들이라 호신용에 불과하다.

칠가의 내용을 잘 아는 이들은 지금 데리고 온 여덟이면 모두 도륙 내고도 남는다는 태도였다.

팽후가 콧날을 비뚤어 세우며 침을 튕기었다.

"관을 봐야 눈물을 흘리겠군! 맛을 보여주지!"

엄포를 주며 뒤에 있는 여섯 무부들에게 보란 듯이 혼자 마상에서 내려섰다.

까강! 창 창!

그가 자랑하는 파산삼십이식(破山三十二式)을 뿌리며 청하를 비롯한 네 사람을 쓸어갔다.

이들쯤은 혼자 모두 잡을 수 있다는 심산이었다.

다급한 가주는 버선발로 달려오며 소리쳤다.

"자중하시오. 팽 대협! 나 지금 군목댁으로 찾아가 문안드리겠소. 그대들은 손을 멈추시오!"

팽후는 가주의 말은 들은 척도 하지 않고 보라는 듯이 살초를 뿌리며 이들을 모두 잡아 죽일 심보였다.

냉운팔도 팽후의 실력을 아는지 느긋하게 마상에서 뒤에 있는 무부들과 같이 관전할 뿐이었다. 팽후가 혼자 이들을 때려잡으면 죄과도 혼자 짊어지는 것이고, 그 여파는 우리의 힘이 그만한 위세가 설 것임은 명약관화 한 일이다. 그만한 위세라면 군목 가에 복종하지 않으면 이렇다는 것인데 그들 머리로는 그 이상은 생각할 수 없는 위인들이었다.

네 사람이 덤벼보았자 잠시 후면 이들 중 누군가 쓰러지기 시작하면 전세는 그만인 것이다. 그의 붉은 입술이 찢기어지며 한 사람씩 노리기 시작했다.

씨-익! 창 -!

악!

흑화가 목을 움켜쥐며 주저앉았는데 움켜쥔 손에서는 붉은 핏물이 꾸역꾸역 나오는 것으로 보아 목숨은 촌각에 달려있었다.

흑화는 장도를 휘두르는 팽후를 바라보며 말하려 했으나 입에서는 핏물만 흘러나오고 입술이 식어갔다.

헉!

팽후의 파산삼십이식에 이어서 소삼이 가슴을 쓸어안으며 땅바닥에 엎드렸다. 칠가의 장인들은 집 구석구석에서 이 광경을 보며 빨리 설하낭자를 내어주어 평온하기를 염원하며 안절부절못했다.

위기일발의 순간 회랑으로 나오던 학소가 자신도 모르게 비단옷이 마당 위로 펄럭거렸다. 마치 하늘에서 떠돌던 황새 한 마리가 다급히 날아드는 형상과 같았다. 흑화는 목이 반쯤 베인 것으로 보아 생명이 다하고 있음을 보았고, 엉겁결에 곁에 있는 소삼을 안아 들었는데 그는 꺼져가는 소리로 입을 열었다.

"이런 자들에게 당하여 죽게 되다니 억울하오. 다시 태어나면 꼭 무학을 닦아 복수를 할 것이네."

가슴에 베인 검상을 걷어보던 그는 지혈하고 점혈을 찍었다. 상태로 보아 입에서 혈향이 없는 것이 내상은 없는 것 같았다.

"죽다니오. 소삼은 살 수 있어요."

그렇게 말을 하며 주위를 쓸어 보았는데 가주는 두 무부에게 붙들려 있었고 도문팔과 팽후는 핏물이 흐르는 도를 학소에게 돌리고 있었다.

그는 소삼의 검을 집어 들며 양미간을 좁혔다.

"자네들이 도춘배 군목가의 졸개들이냐?"

차분한 말투로 이들을 노려보는 그의 두 눈은 살기가 당당했다.

팽후는 그럴듯하게 나서는 새신랑이 잘 나왔다고 날카로워 보이는 콧대를 찡그렸다.

"뭐라고? 자네들!"

"그래 추악한 놈들. 오늘 하늘님이 살아 있다는 것을 보여주겠다!"

뒤에 있는 젊은 무부들은 하늘님이라는 말에 하늘 위로 눈길을 던지는데 일말의 양심은 있어 보였다.

백하칠가(白河漆家) 가주는 두 무부에게 양팔이 잡혀 꼼짝 못 하고 있었고 눈앞에서 집안이 멸문 위기에 있다는 것을 느끼고 있었다.

"진 공자. 나서지 말게. 내가 다 해결할 것이네. 우리 설하를 내 주면 될 것 아닌가!"

그들을 향해 울먹이는 목소리는 살상을 염두에 두어 모든 것을 단념하고 있었다.

칠가 마님과 설하 낭자도 마당으로 나오며 참담한 상황을 목격하지 않을 수 없었다. 아버님 말씀이며 겁 없이 당당히 나서는 신랑이 무엇을 믿고 검을 들어 큰소리치는 것인지 가여운 생각이 들었다.

설하는 자신 때문에 집안이 풍비박산 나고 있음을 자책하며 죄인이 된 심정이다. 검을 잡은 신랑이 죽고 나면 같이 따라 죽겠다고 결심을 굳히고 어머님 손을 꼭 잡았다.

진 공자도 연이 있어 우리집에 들어와 신혼 하루, 그것도 남이 다 하는 운우지정도 나누어 보지 못하고 부질없는 죽음으로 가고 있어서 가여운 생각뿐이다.

"강호에서 살인자 즉살이라는 말이 있소. 살인자는 죽어 마땅하니 각오하시오"

"크하하하! 꽃 같은 우리 아씨와 하룻밤을 지새셨으면 죽어 원은 없겠지?"

"당신네들 한참은 그르쳤지. 어째서 당신네 아씨요?"

마상에 있던 냉운팔이 가래가 그득한 목소리로 대답했다.

"묵가에서 간명(間名)이 맞지 않다고 하여 사주팔자가 그르쳤다 하니 우리 아씨인데 자네 같은 거렁뱅이가 무슨 혼례인가?"

팽후는 냉운팔이 옳다고 장도를 날렸다.

일도에 양단을 낼 것처럼 도를 날렸는데 학소는 바람이 돌을 막아내듯이 영풍탄석(迎風彈石)으로 도를 튕기며 절검(截劍)을 해 보았다.

태도와 같이 웅후한 도술로 생각했는데 별것이 아니었다. 맞부딪힌 도와 검기에 의해 팽후는 담벼락에 체이며 육신이 휘청거렸다. 절검(截劍)에 중심을 잃는다는 것은 온몸이 허점투성이와 같다. 팽후는 돌아서며 입을 실룩거렸다. 행색으로 보아 풋내기로 여겼는데 나의 초식을 묘하게 받아넘겼고 나까지 넘어질 뻔한 것이 예상 밖이었다. 이번에는 몸을 돌리며 그가 자랑하는 절초인 무운격해(舞雲擊海)로 휘몰아쳤다.

휘---휘 휙!

까 강!

푸억!

학소의 오금파천식에 장내는 아수라였다. 다섯 마리 짐승이 검을 들고 빛처럼 돌았기 때문이다. 팽후의 살초는 그의 검술에 일초지적밖에 못되었다.

헉!

쓰러지는 도문팔과 팽후는 몸뚱이가 두 동강이 나 버렸다.

장내에 있던 사람들은 창자까지 꾸역꾸역 나오는 데는 모두 입을 틀어 막았다.

그때, 마상에 있던 흑면귀검(黑面鬼劍) 냉운팔이 공력을 끌어모으고 쌍장을 학소의 가슴에 정타 시켰다.

펑!

잠시 후 먼지가 걷히며 나타나는 장내에 학소는 뒤로 일보 물러섰을 뿐이고 냉운팔이 탄 말은 두 걸음 뒤로 물러났다.

화가 북받쳐 오른 학소는 공력 따위는 끌어내지 않아도 자연히 몸에 독기가 올라 있어 그와 같은 공력도 대단했다.

학소는 자신도 놀라고 있는데 아마도 그 유사풍의 내력이 아닌가 하는 생각이 들었다. 소삼의 칼이 명검도 아닌데 사람의 몸통까지 양단내었고, 냉운팔의 쌍장도 열기만 화끈거렸지 아무렇지도 않다.

아무것도 아니라고 찾아온 백하칠가에서 냉운팔은 참담함을 느끼고 있었다. 당황한 그는 상대할 수 없는 고수라고 짐작이 들자, 수하들에게 손을 들어 명령했다.

"저 자는 보통이 아니다. 합세하여 단번에 요절을 내라!"

일갈이 터지자 아침 공기를 가르는 신형들이 박쥐처럼 그의 주위로 덮쳤다. 먹이를 노리는 늑대들이 사각 진법으로 주위를 혼동케 하며 각 방에서 일제히 덮쳤다.

그들은 일격이 빗나가자, 몸이 하늘로 튕겨 오른 학소의 하단부를 제이공격으로 찢어발길 듯한 검기를 뿌렸다. 후려치는 검신을 밟아 가듯이 비단 옷자락 소리를 내며 공중으로 순회하는 순간이었다. 이들은 낙착하는 신형을 베어갔는데 학소는 일 촌 차이로 늦게 내려섰기 때문이다.

진방(進方), 미방(尾方), 유방(酉方), 해방(亥方)이 번쩍거렸다.

으악!

학!

피분수가 사방으로 뿌려지며 한꺼번에 네 무부들이 나무토막처럼 나가떨어졌다. 팔 년간 손발을 맞춰 온 유수 삼진이 무너진 것에 냉운팔은 놀라고 있었다. 무지막지한 마검술이었다.

오금파천식 파월진해(破月進海)의 살초를 시전했던 것이었는데 자신도 놀라고 있었다.

붉은 핏물이 흘러내리는 소삼의 검을 들여다보며 보잘것없는 검으로 목불인견의 대살상을 자행했다. 그는 자신의 힘을 의심하며 스산하게 웃었다.

"그대가 냉운팔이라고 했던가?"

살기가 넘쳐 나는 얼굴을 하고 냉운팔과의 거리를 좁혔다.

집 모퉁이에서 숨을 죽여 가며 숨어 있던 칠가 장인들이 슬금슬금 마당으로 나왔다.

흙탕물에 버무려진 거지 나부랭이가 삼사일 만에 새신랑으로 변하고 지금은 누구도 넘볼 수 없는 대마두였다.

모두들 설하 낭자가 아깝다고 말들을 하다가 준엄한 얼굴에 큰 키 하며 지금은 합당하고도 남을 무서운 존재였다.

대마두를 잘못 건드렸으니 냉운팔은 어정쩡한 행동으로 뒷걸음질했다. 무어라고 말했다가는 목숨이 풍전등화여서 조용히 말을 돌려 내상을 입은 두 무사와 같이 사라졌다.

가주 백진호는 달려 나오며 학소의 손을 잡았다.

"진 공자! 진 소협 무공이 이렇게 첨예할 줄이야."

가주는 여기저기 뒹굴고 있는 시체들을 보며 놀라워하는 기색과 염려하는 표정이 번갈아 나타났다.

학소도 자신의 내력에 내심 놀라며 끌어 올렸던 열기와 흥분된 마음을 가라앉히고 있었다. 잠시 잊었던 소삼에게 달려가 점혈을 풀어주고 치료에 임했다.

배천을 주문하여 그의 가슴을 꽁꽁 묶어내자, 소삼은 정신이 드는 얼굴이다. 가느다란 눈을 뜨며 장내를 살피던 소삼은 가주를 올려 보았다.

"선부님! 어떻게 된 일입니까?"

흑화는 애석하게도 돌아갔으나 소삼이 살아난 것에 기뻐하며 학소 쪽을 향하여 손바닥을 펴 보였다.

"이 사람이 자네를 살렸네. 그리고 절세적인 검술로 도가의 무부들을 물리쳤어."

"예? 우리 신랑이요?"

소삼은 방으로 업혀 가며 연신 학소 쪽을 바라보며 우리 신랑이라고 부르기에 아낌이 없었다.

회랑에서 처참한 일을 바라보던 두 모녀는 살았다는 안도감에 입가에 웃음이 떠나지 않았다가 장내가 정리되자 염려의 빛이 감돌았다.

그녀들은 토용이었던 신랑이 칠가의 사위로 적합하다고 생각했었는데 지금은 거리가 먼 타인같이 느껴졌기 때문이다.

"진 공자, 처소로 들게. 내가 손수 군목댁을 찾아가 모두 해결하고 오겠소. 허니 마음을 놓게나."

방으로 들어가는 백진호는 서랍장을 열고 준비되었던 보물들을 싸 들고 있었다.

"선부님, 금은보화를 싸 들고 가서 일을 해결하겠다는 것입니까?"

"그렇다네. 그자는 뇌물도 잘 받는 인간이오. 죽어 간 무부 몇 사람

값 하고 우리를 단념해 달라고 부탁할 것이네."

"제가 다녀오겠습니다. 쇠뿔도 단숨에 뽑으라고 하지 않습니까."

"자네는 안되네. 일이 커질 수 있다. 이만 참아주게."

"아닙니다. 그러한 혼잡 무뢰배들은 도의나 양심이 없는 자들이라 힘으로 다스려야 됩니다. 이러시면 또 미련을 버리지 못하여 설하 낭자에게 손을 내밀 것입니다."

바람은 약한 쪽으로 불어 간다. 도망친다고 그 바람은 막을 수 없는 일이며 강하게 맞받아쳐야 한다. 그는 힘의 진리를 추구하는 무학을 공부하며 얻은 상식이다. 더욱 거센 바람으로 밀어 본거지를 쓸어 내야 한다. 그의 귀밑 턱뼈가 불끈 움직이며 입을 굳게 다물었다.

"소생이 다녀오겠습니다."

말리는 가주를 뿌리치며 학소는 맞바람처럼 벌떡 일어났다.

밖으로 나가는 그의 행동에 설하는 마지막이라는 예감이 들어 얼른 그의 팔을 잡았다.

"상공. 꼭 돌아오실 거죠? 이 노가는 언제까지나 기다리고 있겠습니다."

그는 그녀의 하소연을 뒤로 흘리며 무어라 약속의 말을 할 수가 없었다.

'정말 아까운 낭자였는데……. 구실을 못 하는 내가 나쁜 놈이지.'

미련을 뒤로하며 그들이 남기고 간 말 한 마리를 잡아타고 내달렸다.